Jacquelyn Holt Park hat an den verschiedensten Orten in den Vereinigten Staaten gelebt, studiert und gearbeitet. Aufgewachsen ist sie in Tennessee und lebt heute in Connecticut. Sie unterrichtet an der Connecticut State Universität und schreibt an ihrem zweiten Roman.

Die Eroberung der Nacht: Als Emily Stolle in den Armen einer Schulfreundin erwischt wird, greift ihre Familie zu drakonischen Maßnahmen: Das Wort »Lesbierin« hängt unausgesprochen in der Luft, und sie wird zunächst in ein strenges Internat gesteckt, wo man sie »zur Vernunft« bringen soll, und zu wöchentlichen Sitzungen mit einem verständnislosen Psychiater gezwungen. Emily gibt sich alle Mühe, sich den gängigen Lebensregeln der fünfziger Jahre in Amerika anzupassen. Doch alle Versuche, ein »normales« heterosexuelles Leben zu führen, scheitern; sämtliche »boyfriends« können die Erinnerung an ihre erste große Liebe nicht verdrängen.
Jahrelange Lügen und Heimlichkeiten nehmen ihren Lauf, das Mißtrauen und die Verachtung der Familie und der Gesellschaft schweben ständig über ihr – mit allen damit verbundenen Verletzungen, Unsicherheiten und der Einsamkeit, die ein Doppelleben in sich birgt. Tagsüber arbeitet sie als respektierte Lehrerin, nachts zieht es sie in die New Yorker Szene. Nach jahrelangen, schmerzhaften Umwegen, bedeutungslosen Affären mit Männern und Frauen, findet sie wieder eine große Liebe, trifft sie eine Frau, mit der zusammen sie endlich sie selbst sein kann.
›Die Eroberung der Nacht‹ ist das Debüt einer sensiblen Erzählerin: die Geschichte der Einsamkeit, die daraus entsteht, anders zu sein als die anderen, und der schwierigen Suche nach der eigenen, nicht nur der sexuellen Identität.

Jacquelyn Holt Park

Die Eroberung der Nacht

Roman

Aus dem Amerikanischen von
Cornelia Holfelder-von der Tann

Fischer Taschenbuch Verlag

Veröffentlicht im Fischer Taschenbuch Verlag GmbH,
Frankfurt am Main, Oktober 1994

Deutschsprachige Erstpublikation
im Wolfgang Krüger Verlag, Frankfurt am Main

Die amerikanische Originalausgabe erschien
unter dem Titel ›A Stone Gone Mad‹
im Verlag Random House, Inc., New York

Druck und Bindung: Clausen & Bosse, Leck
Printed in Germany
ISBN 3-596-12458-1

Gedruckt auf chlor- und säurefreiem Papier

Und in den Sommernächten, wenn die kleinen Steine schlafen, wenden sich die älteren einem ernsten und beängstigenden Thema zu – dem Mond, über den nur flüsternd gesprochen wird. »Seht doch, wie er glüht und über den Himmel fegt und ständig seine Gestalt verändert«, sagt einer. Und ein anderer sagt: »Fühlt doch, wie er an uns zieht.« ... Und ein dritter wispert: »Er ist ein wildgewordener Stein.«

Robert Shelton, *You Can't Have Everything*,
University of Pittsburgh Press, 1975

Für Jane

Inhalt

I

White River bis New York

Vermont

...Es gibt Dinge, die sind kein Weiberregen – wie sie in der Karibik die leichten Schauer nennen, die die Sonne rasch wieder trocknet. Sie sind Männer-Unwetter, die das Antlitz der Erde verändern, die die Natur in ihren Grundfesten erschüttern, die uns ein Leben lang verfolgen. So war mein Erlebnis mit Mattie, damals, im Oktober 1948 – im Laubregen, als Sheila uns entdeckte.

Mattie war Sheilas beste Freundin...

So sah Emilys Welt aus: Ella lehnte am Geländer der hinteren Veranda, ein leichter Wind zauste ihren Kragen, sie trug ein dezentes Parfüm, das sie immer benutzte, wenn sie ausging, und war von einem langen schwarzen Nerz verhüllt, dessen Farbe perfekt zu der strengen Jahreszeit paßte. Es war Oktober, und die Blätter regneten herab, auch jetzt, als sich Emily und ihre Schwester Sheila, die wie die Wilden arbeiteten, um mit dem Harken fertig zu werden, ehe ihr Vater aus Boston zurückkam, für eine kurze Pause hinsetzten. Mehrere hohe Tannen nickten zierlich über einer zweiten Terrasse mit den Eisenstühlen, einem Pavillon, einer kleinen Flottille von Birken und den Strünken, die im Frühjahr Rosen sein würden und die unbetonten Silben in diesem Gedicht. Ihr Haus in Vermont glich einem dahinsegelnden Schwan.

»Schau sie dir an!« Emily stupste Sheila und zeigte auf Ella. »Sie hat ihren Bridge-Mantel an.« Sie stichelte: »Das ist alles, was sie tut: Bridge spielen, Bridge spielen, Bridge spielen!«

»Das stimmt nicht!« Sheila deutete mit einer Kopfbewegung auf Ella. »Du weißt verflixt genau, daß das nicht stimmt. Warum sagst du dann so was? Mutter rackert sich im Restaurant ab, und sie gibt sich alle Mühe, gut zu dir zu sein, aber du läßt ihr ja keine Chance.«

»Ich gebe ihr ja die Chance! Ich gebe ihr die ganze Zeit Riesenchancen. Aber du bist einfach ihr Liebling«, resümierte Emily, als Ella wieder ins Haus ging.

»Ach, halt den Mund!«

»Stimmt aber. Du bist es doch, die ihr beim Putzen hilft und die ihr zuhört und all so was.«

»Niemand stößt dich weg, Emily. Du schließt dich doch selbst aus. Das hast du immer schon getan. Du willst sie ja noch nicht mal Mutter nennen.«

»Sie ist *nicht* meine Mutter.«

»Ist sie wohl!«

»Ist sie nicht!«

»Was ist sie denn dann, Miss Neunmalklug?«

»Sie ist Dads zweite Frau.«

»Und damit ist sie deine Mutter geworden, Dummchen!«

»Nein! Das ist sie nicht! Für mich nicht!«

»Wenn du nicht immer so viel über dich selbst nachgrübeln würdest, Emily, dann würdest du mit der Welt viel besser zurechtkommen.« Sheilas Miene wurde ernst und wichtigtuerisch. »Gerade vor ein paar Tagen habe ich irgendwo gelesen, daß Menschen entweder in einem Raum mit lauter Spiegeln leben oder in einem Raum mit lauter Fenstern. Sie sehen entweder nur sich selbst, oder aber sie können über ihre eigene Nasenspitze rausgucken. Du, Schwesterchen, lebst in einem Raum mit lauter Spiegeln. Du bringst deine ganze Zeit damit zu, über dich selbst nachzudenken. Eine Frau, die einen Mann heiratet, wird automatisch die Mutter seiner Kinder. Das ist einfach so, ob es *dir* nun paßt oder nicht. Schau mich nicht so an. Ich habe das nicht erfunden. Und außerdem gibt sich Mutter wirklich große Mühe mit dir. Und was hat sie davon? Dazu gehören zwei, verstehst du?«

»Dad sagt, Blut ist dicker als Wasser.«

»Ist das alles, was dir dazu einfällt?«

»Aber er hat es gesagt! Ich hab es selbst gehört!«
»Dad sagt das, weil er will, daß wir zusammenhalten.«
»Oh, klar will er das«, gab Emily sarkastisch zurück.
»Deshalb ist er wohl auch immer weg? Weil er will, daß wir alle zusammenhalten?« Sie fuhr mit der Hand über den Holzstiel, beugte sich vor, zupfte ein paar Blätter aus den eisernen Zähnen des Rechens und starrte dann schuldbewußt auf den Boden. Sheila hat recht, dachte sie. Sie kann lieben. Sie sieht immer das Beste in jemandem. Sie bekommt Liebe und tut Ketchup drauf und schlingt sie runter – das ist Sheilas Spezialität. Emily schnalzte mit der Zunge. Das sollte sie in einem Gedicht verwerten: Ketchup auf Liebe.
Frankie kam angetappt, ihr Hund, der nach Frank Sinatra hieß und an dem ihr ganzes Herz hing. Sie rollte sich auf den Bauch und versuchte, ihn an den Beinen zu packen, aber er hatte die Katze der Hutchinsons von nebenan gesichtet und sauste los, und sie sah ihm verdrossen nach. Das Blättergeriesel wurde noch heftiger. Sie packte den Rechen, rappelte sich hoch und tippte Sheila sachte mit dem Ende des Holzstiels gegen die Schulter. »Hast du gehört, was ich über Dad gesagt habe?«
»Hör auf, mich mit dem Ding da zu schlagen!« sagte Sheila heftig. Sie stand ebenfalls auf. »Ich habe Ohren! Was soll ich denn dagegen machen?«
»Ich weiß nicht«, antwortete Emily gedämpft. Und sie wußte es wirklich nicht. Sie hob als versöhnliche Geste den Rechen ihrer Schwester auf und reichte ihn ihr. Dann fragte sie mit leiser, verletzter Stimme: »Warum liebt Dad uns nicht ein bißchen mehr?« Sie stand da und wartete auf eine Antwort, ein bißchen erstaunt, daß sie das gesagt hatte. Was sie wirklich plagte, war etwas anderes, etwas, was sie ihrer Schwester nicht erzählen konnte.
Aber Sheila sah Emilys Verwirrung, tätschelte ihr beruhigend die Schulter und sagte milde: »Das ist es also. Deshalb bist du heute schon den ganzen Tag so schlecht gelaunt. Wegen Dad, ja?« Als Emily nicht antwortete, fuhr Sheila fort: »Er liebt uns doch, Em.

Er kann es nur manchmal nicht richtig zeigen. Du weißt doch, manchmal müssen Kinder erwachsener sein als ihre Eltern. Das habe ich dir doch schon oft gesagt.«
Nachdem Emily sich über ihren Vater beklagt hatte, glaubte sie schon beinahe selbst, daß es das war, was ihr zusetzte. Sie sagte unter Tränen: »Aber was heißt das denn? Wie kann man jemanden lieben und es nicht zeigen, wenn es wirklich so ist? Das versteh' ich nicht. Wenn ich jemanden liebe«, und für einen Moment überwältigte sie die Wucht ihrer eigenen Überzeugung, »dann wird der Betreffende es mit Sicherheit merken. Und ich habe einfach die Nase voll von dieser ganzen Dad-kann-eben-nicht-Scheiße!«
»Sag so was nicht!« Sheila wurde ärgerlich. »Benutz nicht solche Ausdrücke!«
Emily warf rasch einen Blick zur Veranda hinüber, um sich zu vergewissern, daß Ella nicht wieder herausgekommen war. Dann wiederholte sie trotzig das Wort: »Scheiße!« Sheila zuckte zusammen, und Emily sagte es noch einmal, jetzt aber mit einem ironischen Unterton: »Scheiße!«
»Emily!«
»Was hast du gegen Scheiße? Du produzierst doch auch welche!«
»Sag *Merde*, wenn du schon so was Häßliches sagen mußt.«
»*Was* soll ich sagen?«
»*Merde*.«
»*Merde*?«
»Ja, Dummchen. *Merde*. Das ist das französische Wort für das, was du eben gesagt hast.« Sheila drehte sich um und ging in Richtung Terrasse davon.
»Scheiße!« schrie Emily ihr hinterher. »Ich sag' nie wieder *Scheiße!* Immer wenn mich die Versuchung überkommt, *Scheiße* zu sagen, werd' ich irgendwas anderes sagen, nur nicht *Scheiße, Scheiße, Scheiße*! Ich werde Kot sagen oder Stuhl oder A-a oder Groß, und wenn Frankie in den Garten *scheißt,* werde ich sagen,

er merdet in die Blumenbeete. Und wenn ich *Dünnschiß* habe, werd' ich ...«

»Em-mi-liiie!« Sheila kam zurückgerannt, warf Emily eine Ladung Blätter ins Gesicht und stieß sie um. Sie kämpften. Emily gelang es, mit ihren Knien Sheilas Arme festzunageln. Sheila, die schwerer war, wälzte sie von sich herunter, und ein paar Minuten lagen sie so nebeneinander. Aller Groll war verpufft, und sie lachten und bewarfen sich mit Laub. Um sie war jetzt ein wahrer Laubwirbelsturm, ein Mahlstrom aus roten und aprikosenfarbenen Blättern, als würde jemand Eimer voll davon auskippen, und dazwischen federleichte braune Halme von den Wiesen.

Emily sah in den Himmel, und ihre Stimmung schlug so plötzlich wieder um, als hätte dieses kleine, übermütige Zwischenspiel nie stattgefunden. »Ich meine, es ist doch einfach verrückt, jemanden gern zu haben und es nicht zu zeigen«, sagte sie wie zu sich selbst. »Mattie ...« Schockiert von dem, was ihr da herausgerutscht war, setzte Emily sich auf, einen dicken Kloß in der Kehle.

Sheila richtete sich ebenfalls auf und sah ihre Schwester merkwürdig an. »Mattie? Was ist mit Mattie?«

Emily war wohl wirklich schon wirr im Kopf. Jetzt hatte sie sich den Mund verbrannt: es stand ihr nicht zu, einfach so von Mattie zu reden, ohne konkreten Anlaß. Sie war schließlich erst im zweiten High-School-Jahr, und Sheila und Mattie waren schon im letzten.

Eigentlich stand es ihr nicht einmal zu, die Freundinnen ihrer Schwester so gut zu kennen. Auch wenn Mattie praktisch mit ihnen aufgewachsen war. Emilys gesamte Einsfünfundsechzig mit den schmalen Hüften, den kurzen, schwarzen Locken und dem vollen Mund erstarrten. Ihre blauen Augen trübten sich ängstlich. Ihre erstaunlich gesunde Gesichtsfarbe wurde noch rosiger. Dann tat sie das, wovon Lillian, ihre beste Freundin, immer sagte, daß man es tun sollte, wenn man ertappt wurde: seinem Gegenüber gerade und ohne mit der Wimper zu zucken ins Auge sehen. Das machte sie jetzt mit Sheila, und Sheila starrte zurück.

Es war ein interessanter Kontrast. Sheila war siebzehn Jahre alt, zwei Jahre älter als Emily, kleiner und eher rundlich. Sie hatte schulterlanges kastanienbraunes Haar und haselnußbraune Augen und war genauso hübsch wie ihre jüngere Schwester, wenn sie auch zu ihrem Leidwesen die Stollesche Nase geerbt hatte: mit einem leichten Höcker, wie ein kleines Zelt, das an beiden Enden leicht zur Seite ausgestellt ist. Aber sie hatte Köpfchen. Das sagte sich Sheila, die unbedingt die Abschlußrede für ihre Klasse halten wollte, immer wieder zum Trost. Emily gegenüber gab sie sich meist nachsichtig, wenn auch nicht immer tolerant – ganz älteste Tochter, deren Los es (wie man in einschlägigen Tagebüchern lesen kann) nun einmal ist, Verzicht zu leisten und Opfer zu bringen, damit alle anderen in der Familie glücklich sind. Sheila war ein Mensch, der immer alles perfekt haben wollte. Und wenn etwas nicht perfekt war, erklärte sie es dafür.

»Nichts«, stammelte Emily, die jetzt dastand und sich nervös die Blätter vom Rock klopfte. »Ich weiß nicht, warum ich ›Mattie‹ gesagt habe. Wahrscheinlich, weil sie den ganzen Kühlschrank leerputzt, wenn sie kommt. So wie neulich. Da war der ganze Pudding alle, nachdem sie da war, und *mir* haben sie's in die Schuhe geschoben.« Sie wartete kurz ab, um zu sehen, wie diese Erklärung ankam, und fuhr dann hastig fort: »Was ich sagen wollte – ich meine, wenn Leute nicht ausdrücken können, was sie fühlen – also, weißt du, das ist doch blöd, wenn du mich fragst.« Sie nahm ihren Rechen und begann, hektisch draufloszuharken, angestrengt bemüht, sich nichts anmerken zu lassen, aber innerlich zutiefst aufgewühlt. Quatschtante, schalt sie sich. Du mußt immer alles verpfuschen. Sheila wußte doch, daß Mattie ständig auf Diät war. Weshalb sollte sie da den Pudding aus ihrem Kühlschrank wegfressen? Emily arbeitete mit gesenktem Kopf weiter. Aus dem Augenwinkel konnte sie Sheilas Füße sehen. Sie spürte, wie Sheila sie verdutzt ansah. Dann entfernten sich die Füße, nur um gleich wieder zurückzukommen. Emily hörte auf zu harken und hob den Blick, um sich dieser Verkörperung unerschütterlichen Pflichtbewußtseins zu stellen. Zweifellos klang Sheila die so oft wiederholte Ermahnung ihres Vaters in den Ohren, ihrer unbesonnenen kleinen Schwester ein Vorbild zu sein, diesem Kind, von dem er einmal gesagt hatte, es sei sensibler, als ihm guttäte.

»Ich will, daß du aufhörst, so über Dad zu reden, Emily. Ich möchte, daß du anerkennst, was er für uns tut – daß er so hart arbeitet, damit es uns gutgeht und wir auf ein gutes College gehen können, und daß er sich deswegen Tag und Nacht um seine Restaurants kümmern muß.«

»Ich hasse seine Restaurants«, murrte Emily.

»Bitte. Hasse sie, wenn es dir Spaß macht. Aber sie sind es, die dir die Pullover finanzieren, die du versteckst, damit ich sie nicht finde, und das Auto, das du haben willst, wenn du sechzehn bist, und das Ferienlager und die Fahrt nach Macon jeden Sommer!« Sheilas Stimme wurde immer lauter und ärgerlicher. »Du willst deinen Kuchen behalten *und* ihn aufessen, Emily Stolle. Das ist *dein* Problem!«

Wie sie diesen verdammten Kuchenspruch haßte! Und außerdem lag Sheila völlig schief. Es ging nicht um Kuchen, sondern um Schmerz, aber sie wußte nicht, wie sie ihr das sagen sollte, weil es ein Geheimnis war, und doch war der Schmerz zu groß, um ihn einfach drinnen zu behalten: er war wie ein Kilo von irgendwas in einer Ein-Pfund-Tüte: er drang durch ihre Poren; das Schlimme gerann wie Blut und bildete eine harte, spröde Kruste außen auf ihrer Haut. Das Schlimme, das waren die Lügen: wie sie gerade eben Sheila angelogen hatte, als es darum gegangen war, was ihr zu schaffen machte, oder wie sie Lillian anlog, wenn die sie fragte, warum sie nicht zum Musketier-Treffen kommen wollte oder nicht ins Indian-Bar-B-Que, und sie ihr sagte, ihr wäre schlecht, wenn sie sich in Wahrheit mit Mattie traf. Weil sie gar nicht zum Clubtreffen oder ins Indian-Bar-B-Que gehen wollte.

Wenn sie nicht mit Mattie zusammen war, wollte sie allein sein. Sie wollte ihre Tür abschließen und Frank Sinatra hören und träumen, daß sie mit Mattie tanzte. Und sie wollte sich nicht lächerlich machen. So wie neulich in der Geschichtsstunde, als die Lehrerin wissen wollte, was die Forscher gefunden hatten, als sie die ägyptischen Grabkammern öffneten. Emily hatte laut »Knochen« gerufen, und alle hatten vor Lachen gebrüllt. Früher wäre ihr eine solche Reaktion ganz recht gewesen, aber an jenem Tag hatte sie sich selbst verabscheut, weil sie verliebt war, was bedeutete, daß man ein reifer Mensch war, was wiederum hieß, daß sie nur dann fröhlich sein konnte, wenn sie mit Mattie zusammen war. Dann fühlte sie sich nicht nur fröhlich, sondern auch stark wie ein Wirbelsturm. Aber das konnte sich über Nacht wieder ändern. Zum Beispiel, wenn sie Mattie mit Roy Dean zusammen sah. Dann fühlte sie sich wie eine Ameise. Roy Dean war Matties fester Freund. Er war der Kapitän des Football-Teams und hatte mehr Muskeln als Charles Atlas. Und das war so verwirrend, diese Verwandlung vom Wirbelsturm in die Ameise – das Gefühl der Stärke, wenn sie mit Mattie allein war, und dann am nächsten Tag in der Schule das Gefühl, ein unbedeutendes Sophomore-Nichts zu sein, wenn sie sah, wie Roy Dean den Arm um Mattie legte. Und dann mußte sie einfach vorbeigehen, als läge ihre Welt nicht in Trümmern, und sich Lillian gegenüber wie ein waschechter Musketier benehmen und so tun, als sei sie nicht innerlich am Sterben. Und das würde jetzt nur noch schlimmer werden, nach gestern abend.

Gestern abend! Sie hörte abrupt auf zu harken und blinzelte in die harte Oktobersonne, bis Sheilas verwundertes Starren sie wieder auf die Erde zurückholte. Sie grinste, weil ihr irgend jemand einmal gesagt hatte, ihr Grinsen könne sogar die Zahnpasta wieder in die Tube zurückzaubern. »Sheila«, murmelte sie, während sie so angestrengt den Mund verzerrte, daß es wehtat, »ich will doch nur sagen, daß dieses Haus einfach zu leer ist.«

Sheila antwortete, noch immer ärgerlich: »Dann tu doch was dagegen, statt dich immer nur in deinem Zimmer zu verkriechen, wie du es in letzter Zeit getan hast.« Damit wandte sie sich ab, nur um gleich wieder herumzuwirbeln, als sei ihr eine plötzliche Erleuchtung gekommen: »Ich wette, das erzählst du auch Lillian und allen deinen anderen Freundinnen: daß die arme, kleine Emily Stolle es so schrecklich schwer hat! Daß niemand sie liebt! Daß sie ganz allein in dem großen Haus ist! Ich wette, genau das schmierst du allen Leuten aufs Brot, obwohl du genau weißt, daß uns die halbe Stadt beneidet!«

»Weshalb?«

»*Weshalb*! Du fragst *weshalb*? Weil Dad diese ganzen Restaurants gehören, deshalb! Und jetzt auch noch das neue Lokal in Boston, das er übernommen hat, damit genug Geld da ist, um dir fast alle halbwegs vernünftigen Wünsche zu erfüllen. Aber du beklagst dich trotzdem. Dir kann man es einfach nicht recht machen, Emily!«

Der Wind wehte noch immer Blätter herab, als Sheila sich jetzt wieder zum Gehen wandte. Aber Emily mußte das letzte Wort haben. »Weißt du, was dein Problem ist?« schrie sie ihrer Schwester hinterher. »Du mußt immer alles schön übertünchen! Du kriegst doch auch mit, daß sich genau unter deiner Nase Dinge abspielen, die mit Dads Geschäften nichts zu tun haben, aber du tust so, als wäre nichts. Du bist wie die gestreifte Giraffe, die sich vor das gestreifte Haus stellt, damit sie keiner sieht. Du lebst in einer Traumwelt!«

»Traumwelt, ha!« schnaubte Sheila, die jetzt wieder zurückgestapft kam und mit der freien Hand theatralisch auf sie zeigte. »Wenn hier jemand träumt, dann du! Du und Dad! Aber er nörgelt wenigstens nicht die ganze Zeit rum! Du stehst dir selbst im Weg, Emily Stolle! Du denkst, nur weil er viel weg ist oder weil Mutter zum Bridge geht, wenn sie sich gerade nicht die Hände wund schuftet, oder weil unsere richtige Mutter gestorben ist, liegt irgendein schrecklicher Fluch auf dir. Aber schau dir doch mal an, was Dad alles für uns tut! Und Mutter auch! Glaubst du vielleicht, es macht ihr Spaß, für ihn die Gastwirtin zu spielen? Glaubst du, mir macht es Spaß, mich die ganze Zeit für dein Benehmen entschuldigen zu müssen? Denk doch mal an all die hungernden Kinder in Europa! Und an Jesus am Kreuz! An die Nägel in seinen Händen und Füßen! Was glaubst du wohl, wie *das* war?«

Emily, die ein paar Meter von ihr entfernt stand, zuckte zusammen. Es brachte sie immer ganz durcheinander, wenn Sheila mit ihren religiösen Argumenten kam. Auch wenn Gott sicher die Möglichkeit gehabt hätte, das Kreuz in einen Zahnstocher zu verwandeln, und Er und Jesus das Ganze wahrscheinlich vorher abgesprochen hatten. Der Punkt war: Sheila, die genauso eifrig zur Kirche ging wie alle Leute in White River, setzte Gott so ein wie ein Schriftsteller einen Punkt. »Statt in Selbstmitleid zu zerfließen«, predigte Sheila weiter, »solltest du vielleicht besser mal an die Blinden denken oder an die Kinder ohne Arme oder Beine oder an Jesus oder – um mal was Konkreteres zu nehmen – an die arme Rose Perkins!«

Das war nicht fair! Als Sheila das sagte, sah Emily Rose Perkins im Laub liegen. »Ski-Nase« hatten die Kinder in der Schule sie gehänselt, weil ihre Nase so lang gewesen war. Aber dann war Rose, wie um sie für ihre Grausamkeit zu bestrafen, zu Jesus gegangen – einfach so, schwupp, in den Canyon-See gesprungen, dieses Frühjahr am Labor Day, und ertrunken, blubb, weil sie nämlich nicht schwimmen konnte und ihr das Wasser in den Mund gelaufen war und sie ihre Zunge verschluckt hatte. John Edwards, einer ihrer Klassenkameraden, hatte sie herausgezogen, und gerade in dem Moment war Emily dazugekommen. Sie war mit den Musketieren am See gewesen, und als sie das Geschrei gehört hatten, waren sie hingelaufen. Das war das erste Mal gewesen, daß sie eine Leiche gesehen hatte. Sie hatte nicht gewußt, was tun. Hatte nur dagestanden und geguckt, auf Roses Zunge, die in ihrem Mund zurückgebogen war wie ein umgenähtes Gummiband, auf ihr Gesicht, so grau wie alter Kaugummi, ihre offenen, stumpfen Augen. O Mann, hatte sie sich da mies gefühlt, weil sie so oft Ski-Nase zu ihr gesagt hatte. Und außerdem war Rose *wirklich* tot gewesen. Das hatte Roses Leichnam gesagt:

heute hier und morgen für immer weg, hops, über die Schwelle des Rätsels der menschlichen Existenz, zwischen den dunklen Gesichtern, die hinter den Bäumen hervorlugten. Einen Augenblick lang war das alles wieder da. Da siehst du, was dein Gott mit uns macht! hätte sie Sheila am liebsten angeschrien. Statt dessen zwinkerte sie, um die Tränen zurückzuhalten. Der Tod machte ihr Angst. Und die Liebe. Und Mattie. »Tut mir leid«, murmelte sie leise. Der Gedanke an Rose machte sie demütig. Sie wollte Sheila nicht wehtun. Sie liebte Sheila. Sie respektierte Sheilas Bemühen, Sinn in die Dinge zu bringen.
Genau in diesem Moment trat Ella auf die Eingangsveranda. Emily sah, wie sie ein paar Zeitschriften aufhob und wieder ins Haus zurückging. Vielleicht sollte sie ja rasch zu ihr laufen und ihr sagen, es täte ihr leid, daß sie sie nicht liebte. Nein, beschloß sie. Sie konnte nichts für ihre Gefühle. Ella war nicht ihre wirkliche Mutter, und außerdem war sie dumm. Na ja, dumm war vielleicht zu hart, aber wie sonst sollte man jemanden nennen, der dachte, Anonymus sei der Name eines Dichters? Das hatte Ella letzte Woche gesagt. Sie hatte erklärt, der Anonymus in einem von Emilys Büchern sei ihr Lieblingsdichter. Emily konnte nicht verstehen, wieso ihr Vater sie überhaupt geheiratet hatte.

... Ich denke daran, wie verschieden sie waren: Ella hatte die High-School nicht abgeschlossen, Dad an der Universität von Virginia und in Yale studiert. Ella war freundlich und extrovertiert, Dad launisch und verschlossen. Ich lernte Ella ein paar Jahre nach dem Tod meiner Mutter kennen. Meine Mutter, Marian Carver, starb an Tuberkulose, noch ehe sie dreißig war. Ihre Eltern, Amelia (für mich Nana) und Frank Carver aus Macon in Georgia, nahmen mich zu sich, weil ich erst drei war. Sheila, zwei Jahre älter, wurde nach Newport News in Virginia geschickt, zu der Mutter meines Vaters, die auch nicht mehr die Jüngste war. Und Dad, gerüstet mit der substantiellen Hinterlassenschaft seines Vaters Charles Stolle senior, eines bekannten

Bankers aus Virginia, begann eine Art Vagabundenleben zu führen. Nana erzählte mir einmal, er habe völlig den Verstand verloren, als meine Mutter gestorben sei (obwohl sie sich auf dem Totenbett wegen Untreue von ihm hatte scheiden lassen). Alles, was ich von ihr kenne, ist das Porträt, das in unserem Haus in Vermont hing, solange ich zurückdenken kann. Es zeigte eine junge Frau von außergewöhnlicher Schönheit – seelenvolle dunkle Augen, zurückgestecktes weiches, dunkles Haar, feine Hände. Manchmal ertappte ich Dad dabei, wie er es anstarrte. Und eines Nachts hörte ich, wie er Ella in einem Wutanfall erklärte, meine Mutter sei die einzige Frau gewesen, die er je geliebt habe.

Mein Vater war für mich eine ferne, düstere Gestalt – groß, gutaussehend, elegant gekleidet und von der Natur mit welligem schwarzem Haar und blauen Augen gesegnet. Er liebte Bücher und Wörter. Er war Südstaatler, das heißt, ein Mann mit Manieren. Außerdem war er ein Frauenheld und eine Künstlernatur. Nana mißtraute ihm, weil er (wie sie meinte) meine Mutter betrog und weil alle Künstler schwach seien. Darüber weiß ich nichts. Ich kann nur sagen, daß mir das Leben, das mein Vater in den ersten Jahren mit meiner Mutter führte, sehr aufregend vorkam. Als jungverheiratetes Paar hatten sie für kurze Zeit in Greenwich Village gelebt, wo er Malerei studierte und sie Ballett, bis ihre Krankheit sie dann zwang, nach Macon zurückzukehren, und sie schließlich dort starb. Danach war Dad auf eine lange Wanderschaft gegangen, die ihn schließlich nach Nebraska führte, wo er die Drogistentochter Ella Framer kennenlernte und heiratete. Von Nebraska waren sie nach Osten gezogen, nach White River in Vermont, weil er dort zusammen mit einem Freund ein Restaurant eröffnen wollte. Als der Freund seinen Anteil verkaufte, wurde Dad Alleineigentümer. Er änderte prompt den Namen des Lokals in Stolle Manor und versuchte, auch Gäste aus Dartmouth, gleich jenseits der Staatsgrenze, anzuziehen. Stolle Manor war das erste einer Kette von Restaurants, die sich von Vermont

bis Massachusetts erstreckte. Inzwischen war er ein schwerreicher Mann.
In meiner Kindheit war White River eine Postkartenidylle: gewundene Sträßchen, Schierlingstannen, die sich wie Tänzerinnen an den Landstraßen nach Hanover wiegten. Der Connecticut River trennte uns von New Hampshire, und nach hinten beschirmten uns die White Mountains wie ein König hoch zu Roß. Die Ski-Touristen mußten auf dem Weg nach Stowe in dem rasch wachsenden Bahnhof in der Ortsmitte umsteigen. Den Aufenthalt nutzten sie oft zu einem Bummel durch die kleinen Antiquitäten- und Ahornsirupläden an der Hauptstraße. Im Oktober trugen die Bäume ihr Herbstkleid: der Duft von Apfelmost mischte sich mit dem Geruch von verbranntem Laub, und die Luft war klar wie der Polarstern. White River war eine von Norman Rockwell befruchtete Eizelle, seine Bewohner typische Neuengländer, die Zuflucht zum gesunden Menschenverstand nahmen. In White River lud man Lehrer und Zahnarzt zum Abendessen ein. Die Telefonvermittlung nannte jeden beim Vornamen. Die Bankangestellten wußten ohne Nachprüfung, ob ein Kunde solvent war. Fünfzehnjährige Jungen fragten geduldige Drogisten stammelnd nach Kondomen und bekamen einen freundlichen Vortrag über die Launen der Leidenschaft. Überall flitzten Kinder auf Fahrrädern herum, die Füße auf der Lenkstange, und die Ansichten über Frauen, Roosevelt, Katholiken und die Regierungspolitik waren so fest verwurzelt wie die Bäume.
Unsere ganze Familie aß im Stolle Manor zu Abend. Ich war zwischen fünf und halb sechs an der Reihe. Ich aß allein und bestellte mir jeden Tag das gleiche: Roastbeef, medium, eine Pfütze brauner Soße in einem Berg Kartoffelbrei, Limabohnen mit Salz und Butter, Eistee und ein Orangensorbet, das ich immer so hastig in mich hineinschlang, daß ich Kopfschmerzen bekam. Von meinem Tisch in der Nähe der Küche konnte ich die selbstgebackenen Zimtbrötchen riechen und zusehen, wie Ella die

Gastgeberin spielte. Wenn Dad da war, stand er neben ihr, um die Gäste zu begrüßen, die Männer mit einem Händedruck, die Frauen mit Verbeugung und Handkuß. Nie werde ich dieses Bild vergessen – wie mein Vater den Kopf über ihre Finger neigt und sie vor Freude erglühen. Sobald ich fertig war, pflegte ich nach Hause zu laufen und vor dem Spiegel in meinem Zimmer Verbeugungen zu üben.

Ella lernte ich kennen, als Sheila und ich »in den Norden« (Nanas Bezeichnung für alles, was nördlich von Georgia lag) geschickt wurden. Man übergab mich der Obhut eines Schaffners in einem Zug, von dem ich glaubte, daß er bestimmt zum Nordpol führe. Sheila, die ich seit dem Begräbnis meiner Mutter nicht mehr gesehen hatte, stieg in Richmond zu. Es war eine lustige Reise: zwei kleine Mädchen, sechs und acht Jahre alt, auf dem Weg zu ihrer neuen Mutter und ihrem Zigeunervater. Sheila war aufgeregt, ich schmollte. Nach Stunden waren wir da, in einem todschicken Ort namens White River Junction, und sie kam auf uns zugelaufen, die Arme hoffnungsvoll ausgebreitet: eine blonde Frau mit strahlendem Gesicht und eifrig-blauen Augen. Sheila fing vor Freude an zu hüpfen. Ich warf mich schreiend auf den Boden, schlug um mich und weigerte mich, diese Schwindlerin jemals anders zu nennen als Ella, und Dad stand tatenlos daneben.

Es kommt mir vor, als sei das alles erst gestern gewesen, alle meine Erinnerungen an zu Hause. Da ist Sheila als die inoffizielle Botschafterin des guten Willens – die Vertraute der armen Ella, die nie wußte, wie sie an ihren Mann herankommen sollte, und die zeitweilige Ersatzmutter ihrer kleinen Schwester, die sich nie auf eine Stiefmutter einlassen wollte. Ehe Mattie meine Welt für immer veränderte, vergötterte ich meine Schwester. Ich sehe uns darauf warten, daß mein Vater von einer Reise zurückkehrte. Wenn es draußen mild war, saßen wir oft hinten im Garten, Sheila damit beschäftigt, an Tyrone Power zu schreiben, während ich davon träumte, Spionin, Taxifahrerin und Dichterin in Personalunion zu werden. Ich saß mit übereinandergeschlagenen Beinen, genau wie sie, während um uns die Grillen sirrten wie kleine schwarze Großstädte und die Fischteiche die Halbsonnen schluckten, die auf den weißen Oberflächen schwammen. Bäume, so alt wie Plutonium, streuten Blätter in die salzfreie Luft, und vom Wind aufgescheuchte Halme kobolzten über eine Wiese, die nur dann endete, wenn wir die Augen schlossen. Im Taumel des Entzückens zusammengeraffte Blätter umhüllten uns rot-in-rot wie bunte Herbstschreine. Und dann hörten wir seinen Wagen. Diese Heimkehrmomente waren die einzigen Situationen, in denen mein Vater, vielleicht aus Schuldgefühl, weil er schon wieder weggewesen war, seine Liebe zeigte. Immer gab es Mitbringsel – für mich einen Haifischzahn oder eine Charlie McCarthy-Puppe. »Daddy! Daddy!« rief ich, sobald ich den Motor hörte. Ich rannte auf ihn zu, durch die sonnengelben, kniehohen Halme, während er aus seinem La Salle stieg, der Doppelgänger des lieben Gottes! Das kommt mir jetzt alles wieder. Genau wie mein Kinderglaube, daß ich, wenn ich jemals nicht wüßte, wo ich hingehen sollte, immer bei meiner großen Schwester unterschlüpfen könnte...

Sheila hatte Emilys gemurmelte Entschuldigung angenommen und war jetzt, ein kleines Stück weiter, schon wieder eifrig am Harken. Emily sah ihr einen Augenblick zu. Sheila harkte genauso, wie sie Softball warf: ohne Rhythmus in ihren Bewegungen. Aber daran dachte Emily jetzt nicht, und auch nicht an Rose Ski-Nase Perkins. Im Moment dachte Emily nur daran, daß Mattie kommen würde. Um eins. Ihr Rechen schlug auf einen Stein. Der Stiel vibrierte, und sie stand reglos da, krank vor Aufregung wegen Mattie und gleichzeitig voller Schuldgefühle wegen Lillian. In ihrem Kopf begann ein Dialog: Sag ihr einfach, daß ihr euch liebt, Mattie und du. Du hast seit der dritten Klasse nie ein Geheimnis vor Lillian gehabt. Und sie hat dich nie verpetzt. Sie hat nie jemandem erzählt, wie du Geld aus Dads Schrank genommen hast, um für euch beide Buskarten nach Rutland zu kaufen, oder wie du eines Abends Harold Macs Auto »ausgeborgt« hast und barfuß und mit einem Sechserpack Bier zwischen den Beinen den Mully Hill runtergefahren bist, oder daß du bei der Mathearbeit geschummelt hast.

Lillian war schließlich auch kein Engel, überlegte Emily, und so schlau, daß sie ihr bestimmt helfen konnte. Tatsächlich war Lillian der schlaueste Mensch, den Emily kannte. Schon in der siebten Klasse beherrschte sie die Differentialrechnung (die Emily Magenschmerzen machte). Sie kannte sämtliche Physik-Formeln auswendig. Sie hatte sich ganz allein höhere Algebra beigebracht und konnte Spanisch und verstand mehr von Motoren als ein Junge. Lillian Waller Jackson sah auch schon aus wie ein Genie. Sie trug eine große Brille, von der Sorte, die Eulenaugen menschlich aussehen läßt, und sie hatte den Typ Haut, der sich sofort einen Sonnenbrand holt, und einen Pony, der nicht unten bleiben wollte, auch wenn man ihn naßmachte und fünf Minuten mit der Hand plattdrückte. Sie waren beide gemeinsam die Anführerinnen der Musketiere und – vor Mattie – ständig zusammen gewesen. Das gab dem Problem, wie Emily plötzlich erkannte, noch eine zusätzliche Dimension. Wenn sie es Lillian erzählte, würde Lillian womöglich eifersüchtig werden, weil Mattie ein Mädchen war!

Und um die Dinge noch weiter zu komplizieren: Lillian wußte genau über alles Bescheid. Sie wußte zum Beispiel, daß Mattie und Sheila nächstes Jahr im College zusammen ein Zimmer bewohnen wollten. Sie wußte, daß Mattie Cheerleader-Führerin war und daß sie mit Roy Dean ging. Sie kannte Roy Dean. Sie wußte, daß Emily eigentlich ganz wild auf Harold Mac hätte sein müssen, weil er einen Model T mit einem Radio mit sieben Sendern hatte. Sie wußte das alles und kannte alle diese Leute, weil sie ja alle zusammen auf dieselbe High School gingen. Deshalb war es vielleicht nicht gut, es ihr zu erzählen. Und wie sollte Emily das überhaupt anfangen? Wie sollte sie Lillian sagen, daß sie gestern abend Matties Brüste berührt hatte und daß heute morgen beim Aufwachen Matties Brustwarzen in all ihren Gehirnzellen gewesen waren und daß sie im Spiegel beinahe Matties Zunge in ihrem Mund hatte sehen können? O Gott! Emily arbeitete weiter, konnte sich aber nicht konzentrieren. Wenn Mattie nun böse auf sie war? Wenn Mattie die Dinge verdrehte und behauptete, Emily sei über sie hergefallen? Wenn sie es Sheila erzählte? Oder, schlimmer noch, wenn sie es Roy Dean erzählte und er herkam und sie umbrachte? Emily umklammerte ihren Rechen so fest, daß ihr die Hände wehtaten. Aber das würde Mattie nicht tun, hielt sie sich vor. Gestern abend hatte Mattie gesagt, daß sie sich mit Roy Dean noch nie so gefühlt hatte wie mit ihr.

Emily schluckte mühsam. Ihr Inneres brannte. Aber warum habe ich sie dann heute in der Schule nicht gesehen? Vielleicht ist sie mit Roy durchgebrannt! Nein, Dummchen! antwortete sie sich selbst. Mattie ist nicht mit Roy weggelaufen. Sie wird kommen, hab nur Geduld. Aber davon wurde ihr auch nicht viel wohler. Sie haßte es, Mattie mit Sheila zu sehen. Wenn sie alle drei zusammen waren und Sheila gerade in die andere Richtung guckte, sah Mattie Emily mit großen Augen an, oder folterte sie, indem sie sagte: »Kannst du mir bitte mal das Dingsda da drüben vom Fenster rübergeben, Em-mi-liie?«, wobei sie grinste wie ein Honigkuchenpferd und ihr Blick über Emily kroch wie eine Raupe – was sie, Emily, völlig lähmte, bis Sheila (die in Gegenwart ihrer Freundinnen immer eine Persönlichkeitsveränderung durchmachte) sich zu ihr umdrehte und herablassend sagte: »Ah, Emily, kann ich irgendwas für dich *tun*?« Und ihr blieb dann nichts anderes übrig als dazustehen, während Mattie in ihrem Kopf tickte wie eine Bombe, oder wegzugehen und sich dabei ängstlich zu fragen, wie sie wohl von hinten aussah.

Emily hielt inne, um sich ein Blatt vom Gesicht zu wischen. Vielleicht konnten sie und Mattie ja eines Tages, wenn die Dinge zwischen ihnen klar waren, Sheila und Lillian alles erzählen, und dann könnten sie alle vier enge Freundinnen sein. Das hieße doch tatsächlich, den Kuchen essen und ihn behalten!

... Ich war damals nur eine kleine Närrin, die Gedichte an ihre »unendlich geliebte Mattie« schrieb – und sie dann zerriß, noch ehe die Tinte ganz trocken war, und hanebüchene Geschichten erfand, damit mir niemand auf die Schliche kam. In den fast vier Monaten, die wir uns heimlich trafen, trieb meine Phantasie wilde Blüten. Mattie war ein Kunstwerk aus dunklen Augen und dunkler Haut, langem, samtigem Haar, vollen roten Lippen; und wenn Mattie vorbeiging, dann sangen die Blumen. Und sie wußte es. Sie spielte damit. Aber wenn wir zusammen waren, veränderten wir uns beide: ich war dann weiser und stärker, und sie war ernster und von einer liebevollen Sanftheit, wie ich sie noch nie erlebt hatte. Mattie legte sich im Wald hinter unserem Haus auf mich und schmiegte ihren Kopf an meinen Hals. Sie flocht ihre kleine Hand in meine und sagte, meine Gedichte seien wunderbar. Sie kuschelte sich in meine Jacke und hielt meine Beine mit ihren fest. Wir lachten über Dinge, die nicht komischer waren als ein Blatt oder ein Stöckchen und waren einer Meinung über Sachen, von denen wir beide nichts verstanden. In unseren Küssen lag mehr sehnsüchtige Zärtlichkeit als irgend etwas anderes. Wir schienen das alles für selbstverständlich zu nehmen und sprachen kaum je darüber, daß es vielleicht seltsam sein könnte. Es war, als wären wir nicht wir, sondern Schwemmgut in einem Fluß, wo wir Seite an Seite dahintrieben. Da waren Häuser und Menschen auf den Dächern, mit verängstigten Gesichtern, und Vieh und Holz, das einzeln an uns vorbeitrieb, aber wir beide schwammen im Gleichtakt dahin. Es war, als seien wir zusammen auf einer Reise, ohne zu wissen, woher wir kamen und wo wir hinwollten und was das alles zu bedeuten hatte. Aber je weiter wir schwammen, desto ganzer und runder und einmaliger wurden wir. Und wir stellten unsere Gefühle nie in Frage, so wenig wie man Rosenduft in Frage stellt. Ja, es war wirklich so simpel und so berauschend und so kompliziert. Wenn ich Mattie in den Armen hielt, war sie wie ein Brief, der in einen Umschlag gleitet, und wir verschlossen und versiegelten uns und versanken, ab die Post, in einem tiefen Wir.

Mit fünfzehn kam ich mit etwas Wirklichem in mir in Verbindung. Wie soll ich das sagen? Ich dachte, wenn Mattie sterben würde, wäre das das Ende meiner Welt. So empfand ich unsere Beziehung. Das war meine Überzeugung.
Aber einmal wäre fast alles aufgeflogen! Eines Abends trafen wir uns, nachdem alle zu Bett gegangen waren, draußen in der Nähe unseres Hauses. Um Mitternacht schlichen wir uns in unsere Küche, um etwas zu essen. Wir waren gerade dabei, uns im Schein einer Taschenlampe ein Brot zu machen, als wir ein Husten hörten. Sheila! Sheila kam die Treppe herunter! Mein Herz schlug wie eine Alarmglocke, und Matties Gesicht sah aus, als hätte es jemand in die Steckdose gestöpselt. Wir schafften es gerade noch in die Besenkammer, ehe die Tür geöffnet wurde und das Licht anging. Wir konnten Sheila im Kühlschrank kramen hören. Nach ein paar Augenblicken kam sie auf die Kammer zu. Ich erinnere mich, daß ich Gott versprach, wenn er machte, daß die Erde bebte oder meine Schwester plötzlich Durchfall bekäme, würde ich Nonne werden.
Zum Glück ging sie weiter...

Der Wind nahm zu. Die Blätter fielen immer dichter, und Ella trat wieder auf die Veranda, ihr langer, dunkler Nerz wie in die Luft gedruckt. »Sheila!« rief sie.
»Ja, Mutter! Hier bin ich!«
»Ist Emily bei dir?«
»Sie ist bei den Blumenbeeten!«
»Komm hierher, wo ich dich sehen kann, Sheila!«
Gehorsam trat Sheila in ihr Gesichtsfeld. »Ich gehe zu den Turners«, wehte Ellas Stimme über die Terrasse, »und danach ins Restaurant. Ihr braucht nicht dort zu essen, wenn ihr nicht wollt. Daddy wird nicht vor acht zurück sein.«
Das ist auch so etwas, sagte sich Emily. Sie nennt ihn Daddy.
»Ist gut«, antwortete Sheila. »Bis später!«
»Seid vorsichtig, wenn ihr Blätter verbrennt.«

»Sind wir.«

»Es ist Hackfleisch da und fertiger Kartoffelsalat«, setzte Ella noch hinzu, ehe sie wieder im Haus verschwand. Sheila ging das schmale Rasenstück entlang, das die obere Terrasse bildete. Zwei gestreifte Eichhörnchen hüpften durch eine kleine Baumgruppe. Eine Drossel landete auf einem Laubhaufen und starrte Emily an, die gerade ein Stöckchen aufhob und zur Seite warf. Wann würde Mattie kommen? war alles, was sie denken konnte. Sollte sie nicht besonders hübsch aussehen, wenn sie kam? Sollte sie nicht ihre Jeansjacke anziehen, von der Mattie immer sagte, daß sie so toll aussah? Aber die hatte Ella gerade zur Reinigung gegeben. Verdammt! Sie sah düster zu ihrer Schwester hinüber und mußte wieder daran denken, wie schlimm es war, sie mit Mattie zu sehen. O ja, sie litt wirklich sehr. Noch einmal sah sie auf die Uhr. Halb zwei. Herrgott, kam Mattie nun oder was?

...Ich will die Dinge ein bißchen sortieren: Die Hursts (Matties Familie) waren unsere Nachbarn, von unserem Haus durch eine riesige Wiese getrennt. Matties Vater war Bankdirektor; Matties Mutter spielte mit Ella Bridge. Mattie selbst war, so schien es, immer schon bei uns ein- und ausgegangen. Sheila pflegte sogar zu sagen, sie seien »von Geburt an« beste Freundinnen. Aber wenn ich jetzt zurückblicke, wundere ich mich über diese Sympathie, weil Mattie und meine Schwester so verschieden waren wie Tag und Nacht: Mattie war ziemlich angeberisch, Sheila sehr viel zurückhaltender; Mattie hatte es mit dem Theater und war eine begeisterte Cheerleaderin; Sheila war die Präsidentin des Latein-Clubs; Mattie gefielen Football-Spieler; Sheila mochte lieber belesene junge Männer mit Schlipsen. Was sie und mich anbelangt, so habe ich ja schon gesagt, daß Matties Rolle als Abschlußklassen-Schülerin ihr (gegenüber einer Kleinen aus dem zweiten Jahr) eigentlich ein höfliches, aber zerstreutes, duldsames, aber sichtlich gelangweiltes Verhalten vorschrieb.

Was jetzt kommt, fußt auf meiner Erinnerung und meinen Tagebüchern. Aber auch ohne meine Aufzeichnungen hätte ich Mattie nie vergessen können. Noch heute, so viele Jahre später, ist sie für mich die Batterie meiner Jugend, so, als sei sie durch eine riesige Verlängerungsschnur für immer mit meinem Leben verbunden.

Begonnen hatte die ganze Sache Anfang Juli, kurz nach meiner Rückkehr von meinem üblichen Sommerbesuch in Macon. Ich war deprimiert, weil das Asthma meiner Großmutter immer schlimmer wurde. Das bedrückte auch Ora Lu Hawkins, die seit Jahren für sie sorgte. Nana wurde alt, und wir konnten beide nichts dagegen tun.

Eines Nachmittags – es muß etwa zwei Tage nach meiner Rückkehr gewesen sein – kam ich nach Hause. Ella war beim Bridge, Dad unterwegs. Auf der Tafel in der Küche, wo wir aufzuschreiben pflegten, wo wir waren, stand in Sheilas Schrift: »Gehe in den Drugstore. Vierzehn Uhr.« Wenn Sheila in den Drugstore ging, war das, als ob sie loszöge, um ein Auto zu kaufen: sie mußte Etiketten studieren, Vergleiche anstellen, womöglich noch ein paar Expertisen einholen. So, wie ich meine Schwester kannte, hatte sie bestimmte alle Kinozeitschriften nach Bildern von Tyrone Power durchgeblättert, sich in allen Spiegeln betrachtet, allem hallo gesagt, was sich bewegte (Sheila wollte um keinen Preis irgend jemanden kränken). Und falls Evie Freeman bediente, war sie sicherlich eine Ewigkeit festgehalten worden, denn Evies Redefluß entkommen zu wollen, war wie der Versuch, einen Wagen rückwärts aus dem Matsch zu fahren. Aber selbst wenn sie schließlich losgekommen war, kutschierte sie jetzt vermutlich in ihrem neuen Ford die Hauptstraße rauf und runter wie die Königin von Saba, oder sie war noch kurz in die Bibliothek gegangen, um irgendwelche Mineralien oder andere Dinge nachzuschlagen, weil sie ihr A in Physik halten wollte. Und danach schaute sie vielleicht noch bei einem Modegeschäft vorbei, obwohl sie nie fand, daß ihr irgend etwas stand: entweder waren ihre Beine zu dick, oder sie hatte Elefantenhüften (ein kleiner Einblick in die Welt, in der meine Schwester lebte).

Jedenfalls streichelte draußen ein sanfter Wind die Bäume, als ich in unser Studierzimmer ging. Dort fand ich die Jalousien heruntergelassen, und auf dem Fußboden saß Mattie Hurst in einem unirdischen, langen, weißen Gewand. Sie deklamierte, an die Vorhänge adressiert: »›Ich feiere mich selbst und singe mich selbst, und was ich mir anmaße, sollst du dir anmaßen.‹« Ich blieb still stehen und sah ihr zu. »›Denn jedes Atom, das mir gehört, gehört auch dir.‹«

Sie war viel zu sehr in ihr Tun versunken, um mich zu bemerken. Sie streckte sich auf dem Boden aus, hielt das Buch mit der einen Hand hoch und schlug sich mit der anderen theatralisch auf die Brust. »›Ich lehne und lade meine Seele zu Gast‹«, erklärte sie der mächtigen Statue einer englischen Bulldogge in der Zimmerecke. Dann setzte sie sich auf, die Arme erhoben wie ein betender Inder. Ihre Augen waren geschlossen, ihr Busen wogte, während sie weiter meinen Lieblingsdichter rezitierte: »›Häuser und Räume sind voller Wohlgerüche.‹« Sie hielt inne und hob ein Blatt Papier vom Boden auf. Ihre eine Hand fuhr in das Mieder ihres Gewands und zog eine rote Rose hervor. Sie küßte sie und steckte sie wieder zwischen ihre Brüste.

Und plötzlich hörte ich mich in ihrem Rücken sagen: »›Ein Kind sagte: *Was ist das Gras?* und pflückte es mir mit vollen Händen. Wie konnte ich dem Kind antworten? Ich weiß nicht besser als das Kind, was es ist.‹«

Stille. Selbst der Wind schien sich jäh gelegt zu haben. Ein O-förmiger Mund fuhr zu mir herum. *»Scheiße!«* kam es aus ihm heraus.

Aber ich war bereits viel zu hingerissen von meiner eigenen Rezitation, um auf derselben Ebene zu antworten. Aus dem Gedächtnis deklamierte ich: »›Ich schlendere und lade meine Seele zu Gaste, ich lehne und schlendre nach meinem Behagen, einen Halm des Sommergrases betrachtend.‹« Da explodierte Mattie: *»Du!«* schrie sie mit schockgeweiteten Augen. »Das Gör kennt Walt Whitman!«

Nie vorher oder nachher habe ich solche Genugtuung empfunden wie in diesem Augenblick, als ich grinsend und großspurig antwortete: »Allerdings. Du mußt wissen, auch Sophomores haben Geschmacksnerven.« Da schlug Matties Haltung in eine ganz untypische Bescheidenheit um, was auf mich zurückwirkte. Nachdem wir einander noch ein paar Verse vorgetragen hatten, erklärte Mattie, sie übe für ihren Theaterkurs (bei uns, weil sie zu Hause Gäste hatten und Sheila gesagt hatte, hier sei sie ungestört), und irgendwie funkte es zwischen uns: Ich begann, draufloszuschwärmen, nannte Walt Whitman mein großes Idol, erzählte ihr, ich hätte *Grashalme* hunderttausendmal gelesen und nähme es manchmal mit zu den Softball-Spielen (was keiner wußte außer Lillian). Ich erklärte ihr, Gedichte seien mir das Wichtigste auf der Welt und ich läse immer welche, wenn ich traurig sei, so wie heute, wegen meiner Großmutter. Dann bot ich noch ein bißchen Shakespeare dar: »›Komm, gib mir meinen Romeo! Und stirbt er einst, nimm ihn, zerteil in kleine Sterne ihn: Er wird des Himmels Antlitz so verschönen, daß alle Welt sich in die Nacht verliebt und niemand mehr der eitlen Sonne huldigt.‹«
Danach trug ich etwas Eigenes vor: »›Jede Wiese, die ich mit mir nehme, jeder Halm singt mir ein Lied. Dinge, die mich tragen, wenn mein Herz hierher zu diesen Hügeln flieht, an bleiernen Septembertagen.‹«
»Das habe ich bei dem Abschiedsfest im Sommerlager geschrieben. Als ich aufgestanden bin, um es vorzulesen, haben zuerst alle gelacht und gejohlt, aber am Ende sind ihnen die Tränen nur so runtergelaufen. Es war fünf Seiten lang«, prahlte ich. »Sie haben es in ihre Broschüre aufgenommen.«
Ich sehe noch immer Matties ehrfürchtiges Staunen, diesen Gesichtsausdruck, der ihr Schlüssel zu meinem Herzen werden sollte. Vor Mattie hatte ich noch nie das Gefühl gehabt, daß mich irgend jemand ernst nahm. (Na ja, Lillian hörte mir zu, aber sie war so alt wie ich – sie zählte nicht wirklich.) Sheila fand immer, ich sei zu dramatisch. Dad war selten da. Ella spielte Klavier,

hatte es aber nicht mit Gedichten. Und jetzt war da Mattie Hurst, der Inbegriff einer Abschlußklassen-Schülerin, die an meinen Lippen zu hängen schien. Und so offenbarte ich einige meiner geheimsten Gedanken. Ich erzählte ihr, in letzter Zeit stellte ich mir öfters vor, ich würde ohne Kopf herumlaufen, um »meine Sorgen loszuwerden«. (Meine Worte, so wie sie auf der Seite 32 eines alten Tagebuchs stehen.) Dann rezitierte ich noch ein paar eigene Verse über die Natur: »›Dank, Gott, für Meer und Wonne und Arme zum Halten, für die Dünen aus Wasser und den kalten, gischtigen Wind, der wärmt, Dank, Gott.‹«
Ich erklärte ihr, daß ich manchmal nachts mit Gedichten im Kopf aufwachte und niederschrieb, was mir auf der Seele brannte. Ich sagte, ich wolle für eine Sache sterben. Ich erfand Wörter, die ich kaum aussprechen konnte. Ich erfand Bücher, die es gar nicht gab. Eins betitelte ich *Gefahren der Wirbelstürme*. Ich schrieb es einem fiktiven Ralph Butcher zu und sagte, es setze sich mit einer Frage auseinander, mit der ich mich Tag und Nacht herumschlüge. Die Frage laute: Wenn Gott so gut und mächtig war, warum gab es dann all das Böse auf der Welt?
Je mehr ich redete, desto gebannter hörte Mattie zu. Je hochtrabendere Worte ich benutzte, desto weiter wurden ihre Augen. Und ich spürte eine Erregung, wie ich sie noch nie erlebt hatte: ich wollte unbedingt, daß Mattie mich toll fand. Ich gierte danach, daß sie mich beachtete. Als sie sagte, sie sei Existentialistin, sagte ich, ich auch. Als sie mir erklärte, was für die Reinkarnationslehre sprach, stimmte ich ihr zu. Als sie gestand, ihr Idol sei Isadora Duncan, rief ich entzückt, ich verehrte sie ebenfalls. (Ich hatte keine Ahnung von Existentialismus, Reinkarnationslehre oder Isadora Duncan, aber ich wollte Mattie beeindrucken; wenn Mattie mir erklärt hätte, der Mond sei ein grüner Apfel, hätte ich auch dem beigepflichtet.) Und während wir redeten, wurde das Zimmer immer kleiner und Mattie immer größer. Und als sie sagte, sie habe so viel durchzumachen, und ich fragte, was, antwortete sie: »Das Leben!« (als ob das jede Unklarheit beseitigte),

und ich sagte, ich verstünde. Ich sagte wohl hundertmal: »Ich verstehe.« Wir sprachen über Roy Dean, Harold Mac, die ewigen öden Football-Spiele, die Zwänge, denen wir Mädchen unterlagen. Sie verriet mir, daß sie immer das Gefühl habe, Theater spielen zu müssen. Sie sagte, manchmal langweile Roy Dean sie zu Tode, aber das habe sie noch nie einem Menschen gestanden. Sie wollte wissen, ob ich Geheimnisse für mich behalten könne. Ich antwortete: »Wie eine Bank.« Sie lächelte. Ich lächelte. Sie sagte, manchmal packe sie ein solcher Begeisterungsrausch, daß sie am liebsten auf den höchsten Gipfel der White Mountains laufen und der Welt »Ich liebe dich« entgegenschreien würde. Ob ich das verrückt fände? Roy und Sheila würden es sicher verrückt finden, da wette sie ihr letztes Hemd. Aber ich sagte, für mich hätte das nichts mit Verrücktheit zu tun, sondern nur mit Lebendigsein. Diese Antwort gefiel ihr. Ihre Augen strahlten. Sie beugte sich vor und hielt mir eine Zigarette hin. Ich roch ihr Haar und ihr Parfüm. Ich weiß noch, wie ich dachte: *Wow!*

Inzwischen hatte sie sich wieder auf dem Boden ausgestreckt, und ihr dunkles Haar lag ausgebreitet wie ein Fächer. Wir streuten ein paar unanständige Wörter ein, um unsere Erhabenheit über lächerliche Hemmungen zu demonstrieren: Sie sagte ficken; ich sagte vögeln. Sie sagte Kacke, ich sagte gottverdammt. Ich ließ den rechten Arm hängen und hoffte, die Venen auf meinem Handrücken würden so hervortreten wie bei meinem Vater. Ich hätte mich am liebsten auch so verbeugt wie er, aber im Sitzen hätte das absurd ausgesehen, also hielt ich nur die Lider gesenkt wie Robert Mitchum. Und als sie mich fragte, wieso ich in meinem Alter schon so klug sei, erklärte ich ihr, das Alter sei nur eine Zahl und ich müsse schließlich mit den Seniors mithalten. Sie meinte, du hältst dich für ein kleines Genie, was? Ich sagte, klein sei nicht das richtige Wort. Sie lachte. Dann wollte sie wissen, ob ich schon mal einen Neger oder einen Juden gesehen hätte. Ich sagte, ich hätte jede Menge Neger gesehen. Wo denn? In Georgia, sagte ich. Ob sie wirklich richtig schwarz seien? wollte sie wissen.

Ja, sagte ich im Expertenton, und sehr nett. (Über Juden wußte ich in Wahrheit absolut nichts, aber weil ich vor Mattie als etwas Besonderes dastehen wollte, sagte ich, ich hätte schon Massen von Juden im Zug nach Macon erlebt, und dabei beließ ich es.) Sie nahm das alles wortlos auf und brach dann ihr Schweigen, um mir mitzuteilen, sie habe gelesen, Juden, Neger und Künstler lebten in den Großstädten, und sie wolle mit einundzwanzig auch in die Großstadt, um frei zu sein. Ich pflichtete ihr bei, und wir verstummten angesichts unserer gemeinsamen Entschlossenheit, erwachsen zu werden und zu leben, wo es uns gefiel. Dann schien plötzlich irgend etwas in Mattie loszulassen. Sie packte meinen Arm, als schwänden ihr die Sinne: »Ach, Emily, ich will brennen und alles kosten und leiden!« O mein Gott, wenn diese Worte mich nicht bei lebendigem Leib verzehrten!

Aber ich erinnere mich auch noch genau an den Augenblick, als Mattie Hurst und ich in etwas hineinstolperten, das größer war als wir beide. Ich will erzählen, wie das war. In den kurzen Stunden jenes Nachmittags verschmolzen plötzlich die Welten, die uns trennten, verwischten sich die Grenzen zwischen Senior und Sophomore, zwischen der angehenden Intellektuellen und Sheilas kleiner Schwester. Weg war die aufmüpfige Zwölftkläßlerin mit ihrer höchstpersönlichen Art, mit der Welt fertigzuwerden. Da war ich, die ich das poetische Wesen meines Herzens entfaltete, es laut werden ließ und alle Störgeräusche und Zweifel übertönte. Und so füllte sich der Raum mit Licht und Musik. Ich sagte zu Mattie, ich wolle eine ernsthafte Dichterin werden. Und, o Wunder, sie lachte nicht. Sie meinte, ich sei etwas Besonderes. Sie sagte, sie wolle alles hören, was ich je geschrieben hätte, und sie würde mir auch ihre Gedichte vortragen, und wir dürften niemals irgend jemandem etwas von diesem Nachmittag erzählen, denn sonst würde er wie alle anderen. Sie zog die einzelne Rose, die ich schon gesehen hatte, aus ihrem Ausschnitt und gab sie mir. Sie zündete sich eine Zigarette an. Sie stieß den Rauch durch die Nase und sog ihn wieder ein.

Ich war fasziniert. Ich fühlte mich unwirklich, älter. Es war, als beobachtete ich aus einem sonderbaren Schwebezustand den Leichnam meiner Unerfahrenheit, der nackt vor Mattie in diesem Seziersaal lag. Plötzlich mußte ich aufs Klo. Ich stand bedächtig auf und hoffte, sie würde die Tennismuskeln an meinem Arm bemerken. Dann spazierte ich, plötzlich seltsam verwirrt, obwohl ich doch in diesem Haus aufgewachsen war, geradewegs in einen Wandschrank voller Wintermäntel und klappernder leerer Bügel. Verlegen grinsend trat ich zurück. Das Telefon klingelte. Ich rannte hin, um abzunehmen. Es war Sheila. Sie war in der Bücherei und würde in zwei Stunden kommen. Ob Mattie da sei. Mein Herz rutschte eine Etage tiefer. Ja, sagte ich. Sag ihr, ich rufe sie nachher an, war ihr Abschiedsböller. Ich legte auf und ging aufs Klo. Als ich wieder ins Studierzimmer kam, hatte Mattie die Arme auf die Knie gelegt. Sie sah phantastisch aus. Ihr Körper war ein Verbund aus zarten Knochen, und wenn sie sich bewegte, glitt ihr Haar um ihre Schultern, als suche es ein Plätzchen, um sich niederzulassen. In ihrem Gesicht war ein chamäleonhafter Wechsel von einem Dutzend verschiedener Mienen.

Alles in mir war in Aufruhr!

Die Minuten pulsten durchs Haus. Es war stickig. Ich stand auf, um das Fenster zu öffnen, stolperte über die Teppichkante. »Laß mich«, sagte Mattie mit einem breiten, wissenden Grinsen. Sie ging zum Fenster, kam wieder zurück und setzte sich eine Handbreit vor mich. Ihre Augen, soweit ich sie durch ihr Haar erkennen konnte, verschlangen mich auf die gleiche träge Art, wie Frauen am Strand die Schwimmer beobachten. »Findest du mich sexy?« fragte sie schließlich.

Meine Augen rollten weg und stellten sich tot. Sie rollten wieder zurück und starrten sie unverschämt an. Ich musterte Mattie mit dem Taxier-Blick.

Der Taxier-Blick war der Blick-der-Blicke: er arbeitete sich langsam über den Körper wie ein Bergsteiger und hielt immer wieder an kritischen Stellen inne, um das Terrain genau zu sondieren.

Das Ziel: die Erhebung des Sex-IQ. Jeder in der Schule machte das.
Ich erinnere mich, wie ich mit unschuldigem Vergnügen Matties Körper abwanderte, die Sanduhr-Hüften, die unglaubliche Taille, die herrlichen Brüste. Sie wartete ruhig ab. Sie wußte, wer sie war.
»Auf einer Zehnerskala«, sagte ich nachdenklich, »mit zehn als Spitzenwert, würde ich sagen, drei, höchstens.«
Mattie lachte schallend...

Emily wollte nicht mehr weiterharken. Sie hörte auf, legte sich hin, öffnete und schloß die Beine wie eine Schere, fühlte Tannenzapfen durch ihr Hemd und stellte sich vor, wie ein Felsblock auf Mattie herabstürzte und sie sie gerade noch rechtzeitig wegzog. Ach, was würde es nützen! Sie setzte sich unglücklich auf. Selbst wenn sie Mattie das Leben retten würde, könnte sie doch mit niemandem über ihre Gefühle sprechen, weil doch alle Welt von ihr erwartete, daß sie scharf auf Harold Mac war. Verdammt! Wenn Harold Mac sie küßte, dachte sie an Mattie. Harold Mac sagte ihr, sie mache ihn ganz verrückt. Das konnte sie verstehen, weil Mattie sie ganz verrückt machte. Warum konnten sich nicht dieselben Leute gegenseitig verrückt machen? Das hatte doch keinen Sinn. Nichts hatte Sinn. Vielleicht kam Mattie ja wirklich nicht. Vielleicht sollte sie einfach weglaufen.
Eine *Ansammlung* roter und goldener Blätter rings um den Aussichtspavillon wirbelte kleine Dreckschwaden auf. Ein Ast an einer der alten Tannen war abgeknickt und wurde von einer Windbö geschüttelt. Oben am Himmel verwandelte sich eine Wolke in einen Ameisenbären, eine Bergkuppe wurde ein Dinosaurier mit einem Vogel im Maul. Sie liebte dieses Wetter. Es versetzte sie in Aufbruchsstimmung, weckte in ihr den Wunsch, davonzulaufen und auf Wanderschaft zu gehen und dort zu Hause zu sein, wo sie ihren Hut hinhängte, wie ihre Reitlehrerin im Sommerlager zu sagen pflegte. Sie saß da und beobachtete Sheila. Wenn Sheila könnte, würde sie einen riesigen Staubsauger

hier herausschleppen, um nur ja auch noch das letzte Blatt von der Terrasse zu saugen. Sie wollte immer alles ordentlich und perfekt machen. Aber das war sinnlos, weil doch immer wieder neue Blätter fielen. »Sheila!« schrie sie.

Aber Sheila, die zu spüren schien, was in Emily vorging, machte nur achselzuckend weiter. Emily nahm ein Blatt, zerdrückte es in der Hand und ließ den Blick über den Garten schweifen. Sie wollte das doppelte Taschengeld, das Charles ihnen versprochen hatte, weil sie Mattie ein silbernes Armband kaufen wollte, aber sie war nicht in der Stimmung zum Laubharken. Also legte sie sich wieder hin. Kleine Heugabeln piekten sie innerlich, kleine Angstmäulchen knabberten an ihrem Herzen. Und jetzt schreckte sie Sheilas Stimme auf: »He, raff dich auf, oder wir brauchen den ganzen Tag!« Emily reagierte nicht. »Emily!« Sheila war unverkennbar ärgerlich. »Heiliger Strohsack, was ist denn mit dir los? Ich habe *keine* Lust, alles allein zu machen!«

»Ja, ja, schon gut«, murmelte sie resigniert, während sie sich wieder aufsetzte. »Aber was hat das denn für einen Sinn? Es fallen ja doch wieder neue. Guck dir doch den Wind an!«

Das bewirkte, daß Sheila angerannt kam, während eine heftige Bö die Blätter durch die Gegend scheuchte. Sie stoben wie Ameisen in alle Richtungen davon und bildeten kleine Windhosen, die in einem Farbwirbel davontanzten. »Der Sinn ist der«, sagte sie in gequältem, belehrendem Ton zu Emily, »daß wir es Dad versprochen haben. Und es ist völlig egal, ob es windet oder nicht. Es wäre sogar egal, wenn ein Hurrikan käme, was um diese Jahreszeit allerdings nicht sehr wahrscheinlich ist, wie du weißt. Wichtig ist einzig und allein und immer im Leben, daß wir uns *bemühen.* Und außerdem«, sie machte eine theatralische Pause, »haben wir ein Abkommen: wenn wir den ganzen Garten schaffen, kriegen wir doppeltes Taschengeld. Stell dich nicht so an, Emily. *Du* brauchst das Geld vielleicht nicht. Aber ich!« Matties Armband blinkte neben einer grauen Drossel, die sich neben einem Laubhaufen duckte.

»Und im übrigen«, schrappte Sheilas Stimme wie eine Säge, »hast du gesagt, wenn ich wegen deiner Mathenote mit Miss Arnold rede, machst du mit, bis alles Laub weggeharkt ist. Und ich hab's getan. Und fang nicht an, mich zu löchern, was sie gesagt hat, bevor wir hier nicht fertig sind!« Wie um Sheila zu unterstützen, wurde der Wind auf einmal sanft wie ein *Lamm*. Was soll's? dachte Emily. Sie stand folgsam auf, während Sheila in der Nähe zu harken begann. Miss Arnold war ihr im Moment völlig schnuppe. Hier und da trieben versprengte Papier*fetzen* in der leichten Brise. Eine Sonnenölflasche und eine Blechdose kamen zutage, als ein neuer Windstoß die Bäume bog. Nach einer Weile rief Sheila: »Hat Lillian dich erwischt?«
»Wann?«
»Ich hab' sie in der dritten Stunde gesehen, und sie meinte, sie müßte mit dir reden. Sie hat gesagt, es sei wichtig. Ist mir gerade erst wieder eingefallen.«
Emily harkte weiter, als hätte sie nichts gehört. Sie wußte schon, was Lillian wollte: es ging sicher um ihre Augenbrauen. Vor drei Wochen hatte sie sich die Brauen abrasiert, damit sie so bleistiftstrichfein und geschwungen nachwachsen sollten wie die von Lana Turner. Aber sie hatten es nicht getan. Sie waren ganz normal nachgewachsen. Und jetzt wußte Lillian nicht, ob sie sie noch mal abrasieren sollte oder was sie sonst tun konnte.
Entweder war es das, oder Lillian wollte ihr hunderttausend Fragen stellen, wo sie gestern abend gewesen war, statt zum Musketier-Treffen zu kommen. Sollte sie vielleicht sagen: ich konnte nicht, Lil, weil ich Mattie Hursts Brüste gestreichelt habe! Himmelherrgott, sie hatte die Lügerei satt! Sie stand reglos da und sann über ihr kompliziertes Leben nach, als Sheila herübergestapft kam, ihren Rechen hinter sich herziehend. »Habt ihr Streit oder was, du und Lillian?« fragte sie.
»Was soll das, Sheila?« Sie haßte es, wenn ihre Schwester sie ansah wie ein großer Raubvogel. »Die Inquisition? Wieso sollten Lillian und ich Streit haben?«

»Ich weiß nicht. Ihr seid nicht mehr so viel zusammen wie... Emily! Weinst du? Emily!« Sheila kam angerannt, legte die Hand unter Emilys Kinn und hob sachte ihr Gesicht. »Was ist los?« fragte sie sanft. »So benimmt sich die lustigste Sophomore der ganzen Schule? Sag's mir. Ist was mit dir und Harold Mac? Hat er was getan, was ich wissen sollte?«
Emily wandte sich ab und sah den Blättern zu, die wie bunte Bälle über das Gras hüpften, froh, daß sie keine Mattiespuren an sich trug. Eine Krähe, die hinter einer Ahorngruppe vorüberzog, verkündete frühen Frost.
»Hat es dir die Sprache verschlagen?« hakte Sheila nach, wobei sie sie leicht an der Schulter berührte.
Emily stand mit dem Rücken zu ihr, von Schuldgefühlen überschwemmt. Sie spürte, daß Sheila sich um sie sorgte. Sheila liebte sie wirklich. Und so dankte sie es ihr. Indem sie log. So ging man nicht mit seiner besten Freundin um, und auch nicht mit jemandem, der aus dem gleichen Bauch gekommen war wie man selbst. Sie hörte die Frage: »Emily, bist du schwanger?«
Das ließ sie auf dem Absatz herumwirbeln. »Was?« fragte sie verblüfft.
»Du hast mich schon verstanden. Bist du in Schwierigkeiten? Ist *das* zwischen dir und Harold Mac passiert?«
Wieso denken alle, sobald man etwas hat, immer gleich, daß man schwanger sei? »Natürlich bin ich nicht schwanger«, antwortete sie scharf. »Wofür hältst du mich?« Aber dann sah sie, wie aufrichtig betroffen ihre Schwester sie ansah, und es brach ihr schier das Herz. Plötzlich war die Versuchung so groß, die Wahrheit zu sagen. »Sheila«, begann sie. Aber weiter kam sie nicht: sie sah Sheila und Mattie zusammen in Sheilas Zimmer lernen. Sie sah sie kichernd Fotos von Tyrone Power und Turhan Bey betrachten. Sie sah Roy und Mattie und Chad Wells und Sheila ins Kino gehen. Sie sah sie früher, wie sie jede das Foto der anderen im Portemonnaie trugen und sich gegenseitig ins Jahrbuch schrieben: »Durch dick und dünn bleibst du meine beste Freundin!«,

und plötzlich fiel ihr ein, daß Sheila immer sagte, Gegensätze zögen sich an, und sie und Mattie seien zwar verschieden und trotzdem wie zwei Erbsen in einer Schote. Aber das stimmte jetzt nicht mehr, wurde Emily sich schmerzlich klar. Jetzt waren sie und Mattie die beiden Erbsen: das war das Atombomben-Geheimnis. Aber wenn sie es Sheila erzählte, würde es Sheila umbringen. Trotzdem mußte sie etwas sagen. Also sagte Emily einfach nur sehr glaubhaft (weil sie neben allem anderen auch das fühlte): »Ich bin ganz allein, Sheila. Ich meine, wenn du weggehst.«

»Wieso?« fragte Sheila verdutzt. »Wieso soll ich denn weggehen?«

»Wenn du aufs College gehst.«

»Ach, das ist es also. Es geht gar nicht um Harold Mac?«

»Natürlich geht es nicht um Harold Mac. Es geht darum, daß ich allein hier hocke, wenn du weg bist.«

»Aber du hast doch Lillian.«

»Mit Lillian wohne ich nicht zusammen.«

»O Schätzchen, das ist doch noch so lange hin, daß du dir deswegen keine Sorgen machen mußt. Und du kannst mich doch besuchen kommen. Ich bin dann ja nicht auf dem Mond. Ich bin ja nur in Boston.«

Nur in Boston! Wie sollte sie das aushalten? Plötzlich überwog die Verzweiflung das schlechte Gewissen. Emily stand dicht vor ihrer Schwester, und in ihr wühlte der Schmerz, weil sie Mattie im nächsten Herbst verlieren würde. Sie holte tief Luft, und was herauskam, war: »Freust du dich, daß du und ...« Das Wort Mattie blieb stecken, lag ihr im Mund wie eine Perle, die an ihrer Muschel festgewachsen ist, hing weiß und auffallend an ihren Lippen. Sie setzte noch einmal an, und endlich kam es heraus: »Freust du dich, daß du dann mit Mattie zusammenziehst?« *Himmel,* dachte sie panisch, habe ich das wirklich gesagt? Aber es war schon zu spät.

»Spinnst du?« antwortete Sheila zutiefst irritiert. »Wieso sollte

ich mich nicht darauf freuen, mit Mattie zusammenzuwohnen? Wir haben das doch schon seit Jahren geplant.«
»Weiß nicht. Manchmal ändert man ja seine Meinung.«
»Wieso sollte ich meine Meinung ändern, es sei denn, Mattie ändert ihre und brennt mit Roy Dean durch?« Sie legte jetzt beide Hände auf Emilys Schultern und sah ihr direkt in die Augen. »Emily, jetzt winde dich mal nicht raus. Was willst du eigentlich sagen? Gibt es etwas, was ich nicht weiß? Hast du deshalb vorhin Matties Namen gesagt?«
Schnell! Sie mußte sich etwas einfallen lassen. Emily war dabei, in eine Grube zu fallen. Sie hatte sich diese Grube selbst gegraben, und jetzt stieß sie sich auch noch selbst hinein. Aber vielleicht gehörte die Gefahr ja einfach dazu. »Nein. Nein. Ich hatte nur Angst, du könntest vielleicht kalte Füße kriegen, und das wäre mir gar nicht recht, weil ich Mattie kenne und weiß, daß es dann kein Problem ist, wenn ich dich im College besuche. Aber wenn du mit jemand Fremdem zusammenwohnst, dann ist es derjenigen vielleicht nicht recht, wenn ich komme.«
Sheila sah Emily prüfend ins Gesicht und sagte dann: »Emily, wenn ich jedesmal einen Penny kriegen würde, wenn du etwas Versponnenes sagst, dann wäre ich irgendwann reicher als Rokkefeller. Natürlich kannst du mich besuchen kommen, egal, ob ich mit Mattie zusammenwohne oder nicht.«
»Sheila?«
»Ja?«
Ein verrücktes Gefühl stieg in ihr auf. Sie war plötzlich ganz aufgedreht, fast schon hysterisch. »Sheila, ich hab dich so gern!« Und während Sheila sie noch ansah, aufs neue verwundert über diesen jähen Stimmungswechsel, vollführte Emily einen kleinen Tanz um ihren Rechen. Sie beugte die Arme wie ein Bodybuilder. Sie trommelte sich auf die Brust. »Siehst du, jetzt geht's mir wieder gut. Ich bin putzmunter! Los, komm! Wer zuletzt fertig wird, muß die Hälfte vom Taschengeld abgeben!«
Sie harkten weiter. Emily sang vor sich in: »›In Südfrankreich, o

welch ein Schock, ham die Frau'n nichts unterm Rock, und den Männern, ach du Graus, baumeln ihre Dinger raus.‹«
Sie wußte, Sheila hielt sie für übergeschnappt. Sei's drum, sie würde es auf ihre Periode schieben. Jeder wußte, daß Mädchen nicht ganz bei Trost waren, wenn sie ihre Tage hatten. Sie konnte ja lügen und sagen, daß es so war, falls Sheila fragte.
Das Telefon klingelte. Ella war drangegangen und brachte den Apparat jetzt auf die Eingangsveranda hinaus. Mattie? Emily setzte sich in Bewegung, aber Sheila war schneller. Emily rief künstlich-munter hinter ihr her: »Mit Schwung geht alles besser!« Sheila schwenkte als Reaktion die Hüften noch übertriebener hin und her. Jetzt war sie oben auf dem Treppenabsatz, mit dem Rücken zum Garten. Emily wartete gespannt, wünschte, sie könnte Sheilas Gesicht sehen. Dann hätte sie sagen können, ob es Mattie war oder nicht. Nach ein paar Minuten war Sheila wieder da, und Emily konnte es sich nicht verkneifen: sie mußte es wissen. »Kommt Mattie rüber?« fragte sie so beiläufig wie möglich.
»Ja. Sobald sie mit ihren Haaren fertig ist.«
»Wann ist das?«
»*Wann?* Wieso fragst du *wann?*« Scheinbar zum tausendsten Mal an diesem Tag sah Sheila ihre Schwester neugierig an. »Seit wann interessiert dich, was Mattie Hurst tut oder läßt? Emily, zum letzten Mal, ist irgendwas, was ich nicht weiß?«
Dumme Kuh! Du treibst es zu weit! »Sheila, halt die Klappe!« fuhr Emily in einer überzogenen Reaktion ihre Schwester an. »Du siehst Gespenster! Ich hab' nur gefragt, weil ich weiß, wie sie über den Kühlschrank herfällt, und weil ich einen Mordshunger habe!« Aber Sheila blieb keine Zeit zum Antworten. Wieder klingelte das Telefon. »Ich geh' dran!« Sie spurtete los, und Emily blieb allein im Garten stehen, von einer vertrauten bangen Erwartung gelähmt. Ojemine, dachte sie, den Blick hinunter auf die Ortschaft gerichtet. Wenn sie wüßten!
Sheila erschien wieder, offensichtlich in Hektik. Es war Miss Lamer gewesen, die Leiterin des Latein-Clubs, der an diesem Wo-

chenende einen großen Bazar veranstaltete. Sheilas Mithilfe wurde dringend benötigt. Sheilas Ton war jetzt flehentlich. »Mach du allein weiter, Em, ja? Du kriegst auch mein ganzes Extra-Taschengeld. Bitte.«

Emily dachte sofort: Was für ein Glück. Wenn Sheila weg mußte, würde sie Mattie ganz für sich allein haben. Aber sie durfte sich nichts anmerken lassen, deshalb tat sie verärgert. Sie beschwerte sich, es sei unfair, die ganze Arbeit auf sie abzuwälzen.

Blätter trudelten in dichter Formation zu Boden, landeten mit den Bäuchen nach oben zu ihren Füßen. Emily setzte noch eins drauf: Daddy würde sehr enttäuscht sein, sagte sie, während ihr das Herz in den Ohren schlug wie Brandungsswellen. Prompt wurde Sheila unsicher. Emily legte rasch einen anderen Gang ein. Sie sagte, sie verstünde schon, daß Sheila mithelfen müsse, schließlich sei sie ja Präsidentin des Latein-Clubs. »Das ist o.k.«, fügte sie großherzig hinzu. »Du hast mir auch schon oft einen Gefallen getan. Ich schaffe es schon. Du kannst es wiedergutmachen und mir nächste Woche deinen neuen Angora-Pulli leihen. Du brauchst mir nichts von deinem Taschengeld zu geben.«

»Bist du sicher?« Sheila zögerte noch.

»Ganz sicher. Wann kommst du wieder?«

Sheila sah auf ihre Armbanduhr. »Jetzt ist es halb drei. Miss Lamer möchte, daß ich noch Nell und Pris abhole, damit sie mithelfen, die Sachen aufzubauen und aufzuhängen.« Sie rechnete schweigend. »Ich bin so um sechs wieder da und mache uns dann Fudge. Wenn Mattie kommt, sag ihr, ihr Buch liegt auf dem Eßzimmertisch, und ich rufe sie später an. Und paß auf, wenn du die Blätter verbrennst.« Sie ging in Richtung Einfahrt und drehte sich dann noch einmal um. »Ach ja, versuch nicht, dich in mein Zimmer zu schleichen«, sagte sie mit einem wissenden Lächeln. »Es ist abgeschlossen!«

»Was hat Ella gesagt, wann Dad wiederkommt?«

»So um acht.«

Emilys Blick folgte Sheila zu ihrem Auto. Das Dröhnen des Mo-

tors zerriß die Nachmittagsstille. Aber dann verschwamm das leise Brummen mit dem Fallen der Blätter und dem Schwung der Harke, die nach einem von ihnen griff, um es zurückzuholen wie ein verschrecktes rotes Hühnchen unter die Fittiche der Mutter. Auf der oberen Terrasse pickten drei Vögel nach Futter. Ein Eichhörnchen flitzte einen Baum hinauf. Auf der zweiten Terrasse inszenierte der im diesigen Nachmittagslicht funkelnde Fischteich seinen eigenen sanften Wind, der wirbelnd in ein Bündel Silberlöffel fuhr und sie kreiseln ließ. Im Osten braute sich ein Sturm zusammen...
Ticktack: Mattie kommt!

Sie trug Jeans und einen Anorak über einem grünen Rollkragenpullover, und ihr langes schwarzes Haar wippte: Sie sah einfach phantastisch aus. »Keiner da? Wo sind sie denn alle?« rief sie munter, und ihre Stimme verriet nichts.
Schüchtern beantwortete Emily ihre Frage.
»Wann kommen sie wieder?«
Sie beantwortete auch das.
»Dann sind wir ganz allein?«
»Sieht so aus.«
Mattie ging in Richtung der unteren Terrasse und winkte Emily, ihr zu folgen. Sie suchte ein Plätzchen, das vom Haus aus nicht einsehbar war, und als sie beide saßen, holte sie ein Päckchen Zigaretten aus ihrer Jackentasche. »Auch eine?« Sie hielt ihr eine Old Gold hin, die Emily begierig annahm.
Da saßen sie: zwei Mädchen, rauchend, redend, bemüht, ihre Befangenheit zu verbergen. Aber als Mattie sich auf die Arme zurücklehnte, ging ihre Jacke auf, und Emily konnte nicht umhin, die mondförmigen Konturen ihrer Brüste zu bemerken. Sie errötete, auf einmal ängstlich. Alles schien wie in Zeitlupe: der Wind, die Bäume, die auf ihn reagierten, die Blätter, die katzbucklig implodierten: die Zeit mit einer Zugschnur aufgezogen und die Zugschnur verklemmt. Was war los? Es war ja

nicht so, als ob sie sich noch nie vorher geküßt oder umarmt hätten oder die Erregung des Zusammenseins gespürt. Aber die letzte Nacht war ein Schritt ins Dunkle gewesen. Sie wußten es. Vorher war ihre Erregung vor allem, wie Mattie sagen würde, spiritueller Art gewesen. Aber Emily hatte sich gar nicht spirituell gefühlt, als sie Matties Brüste berührt hatte. Und sie fühlte sich auch jetzt nicht spirituell. Sie fühlte sich nackt und bloß und seltsam zwischen den Beinen. Sie wollte Mattie wieder anfassen. Sie wollte, daß Mattie sie anfaßte. Sie wollte Matties Mund, Brustwarzen, Hände spüren. War das das Schicksal, von dem Mattie immer sprach? Mattie meinte, sie müßten zwei einander schon immer verbundene Seelen sein, Weggefährten, die sich auf allen Daseinsstufen wieder begegnen würden, bis sie schließlich in dieses Dings mit N eingehen würden, dessen Namen Emily sich nicht merken konnte. Nirwana! das Wort explodierte in ihrem Kopf. Jetzt hier neben Mattie zu sitzen – das war das Nirwana!
Emily beugte sich vor. Letzte Woche hatten Lillian und sie John Derek in *Knock on Any Door* gesehen. Er spielte einen Verbrecher mit hochgeschlagenem Kragen und baumelnder Zigarette. In einer Szene hatte er gesagt, er wolle intensiv leben, jung sterben und eine gutaussehende Leiche abgeben. O Mann, wenn sie doch den Mut hätte, so etwas zu sagen: Mattie, ich will intensiv leben, jung sterben und eine gutaussehende Leiche abgeben. Emily schlug ihren Hemdkragen hoch, klemmte sich eine Zigarette zwischen die Zähne, inhalierte und versuchte angestrengt, sich wie John Derek zu fühlen. Der Rauch ätzte ihr ein Loch in die Lunge. Sie mußte husten. Verdammt! John Derek hätte bestimmt nicht gehustet! So lässig wie möglich nahm sie die Zigarette aus dem Mund. Dabei blieb etwas von dem dünnen, weißen Papier an ihren Lippen kleben, und sie hatte den bitteren Geschmack von Tabak auf der Zunge. Sie leckte den Tabak ab, wie John Derek es getan hätte, und dann ging ihre Zigarette aus. Sie wollte sie so anzünden, wie er es im Film gemacht hatte: ein Streichholz aus

dem Heftchen reißen und im Schutz der hohlen Hand entzünden. Aber der Wind blies ihr das Streichholz aus.
»Mach dir nichts draus«, sagte Mattie. »Guck mal, hier.« Sie hob etwas vom Boden auf und hielt es hoch. Es war ein kleiner Stein, so groß wie eine Münze, ockerfarben, auf einer Seite flach und auf der anderen rund. »Das passende Andenken an diesen Tag heute, findest du nicht?« Sie stippte ihre Zigarette aus und drückte dann Emily den Stein in die Hand. Sie sagte: »Fühl mich, indem du ihn fühlst. Fühl die Wärme meiner Hand. Ich schenke dir diesen Stein mit allem, was in mir ist, damit du immer an diesen Tag denkst und daran, wie wir hier gesessen haben, und damit du weißt, du hast mich immer bei dir, egal, was passiert: nimm einfach nur diesen Stein fest in die Hand, und ich werde bei dir sein. Das versprech' ich dir.« Sie drückte Emilys Hand. »Ich verstehe überhaupt nichts mehr, und ich habe Angst. Ich weiß nicht mal, wovor ich Angst habe. Aber wenn wir zusammen sind, ist es mir egal.«
Den Tränen nahe sah Emily, wie ihr Haus brannte und sie ihr Leben riskierte und noch einmal in ihr Zimmer zurückstürzte, um den Stein zu holen. Sie steckte ihn in die Tasche, während Mattie fortfuhr: »Du darfst nie irgend jemandem davon erzählen. Du darfst nie ein Wort über gestern abend sagen. Wir erklären hier vor Gott, daß das, was wir fühlen, heilig ist und daß wir es kaputtmachen, wenn wir je davon reden.«
Matties Hand ruhte jetzt in ihrer wie ein kleiner Falter auf einem Blatt. Emilys Kopf fühlte sich an, als würde ihr Gehirn gleich ihren Schädel sprengen. Sie konnte kaum atmen. Sie hörte Mattie sagen: »Manchmal denke ich, daß das alles nur ein Traum ist, daß wir in unseren Betten aufwachen werden und das alles nur im Schlaf erlebt haben.«
Aus unerfindlichen Gründen mußte Emily an ihre Schwester denken. Ein kalter Wind durchdrang ihren ganzen Körper. Sie sagte: »Sheila«, und hielt inne.
Mattie legte rasch die Hand auf Emilys Mund. »Nein! Sag's nicht! Denk nicht drüber nach! Ich weiß! Es ist verrückt!« Wie um die

Spannung zu durchbrechen, rief Mattie laut: »Wer willst du sein? Heathcliff oder Cathy?« Das war ihr Spiel. Manchmal war Mattie Heathcliff und Emily Cathy. Und manchmal umgekehrt.
»Ich bin Heathcliff!« rief Emily, froh über den Stimmungsumschwung. Sie stand auf und gab sich Mühe, so leidenschaftlich wie möglich auszusehen. Dann rannte sie zu einem Blätterhaufen. Sie raffte mit beiden Armen Laub zusammen, flitzte zurück und bewarf Mattie damit. Sie zog Mattie auf die Füße und in ihre Arme und schwenkte sie herum: »Meine Königin ... meine Königin ... Ich liebe Euch!«
Sie hielt Mattie in den Armen. Sie fühlte, wie Matties Arm sich fester um ihren Hals legte und hörte Mattie kichern. Emily ließ sie los. Dann entspann sich eine kurze Laubschlacht, die damit endete, daß sie beide am Boden lagen, die Arme ineinander verschlungen, und die Terrasse hinunterrollten. Mattie rappelte sich hoch, hob einen Stock vom Boden auf und ließ ihn wie eine Tambourmajorette herumwirbeln, während Emily sich vor Lachen die Seiten hielt. Dann jagten sie sich gegenseitig über die Wiese, und schließlich lagen sie wieder am Boden, und Mattie gab ihr einen Kuß, richtig mit der Zunge und allem. Mattie hielt inne und stopfte ihre Jacke unter ihre Köpfe. Sie streifte ihren Rollkragenpulli ab und zog dann Emily die Bluse aus. Sie führte Emilys Hände auf ihre Brüste und preßte sich an ihren Körper, während jetzt Emilys Zunge Einlaß begehrte. Emily öffnete Matties Büstenhalter, packte ihre Brüste aus, streichelte sie und faßte an Matties Jeans-Schritt, während sie eine kurze Südböschung hinunterrutschten, vor ein kleines Gebüsch.
Da lagen sie: zwei kleine Vögelchen, die neues Terrain erkundeten. Unter Emilys Fingern wurden Matties Brustwarzen größer. Hatten ihre das auch getan, die beiden Male, als Harold Mac sie berührt hatte? Sie versuchte sich vorzustellen, was er wohl dabei empfunden hatte. Aber nein. Sie war kein Junge. Sie wollte kein Junge sein.
»Zieh dich aus«, flüsterte Mattie. Nackt. Sie legte ihre Brüste auf

Matties Brüste und verglich. Matties schienen voller. Sie ließ ihre Brüste über Matties Brüste gleiten und sah, wie sich das braune Rund auf Matties rechter Brust zusammenzog. Sie lag der Länge nach auf ihr, als aus Mattie ein Stöhnen herausbrach, das aus ihrem tiefsten Inneren aufzusteigen schien, so, als drängte eine mächtige Kraft vom Grund eines Sees nach oben, in einem heftigen Wirbel. Sie drückte Matties Brüste zusammen, bis die Brustwarzen dicht beieinander lagen, und saugte dann an beiden zugleich, leckte sie sanft, rieb sich an Matties Bauch, und die Zeit blieb stehen. Nur Hände und Hände und Finger und Finger und Zungen und Zungen und ihre Seelen, die ineinanderflossen, hin und her, und Mattie, die an Emilys Brüsten saugte und sie losließ und wieder suchte wie ein Kind, das nach Äpfeln schnappt, bis Emily ganz feucht war. Matties Finger waren jetzt in ihr und bewegten sich, immer schneller. Sie glitt an Emily hinunter.
O Gott! Ihr Mund war zwischen Emilys Beinen. Was ist, wenn ich rieche? Sie vergaß ihre Geruchssorgen. Bilder überschwemmten sie: leuchtend rote Blumen, Seebuchten, ein König auf einem weißen Hengst hinter dem Hügel, das Blitzen einer Plattenspielernadel in der Sonne. Emily war den Tränen nahe. Was jetzt? Sie wälzte Mattie auf die Seite, schlang ihre Arme um Matties Hals, zog ihren Körper über sich, tat das alles impulsiv und hemmungslos. Sie war wie eine Diebin, die mit vollbepackten Armen zu dem Haus zurückkehrt, das sie gerade ausgeraubt hat. Nie wieder würde sie das erleben, diese völlige Hingabe, dieses Gefühl des Für-Immer. Und sie war froh, daß sie es kostete, dieses Gefühl, das mächtiger war als alles andere auf der Welt: zu lieben und an nichts anderes zu denken, zu küssen und die Welt anzuhalten und bis in die Fingerspitzen zu fühlen und nichts zu wollen als zu wollen!

Aber dann stieß Sheila die Zeit wieder an. Früher fertig, als sie gedacht hatte, war sie noch beim Restaurant vorbeigefahren. Dort hatte sie Charles getroffen, der zufällig ebenfalls früher zurück-

gekommen war und gerade nach Hause wollte. Sie waren zusammen losgefahren und kamen gleichzeitig an. Sheila ging als erste ins Haus, während ihr Vater noch sein Gepäck auslud und seine Hinterreifen inspizierte. Als sie das Haus leer fand, ging sie wieder hinaus in den Garten und hinüber zur Hangseite. Die untere Terrasse, wo Emily und Mattie lagen, war durch den Hang so gut geschützt, daß sie die Autos nicht gehört hatten, und sie merkten es auch nicht, als Sheila sie entdeckte und zunächst schreckgelähmt beobachtete. Aber dann, als sie registrierte, was sie da sah, wurde Sheila ein einziger Schrei. Der Schrei schwoll an, über den Garten hinaus. Er hallte von den Bäumen wider. Er prallte vom Fischteich zurück, traf die Rechen, sprang wie ein Ball über den Grasboden und flog dann hinüber zu Charles, der sich inzwischen von seinem Auto getrennt hatte und vor dem Haus stand. Er ließ sofort alles fallen und rannte los. Und sah:
Emily und Mattie. Nackt. Eng umschlungen. Nein, das konnte nicht sein! Emily und Mattie. Nackt. Eng umschlungen.
Doch! Er stürzte los. Er zerrte Emily auf die Füße und schüttelte sie wie ein Hund ein totes Kaninchen, während Mattie sich hinter einem Baum verkroch und Sheila zu Boden sank und mit den Fäusten auf das Gras einhämmerte und zum Himmel schrie.
Nichts würde mehr sein wie vorher. Wie konnte man danach überhaupt weiterleben?

... Ich erinnere mich: ich lag auf meinem Bett, zusammengekrümmt wie ein Fötus, abwechselnd abgestorben und panisch. Ich wollte einfach nur weglaufen, und ich machte mir Sorgen um Mattie.
Ich hatte Dad angefleht, ihren Eltern nichts zu sagen. »Wag es nicht noch einmal, deinen dreckigen Mund aufzumachen!« hatte er getobt. »Oder ich werd' ihn dir stopfen!« Und mein Vater, der sonst daran glaubte, daß Kinder zu Freiheit und Selbständigkeit erzogen werden sollten, und der unsere Erziehung weitgehend Ella überlassen hatte, schlug mich mit solcher Wucht ins Gesicht,

daß sich alles um mich herum drehte, und verwandelte sich in einen Gefängniswärter: Es war mir untersagt, mein Zimmer zu verlassen, außer um aufs Klo zu gehen. Es war mir untersagt, meine Tür abzuschließen. Er würde mich in der Schule krankmelden, und wenn jemand anrief, würden sie sagen, ich hätte die Grippe. Das Abendessen entfiel. Morgen würde mir mein Essen aufs Zimmer gebracht. Und ich sollte ja nicht denken, ich käme irgendwie aus dem Haus. Er würde aufpassen und mich genauestens überwachen. Und falls ich auf irgendwelche krummen Gedanken käme, dann – Er brauchte den Satz nicht zu vollenden: Ich hatte begriffen.

Als Ella nach Hause kam, hatten sie einen heftigen Streit. Durch die Diele konnte ich Dad wettern hören: »Das wäre alles nie passiert, wenn Marian noch am Leben wäre!« Glassplittern. Ellas hysterische Stimme. Sheilas Geheul vom anderen Ende des Flurs. Das Wort Lesbierin, das durch meine Zimmerwand drang wie eine Kugel. »Du hast eine gottverdammte *Lesbierin* herangezogen, Ella! *Meine* Tochter! Marians Kind. Eine *Lesbierin*!«

Ich griff mir mein Lexikon. »Lesbierin: 1. Bewohnerin von Lesbos.« Lesbos? »2. Homosexuelle.« Ich sah unter homosexuell nach: »Sexuell zu gleichgeschlechtlichen Personen hingezogen.« Gleichgeschlechtlich? Dem gleichen Geschlecht angehörig. Das hieß, ich wollte Sex mit *Mädchen*! Ich? Ich sollte sowas sein? Das war ja verrückt! Mein ganzes Leben hatte ich nach dem Turnen mit anderen zusammen geduscht, bei Übernachtungs-Parties mit anderen in einem Zimmer geschlafen, Strip-Poker gespielt, und nie hatte ich mit irgend jemandem Sex gewollt, auch nicht mit Harold Mac. Der einzige Mensch auf der Welt, den ich je hatte küssen wollen, war Mattie. Und Mattie sagte immer, das zwischen uns sei spirituell.

Dann fiel mir ein, daß sie auch immer sagte, für uns gäbe es keine Definition. Das war es, das war ich – ein Etwas ohne Definition!

Später kam Sheila in mein Zimmer gestürmt, mit ganz verquollenen Augen. Sie fuhr mich an, ich sei ein Monster, ich hätte ihr

Leben ruiniert, sie wolle nichts mehr mit mir zu tun haben. Sie wollte, ich wäre *tot*, schrie sie, worauf Dad kam und uns befahl, um Himmels willen den Mund zu halten.

Ich brauche mein Tagebuch nicht, um mich an die Stunden zu erinnern, die ich schlaflos in meinem Zimmer lag und Matties kleinen Stein an meine Wange preßte. Wo war sie? Hatten ihre Eltern sie erschlagen? Ich weiß noch, daß ich irgendwann an meinem Fenster stand, halb bereit, an dem Baum vor meinem Fenster hinunterzuklettern und zu ihr zu laufen. Aber wenn ihre Eltern uns erwischten oder Dad etwas hörte? Ich legte mich wieder ins Bett und dachte, daß wir wie Romeo und Julia waren, dazu verurteilt, um unserer Liebe willen zu sterben. Aber ich wollte nicht sterben. Ich wollte einfach nur Mattie.

Am nächsten Morgen brachte mir Dad etwas zu essen. Nein, Frankie dürfe ich nicht sehen. Ja, Lillian habe angerufen, aber ich dürfe sie nicht zurückrufen. Ich hätte bis auf weiteres auf meinem Zimmer zu bleiben und Schulaufgaben zu machen. Er würde später wieder nach mir sehen. Keine Widerrede, Emily!

Der ganze Tag bestand aus Frankies Gebell, Türenschlagen, dem schleifenden Geräusch von Kisten, die über den Boden gezerrt wurden, Schritten treppauf und treppab und meinem Gebeuteltsein zwischen der verzweifelten Sehnsucht nach Mattie und dem unsäglichen Schmerz wegen dem, was war. Es war zu viel! Mehr, als ein Mensch ertragen konnte!

Am Nachmittag kam Sheila hereingestapft, in der Hand eine Bibel und die Augen geladen und entsichert auf mich gerichtet. Sie war blaß, aufgewühlt und hart. Es sei ihr *zuwider*, hier hereinzukommen, zischte sie, aber sie habe eine Pflicht zu erfüllen. Bevor sie das täte, solle ich wissen, daß ich ihre Welt zerstört hätte. Ich hätte es geschafft, daß *ihre* Mutter wegginge. Sie wisse nicht, was sie ohne Ella machen solle. Dad habe Ella die Schuld an allem in die Schuhe geschoben, und das habe ihrer Ehe endgültig den Todesstoß gegeben. Und jetzt wolle Ella sofort nach Nebraska zurück und die Scheidung einreichen, und wahrscheinlich

würde Tante Francie für den Rest des Schuljahrs kommen. Sheila sagte, sie hoffe, ich sei jetzt zufrieden.
Meine Gedanken rasten: Ella wollte weggehen. Tante Francie sollte ihre Stelle einnehmen! Du lieber Himmel, ich wollte nicht von Tante Francie betüttelt werden wie ein Baby, so wie in Newport News, wenn wir sie besuchten. Für einen Augenblick trat alles andere zurück, und in meinem Kopf war nur noch Tante Francie, die ältere Schwester meines Vaters, seine einzige lebende Verwandte. Ich sah ihren knallroten Lippenstift und die im gleichen Ton lackierten Nägel. Ich hörte ihren Südstaatenakzent, so schleppend, daß die Worte kaum herauskamen. Francine Stolle Mouler war kinderlos und verwitwet. (Ihr sportbesessener Mann war auf dem Golfplatz von Roanoke ums Leben gekommen, als ihn ein durch die Luft zischender Golfball genau auf die Schläfe getroffen hatte.) Sie hatte nicht wieder geheiratet, aber nicht deshalb, weil sie zu häßlich gewesen wäre. Im Gegenteil, sie war meinem Vater ähnlich, groß und elegant und mit dem gleichen Sinn für Humor. Und soweit ich sie kannte, schien sie auch ganz in Ordnung zu sein. Aber sie hier bei uns im Haus zu haben! Es kam mir vor wie eine Invasion, und damit schien mir plötzlich alles besiegelt: Sheila hatte recht. Mit fünfzehn hatte ich unsere Familie zerstört. Meinetwegen hatte Sheila keine Mutter mehr und Dad keine Frau. Es war alles meine Schuld. Was sollte aus uns werden? Wie konnte ich das je wieder gutmachen? Wie konnte ich Sheila helfen zu vergessen, was sie gesehen hatte? Und wie sollte ich mit mir selbst leben? Mir war so elend zumute, daß ich laut zu weinen begann. Aber Sheila wollte nicht, daß ich ihr damit kam. Ob ich nicht zu Ella gehen könne und mich bei ihr entschuldigen? Nein, zischte Sheila. Ella wolle mich nie mehr sehen. Und als ich zaghaft mehr über Tante Francie in Erfahrung zu bringen versuchte, fauchte Sheila mich an: »Halt den Mund! Das geht dich nichts an! Du bist dann sowieso nicht mehr hier!«
Wo ich denn sein würde, fragte ich zittrig.
»Das wirst du schon sehen.« Sheilas Lippen verzogen sich unheil-

verkündend. Die Bibel so fest umklammernd, daß die Adern auf ihrer rechten Hand hervortraten, erklärte sie, diese »andere Person« (Mattie) sei für sie genauso gestorben wie ich. Dann befahl sie mir zu schwören, daß ich nie einer Menschenseele auch nur ein Sterbenswörtchen von alledem erzählen würde. »Das ist es, was mir Kraft gibt«, verkündete sie, indem sie die Bibel vor meiner Nase schwenkte. »Das hier ist jetzt mein Trost. Und wenn du auch nur einen Funken Anstand im Leib hast, wirst du für dich behalten, was du getan hast. Das bist du mir schuldig, für alles, was ich für dich getan habe. Das schuldest du der Familienehre. Tante Francie wird es nie erfahren, das haben Dad und ich schon beschlossen. Nicht mal der Mann, den ich einmal heirate, wird es erfahren!« Während ich in Tränen aufgelöst dastand, schrie sie, ich sei genetisch geschädigt, und sie könne nur beten, daß ihre Kinder nicht meine Gene erbten. Die Horrorszene endete damit, daß ich auf die Bibel schwor, mein Schweigegelöbnis niemals zu brechen. Dann verbannte sie mich aus der Welt der Menschen, mit einem einzigen Wort: »schwul.« Schwulsein, fauchte sie, sei das Perverseste und Ekelhafteste auf der Welt, abnorm und krankhaft. Ich solle es bloß nicht darauf schieben, daß meine Mutter tot war, denn meine Mutter sei auch ihre Mutter und sie sei schließlich normal. Ganz offensichtlich sei ich aus der Art geschlagen. Das könne von meinen Halsdrüsen kommen, von denen sie immer schon gesagt hätte, sie seien zu groß. Sie habe irgendwo gelesen, daß alle Schwulen daran litten. »Hier, schau dir meinen Hals an«, sagte sie hämisch. »Siehst du, wie klein die Drüsen sind, auf beiden Seiten? Man sieht sie kaum. Aber dein Hals ist richtig unförmig. Du solltest dich im Zoo zur Schau stellen lassen. Dad will dich zu einem Psychiater schicken. Weißt du, was das ist? Da gehen die Verrückten hin. Und wenn du zu ihm gehst, bittest du ihn am besten, daß man deinen Hals operiert. Vielleicht rutscht ihnen ja das Messer ab. Ich hoffe, du wirst in der Hölle schmoren!« Damit stürmte sie hinaus, und ich blieb zurück und betastete ängstlich meine Halsdrüsen und stellte mir vor, wie sie mich ins Irrenhaus sperren würden. Und was bedeutete dieses Wort? Wieder griff ich nach dem Lexikon: »Schwul: homosexuell (umgangssprachl.).« Also war das alles dasselbe, Lesbierin, schwul, homosexuell. Ich weiß noch, wie ich dachte, ich würde nie wieder in einen Spiegel sehen können, so, als sei ich eine Art weiblicher Dorian Gray, dem die Sünde ins Gesicht geschrieben stand. Ich konnte nichts essen. Ich füllte mein Tagebuch mit schmerzbefrachteten Gedichten und schrieb immer neue Briefe an Mattie, um sie dann gleich wieder zu zerreißen. Ich hatte keine Vorstellung, was mich erwartete.

Später kam Dad, um meine Hausaufgaben durchzusehen. Und am nächsten Tag war er noch vor Mittag wieder da, mit einer Art Liste, auf der genau verzeichnet war, was alles mit Emily Stolle passieren würde. Die wesentlichen Punkte waren:

Erstens: ich würde in ein Internat kommen, eine strenge, anspruchsvolle episkopalische Schule namens St. Joseph-Academy in Cromley, Connecticut, eine Dreiviertelstunde von Hartford. Wenn ich den Einstufungstest bestand, könnte ich das Sophomore-Jahr überspringen und gleich als Junior anfangen. Das hieß, ich würde die High School ein Jahr früher abschließen.

Zweitens: Etwa drei Wochen nach meiner Ankunft dort würde ich eine Behandlung bei einem Psychiater in Hartford beginnen, der Dad von einem Bekannten in Boston mehrfach empfohlen worden war. Der Arzt hieß Harold Weiss, und Dad hatte alle Hebel in Bewegung setzen müssen, damit er mich nahm, weil er so ausgebucht war.

Jedenfalls würde sich dieser Dr. Weiss jede zweite Woche mit mir unterhalten, bis ich geheilt wäre. Um mir die Möglichkeit zu geben, selbst eine Vertrauensbeziehung zu ihm aufzubauen, hatte Dad ihm (wie auch dem Internat) erklärt, der Grund, weshalb ich aus dem Haus sollte, sei seine bevorstehende Scheidung von Ella, die für mich eine große seelische Belastung bedeute. Außerdem, so hatte er ihnen erklärt, sei ich von jeher ein »schwieriges« Kind gewesen. Deshalb bräuchte ich eine geregeltere Umgebung. Wenn ich mir Mühe gäbe, würde ich vielleicht in einem Jahr mit der psychiatrischen Behandlung aufhören können. Sollte ich mich aber sperren oder in der Schule absacken oder mich in irgendeiner Weise danebenbenehmen, oder sollten die Berichte des Psychiaters negativ ausfallen, dann wäre es aus: dann würde Dad mich für immer fallenlassen.

Drittens: Meine Tante. Er brauche sie wegen Sheila, sagte er. Deshalb würde Tante Francie kommen und dableiben, bis Sheila im Juni mit der Schule fertig war. Dann würde Sheila einen Job in einem Ferienort annehmen und im September aufs College gehen. Im Juni würde er unser Haus zum Verkauf anbieten. Und Tante Francie würde wieder nach Newport News zurückkehren. Und dann kam der größte Schock: in Zukunft würde Newport News für mich eine Art Fixpunkt sein, ein Ersatz-Zuhause, wie er es ausdrückte, auch wenn ich nicht sehr oft hinkommen könnte, weil ich ja im Internat sein würde. Es verschlug mir den Atem, und noch ehe ich mich einigermaßen gefaßt hatte, erklärte Dad, vor Ostern könne ich nicht nach Hause kommen. »Daran ist nicht zu rütteln«, sagte er, als er meine Betroffenheit sah. »Du hast uns mehr zugemutet, als zehn Menschen verkraften können, mein Kind, und wir brauchen Erholung, deine Schwester und ich. Du wirst über Thanksgiving und Weihnachten in der Schule bleiben. Deiner Tante gegenüber werde ich das genauso begründen wie die ganze Entscheidung für das Internat.«

Viertens: Dad. Er wollte nicht nur das Haus verkaufen, sondern auch seine Restaurants (was er, wie er sagte, schon länger vorhatte) und, sobald ihm das gelungen war, an die Westküste ziehen. Bis Juni würde er (abgesehen von ein paar geschäftlichen Reisen nach Kalifornien) im wesentlichen mit Tante Francie hier in White River sein. Er würde mir weiter Geld schicken, bis ich das College hinter mir hätte. Dann sei es ja auch so weit, daß ich über das Geld aus meiner Erbschaft von Großpapa Stolle verfügen könne. Und ich könne mich darauf verlassen, daß er sich um mich kümmern würde: wenn er nicht mehr in White River sei, würde er regelmäßig in den Ferien nach Newport News kommen, vorausgesetzt, ich sei dort. Er würde mir schreiben und mich anrufen. Er würde Kontakt zu meinem Arzt halten. Er würde immer für mein Wohl sorgen und mich mit den besten Wünschen begleiten. Mit anderen Worten: ich war auch weiterhin eine Verpflichtung, der er sich stellte. Er redete und redete, aber es war mehr, als ich verdauen konnte, vor allem die Sache mit der Auflösung meines Zuhauses. Schließlich war ich noch ein Kind. Ich war am Boden zerstört. Und über allem lastete, wie eine im Stacheldraht hängende Drohung, das Thema, das ich nicht anzuschneiden wagte: *Mattie*! Was war mit ihr geschehen?

Fünftens: Mattie. Ich brauchte nicht zu fragen, denn Dad teilte mir mit, daß Mattie nicht mehr in White River wohnte. Sie hatten sie zu einer Tante geschickt, nach Philadelphia, wo Mr. Hurst herkam, und da sollte sie bleiben, bis ihre Eltern in ein paar Wochen ebenfalls dorthin ziehen würden. Natürlich habe er ihnen alles erzählt. Aber er wolle nicht näher darauf eingehen und mir nur mit allem Nachdruck sagen, daß ich vergessen müsse, daß es sie je gegeben hätte, und daß ich ja nicht den Versuch unternehmen solle, mit ihr Kontakt aufzunehmen, weder brieflich noch telefonisch noch auf irgendeine andere Weise. Was den Umzug ihrer Eltern anbelangte – es sei ihnen emotional nicht möglich, in White River zu bleiben. Mr. Hurst habe sich daher um eine Versetzung an eine Bank in Philadelphia bemüht (was für ihn, wie Dad freundlicherweise hinzufügte, auch eine berufliche Verbesserung bedeute).

Sechstens: Lillian. Sie dürfe mich heute so lange auf meinem Zimmer besuchen, daß ich mich von ihr verabschieden könne. Ich solle ihr sagen, ich sei krank und dürfe deswegen nicht aus dem Haus. Über Lillian könne ich allen anderen mitteilen lassen, ich würde aufs Internat gehen, um mich besser aufs College vorbereiten zu können, und auch wegen der Scheidung.

Damit begann die Zeit der dicken Lügen zwischen Lillian und mir. Wir sollten noch einen langen Weg vor uns haben, aber an dieser Stelle sei nur gesagt, daß sie völlig von den Socken war. Sie verstand nichts von alledem, und schon gar nicht, weshalb ich vor Ostern nicht nach Hause kommen konnte. Ich nehme an, daß meine Erklärungen auch sehr wirr waren. Aber ich sagte, was ich sagen mußte, versprach ihr, zu schreiben und anzurufen und so weiter. Mein Herz war in tausend Stücken und mein Kopf so mit Mattie beschäftigt, daß ich nicht sonderlich klar denken konnte. Ich versuchte dennoch, tapfer zu sein und mit größtmöglicher Begeisterung davon zu reden, daß wir uns im Sommer bei Lills Tante May in Maine treffen würden. Außerdem meinte Lillian, wenn ich den Einstufungstest bestehen würde, wolle sie versuchen, ebenfalls eine Klasse zu überspringen, damit wir wie geplant zusammen aufs College gehen könnten.

Das war es. Fünf Tage, nachdem der Himmel zusammengestürzt war, saß ich in Dads Auto, auf dem Weg nach Cromley. Was für eine gräßliche, traurige Fahrt. Ich sehe es noch genau vor mir, er stocksteif auf der Fahrerseite und ich so dicht wie möglich an die Beifahrertür gedrückt. Kein Laut, außer dem Radio und dem Rascheln, wenn einer von uns sich bewegte. Als ich irgendwann leise zu weinen begann, sagte er, Medizin müsse man schlucken, auch wenn sie bitter sei, und ich hätte es mir selbst zuzuschreiben. Ich hielt meinen kleinen Stein in der Hand und versuchte, Mattie in ihm zu fühlen, und sagte mir immer wieder, daß uns das Schicksal bestimmt bald wieder zusammenführen würde. Nach sechs Stunden bogen wir vom Highway ab, bei einem Schild, auf dem stand: St. Joseph-Academy, collegevorbereitende Privatschule für Mädchen. Ich fühlte mich wie von einem anderen Stern...

St. Joseph

St. Joseph war eine Farbenpalette, als Emily und ihr Vater durch das Tor fuhren: Bäume, die vom Herbst bluteten, Wolkenschäfchen, die auf blauen Weiden grasten, sattgrüne Hügel, die zum eigentlichen Schulgelände hin anstiegen. Sie passierten Stallungen, Tennisplätze, adrette Backsteinhäuser mit Fahnen davor. Überall Mädchen, die sich unterhielten und sich wohl zu fühlen schienen. Und hier kam Emily Stolle, die Fremde!
An einem Rondell wies ein Schild den Weg zur Verwaltung. Sie folgten ihm zu einem runden Parkplatz, und noch ehe Emily recht wußte, wie ihr geschah, war Charles schon ausgestiegen und um den Wagen herumgegangen, um ihre Tür zu öffnen. Da kam es ihr zu Bewußtsein. »Bitte, ich will da nicht hin, Dad. Bitte!«
»Laß den Unsinn, Emily!«
»Aber ich will nicht.« Sie drückte sich in ihren Sitz.
»Willst du jetzt eine Szene machen, oder was? Los, steig aus, oder ich zieh' dich raus!« Er sah ärgerlich aus. Also gehorchte sie. Und gleich darauf betraten sie das grünberankte dreistöckige Gebäude namens Wilson Hall, zu dem vereinbarten Gespräch mit der Schulleiterin Lucy Stevenson. Die kam ihnen schon entgegen, als sie in die Eingangshalle traten. Sie war groß und schlank, mit freundlichen Augen und streng zurückgezurrtem Silberhaar. Sie schüttelte Emily herzlich die Hand. Emily hatte noch nie eine Frau einem Mädchen die Hand schütteln sehen, aber sie war ja auch noch nie einer Internatsleiterin begegnet. Und diese hier mußte sehr bedeutend sein, dachte Emily, während sie verlegen auf einem Stuhl hockte und zuhörte, wie Miss Stevenson nach jemandem rief und die Anweisung gab, ihren Koffer aus dem Wagen zu holen und auf ihr Zimmer zu bringen. Sie konzentrierte ihre gesamte Aufmerksamkeit auf ein Meergemälde, das an der

Wand hing, während ihr Vater mit dieser fremden Frau über *ihr* Leben redete. Es dauerte nicht lange, bis die Internatsleiterin sich ihr lächelnd zuwandte und ihr die Schulordnung erklärte:

Verabredungen außerhalb des Schulgeländes waren nur in Begleitung gestattet, Verabredungen generell nur samstags von sieben bis zehn und sonntags von drei bis fünf. Jeden zweiten Freitag obligatorischer geselliger Abend mit den Schülern von Xavier, einer ausgesuchten Jungenschule in der Gegend. Rauchverbot. An den Wochentagen abends drei Stunden obligatorische Lernzeit. Regelmäßiger Gottesdienstbesuch. Licht aus um halb elf, samstags um elf. Besucher nur, sofern sie genehmigt waren und auf einer entsprechenden Liste standen. Jede Note unter einem C bedeutete automatisch Einschränkungen, bis sich die Leistungen wieder verbessert hatten.

»Das wär's«, zirpte Miss Stevenson munter, während Charles befriedigt dreinsah und Emily fand, daß sie im Gefängnis gelandet war. »Ich weiß, das klingt für dich alles sehr verwirrend«, sagte sie zu Emily gewandt, »aber du wirst dich mit der Zeit hier sehr wohlfühlen. Weißt du, wir haben Mädchen, die nach ihrem Abschluß gar nicht von hier weg wollen. Du wirst sehen.«
Sie wollte nichts sehen. Sie gehörte nicht hierher. Das Herz sprang ihr fast aus der Brust. Sie beugte sich vor und hielt Matties Stein fest in der Hand, während sie zuhörte, wie ihr die Schulleiterin erklärte, daß ihre Einstufungsprüfung morgen früh um neun stattfinden würde. »Du wirst dich im Beratungszimmer melden.« Sie malte einen Kringel auf einen Plan, den sie ihr gab. »Und mach dir keine Sorgen wegen der Prüfung. Ich habe mit deiner High School gesprochen. Du hast einen sehr hohen IQ. Ein hoher IQ bedeutet natürliche Begabung, und deswegen gehen wir davon aus, daß du hier in St. Joseph gute Leistungen erbringen wirst, nicht wahr, Mr. Stolle?«
»Gewiß.« Charles räusperte sich. »Das ist Emily klar.«

»Ist dir das klar, Liebes?« Das Lächeln wich nicht aus dem Gesicht der Schulleiterin.

»Äh… ja«, stammelte sie. Sie spürte den prüfenden Blick ihres Vaters. »Ich meine, ja, ich werde mein Bestes tun.«

»Sicherlich wirst du das, und mehr kann niemand verlangen. Du solltest dich darauf einstellen, Sommerkurse zu besuchen, um nachzuholen, was dir an Leistungsnachweisen für das Sophomore-Jahr fehlt. Dein Vater möchte, daß du die Schule so bald wie möglich abschließt, und das ist auch in unserem Sinne. Wir halten unsere Mädchen an, sich hohe Ziele zu stecken und aufs College zu gehen, sobald sie sich dafür gerüstet fühlen. Hast du mich verstanden, Emily?«

»Ja.«

»Ja, *Ma'am*«, berichtigte Charles sie streng.

»Ja, Ma'am«, wiederholte sie.

Die Schulleiterin fuhr fort: »Dein Stundenplan wird ganz auf die Collegevorbereitung ausgerichtet sein. Du hast bereits Französisch Eins gehabt, also wirst du jetzt zunächst Französisch Zwei machen, im Sommer dann Französisch Drei und in deinem letzten Jahr den Fortgeschrittenen-Kurs. Wir verlangen eine Fremdsprache über vier Jahre und drei Jahre Latein. Du warst bereits in Latein Zwo, stimmt das?«

»Ja, Ma'am.«

»Also wirst du da weitermachen, dann kannst du im nächsten Jahr in Latein Drei aufsteigen. Und jetzt zur Mathematik.« Sie zog eine Augenbraue in die Höhe und musterte Emily. »Wenn ich es richtig sehe, ist das nicht gerade dein Lieblingsfach.«

»Nein, Ma'am. Das ist Englisch.«

»Aha. Nun, wir haben eine ganz hervorragende Englisch-Abteilung und eine Schulzeitschrift, die deine Talente gebrauchen kann. Dein Vater sagt, du schreibst gern.«

»Ja, Ma'am.«

»Ausgezeichnet. Es gibt bestimmt eine Aufgabe für dich bei *The Crimson Poet.* Das ist die Schülerzeitschrift, die ich eben schon erwähnte.« Sie klopfte resolut auf ihren Schreibtisch. »Aber du mußt mit der Mathematik zu Rande kommen. Wie ich sehe, warst du zuletzt in Algebra Eins.«

»Stimmt.«

»Du wirst diesen Sommer Algebra Zwei hinter dich bringen müssen. Dann kannst du im Herbst Geometrie nehmen und im nächsten Sommer den Rest absolvieren. Nun, wie findest du diesen ganzen Plan?«

Sie wußte nicht recht, was sie antworten sollte, also sagte sie: »Gut.«

»Ausgezeichnet.« Die Schulleiterin gab ein paar mitfühlende Schnalzlaute von sich. »Das muß schon ein bißchen viel auf einmal sein, wenn man so ganz neu hierherkommt. Aber mach dir keine Sorgen. Gleich wird dich ein sehr nettes Mädchen hier abholen, um dich ein wenig herumzuführen. Hilda Sharp – sie ist schon drei Jahre hier, und sie wird für dich das sein, was bei uns Große Schwester heißt. Sie wird dir dein Zimmer zeigen. Wir haben dir ein hübsches gegeben, im Willard-Haus, zweiter Stock. Du wirst keine Zimmergenossin haben, weil du erst so spät gekommen bist, aber die Mädchen sind sehr nett, und du wirst dich bald richtig zu Hause fühlen. Ach, noch etwas, Emily, dein Vater sagt, du wirst über Thanksgiving und Weihnachten hierbleiben. Das ist doch richtig, Mr. Stolle?«

»Ja, ganz recht. Das haben wir schon besprochen.«

Miss Stevenson wandte sich wieder an Emily. »Du wirst reichlich Gesellschaft haben, Liebes, mach dir darum keine Gedanken. Viele von unseren Schülerinnen kommen aus dem Ausland und können während des Schuljahrs nicht nach Hause fahren. Und dann haben wir hier auch Mädchen, deren Eltern viel auf Reisen sind. Für sie alle bieten wir eine Menge Aktivitäten an, Filme und dergleichen.« Als sie zu Ende gesprochen hatte, stand sie auf und kam zu Emily herüber. Aus der Nähe waren ihre Augen erstaunlich blau und ihre Zähne ebenmäßig und sehr weiß. Sie hieß Emily mit einer Handbewegung aufstehen, legte ihr den Arm um

die Schultern und geleitete sie hinaus in die Empfangshalle. Dort solle sie warten, sagte sie, während sie mit ihrem Vater sprach. Emily saß auf dem Sofa und hielt ihren Stein fest in der Hand. Sie fühlte sich klein und hilflos. Nach etwa fünfzehn Minuten kam Charles heraus, und während sie zusammen zum Auto gingen, mußte er noch ein paar letzte Worte loswerden. »Wir haben abgesprochen, wie du nach Hartford zum Bus kommst, wenn du zu deinem Arzt gehst.«
»Hast du's ihr gesagt?«
»Was gesagt?«
»Warum ich da hingehe?«
Er wurde ärgerlich. »Frag mich sowas nicht noch einmal. Ich bin kein Lügner. Ich habe dir mein Wort gegeben. Sie denkt, daß du einfach durcheinander bist, weil deine Stiefmutter weggegangen ist. Jetzt hör mir zu. Sie werden dafür sorgen, daß du zur Bushaltestelle gebracht und wieder abgeholt wirst. Die Adresse und die Telefonnummer des Arztes sind in dem großen braunen Umschlag in deinem Koffer. Dein erster Termin ist am – Augenblick – «, er zog einen Zettel aus seiner Tasche, »– am elften November Punkt zwei Uhr«, las er vor. »Hast du gehört?«
»Ja.«
»Sag nicht i-a wie ein Esel. Hast du kapiert, was ich gesagt habe? Hast du's dir hinter die Ohren geschrieben?«
Sie antwortete gefügig: »Ja, Dad. Ich habe es mir gemerkt. Am elften November um zwei.«
Er schien zufrieden. »Gut. Dein Koffer ist wohl schon auf deinem Zimmer. In dem Umschlag sind zwanzig Dollar für Busfahrkarten und für das Taxi, wenn du dort bist. Und hier sind noch mal zehn dazu.« Er zog einen Geldschein aus seiner Brieftasche und streckte ihn ihr hin. »Das ist mehr als reichlich, und ich werde dir jeden Monat Geld schicken, mit dem du dann selbst haushalten mußt. Hast du verstanden?«
Sie nickte. Sie stand neben dem Auto und sah auf ihre Schuhe, während ihr die Tränen in die Augen stiegen. »Dad«, schluchzte

sie. »Dad, wenn ich gute Noten habe, darf ich dann Weihnachten nach Hause kommen?«
Er sah sie böse an. »Das haben wir schon besprochen.«
»Ich weiß. Aber es ist doch Weihnachten.«
»Daran hättest du vorher denken sollen.«
Was sollte sie darauf sagen? Sie hatte nicht daran gedacht. Sie hatte keine Ahnung gehabt, daß es so kommen würde. Sie hörte ihn sagen: »Zum letzten Mal: nein, du kannst vor Ostern nicht nach Hause kommen. Du hast uns durch die Hölle auf Erden gejagt, und Weihnachten ist viel zu früh. Warum kannst du nicht selbst mal darüber nachdenken?«
»Das tu' ich ja. Es ist nur ...«
Er schien sich mühsam im Zaum zu halten. »Mach dir doch mal klar, was du uns zugemutet hast. Denk doch mal daran, was du deiner Schwester angetan hast. Ich ... ach –«, er holte tief Luft, »das nützt jetzt auch nichts mehr. Du wirst dich bemühen, daß es mit diesem Arzt klappt, und wir sehen uns im Frühjahr wieder. Punkt.« Er öffnete die Autotür und schob ein Bein ins Wageninnere. Er wirkte erschöpft und ausgelaugt.
Und für einen Moment sah Emily das Leid, das sie verursacht hatte, aber sie konnte an nichts anderes denken als ihre eigene Verlassenheit, und sie fühlte nichts als den verzweifelten Drang, ihn zurückzuhalten. »Wo wirst du sein?«
»Wie? Wo werde ich sein?«
»Woher weiß ich, wo du bist? Wie kann ich dich erreichen?«
»Du erreichst mich vor allem zu Hause oder in Kalifornien, bis du richtig Fuß gefaßt hast. Ich werde die Staaten nicht verlassen. Du wirst von mir hören. Aber wir haben das alles schon tausendmal durchgekaut!«
Die Tränen liefen ihr jetzt über die Wangen. »Ich habe Angst«, sagte sie mit piepsiger Stimme. Merkte er denn nicht, daß ihr das Herz brach? Begriff er denn nicht, daß es ihr leid tat? Was mußte sie tun? Sich umbringen? Durchs Feuer laufen, sich ans Kreuz stellen und Nägel durch die Hände und Füße schlagen lassen?

»Hör auf mit dem Geheule«, antwortete er barsch. Er angelte im Auto nach einem Papiertaschentuch. »Putz dir die Nase.« Er hielt ihr das Taschentuch hin, und sie gehorchte. »Ich muß mich krummlegen, um diese Schule zu bezahlen, Emily, und den Arzt. Aber ich bin bereit, alles zu tun, was ich kann, vorausgesetzt, du kommst mir auch entgegen.«

Als sie weiter nur stumm dastand, fuhr er sanfter fort: »Weißt du, ich bin vielleicht nicht immer der beste Vater der Welt gewesen, aber wenn alles zusammenbricht, ist die Familie das einzige, was einem bleibt. Deshalb lasse ich dich nicht im Stich. Ist dir das denn nicht klar? Kapierst du das nicht? Begreifst du denn nicht, was für weitreichende Folgen das, was du getan hast, nach sich zieht und daß dein Leben keinen Pfifferling wert ist, wenn du nicht alles tust, um es wieder in Ordnung zu bringen? Ich möchte, daß du auch mal an andere denkst und nicht nur an dich selbst und daß du deiner Tante eine Chance gibst. Francine tut uns allen einen großen Gefallen, wenn sie hierher nach Vermont kommt, und sie hat dich gern. Wenn du das akzeptierst und dir ein bißchen mehr Mühe gibst als mit Ella, dann wirst du dafür vielleicht etwas bekommen, was dir wahrscheinlich ein Leben lang gefehlt hat. Aber Herrgott noch mal, Sheila hat doch ihre leibliche Mutter auch nicht gehabt. Ich begreife nicht, wieso ausgerechnet du so abgleiten mußtest, in diese ... diese –«, er stammelte vor Erregung. »Ach, heiliger Strohsack, werd' *normal.* Deine Mutter würde sich im Grab umdrehen, wenn sie wüßte ...« Die Fakten schienen zuviel für Charles. »Ach, lassen wir das!« Er biß die Zähne zusammen und stieg ins Auto. »Danke den Göttern, daß wir Geld genug haben und du diese Chance hast.«

»Es tut mir so leid, Dad.«

»Worte sind Schall und Rauch. Tu was. Taten überzeugen besser als Worte.« Er drehte den Zündschlüssel und schoß noch eine letzte Salve ab, ehe er die Tür zuzog: »Sieh zu, daß du diese Krankheit loswirst. Arbeite, soviel du kannst. Besinne dich darauf, wer du bist. Deine Vorfahren sind mit der Mayflower in dieses Land gekommen. Du hast Ziele, für die es sich zu leben lohnt. Lerne so viele von diesen Xavier-Jungen kennen, wie du kannst. Das öffnet dir Türen. Und sei ehrlich zu diesem Doktor. Denk nicht, daß du ihm Sand in die Augen streuen kannst.« Als gelänge es ihm für einen kurzen Moment, sich über seinen Ärger zu erheben, ergriff er ihre Hand. Er drückte sie, und Sekunden später sah Emily ihren Vater den Hügel hinunter entschwinden.

Hilda Sharp wartete schon, als Emily zum Zimmer der Schulleiterin zurückkehrte. Sie war ein gesprächiges Mädchen mit einem blonden Pagenkopf und ausgeprägten Grübchen. Sie schien Emily auf Anhieb zu mögen.

Hilda kam, wie sie erklärte, sobald sie draußen waren, aus New Haven. Ihr Vater sei Anwalt, und zu seinen Klienten gehöre unter anderem auch Yale. Ihr eigener Ehrgeiz sei es, einen Yale-Absolventen zu heiraten. Und außerdem wolle sie ein Kabrio. Sie habe gerade eins gesehen, ein gelbes, und seither könne sie an nichts anderes mehr denken. Ob Emily Auto fahren könne? Ja. Sie auch. Wie alt sie sei? Fünfzehn, sagte Emily, demnächst sechzehn. »Ich bin gerade sechzehn geworden«, rief Hilda aufgeregt, um dann hinzuzufügen, daß ihr Emilys Pullover gut gefalle und daß sie es kaum erwarten könne, achtzehn zu werden. Im Gehen zeigte sie auf verschiedene Gebäude auf dem Schulgelände, unter anderem auch auf das, wo Emily sich am nächsten Morgen einzufinden hatte. »Stevie ... ich meine Miss Stevenson ... hat mir gesagt, daß du den Einstufungstest machen mußt, und ich soll dich hinbringen. Keine Bange. Ist keine große Sache. Hier nehmen sie dich sowieso nur an, wenn dir die Intelligenz aus den Ohren trieft. Dann treiben sie dich an, damit du es auf ein berühmtes College schaffst und sie als die tolle Schule dastehen.« Schon bald wandte sich Hilda profaneren Dingen zu. Sie könne den Zigarettenrauch über eine Minute in ihrer Lunge halten. Und Emily? Emily wußte es nicht so genau. »Vorsicht«, instruierte Hilda sie jetzt mit ernster Miene, »wenn du rauchst, mußt du immer die Fenster offen haben, weil hier überall Spitzel lauern, und wenn die in dein Zimmer kommen, dann schnuppern sie erst mal rum wie ein Karnickel. Die Aufsichtsschülerinnen«, erklärte sie, als Emily sie perplex ansah. »Sie fühlen sich, als würde ihnen der Laden hier gehören.« Von da schlug Hilda einen Bogen über die Beschreibung der verschiedenen Lehrerinnen – »Manche von den unverheirateten treiben sich ganz schön oft in New York rum« – und der Xavier-Jungen – »Die können vor Einbildung nicht gradeaus laufen« – zu dem Städtchen Cromley: »Wenn du einmal blinzelst, übersiehst du es. In ein paar Tagen werd' ich's dir zeigen.« Alles in allem schien Hilda viel lieber von sich zu sprechen, als Fragen zu stellen, was Emily erleichterte, weil ihr nicht nach Konversation zumute war, auch wenn es ihr gelang, zwischendurch einzuschieben, sie käme deswegen so spät im Schuljahr nach St. Joseph, weil ihre Eltern etwas gegen einen Jungen hätten, mit dem sie befreundet sei. Diese Bemerkung trug ihr augenblicklich Hildas Mitgefühl ein. Hilda hakte sie unter und sagte, ihre Eltern hätten sich auch immer in alles eingemischt und man müsse sie einfach ertragen, bis man auf eigenen Füßen stehe. »Der beste Weg, sie sich vom Hals zu halten«, schloß sie munter, »sind schulische Leistungen.«

Im Wohnheim wurde Emily der Hausmutter Mrs. Tweedy vorgestellt, einer matronenhaften Frau, die genau wie Miss Stevenson einen silbernen Haarknoten und leuchtend blaue Augen hatte. Dann wurde sie in ihr Zimmer geführt. Es war ein großer Raum mit einem schönen Blick auf den Wald, auf demselben Flur wie Hildas Zimmer. Die Wand zierten ein paar Wimpel. Es gab einen großen Wandschrank, zwei Bücherborde, einen Tisch mit grüner Schreibunterlage und einen Yale-Teppich. Mehrere Mädchen kamen, um sie zu begutachten, und dann war es schon fast halb sechs. Hilda forderte Emily auf, mit ihr und den anderen zum Abendessen zu gehen, aber Emily sagte, sie sei erschöpft und wolle lieber auspacken. Ob es Probleme geben würde, wenn sie nicht mitkäme? Hilda meinte, nein, sie würde dafür sorgen, daß

es niemand merkte, und sie würden sich dann am Morgen wiedersehen.
Sobald alle aus dem Zimmer waren, begann Emily mit dem Auspacken. Aber schon bald verließ sie die Lust. Sie setzte sich auf ihr Bett, nahm ihren kleinen Stein in die Hand, strich sich damit übers Gesicht und hörte Matties Stimme: »Durch diesen Stein kannst du mich immer zu dir holen, Emily. Du wirst nie allein sein.« Sie legte sich zurück, und alles an ihr sehnte sich nach Mattie. Sie registrierte, daß dies das erste Mal seit Beginn der ganzen Tragödie war, daß sie an Mattie denken konnte, ohne fürchten zu müssen, daß Sheila oder ihr Vater plötzlich hereinplatzten. Sie sah Mattie klar vor sich. Wie sollte sie den ganzen Rest des Jahres ohne Mattie überstehen? Ich muß, beantwortete sie sich diese Frage. Mattie vermißt mich auch. Wenn sie rausfindet, wo ich bin, wird sie anrufen. Bei diesem Gedanken regte sich plötzlich ein Impuls in ihr. Bisher hatte Charles das Telefon überwacht. Aber jetzt war er weg, und die Verlockung, mit Mattie zu sprechen, wurde unwiderstehlich. Sie nahm etwas Kleingeld aus ihrem Portemonnaie und ging zu der Telefonkabine am Ende des Flurs. Sie hatte vor, die Nummer bei der Vermittlung zu erfragen. Falls Matties Vater oder ihre Mutter abnahmen, würde sie einhängen, weil sie nicht riskieren durfte, daß Charles dahinterkam. Aber wenn Mattie dran war, würde sie atemlos ins Telefon flüstern und ihre Decknamen Cathy und Heathcliff benutzen. Sie würde Mattie ihre Nummer geben und ihr sagen, sie solle zurückrufen, sobald es ginge, und sie werde notfalls die ganze Nacht warten, was stimmte. Ein Dutzend Wildpferde würden sie nicht vom Telefon wegzerren können, wenn damit zu rechnen war, daß Mattie anrief. Die Vorstellung, mit Mattie zu reden, elektrisierte sie so, daß sie kaum mitbekam, wie die Vermittlung in Philadelphia ihr erklärte, es gebe keinen Eintrag auf den Namen Gordon Hurst. Oh, ja, natürlich, fiel es ihr ein: die Hursts wollten ja erst in ein paar Wochen umziehen, und den Familiennamen der Tante wußte sie nicht. Sie legte deprimiert auf und ging wieder zurück

in ihr Zimmer, um weiter auszupacken. Dann legte sie sich ins Bett. Sie umklammerte ihren kleinen Stein und redete sich beruhigend zu, daß das Schicksal sie schon nicht im Stich lassen würde.
Früh am nächsten Morgen rief Hilda durch die Tür, es sei Zeit, zum Frühstück zu gehen. Emily hätte am liebsten ihren Kopf unter dem Kopfkissen vergraben. Sie wollte niemanden sehen. Sie hatte keinen Hunger. Sie würde sowieso bald weglaufen. Aber ihr blieb keine Wahl. Als sie wenig später zum Speisesaal gingen, meinte Hilda, sie käme ihr vor wie ein verirrtes kleines Hühnchen und deshalb hätte sie beschlossen, sie zu adoptieren. Aber nicht nur das! erklärte Hilda begeistert – ihre Freundinnen mochten sie auch!
Emily brachte den Einstufungstest am Vormittag ohne größere Probleme hinter sich und schrieb Lillian, sie sei jetzt ein ausgewachsener Junior und sie, Lillian, solle zusehen, daß sie auch eine Klasse überspringen könne. Sie hatte Lillian versprochen, ihr zu schreiben, und sie vermißte sie auch, aber ihr Herz war nicht wirklich bei der Sache. Es war bei Mattie. Sie fühlte einen gewissen Druck, engen Kontakt zu Lillian zu halten, wegen allem, was passiert war, und weil Lillian das wichtigste Bindeglied zu ihrer alten Freundesclique war. Aber es erwies sich als schwierig, diese Verbindung zu halten, vor allem am Telefon. Lillian redete dann jedesmal auf sie ein, daß sie doch unbedingt schon vor Ostern nach Hause kommen solle. Das zwang Emily, sich Ausreden auszudenken: daß ihre Tante sie nicht so oft dahaben wollte oder daß ihr Vater versprochen hatte, ihr etwas Tolles zu schenken, wenn sie ein Zeugnis mit Auszeichnung schaffen würde, und daß sie deshalb dableiben müsse, um zu lernen oder an ihren Gedichten zu arbeiten, weil vielleicht ein paar davon veröffentlicht werden sollten. Sie fand selbst, daß das zum Teil ziemlich unplausibel klang, wußte aber nicht, was sie sonst sagen sollte. Und dann die Fragen wegen Sheila, die immer dünner würde und sich, wie Lillian fand, sonderbar benahm. Emily mußte alles herunterspielen,

und das setzte ihr zu, ebenso wie die Wellen von Heimweh, weil sie so weit weg von allem Vertrauten war. Aber mit Abstand das schwierigste Thema war Mattie. Als Lillian bei einem Telefongespräch erzählte, sie habe gehört, Mattie Hurst sei weggezogen, weil ihr ein Junge aus Dartmouth ein Kind gemacht habe, mußte sich Emily mühsam bezwingen, nicht Matties Ehre zu verteidigen. Ziemlich zittrig hatte sie schließlich gesagt, Mattie sei Sheilas Freundin, nicht ihre, und sie wisse nichts davon, aber Lillian solle nicht alles glauben, was sie höre.

Im großen und ganzen schien Lillian ihre Erklärungen zu akzeptieren, aber das beschämte sie nur noch mehr. Denn ihre Freundschaft hatte sich auf Vertrauen gegründet. Vor Mattie hatten sie sich alles erzählt. Aber jetzt war das anders: So sehr sie sich auch wünschen mochte, sich ein Stück ihrer Last von der Seele zu reden, mußte sie ihre Gefühle im Zusammenhang mit Mattie doch für sich behalten, konnte sie Lillian nicht erzählen, wie ihr das Herz stockte, wenn das Telefon im Wohnheim klingelte und sie dachte, es könnte vielleicht Mattie sein. Sie konnte ihr nicht schildern, wie ein Lied, das sie und Mattie gemeinsam gehört hatten, sie in beseligende Situationen zurückversetzte. Sie konnte ihr nicht sagen, wie es in ihrem Herzen wühlte, weil Mattie nicht schrieb, und sie konnte ihr nicht von ihrem kindlichen Glauben erzählen, daß sie, wie Mattie immer gesagt hatte, verwandte Seelen waren, die gemeinsam durch die Zeit wanderten, und daß die krummen Finger der Schicksalsgöttin sie sicher als eins verbuchen würden. Und selbst wenn sie darüber hätte reden können – wäre das nicht ein Vertrauensbruch gewesen? Also ersann sie Lügen, um andere Lügen aufrechtzuerhalten, wofür sie sich haßte. Also gab sie sich Mühe, tapfer zu klingen, weil sie kein Mitleid wollte, weil sie nicht wollte, daß irgend jemand auf dieser Welt und am allerwenigsten Lillian die Wahrheit erriet.

Und so bildete sich in dieser Zeit in Emily ein Konglomerat widersprüchlicher Gefühle. Die eine Seite war die unverminderte Sehnsucht nach Mattie. Die andere waren Schmerz und Schuldgefühle wegen dem, was sie getan hatte. Aber diese Seite blockte sie ab, so gut sie konnte, denn sie bewirkte, daß sie sich schlecht fühlte, während sie doch darauf angewiesen war, sich gut zu fühlen. Und außerdem machte sie der Gedanke an Mattie – so wie ein Blick in die Sonne – blind für alle anderen Realitäten, für alle inneren Regungen außer der Erinnerung an ihr Glück. Natürlich forderte das alles seinen Tribut: Emily wurde in St. Joseph ein anderer Mensch. Nicht mehr länger der Klassenclown, war sie jetzt ernster und – nun ja, einsam war nicht ganz das richtige Wort: sie hatte Freundinnen, und Hilda bezog sie in alles ein. Was Emily fühlte, war mehr als Einsamkeit. Es war etwas Schweres in ihrem tiefsten Inneren – die Last eines drückenden, dunklen Geheimnisses, das sich bald in ihrem Lieblingsfach Englisch ein Ventil suchte.

Die Englischlehrerin war eine junge Frau namens Ethel Necessary, die auch als Schirmherrin des *Crimson Poet* fungierte. Als sie erfuhr, daß Emily Gedichte schrieb, ermunterte sie sie, es doch auch einmal mit Kurzgeschichten zu versuchen. Und schon bald wurde das Schreiben für Emily eine Art Therapie, eine Möglichkeit, all das loszuwerden, was sie keinem Menschen erzählen konnte. In ihren Geschichten schuf sie eine Phantasiewelt, die durch ihre Beziehung zu Mattie inspiriert war. Beim Schreiben passierte es Emily manchmal, daß sie Matties Nähe spürte, und das war ihr ein großer Trost. Außerdem las sie auch *Romeo und Julia* noch einmal, und sie stellte sich vor, wie sie und Mattie einander wiederfanden, während sie beide an der Schwelle des Todes standen. Und im Unterricht lasen sie ein Gedicht, das für sie eine spezielle Bedeutung gewann. Es hieß »Leda und der Schwan«, und ihr war, als hätte Yeats es im Gedanken an sie geschrieben. Es ging darin um einen weiblichen Schwan, der vom Wind geschwängert wurde, und als das Schwanenbaby zur Welt kam, fiel es aus dem Bauch der Mutter, die für immer davonflog. »Das bin ich«, schrieb Emily eines Nachts pathetisch in ihr Tagebuch. »Ich habe niemanden. Ich habe keine Wurzeln.«

O doch, sie hatte welche, tröstete sie sich später. Sie hatte ihren kleinen Stein. Der Stein war ihre Wurzel, der Stein war Mattie.
Dann kam der elfte November, und Emily saß im Bus, um Dr. Weiss aufzusuchen.
Den ganzen Weg nach Hartford probte sie, was sie sagen würde: »Guten Tag, Dr. Weiss. Ich bin Emily Stolle. Wie geht es Ihnen, *Sir?*« Dann würde sie ihm die Hand schütteln, fest und bestimmt, so wie Miss Stevenson es mit ihr gemacht hatte. Es ging darum, ihm den Eindruck zu vermitteln, daß sie eins der normalsten jungen Mädchen war, das er je gesehen hatte.
Für diesen Anlaß hatte sie ihren besten Rock und ihre beste Bluse angezogen und sich etwa hundertmal gekämmt. Jetzt versuchte sie, so zu tun, als sei das Ganze ein reiner Vergnügungsausflug. Es war ihr peinlich. In der Schule hatte sie allen erzählt, sie müsse eine kranke Verwandte besuchen und das ganze Schuljahr über alle zwei Wochen hinfahren. Aber sie haßte es, die anderen belügen zu müssen, und sie war sich so komisch vorgekommen, als Charles sie letzte Woche am Telefon noch einmal daran erinnert hatte, daß sie sich gefälligst alle Mühe geben sollte, um geheilt zu werden. Wovon geheilt? Worin bestand ihre Krankheit? Das war der Punkt, an dem sie die Verwirrung überkam. Es tat ihr leid, daß sie anderen weh getan hatte, vor allem Sheila, aber sie hatte sich doch nicht vorgenommen, sich in Mattie zu verlieben und alle Welt ins Unglück zu stürzen. Es war einfach passiert. Und irgend so ein blöder Psychiater konnte daran gar nichts ändern!
Sie holte einen kleinen Spiegel aus ihrer Handtasche und fuhr sich noch einmal mit dem Kamm durch die Haare. Dann starrte sie entschlossen aus dem Fenster. Wenn sie kooperativ war, konnte sie vielleicht schon eher wieder aufhören, zu ihm zu gehen. An diesem Gedanken hielt sie sich den ganzen Rest der Fahrt bis Hartford fest. Am Busbahnhof angekommen, nahm sie ein Taxi.
Beim Betreten der Praxis empfing sie leise Musik, die aus den Wänden zu kommen schien, und sie zögerte einen Augenblick,

bis sich direkt vor ihr eine Tür öffnete. Heraus trat ein mittelgroßer Mann mit buschigen schwarzen Augenbrauen und Haaren, einem Bart, offenem Hemdkragen und ausgebeulten Hosen. In der einen Hand hatte er eine Zahnbürste, die er wie eine Pfeife hielt. Die Zahnbürste war rot, und durch den Stiel war ein grünes Bändchen gezogen.

»Hallo«, sagte er, während er sie eindringlich ansah. »Ich bin Dr. Weiss. Sie müssen Emily Stolle sein.«

»Ja«, antwortete sie, und ihre ganze Selbstsicherheit war dahin. Wozu trug er diese Zahnbürste mit sich herum?

»War es schwierig, hierher zu finden?«

»Nein, ich habe ein Taxi genommen.«

»Natürlich. Sehr gut.« Er legte ihr beruhigend die Hand auf die Schulter und lächelte. Sein Lächeln erleichterte sie. Er geleitete sie in sein Sprechzimmer, und da stand sie nun, während er seine Zahnbürste neben dem Telefon deponierte und in einem Notizbuch blätterte.

Vorsicht, mahnte sie sich. Auch wenn er dich nicht anschaut, sieht er dich. Er hat überall Augen. Er will nur herausfinden, ob du verrückt bist oder nicht.

Er sah auf und sagte, sie solle schon mal zur Couch gehen und sich hinlegen.

Zur Couch? Sie rührte sich nicht.

»Ja, ganz recht«, sagte er sanft. »Gehen Sie einfach rüber und legen Sie sich hin.«

Langsam tat sie, wie ihr geheißen. Sie stand vor der Couch und erstarrte. Warum wollte er das?

»Nur zu. Sie beißt nicht. So läuft das hier. Sie legen sich hin und entspannen sich und lassen Ihren Gedanken freien Lauf.«

Sie saß jetzt auf der Couchkante, unfähig, sich weiter zu rühren, und er erklärte ihr – wie er es nannte – die »Grundregeln«. Die Grundregeln besagten, daß sie sich alle zwei Wochen zur selben Zeit am selben Ort sehen würden. Wenn etwas dazwischenkäme, müsse sie ihm möglichst frühzeitig Bescheid sagen, denn sonst würde ihrem Vater die Stunde berechnet, das habe er ihm auch erklärt. Weiter: Alles, was sie in diesen vier Wänden sage, sei streng vertraulich. Aber sie solle wissen, daß er ihrem Vater monatlich einen Bericht schicken würde, um ihn über ihre Fortschritte in den Punkten auf dem laufenden zu halten, die er für wichtig erachte. »Irgendwelche Fragen?« Er lächelte wieder.

Sie schüttelte den Kopf.

»Nun, dann... Ich weiß, daß es zwischen Ihren Eltern zum Bruch gekommen ist und daß das für Sie ein ziemlich lausiges Gefühl sein muß. Möchten Sie nicht darüber sprechen?«

Ja, das sollte sie. Das hatte Charles ihm ja als Grund angegeben, weshalb sie herkommen mußte. Aber er machte sie nervös. Sein eines Auge schien größer als das andere. Sie spielte mit ihren Händen und sagte nichts.

»Ich höre«, hakte er nach einigen Minuten nach.

Sie sah ihn neugierig an. »Puh, besonders lustig war es jedenfalls nicht.«

»Ich verstehe«, antwortete er rasch. »Ich nehme an, daß Sie das Ganze innerlich sehr beschäftigt und daß es auch eine Menge Gefühle in Ihnen aufwühlt, plötzlich von zu Hause weg zu sein.«

»Ja, das tut es wohl.«

»Natürlich.« Er nahm seine Zahnbürste und hielt sie in der rechten Hand, was Emilys Aufmerksamkeit ablenkte, weil sie überlegte, ob er sie wohl in den Mund stecken würde. Wenn ja, würde sie sich totlachen. Aber er behielt sie in seiner Faust, die jetzt auf dem Schreibtisch ruhte, und sprach in ruhigem, gemessenem Ton weiter. Er erklärte ihr, je offener sie ihre Gefühle äußere, desto klarer würden sie werden. Bei dem Versuch, Worte zu finden, könne es einem anfangs so gehen wie mit einer Flasche Ketchup. »Sie wissen ja, bei einer neuen Flasche ist es manchmal schwer, etwas herauszukriegen, nicht wahr?«

»Mm-hm.« Worauf wollte er hinaus?

»Also schüttelt und schüttelt man, und wenn es dann kommt,

kommt alles auf einmal. Das ist Ihnen doch sicher auch schon passiert?«

»Ja«, antwortete sie irritiert.

»Nun, Emily, so ähnlich ist es hier auch.« Er erklärte ihr, daß das die Art und Weise war, wie eine Analyse ablief, daß die Dinge in Fluß kommen mußten und daß dann alles von ganz allein passierte. Die Psyche sei wie eine Kamera. Das Gedächtnis sei der Film, auf dem die Gedanken und Eindrücke des ganzen Lebens festgehalten würden. Die meisten Menschen seien von Natur aus neugierig auf sich selbst, daher solle sie nicht erwarten, daß er Fragen stellte. »Mein Job«, fuhr er fort, »besteht darin, Sie dazu zu bringen, sich selbst zu erforschen. Stellen Sie sich vor, ich wäre eine Wand. Ihre Probleme sind wie Tennisbälle, die Sie gegen mich schlagen und die von mir zurückprallen. Manche Bälle werden schwer sein, andere leicht, und ein paar bringe ich vielleicht nicht übers Netz. Aber das kommt mit fortschreitender Erkundung des Terrains. Wenn ich Ihnen eine Antwort geben kann, will ich es tun. Aber ich bin nicht Gott. Die eigentliche Arbeit besteht darin, die Antwort in Ihnen selbst zu finden. Gezaubert wird hier nicht. Und jetzt machen Sie es sich bitte einfach nur auf der Couch bequem. Legen Sie sich hin. Sie werden sehen.«

Sie tat, wie ihr geheißen, starrte an die Decke, die Hände über der Brust gefaltet, und dachte, daß man sich so vermutlich im Sarg fühlen mußte. Eine blaue Blume auf der Tapete schien zu zerfließen, als sie sie so lange angesehen hatte, daß ihre Augen brannten. Was tat er? Ihr schienen schon Stunden vergangen, und die Stille wurde unerträglich. Sie drehte unauffällig ihr Handgelenk so, daß sie auf ihre Uhr schauen konnte. 2 Uhr 20. Du liebe Güte! Sie konnte das nicht länger aushalten! »Ich weiß nicht, worüber ich reden soll«, stieß sie nervös hervor.

»Sprechen Sie darüber.«

Das habe ich doch gerade getan, Strohkopf. Sie verstummte wieder. Aber es war merkwürdig: je länger sie so dalag, desto größer wurde die Verlockung, etwas über ihre Gefühle zu sagen, da er ja zumindest Interesse bekundet hatte. Vielleicht sollte sie so tun, als ob er ein Priester wäre. Hilda, die katholisch war, sagte, wenn sie zur Beichte ging, spreche sie in ein kleines hölzernes Türchen, hinter dem ein Priester saß, und sie erzählte ihm von all den schlimmen Dingen, die sie angestellt hatte, und dann wurden sie ihr vergeben. Emily drehte den Kopf so weit, daß sie die Füße des Doktors auf seinem Schreibtisch erkennen konnte und mitbekam, daß er etwas auf einen länglichen Notizblock schrieb. War das ein Brief an ihren Vater? Sie mußte etwas sagen, und zwar *schnell*! Sie räusperte sich und fing an zu reden, über die Schule, das tolle Essen, den Unterricht und vor allem die Jungen und davon, wie sie bei den geselligen Abenden mit den Xavier-Schülern keinen Tanz ausließ. Es gefalle ihr sehr, mit Jungen zusammenzusein, sagte sie. Sie wolle Zwillinge haben, wenn sie mal verheiratet sei, und als Hausfrau für die Familie sorgen. Sie redete immer weiter und flocht auch ein, wie froh sie sei, daß sie Amerikanerin sei. Nach einer Weile sagte Dr. Weiss, das sei es für heute gewesen. Er erklärte ihr, wo sie ein Taxi finden würde, und sie ging. Und eine Zeitlang verliefen alle ihre Sitzungen mehr oder weniger nach diesem Muster.

Als sie nach einem ganzen Monat immer noch nichts von Mattie gehört hatte, schlich sich stumme Verzweiflung in ihr Herz. Vielleicht war Mattie ja krank, oder es war etwas noch Schlimmeres passiert, denn sonst, das *wußte* Emily, hätte Mattie sich mit ihr in Verbindung gesetzt. Sie mußte etwas unternehmen.

Sie war sich sicher, daß Matties Eltern mittlerweile aus White River weggezogen waren, denn in einem ihrer Telefongespräche hatte Charles versehentlich fallenlassen, daß das Hurstsche Haus inzwischen verkauft sei. Also versuchte sie es, einem spontanen Impuls gehorchend, noch einmal bei der Telefonvermittlung von Philadelphia, und tatsächlich – sie hatten eine neue Nummer, die Emily sich samt Adresse notierte. Sie schwelgte in diesem Fund, als sei Mattie wiedergeboren. Zuerst erwog sie, ihr zu schreiben.

Aber dann mahnte sie die Stimme der Vorsicht, daß Matties Eltern womöglich wußten, daß sie in Cromley war, und daß sie den Stempel auf dem Umschlag entdecken könnten. Lieber anrufen. Sie tat es. Aber als sie Mrs. Hursts Stimme erkannte, legte sie panisch auf. Dann befand sie, daß sie diese Nervenprobe nicht noch einmal durchstehen könne. Lillian. Emily würde sie dazu bringen, Mattie anzurufen und ihr zu sagen, sie solle sie im Wohnheim anrufen. Aber würde das nicht ziemlich merkwürdig wirken, argumentierte sie mit sich selbst. Vielleicht. Aber das würde sie schon deichseln. Lillian war zwar schlau, aber sie war auch leichtgläubig: wenn man ihr sagte, das Dach sei am Einstürzen, lief sie gleich aus dem Zimmer. Nachdem Emily sich ihren Schlachtplan zurechtgelegt hatte, überfiel sie an einem Novemberabend Lillian mit der Bitte, ihr in einem »dringenden Notfall« zu helfen.

Nun bedeutete »Notfall« zwischen ihnen nicht, daß es um Leben oder Tod ging. Es war eher ein Ulk, denn Emily hatte Lillian früher manchmal sogar damit herbeigerufen, daß sie einen Herzanfall vorschützte, nur um sich dann, wenn Lillian erschrocken hereingestürzt kam, vor Lachen zu kugeln. Aber zwischen Ulk und Tod gab es ja noch Zwischenstufen. Und in diesem Fall, so erklärte sie Lillian, sei es wirklich etwas Dringendes. Sie wolle sie um einen Gefallen bitten. Und sie würde ihr fünf Dollar dafür geben. Doch zuerst müsse sie ihr wohl noch etwas erklären, auch wenn sie selbst dabei nicht gut wegkäme. Sie hielt inne.

»Was denn?« hakte Lillian nach.

»Lil, wenn Sheila sich merkwürdig benimmt, dann kommt das daher, daß sie dich mit mir verbindet und daß wir beide, sie und ich, total verkracht sind. Sie gibt mir die Schuld an der Scheidung, weil ich Ella das Leben schwer gemacht habe, so daß sie schließlich nicht mehr konnte und weggegangen ist. Das war für Sheila ein schwerer Schlag. Du weißt ja, wie sie aneinander hingen. Ich hab' dir ja schon gesagt, daß die Scheidung ein Grund ist, weshalb sie mich hierhergeschickt haben. Dad dachte, Tante Francie

würde nicht mit mir zu Rande kommen. Du weißt ja, wie ich bin.«
Das wisse sie allerdings, antwortete Lillian, ganz Ohr.
»Und jetzt zu dem Notfall: Ich muß dir was sagen. Schwörst du, daß du's niemandem weitersagst?«
Natürlich schwor Lillian das. Was gab es Tolleres als ein Geheimnis?
Emily improvisierte das Drama von der enttäuschten Liebe. Sie legte alle Aufrichtigkeit in ihre Stimme, die sie mobilisieren konnte, obwohl sie sich wie ein Stück Dreck fühlte, weil sie Lillian eine so faustdicke Lüge auftischte, und erzählte, daß Mattie Sheila im Autokino mit Roy Dean auf dem Rücksitz von Roys Auto erwischt habe, ehe sie weggezogen sei. Offenbar hätten sich die beiden schon länger heimlich getroffen. Daran sei die Freundschaft zwischen Sheila und Mattie zerbrochen. Und so habe Sheila gleich zwei Schläge einstecken müssen: den Verlust ihrer Stiefmutter und den ihrer besten Freundin, und deshalb sei sie wohl in letzter Zeit ein bißchen komisch. Nein, von Matties angeblicher Schwangerschaft wisse sie nichts, beschied sie die noch immer neugierige Lillian. Deswegen habe sie nicht angerufen. Sie habe ihr doch schon gesagt, daß sie keine Ahnung habe. Sie rufe an, weil sie vor Sheilas Geburtstag mit Mattie reden und die beiden wieder zusammenbringen wolle. Und dazu brauche sie Lillians Hilfe. Würde Lillian bitte Mattie anrufen und ihr sagen, sie solle sie, Emily, anrufen? Dann würde sie versuchen, Mattie zu überreden, sich wieder mit Sheila zu versöhnen.
»Häh?« fragte Lillian begriffsstutzig.
Geduldig spulte Emily die ganze traurige Geschichte noch einmal herunter. (Es war mit Abstand die beste, die ihr eingefallen war, und sie hatte sich lange den Kopf zermartert.) »Du wirst doch Sheila kein Sterbenswörtchen davon erzählen, versprichst du das, Lil?«
»Ja. Das habe ich doch schon versprochen. Aber warum kannst du nicht selbst anrufen?«

»Weil Dad und Mr. Hurst auch zerstritten sind, und wenn der meine Stimme hört, hängt er sofort ein.«
»Und was soll ich machen, wenn Mattie nicht da ist?«
»Dann ruf mich gleich zurück, und wir verabreden, wann wir es wieder versuchen. Du hast ja meine Nummer. Und wenn du Mattie kriegst und sie jetzt nicht anrufen kann, frag sie, wann sie kann, und ich richte mich drauf ein. In jedem Fall sag mir Bescheid.« Ihr Herz bummerte so laut, daß sie fürchtete, Lillian könnte es durch die Leitung hören, und sie riß sich zusammen, um einigermaßen vernünftig zu klingen.
»Ach, Emily, ich weiß nicht.«
»Was heißt, du weißt nicht?«
»Ich kann Mattie Hurst nicht anrufen.«
»Ach, komm, Lil«, sagte sie mit ihrer überzeugendsten Stimme. »Nach allem, was ich für dich getan habe, willst du jetzt kneifen? Das ist doch nur ein Kinkerlitzchen. Du kriegst fünf Dollar für ein Kinkerlitzchen!«
»Darum geht es nicht. Das Geld ist mir egal.«
»Worum geht es dann?« fragte sie gereizt. Jetzt, wo sie so dicht davor war, hatte Emily das Gefühl, nicht weiterleben zu können, wenn es ihr nicht gelang, mit Mattie zu sprechen.
»Es ist mir peinlich. Ich kenne sie doch gar nicht so gut.«
»Was brauchst du sie dafür groß zu kennen? Du sollst ja nicht mit ihr zusammenziehen.«
»Aber sie ist doch angeblich schwanger.«
»Das heißt doch nicht, daß sie nicht telefonieren kann.«
»Aber ich komme mir blöd vor.«
»Wieso?«
»Einfach so.«
»Hör mal, sie wird sich freuen, wenn sie mit dir reden kann. Du bist schließlich aus White River.«
»Vielleicht ist das für sie im Moment nichts Positives.«
»Lillian, jetzt hör mir mal zu. Ich habe dich angerufen, weil du meine beste Freundin bist, und die Sache ist wichtig. Es ist doch

für einen guten Zweck. Mattie leidet genauso wie Sheila. Sie wird froh sein.«

»Warum schreibst du ihr nicht einfach?«

»Nein, nein. Das dauert zu lange. Ich will Sheila mein Geschenk gleich machen.«

Am Ende fügte sich Lillian, wenn auch widerstrebend. Sie ließ sich die Nummer geben, sie legten auf, und Emily blieb beim Telefon stehen und konnte vor Spannung kaum atmen. Nach ein paar Minuten rief Lillian zurück, um zu sagen, daß sie Mattie erreicht habe.

Bei dieser Nachricht verwandelte sich Emilys Herz in einen Vogel, der ihr aus der Brust flattern wollte. Sie fühlte sich so schwach, daß sie kaum stehen konnte und setzte sich auf den Boden der Zelle. »War sie gleich dran?«

»Ja, und sie schien nicht sonderlich erfreut. Ich mußte ihr versprechen, dafür zu sorgen, daß du sie auf keinen Fall anrufst. Also wirst du's auch nicht tun, oder? Ich habe ihr mein Ehrenwort gegeben.«

»Nein, ich tu's nicht«, antwortete Emily tonlos.

»Wie kommt's, daß sie da so strikt reagiert?«

Die Frage war irritierend. »Das hab' ich dir doch gesagt. Es ist kompliziert wegen unserer Eltern. Du weißt doch, wie *die* reagieren können.«

»Da muß es ja ziemlich Krach gegeben haben.«

»Ich weiß nicht. Ist mir auch egal. Hast du ihr meine Nummer gegeben?«

»Sie will dich nicht anrufen. Sie will schreiben. Ich habe ihr deine Adresse gegeben.«

»Warum will sie nicht anrufen?«

»Ich hab' sie nicht gefragt. Sie will dir schreiben.«

»Wann?«

»Keine Ahnung. Was hast du denn?«

»Ich bin erkältet.«

Einen Augenblick lang herrschte Schweigen, während Lillian

diese Auskunft verdaute. Dann sagte sie: »Hör mal, ich weiß nicht, was hier vorgeht, aber du brauchst mir kein Geld zu schikken. Es ist keine große Sache.«

»Lil?« fragte Emily piepsig. Ihre Selbstkontrolle war zusammengebrochen.

«Ja?«

»Hat sie sonst noch was gesagt?«

»Was?«

»Irgendwas?«

»Ich hab' dir erzählt, was sie gesagt hat. Wir haben nur eine Minute geredet. Sie hat gesagt, sie schreibt dir. Du klingst wirklich fertig.«

»Ich bin enttäuscht, weil ich nicht gleich was für Sheila tun kann.«

Sie redeten noch ein bißchen weiter und legten dann auf. Eine Woche verging, ohne daß ein Brief kam. Emily war außer sich. Sollte sie selbst schreiben und den Brief über Lillian an Mattie schicken? Nein, das wäre zu verdächtig. Dann fiel ihr ein, daß Hilda am Wochenende nach Hause fahren würde. Sie konnte den Brief in New Haven einwerfen, dann würden die Hursts nichts merken. Und so schrieb Emily diesen Brief:

10. Dezember 1948

Liebste Mattie,

Ich habe mir Sorgen gemacht, daß Du vielleicht krank bist und ich deshalb nichts von Dir höre.

Jedenfalls möchte ich Dir sagen, daß ich Dich so sehr vermisse wie nichts auf der Welt, Mattie, und daß ich Dich immer noch liebe. Für mich hat sich nichts geändert. Erinnerst Du Dich noch an den kleinen Stein, den Du mir gegeben hast? Ich trage ihn immer bei mir. Ich tue, was Du mir gesagt hast: Ich berühre ihn, um Dich zu mir zu holen, damit ich nicht so einsam bin. Und ich habe keinem Menschen von uns erzählt und werde es auch nie tun. Ich habe mir gedacht, ich könnte Dich vielleicht eines Tages besuchen kommen. Ich könnte mit dem Bus fahren. Oder vielleicht können wir ja auch durchbrennen und uns Arbeit suchen.

Wenn ich einundzwanzig bin, bekomme ich das Geld, das ich von Großvater Stolle geerbt habe, und dann können wir nach Frankreich gehen, wie wir es besprochen haben. Ich halte es nicht aus, Dich nicht zu sehen, Mattie. Es tut zu weh. Ich habe Schreckliches durchgemacht, und Du sicher auch. Aber ich glaube nach wie vor an das Schicksal und daß das zwischen uns, wie Du gesagt hast, etwas Spirituelles ist und wir füreinander bestimmt sind. Glaubst du das noch, Mattie? Ich glaube es. Aber manchmal denke ich, wir müssen dem Schicksal etwas nachhelfen. Deshalb schreibe ich Dir, um Dir zu sagen, daß ich hoffe, daß es Dir gutgeht, und daß ich Dich sehen möchte. Bitte, Mattie, schreib mir gleich zurück. Ich verstehe ja, daß Du nicht anrufen kannst, aber bitte schick mir einen Brief. Ich lege Dir einen frankierten und adressierten Umschlag bei, damit Du es einfacher hast. Mattie, ich glaube an die Reinkarnation, aber ich will nicht auf ein anderes Leben warten, um Dich wiederzusehen.

In ewiger Liebe Emily

Fünf Tage später kam ein Antwortbrief. Vor lauter Hast hätte Emily ihn beim Öffnen beinahe zerrissen.

15. Dezember 1948

Liebe Emily,

Ich habe bestimmt ein Dutzend Briefe an Dich angefangen, aber ich wußte nicht, was ich schreiben sollte. Aber jetzt gehe ich es einfach an:

Du mußt wissen, daß Dein Vater meinen Eltern alles erzählt hat. Daraufhin haben sie mich zu meiner Tante geschickt. Als meine Eltern hierherkamen, bin ich zu ihnen gezogen und da bin ich jetzt. Es war so schrecklich, aber davon will ich jetzt nicht schreiben. Ich versuche einfach, die Scherben meines Lebens zusammenzuklauben und weiterzumachen. Ich habe einen festen Freund und mache im Juni meinen Abschluß. Danach wollen wir heiraten. Das ist im Moment das Wichtigste.

Und jetzt noch etwas *ganz Wichtiges*: Als Deine Freundin Lillian hier anrief, habe ich sie gebeten, dafür zu sorgen, daß Du mich auf keinen Fall anrufst. Ich habe ihr nicht gesagt, warum, und sie hat auch nicht gefragt, aber ich bin sicher, daß sie gedacht hat, es habe etwas mit meiner angeblichen Schwangerschaft zu tun. Meine Eltern haben mir erzählt, daß dieses Gerücht kursiert, und sie waren sogar erleichtert, weil sie fanden, das sei immer noch weniger schlimm als das, was tatsächlich passiert ist. Jedenfalls danke ich Dir, daß Du meinen Wunsch respektiert hast. Ich war mir sicher, daß Du es tun würdest. Und wenn Du mich noch gern hast, dann versuche nie wieder, mich anzurufen oder mir zu schreiben, weil das für mich nur mehr Probleme schafft, als ich bewältigen kann. Was passiert ist, war ein Ausrutscher, den ich nicht begreife und Du wahrscheinlich auch nicht. Aber wir müssen drüber wegkommen. Dieser Brief muß der *endgültige Schlußpunkt* sein. Bei allem glaube ich fest, daß Du ein anständiger Mensch bist und tun wirst, was richtig ist. Und ich *weiß*, daß Du stark bist. Bitte sei es, denn wenn Du mich zu erreichen versuchst, riskierst Du, mein Leben zu zerstören. Ich werde Dich nie vergessen, falls Dir das ein Trost ist. Aber das Leben ist ein Lernprozeß. Ich glaube, ich habe für die nächste Million Jahre genug gelernt, aber ich versuche, den berühmten Silberstreif am Horizont zu sehen. Und das wird mir auch gelingen. Und Dir auch, Emily. Es tut mir alles sehr leid. Denk freundlich an mich, wenn Du an mich denkst, so wie ich es umgekehrt auch tun werde.

Wie immer,
Mattie

Sie war im Postzimmer, als sie es las, und sie war zunächst völlig überwältigt. Sie fühlte sich schwach und lehnte sich, um Fassung ringend, an die Wand und starrte eine ganze Zeitlang auf das Blatt, vor allem auf die Worte »wie immer«, als müßten sie irgendeine geheime Bedeutung enthalten. Sie sollten natürlich besagen, daß Mattie immer dieselbe Mattie war, aber Emily in ihrer Not deutete sie so, daß Mattie für sie immer das bleiben würde, was sie füreinander gewesen waren. Aber selbst wenn dem so gewesen wäre: ihre Beziehung war beendet. Mattie wollte nie wieder etwas von ihr hören.

Emily verließ jetzt das Postzimmer und ging zu einer Wiese neben der Turnhalle. Es war kalt, aber ihr Körper fühlte sich an wie aus Holz. Sie setzte sich auf eine Bank und las, allen neugierigen Blicken entzogen, den Brief noch einmal. Sie sah von weitem zwei Mädchen auf sich zukommen. Sie stand auf und ging weiter, bis sie ein einsames Plätzchen erreicht hatte, und hier war es mit ihrer Beherrschung vorbei. Der Schmerz packte sie am ganzen Körper, und ein Tränenausbruch schüttelte sie. Als er vorbei war, verbrannte sie den Brief und zertrat die verkohlten Überreste. Dann nahm sie ihren kleinen Stein, den sie immer bei sich trug. Sie fuhr mit den Fingern über die graue flache Seite und küßte ihn verzweifelt. Sie holte aus und warf ihn mit aller Kraft von sich, damit er genauso unwiederbringlich verloren wäre wie Mattie. Sie standen nicht mehr unter der Obhut des Schicksals. Vielleicht würden sie sich in einem anderen Leben wiedertreffen, aber nicht in diesem. Sie ballte die Hände zu Fäusten, vergrub sie in ihren Jackentaschen und blinzelte gegen die Tränen an. Nie würde sie das, was gewesen war, durch hohle, billige Worte entweihen. Mattie war ihr Geheimnis, eine Erinnerung an Licht und Fröhlichkeit, die sie ewig hüten würde. Nie wieder würde sie jemanden so lieben können.

Sie kehrte um und ging zurück zum Wohnheim. Was auch geschehen mochte, schwor sich Emily, sie würde stark sein wie ein Löwe. Das war sie Mattie für ihren Glauben an sie schuldig.

Matties Brief war nur wenige Tage vor Emilys nächstem Termin bei Dr. Weiss gekommen. Er war in ihrem Kopf, als sie die Praxis betrat, und diese Sitzung sollte ganz anders verlaufen als die bisherigen. Als sie ankam, war der Schmerz in ihr zusammengeballt wie ein harter Wachsklumpen, aber als Dr. Weiss mit seinem üblichen »Nun, wie geht's?« begann, brach sie in unkontrollierbares Schluchzen aus. Der Arzt beruhigte sie zunächst und nutzte dann diesen verletzlichen Moment, um von seiner sonstigen indirekten Vorgehensweise abzuweichen und sie zum Sprechen zu ermuntern. Zunächst sträubte sie sich, aber dann offenbarte sie ihm, weil sie einfach mußte, daß sie gerade einen Brief von einem Mädchen bekommen habe, mit dem sie besondere Gefühle verbänden. Daraus entwickelte sich der folgende Dialog:

»Was meinen Sie mit ›besonderen Gefühlen‹?«

»Ich hatte sie sehr gern.«

»Eine Freundin?«

»Ja, eine Freundin.«

»Oder mehr?«

»Ich weiß nicht, was Sie meinen.«

»Haben Sie sie jemals geküßt?«

»Nein.«

»Oder haben Sie sie auf ungehörige Art berührt?«

Zum Teufel mit seiner dreckigen Phantasie! »Natürlich nicht!«

»Was dann?«

»Nichts. Aber ich hatte sie gern. Es war mehr als Gernhaben. Es war eine Seelenverwandtschaft.«

»Und was ist dann passiert?«

»Sie ist nach Philadelphia gezogen.« Sie bremste sich. Wenn er es nun ihrem Vater weitererzählte und ihr Vater dahinterkam, daß sie sich geschrieben hatten? Sie setzte sich auf der Couch auf und sah zu ihm hinüber. Er hatte sich über seinen Schreibtisch vorgebeugt und schien das Gespräch sehr konzentriert zu verfolgen.

»Ich dachte, Sie würden nicht so viele Fragen stellen, Dr. Weiss.«

»Das tue ich gewöhnlich auch nicht. Aber das hier möchte ich doch genauer festhalten. Es ist das erste Mal, daß Sie hier bei mir wirkliche Gefühle zeigen.«

Sie legte sich wieder hin und sagte nichts.

Nach ein paar Minuten hakte er nach: »War es das?«

»Ja«, antwortete sie leise. Sie hätte gern das Thema gewechselt.

»Aber ich wollte wissen, was passiert ist, nachdem sie weggezogen ist. Was hat sie Ihnen geschrieben?«

»Das bleibt doch unter uns, Dr. Weiss?«

»Natürlich.«
»Ich meine, Sie erzählen meinem Vater doch nicht alles weiter, was ich hier sage, oder?«
»Das haben wir ja schon besprochen. Ich berichte ihm lediglich über den allgemeinen Fortgang – ob Sie wirklich mitmachen oder nicht und was ich generell denke.«
»Werden Sie ihm schreiben, daß ich gut mitmache?«
»Ja, ja. Keine Bange. Ich erzähle ihm keine Einzelheiten und werde es auch nie tun. Das ist alles streng vertraulich.«
»Versprechen Sie mir das?«
»Ich gebe Ihnen mein Wort.«
Nunmehr befriedigt, antwortete sie: »Sie hat mir geschrieben, es sei aus.«
»Was sei aus?«
Das verwirrte sie. »Sie meint, sie wird bald heiraten und will deshalb nichts mehr von mir hören.«
»Wieso sollte sie so etwas sagen, wenn Sie beide nur Freundinnen waren?«
»Ich weiß nicht.« Sie fühlte sich in der Falle.
»Waren Sie mehr als nur Freundinnen?«
»Nein, das habe ich doch gerade gesagt.« Sie fuhr wieder hoch und sah ihn wütend an.
»Ganz ruhig, Emily. Legen Sie sich wieder hin. Ist ja gut. Es ist ganz in Ordnung, wenn Sie in dieses Mädchen verliebt sind. Das sind Sie doch, nicht wahr?«
Darauf würde sie sich nicht einlassen. Sie schüttelte energisch den Kopf.
»Auch wenn es so ist, ist das nichts Weltbewegendes. Schwärmerische Gefühle zwischen Mädchen haben weiter nichts zu bedeuten, solange die Betreffenden nicht darin steckenbleiben.«
Das weckte ihre Neugier. Auf dem Rücken liegend, die Arme trotzig vor der Brust verschränkt, wollte sie wissen, was »steckenbleiben« heißen sollte.
»Steckenbleiben«, antwortete er, »bedeutet, daß man es nicht

schafft, von diesen Gefühlen zu normalen überzugehen. Daß sich die Betreffenden ihr ganzes Leben lang vom eigenen Geschlecht angezogen fühlen und nicht zu wirklicher Reife gelangen. Aber das ist bei Ihnen nicht so. So sehen Sie mir nicht aus. Sie gehen tanzen und treffen sich mit Jungen und haben Spaß daran. Ich denke, daß dieser Brief einfach nur etwas Altes wieder aufgewühlt hat. Ich glaube, daß dieses Mädchen für Sie ein Symbol für all das ist, was Sie hinter sich gelassen haben. Aber Sie sind nicht steckengeblieben, das wollen wir klar herausstellen.«

War sie froh, daß er ihr Gesicht nicht sehen konnte. Sie wischte sich eine Träne von der Wange und erstickte ihr leises Schniefen mit der Hand. Was redete er da von steckenbleiben und nicht steckenbleiben und von schwärmerischen Gefühlen? Sie wußte, was Schwärmen war. Sie hatte vor vielen hunderttausend Jahren für Harold Mac geschwärmt, aber das hatte damit zu tun gehabt, daß er gut aussah und einen schicken Wagen fuhr und alle ihn toll fanden. Schwärmerei war nur etwas Oberflächliches. Mattie war mehr. Mattie saß in ihrem tiefsten Innern, und einen Moment lang spürte Emily den Drang, ihm zu widersprechen, diesem Experten, und ihm zu sagen, sie sei zu wenig oberflächlich für Schwärmereien und könne ihre Gefühle nicht auf- und zudrehen wie einen Wasserhahn. Und außerdem war es mit Mattie doch genau das Gegenteil gewesen, kein Steckenbleiben, sondern Freisein, frei wie ein Vogel, der Inbegriff von Entwicklung und Entfaltung. Sie hätte sich am liebsten mit ihm angelegt, aber er war ein Erwachsener und sie fast noch ein Kind, und dies war eine kritische Situation, wenn sie dahin kommen wollte, daß sie nicht mehr zu ihm gehen mußte, was ja hieß, daß sie es mit ihrem Vater nicht verderben durfte. Sie lag da, mit versiegeltem Mund, und fühlte sich auf der Couch festgenagelt. Und als er sie fragte, ob sie schon jemals einen Jungen geküßt habe, sagte sie so enthusiastisch ja, daß sie selbst erschrak.

»Und hat es Ihnen gefallen?«

»Klar.« Sie hörte ihn mit irgendwelchen Papieren rascheln, und plötzlich setzte sie sich auf, um die Frage zu stellen, die sich in ihrem Kopf eingenistet hatte, seit sie damals im Lexikon nachgesehen hatte. »Heißt das, ich bin nicht von Lesbos?« Es war ihr einfach herausgerutscht, zu ihrer eigenen Bestürzung und, seiner Miene nach zu urteilen, auch zu seiner.

»Von *wo*?« Er sah von seinem Notizblock auf.

»Von Lesbos.« Sie wurde rot. »Das habe ich in meinem Wörterbuch gelesen, unter ›lesbisch‹.«

»Wieso haben Sie denn unter ›lesbisch‹ nachgesehen?«

»Weil – « Ihr Gesicht fühlte sich heißer an als ein glühender Ofen. »Ich habe nicht nachgesehen. Ich bin einfach nur im Lexikon darauf gestoßen.« Sie schwamm. Sie wußte nicht mehr, was sie sagen sollte.

»Und da haben Sie gedacht, Sie wären es vielleicht.«

»Nein«, leugnete sie, jetzt noch verwirrter. Eins wußte sie, klarer denn je zuvor. Sie wußte es, als sie sein Gesicht sah – daß sie nie und nimmer sein wollte, was dieses Wort sagte.

»Lassen Sie mich das ganz klar sagen«, erklärte er mit fester Stimme. »Sie sind *nicht* lesbisch. Zermartern Sie sich deswegen nicht Ihr kleines Köpfchen. Lesbierinnen sind von ihrer ganzen Art her völlig anders als Sie, Mädchen. Lassen Sie einfach nur Mutter Natur freien Lauf. Mutter Natur ist eine ganz schöne sture alte Dame, die reinste Quengeltante, wenn es darum geht, ihren Willen durchzusetzen und alles nach ihrem Plan zu gestalten. Und für Sie sieht dieser Plan vor, daß Sie eines Tages den richtigen Mann finden und zu gegebener Zeit eine Schar Kinder bekommen. Und außerdem sind Sie viel zu hübsch, um wie eine Dörrpflaume zu verschrumpeln. Denn das passiert mit Mädchen, die keinen Mann finden. Sie vertrocknen und verschrumpeln.« Er lächelte fast schon zärtlich und meinte, sie wolle doch nicht vertrocknen, oder? Ihre Augen wurden ganz groß, und sie schüttelte nachdrücklich den Kopf. Na also, sagte er, um dann abschließend zu bemerken, wenn zwei Mädchen je auf die Idee kämen, irgendwelchen Unfug miteinander zu treiben, würden sie doch nicht

mehr tun können, als sich aufeinander zu legen und herumzuzappeln wie halbtote Fische.
Halbtote Fische! Sie und Mattie halbtote Fische! Tagelang verfolgte sie dieses Bild.

Weihnachten stand vor der Tür. Sie dachte daran, die Festtage bei Nana zu verbringen, aber da ihr Vater ihr im Jahr nur einen Besuch in Macon erlaubte, beschloß sie, noch bis zum Sommer zu warten, weil sie dann einen ganzen Monat Zeit haben würde. Schließlich fuhr sie mit zu Hildas Eltern, wo sie, um zu überspielen, wie peinlich es ihr war, nicht bei ihrer eigenen Familie zu sein, die ganze Zeit davon redete, wie sehr ihr Vater sie liebte und wie leid es ihm täte, daß er gerade in dieser Zeit auf Reisen sein müsse, so daß sie nicht nach White River habe fahren können. Brav tauschte sie telefonische Festgrüße mit Charles und Tante Francie. Ihre Tante, die gute Seele, hatte ihr einen wunderhübschen Pullover gestrickt, und von ihrem Vater waren hundert Dollar für Kleider gekommen. Sie hatte ihrerseits kleine Geschenke für alle gekauft, darunter für Sheila einen Schal, aber Sheila sprach nicht mit ihr, wenn sie anrief. Nach ein paar Tagen kehrte Emily wieder ins Internat zurück, mit der Begründung, sie müsse noch etwas für die Schulzeitschrift fertig schreiben. Sie war ja auch über Thanksgiving dageblieben, und es war gar nicht so übel gewesen. Außerdem hatte sie der Besuch bei Hildas Familie schmerzlich daran erinnert, warum sie nicht nach Hause fahren durfte.
Lillian war mit ihren Eltern über die Ferien nach Florida gefahren, aber vor ihrer Abreise hatte Emily sie noch angerufen. Das war ihr erstes Gespräch seit jener heiklen Mattie-Sache gewesen, und Emily war gespannt, ob Lillian noch so klingen würde wie vorher (was ja hieße, daß sie ihr geglaubt hatte). Sie erwischte sie in allerbester Stimmung, da sie gerade erfahren hatte, daß sie ihren High School-Abschluß gleichzeitig mit Emily machen konnte, wenn sie ihren glatten Notendurchschnitt von A hielt und Sommerkurse besuchte. Auch ansonsten klang sie gutge-

launt, und sie stellte überraschenderweise keinerlei Fragen, nicht einmal zu Mattie und Sheila. Es war, als hätte sie schließlich akzeptiert, daß Emily nicht mehr da war und sie am besten daran tat, alles Rätselhafte, was ihrem plötzlichen Verschwinden anhaftete, unangetastet zu lassen. Und vielleicht merkte Lillian sogar, daß es in Emilys Leben Grenzlinien gab, die man besser nicht überschritt. Jedenfalls bekam Emily noch vor Neujahr von ihr diesen – wie sich erweisen sollte, prophetischen – Brief:

28. Dezember 1948

Liebe Stollie,
Hier bin ich nun, im sonnigen Florida, bei diesen Freunden meiner Eltern. Von ihrem Haus aus sieht man direkt auf das Meer, was einfach toll ist, und in meinem Kopf blinkt ein kleines Lämpchen, das Zukunftsperspektive heißt. Ich habe beschlossen, daß ich irgend etwas machen will, was mit Wasser zu tun hat, koste es, was es wolle. Ich gehe hier jeden Tag am Strand entlang und denke, daß ich am liebsten zur See fahren würde. Das paßt natürlich zu Moms Vorstellungen wie die Faust aufs Auge. Du weißt ja, wie sie mich immer triezt, daß ich etwas *Bedeutendes* machen soll. Na, wir werden sehen.
Ich wünschte, Du wärst hier und wir könnten zusammen ein paar Fläschchen niedermachen. Aber Ostern wird kommen, eh' wir's uns versehen. Wir sollten wohl langsam anfangen, ans College zu denken! Ich habe mir überlegt, wie es wäre, wenn wir nach New York gingen. Kannst Du Dir vorstellen, wie wir beide diese Stadt unsicher machen? Mom hätte nichts dagegen, solange meine Noten stimmen.
Was hältst Du davon, wenn wir uns im August in Maine sehen? Würde doch für uns beide mit den Sommerkursen gut hinkommen. Ist es nicht *toll,* daß sie mich ein Jahr überspringen lassen? Wir telefonieren demnächst. Ein gutes Neues!

Alles Liebe, Ich

P.S. Habe ich ganz vergessen: Harold Mac geht jetzt fest mit Sue Stacy ... hmmmmmm!

Tempus fugit. Jetzt war sie schon im zweiten Halbjahr hier. Bei Dr. Weiss vermied sie alles, was irgendwie mit dem Thema Mattie hätte in Verbindung gebracht werden können. Sie erinnerte sich an seinen Blick bei dem Wort *lesbisch* (oder jedenfalls an den Blick, den sie wahrgenommen zu haben glaubte, und der nach ihrer Deutung besagt hatte, daß lesbisch ein so häßliches Wort war, daß es nicht mal ins Wörterbuch gehörte). Und sie gab sich alle Mühe herauszukehren, wie wichtig ihr Jungen waren, nicht nur bei Dr. Weiss, sondern auch in St. Joseph. Tatsächlich ging etwas sehr Merkwürdiges mit Emily vor. Langsam und kaum merklich warf Mattie ihr Netz über sie: Emily wurde in gewisser Weise Mattie. Sie steckte ihre Pullover in Röcke oder Hosen, um ihren Busen zur Geltung zu bringen. Sie stand da wie Mattie, die Beine leicht gespreizt, den einen Ellbogen mit der anderen Hand haltend. Ja, sie fühlte sich sogar wie Mattie. Es war, als hätte sie Mattie im Film gesehen und sie danach in sich nach Hause getragen. Ohne es zu merken, hatte sie Matties Angewohnheiten übernommen, ihre ganze Art, ihre Haltung. Sie kaufte sich einen dunklen Rollkragenpullover, wie Mattie ihn gehabt hatte. Sie stieg auf Matties Zigarettenmarke um und rauchte Old Golds, weil sie auf einmal fand, daß Luckys bitter schmeckten. Und sie sah zunehmend das andere Geschlecht als Vehikel zum Erfolg. Und in einer Anwandlung, die einer gewissen Ironie nicht entbehrte, begann sie, sich mit Fred Trim zu treffen, dem Kapitän der Footballmannschaft von Xavier, der beim Autofahren den einen Arm aus dem Fenster hängen ließ und an einem fingernagelgroßen Zigarettenstummel saugte, genau wie Roy Dean es immer getan hatte. Sie ließ sich die Haare wachsen und warf sie mit einer dramatischen Geste über die Schulter zurück. Mattie durchtränkte Emily wie Tinte ein Blatt Löschpapier. Mattie sprach aus ihr, wenn sie über Reinkarnation und Existentialismus redete, Begriffe, die sie nicht wirklich verstand, die aber auf andere großen Eindruck machten. So erklärte sie Hilda, sie sei Existentialistin, weil die

Existentialisten glaubten, daß alle Menschen miteinander verbunden seien, so daß sich das Schlechte, das einer tat, auf alle anderen auswirkte wie bei einer Kettenreaktion (was für sie, Emily, die Grundlage ihrer moralischen Werte sei), und Hilda meinte, das erschiene ihr überzeugender als der Katholizismus und sie wolle ab jetzt auch Existentialistin sein. Und so ging es mit allen möglichen Dingen. Wenn Emily tanzte, schmiegte sie sich an ihren Partner, wie Mattie sich an Roy geschmiegt hatte. Es war, als hätte sie Mattie, wenn sie *sie wurde*, nicht verloren. Das war der unbewußte Sinn des Ganzen.

Und dann kamen die Frühjahrsferien und mit ihnen eine Hiobsbotschaft: Lillians Vater hatte einen Herzinfarkt gehabt, und sie und ihre Mutter würden ihn in die Mayo-Klinik bringen. Lillian würde Ostern nicht zu Hause sein.

So eine bittere Enttäuschung! Nach all den Monaten hatte Emily fest darauf gebaut, daß Lillian ihr, wenn sie zum ersten Mal an den Ort ihrer Schande zurückkehrte, den Wiedereinstieg erleichtern würde.

Als sie den Zug bestieg, trug sie ihr königsblaues Kleid mit dem breiten Schärpengürtel und einen Petticoat darunter. Es war ein Kleid, um darin in die Kirche zu gehen und für besondere Anlässe, das Ella ihr vor einem Jahr gekauft hatte und von dem Charles sagte, es betone ihre Augen. Sie dachte, es würde ihn freuen, denn Charles war bei aller Freisinnigkeit ziemlich altmodisch. So mochte er es im Grunde nicht, wenn Mädchen Hosen trugen. Und sein Lieblingsspruch war: »Mädchen, die pfeifen, und Hennen, die krähn, soll man beizeiten den Hals umdrehn.« Und Emily wollte ihm unbedingt gefallen, nicht nur, damit er sie liebte, sondern auch, damit er sie im Sommer nach Maine fahren und nach dem High School-Abschluß mit Lillian aufs College gehen lassen würde. Sie hatte Lillian versprochen, diese beiden Themen während ihres Besuches zur Sprache zu bringen.

Bei sich hatte sie eine Schachtel Pralinen mit einer roten Schleife drumherum, die Lieblingssorte ihres Vaters und auch die von Sheila. *Sheila*! Schon bei dem Gedanken, ihre Schwester zu sehen, schaltete ihr Kopf auf Gehirntod. Sie schob den Gedanken weg und sah hinaus auf die bäuerliche Landschaft, die am Fenster vorüberhuschte. Früher hatte die Familie bei Sonntagsausflügen im Auto immer das Kuh-Spiel gespielt, bei dem derjenige gewann, der bis zum ersten Friedhof die meisten vierbeinigen Lebewesen auf seiner Seite gezählt hatte. Aus alter Kindheitsgewohnheit begann sie auch jetzt zu zählen, fand dann aber, daß sie für solche Spielchen zu alt sei. Sie lehnte sich gegen das Fenster und schlief rasch ein.

Sie entdeckte Charles sofort, als der Zug in den Bahnhof einfuhr. Er stand auf dem Bahnsteig unter dem Schild mit der Aufschrift White River. Sie nahm rasch ihr Gepäck und baute sich an der Waggontür auf, und als der Zug schließlich stand, war sie als erste draußen. Sie ging langsam auf Charles zu, während er sich zum obligatorischen Kuß vorbeugte. »Hallo, Emily«, sagte er ruhig. »Gute Reise gehabt?«

»Hi, Dad«, antwortete sie ebenso zurückhaltend. Jetzt, da sie tatsächlich hier war, wußte sie nicht recht, wie sie sich verhalten sollte. »Ja, sehr gut.« Sie streckte ihm die Pralinenschachtel hin. »Schau, was ich euch mitgebracht habe.« Das überraschte ihn, aber noch ehe er etwas sagen konnte, hatte sie schon ein paar Blätter aus ihrer Handtasche gezogen. »Guck mal, was meine Englischlehrerin schreibt!« rief sie stolz. Dabei zeigte sie auf ein großes rotes A auf der letzten Seite und die Worte: »Zeigt ungewöhnliches Interesse für das Genie E. A. Poes.« »Letzte Woche habe ich in Englisch noch zwei Arbeiten mit A zurückbekommen. Sie sagt, ich bin wirklich begabt, Dad.«

»Na, das ist ja großartig.«

»Sie will, daß ich die Chefredaktion des *Crimson Poet* übernehme. Das ist unsere Schulzeitung. Wie findest du das? Soll ich dir etwas vorlesen, was ich geschrieben habe?«

»Oh, nicht jetzt sofort. Nicht hier draußen.«
»Was sagst du zu den Pralinen?«
»Das war sehr aufmerksam von dir. Das hättest du nicht zu tun brauchen.«
»Ach, das ist doch gar nichts«, sagte sie mit einem strahlenden Lächeln. »Ich habe mir überlegt, daß ich vielleicht Lehrerin werden will, Dad.« Sie standen immer noch auf dem Bahnsteig, während Emily drauflosplapperte, scheinbar völlig weltvergessen, nur auf Anerkennung aus. Charles trug Tweedhosen und graue Schuhe. Er wirkte ernst und ziemlich dünn, aber sein Haar war dicht wie eh und je, und er war noch immer der größte Mann, den sie je gesehen hatte.
»Ist das alles, was du dabeihast?« fragte er, auf ihre kleine Reisetasche deutend.
»Ja«, sagte sie kichernd. »Ich habe alles reingestopft außer dem Spülbecken.« Sie wartete darauf, daß er sagte, sie sehe hübsch aus. Sie wollte, daß er etwas zu ihren längeren Haaren sagte und zu ihrem schönen Kleid und ihren großen Augen, aber er hatte sie kaum angesehen. Er steuerte jetzt auf den Parkplatz zu. »Was macht Frankie?« rief sie, während sie sich bemühte, mit ihm Schritt zu halten.
»Total verzogen, das Vieh.«
»Ich kann's nicht erwarten, ihn zu sehen.«
»Tja, er ist fetter geworden. Deine Tante verwöhnt ihn wie einen Pascha. Hör zu.« Er blieb stehen und wandte sich ihr zu. »Wo wir gerade von deiner Tante reden – denk dran, sie ist ein bißchen etepetete. Bring deine Sachen hoch auf dein Zimmer, sobald wir zu Hause sind, und sei ordentlich. Sie ist eben noch einkaufen gegangen, fürs Abendessen. Und deine Schwester übernachtet heute bei den Baylors, aber sie kommt morgen. Sie und die ältere Baylor-Tochter ... wie heißt sie doch gleich? ... Peggy«, beantwortete er sich seine Frage selbst, »Peggy Baylor wird demnächst heiraten, und ihre Mutter fährt mit ihr und Sheila für ein paar Tage nach Boston, um Hochzeitseinkäufe zu machen.«

»Ja«, versicherte sie. Sie wußte nicht recht, wie sie sich in punkto Sheila verhalten sollte. »Ich werde blitzordentlich sein.«
Charles verstaute gerade ihre Tasche im Kofferraum. Sie fragte: »Hast du schon alle Restaurants verkauft?«
»Aber ja«, antwortete er mit einem schwachen Lächeln, während er die Kofferraumklappe schloß. »Ist alles schon seit einigen Wochen perfekt. Ein Bursche oben in Maine hat sie mir alle zusammen begeistert abgenommen. Ich war neulich im Manor und habe es kaum wiedererkannt.«
»Und hat's dir gefallen?« fragte sie, bemüht, erwachsen und weltgewandt zu klingen.
»Spielt keine Rolle. Geht mich Gott sei Dank nichts mehr an.«
Sie sah zu, wie er in den Wagen stieg, und tat es ihm nach. Sie saß wortlos auf dem Vordersitz, während er den Zündschlüssel ins Schloß steckte. Worüber sollte sie jetzt reden? O ja, fiel ihr ein, er war ja im Westen gewesen. »Wie war's in Kalifornien?« fragte sie, als sie zur Ausfahrt des Parkplatzes steuerten.
»Großartig. Ich glaube, das ist das Richtige für mich. Ende des Schuljahrs werde ich dort meine Zelte aufschlagen.«
»Tatsächlich?«
»Ja. Sobald das Haus verkauft und geklärt ist, was deine Schwester im Sommer macht, bis das College anfängt. Da, siehst du.« Er bremste vor dem Stolle Manor ab, jetzt deutlich entspannter. »Sie streichen die Fassaden neu.« Emily wurde auf einmal ganz wehmütig ums Herz. »Sie werden den Namen noch eine Weile beibehalten«, sagte er. »Gut für's Geschäft.« Er hüstelte und seine Stimme wurde wieder härter. »Hör zu, Emily. Ich will zu deinem Besuch hier nur eins sagen, und das ist, daß ich keine Komplikationen will. Hast du verstanden?«
Sie nickte.
»Gut. Also paß auf. Du bist wieder daheim, und ich weiß, daß das für dich mit bestimmten Gefühlen verbunden ist. Das ist es auch für mich und deine Schwester. Es hat keinen Sinn, sich da etwas vorzumachen. Aber bitte, reiß dich am Riemen. Es wird alles

ganz problemlos über die Bühne gehen, wenn du dir Mühe gibst. Dir Mühe zu geben heißt, genau aufzupassen, was du sagst und tust, und nichts zu verkomplizieren. Füg dich ein, so gut du kannst. Und sei nett zu deiner Tante. Sie freut sich so darauf, dich hier zu haben.«

Sie hörte kaum zu, während sie jetzt in die Einfahrt einbogen. Frankie, der in der Nachmittagssonne döste, hob den Kopf. Zwei Ohren reckten sich in die Höhe. Er zitterte, als sie ihn beim Namen rief, und kam dann plötzlich auf sie zugeschossen. Sie trug ihn hinter ihrem Vater her ins Haus. Am Fuß der Treppe spähte sie kurz ins Wohnzimmer, während Charles ihre Tasche absetzte und in sein Arbeitszimmer ging. Bis auf die neuen Vorhänge sah alles noch aus wie immer: die Rosenholzmöbel, das Brennholz, so ordentlich beim Kamin gestapelt wie Zeitschriften, überall Blumen. Einen Moment lang konnte sie förmlich Ella am Klavier hören, sie vor sich sehen, mit geschlossenen Augen im Lichtkegel über dem Stutzflügel, von dem Charles immer sagte, er sei schon seit Generationen in der Familie. Sie setzte Frankie ab, nahm ihre Tasche und stieg die Treppe hinauf. Oben hielt sie vor Sheilas Zimmer einen Moment lang ängstlich inne, dann ging sie weiter zu ihrem. Sie stieß die Tür auf. Eine späte Sonne schien auf ihre Pferdefiguren und die Van-Johnson-Fotos, die abzunehmen sie vor ihrer Abreise zu deprimiert gewesen war. Sie öffnete ihre Schränke, die Schubladen. Alles war noch genau so, wie sie es in Erinnerung hatte. Und dann brach die Fassade zusammen: ihr kamen die Tränen. Sie ging ans Fenster und starrte hinaus auf den Garten, wo in einem anderen Leben ihre Seele Feuer gefangen hatte: Mattie ausgestreckt im Gras. Vielleicht hätte sie doch nicht zurückkommen sollen.

»Huhu, Em-mi-liiie!« durchbrach Tante Francies Stimme ihre Gedanken. »Komm runter, mein Häschen, und zeig dich deiner Tante Francie!«

Reiß dich zusammen! Sie wischte sich die Augen und war in ein paar Sekunden oben an der Treppe. »Mein Augenstern!« empfing ihre Tante sie strahlend. Da stand sie, groß, mit ihrem dunklen, leicht graumelierten Haar, dem dicken weißen Puder, dem kräftigen Rouge, dem Lippenstift, der nie abging, wenn sie aß, der Nase mit dem von Sheila so geschmähten Stolle-Hubbel, den ihr Vater auch hatte, in einem getupften Kleid mit weißen, reifenförmigen Ohrringen und Dutzenden dazu passender Armreifen über den Händen mit den blutroten Fingernägeln. »Wie hübsch du aussiehst!« Sie klatschte anerkennend, als Emily vorsichtig die Treppe hinunterstieg. »Wie gut dir diese Farbe steht! Sieh doch, Charles!« Er war aus seinem Arbeitszimmer getreten, als sie fast unten war. »Ist das Kleid nicht allerliebst?« Ihr Vater grunzte ein Mm-hmm. »Nein, was bist du groß geworden, mein Lämmchen! Komm her und laß dich an mein Herz drücken!« Tante Francies Arme öffneten sich zu einem riesigen V, ein enormes Lächeln breitete sich über ihr Gesicht. Ans Herz drücken war ein Südstaatenwort für die Bekundung einer Zärtlichkeit, die sich gar nicht in Worte fassen ließ. Es bedeutete eine Umarmung, die so fest war, daß es einem die Luft aus dem Körper quetschte, und genau das empfand Emily jetzt bei der Umklammerung durch ihre Tante und bei der Wolke von Parfüm, das sie immer mit Südstaatenfrauen assoziierte.

»Du liebe Güte!« Tante Francie hielt sie jetzt auf Armeslänge von sich, während Emily sich bemühte, ihre Rührung zu verbergen. »Sie geben dir in dieser Yankee-Schule wohl nicht genug zu essen?« Tante Francie legte den Kopf schief wie ein Hund bei einem schrillen Ton. »Gottchen, Kind, du bist ja dürr wie ein Spatz.«

»Ach, ich bin gerade richtig, Tante Francie.«

Ihre Tante murmelte: »Was die jungen Mädchen heutzutage nicht alles für ihre Linie tun.« Sie drückte abschließend noch einmal Emilys Schultern, beteuerte, wie froh sie sei, sie daheim zu haben, und begann dann, den Tisch zu decken. »Willst du nicht mithelfen?« murmelte Charles durch die Zähne. Aber Emily war schon dabei. Sie holte die Servietten, legte drei davon auf den Tisch und auf jede ein Messer. Sofort kam ihre Tante angetrippelt. »Serviet-

ten kommen unter die *Gabeln,* Herzchen!« Sie bemerkte wohl irgend etwas auf dem Gesicht ihrer Nichte. »Aber das macht nichts, Schätzchen«, sagte sie begütigend. »Es ist noch keiner erschossen worden, nur weil er den Tisch falsch gedeckt hat.«
Emily lächelte mühsam und sah hinüber zu Charles, der im Nebenzimmer auf dem Sofa lag und Zeitung las. Sie hob ihre Stimme, um sicherzustellen, daß er hörte, was sie sagte: über die Schule, die Jungen von Xavier, Fred Trim, die Schulzeitung und die Chefredaktion. Und damit er das mit den Pralinen nicht vergaß, sagte sie zu ihrer Tante, sie würde sie nachher herunterholen. Dann wiederholte sie noch einmal, daß sie in Englisch nicht nur zwei, sondern *drei* A's bekommen hatte.
»Wir müssen jede Woche einen Aufsatz schreiben«, erklärte sie gewichtig.
»Ach, was du nicht sagst«, antwortete ihre Tante.
»Und ich bin mit meinen immer in Nullkommanichts fertig!«
»Na, das ist ja phantastisch, Herzchen!«
»Und du solltest mich mal fechten sehen!«
»Ich wette, du bist großartig!«
»Das bin ich auch! Ich bin in der ersten Mannschaft!«
»Oh, Schätzchen, du bist wirklich ein Goldstück!« lobte ihre Tante. Aus dem Augenwinkel sah Emily, wie ihr Vater sich nachdenklich am Kinn kratzte. Dann fragte ihre Tante: »Hast du inzwischen etwas von deiner Stiefmutter gehört, mein Kind?«
Sie schüttelte langsam den Kopf.
»Hast du ihr geschrieben?«
Sie schüttelte wieder den Kopf. Das war kein günstiges Thema.
»Deine Schwester hat neulich einen Brief von ihr bekommen, und es geht ihr wohl richtig gut, seit sie mit diesem Anwalt verlobt ist.« Sie rief zu Charles hinüber: »He, Bruder! Hat Sheila nicht neulich erzählt, daß Ella ihr geschrieben hat?«
Er knurrte etwas Unidentifizierbares. Daraufhin wandte sich Tante Francie in leisem Märtyrerton an Emily: »Also, mir erzählt hier ja *keiner* etwas, aber man kann sagen, was man will, ich habe

Ella Framer *gemocht*. Sie war immer ein Fisch auf dem Trockenen, wenn du mich fragst. Und das kann ich nachfühlen. So habe ich mich hier oben im Norden auch immer gefühlt: wie ein Fisch auf dem Trockenen!«

»Laß gut sein, Francine!« sagte Charles begütigend, und sein Ton machte deutlich, daß dies ein oft wiederholtes Thema war.

Tante Francie wandte sich keck an Emily: »Das sage ich nur, um meinen Bruder zu ärgern. Ich sag' ihm immer, daß er zu den verdammten Yankees übergelaufen ist und sich in diesem Sündenbabel Kalifornien rumtreibt und daß es an mir hängenbleibt, die Konföderation zu unterstützen. Die *christliche* Konföderation, Gott sei gelobt!« Nach dieser Erklärung holte sie Schälchen und Gläser, um sie zu verteilen. »Sheila wird es gar nicht erwarten können, dich zu sehen, Herzchen! Ich weiß, daß es ihr ganz schrecklich ist, bei diesen Leuten zu sitzen und nicht weg zu können, aber die eine Tochter heiratet demnächst. Was soll sie da machen?« Sie sah Emily bedauernd an.

Ein Hoffnungsblitz. »Wieso?« fragte Emily, so beherrscht wie irgend möglich. »Hat sie gesagt, daß sie mich sehen will?«

»Aber natürlich will sie dich sehen! Sie ist doch deine Schwester, mein Lämmchen. Jetzt hör mal zu. Ich muß sowieso nach dem Braten schauen. Geh du nur, und mach es dir gemütlich. Den Rest erledige ich schon.«

Emily ging mit Frankie nach draußen und sah zu, wie die Dämmerung den Garten einhüllte. Um die Vorderveranda erhob sich ein Grillenkonzert. Über ihr interpunktierte ein Mondkomma den Himmel, der den ganzen Tag über makellos blau gewesen war. Sie setzte sich in einen Schaukelstuhl, voller wehmütiger Gefühle. Da war sie nun, wieder daheim in White River. Eine fremde Tante machte das Abendessen. Ihr Vater, der früher kaum je eine Mahlzeit zu Hause eingenommen hatte, saß dort drinnen und wartete auf sein Essen. Was für eine seltsame Welt. Nach einer Weile kam ihre Tante heraus, um sie zu holen, und als sie ins Eßzimmer trat, kam Charles ebenfalls gerade zu Tisch. »Du sitzt hier, Emily.« Tante Francie zeigte auf den Platz gegenüber von ihrem. Dann begann sie mit gesenktem Kopf: »Herr, wir danken dir für deine…« Sie hob den Blick und sah ihre Nichte an. »Heute ist *dein* Festtag, Herzchen, weil du wieder bei uns bist. Möchtest du das Tischgebet sprechen?«

Emily wandte sich rasch ihrem Vater zu. Sie fürchtete, daß er schockiert war, weil einer so verderbten Person wie ihr angetragen wurde, den heiligen Namen Gottes anzurufen. Es steht dir nicht zu, hörte sie ihn denken, den Namen des Herrn in den Mund zu nehmen… »Nein«, sagte sie errötend, »ist schon gut, Tante Francie. Bete du weiter.«

Ihre Tante beugte den Kopf wieder. »Wir danken dir, o Herr, für deine Gaben und gedenken deiner Güte, wenn wir sie zu uns nehmen. Amen!« Tante Francie bot Emily mit einem warmen Lächeln ein Brötchen an und beugte sich dann herunter, um den Hund auszuschimpfen. »Du weißt doch, daß sich das nicht gehört, Frankie!« Sie verwies ihn mit ausgestrecktem Zeigefinger ins Wohnzimmer. »Bei Tisch wird nicht gebettelt!«

Aber Frankie wußte gar nichts. Er zwängte sich zwischen Emilys Füße, und sie steckte ihm kleine Häppchen zu, wenn niemand hinsah. Eine Zeitlang aßen sie schweigend. Dann fragte Charles: »Und wie geht's mit deiner Schulleiterin? Ich komme nicht mehr auf den Namen. Ich habe an dieser Schule mit so vielen Leuten gesprochen.«

»Miss Stevenson?«

Seine Gabel verharrte in der Luft. »Genau«, sagte er. »Das war's.«

»Sie ist ganz in Ordnung. Ich habe nicht viel mit ihr zu tun.«

Die Gabel landete in Charles' Mund, und er sah seine Schwester an. »Als ich Emily damals hingebracht habe, hatte die Schulleiterin in ihrem Zimmer ein Schild hängen: ›Sei reizend, aber nicht aufreizend.‹ Ich dachte, besser kann man es gar nicht sagen.«

Tante Francie zwinkerte Emily zu. »Na, sie ist doch bestimmt immer ganz reizend. Hab' ich recht, Emily?«

Charles widmete sich stumm seinem Essen. Emily, die das Schweigen nicht ertragen konnte, platzte heraus: »Was sagst du dazu, daß ich so gute Noten habe, Dad?«
Da sah ihr Vater sie auf einmal wirklich an. Seine Augen verengten sich, als begegnete er ihr zum ersten Mal an diesem Tag, als schiene es ihm plötzlich nötig, sie daran zu erinnern, daß die Vergangenheit nicht vergangen war, sondern gegenwärtig, sie hier umgab wie das Haus, und daß sie nie etwas anderes glauben durfte, nie irgend etwas für selbstverständlich nehmen, und schon gar nicht seine freundliche Haltung ihr gegenüber, und daß sie nie vergessen durfte, wie sie ihm zugesetzt hatte, ihn zerfressen, Nerv um Nerv, Sehne um Sehne, Stück um Stück seiner Seele. Und was aus seinem Mund kam, traf sie scharf wie ein gezielter Dolchstoß.
»Das ist großartig, Emily.« Seine Augen nagelten ihre fest. »Und das habe ich dir auch schon geschrieben. Aber um deine *Intelligenz* haben wir uns ja auch nie Sorgen gemacht.« Er ließ den Treffer wirken, während Tante Francie, die scheinbar nichts von irgendwelchen Spannungen merkte, aufstand und in die Küche ging und Emily Charles' stechendem Blick überließ. Doch als hätte er seinen Ton selbst bemerkt, änderte sich sein Gesichtsausdruck, und seine Stimme wurde wieder höflich. »Ich bin froh, daß deine Noten gut sind, Emily. Deshalb habe ich dir ja auch die hundert Dollar zu Weihnachten geschickt.«
»Ich weiß, Dad«, antwortete sie reumütig. Ihr Messer fiel in die Erbsen und schleuderte ein paar davon auf den Boden: heimtückische kleine Kügelchen, die sie anstarrten. Trampeltier! Sie beugte sich hinunter, hob sie auf und ließ sie in ihre Tasche gleiten, damit Charles nichts merkte. In dem Augenblick steckte Tante Francie den Kopf durch die Tür, um zu sagen, daß der Kuchen außen schwarz geworden sei und es einen kleinen Moment dauern würde. Schweigen. Kauen. Dann sagte Charles, während er ein Stück von seinem Steak absäbelte: »Du hast geschrieben, daß du diesen Sommer deine Freundin Lillian in Maine besuchen möchtest?«

Sie war erleichtert, daß er das Thema anschnitt. »Ja«, antwortete sie ruhig.
»Und wann soll das sein?«
»Im August, wenn ich bei Nana gewesen bin.«
»Wann ist die Schule zu Ende?«
»Am fünften Juni, aber dann bleibe ich noch für die Sommerkurse.«
»Verkraftest du das?«
»Ich muß, wenn ich die Schule ein Jahr früher abschließen will.«
»Danach habe ich nicht gefragt.« Er legte sein Messer hin und sah sie an. »Verkraftest du die Belastung, so viel lernen zu müssen?«
»Aber sicher, meine Noten sind doch prima.« Das konnte sie nicht oft genug betonen.
»Und was ist mit Mathematik?«
»Das geht schon. Ich halte ein B. Ich gebe mir wirklich Mühe, Dad.« Er aß weiter. »Ich dachte, ich könnte ein bißchen kürzer bei Nana bleiben und dann für ein paar Wochen nach Maine fahren und am Labor Day wieder in St. Joe sein.«
Charles tupfte sich die Lippen mit der Serviette ab und nahm einen Schluck Wein. »Deine Tante wird dann in Newport News sein. Ich gehe davon aus, daß das Haus bis dahin verkauft ist. Du solltest bei ihr vorbeischauen, wenn du von deiner Großmutter wegfährst.« Seine Augen starrten an ihr vorbei. Wohin guckt er? fragte sie sich. Kann er denn nicht mal zur Sache kommen? »Deine Schwester will einen Job in Cape Cod annehmen, bevor sie aufs College geht. Als Bedienung oder sowas.« Er seufzte. »Ich kann mir das nicht immer alles merken.« Sie sah auf seinen Adamsapfel. Er war groß und bewegte sich auf und ab, wenn er schluckte. Er wirkte jetzt sogar noch größer als früher, vielleicht, weil Charles abgenommen hatte. Er schluckte, und der Adamsapfel hüpfte wieder. Unwillkürlich faßte sich Emily an den Hals, weil ihr Sheilas Ausführungen über ihre entarteten Drüsen einfielen. Sie zuckte zusammen, hielt sich dann aber vor, daß Dr. Weiss nie gesagt hatte, mit ihren Drüsen stimme etwas nicht. Also

brauchte sie sich deswegen keine Sorgen zu machen. Sie spürte den scharfen Blick ihres Vaters. »Bist du sicher, daß diese Tante dich dort haben will? Es *ist* doch Lillians Tante, oder?«

»Ja, sicher. Weißt du nicht mehr...« Sie unterbrach sich. Ihr Vater war nicht so oft zu Hause gewesen. »Na ja, vielleicht erinnerst du dich nicht, aber ich war schon mal dort. Ihre Tante mag mich. Du kannst ja mit ihr reden, wenn du willst.«

»Deine Tante kann sie anrufen.« Er nahm wieder einen Bissen, und sein Adamsapfel hüpfte beim Schlucken. Emily wartete voller Hoffnung.

»Nun gut«, sagte er langsam. »Ich habe nichts dagegen. Du scheinst ja in der Schule gute Arbeit zu leisten, und dieser Doktor«, er senkte die Stimme, da Tante Francie hereinkam, »ist auch mit dir zufrieden. Wo ist das denn? Bei Portland?«

Da war die Chance für eine richtige Unterhaltung! »Bei Freeport, dort wo L. L. Beans ist, dieses große Kaufhaus, das die ganze Nacht offen hat. Bist du da schon mal gewesen?« Ihr Vater nickte und aß weiter. »Gleich an der Küste, da, wo die vielen Inseln sind, weißt du, Dad; Rockefeller hat auch eine, eine ganz große, mit nur einem Haus drauf, und es gehört alles ihm, die ganze Insel. Vielleicht treffen wir ihn ja mal beim Segeln. Das wär' doch was. Lillian sagt, ihre Tante hat ein neues Segelboot!«

Sie hielt inne und wartete ab. Charles grunzte und goß sich Wein ein. Tante Francie murmelte: »Das ist ja schön.« Das Gespräch schweifte ab, drehte sich um Lokalpolitik, eins von Charles' Autos, das zur Reparatur mußte, das Wetter, einen neuen Katalog, den Tante Francie geordert hatte. Emily saß die ganze Zeit zwischen den beiden und zappelte innerlich. Sie überlegte, wann sie das nächste schwierige Thema anschneiden sollte – Lillians und ihre Collegepläne. Sie freute sich sehr wegen Maine. Aber das mit New York war noch problematischer, und sie hatte keine Ahnung, wie ihr Vater reagieren würde. Sie beobachtete ihn. Seine Wangen waren gerötet. Er schien gutgelaunt und redete lebhaft mit seiner Schwester.

Also jetzt! Ihre Worte überstürzten sich: »Dad, Lillian wird gleichzeitig mit mir die Schule abschließen, so daß wir zusammen aufs College gehen können, weil wir es vorgehabt haben, seit wir klein waren. Sie will nach New York gehen und irgendwas studieren, womit sie später übers Meer fahren kann, und dort gibt es ja die besten Hochschulen für alles, was man sich nur vorstellen kann. Dad, sie ist der intelligenteste Mensch, den ich kenne. Stell dir vor, sie kann in einer Stunde ein Buch lesen und alles im Kopf behalten. Und sie hat sich selbst ein Radio gebaut!« Sie hielt inne, um ihrem Vater Zeit zu geben, diese erstaunliche Mitteilung zu verdauen.
Tante Francie unterbrach ihren Anlauf: »Also, dieser Hund ist wie ein Goldfisch! Er wird noch mal so viel fressen, daß er platzt!« Sie machte sich ans Abräumen und schabte die Reste in eine Schüssel. »Frankie-Wankie«, rief sie, als er sich gierig an ihre Fersen heftete.
»Hilf deiner Tante«, knurrte Charles dazwischen.
»Laß sie nur, Bruder.« Tante Francie drehte sich auf dem Weg in die Küche um. »Sie ist Gast hier im Haus. Ich kann es sowieso nicht haben, wenn mir jemand zwischen den Füßen rumläuft.«
Emily nahm ihren Faden wieder auf. »Ich habe beschlossen, daß ich Lehrerin werden will, Dad. Dafür gibt es doch in New York jede Menge Hochschulen, hab' ich recht, Dad? Was hältst du davon, wenn ich Lehrerin werde?« Aus dem Nebenraum hörte sie das Tapp-Tapp ihrer Tante.
Charles steckte sich einen Zahnstocher in den Mund, musterte sie nachdenklich und sagte dann die vernichtenden Worte: »Ich finde, New York ist zuviel für ein junges Mädchen.«
»Aber dann bin ich siebzehn, Dad.«
»Das ist ein Witz, Emily.«
»Siebzehn ist siebzehn«, verteidigte sie dieses Alter, als sei es ihr Vaterland. »Fast alt genug um zu wählen.«
»Mit siebzehn kann man noch nicht rechts von links unterscheiden, junge Dame.«

»Aber es gibt doch Regeln. Man lebt ja im Wohnheim. Du könntest doch mit den Leuten dort reden.«
»Es geht nicht um die Regeln. Es geht um die Stadt. Das Großstadtmilieu. Ich muß es doch schließlich wissen. Deine Mutter und ich haben es ja auch eine Zeitlang ausprobiert.« Sein Gesicht wurde weicher.
»Aber, Dad, ich habe doch alles getan, um mich zu beweisen.«
Sein Gesicht verfinsterte sich, und er rückte vom Tisch ab. »Ich spreche von deiner inneren Reife, Emily. Wenn du auf eine so große Hochschule gehst, bist du nur ein Tropfen in einem Wassereimer.«
»Aber Lillian geht doch auch hin.«
»Und wenn die Königin von England hingehen würde. Ich bezahle immer noch die Rechnungen in diesem Haus!«
Irgend etwas trieb sie weiter, über alle Stoppschilder und roten Ampeln hinweg und mit Vollgas um die Ecken. »Aber wir haben das vorgehabt, seit wir klein waren...«
Klatsch! Seine Hand preßte die Serviette platt. »Schluß jetzt, hörst du! Muß ich dich daran erinnern, daß deine Schwester das gleiche mit *ihrer* Freundin vorhatte? Treib mich nicht vor deiner Tante dazu, damit anzufangen. Ich hab dir gesagt...«
»Wollt ihr Schokoladen- oder Vanillesoße zu eurem Kuchen?« Tante Francie öffnete die Küchentür, eine Bratpfanne in der Hand.
Charles tätschelte sich den Magen und erhob sich. »Für mich nichts mehr, Francine«, sagte er mit einem bedauernden Lächeln. »Ich bin völlig satt.«
»Charles, du willst nichts von meinem Apfelkuchen?«
»Aufgeschoben ist nicht aufgehoben.«
»Was ist mit dir, mein Lämmchen?« wandte sie sich an Emily.
»Ich eß' später was davon, Tante Francie.«
»Hm«, knurrte ihre Tante, indem sie die Tür wieder schloß.
Charles starrte auf seine Tochter. »Jetzt leg mal die Leichenbittermiene ab.« Als sie einfach nur weiter stumm dasaß, fuhr er

fort: »Hör zu, laß mich eine Weile drüber nachdenken, ja? Ich war immer dafür, euch Freiheit zu lassen, aber das war vor diesem ganzen Theater. Was mir vorschwebt, ist ein kleines Frauen-College in Virginia, nicht weit von deiner Tante, für den Fall, daß du Hilfe brauchst. Ein Ort, wo dir viel individuelle Beachtung zuteil wird. Und was das gesellschaftliche Leben angeht – also, als ich auf der Universität war, haben sie die Mädchen von diesen Colleges busweise herangekarrt. Sagt dir Belle Adams etwas?«

Sie schüttelte den Kopf.

»Das ist ein hervorragendes College ein paar Stunden von Washington. Das wäre vielleicht genau der richtige Ort für dich.«

»Aber du überlegst dir's noch mal mit New York?« fragte sie flehentlich.

»Wir werden sehen.« Seine Schwester kam wieder herein. »Köstlich, dein Essen, Francine.« Dann fragte er seine Tochter so leichthin, als hätten sie nicht gerade eben eins der wichtigsten Gespräche ihres Lebens geführt: »Und was steht heute abend auf deinem Programm?«

«Nichts.« Sie starrte ernst auf ihren Teller.

Von der anderen Tischseite steuerte ihre Tante ihr Scherflein bei. »Willst du nicht eine von deinen kleinen Freundinnen anrufen, Schätzchen?«

Klein, dachte sie verbittert. Wieso klein? Ihre Tante behandelte sie wie ein Baby. »Heute nicht mehr«, antwortete sie höflich. »Ich bin hundemüde.«

»Aber wissen sie denn nicht, daß du hier bist?« insistierte ihre Tante.

»Ich habe ein paar Karten geschrieben, daß ich mich morgen melde.«

»Wo ist denn Lillian?« fiel ihr Vater ein.

»Ihr Dad hatte einen Herzinfarkt. Sie mußten ihn in die Mayo-Klinik bringen.«

»Ach, ja, ich habe sowas gehört. Na gut, wenn du deine Meinung änderst und doch noch weggehst, sag deiner Tante Bescheid. Und komm nicht so spät nach Hause.« Er wandte sich zum Gehen, aber bevor er bei der Tür war, drehte er sich noch einmal um. »Ich muß morgen in aller Frühe los nach Rutland. Aber amüsiert euch nur, ihr zwei. Ich habe noch zu arbeiten.«

Emily half beim Abräumen. Dann streckte sie sich auf dem Eßzimmerteppich aus, um mit Frankie zu spielen. Sie wußte nicht, was sie mit sich anfangen sollte. Ihre Tante sah herein, auf dem Kopf einen Schlapphut mit Federn. »Ich gehe zur Kirche. Möchtest du mitkommen, Emily?«

»Nein, danke. Ich bleibe hier und höre Radio.«

Tante Francie ging, und Emily stellte die Schachtel mit den Pralinen gut sichtbar auf das Flurtischchen, so daß Sheila sie bemerken mußte. Wenn sie ein großes Schild hätte dranmachen können, daß sie von ihr waren, hätte sie es getan. Sie hörte ihren Vater in seinem Arbeitszimmer tippen. Sollte sie zu ihm hineingehen und ihn noch einmal wegen New York fragen? Nein, riet ihr ein bedachterer Teil ihres Gehirns. Lieber Tante Francie dazu bringen, ihn zu überreden. Sie überdachte diesen Einfall kurz. Ja, gute Idee. Sie stand auf und zog ihre Jacke an, plötzlich ganz begierig darauf, einen Spaziergang zu machen. Draußen fühlte sie, wie Geister an ihr zupften und zerrten, sie über die Wiese schleppten, zu Matties altem Haus. Als sie ein wenig später davor stand, meinte sie fast, das Mädchen sehen zu können, das ihr Leben verändert hatte. Sie fühlte alles, und sie fühlte nichts. Sie fühlte sich weit weg von allem, und sie fühlte Matties Arm um ihren Körper. Sie fühlte sich wirklich, und sie fühlte sich unwirklich. Im Hof stand ein Fahrrad, und bei den Garagentoren lagen Laubhaufen. Derselbe Anstrich, derselbe Eingang, dieselben großen Erkerfenster. Aber Mattie war nicht da, Mattie würde nie wieder hier sein. Irgend etwas überwältigte Emily, ein Gefühl, so stark, daß es fast schon eine körperliche Empfindung war. Das Leben war wahrhaftig kein Spaziergang, dachte sie. Es war ein einziges großes Fragezeichen. Und dieses Haus war Matties Totenschrein, der Sarg ihrer Liebe. Nur daß diese Liebe nie sterben würde. *Nie.*

Das schrieb sie in das kleine Notizbuch, das sie immer bei sich trug. Sie ging über die Birch Lane zu Lillians Haus. In der Diele brannte Licht, und sie spähte hinein, konnte aber nichts erkennen. Sie schrieb *»Kilroy was here«* und schob den Zettel unter der Tür durch, in dem Wissen, daß Lillian ihre Handschrift erkennen würde. Dann überquerte sie die Hauptstraße, und gleich darauf wanderte sie an der High School vorbei zu der Holzbrücke, wo sie und Jimmy Black, ihr »Freund« in der fünften Klasse, einander ewige Liebe geschworen hatten. Diese Liebe hatte so lange unbefleckt gedauert, bis Jimmy, in einem Anfall von Nicht-Vollkommenheit, ihr *seins* gezeigt und von ihr verlangt hatte, daß sie ihm *ihrs* zeigen sollte. Sie hatte sich geweigert, und da hatte er sich über sie lustig gemacht und gespottet, ihrs sei sowieso ganz blöd. Das wisse er, weil er es bei seiner Cousine gesehen habe, und es habe einen großen Spalt mittendurch, genau wie das Gehirn bei Mädchen. Jimmys Schwester war Nonne. Er hatte immer behauptet, Nonnen hätten keine Vagina. Er hatte es »Virgina« ausgesprochen. Bei dieser Erinnerung mußte sie lachen. In dem Moment hörte sie ein Auto, das wie das von Harold Mac klang, und weil sie niemandem begegnen wollte, den sie kannte, verdrückte sie sich hastig hinter ein paar Bäumen.

Um halb zehn war sie wieder in ihrem Zimmer, mit Frankie. Sie beschäftigte sich damit, Kaugummi zu kauen und *Silver Screen* zu verschlingen. Morgen würde sie ihre Freundinnen wiedersehen und sich Sheila stellen müssen; aber jetzt wollte sie erstmal nur allein sein.

Sie erwachte aus einem tiefen, festen Schlaf. Es war schon nach neun, und zuerst wußte sie gar nicht, wo sie war. Dann fühlte sie einen kleinen Klumpen an ihren Füßen. Frankie. Sie zog ihn zu sich herauf und schmuste mit ihm, Kinn an Schnauze, während sein Herz vor Begeisterung raste. Er war nicht mehr ihr Hund. Und das hier war auch nicht mehr ihr Haus.

Sie blieb eine Weile im Bett liegen und dachte an gestern und daß sie Tante Francie überreden wollte, Dad dazu zu bringen, sie mit Lillian aufs College gehen zu lassen. Unten hörte sie eine Tür zuschlagen, und dann begann das Telefon zu klingeln. Sie mußte aufstehen, aber sie wollte nicht. Sie hatte Angst vor dem Zusammentreffen mit Sheila.

Als sie in die Küche kam, war Tante Francie gerade dabei, Frühstück zu machen. Sie lud Emily mit einer Handbewegung ein, sich an den Tisch zu setzen, und häufte ihr Rührei auf den Teller. Charles war schon weg und würde erst morgen abend wiederkommen. »Er hat fünf Dollar für dich dagelassen, Schätzchen.«

Sie nahm den Schein aus der Hand ihrer Tante und dachte, was ihr in den Schoß fiel, sollte sie auch nutzen. Aber zuerst mußte sie das mit den Pralinen klarstellen. Sie lagen auf dem Tischchen im Flur neben der Tür. Ob Tante Francie sie gesehen habe?

»Ja.«

»Die sind von mir. Ich habe gestern abend vergessen, sie runterzubringen. Sie sind mein Mitbringsel.«

»Oh, vielen Dank.«

»Sag es auch Sheila.«

»Aber du kannst es ihr selbst sagen, Schätzchen. Sie ...«

»Tante Francie«, unterbrach sie Emily.

»Ja?«

»Kannst du nicht versuchen, Dad zu überreden, daß er mich mit meiner besten Freundin Lillian Jackson aufs College gehen läßt?«

Ihre Tante wischte gerade den Herd trocken. Sie sah zu Emily herüber und murmelte: »Ach, ich weiß nicht, Liebes.«

»Bitte, Tante Francie. Es ist mir so wichtig. Auf dich hört er doch. Lillian und ich, wir haben immer schon davon geredet, daß wir zusammen aufs College gehen würden.« Sie ratterte mit hundert Stundenkilometern darauflos: daß Lillian doch so einen guten Einfluß auf sie haben würde und daß sie, Emily, Lehrerin werden wolle. Sie dachte, daß das Wort »Lehrerin« eine magische Wirkung haben müßte, daß es dafür sorgen würde, daß sie sie ernst nehmen, weil es doch besagte, daß sie immer brav ihre Rechnungen bezahlen und eine anständige und gute Bürgerin sein würde. Sie erklärte Tante Francie mehrmals, sie wolle so gern arme Kinder unterrichten und ihnen helfen, ein besseres Selbstbild zu entwickeln. »Das Selbstbild ist wichtig«, sagte sie, sehr zufrieden mit sich, weil sie so viel von Psychologie verstand. »Das haben wir in Gemeinschaftskunde gelernt. Wenn man kein positives Selbstbild hat, kriegt man echte Probleme!«

»Ja, das ist wahr«, pflichtete ihr Tante Francie bei.

»Und deshalb haben Lillian und ich ausgemacht, daß wir uns gegenseitig mit unserem Selbstbild helfen wollen.« Sie packte alles geschickt in einen Sack. »Wenn man in eine große Institution wie ein College kommt, hilft es einem, wenn man jemanden kennt. Dann fühlt man sich einfach besser. Also: wirst du mit Dad reden?«

»Emily, nichts überzeugt so sehr, wie wenn man sich immer bemüht, sein Bestes zu geben.«

Sie hatte recht. Er hatte ja gar nicht endgültig nein gesagt; ihre Noten waren gut. Ihre Stimmung hellte sich auf.

Tante Francie sagte: »Ich wollte dir vorhin sagen, daß deine Schwester angerufen hat.«

»Oh, schön.«

»Sie will heute nachmittag vorbeikommen, um noch ein paar Sachen zu holen, ehe sie nach Boston fährt. Im Moment hilft sie gerade, die Hochzeitsfeier vorzubereiten. Hör mal, Emily«, Tante Francie hob ihre Stimme: »Freust du dich gar nicht, deine Schwester zu sehen?«

»Doch, natürlich, Ma'am.«

»Weißt du, fast hätt' ich Zweifel gehabt. Zu meiner Zeit hielten Schwestern zusammen wie Pech und Schwefel. Ich habe mir das selbst immer gewünscht, aber ich hatte nur meinen armen Bruder zum Piesacken.« Sie trat auf Emily zu, und aus ihrem Putzlappen fiel ein bißchen Dreck. »Er hat dich so lieb, mein Lämmchen. Das weißt du doch, oder?«

Sie wußte nichts, was dieser Behauptung auch nur entfernt entsprochen hätte. »Ja, Ma'am. Ich habe ihn auch lieb.«
»Er setzt so große Hoffnungen in dich.«
»Ich weiß. Die habe ich auch.«
»Ich bin sicher, er wird dich dort hinschicken, wo es für dich am besten ist. Charles hat ein Herz aus Gold. Aber ich möchte mich da nicht einmischen.«
»Aber wenn sich eine Gelegenheit ergibt, dann sprichst du mit ihm? Bitte, Tante Francie!«
»Ja, ja. Mein Schatz, es ist wunderbar, dich hier zu haben. Und in Newport News hast du auch ein Zuhause. Ich wollte dir das nur sagen, bevor du jetzt gehst und etwas mit deinem Tag anfängst.«
»Ja, Ma'am.«
»Herzchen«, forschte ihre Tante, »freust du dich, daß du hier bist?«
Ach, sie wünschte sich so sehr, es wäre so. Sie wollte so gern meinen, was sie sagte. Aber es war alles anders. Matties Geist war überall, und sie würde nach diesem Besuch nie wieder hierherkommen.
»Wieso? Natürlich freue ich mich«, antwortete sie hastig.
»Du weißt, daß du's deiner Tante Francie sagen kannst, wenn es nicht so ist, wenn dir irgend etwas zu schaffen macht. Ich höre dir zu und es bleibt für immer verschlossen und versiegelt bei mir.«
»Ja, Ma'am. Das glaube ich.«
»Emily, ist irgendwas?«
»Nein. Wieso fragst du?«
»Du wirkst so ernst für ein Mädchen in deinem Alter. Weißt du, die Jungen mögen es nicht, wenn Mädchen allzu ernst sind.«
Emily rutschte unbehaglich auf ihrem Stuhl hin und her. »Ich glaube, ich denke einfach nur viel nach.«
»Aber vom Denken kriegt man Sorgenfalten. Das ist nicht gut. Ich habe deiner Schwester gesagt, du siehst zum Anbeißen aus, wie ein Pfirsich.« Sie ließ Wasser in die Spüle laufen.
Das mußte Sheila riesig gefreut haben. »Wieso? Hat sie nach mir gefragt?«

Ihre Tante drehte sich erstaunt um. »Da braucht sie doch nicht zu fragen. Ihr seid doch *ein Blut,* Herzchen!«
Diese Logik war ihr zu hoch. Sie stand auf, tätschelte sich den Bauch und grinste bemüht. »Ich werde ein paar von meinen Freundinnen anrufen und sie besuchen gehen, wenn sie Zeit haben.«
»Du kommst doch zurück, bevor deine Schwester wieder geht?«
»Wann geht sie?«
»Die Baylors holen sie um drei hier ab, und sie hat gesagt, sie ist auf jeden Fall vorher hier. Ich bin sicher, sie würde schon früher kommen, wenn sie nicht alle Hände voll zu tun hätten.«
»Alles klar. So lange bleibe ich nicht weg. Ich habe ja noch die ganze restliche Woche, um alle zu sehen.«
Ihre Tante stand an der Spüle und sah sie jetzt freundlich an. »Ach, das ist schön, daß du dich mit deinen Freundinnen triffst. Was hast du denn gestern abend noch gemacht?«
»Ich bin einfach nur spazierengegangen.«
»Spazierengegangen? Wohin?«
»Richtung Stadt. Zur High School und so.«
Tante Francies Augen wurden weit. »Großer Gott, Kind, wie kommst du darauf, einfach nur durch die Gegend zu laufen?«
»Tante Francie, ich bin ziemlich lange nicht mehr hier gewesen. Das ist alles nicht so leicht, weißt du.« Ihre Stimme zitterte, und sie sah weg.
Ihre Tante musterte ihr Gesicht. »Herr des Himmels, Emily, was nimmst du denn so schwer?«
»Nichts. Ich... ich muß mich nur erst daran gewöhnen, wieder hier zu sein.« Sie ließ ihre Tante mit dieser Auskunft stehen und ging zum Telefon, um eine ihrer Freundinnen anzurufen.
Ihre Sorge, daß die Mädchen aus ihrer alten Clique irgendwelche merkwürdigen Fragen stellen könnten, erwies sich als unbegründet. Es war sogar ganz lustig, sich mit dem neuesten Klatsch versorgen zu lassen und über die Schule zu reden, obgleich ihre

Angst vor der Begegnung mit Sheila alles andere überschattete. Außerdem hatte Emily das Gefühl, den Musketieren entwachsen zu sein. Kurz vor drei machte sie sich auf den Heimweg, nachdem sie verabredet hatte, sich nach dem Abendessen wieder mit den anderen zu treffen, um ins Kino zu gehen. Als sie nach Hause kam, stand Sheilas Wagen in der Einfahrt. Sie holte tief Luft und ging ins Haus. Sheila mußte oben sein, sagte sie sich, als sie die unteren Räume leer fand. Sie ging rasch in die Küche und sah aus dem Fenster. Tante Francie arbeitete draußen im Garten. Frankie döste neben einem der Stühle. Nervös nahm sie sich eine Zigarette, zündete sie an und verwedelte den Rauch mit der Hand. Dann holte sie die Pralinen, um sie mit nach oben zu nehmen. Vor Sheilas Tür blieb sie stehen. Nein, sie konnte es nicht. Sie ging weiter zu ihrem Zimmer, drehte dann aber entschlossen wieder um. Sie mußte es hinter sich bringen. Die Tür war angelehnt, also ging sie hinein. Sheila saß an ihrem Toilettentisch und bürstete sich die Haare, aber sie hörte Emily und sah einen Teil von ihr im Spiegel. Sie fuhr herum. Sie schien zu erschauern. »Was hast *du* hier drinnen zu suchen?« fauchte sie fassungslos.

»Ich wollte ...«

»Ich dachte, die Tür wäre zu.«

»Nicht ganz.«

»Scher dich raus!«

»Sheila«, Emily trat scheu auf sie zu und streckte ihr die Pralinenschachtel entgegen, »schau, was ich dir mitgebracht habe.«

Aber Sheila interessierte sich nicht dafür, was sie ihr mitgebracht hatte. Sie holte tief Luft und zischte: »Hör zu, ich habe Dad versprochen, mich so gut ich kann durchzumogeln, so lange Tante Francie in der Nähe ist. Aber das hier ist *mein* Zimmer. Du hast kein Recht, hier einzudringen!«

Emily wedelte blind mit der Pralinenschachtel. »Ich hab' dir was mitgebracht. Es sind deine Lieblingspralinen.«

»Du hast *was*?« Sheilas Augenlider zuckten, und ihre Brust bebte vor Erregung. »Idiotin! Ich will deine Pralinen nicht!«

»Bitte, nimm sie«, rief Emily verzweifelt. »Es tut mir so leid.«
»Es tut dir so *leid*! Herrgott im Himmel!« Die Farbe wich aus Sheilas Gesicht, und ihre Hand umklammerte die Haarbürste so fest, daß die Knöchel weiß hervortraten. Sie schien mühsam um Selbstbeherrschung zu ringen. »Hau ab«, zischte sie schließlich durch die zusammengepreßten Zähne. »Ich gehe gleich, und ich komme nicht zurück, bevor du nicht wieder weg bist. Tante Francie werde ich sagen, daß ich noch länger in Boston bleiben muß.«
Aber Emily vermochte sich nicht zu rühren. Sie stand da, als wartete sie auf ein Wunder, so sehr in ihrer eigenen Sehnsucht nach Liebe gefangen, daß sie nichts anderes mehr wahrnahm. Sie hätte sich in diesem Moment, wenn es irgend etwas genutzt hätte, Sheila zu Füßen geworfen und sie um Verzeihung angefleht. Merkte Sheila denn nicht, wie sehr auch sie litt? Wie sehr sie sich bemühte? Was mußte sie noch tun, um alles wiedergutzumachen?
»Es tut mir so leid«, wiederholte sie leise und gepreßt.
Sheila sprang auf, mit zornglühenden Augen. »Mach, daß du rauskommst, du Dreckstück! Deine Entschuldigungen lassen mich völlig kalt. Sie sind mir *schnuppe*!« Sie schnippte demonstrativ mit den Fingern, und ihre andere Hand ließ die Bürste auf den Tisch knallen. »Du kannst vielleicht Dad etwas vormachen und diesem Arzt, zu dem du gehst, aber nicht mir, du ... du ... *Monster*! Und jetzt raus hier, bevor wir uns wirklich in die Haare kriegen und Tante Francie es hört!« Die Bürste schwenkend, ging sie auf Emily los. Sie wich hastig zurück, und dann schlug Sheila ihr die Tür vor der Nase zu. Sie lief ins Badezimmer und beugte sich über die Toilettenschüssel. Von der Aufregung war ihr übel, und sie mußte würgen. Sie hörte Sheila die Treppe hinuntergehen. Sie stand auf, legte die Pralinen auf das Bord und hockte sich wieder hin, bis lautes, anhaltendes Hupen sie aufschreckte. Sie rannte zu einem der Flurfenster und sah die Baylors draußen in ihrem Auto sitzen und auf Sheila warten. Sie rannte schnell zu einem der rückwärtigen Fenster und bekam gerade noch mit, wie

Sheila sich mit einer Umarmung von Tante Francie verabschiedete, um dann um die Hausecke nach vorn zur Straße zu laufen. Sie ging in ihr Zimmer und legte sich hin. Sie fühlte sich innerlich tot. Nichts hatte sich geändert. Nichts würde sich je ändern. Was hatte sie erwartet? Das Telefon klingelte. Bitte, Gott, laß es nicht für mich sein!

Gleich darauf hörte sie: »He, Emily! Bist du da oben?«

Sie zwang sich aufzustehen und öffnete die Tür. »Wenn es für mich ist, Tante Francie, sag bitte, ich bin gerade dabei, unter die Dusche zu gehen.«

Aber ihre Tante war schon halb die Treppe hinauf und rief: »Das ist Nell Ridge, Herzchen! Sie will wissen, ob du vor dem Kino zum Essen kommen möchtest. Ich finde das eine gute Idee. Ich war so beschäftigt, daß ich noch gar nicht zum Einkaufen gekommen bin.«

Es würde zu merkwürdig aussehen, wenn sie nicht ginge. »Ist gut«, antwortete sie.

Sie legte sich wieder hin. Ihr war so elend, daß sie zitterte. Sie haßte sich. Aber sie war kein Monster. Das konnte gar nicht sein. Ihre Noten waren viel zu gut, und sie war sehr beliebt. Und außerdem hatte Fred Trim neulich gemeint, sie sei eine »Augenweide«. Das hätte er doch nicht gesagt, wenn sie irgendwie monströs wäre. Und Dr. Weiss hätte es sie auch wissen lassen, wenn etwas mit ihr nicht stimmte. Sie konnte doch nicht monströs sein, nur wegen Mattie. Das mit Mattie war etwas gewesen, was nichts mit ihrer heutigen Person zu tun hatte.

Sie nahm den Spiegel von ihrer Kommode und musterte sich lange und eingehend. Wer war sie? Sie fühlte sich leer. Sie wollte nie wieder hierher kommen...

Ich fuhr zwei Tage später ab, unter dem Vorwand, ich hätte mein Mathematikbuch vergessen, das ich dringend brauchte, weil ich gleich nach den Ferien eine wichtige Arbeit schreiben müßte. Als ich das Dad erzählte, deutete ich auch an, was mit Sheila gewesen war. Er meinte, ich müsse Geduld haben. Wenn sie erst sähe, daß ich ein vollwertiges Mitglied der menschlichen Gesellschaft sei, würde sie schon wieder einlenken.

Am Abend ehe ich abfuhr, passierte etwas zwischen Dad und mir. Es war einer dieser Abende, für die man alles geben würde – eine Jam-Session von Mond und Sternen und Millionen Glühwürmchen, die wie Funken durch die warme Frühlingsluft flogen. Wir hatten gegessen, und ich saß gedankenversunken draußen auf der Veranda. Ich dachte gerade daran, wie Lillian und ich früher diese Leuchttierchen in Gläsern gefangen hatten und wie die Gläser rochen, wenn man sie wieder fliegen ließ. Da kam auf einmal Dad zu mir heraus. Er hatte Wein getrunken und schien erstaunlich milde. Ohne Einleitung ließ er den Witz von dem Mann vom Stapel, der mit einer Banane im Ohr in die Bar kommt. Der Barkeeper ruft: »Hey, Mann, Sie haben ja eine Banane im Ohr.« Der Mann sagt: »Was?« Der Barkeeper wiederholt: »Ich habe gesagt, Sie haben eine Banane im Ohr.« Der Mann legt die Hand ans Ohr und fragt wieder: »Was?« Der Barkeeper, inzwischen schon leicht gereizt, brüllt so laut er kann: *»Sie haben eine Banane im Ohr!«* Worauf der Mann antwortet: »Ich kann Sie nicht verstehen. Ich habe eine Banane im Ohr.«

Eins verband uns jedenfalls, meinen Vater und mich: wir hatten den gleichen Humor, und so war dieser Abend gerettet. Wir fingen an, uns halbtot zu lachen, und das brach das Eis und führte dazu, daß wir das erste Mal seit meiner Ankunft richtig miteinander redeten. Ich erzählte von der Schule, meinem Vorhaben, Lehrerin zu werden, meinen verschiedenen Fächern. Er schien interessiert. Wir sprachen kurz von dem Psychiater, und er meinte, er habe den Eindruck, wir kämen beide gut voran. Das überwältigte mich. Ich stand spontan auf und ging zu Dad, der an einem Holzpfosten lehnte. Und dann tat ich etwas, was ich noch nie vorher getan hatte: ich legte meinen Kopf an seine Brust. Er zuckte kurz zusammen. Dann legte er vorsichtig die Arme um mich. Er drückte mich zwar nicht gerade an sein Herz, aber immerhin. Und genauso schnell erstarrte er wieder. Seine Muskeln schienen in ihre Normalstellung zurückzuschnappen, als hätte ihn ein Blitz in die Wirbelsäule getroffen, und er wandte sich ab, wobei er murmelte, er habe einen langen Tag hinter sich und müsse dringend ins Bett. Und ich sollte besser dasselbe tun, da wir morgen schon früh zur Bahn müßten. Damit verschwand er, und ich blieb allein zurück, noch ganz durchwärmt von seiner Umarmung.

Oh, wie mich dieser kurze Moment in Aufregung versetzte! Ich erwachte im Morgengrauen, aufgewühlt vom Gedanken an meinen Vater und der Hoffnung, daß sich ja vielleicht doch noch alles zum Guten wenden würde. Tante Francie hatte Brote gemacht und einen Zettel hinterlassen, daß wir uns im Sommer in Newport News sehen würden. Dann fuhren Dad und ich zur Bahn. Ich weiß noch, wie ich ihn umarmen wollte, wie ich hören wollte, daß er mich liebhatte und daß er glaubte, es würde schon alles gut werden. Aber er war reserviert und gar nicht zum Reden aufgelegt. Am Bahnhof gab er mir Geld. Er sagte, er würde Kontakt mit mir halten. Dann noch die raschen Küßchen auf die Wangen, und weg war er.

Ich trug dasselbe blaue Kleid wie bei meiner Ankunft. Es war zerknittert, weil es in der Nacht vom Bügel gerutscht war. Aber ich strich es mit den Händen glatt, während der Zug an Tempo gewann...

Tu was. So vergißt du deine Probleme. Leiste was. Dann wird Dad dich nach New York gehen lassen.

Diese Maximen sollten Emilys oberste Leitsätze werden, nachdem sie nach St. Joseph zurückgekehrt war: Sie wurde Mitglied der Schwimm-Mannschaft, sie bekam eine Rolle bei der Sommer-Aufführung von *Little Women,* sie wurde, wie erhofft, mit der Chefredaktion der Schulzeitung betraut und malte stolz in Blockschrift auf Kärtchen:

Wir geben bekannt
daß Emily Stolle für das Schuljahr 1949–50
zur Chefredakteurin des Crimson Poet
ernannt wurde.
St. Joseph's Academy, Cromley, Connecticut

Sie schickte eins an Lillian und eins nach Hause. Das für Nana beschloß sie, im Sommer persönlich zu überbringen, weil Nana kaum noch sehen konnte.
Außerdem schrieb sie ein paar Tage nach Ostern an Lillian:

19. April 1949

Hey, Intelligenzbestie!
Ich nehme an, Deinem Dad geht es wieder besser, denn sonst hättest Du ja wohl angerufen. Bestell ihm einen Gruß.
Und hier die neuesten Nachrichten! Dad hat für Maine grünes Licht gegeben, aber New York ist noch in der Schwebe. Er will, daß ich auf ein Frauencollege in Virginia gehe. Kotz. Er meint, in New York wäre ich bloß eine Nummer. Abwarten. Das Äußerste, was ich erreichen konnte, war, daß er noch mal drüber nachdenkt. Also drück die Daumen. Es wäre wirklich das Letzte, wenn unsere Pläne platzen würden. Aber selbst wenn es so kommen sollte, daß Du in New York bist und ich in meinem Fräuleinstift in Virginia hocke, könnten wir uns doch besuchen, weil wir ja dann älter sind. Aber ich bin optimistisch. Wenn meine Noten so gut bleiben, sehe ich nicht, wie er es mir abschlagen kann. Aber bei Eltern weiß man nie. Es war blöd, daß Du nicht zu Hause warst, aber schön, die anderen alle zu sehen. Sieht so aus, als ob das mit Nell & Tom wirklich ernst ist. Und daß Caty Bird heiratet, ist ja der Super-Schocker! Harold Mac habe ich nicht gesehen, ist aber auch kein großer Verlust. Er ist nicht mehr meine Kragenweite. Die Jungen hier gehen alle nach Yale, dagegen stinkt er ganz schön ab.
Hast Du meine Karte gekriegt?
Wußtest Du schon, daß ich vier Bier (!!!) verkrafte, ohne daß mir schlecht wird?
Schreib!

Gruß und Kuß,
Emily die Große

P. S. Sag Nell, ich schicke ihr die Sachen über Pferde, sobald ich drankomme.
P. P. S. Weißt Du, warum der kleine Blödmann mit einer Tüte Popcorn auf dem Trafalgar Square sitzt? Weil er denkt, es ist der Piccadilly Circus.

Ich, wenn ich mit Dir aufs College gehen darf

Ich, wenn ich nicht darf

Samstags durften sich die Mädchen ohne Begleitung mit Jungen treffen, solange sie auf dem Schulgelände blieben. Und das taten sie und Fred Trim jetzt jedes Wochenende – sie gingen spazieren oder hingen im Klassensprecherraum herum. Aber ab einem bestimmten Punkt fielen dann alle seine guten Manieren und seine Liebenswürdigkeit von ihm ab, und er verwandelte sich in einen sexbesessenen Wilden, den nur ihr Körper interessierte und der ihr unter den Slip grabbeln wollte und wissen, ob sie Schamhaare hatte und ob er sie sehen könne, und ihre Brustwarzen dazu bringen, daß sie steif wurden, damit er sie fotografieren konnte. O Gott! Und der sie anbettelte, seinen Penis anzufassen, und ihr erklärte, Mädchen hätten gar keine Ahnung, wie schwer es Männer hätten, denn die Erregung staue sich an wie bei einem Vulkan, und wenn sie kein Ventil fände, entwickelten sich lauter giftige Stoffe, was dann zu einer Gehirnblutung führen würde.
Aber Emily wollte seinen Penis nicht anfassen. Sie wollte nicht diejenige sein, die ihn von seinen giftigen Stoffen befreien mußte. Sie hatte gehört, daß der Samen, wenn er irgendwo auf die Haut gelangte, eindringen und zur Vagina wandern und einen schwängern konnte. Und sie wollte auch nicht, daß Fred an ihr herumfummelte. Aber sie ließ ihn *durch* die Kleider ihren Busen befühlen und sie *oberhalb* der Taille streicheln, weil sie ihn nicht verlieren wollte. Fred, der im Sommer in die Schweiz und im Herbst

dann nach Yale gehen würde, galt als beneidenswerter Fang. Aber er langweilte sie. Diese Xavier-Jungen hielten sich alle für wahnsinnig toll. Und sie wollten alle nur über Sport reden und ihre Ansichten loswerden und einem an die Wäsche gehen. Sie interessierten sich offensichtlich nicht die Bohne dafür, was *sie* dachte, oder für ihre Gedichte oder die Tatsache, daß sie volle fünfzehn Minuten auf dem Kopf stehen konnte und zwanzig Schmetterlingsschläge schwimmen, ohne Luft zu holen. Aber Jungen waren für Mädchen ein Initiationsritus. Das war eben so. Da brauchte man nur Dr. Weiss zu fragen.

Nach den Sommerkursen fuhr sie nach Macon. Ora Lu wohnte jetzt bei Nana im Haus, so daß Emily viel freie Zeit hatte. Sie begann, sich mit Jungen aus den »guten« Familien von Macon zu verabreden. Sie waren alle wild wie die jungen Hunde, und sie tat ihr Bestes, um sich ihre Popularität zu erhalten, ohne ihren Ruf zu riskieren: sie trug signalroten Lippenstift, Schuhe mit Absätzen (obgleich sie damit einen komischen Gang hatte) und eine weiße Bauernbluse, die ihre Figur betonte.

Ihr Favorit war Brad Jones, der Sohn eines hohen Tiers aus Macon, der sich für Marlon Brando hielt und, genau wie Fred, ganz besessen war von ihrer Vagina und seinem Penis und ihrer gemeinsamen Zukunft. Aber da sei keine Zukunft, erklärte sie ihm, und die Botschaft lautete klipp und klar, daß Sex vor der Ehe nicht in Frage kam. Er könne jedoch ihre verhüllten Brüste berühren. Und basta. Es endete damit, daß Brad sie eine Schwanzfopperin nannte, weil sie sich nicht den Büstenhalter ausziehen lassen wollte. Aber das war auch nicht weiter schlimm. Es war sowieso Zeit, nach Maine zu fliegen.

Doch zuerst mußte sie noch in Newport News vorbeischauen. Charles, der gerade seine letzten Verkaufsgeschäfte abgewickelt hatte, war auch dort, und er nutzte die Gelegenheit, um ihr mitzuteilen, er sei nach wie vor für ein kleineres College in der Nähe, wo Tante Francie ein Auge auf sie haben könne, da er ja dann in Kalifornien sein würde. Belle Adams sei genau das richtige. Und

mit ihren Noten und seinen Kontakten in Virginia würde sie sicherlich angenommen werden. Dann kam das Trostpflaster: wenn sie sich gut führte und ihr geistiger und seelischer Reifungsprozeß weiter voranschritt, könne sie nach den ersten zwei Jahren überwechseln, wohin sie wolle.
»Heißt das, ich kann dann zu Lillian nach New York gehen?« fragte sie traurig, weil sie merkte, daß an seinem Entschluß nicht mehr zu rütteln war.
»Ja«, antwortete Charles. Dann bestand er darauf, mit ihr und Tante Francie hinzufahren und das College anzusehen, ehe sie nach Maine flog.
Sie fuhr mit, wenn auch schweren Herzens. Ihr war nicht danach, zuzuhören, wie er und ihre Tante über ihr Leben redeten, als gehöre es ihnen. Sie wollte nicht nach Virginia und schon gar nicht auf irgendein prüdes Mädchen-College. Sie wollte in New York leben und in Bars gehen und frei sein. Aber mit sechzehn war das Leben eine einzige Gefängnisstrafe. Also saß sie still auf dem Rücksitz, streckenweise verdrossen, aber trotzdem höflich. Das Leben war nicht gerecht.
Aber das College-Städtchen Fricksburg war wie ein Bild aus einem Geschichtsbuch, zauberhaft mit den schmalen Kopfsteinplastersträßchen, den kleinen, gemütlichen Läden, den Grünanlagen mit den großen Statuen diverser Bürgerkriegshelden. Genau wie Cromley lebte es nur von einer einzigen Industrie: dem College. Der Campus selbst war eine größere Version von St. Joseph: hügelig, mit vielen Bäumen und großen Gebäuden mit Fahnen, die im Wind flatterten. Charles gefiel, was er sah. Tante Francie schien vor allem die Aussicht zu freuen, Emily in der Nähe zu haben. Und Emily, die es kaum erwarten konnte, nach Maine zu kommen, bemühte sich stoisch, vorerst gar nichts zu sagen. Sie kamen überein, daß Emily sich bewerben würde, sobald sie wieder in der Schule war.
Vierundzwanzig Stunden später fielen sie und Lillian einander am Flughafen von Portland aufgeregt in die Arme. Sie fuhren mit

dem Flughafenbus nach Freeport und von dort mit der viertelstündig verkehrenden Fähre zum Sommerhaus ihrer Tante auf Bussel Island. Noch ehe sie auf dem Boot waren, brachte Emily Lillian die schlechte Nachricht bei: »Ich darf nicht nach New York, bevor ich nicht Junior bin«, erklärte sie düster.

Lillians Unterkiefer klappte herunter. »Wieso nicht?«

»Dad will, daß ich auf so ein blödes Mädchen-College in Virginia gehe. Belle Adams.«

»Warum?«

Emily sagte schulterzuckend: »Ich glaube, weil er selbst an der Universität von Virginia war und wohl durch mich sein Leben noch mal leben will. Du weißt ja, wie Eltern manchmal sind. Du sagst doch auch immer, daß deine Mom unbedingt will, daß du Ärztin wirst.«

»Ja, aber das kommt doch daher, daß sie ihr Medizinstudium aufgegeben hat, als sie geheiratet hat. Ich kapiere nicht, wieso dein Vater...«

Emily fühlte sich in Bedrängnis. Sie wußte, warum Charles in dieser Sache so eigen war, aber sie konnte es nicht sagen. Deshalb fiel sie Lillian ins Wort: »Ist ja nur so ein Verdacht. Aber weißt du, das ist auch nicht das Ende der Welt. Er hat mir versprochen, daß ich im Junior-Jahr wechseln darf.«

»Aber das ist nicht dasselbe«, protestierte Lillian. »Wir haben doch immer gesagt, daß wir zusammen anfangen.«

Emily kam plötzlich eine Idee: »Dann komm doch mit mir.«

»Nach Belle Adams?«

»Ja. Für zwei Jahre, dann können wir nach New York gehen.«

»Nein, ich glaube, das ist nichts für mich, Stollie. Ich will in die Großstadt. Ich habe in letzter Zeit viel darüber nachgedacht.« Ihre Augen musterten neugierig Emilys Gesicht. Dann sagte sie: »Ich kapier' das einfach nicht. Dein Dad hat dich doch sonst immer machen lassen, was du wolltest.«

»Das war vor der Scheidung. Seit Ella weg ist, ist er richtig seltsam.«

»Vielleicht hat er Angst, dich zu verlieren. Das ist bei Eltern manchmal so.«
»Kann sein.«
Sie rüttelten nicht weiter an dieser Erklärung. Sie wandten sich einfach ihren Unternehmungen zu, glücklich, weil sie zusammen waren, aber auch traurig: Sie wurden erwachsen. Und wegen einer Reihe von Umständen – weil Lillian über Weihnachten wieder mit ihren Eltern nach Florida fahren wollte und ihrem Vater im Frühjahr ein weiterer Aufenthalt in der Mayo-Klinik bevorstand, von den vielen Meilen zwischen ihnen ganz abgesehen – würden sie sich erst im nächsten Sommer hier oben in Maine wiedersehen. Aber sie hatten eine herrliche Zeit miteinander. Kein Tag, an dem sie nicht mit der Fähre aufs Festland fuhren. Sie gingen angeln und segeln, und einmal ließ Lillians Tante May sie mit ihrem Auto nach Ogunquit fahren, um Hummer zu holen. Und dann, an Emilys letztem Tag, geschah etwas Denkwürdiges. Sie waren mit dem Segelboot draußen, und plötzlich legte sich der Wind. »Flaute«, sagte Lillian im Profi-Ton.
»Was?«
»Kein Wind mehr.«
Kurz darauf waren sie wieder einmal bei ihrer Zukunft angelangt. Lillian sagte: »Ich habe mir überlegt, daß ich es wirklich durchziehen will, Emily. Ich meine, in gewisser Weise ist es ganz gut, daß sie dich ins Internat geschickt haben, denn so werden wir beide ein Jahr früher mit der Schule fertig. Wenn du nicht weggegangen wärst, hätte ich keine zusätzlichen Fächer belegt und keine Sommerkurse besucht, um mit dir Schritt zu halten. Aber das ist gut so: es zwingt uns, uns darüber klarzuwerden, was wir machen wollen. Wir müssen es uns allmählich überlegen. Das ist wichtig. Willst du immer noch Schriftstellerin werden?«
»Klar will ich das.«
»Und was ist mit Heiraten?«
»Was soll damit sein?«
»Ich weiß nicht. Willst du's denn?«

»Ja, sicher, wenn ich soweit bin. Aber ich habe es nicht eilig. Obwohl ich Jungen toll finde«, setzte Emily rasch hinzu.
»Ach, dieses Hobby teilen wir wohl.« Sie lachten. »Aber mal im Ernst: daheim reden alle von nichts anderem.«
»Na ja, *die* sind nun mal so. Ich wette, die Musketiere kriegen New York nie zu Gesicht.«
»Das glaube ich auch«, stimmte ihr Lillian bei.
»Sie bleiben einfach immer nur in White River, bis sie tot umfallen.«
»Allerdings.«
»Und werden fett und kriegen Hunderte von Kindern.«
»Hm-mmm.«
»Ich will das nicht, Lil. Kein bißchen.«
»Ich auch nicht.«
»Also werden wir heiraten, wenn wir mit allem fertig sind, und dann nicht so einen langweiligen Pinsel. Irgendeinen tollen Mann, weißt du, so wie Hemingway!«
»Hemingway. Ja, genau!« *Der* war allerdings ein toller Mann, da waren sie sich beide einig. Weil sie mit sechzehn rauchten und dann und wann ein paar Bier tranken, glaubten Emily und Lillian, mehr vom Leben zu wissen als die meisten Mädchen. Sie waren etwas Besonderes, zu Höherem geboren. Nach einer Weile fragte Lillian: »Was willst du denn eigentlich schreiben?«
»Gedichte. Und vielleicht ein Buch.«
»Wow! Ein ganzes Buch?«
»Sicher. Das ist gar nichts. Zuerst werde ich ausgiebig Englisch studieren. Aber wer weiß? Vielleicht bleibe ich auch bei den Gedichten. Ich muß es mir noch überlegen.«
Lillian ließ diese Auskunft auf sich wirken. Dann sagte sie ruhig: »Ich will einfach nur leben!«
»Ich auch!« sagte Emily mit Nachdruck. »Ich kann es gar nicht erwarten, daß die Leute aufhören, mir zu sagen, was ich tun soll.«
»Das meine ich nicht. Ich meine *wirklich* leben.«
»Was heißt *wirklich* leben?«

»Ich will's dir sagen. Erinnerst du dich, wie ich dir vorige Weihnachten aus Florida geschrieben habe, daß ich gern zur See gehen würde?«
»Klar.«
»Das ist ein Teil von dem, was ich meine. Nicht unbedingt zur See zu gehen, aber irgendwas mit dem Wasser zu tun zu haben, wegen dem Gefühl, das es mir gibt. So wie Thoreau«, setzte sie verlegen hinzu. »Du weißt doch, wie Thoreau in die Wälder ging?«
Solche Gespräche liebte Emily, sie streckte sich behaglich auf den Sitzen aus und zündete sich eine neue Zigarette an. »Klar«, antwortete sie lebhaft. »Er hat zum Wesentlichen zurückgefunden.«
»Genau. Das meine ich. Es liegt mir nicht so, mein Innerstes auszubreiten, aber du bist der einzige Mensch, dem ich das sagen kann. Ich hatte immer schon das Gefühl, daß ich für etwas Bestimmtes ausersehen bin. Richtig unheimlich.«
Das ging Emily unter die Haut. Sie hatten schon öfter so miteinander geredet, aber jetzt, nur einen Sommer vor dem Schulabschluß, bekam alles, was mit Zukunft zu tun hatte, ein ganz neues Gewicht. Emily setzte sich wieder auf und schnippte ihre Zigarette ins Wasser. Sie trieb zuerst auf der Oberfläche, dann verschlang sie eine Welle. Emily sah zu Lillian hinüber, die jetzt ganz ernst geworden war, weil sie von dem inneren Druck sprach, es ihrer Mutter recht zu machen. »Ich habe das Gefühl, daß ich ihr das schulde, für alles, was sie für mich getan hat. Wir haben es nicht leicht gehabt, seit Dad krank geworden ist, und sie mußte Geld für mein Studium beiseite legen und gleichzeitig mit den Rechnungen auf dem laufenden bleiben. Aber sie will, daß ich Ärztin werden soll. Sie meint, daß ich besondere geistige Fähigkeiten habe.«
»Die hast du ja auch. Und ich auch. Zusammen könnten wir mit unseren geistigen Fähigkeiten wahrscheinlich ein Schiff versenken.«
»Na ja, ich weiß nicht.« Lillian gluckste leise. »Mom ist einfach

der Meinung, daß ich etwas Tolles machen soll. Seit meiner Geburt wartet sie darauf, daß ich *ihr* Medizinstudium fortsetze, und jetzt, wo das College näherrückt, kann sie von gar nichts anderem mehr reden. Aber ich will nicht Medizin studieren.« Sie schüttelte in tiefer Abneigung den Kopf. »Ich kann doch gar kein Blut sehen.«

»Dann tu's nicht. Du hast doch eigene Rechte.«

»Nicht, solange sie zahlt.«

»Ach, komm, Lil. Damit wird sie dich schon nicht erpressen.«

»Sie ist aus England. Engländer können ganz schön stur sein. Und sie meint, solange das Geld von ihr kommt, hat sie auch das Sagen. Neulich ist mir zum Beispiel herausgerutscht, daß ich gern etwas studieren würde, was mit dem Meer zu tun hat, und da hat sie gesagt, das sei nicht akademisch genug. Ich hab' sie gefragt: Was ist denn akademisch genug? Und sie hat gesagt, Vorlesungen halten und Lehrbücher schreiben, wenn du schon nicht Ärztin werden willst. Pfeif' drauf. Das ist nicht das, was ich will. Ich will etwas machen, was mir hilft, die Dinge zu verstehen.«

»Welche Dinge?«

»Alle möglichen Dinge.«

Emily dachte einen Moment schweigend nach. »Dann studier' doch Philosophie.«

»Wozu? Um zu unterrichten? Ich hab' dir doch gerade erklärt, daß ich nicht an irgendeinem Schreibtisch festgenagelt sein will. Ich will reisen, ein eigenes Boot haben und allein in See stechen.«

»Machst du Witze?«

»Nein, ganz und gar nicht.«

»Aber warum allein?«

»Ich will sehen, ob ich auf mich selbst bauen kann. So wie Thoreau.«

»Aber wie sollen wir auf ein College gehen, wenn es das ist, was du willst. Ich will das nicht.«

»Emily, hier in Amerika gibt es Hochschulen, wo du verschiedene Sachen studieren kannst.«

»Wirklich?«
»Klar. In New York könnten wir eine finden. Es muß nur eine sein, für die meine Mom zahlt.« Sie machte ein sorgenvolles Gesicht.
Emily streckte die Hand aus und tätschelte Lillians Knie. »Keine Sorge, Lil«, sagte sie aufmunternd. »Du wirst eine finden. Du wirst es schon schaffen. Ich glaube an dich. Ich sage dir, ziel nach dem Mond, leg einfach nur an und drück ab. Du schaffst es. Du kannst alles schaffen, was du willst.«
Darauf sagte Lillian nach kurzem Schweigen: »Ist Walt Whitman immer noch dein Idol?«
»Klar. Natürlich ist er das.«
»Weißt du, meins ist Amalia Earhart. Ja«, sagte sie plötzlich lauter. »Genau, das ist es! So will ich sein! Ich will *alles* machen!« Sie stand auf, schüttelte theatralisch die erhobene Faust und rief dem Horizont zu: »Schau her, Welt! Hier bin *ich*, Lillian Waller Jackson! Und mach dich auf was gefaßt, denn ich komme, um es dir zu zeigen! Ich werde der Menschheit neue Wege bahnen und die Welt umsegeln und dort hingehen, wo noch nie jemand gewesen ist!« Sie sah mit einem wundervollen Lächeln auf Emily herunter. »Das ist es, was uns verbindet, Stollie. Wir haben beide große Träume, und wir sollten sie nie vergessen.« Sie beugte sich über Bord, schöpfte eine Handvoll Wasser und warf es Emily mit einem übermütigen Kichern ins Gesicht. »Ich taufe dich in Namen dieses gottverdammten Atlantiks. So wie damals, als wir uns die Handgelenke aufgeritzt und Blutsschwesternschaft geschworen haben!« Das brachte Emily auf die Beine, und gleich darauf waren sie mitten in einer Wasserschlacht. Hier, auf dem riesigen Rücken des Ozeans, wo die Sonne ihre Kraft über der salzigen Tiefe verschwendete, bekräftigten sie ihren Bund – lachend, einander bespritzend und umarmend, während das Boot sanft durch den vollkommenen Tag schaukelte. Sie schworen sich, einander immer wie Schwestern zu sein, komme, was da wolle. Und Emilys Herz wurde

weit vor Zärtlichkeit und vor Stolz auf eine solche Freundin. Und dann rief Lillian mit dem ganzen Überschwang der Jugend: »Ich liebe dich, Stollie. Und es wird alles ganz toll werden. Das fühle ich tief in mir drinnen. Wenn ich so hier draußen bin, weiß ich, das ist für mich die wirklichste Art zu leben, und auch die ehrlichste, denn da sind nur das Meer und ich. Der Ozean ist wahrhaftig. Und wir beide sollten immer versuchen, auch ehrlich miteinander zu sein.«

Nicht lange, nachdem Emily wieder ins Internat zurückgekehrt war, rief ihr Vater an, um ihr mitzuteilen, Dr. Weiss habe ihr ein gutes Zeugnis ausgestellt. »Ich habe heute nachmittag mit ihm gesprochen. Er meinte, als du letzte Woche da warst, hätte er den Eindruck gehabt, du seist prima vorangekommen, und er sehe keine zwingende Veranlassung, noch länger weiterzumachen.« Er räusperte sich und fuhr fort: »Ich gehe davon aus, daß du ihm nichts vorenthalten hast. Ist das so, Emily?«

»Ja, Dad«, log sie. Sie wußte genau, was er meinte.

»Gut. Ich will dem nicht weiter nachgehen. Soweit ich sehe, scheinst du auf dem richtigen Weg zu sein. Was meinst du?«

»Mir geht es gut. Ich fühle mich prima.«

»Also kann ich jetzt aufhören, die dicken Scheine hinzublättern, und du kannst dein Leben selbst in die Hand nehmen.«

»Ja, ich denke schon.«

Er schien erfreut, und sie wollte ihn bei Laune halten. Das Gespräch kam auf Kalifornien, wo er inzwischen Fuß gefaßt hatte, und auf ihre Maine-Reise. Sie versuchte, ganz locker zu sein, aber sie fühlte sich angespannt. Charles' Anrufe, die das ganze letzte Jahr über pünktlich einmal im Monat gekommen waren, bestanden gewöhnlich aus einer Litanei von Fragen, auf die sie antwortete. Es war wie bei einer Mathematikarbeit, wo sie sich abmühen mußte, die richtigen Lösungen zu finden. Selbst seine Briefe waren steif: Gepredigte Ermahnungen, unterzeichnet mit einem getippten »Daddy« und darüber dem gleichen Wort in seiner Handschrift oder manchmal auch nur einer freien Zeile. Er meinte es gut, aber das machte diese Vater-Tochter-Gleichung nicht einfacher. Sie hörte ihn fragen: »Hast du dich schon in Belle Adams beworben?«

»Das mache ich nächste Woche. Ich habe von der Studienberatung Informationsmaterial bekommen.«

»Gut. Ich werde einen Freund in Richmond anrufen, der Beziehungen zu den entscheidenden Leuten hat. Aber das dürfte eigentlich kein Problem sein. Deine Noten sind ja verflixt gut.«

»Ja, das sind sie«, stimmte sie ihm bei. »Ich mache mir auch keine Sorgen. Und wenn ich da bin, werde ich alles mit Auszeichnung machen, und dann kann ich in zwei Jahren wechseln. Das kann ich doch, Dad?«

Er schien verärgert. »Das haben wir doch alles schon geklärt, Emily. Inzwischen solltest du doch wissen, daß ich meine Abmachungen einhalte. Fang nur erst mal mit einer gesunden Einstellung an und lerne eine Menge netter junger Männer kennen, dann wirst du dich bis dahin prächtig gemacht haben. Leg eine solide Grundlage, dann kannst du für deinen Abschluß hingehen, wohin du möchtest.«

»Das werde ich tun, Dad.«

»Eh' ich's vergesse: wirst du zu Thanksgiving zu deiner Tante fahren?«

»Muß ich?«

»Warum tust du so, als wäre das eine lästige Pflicht? Deine Tante gibt sich solche Mühe mit dir.«

Oh, verflixt. »Ich meine es nicht so, Dad.«

»Nun, mir ist es gleich. Ich komme selbst erst zu Weihnachten, also kannst du auch dableiben oder die Tage bei einer Mitschülerin verbringen. Nur laß es mich wissen. Und halte in irgendeiner Weise Kontakt zu deiner Tante. Hörst du?«

»Ja.«

»Und stell dich darauf ein, Weihnachten zu kommen.«

»Ist gut.« Sie zögerte. »Dad?«
»Was?«
»Wird Sheila dann auch da sein?«
»Das weiß ich nicht. Deine Schwester führt ihr eigenes Leben, jetzt, da sie auf dem College ist. Kümmere du dich nur um dich selbst. Dann ergibt sich der Rest von ganz allein.«
Noch ein paar Sätze, und sie legte freudig erregt auf. Es hatte ihr immer davor gegraut, diese heimlichen Fahrten nach Hartford unternehmen zu müssen, um dort vor diesem Mann Theater zu spielen, in dessen Gegenwart sie sich einfach unwohl fühlte. Diese Befreiung und der Bescheid, daß sie nun »offiziell« normal war, bildeten den Auftakt zu einem positiven Beginn ihres Senior-Jahrs. Sie wurde wieder in das Schwimm- und das Fechtteam aufgenommen und genoß die vielen Stunden, die sie dem *Crimson Poet* widmete. Fred Trim rief nicht mehr an, aber sie hatte genügend andere Jungen zur Auswahl.
Einen kritischen Zwischenfall gab es jedoch in diesem Halbjahr. Er ging von einem Mädchen aus, das erst nach den Sommerferien nach St. Joseph gekommen war. Diese Schülerin hieß Stits Winder und hatte eine ziemlich derbe Art von Humor, wie Emily merken sollte, als sie eines Nachmittags in Hildas Zimmer kam. »Warum stehen manche Lehrerinnen kopf, wenn sie einen Mann sehen?« Stits unterhielt ein mehrköpfiges Publikum. »Damit er nicht merkt, daß sie andersrum sind. Ha ha ha ha.« Dann demonstrierte sie etwas, das sie den Gorilla-Gang nannte: sie zog den Kopf zwischen die Schultern, schlurfte herum wie ein Fernfahrer, kratzte sich die Schrittgegend und geiferte, und alles kugelte sich am Boden.
Aber was sollten diese Wörter, die Stits dauernd im Mund führte? Andersrum und schwul und lesbisch und pervers? (Emily bekam fast einen Anfall, als sie den Zusammenhang kapierte.) Die sei doch andersrum und jene lesbisch. Die Turnlehrerin Miss Ross sei andersrum, weil sie kurze Haare hatte und Baseball spielte.

(Frauen, so erklärte Stits, hätten Softball zu spielen.) Und Dean Stevenson. Stevenson! Den anderen blieb der Mund offen stehen. »Wer weiß?« setzte Stits nach. »Sie ist doch nicht verheiratet, oder? Und Ross auch nicht, und Necessary und noch einige andere auch nicht. Ich wette, sie treiben sich oft in New York rum. Was meint ihr, was sie da *machen*? In New York gibt es an allen Ecken und Enden Homos!« Alle bekamen Augen wie Untertassen, während Stits, offenbar eine Expertin auf diesem gruseligen Gebiet, erklärte, daß Lesbierinnen sich tarnen könnten wie Chamäleons. »Deswegen müßt ihr aufpassen. Sie sind überall, so wie die Luft, die ihr atmet!«

Sie hielt einen Moment inne, um der Phantasie ihres Publikums Gelegenheit zu geben, sich an dem *überall* zu entzünden. Dann fuhr sie fort: »Die sind wie Vampire. Sie können sich nicht fortpflanzen, also müssen sie sich ihren Nachwuchs holen. Und das kann jede treffen, zum Beispiel dich, Miss!« Sie sah Anne Hawk an, die sichtlich erschauerte. »Es kann jede hier in diesem Zimmer treffen. Stellt euch vor, ihr seid unter der Dusche und so eine kommt rein und sieht euch nackt und springt euch an, und schon seid ihr auch *so*. Ich weiß das, weil mir meine Schwester erzählt hat, daß bei ihr auf dem College eine war, die ganz normal aussah und sich nur ab und zu in eine Lesbierin verwandelt hat. So ähnlich wie ein Werwolf, weil sie diese chemischen Stoffe im Körper hatte, die sie scharf auf Mädchen gemacht hat, und schließlich hat sie eine andere Studentin erwischt und auch umgedreht. Meine Schwester sagt, die, die sich an die andere rangemacht hat, war häßlich wie die Nacht, mit dicken, fetten Haaren unter den Armen, und die andere ist dann auch so häßlich geworden.« Zum Abschluß gab Stits noch einmal den Gorilla-Gang zum besten, und alle wieherten und grölten, Emily eingeschlossen.

Und doch war sie zutiefst erschrocken. War es Schicksal, daß Stits hierher nach St. Jospeh gekommen war? Hatte Stits *sie* irgendwie in Verdacht? Und was war, wenn sie tatsächlich irgendwelche

chemischen Stoffe im Körper hatte, die sie, ohne daß sie es merkte, zeitweise in einen Werwolf verwandeln konnten? Keine behaarte Bestie mit Reißzähnen – aber konnte es nicht passieren, daß sie bei Vollmond von einem unbewußten Drang gepackt wurde? Daß sie sich plötzlich dabei wiederfand, wie sie über irgendein Mädchen herfiel? Großer Gott!
Aber dann fiel ihr Dr. Weiss ein. Wenn sie so eine Art Werwolf wäre, hätte er doch niemals ihrem Vater gesagt, daß sie in Ordnung sei. Das war der Beweis.
Aber sicherheitshalber war Emily von da an noch mehr hinter den Jungen her. Und sobald ein Wort wie lesbisch oder schwul fiel, gab sie sich große Mühe, sich gebührend zu amüsieren, und manchmal führte sie auch selbst den Gorilla-Gang vor.

Vor Weihnachten teilte ihr Lillian mit, daß sie sich mit ihrer Mutter geeinigt habe. »Ich werde Archäologin«, schrieb sie gewichtig. »Ich habe mich informiert, und das interessiert mich nach der Seefahrt am meisten, weil man da forscht und Sachen aus der Erde ausbuddelt. Da kann ich reisen, und meine Mutter ist glücklich, weil sie meint, Archäologie sei viel bedeutender als Meereskunde. Ich habe ein gutes Gefühl dabei. Ich habe mich an drei Hochschulen beworben. Am liebsten wäre mir das Womack College, weil das in New York ist. Da könntest du dann später auch hinkommen und Englisch studieren.«
Im Februar, kurz nachdem Emily die Zulassungsbestätigung vom Belle Adams bekommen hatte, kam ein aufgeregter Anruf von Lillian, der an ihren Brief anknüpfte. »Stell dir vor!« Die Worte sprudelten nur so aus Lillian heraus. »Ich werde promovieren.«
»Was?«
»Promovieren, Dummerchen. Ich werde den Doktor machen.«
»He! Nun mal langsam!«
Emily hörte, wie sie Luft holte. »Also, was ich sagen will, ist: Ich bin am Womack angenommen, und das Womack hängt mit dem GAI zusammen, dem Gunther Archaeological Institute, das auch

in New York ist. Also werde ich vier Jahre am Womack machen und dann noch zwei am GAI, und dann habe ich meinen Doktor. Erst kommt der Bachelor, dann der Magister und dann der Doktor. Dann bin ich Dr. Jackson. Wie findest du das? Ich werde mir Karten drucken lassen und allen Leuten, die ich kenne, welche schicken: Dr. Lillian Waller Jackson. Und weißt du, was?«

»Was?«

»Ich werde durch die ganze Weltgeschichte reisen. Sowohl das Womack als auch das GAI schicken einen dauernd zu irgendwelchen Projekten, manchmal sogar für ein ganzes Jahr, nach Peru, Südamerika, Brasilien. Überallhin!«

Emily fragte beklommen: »Und was ist mit mir, wenn ich nach New York komme, und du bist in der Äußeren Mongolei?«

»Ach, das wird sich schon finden. Ich bin ja nicht die ganze Zeit weg. Zieh du nur erstmal deine zwei Jahre am Belle Adams durch und komm dann nach New York.«

»Vielleicht kann ich ja dann auch aufs Womack gehen?«

»Für Englisch ist die Columbia-Universität besser. Ich habe bei der Studienberatung gefragt. Wir brauchen ja nicht unbedingt auf dieselbe Hochschule zu gehen. Wir werden zusammen wohnen. Das ist doch auch schon was! Da werden wir wochenlang aus dem Suff nicht rauskommen!«

»Ja. Und auf die Rennbahn gehen!«

»Und in Nachtclubs. Wer soll uns daran hindern?«

»Und deine Mom ist einverstanden?«

»Mom strahlt wie ein Honigkuchenpferd, weil ich promovieren will. Sie findet, das macht wirklich was her. Ich hab's dir ja gesagt, Stollie – es löst sich alles aufs Beste.«

»Toll.«

»Du kommst doch im August?«

»Klar. Nach den Sommerkursen fahre ich zu meiner Großmutter, und dann komme ich nach Maine.«

So plätscherte das Schuljahr dem Ende entgegen. Emilys Besuch in Georgia gestaltete sich diesmal anders. Statt dauernd auszugehen, half sie Ora Lu, ihre Großmutter zu versorgen. Dann flog sie, nach einem kurzen Zwischenstopp in Newport News, nach Maine. Der Abschied von Lillian zwei Wochen später war innig, aber auch traurig. Jetzt standen sie endgültig vor der unbekannten blauen Weite des Erwachsenseins.

Im September 1950 begann Emily ihr Studium am Belle Adams College.

Collegejahre

… Die nächsten vier Jahre sollte ich nicht viel von Lillian sehen. Jede von uns war zu sehr mit ihrem eigenen Leben beschäftigt. Dennoch übte sie (obgleich uns das damals gar nicht so klar war) im Hintergrund weiter ihren stillen, aber wichtigen Einfluß auf mich aus …

Belle Adams war eine gehobenere Version von St. Joseph, und Emily wußte sich in dieser Umgebung weit versierter zu bewegen als die anderen Studienanfängerinnen. Zumindest dachte sie das, als sie ihre neuen Zimmergefährtinnen Claire Tremble, Lois Dugan und Bobbe Chase kennenlernte. Die drei waren alle noch nie von zu Hause weggewesen, während sie schon ein alter Hase war. Sie kannte sich aus mit Wohnheimen, Hausmüttern, Aufsichtsschülerinnen, die einen verpfiffen, wenn man gegen eine Regel verstieß. Sie war an riesige Speisesäle gewöhnt und an identisch aussehende Mädchen in maßgeschneiderten Blusen, deren runde weiße Kragen aus den Strickjacken hervorlugten. Sie war es gewohnt, ein Postfach zu haben und Schecks mit ihrem Namen darauf. Sie war bereits an das Leben in einer Institution angepaßt. Und die positive Neuerung war, daß sie am Belle Adams viel mehr Freiheit haben würde: Zufrieden mit ihren Noten und den Berichten von Dr. Weiss, hatte Charles ihr Blankoerlaubnis gegeben, an den Wochenenden wegzufahren, sooft sie wollte. Ihre Teenagerzeit ging jetzt langsam zu Ende, und sie näherte sich dem Tag der Befreiung – ihrem einundzwanzigsten Geburtstag. Das junge Mädchen, das Tante Francie Anfang September 1950 nach Fricksburg brachte, war ein ganz anderer Mensch als das traurige Kind, das ihr Vater zwei Jahre zuvor in Cromley abgeladen hatte. Ja, sie freute sich richtig aufs College.

Ihr Fachgebiet waren die Geisteswissenschaften, mit moderner Lyrik als Schwerpunkt. Ihre Professorinnen waren die gescheitesten Frauen, die sie je erlebt hatte. Sie konnten sich mit einem Blick die Gesichter einer ganzen Klasse einprägen. Sie hatten beeindruckende Abkürzungen hinter dem Namen, und das Kollegium war wesentlich größer als im Internat. Tatsächlich gab es hier von allem mehr – mehr Studentinnen, mehr Arbeit, mehr Konformitätsdruck. In den 50er Jahren gingen Mädchen in erster Linie aufs College, um Männer zu finden. Und der Staat Virginia enttäuschte nicht in dieser Hinsicht. Da gab es den Marinestützpunkt Quantico, sechzig Meilen von Fricksburg, die Universität von Virginia (kurz: U. Va.) in Charlottesville, und die Stadt Washington, zwei Autostunden weiter nördlich. Am beliebtesten war die U. Va. Neunzig Meilen weiter östlich gelegen, war sie der Tummelplatz der Gelangweilten und Sexhungrigen. An den Wochenenden wimmelte es dort von Studentinnen, die sich die Seele aus dem Leib kreischten, Bierdosen aus den Wagenfenstern warfen und wild entschlossen waren, für die nächsten vierundzwanzig Stunden den Verstand zu verlieren. Die ganze Woche über seien sie mit ihresgleichen zusammengesperrt, lautete das Argument. Jetzt, da sie endlich Männer um sich hätten, könnten sie sich austoben. Und das taten sie. Sie legten los, kaum daß sie in Charlottesville angekommen waren. Sie knutschten in Duschräumen, auf Betten und Tischen, auf Flurfußböden, und wo immer sich sonst ein Plätzchen fand. Sie pichelten sich einen an und tanzten, bis ihre Beine nachgaben, weil der Boden sich in einen Fahrstuhl verwandelte und irgendein Verbindungsbruder mit einem Lampenschirm auf dem Kopf und offener Hose herumhüpfte, auf der Jagd nach Liebe – oder deren Illusion.

Washington war eine andere Sache. Dort übernachteten die Belle Adams-Mädchen für fünf Dollar im YWCA, zu den Sonderkonditionen, die den Frauen-Colleges der Umgegend eingeräumt wurden. Hier konnten sie kommen und gehen, wie es ihnen beliebte. Und die Orte, an die es sie zog, waren die Cocktail-

Lounges der großen Hotels, besonders des Sheraton, die Jazz-Kneipen an der Vierzehnten Straße, die schicken Lokale um den Dupont Circle und in Georgetown. In Washington kamen die Militärs gleich nach Gott. Sie waren überall, prächtig wie Pfauen. Und Emily, die die U. Va. bald langweilig fand, ging dazu über, mit Freundinnen hierher zu fahren. Ein Offizier mit Schnüren und blitzblanken Stiefeln war doch viel imposanter als ein Student.

Und die Vergangenheit? Das Haus in White River war inzwischen verkauft, Frankie zu Nachbarn gegeben, und ihre schlimmen Erinnerungen verdrängte Emily so weitgehend wie möglich. Das mußte sie tun, um ihr inneres Gleichgewicht zu bewahren. Sie mußte daran glauben, daß das, was zwischen Mattie und ihr passiert war, eine Verirrung gewesen war, etwas, das hinterrücks über sie hereingebrochen war, so zufällig und willkürlich, daß die Wahrscheinlichkeit einer Wiederholung ungefähr so groß war wie die, daß ein Haus auf sie herabstürzte, wenn sie die Straße entlangging. Diese Distanzierung wurde ihr dadurch erleichtert, daß sie ihren Vater ebenso selten sah wie ihre Schwester, die mittlerweile mit einem Jurastudenten verlobt war, der ein College in der Nähe der Universität von Vermont besuchte, wo Sheila inzwischen studierte. Sheilas Verlobter hieß Sam Hoffman. Er kam aus Fargo in Nord-Dakota, und Sheila verbrachte ihre Wochenenden und Ferien meist mit ihm, irgendwo weit weg von Newport News. Wenn sich ihre Besuche aber doch einmal überschnitten, gingen sie einander möglichst aus dem Weg. Und wenn das nicht möglich war, begegneten sie sich Tante Francies wegen mit starrer Höflichkeit.

Was Emilys Persönlichkeitsentwicklung anbelangte, so waren Matties Spuren noch immer unverkennbar, vor allem im Umgang mit dem anderen Geschlecht. Aber da war auch noch eine andere Seite. Emily entwickelte sich mehr und mehr zu einer eigenartigen Mischung aus kokettem Weibchen und jungenhaftem Wildfang. In Gegenwart von jungen Männern war sie eher passiv und auf ihr Äußeres bedacht. Mit Mädchen war sie dagegen sprühend und laut und stolz auf ihre körperliche Kraft. Sie schrieb Gedichte, die manchmal über dreißig Seiten lang waren und die niemand verstand, nicht einmal sie selbst. Sie genoß es, wenn gemunkelt wurde, sie sei ein Genie, und half dem nach, indem sie hochtrabende Wörter benutzte und gelegentlich ein leichtes Hinken simulierte, das sie mit Gicht erklärte, weil das so geheimnisvoll klang. Unter Rückgriff auf ihre Gespräche mit Mattie bezeichnete sie sich als Existentialistin – was ihrer Erklärung zufolge hieß: »jemand, der an die Existenz als Grundlage der Wahrheit glaubt.« Sie trug auch im Wohnheim eine Sonnenbrille, benutzte wegen des dramatischen Effekts lange Zigarettenspitzen und ließ durchblicken, daß sie damit rechne, genauso jung zu sterben wie Keats, weil sie so begabt sei und intensiv lebe. Das alles förderte ihre Popularität ungemein. In den ersten Weihnachtsferien wurde sie gleich von vier Mädchen eingeladen. Sie entschied sich für Bobbe Chase, die aus Roanoke kam und trank wie ein Fisch. Danach besuchte sie ihren Vater und Tante Francie in Newport News. Sie war kaum dort angekommen, als Alice Means, eine alte Freundin ihrer Großmutter, aus Macon anrief, um ihnen mitzuteilen, daß Nana tot sei. Herzstillstand infolge eines schweren Asthmaanfalls. Charles meinte, Emily solle die Familie bei der Beerdigung vertreten, da sie als einzige der alten Amelia Carver wirklich nahegestanden habe. Also fuhr sie gleich wieder ab.

Am neunundzwanzigsten Dezember stand Emily auf dem Fair Oaks-Friedhof, wo der Sarg ihrer Großmutter darauf wartete, in die Erde gesenkt zu werden. Neben ihr stand Ora Lu, zitternd und schluchzend. Emily drückte ihre Hand, beschämt, daß die alte Frau, statt neben ihr in der vordersten Reihe der Trauergemeinde zu sitzen, ganz hinten gestanden hatte, das weiße Kraushaar in scharfem Kontrast zu ihrem Gesicht, das so schwarz war wie das Innere einer Grube. Über vierzig Jahre war sie für Nana gelaufen und gesprungen, und nicht ein einziges Mal hatte sie das

Haus durch die Vordertür betreten oder mit ihr an einem Tisch gegessen (obgleich sie sich näher gestanden waren als Schwestern). Nie hatte sie ihren Platz in der Ordnung der Dinge vergessen, und daran würde sich auch heute nichts ändern: niemals würde sie sich in der Kirche der Weißen in eine Bank setzen oder mit ihnen in ihrer Trauerlimousine fahren. Der Friedhof jedoch war ein demokratischer Ort. Und so drückte Emily jetzt noch einmal ihre Hand, während sie auf den Sarg starrte. Einen Moment lang sah sie ihre Großmutter vor sich, nicht kalt und starr, sondern warm und vital: die in die Hüften gestützten Arme, die herrischen Augen über dem vertrauten schwarzen Chiffonkragen über dem langen, rußfarbenen Trägerkleid und den dunklen Strümpfen, die in die wohlanständigsten schwarzen Schuhe mündeten, die Emily je gesehen hatte. Warum, dachte sie jetzt, von Gewissensbissen gepeinigt, bin ich im Sommer nicht länger bei ihr geblieben?

Als die Beerdigung vorüber war, verabschiedete sie sich von Ora Lu und ihrem Sohn Tyrone, der seine Mutter hergebracht hatte, und von ein paar Leuten aus Nanas Bekanntenkreis. Dann fuhr sie zurück zu den Meads, die nicht an der Beisetzung hatten teilnehmen können, weil sie zu gebrechlich waren. Den Abend brachte sie damit zu, mit ihnen über die alten Zeiten in Macon zu plaudern. Am Morgen erklärte sie, sie müsse wieder heimfahren. Dann nahm sie sich ein Zimmer in einem Hotel in der Innenstadt. Als wollte sie Nana herbeibeschwören, wiederholte sie ein altes Sommerferienritual. Sie ging bis zum Gerichtsgebäude in der Nähe der Kinos, wo sie in unschuldigen Kindertagen ihre geliebten Western-Matineen gesehen hatte. Dort wartete sie auf den Einser-Bus. Als er kam, fuhr sie bis Four Corners, wo sie früher immer ihre Fudge-Lutscher erstanden hatte – was hatte es Schöneres gegeben, als sie auf einen Rutsch zu verdrücken und dann auf dem Holzstiel zu kauen! Von Four Corners aus nahm sie den Siebener, vorbei an den grünberankten Herrenhäusern mit den umlaufenden Veranden und dann geradewegs nach »Niggertown«, der letzten Etappe vor Nanas Viertel und dem Teil der Strecke, der sie immer am meisten fasziniert hatte. Als Kind hatte sie sich einen Fensterplatz gesucht und neugierig die Kinder dort draußen betrachtet, die »Darkies«, wie sie damals hießen. Gewöhnlich barfuß und in ausgeblichener Kleidung, hatten sie am Straßenrand gehockt und gekichert und Murmeln gespielt, während die Erwachsenen in den Bus geklettert kamen – Matronen mit Kirchgangshüten, Männer, die vielleicht nur mitfuhren, um überhaupt etwas zu tun zu haben. Sie hatten sich alle ganz hinten hingesetzt und leise miteinander gesprochen und kaum jemals im Vorbeigehen einem Weißen ins Gesicht geschaut. Nichts zementierte die Grenzen zwischen den getrennten Welten des Südens wirksamer, aber Emily hatte keinen Sinn darin sehen können. Sie hatte nicht verstanden, warum Nana ihr verbot, eine schwarze Frau »Lady« zu nennen oder ihr einen Platz anzubieten, wenn der Bus voll war. Vor vielen Jahren war sie einmal wegen einer Frau aufgestanden, die so gebrechlich aussah, als müßte der nächste Windstoß sie umpusten. Der Fahrer, so fiel Emily jetzt plötzlich wieder ein, hatte angehalten und ihr befohlen, sich wieder hinzusetzen!

Auch jetzt sah sie wieder hinaus, während der Bus durch die vertraute Szenerie holperte. Es war ungewöhnlich warm für die Jahreszeit, und draußen war eine Menge los. Durch die Scheibe sah sie die langbeinigen *Hi Yallas*, deren wippende Brüste ein Hauch von Sex zu umwehen schien, während sie die Straße entlangschritten, einen Berg Wäsche auf der einen Hüfte und ein kulleräugiges Baby auf der anderen. Knochendürre Hunde lagen neben fliegenumschwirrtem Unrat, und alte Männer in ausgebeulten Arbeitshosen schlugen sich, während sie munter schwatzten, auf die Hände und packten sich an den Knien, wie sie es immer getan hatten, so, als hätten ihre Körper, absorbiert von irgendeiner hochwichtigen Meinungsverschiedenheit untereinander, keinen Willen und keine Phantasie mehr übrig, als nickten sie sich einfach nur stoisch durch die Zeit, die Hände von sich gestreckt, die Worte zähflüssig wie Melasse, lachend, weil sie ein Geheimnis hatten, das die Weißen nie erfahren würden. Sie sah die rohen Holzveranden, die Schaukelstühle, von denen aus die Bewohner dieser vernachlässigten Behausungen noch immer ihren Tabaksaft ausspuckten und ihr Südstaaten-Garn spannen. Im Sommer wurde es hier so heiß, daß das Ungeziefer die Beine in die Luft streckte und man auf den asphaltierten Straßen Spiegeleier braten konnte. Sie träumte vor sich hin, bis sie merkte, daß sie in Nanas Straße angelangt war. Sie zog an der Signalschnur und stieg an der Haltestelle Coz Lane aus. Sie ging noch einen halben Block weiter und stand vor dem Haus, das jetzt bald in fremde Hände fallen würde. Das war die stattliche Magnolie, unter der Nana ihre Benimmregeln für junge Damen zu verkünden pflegte: richtige Damen saßen immer mindestens eine Handlänge vor der Stuhllehne. Sie aßen in kleinen Bissen. Sie setzten beim Gehen die Fußballen *zuerst* auf. Sie sprachen nie von irgendwelchen Körperteilen (und ließen sich vor dem anderen Geschlecht nicht einmal anmerken, daß sie überhaupt welche besaßen). Sie achteten streng darauf, nicht aufzustoßen, nicht zu schwitzen und keine Winde abzulassen. Sie interessierten sich nicht für Sport, Politik und Naturwissenschaften. Emily hatte das alles nie einleuchten wollen, aber sie hatte höflich zugehört. Sie hatte Nana nie widersprochen.

Sie ging jetzt nach hinten in den Garten und blieb dort stehen, während vor ihrem inneren Auge die sommerlichen Teekränzchen auferstanden. Hier hatten sich die kultivierten Damen von Macon versammelt, um zu plaudern: über die weiße Rasse, über Ehemänner und über Gott, wie er in den Köpfen baptistischer Matronen existierte. Sie hatten an ihren Tassen genippt, während der Wind kleine runde Wellen auf die Oberfläche des süßen Tees malte, und die »kleine Missus Emily«, wie die Gesellschaftsspalte sie titulierte, hatte »Big Rock Candy Mountain« gesungen und sich in der Anerkennung der Erwachsenen gesonnt und an Eiswürfeln gelutscht, damit ihr das Gehirn nicht zerschmolz. Das alles tauchte jetzt wieder vor ihr auf. Dann schloß sich ihr inneres

Auge, und sie ging wieder nach vorn zur Straße, mit dem Gefühl, etwas Unwiederbringliches verloren zu haben. Nie wieder würde sie durch Nanas Räume gehen oder an Nanas großem Erkerfenster sitzen und ihre geliebten Tomatensandwichs mit viel Mayonnaise und Salz essen. Und nie wieder würde sie *Mary Marie* lesen, das Buch über das kleine Mädchen, dessen Eltern sich scheiden ließen und das bei seinem Vater Mary war und bei seiner Mutter Marie und dem Emily so gewünscht hatte, daß sie alle wieder zusammenkommen würden. Dieses Haus war der Ort so vieler ihrer kindlichen Sehnsüchte, und in gewisser Weise war Nanas Tod der Schlußstrich unter eine unschuldige Zeit. Da war etwas Kostbares in diesen Erinnerungen, das sie nicht losließ, so, als gehörte ihre Seele hierher, zu diesen lyrischen Bäumen, diesem Duft nach Flieder und Hyazinthen, diesen lockenden lehmigroten Ufern, die sie auch jetzt riefen – der Süden der Verdammten und der Nichtunterzukriegenden, der Süden der blutigen Hände und Füße. Der Süden ließ ein sehnliches Bedürfnis in Emily aufglühen und schien es gleichzeitig auch zu befriedigen: hier fühlte sie sich zu Hause. War das der Grund, weshalb sie sich in diesem Moment so überwältigt fühlte? War es, weil ihre Mutter und jetzt auch Nana hier in der Erde Georgias ruhten, daß sie das Gefühl hatte, auch im Süden bleiben zu müssen?

Erfrischt kehrte sie in ihr Hotel zurück. Am nächsten Morgen erstand sie drei Lilien. Dann nahm sie ein Taxi zum Fair Oaks-Friedhof und ließ den Fahrer warten, während sie den kleinen Hügel zu den Gräbern ihrer Großeltern und ihrer Mutter Marian Carver hinaufging. Es hatte geregnet, aber als sie jetzt auf jeden Stein eine Lilie legte und die von der gestrigen Beisetzung noch aufgewühlte Erde betrachtete, lugte die Sonne hinter den Wolken hervor. Emily blieb noch ein wenig stehen und fuhr dann mit dem Taxi zum Flughafen, um nach Roanoke zu fliegen, wo sie mit Freunden das Jahr 1951 begrüßte, ehe sie wieder ans Belle Adams zurückkehrte.

Sie lernte First Lieutenant Gary Vento im zweiten Semester ihres ersten Collegejahrs in der Cocktail-Lounge des Sheraton kennen. Als sie an einem Februarwochenende mit ein paar Freundinnen hereinkam, saß er mit Freunden an einem benachbarten Tisch. Wie es so geht, kamen sie bald alle miteinander ins Gespräch, und ehe sie sich's recht versah, hatte er sich zwischen sie und eine ihrer Freundinnen gezwängt, um sie zu fragen, wo sie herkomme, wie ihr Washington gefalle, ob sie öfters hier sei – das übliche. Unüblich war dagegen sein Äußeres. Er sah beeindruckend gut aus, mit dunklen, seelenvollen Augen und jener Sorte Haut, der die Sonne nichts anhaben kann, egal, wieviel sie davon abbekommt. Er sei Italiener, erklärte er ihr so stolz, als sei er der letzte eines edlen Geschlechts. Er sagte, er sei in Fort Eustis in Virginia stationiert (das zufällig nur zwanzig Meilen von Newport News lag) und bis Ostern in dienstlicher Mission in Washington. Er brauchte nicht lange, um ihr anzuvertrauen, daß General Patton sein großes Idol sei und der Kampf das Feuer in seinem Leib und daß er sich für die Armee entschieden habe, weil das Grün für das Gras stehe, das Braun für die Erde und das Rot für das Blut, das der Soldat für sein Vaterland vergieße. Er hatte weiße Handschuhe, Leutnantsstreifen und Schnüre, und seine Schuhe blitzten, und ihr einziger Gedanke war, welchen Eindruck es machen mußte, daß er *sie* erkoren hatte. Und als er sie zum Essen einlud – nur sie und er allein –, nahm sie freudig an. Er war Offizier und ein Gentleman, und sie würde nachher im YWCA wieder zu ihren Freundinnen stoßen.
Sie gingen in ein italienisches Restaurant nicht weit vom Weißen Haus. Sie saßen in einer Nische und tranken etwas, und das Gespräch bestand vor allem darin, daß er redete und sie zuhörte. Dann fragte er sie plötzlich, ob sie eigentlich wisse, wie hübsch sie sei, wobei er sich vorbeugte und mit dem Finger die Konturen ihrer Wange nachfuhr.
In der Hoffnung, nichts Verkehrtes zu sagen, antwortete sie: »Nein, nicht so richtig«, während er sie weiter eindringlich ansah.

»Hm, das sollten Sie aber wissen.«
Sie lächelte einfach nur.
»Haben Sie einen festen Freund?«
»Nein. Nicht so richtig.«
»Was heißt das?«
»Das heißt, daß wir öfters alle rüber zur Universität von Virginia fahren und uns amüsieren, aber es gibt da niemand bestimmten.«
»Ach, die Universität von Virginia«, sagte er seufzend. »Da soll es ja ziemlich hoch hergehen.«
»Stimmt.«
»Sind Sie ein Party-Girl?«
Ihr sonst so fixes Mundwerk schaltete auf Zeitlupe. Was sollte sie sagen? Sie wollte nicht, daß er sie für eine langweilige Kuh hielt. Aber sie wollte auch nicht, daß er einen falschen Eindruck bekam. »Nein«, wagte sie sich vorsichtig auf das Drahtseil. »Ich stehe nicht so sehr auf Parties.«
Neckisch: »Und worauf stehen Sie?«
In ihrem Kopf breitete sich Nebel aus. »Ich weiß nicht.«
»Ach, kommen Sie, raus mit der Sprache. Was macht Ihnen *Spaß*?«
Sollte sie jetzt Bücher sagen oder sonst irgend etwas Läppisches? Sie antwortete: »Ach, alles mögliche.«
»Zum Beispiel?«
»Reisen.«
»Und was noch?«
»Hierher kommen. Ich mag Washington.«
»Und Charlottesville?«
»Ja, schon.«
»Warum sind Sie denn dieses Wochende nicht dorthin gefahren?«
Fragen über Fragen. »Weil ich lieber hier bin. Ich mag die Großstadt.«
»Worauf ich hinauswill –«, seine Augenlider senkten sich ein we-

nig, »– ist, daß es einfach Schicksal war. Es war die Vorsehung.«

»Was?«

»Sie. Sie und ich. Ich wollte eigentlich heute abend gar nicht in das verdammte Sheraton. Aber ein kleines Vögelein hat mir eingeflüstert, doch hinzugehen, und ich hab's getan, und da saßen Sie, ganz allein. Das war doch Vorsehung.«

»Ich war nicht allein. Ich war mit meinen Freundinnen da.«

»Sie wissen schon, was ich meine. Sie waren nicht mit einem Mann verabredet.«

»Na und?« antwortete sie hitzig. »Nur weil man nicht mit einem Mann verabredet ist, ist man noch lange nicht allein.« Sie lehnte sich zurück, selbst erstaunt über ihre Antwort. War sie zu schnippisch?

»Nicht schlecht«, sagte Gary lächelnd, während er sich vorbeugte, um ihre Chesterfield anzuzünden. Sie sog den Rauch ein und wartete, daß er irgend etwas tat oder sagte, worauf sie reagieren konnte. Der Ober kam mit dem Salat. Gary bestellte Steaks. Der Ober ging wieder, und Emily saß einfach nur da und guckte aufmerksam. Sie war nervös. Einmal wurde die Asche an ihrer Zigarette zu lang und fiel auf ihren Salat, aber zum Glück hatte Gary sich gerade umgedreht, um noch etwas zu trinken zu ordern, und sie konnte die Salatblätter unbemerkt auf dem Stuhl neben sich deponieren. In Gegenwart von Männern fühlte sie sich nie wirklich sicher, weder was ihr Äußeres noch was ihre Person anbelangte, und sie wußte nie so recht, wie sie auf dem schmalen Grad zwischen sexy und achtbar balancieren sollte. Sie wollte nicht mit ihm ins Bett gehen. Sie wollte nur, daß er sie wollte. Darüber grübelte sie nach, während das Essen kam und der Raum sich ein wenig zu drehen begann und das viele Bier ihr Gehirn überschwemmte und sie ihn anlächelte und er aß und redete und sie auf seine Hände sah und auf die feinen Härchen unterhalb der Knöchel. Trink lieber nicht zuviel, dachte sie, nur darauf erpicht, zurück ins YWCA zu kommen und ihren Freundinnen alles zu erzählen.

Gary redete wieder von Washington, seiner Lieblingsstadt. Ob sie wisse, daß es von demselben Architekten entworfen sei, der auch Paris geplant habe? »Es ist nach dem sogenannten Kleeblatt-Prinzip angelegt«, erklärte er. »Es besteht aus Kreisen mit vier Teilen, die in der Mitte zusammenlaufen. Deshalb gibt es hier all diese Brunnen und Rondells rings um das Kapitol. Die Stadt ist schön, aber es wird verdammt heiß hier.« Sie redeten übers Wetter und dann noch ein wenig über das College und die Armee. Als die Rechnung kam, zahlte Gary. Dann fragte er sie, ob sie noch irgendwo ein letztes Gläschen trinken gehen sollten. Gern, sagte sie. Sie gingen am Weißen Haus vorbei und die Pennsylvania Avenue hinauf zu seinem Auto, einem langen, grünen Buick mit einer amerikanischen Flagge an der Antenne. Dann fuhren sie über die M-Street zur Key Bridge und hinüber nach Alexandria, und kurz darauf hielten sie vor einem Lokal namens ›The Foxhole‹. Gary stellte den Motor ab und fragte sie, ob sie je *The Red Badge of Courage* gelesen habe. Sie wies ihn darauf hin, daß sie Englisch als Schwerpunkt studierte.

»Sie haben's also gelesen, stimmt's?«

»Stimmt«, antwortete sie.

»Erinnern Sie sich noch an die Hauptfigur, diesen ... wie hieß er doch gleich ... Harry?«

»Sie meinen Henry.«

»Genau, Henry, so heißt er. Henry hat die Schlacht gerettet. Glauben Sie, das war Mumm?«

»Hmm, ja«, sagte sie unsicher. »Nein?«

»Nein. Teufel noch mal, das war kein Mumm. Das war nur ein tüchtiger Adrenalinstoß. Der gute Henry hatte einen Heidenschiß, also hat er sich die Konföderiertenfahne geschnappt und ist damit nach vorn gestürmt. So läuft die Chose. Wissen Sie«, sagte er, wobei er sich nachdenklich am Kinn kratzte und sie forschend ansah, »der Mann beweist sich im Kampf, so wie sich die Frau in der Liebe beweist. Verstehen Sie?«

Sie sagte ja, war sich aber nicht sicher. Er stieg aus, hielt ihr die

Tür auf und führte sie in das Lokal. Ein Lackaffe in einer karierten Jacke sang mit geschlossenen Augen in ein Mikrofon. »Der hält sich wohl für Sinatra«, feixte Gary. Sie setzten sich an einen Tisch im Hintergrund und bestellten etwas zu trinken. Sie saßen jetzt ganz dicht nebeneinander, sein Schenkel lag eng an ihrem, sein Uhrenarmband umspannte sein olivfarbenes Handgelenk, und sein Atem roch nach Mundspray. Sie konnte sehen, wie sich seine Nasenlöcher beim Atmen weiteten. Dann nahm er, während er ihr den Arm um die Schultern legte, das Gespräch von zuvor wieder auf: »Wissen Sie, ich bin der Ansicht, daß die Frauen auf dieser Welt für die Liebe zuständig sind und die Männer für den Kampf und daß beides auf dasselbe hinausläuft. Es fordert beides Mut und Opfer.«

Da sie dazu nichts zu sagen wußte, saß sie einfach nur da. Sein Arm lag immer noch um ihre Schultern, und seine andere Hand hielt ihre. Sie leerten noch ein paar weitere Drinks und hörten zu, wie die Band drauflostobte und der Lackaffe wieder das Mikrofon zu verführen versuchte. Später brachte Gary sie zum YWCA zurück. Sie hielten in der Nähe. Gary lockerte seinen Schlips. Dann zog er sie an sich, während er sich gleichzeitig unter sie zwängte, so daß sie schließlich mit hochgerutschtem Rock rittlings auf ihm saß. Er führte ihr Gesicht dicht an seins heran, sein Mund stülpte sich über ihren wie ein Saugnapf, seine Zunge bohrte sich zwischen ihre Lippen, und seine Hände liebkosten ihre Brüste. Ehe sie sich's versah, hatte er ihren Büstenhalter geöffnet, und ihre Brüste flutschten in seinen Saugmund, und seine Zunge bearbeitete ihre Brustwarzen, während seine Finger auf ihren Schritt zukrochen. Das machte sie schlagartig nüchtern. »Nein!« schrie sie, und es gelang ihr, sich ihm zu entwinden.

Er sah ruhig zu, wie sie ihren Büstenhalter wieder schloß und ihren Rock herunterzog. Als sie fertig war, nahm er ihre Hand. Er führte sie an seinen Hosenschlitz. Er öffnete den Reißverschluß und dirigierte ihre Hand in seine Hose. Sie ließ ihn machen, ach, zum Teufel, was war schon dabei, ihr Kopf war wieder wattig, und er war so süß. Außerdem hatte sie noch nie einen Penis angefaßt. Sie war neugierig: er war aus seinem Slip befreit und nur noch vom Dunkel der Nacht umhüllt. Er erwachte zum Leben, als Gary ihre Finger zuerst vorn ans Ende führte und dann hinunter zu seinen Hoden, die weich und willig waren. Er drückte ihre Hand leicht über ihnen zusammen und stöhnte. Dann führte er sie wieder zu seinem Penis zurück. Er bewegte sie sachte auf und ab, bis oben aus dem Spalt etwas herausrann und er in sich zusammenschmolz, aber sie wollte das nasse Zeug nicht sehen. Er ließ ihre Hand los und säuberte sich mit einem Taschentuch. Dann steckte er alles wieder in seinen Slip zurück. Er zog den Reißverschluß zu und lehnte sich mit fast geschlossenen Augen zurück. Sie wartete schweigend ab, wußte nicht, was tun, spürte etwas von seiner Flüssigkeit an ihren Fingern und wischte es am Sitz ab. Sie sagte: »Ich geh' jetzt wohl besser rein.« Seine Reaktion bestand in der Frage, ob sie noch Jungfrau sei. Ihr Ja schien ihn zu freuen. Während er sie zur Tür des YWCA geleitete, verabredeten sie, sich am nächsten Samstag wiederzutreffen, im Figaro, dem italienischen Restaurant, wo sie an diesem Abend gegessen hatten.

So fing es an. Schon bald nach ihrer ersten Begegnung fragte Emily Gary, ob sie seine Leutnantsstreifen tragen dürfe. Er gab ihr einen Satz, und sie trug sie fortan ständig zur Schau. Tatsächlich wurden ihr diese Streifen bald wichtiger als er selbst. Sie waren der sichtbare Ausdruck ihres Wertes. Sie verschafften ihr ein wunderbares Wohlgefühl. Sie bedeuteten, daß sie attraktiv und interessant war. Sie trug sie an Pullovern, Schlafanzugsoberteilen, Jacken. Sie schrieb Lillian von ihnen. Und als Gary ihr, im Tausch gegen einen kleinen Schnappschuß, ein schmeichelhaftes Foto von sich schenkte, schickte sie es sofort an Lillian mit der Auflage, es unverzüglich wieder zurückzuschicken. Als das geschehen war, stellte Emily das Bild auf ihre Kommode, um sich in den Reaktionen ihrer Freundinnen zu sonnen. Sie erzählte allen, wie sehr er sie liebte. In dem Wissen, daß die Neuigkeit auf diesem Weg zu Charles und Sheila gelangen würde, schrieb sie Tante Francie von dem blendend aussehenden jungen Offizier, den sie unbedingt bald mal mit nach Newport News bringen wollte. Aber bei alledem traute sie Garys Gefühlen nie wirklich, konnte sie sich in seiner Gegenwart nie richtig entspannen. Aber das war ein kleiner Preis für seine Aufmerksamkeiten.

Mehrere Samstage hintereinander trafen sie sich im Figaro. Er war immer schon dort, und wenn sie an seinen Tisch kam, pflegte er aufzustehen und ihr eine Blume zu überreichen und dazu so etwas wie eine Rose für eine Rose oder sonst etwas Abgeschmacktes zu sagen. Aber Emily imponierten diese pompösen Gesten. Dann ließen sie sich nieder, um zusammen zu essen oder etwas zu trinken, und später trafen sie sich manchmal noch mit Freunden. Aber die Abende endeten alle gleich: in Garys Auto in der Nähe des YWCA. Damals konnte sich ein junges Mädchen durchaus um den Geschlechtsakt herummanövrieren, indem es sagte, es habe seine Tage oder Angst, trotz aller Vorsicht schwanger zu werden, oder besser noch: es wolle bis zur Ehe warten. Und darauf berief sich Emily, auch wenn Gary protestierte und sagte, daß er dabei sei, sich in sie zu verlieben, und ihr zu verstehen gab, daß sie sich glücklich schätzen könne, mit ihm zusammenzusein, da er jede Frau haben könne, die er wolle. Und außerdem erklärte er, erst der Geschlechtsakt mache ein Mädchen zur Frau.

Das Problem war, daß sie versuchte, Sex mehr zu wollen, als sie es tatsächlich tat. An ihrem zweiten Abend kam sie, als er ihre Brüste liebkoste (der äußerste Grad an Intimität, den sie ihm gestattete). Daß es ein Orgasmus war, wußte sie, weil sie die gleichen atemberaubenden Empfindungen schon mit Mattie erlebt hatte. Aber mit Mattie hatte ein Orgasmus zum nächsten geführt; bis zu Sheilas Schrei hatte sich eine körperliche Explosion an die andere gereiht, so heftig, daß sich alles Denken vom Körper gelöst hatte, bis sie nur mehr Fleisch gewesen war. Mit Gary dagegen hatte sie nach dem Höhepunkt nur den einen sehnlichen Wunsch, in Ruhe gelassen zu werden. Nicht, daß es ihm an Einfühlsamkeit gefehlt hätte. Aber wenn sie kam, folgte das Gefühl der Fremdheit auf dem Fuß, auch dann, wenn sie versuchte, sie nicht zur Kenntnis zu nehmen, und sich zwang, ihm Erleichterung zu verschaffen, wie er es wollte. Später, in der Sicherheit ihres eigenen Betts, weigerte sie sich, Vergleiche zu Mattie anzustellen. Sie war einfach nur unerfahren, sagte sie sich. Mit der Zeit würde es schon werden. Und seltsam: je länger sie sich weigerte, mit ihm bis zum Letzten zu gehen, desto mehr schien er sie zu begehren, so als wollte er sagen: Macht nichts. Ich kriege dich schon rum. Ich habe alle Zeit der Welt.

Ein paar Wochen vor den Frühjahrsferien bat Gary, sie nach Newport News bringen zu dürfen, wo sie zwei Tage verbringen wollte, um dann zu Freundinnen nach Myrtle Beach zu fahren und sich dort wegen eines Jobs für die Sommerferien vorzustellen. Er meinte, er müsse am selben Tag zurück nach Fort Eustis, da könne er doch bei ihr vorbeikommen und sie abholen. Am siebzehnten April, gegen Mittag.

Am siebzehnten April wartete sie unten in der Halle des Wohnheims auf Gary. Es war schon halb eins, und sie wurde langsam unruhig. Wenn er nun nicht kam, wie sollte sie dann nach Newport News kommen? Sie blätterte gerade fahrig in einer Illustrierten, als zwei Kommilitoninnen mit Koffern an ihr vorbeikamen.

»Emily!« rief die eine freundlich lächelnd. »Du bist noch nicht weg?«

»Nein. Mein Chauffeur hat sich verspätet.«

»Na dann, schöne Ferien!«

»Gleichfalls.« Während sie zusah, wie sie durch die Vordertür verschwanden, wurde sie plötzlich über den Lautsprecher ausgerufen. Ein Anruf für sie. Sie schnappte ihre Handtasche und sauste zur Pforte. Es war Gary. Er sei etwas später dran und werde in etwa fünfundvierzig Minuten da sein.

Sie legte auf, ging in die Toilette und starrte in den Spiegel. Er war aus billigem Glas und verzerrte ihr Gesicht in die Breite wie im Spiegelkabinett. Sie beugte sich näher heran, um sich genauer sehen zu können, und bemerkte, daß ihr Haar oben auf dem Kopf platt war. Sie toupierte es ein bißchen und legte noch etwas Lippenstift auf. Dann musterte sie ihre Augen. Claire Tremble, die ihr immer Komplimente machte, hatte letzte Woche gesagt, sie habe noch nie so tiefe Augen gesehen wie ihre, und die Griechen hätten geglaubt, daß das Auge das Fenster zur Seele sei. Wenn das stimmte, dachte sie jetzt, dann mußte sie bei ihren tiefblauen Augen wirklich ein ordentliches Exemplar von Seele in sich haben. Sie versuchte, ihre Augen noch blauer und tiefer zu machen, und beobachtete die Veränderung, wenn sie von Nachdenklichkeit auf Lächeln umschaltete. Sie bemerkte etwas Lippenstift auf ihrem einen Schneidezahn und wischte ihn ab. Dann polierte sie mit demselben Papiertuch ihre Leutnantsstreifen. Schließlich ging sie wieder in die Halle, wo sie begann, einen Brief an Lillian zu schreiben. Lillians Vater war kürzlich an einem Herzinfarkt gestorben, und sie verbrachte mit ihrer Mutter die Frühjahrsferien in Maine.

17. April 1951

Liebste Lil,
es hat gut getan, mit Dir zu reden, und das mit Deinem Dad tut mir so leid. Ich warte gerade, daß Gary mich abholt, um mich zu Tante Francie zu bringen, und ich möchte Dir noch mal sagen, daß ich mir vorstellen kann, wie schwer das alles für Dich ist, zumal ich ja selbst erst in den Weihnachtsferien meine Großmutter verloren habe. Aber vielleicht war es ja für ihn das Beste so, weil Du selbst sagst, daß er sich von dem ersten Infarkt nie wieder richtig erholt hat. Bitte drücke Deiner Mutter meine Anteilnahme aus. Sicher hast Du jetzt das Gefühl, daß eine schwere Last auf Deinen Schultern ruht, aber das wird wieder besser. Will Deine Mutter denn jetzt wirklich zu ihrer Cousine nach England gehen, oder bleibt sie in Maine oder was? Es wird sich schon lösen. Ich denke an Dich!

Also, weißt Du, das ist ja ein tolles Ding, daß sie Dich für diese Mexiko-Expedition im Sommer ausgewählt haben. Dagegen ist mein Job in Myrtle Beach richtig stupide. Kannst Du Dir *mich* als Bedienung vorstellen!! Aber es bringt fünfundzwanzig Dollar die Woche, plus Trinkgeld, und es ist allemal besser als Sommerkurse. Eine Freundin von mir hier auf dem College kennt den Inhaber eines Lokals gleich an der Promenade. Also werde ich hoffentlich dort unterkommen. Mit Gary und mir ist alles bestens, und er wird mich wohl auch dort besuchen kommen. Das heißt, falls er mich heute tatsächlich noch abholt!!

Ich hoffe sehr, daß wir beide demnächst mal die Zeit finden, uns zu sehen, aber es gibt immer soviel zu tun. Neulich erst dachte ich, es geht wirklich los, Lil – wir werden ernsthaft erwachsen, und ich kann es kaum erwarten, mit Dir zusammen in New York zu sein. Weißt Du, Du bist trotz allem immer noch meine beste Freundin auf dieser Welt!

Grüß Deine Tante und bestell Deiner Mutter, daß ich an Euch denke. Ich bin im Herzen bei Euch, in der Trauer um Deinen Dad und bei allem, was damit einhergeht. Alles Liebe,

Emily

Sie hatte gerade ihre Unterschrift daruntergesetzt, als Gary hereinkam. Er trug ein Khaki-Hemd mit offenem Kragen unter einer dunkelgrünen Strickweste. Sein Haar war länger geworden, und er sah fabelhaft aus. Ein Jammer, daß sie niemand sah, dachte sie, als sie zusammen hinausgingen, wobei er den Arm lässig um ihren Hals baumeln ließ.

Von dem Moment an, als Gary sie abholte, zeigte er sich ungewöhnlich aufmerksam: er hielt ihre Hand, sagte ihr, daß er sie in dieser Woche mehr denn je vermißt habe und daß ihm neben ihr jede andere Frau wie eine graue Maus vorkomme. Er habe kein anderes Mädchen mehr ansehen können, seit er ihr begegnet sei. Dabei zog er ihr Foto aus der Tasche, um es zu küssen. Dann wurde seine Stimme plötzlich ganz ernst, und er sagte, er habe soeben seine Order erhalten. Deswegen sei er zu spät gekommen; er habe erst noch beim Pentagon vorbeifahren müssen. Er habe gewußt, daß es nur eine Frage der Zeit gewesen sei, aber doch gehofft, noch den Sommer über bleiben zu können. »Wer zur Armee geht, lebt nun mal ständig auf Abruf«, erklärte er. »In zwei Tagen muß ich los, zuerst nach Seattle, um mich von meinen Leuten zu verabschieden, dann nach San Fran und von da direkt nach Korea!«

Sie spürte einen kurzen Stich der Enttäuschung, als er ihr das eröffnete. Aber als sie dann weiterredeten, über die Hand des Schicksals und so weiter und davon, daß sie einander schreiben würden und sich wiedersehen, wenn er in etwa einem Jahr zurückkam, da kam Emily der Gedanke, daß es vielleicht gar nicht so schlecht war. Sie hatte seine Leutnantsstreifen und sein Foto. Sie konnte ihn am Flughafen begrüßen, wenn sein Frontdienst abgelaufen war. Sie sah ihn vor sich, mit seiner Offiziersmütze und seinen Schnüren, und sich selbst, wie sie in seine Arme stürzte: *Mein* Leutnant. *Das* war doch etwas!

Sie hörte ihn sagen, daß er ja zur Armee gegangen sei, um sich im Einsatz zu bewähren, und daß ihr Bild ihn schützen würde. Er würde es direkt über dem Herzen tragen, wenn es in den Kampf ginge. »Weißt du noch, was ich dir bei unserer ersten Begegnung gesagt habe? Ich habe gesagt, die Männer sind für den Kampf da und die Frauen für die Liebe, und im Endeffekt läuft das beides auf dieselbe Aufgabe hinaus – einander am Leben zu halten.« Er überließ es Emily, über diese tiefschürfende Sentenz nachzudenken, während seine Finger von ihrer Hand zu ihrem Knie zu wandern begannen, vorsichtig, wie ein Reh, das sich einer Schnellstraße nähert – ein paar Sätze vorwärts, dann erst ein kurzes Sichern. Es dauerte nicht lange, und seine Hand lag auf ihrer Kniescheibe. Zuerst irritierte es sie, ihn so dicht an den verbotenen Gefilden zu spüren, während sie über dieses und jenes redeten, aber als die Minuten vergingen und die Hand dort liegenblieb, wurde sie lockerer und konnte zu ihren Wiedersehensvisionen zurückkehren. Ach, wenn sie nur schon da wären und sie ihn endlich Tante Francie vorführen könnte!

Gegen sechs hielten sie, um etwas zu essen und zu trinken, und als sie weiterfuhren (und jetzt gar nicht weit von Newport News entfernt waren), wurde es schon dämmrig. Plötzlich fing Gary an, von Old Needle Point zu schwärmen. Als sich herausstellte, daß sie noch nie dort gewesen war, konnte er es nicht fassen. Er sagte: »Das ist doch nur zwanzig Minuten von deiner Tante. Das *mußt* du gesehen haben. Weißt du, daß sie es das Juwel der Ostküste nennen? Dort gibt es ein Hotel, das Chambers, mit einer Aussichtsterrasse, wo Edgar Allan Poe seine Sachen gelesen hat. Ich hatte immer den Traum, dort mal meine Flitterwochen zu verbringen, falls ich je die Richtige treffen würde.« Dabei sah er ihr geradewegs bis in die Seele, und seine Augen wurden weich und sanft.

»Magst du Poe?« fragte er. Sie nickte. »Kennst du das Gedicht ›Annabel Lee‹?« Sie nickte wieder. »›*Sie* war ein Kind und *ich* war ein Kind«, deklamierte er getragen, »in dem Seereich, nicht weit von hie, doch uns einte, was mehr noch als Liebe war – mich und lieb Annabel Lee –, und so blickte am Ende die Seraphim selber begehrlich auf mich und sie.‹ Das hast du nicht gewußt, daß ich mich für Gedichte interessiere, stimmt's?« sagte er lachend, als er ihr erstauntes Gesicht sah. »Tja, da gibt es eine Menge, was du noch nicht weißt. Oder wußtest du schon, daß es nur so *aussieht*, als ginge ich dieser Korea-Sache ganz ruhig und gelassen und gefaßt entgegen. In Wirklichkeit mache ich mir nichts vor: vielleicht bin ich am Ende nur ein Name auf der Gefallenenliste. Man weiß nie, wann man dran ist. O Mann, es ist jedenfalls höllisch schwer, weggehen zu müssen, wenn es zwischen uns so schön ist.« Er sah sie wieder an, und sie sagte nichts. Sie wußte nicht genau, was sie fühlte.

»Emily«, er drückte ihre Hand, »mit uns ist es wie in diesem Gedicht. Das könnte für uns auch so sein – daß uns eint, was mehr noch als Liebe ist.« Er bremste und sah ihr in die Augen, solange er konnte, ohne von der Straße abzukommen. »Hör zu, du weißt, ich habe nur noch zwei Tage in diesem Winkel der Welt, und der zweite zählt schon nicht mehr, weil ich da im Stützpunkt sein muß. Laß uns die Nacht zusammen verbringen, Liebling. Laß uns ins Chambers-Hotel gehen. Gönn uns, daß wir das noch haben können. Keine Angst, ich würde nie etwas tun, was du nicht willst. Du kannst mir doch vertrauen, das weißt du ja. Ich gebe dir mein Offiziers-Ehrenwort. Einverstanden?« Er sah sie mit einer Miene absoluter Aufrichtigkeit an. »Ich brauche heute Nacht einfach deine Nähe.« Waren das Tränen, die da in seinen Augen glitzerten? Er sagte noch ein paar Sätze darüber, wie sehr er sie mochte und wieviel Spaß sie haben würden. Ein Stück voraus sah sie einen Wegweiser: *Newport News 11 Meilen* und eine Abzweigung nach rechts. Aber er fuhr daran vorbei.

»Gary! Du hast die Ausfahrt verpaßt!«

»Ich weiß. Wir fahren nach Old Needle Point. Von da ist es nur noch eine halbe Stunde nach Newport News. Ich bringe dich morgen früh hin.«

»Aber das geht nicht«, protestierte sie. »Meine Tante erwartet mich.«

»Dann ruf sie an. Sag ihr, wir hätten eine Panne.« Seine Hand lag wieder auf ihrem Knie, drückte es ermunternd: Komm schon, Knie, schien die Hand zu sagen. Wir haben eine Menge zu bereden. »Hast du Angst vor mir, Emily?«

»Nein, natürlich nicht«, sagte sie entrüstet, als sei ein solches Gefühl unter ihrer Würde.

»Das ist gut. Du weißt ja auch verdammt genau, daß du keinen Grund dazu hast.« Seine Hand sprach weiter auf ihr Knie ein, streichelte die Kniescheibe, berührte sanft die Haut gerade unter dem Rocksaum. Und sie entzog sich ihm nicht. Sie hätte es können. Beim Kreisverkehr in Cork hätte sie aus dem Wagen springen oder schreien oder ihm ihre Handtasche über den Kopf ziehen können. Aber dazu bestand ja keine Veranlassung. Gary war kein Vergewaltiger. Er hatte noch nie eine Situation ausgenützt. Und außerdem liebte er sie. Er sagte, neben ihr sei jede andere Frau eine graue Maus. Und vielleicht liebte sie ihn ja auch. Vielleicht war Gary ja der, auf den sie gewartet hatte, und hier war die Chance, es herauszufinden. In diesem Augenblick hatte Emily das Gefühl, daß es so war. Das Bier, das sie zum Essen getrunken hatte, stimmte sie milde. Sein waidwunder Blick rührte an ihre mütterlichen Instinkte. Na gut, antwortete ihr Knie seiner Hand. Ich werde es tun und in Gottes Namen hinter mich bringen!

Zwanzig Minuten später rief Emily von einer Telefonkabine im Chambers-Hotel ihre Tante an, während Gary die Formalitäten erledigte. Sie erzählte ihrer Tante, der Wagen sei kaputt, und sie übernachte bei einer Freundin in Portsmouth. Sie werde morgen früh da sein.

Sie legte auf und ging wieder in die Halle zurück. Es sei alles geregelt, und er habe schon etwas zu trinken aufs Zimmer bestellt, sagte Gary, als sie dem Hotelpagen zum Aufzug folgten.

Wußte der Page, daß sie nicht verheiratet waren? Sah sie aus wie eine Hure?

Der Hotelpage war wieder gegangen, und Gary erklärte, nachdem er kurz im Bad verschwunden war, er habe seine Aktentasche im Wagen gelassen und sei gleich wieder da. Sie ging selbst auf die Toilette und musterte dann, als sie wieder draußen war, das Interieur. Das Zimmer war klein, mit blau-weiß gestreifter Tapete, einem grünen Teppich mit goldenen Troddeln, einer Bibel auf der Spiegelkommode und einem Münz-Massagegerät neben dem Bett. Sie trat ans Fenster und sah über die Bucht hinüber zu den funkelnden Lichtern von Norfolk, die den Himmel erhellten. Ein runder Mond goß sein Licht über das Wasser. Zur Linken war ein Pier, umlagert von Booten, und in der Ferne glitt ein riesiges Schiff lautlos vorüber. Himmlisch, aber sie fühlte sich gar nicht himmlisch. Ich muß den Verstand verloren haben, daß ich hierher gekommen bin, dachte sie.

Sie stellte das Radio an. Dick Haymes sang von Laura, und sie stellte es rasch wieder aus. Kein Bedarf an Stimmungsmusik. Sie hörte, wie Gary die Tür öffnete. Er kam mit zwei Flaschen Sekt herein. Er sagte, er habe sie dem Pagen abgenommen, um dem armen Kerl den Weg zu ersparen. Er stellte seine Aktenmappe ab und kam mit zwei Gläsern zu ihr herüber, wobei er unterwegs noch die Leselampe herunterdrehte und das Deckenlicht ausschaltete. Sie sahen eine Weile zu, wie draußen der Mond übers Wasser wanderte. Sie rauchten und tranken, und Emily fing an, von Alger Hiss zu reden, über den sie einen Artikel im *Time Magazine* gelesen hatte, Garys bevorzugter Informationsquelle, die sie sich immer zu studieren bemühte, ehe sie ihn traf. Es machte sie zunehmend nervös, hier in diesem Zimmer zu sein, und so mußte sie trinken und darauflosreden, als könne Alger Hiss sie dem Bett fernhalten.

Doch plötzlich stand Gary auf. Er beugte sich über sie und legte seine Stirn auf ihre. »Du liebe Güte«, sagte er scherzhaft, »was sind wir heute abend für eine kleine Plaudertasche.« Ehe sie reagieren konnte, hatte er sie auf die Füße gezogen. Er preßte sein Becken gegen ihres und drängte sie rückwärts zum Bett.

»Nein, bitte nicht«, sagte sie schwach, als sie die Kante spürte. »Ich will nicht.« Er war jetzt dabei, sie leidenschaftlich zu küssen und ihr den Pullover hochzustreifen. »Nein«, protestierte sie wieder. »Ich bin müde.« Aber dann gab sie nach, weil der Alkohol nachhalf und sie ihn nicht verärgern wollte, und sie hob, fügsam wie ein Kind, die Arme über den Kopf.

»So ist's gut«, murmelte er leise, während er ihr den Pullover auszog und ihren Büstenhalter öffnete. »So eine Pracht!« Er drückte sie aufs Bett und ließ seine Finger über ihre Brustwarzen spielen. »Ich könnte sie auffressen.« Er kniete sich hin und ließ seinen Mund hin und her wandern, und ihr Körper sagte nein, ja, vielleicht. Großer Gott! Ob ihre Großmutter sie vom Himmel aus sehen konnte? Sie schob seinen Kopf weg und rutschte in die Mitte des Betts. Er sagte, es gefalle ihm, wenn es ihm ein Mädchen schwermache, rückte nach und versuchte, ihr die restlichen Kleider auszuziehen. »Ich will dich nur an meinem Körper spüren«, redete er ihr zu, als sie sich wieder sträubte.

»Und du tust nichts, was ich nicht will?«

»Nein. Ich hab's dir doch gesagt.«
»Versprichst du's?«
»Ja. Was willst du noch? Einen schriftlichen Vertrag?«
»Ich will nur nicht bis zum Letzten gehen.«
»Gut«, sagte er, ein bißchen unwillig. Sie saß da und fühlte sich ungefähr so sexy wie ein Spüllappen, widersetzte sich aber nicht mehr. Er erklärte: »Ich bin gleich wieder da.« Er stand auf, und sie schlüpfte unter die Decke. Sie hörte seine Manschettenknöpfe auf der Glasplatte klirren. Sie sah schemenhaft, wie er Hemd und Strickweste ablegte, aus der Hose stieg und diese sorgfältig über die Stuhllehne legte. Sie hörte ihn mit irgend etwas herumknistern und sah weg, während sie sich mit der Frage beschäftigte, was sie mit ihrem Unterrock, ihren Strümpfen und ihrem Slip machen sollte. Vielleicht würden sie ja nur daliegen und sich in den Armen halten, wie er gesagt hatte. Dann war er wieder da und unter der Decke, geballte Nacktheit, die sich gegen sie preßte. Er fing an, sie auszuziehen. Sie sagte noch einmal, daß sie nicht mit ihm schlafen wolle, und ließ ihn machen. Er war ganz geschäftige, wortlose Konzentration, ganz Hände, die über ihre weiße Haut glitten, und sie dachte, er hat es versprochen, war sich aber nicht sicher, ob sie ihm trauen konnte, und bemühte sich, jene Mischung aus Macht und Ohnmacht zu fühlen, die das widersprüchliche Wesen des Sex ausmacht.
Er saugte wieder an ihren Brüsten, und sie reagierte. Oh, mach weiter, weiter; wer sollte es schon erfahren? Sie vergaß alle Sorgen um irgendwelche Gummis oder Gefühle nach dem Orgasmus und merkte, wie sie sich dem lustvollen Gefühl in ihren Brüsten überließ, und sagte sich, ach, ich komme, er kommt, wir kommen gemeinsam und fertig, und dann können wir schlafen und morgen früh rein und vollkommen wieder aufstehen und Cornflakes aus sauberen Schälchen essen und im gesunden Tageslicht spazierengehen und zusehen, wie der Wind die Möwen seewärts trägt, und diese Angst wird vorbei sein, und ich werde mich nicht mehr billig und schmutzig fühlen!

Das Hier und Jetzt! Seine Hände waren zwischen ihren Beinen, seine Finger versuchten, in sie einzudringen. Das wollte sie nicht. Sie preßte mit aller Kraft die Beine zusammen. Er sagte: »Ist ja gut.« Er wiederholte es, diesmal schroffer. »Ich hab's dir doch gesagt, verflixt noch mal. Ich hab ja was an. Hier!« Er führte ihre Hand an seinen Penis, und sie fühlte die dünne Gummihaut.
»Aber wenn er reißt?«
»Tut er nicht.«
»Aber es kann doch passieren.«
»Quatsch. Nicht, wenn man weiß, was man tut. Ganz lockerlassen!« Sie tat es, so gut sie konnte, und es gelang ihm, zwei Finger in sie hineinzuschieben. »Du bist ja knochentrocken!« Er zog seine Finger wieder heraus, befeuchtete sie mit Spucke und führte sie wieder ein, wobei er ihr weiter zuredete: »Ganz locker. Du wirst sehen, es fühlt sich toll an.«
»Ich will nicht.« Sie war den Tränen nahe.
»Was soll das heißen? Was ist denn mit dir kaputt?«
»Gar nichts.« War etwas mit ihr kaputt? Nein, es ging ums Prinzip. »Du hast versprochen, du machst nur, was ich will.«
»Verdammt, ich hab's dir doch gesagt. Ich habe einen Gummi an.«
»Aber du hast gesagt ...«
»Einen Scheiß hab' ich gesagt!«
»Doch, Gary! Du hast gesagt, wenn es ...«
»Schon gut! Schon gut! Du brauchst mir keinen gottverdammten Vortrag zu halten!« Er zog seine Finger aus ihr heraus und begann noch einmal, sie zu streicheln, ihre Achselhöhlen zu küssen, ihre Brüste zu liebkosen, um dann einen neuen Vorstoß zu unternehmen, diesmal jedoch nicht, ohne vorher seine Finger zu befeuchten. »Du bist wirklich noch Jungfrau, was?« rief er aus, als er wieder in ihr war. Das schien ihn zu erregen. Er legte sich auf sie, drückte ihre Beine mit seinen auseinander und stützte sich soweit hoch, daß er sie mit seinen Fingern öffnen konnte. Sein Penis war gerade in ihren äußersten Eingang vorgedrungen, als sie sich

plötzlich, wie aus einer Ohnmacht erwacht, mit einer gewaltigen Kraftanstrengung aufrichtete, und er wieder aus ihr herausrutschte. »Verdammtes ...« Er kniete jetzt über ihr und riß sich wütend den Gummi herunter. Er packte ihre Hände, legte sie außen an ihre Brüste und drückte sie zusammen. »Mach so!« knurrte er. »Wenigstens *das*! Ich stecke meinen Schwanz dazwischen, und du drückst. Kapiert? Feste drücken!« Und er zwängte sich in den Spalt wie eine Wurst zwischen zwei Brötchenhälften, und begann, aus Leibeskräften zu pumpen, bis die Bewegung einen eigenen Rhythmus annahm. Sie lag mit offenen Augen da und preßte, so fest sie konnte, bis sein Sperma auf ihre Haut spritzte und er von ihr herunterrollte. Sie lagen jetzt nebeneinander, ohne sich zu berühren. War es das? Kurz darauf begann er zu schnarchen.

Sie stand auf, nahm ihre Unterwäsche und schlich zur Toilette. Sie schloß ab, drehte das Wasser nur ganz leicht auf, um ihn nicht zu wecken, und wusch sich gründlich, die Brüste und zwischen den Beinen, darauf bedacht, nur ja alles Sperma wegzuschrubben, obwohl sie wußte, daß er nicht in sie eingedrungen war. Aber sie hatte solche Angst, schwanger zu werden, und so wenig Ahnung von den körperlichen Vorgängen, daß sie am liebsten ihre Scheide herausgenommen und zum Ablaufen hingestellt hätte, um sicherzugehen, daß sich kein Quentchen Flüssigkeit darin versteckte. Als es ihr genug schien, trocknete sie sich ab. Sie zog Slip, Büstenhalter und Unterrock an, wickelte sich in ein großes Badetuch und legte sich wieder ins Bett. Ehe der Sekt sie ins Dunkel des Vergessens sinken ließ, dachte sie diffus, daß sie Gary morgen bei ihrer Tante zum Essen einladen und ihm Gulasch kochen könnte.

Sie erwachte vom Rauschen der Dusche. Sie lag allein im Bett. Neun Uhr, sagte der Radio-Wecker. Kurz darauf ging die Badtür auf, und Gary schlich lautlos über den Teppich. Sie öffnete die Augen einen kleinen Spalt und sah ihn beim Schreibtisch seine Hose anziehen. Sie schloß die Augen wieder und hörte Papierge-

raschel, leises Hin und Her, Fußbodengeknarre. Sollte sie etwas sagen? Dann, nach Stunden, wie ihr schien, das unverwechselbare Klicken der Tür. Das ließ sie hochfahren. Sie sah sich um. Seine Aktenmappe und seine Reisetasche waren weg. Sie stand auf und eilte, ihr Handtuch raffend, zur Tür, in dem verzweifelten Drang, ihm nachzulaufen. Aber als sie hinauslugte, war der Gang leer. Sie schloß die Tür und blieb bestürzt und verunsichert stehen. Vielleicht war er ja nur einen Kaffee trinken gegangen. Sollte sie sich anziehen und warten?
Ach, mach dir nichts vor, beantwortete sie sich ihre Frage selbst. Wenn er wiederzukommen gedachte, warum hätte er dann seine Sachen mitnehmen sollen? Zur Hölle mit ihm. Sie irrte im Zimmer herum, auf der Suche nach einem Brief. Fand aber keinen. Ging ans Fenster und starrte hinaus in den klaren Tag: Boote und Möwen, die sie verfolgten wie etwas Freßbares; drunten ein paar Hotelbedienstete, die Stühle um den Pool aufstellten. Sie sah ihnen zu, ohne wirklich hinzusehen, bis sie merkte, daß ihr der Kopf wehtat. Also kramte sie in ihrer Handtasche nach einigen Aspirin. Sie setzte sich wieder und fragte sich erstmals, was sie Tante Francie erzählen sollte. Ach, sie würde sagen, sie hätten sich gestritten, oder es sei irgend etwas passiert und er habe dringend weggemußt, und sie habe ein Taxi genommen. Sie nahm eine Zigarette heraus, fand aber kein Feuer und entdeckte schließlich im Abfallkorb ein Streichholzbriefchen, das sie herausfischte. Es trug die Anschrift »Sheraton Hotel, Washington D. C.«, und auf der Klappe war ein orangeroter Lippenstiftabdruck. Von ihr war er nicht. Sie benutzte kein Orange, er mußte von einer anderen Frau stammen. Das paßt! dachte sie angewidert. Ihr die große Liebe vorzuheucheln, ihr zu sagen, daß neben ihr jede andere Frau eine graue Maus sei, und sie dann unter Vorspiegelung falscher Tatsachen hierher zu locken. So ein Schweinehund! Kein Wunder, daß sie im Bett so verkrampft gewesen war. Sie hatte wohl instinktiv gespürt, wer er in Wirklichkeit war. In diesem Moment fiel ihr Blick noch auf etwas anderes, ihr Foto. Sie klaubte es aus dem Müll und zerriß es in kleine Fetzen,

zerriß ihren Schmerz und ihre Verletztheit und ging unter die Dusche, entschlossen, sich nichts anmerken zu lassen. Sie konnte ja sagen, Gary sei plötzlich an die Front beordert worden. Wer sollte schon dahinterkommen? Sie hatte ja immer noch seine Leutnantsstreifen. Und es gab schließlich kein Gesetz, das ihr verbot, sie zu tragen und den Leuten zu erzählen, er sei nach Korea geschickt worden.

Nach der Dusche zog sie sich an, packte ihre Sachen ein und ging hinaus zum Aufzug. Während sie wartete, wich ihr Ärger plötzlich der nagenden Erkenntnis, daß sie sitzengelassen worden war. Aber gleich darauf verwandelte sich dieses Gefühl in Wut, und sie tröstete sich damit, daß es gut war, es jetzt herausgefunden zu haben.

Der Aufzug kam nicht, also nahm sie die Treppe. Als sie Sekunden später unten in der geschäftigen Hotelhalle stand, zwischen lauter Leuten, die alle zu zweit waren und den Tag genossen, fühlte sie sich so verlassen wie nie zuvor in ihrem Leben, und es war ihr peinlich, an einem strahlenden Samstagmorgen allein hier in diesem fremden Hotel zu stehen. Sie fragte sich aberwitzigerweise, ob Gary womöglich jemandem etwas erzählt hatte. Sie überlegte kurz, ob sie noch frühstücken sollte, beschloß dann aber, sofort zu gehen. Sie bat den Hotelburschen, ihr ein Taxi zu rufen. Er deutete auf den Ausgang. Draußen trat ein Portier an sie heran. »Taxi, Miss?«

Sie nickte, und sein schriller Pfiff zauberte fast augenblicklich eins herbei. Sie stieg ein und sagte dem Fahrer: nach Newport News. Und als Old Needle Point hinter ihr verschwand, kam ihr erst richtig zu Bewußtsein, in welch mißliche Lage sie hätte geraten können. Gott sei Dank hatte sie Geld dabei. Aber wenn sie nun keins gehabt hätte? Dann hätte sie hier festgesessen und noch nicht einmal ihre Tante anrufen können. Bei diesen Gedanken überkam sie Selbstmitleid. Sie fing gerade wieder an, zornig zu werden, als der Fahrer sich zu ihr umdrehte und sagte: »Schöner Tag heute, was?«

»Ja. Ja, sehr schön«, antwortete sie, nur um etwas zu sagen.
»Fast so schön wie Sie«, setzte er galant hinzu.
Na, wenn das keine Aufmunterung war. Sie holte einen Spiegel aus ihrer Handtasche und betrachtete sich: ansehnliche Haut, schöne Augen, volle rosa Lippen. Der Fahrer hatte ja wohl keine Veranlassung, ihr etwas vorzulügen. Sie wurde wieder munterer. Warum auch nicht? Sie hatte Freunde, sie war im Begriff, sich einen Sommerjob am Meer zu organisieren. Und außerdem war Gary schließlich nicht der einzige Mann auf der Welt. Ganz und gar nicht, versicherte sie sich, als sie gegen eine neue Angstwelle ankämpfen mußte. Ach, Schwamm drüber! Er war eine Ratte! Und besser, sie merkte das jetzt, als später. Sie sah hinaus auf die sanften Hügel Virginias, während der Fahrer das Radio anstellte und die warme, seewindgeschwängerte Luft ihre Lebensgeister wieder weckte. Ihre Leutnantsstreifen funkelten in der Morgensonne wie Schlittschuhkufen.

Zwei Tage später wurden sie und ihre Freundinnen von einem der beliebtesten Restaurants von Myrtle Beach für den Sommer als Serviererinnen angenommen. Sie kehrte ans Belle Adams zurück, und Emily beendete ihr Freshman-Jahr, meldete sich für September wieder für das Schwimm-Team und die College-Zeitschrift und freute sich, daß ihrem Gesuch um ein Einzelzimmer stattgegeben worden war. Es lief alles bestens. Allein das Wissen, daß sie im nächsten Jahr ihr eigenes Reich haben würde, gab ihr ein neues Gefühl der Unabhängigkeit und förderte ihren Studieneifer beträchtlich. Und außerdem beschloß sie, ihre Wochenendtrips nach Charlottesville wiederaufzunehmen, da Gary ihr Washington vergällt hatte.
Im Juni quartierte sie sich mit vier anderen Mädchen in einer Riesenwohnung an der Küste von South Carolina ein. Emily arbeitete wechselnde Schichten im Seaview Inn. Sie trug enge rote Shorts, ein anliegendes T-Shirt, ein Serviererinnenhäubchen, das aussah wie ein Propeller, und hochhackige Schuhe. Sie brachte

Bestellungen durcheinander und ließ einmal das ganze Tablett fallen, als ein Betrunkener sie in den Hintern kniff. Aber sie hielt durch, ohne gefeuert zu werden. Ihre freien Stunden waren erfüllt von Sonne, lauter Radiomusik, Strand-Picknicks, Tanzen im See-Pavillon, feuchtfröhlichen Gelagen und so viel Gefummel, wie sein mußte, um den Anschluß zu halten, ohne dabei aufs Ganze zu gehen – ein bißchen Spaß auf die gute, alte amerikanische Art mit den Möchtegern-Casanovas, die auf der Suche nach einem sexuellen Dessert den Strand entlangstreiften. Gelegentlich trug sie ihre Leutnantsstreifen, und sie verbreitete weiter die Mär von dem gutaussehenden jungen Offizier, der ganz verrückt nach ihr war. Aber in Wirklichkeit war Gary für sie längst ein alter Hut. Es war einfach zu viel los, um ihm hinterherzutrauern.

Da war unter anderem die Studentenflut, die im Sommer über Myrtle Beach hereinbrach. Die jungen Leute kamen – vor allem von den staatlichen Hochschulen im Süden –, um hier die Hölle loszumachen und sich einen guten Batzen Geld zu verdienen. Sie waren amüsierfreudig, sonnengebräunt, gesund und begeisterte Südstaatler. Und zum ersten Mal seit Nanas Tod spielte Emily mit dem Gedanken, für ihre beiden letzten Studienjahre an ein College irgendwo im Süden zu wechseln. Am meisten reizte sie die Universität von North Carolina in Chapel Hill. Die Studenten, die von der UNC kamen, waren nett, und nach dem, was sie sagten, bot sich dort eine hervorragende Englisch-Fakultät in einem wundervollen Städtchen, wo auch Thomas Wolfe (einer ihrer Lieblingsschriftsteller) studiert hatte. Unterm Strich sprach alles dafür, dort hinzugehen. Aber was war mit New York und Lillian?

Diese Frage wurde beantwortet, als Emily kurz nach dem Labor Day ans Belle Adams zurückkehrte und Lillian, die eben aus Mexiko wiedergekommen war, anrief, um ihr mitzuteilen, daß sie auserkoren worden sei, an einem neuen archäologischen Feldtrip nach Mexiko teilzunehmen, der im Sommer beginnen und über ein Jahr dauern sollte. »Begreifst du, was das heißt?« schrie Lillian förmlich ins Telefon. »Das heißt einfach alles! Verstehst du? Es gibt nicht viele Frauen in diesem Fachbereich, und ich bin die erste, also, ich meine, die erste Studentin, die das geschafft hat! Ich hab' mich durchgekämpft! Sie haben gesagt, sie hätten nie gedacht, daß sie den Tag erleben würden, an dem ein Mädchen daran teilnimmt. Ist das nicht irre? Es ist, als ob alles genauso liefe, wie ich es mir gewünscht habe. Wir sind zu zweit, ich und noch eine ältere Frau, aber die macht das schon seit Jahren. Sie hat mir dazu verholfen, wegen eines Referats, das ich gehalten habe. Sie war mit dem Leiter der archäologischen Abteilung verheiratet, der inzwischen tot ist, und sie hat ziemlichen Einfluß, und außerdem hat sich noch ein anderer Prof für mich eingesetzt. Und jetzt fahre ich! Ich muß! Das verstehst du doch, oder? Auch wenn es bedeutet, daß ich nicht hier bin, wenn du nach New York kommst.« Sie hielt inne, als höre sie das selbst zum ersten Mal. »Aber ich kann uns vorher noch eine Wohnung besorgen, in der Nähe der Columbia-Universität, falls du da hinwillst. Und wenn ich wieder da bin, ziehe ich zu dir.«

Lillians Erfolge waren wirklich beeindruckend, und Emily sagte es ihr, insgeheim erleichtert, weil diese Wendung der Dinge ihren eigenen Wünschen entgegenkam. Für sie war klar, daß sie an die UNC wollte, und sie sagte Lillian, sie würde für ihren Magister an die Columbia-Universität überwechseln, wenn sie ihr Examen an der UNC gemacht hätte, im gleichen Semester, in dem Lillian ihr Promotionsstudium am GAI beginnen würde.

»So ist es sogar noch besser«, meinte Lillian. »Wenn du dann kommst, bin ich fest hier in New York, weil ich meine Seminare machen muß. Es lohnt sich also, so lange zu warten.«

Am nächsten Tag bewarb sich Emily an der UNC. Sie schrieb es ihrem Vater, der natürlich erfreut war und es ihr auch eine Woche später am Telefon sagte. Aber es gab noch einen Grund für seinen Anruf. »Emily«, sagte er, »deine Schwester und Sam werden am Samstag nach Thanksgiving heiraten, und ich erwarte, daß du kommst.«

»O Gott! Dad«, flehte sie, »Sheila will mich doch bei ihrer Hochzeit gar nicht dabeihaben.«
»Das spielt keine Rolle. *Ich* will, daß du da bist. Es würde sonst sehr merkwürdig aussehen. Ich wüßte gar nicht, was ich Francine sagen sollte.«
»Aber... muß ich dann Brautjungfer spielen?« fragte sie entsetzt.
»Nein, nein, natürlich nicht. Das machen ein paar Studien-Freundinnen von ihr. Du brauchst weiter nichts zu tun, als da zu sein und hübsch auszusehen. Deine Tante und ich wohnen bei Sams Eltern, aber ich kann dir ein Hotelzimmer besorgen. Und glaub mir, es ist keine große Sache. Nur Familie und ein paar Freunde, das ist alles.«
Alle weiteren Proteste stießen auf taube Ohren. Es komme ja wahrhaftig nicht oft vor, wies Charles seine Tochter zurecht, daß er etwas von ihr verlange. Aber in diesem Fall bestehe er darauf. Und wenn sie nicht käme, könne sie von ihm keine weitere Unterstützung mehr erwarten. »Die Form ist alles«, resümierte er noch einmal seine erz-südstaatlerische Grundeinstellung. »Und Blut ist dicker als Wasser. Das werde ich noch bis ans Grab verkünden. Dein Erscheinen, wenn deine Schwester einmal im Leben heiratet, ist ein Schritt in die richtige Richtung.«
Sie wagte einen Vorstoß. »Wenn Lillian Zeit hat, kann sie dann mitkommen, Dad?«
»Lillian Jackson?«
»Ja. Bitte, Dad. Das würde mir so viel bedeuten. Es würde alles so viel leichter machen.«
Das war offenbar auch sein Gedanke. Nach kurzem Überlegen sagte er ja. Sie müsse ihm nur Bescheid geben, wegen der Zimmerreservierung. Und sie solle auch an ein Hochzeitsgeschenk denken, ermahnte er sie, ehe er das Gespräch beendete.

... Ich überredete Lillian dazu, zu kommen, obwohl sie nur eine Nacht bleiben konnte. Und so trafen wir uns an einem kristallklaren Novembersamstag am Flughafen von Fargo. Es war schön, sie zu sehen. Ich trug eine Mickymaus-Kappe mit Filzohren, die den Grundton für unser Wiedersehen vorgab. Rückblickend erstaunt es mich, daß ich damals nicht auspackte, nachdem mich Sheilas Verhalten so getroffen hatte.

Ich weiß noch, wie ich in der Schlange stand, um ihr zu gratulieren, nicht nur zur Hochzeit, sondern auch, weil Sam eine aussichtsreiche Stelle bekommen hatte, in einem Anwaltsbüro in Washington, wo sie jetzt hinziehen würden. Ich freute mich für sie, auch wenn ich innerlich ein Nervenbündel war. Doch als ich an der Reihe war, blieb sie so kühl und glatt und steif wie eine Salatgurke, bis ich nach ihrer Hand greifen wollte – da zuckte sie sichtlich zurück. Lillian stand direkt hinter mir und mußte es mitbekommen haben. Aber sie ließ kein Wort darüber fallen.

Wieder im Hotel, fühlte ich mich wie ein fauliger Apfel. Dieses Gefühl hatte Sheila seit der Sache mit Mattie jedesmal in mir ausgelöst. Und da hockten wir, Lillian und ich, und redeten bis in die frühen Morgenstunden über dieses und jenes und unsere heiligsten Ambitionen – wie man eben redet, wenn man ein wenig zu viel getrunken hat oder dabei ist, es zu tun, und das Leben ein Schmetterling ist und man selbst die Blume, aus der er Nektar saugt (oder war es umgekehrt?). Im tiefsten Inneren lechzte ich danach, mir meinen Kummer von der Seele zu reden, vor allem, als Lillian mich fragte, was denn los sei. Da saßen wir, einander in vielen fundamentalen Dingen so ähnlich, nur mit dem Unterschied, daß sie mutig war und ich ein Hasenfuß. Ich weiß noch, wie sie irgendwann meinte, ich müsse nur immer »Kurs halten«. So redete sie, wenn sie einen sitzen hatte. Dann pflegte sie zu sagen: »Stollie, bleib bei deinen Träumen!« Betrunken oder nüchtern: es ging die ganze Zeit Stollie dies, Stollie das. Ach ja, wenn Stollie doch nur eine Kristallkugel gehabt hätte!

Der Morgen kam und zog die Sterne aus ihren Steckdosen. In ein paar Stunden mußten wir wieder in getrennte Flugzeuge steigen. Ich erinnere mich, wie sie beim Abschied meinte, so würde es

wohl zwischen uns immer bleiben – daß wir auseinandergingen und wieder zusammenkamen und die Verbindung nie abbrach. Diese Weihnachten verbrachte ich damit, mir anzuhören, wie Tante Francie von dem Sommerhaus auf Hawaii redete, das zu kaufen sie erwog, weil sie dort Freunde hatte.
Anfang Januar kam der Bescheid, daß ich an der UNC angenommen war. Und dann begann schon allmählich die Schlußetappe meines Sophomore-Jahres …

Zwei junge Frauen, verschieden wie Tag und Nacht, sollten von unterschiedlichen Punkten des Globus aus während dieses letzten Belle Adams-Semesters entscheidenden Einfluß auf Emilys Leben ausüben. Die eine war Claire Tremble.
Claire Tremble, eine ihrer ehemaligen Zimmergenossinnen, war ein Mädchen, mit dem Emily nie richtig warm geworden war. Die drei Gründe lagen darin, daß Claire nicht trank und nicht rauchte und eher unscheinbar war – zu breit um die Hüften, mit spillerigem blonden Haar, durch das man die Kopfhaut sah, wenn der Wind wehte, und einer Lücke zwischen den Schneidezähnen. Aber sie hatte ein großes Herz und war ein Mathe-As und hatte Emily geholfen, die Trigonometrie hinter sich zu bringen. Aus Dankbarkeit hatte Emily sich im letzten Jahr alle Mühe gegeben, nett zu ihr zu sein, und sogar ein paarmal versucht, sie mit irgendwelchen jungen Männern zu verkuppeln, was jedoch nie geklappt hatte. Claires Vater, ein General, war dieses Jahr nach Frankreich versetzt worden und hatte seine Familie mitgenommen. Damit war für Emily das Kapitel Claire erledigt – bis zum Februar, als sie zu ihrem Erstaunen eine Einladung für den Sommer in das Ferienhaus der Trembles in Cannes erhielt. Außer ihr sollten noch zwei höhere Töchter kommen, die Emily aber nicht näher kannte.
Allein schon die Vorstellung war berauschend. Frankreich war für Emily das Land der Rebellion. Dort saßen die Exilanten in schwarzen Rollkragenpullovern in den Cafés, um über Gott und

die Welt zu diskutieren. Sie waren allesamt Dichter oder Bohémiens, und sie schliefen nie. Sie trugen dunkle Brillen und sprachen fließend Französisch und waren immer angenehm beschwipst. Sie konnte sich gut vorstellen, zu dieser Szene zu gehören. Vielleicht hatte sie ja, wenn sie nach Frankreich fuhr, Gelegenheit zu einem kleinen Abstecher nach Paris. Auf jeden Fall aber würde sie sagen können, sie sei in Frankreich gewesen, und wenn jemand sie fragen würde, was sie im Sommer gemacht hätte, könnte sie ganz beiläufig bemerken: »Ach, ich war *in Europa*!« Schon bei dem Gedanken überkam sie eine wohlige Gänsehaut. Außerdem wollte sie weder in Myrtle Beach Serviererin spielen noch einen ganzen Monat bei Tante Francie auf Hawaii zubringen. Also beschloß sie, sich die Möglichkeit offenzuhalten und Claire zu fragen, ob sie ihr auch noch in ein paar Monaten Bescheid geben könne. Claire schrieb zurück, das sei gar kein Problem und sie hoffe sehr, daß Emily kommen könne.

Die zweite wichtige Person war eine rothaarige junge Frau, die in diesem Jahr von der Universität von Maryland gekommen und wie eine Feuerwerksrakete auf der Campus-Szene detoniert war. Grünäugig und lockenmähnig, war Gretchen Stryker kaum zu übersehen. Mit ihren langen Beinen, dem üppigen Busen und den sinnlichen Hüften malte sie eine perfekte Acht in die Landschaft, und ihre Haut war wie Kaffeesahne. Sie fuhr ein rotbraunes Kabrio, dessen Verdeck auch bei Kälte geöffnet blieb, und brüstete sich damit, ihre Eltern hätten sie in ein Mädchen-College gesteckt, um sie zu zähmen. Da Gretchen als Schwerpunkt Naturwissenschaften studierte und auf einem anderen Stockwerk wohnte, lernte Emily sie nicht näher kennen, bis die Schwimm-Trainerin sie im Februar zu Mannschaftsführerinnen zweier konkurrierender Teams ernannte. Der Spaß, den sie beim Schwimmen hatten, führte nach und nach zu anderen gemeinsamen Unternehmungen, und schon bald pflegten sie mit derselben Clique Charlottesville unsicher zu machen oder in Washington in eine heiße Jazz-Kneipe einzufallen, die ›The Red Tongue‹ hieß und den besten Dixieland diesseits von New Orleans spielte. Was sie verband, war der Drang, Grenzen auszutesten. Emily war fasziniert von Gretchens Ungehemmtheit. Und Gretchen fand Emily brillant und profund und sagte es ihr mit eben diesen Worten. Und für ein so ausgehungertes Ego wie ihrs waren solche Worte natürlich ein Festessen. Im April fragte Jill Rogers von Emilys Flur, die mit einem Marine-Offiziersanwärter liiert war, Emily und Gretchen, ob sie mit ihr und ihrem Freund und zwei anderen Kadetten ausgehen würden. Sie sagten zu. Doch als sie sich dann alle sechs an einem Samstagnachmittag im ›Red Tongue‹ einfanden, merkten Emily und Gretchen auf den ersten Blick, daß sie einen Riesenfehler gemacht hatten. Bob, der für Emily ausersehen war, hatte schreckliche Akne-Pickel. Gretchens Kavalier sah ganz passabel aus, war aber fürchterlich gehemmt und stotterte, sobald er den Mund aufmachte. Bei der ersten Gelegenheit trafen sich Emily und Gretchen auf der Damentoilette und hätten sich am liebsten durch den Hinterausgang verdrückt. Aber das wäre Jill gegenüber nicht fair gewesen, also standen sie es durch. Gegen Mitternacht übersiedelten sie alle ins Quartier der Offiziersanwärter. Nach einer Weile ging das Bier aus, und die Männer beschlossen, Nachschub zu holen. In diesem Augenblick entdeckte Jill, daß sie keine »Ihr-Mädels-wißt-schon-was« mehr hatte (nie hätte sie in der Gesellschaft von Männern das Wort Binden in den Mund genommen), weshalb sie mitfahren und eine Nachtdienst-Apotheke aufsuchen wollte. Gretchen und Emily sollten auch mitkommen, schützten aber Müdigkeit und volle Bäuche vor, weil sie froh waren, ihre Begleiter loszuwerden. Als sie gingen, schnulzte im Radio gerade Ol' Blue Eyes mit seiner Champagner-Stimme. Und als die Tür zuklappte, zog Gretchen, leicht angeschwipst, die ebenfalls nicht mehr ganz nüchterne Emily an sich, und sie begannen, Wange an Wange durchs Zimmer zu tanzen. Emily erschrak zuerst, entspannte sich dann aber. Im Wohnheim war es gang und gäbe, daß Mädchen miteinander tanzten.

Aber das hier war nicht das Wohnheim; es war ein Hotelzimmer.

Das hier war kein wildes Geziehe und Gehüpfe vor johlendem Publikum; es war ein Slow, mitten in der Großstadt. Und das hier war kein kasperndes Geschöpf mit albernem Grinsen; es war Sexy-Gretchen: Gretchens Brüste schlossen Bekanntschaft mit Emilys, Gretchens roter, voller, geöffneter, bereitwilliger Mund atmete in ihr Ohr, Gretchens Parfüm stieg ihr in die Nase. Und als all das in eins verschmolz, öffnete ein Schwarm Schmetterlinge in Emilys Bauch die Flügel, schwebten und flatterten und tanzten die Falter, während ein Song in den nächsten überging, bis sie schließlich in dem Hotelzimmer standen, die Augen geschlossen, die Arme ineinander verschlungen, und sich wiegten wie Blumen im leichten Sommerwind, ehe Stimmen vor der Tür sie auseinanderfahren ließen.

Der Abend ging weiter wie immer, aber von da an schwang zwischen ihnen eine neue Energie. Ihre Begegnungen auf dem Campus schienen mit einer ganz neuen Intensität geladen. Wenn sich ihre Körper beim Schwimmen streiften, kamen die Schmetterlinge wieder, und ein paarmal, wenn Gretchen sie im Zuge irgendwelcher Albereien im Wohnheim aufforderte, ihr bei einer akrobatischen Übung als Partnerin zu dienen, und wenn sie dann auf ihren Händen schwebte, die Beine in der Luft, fühlte Emily etwas, das zu benennen sie sich weigerte. Aber jeden Vergleich mit Mattie wehrte sie ab.

Ende April lud Gretchen sie für den Sommer zu sich nach Cleveland ein. Emily sagte ohne Zögern zu, in der Annahme, daß Charles es erlauben würde. Noch am selben Tag schrieb sie Claire, sie könne leider nicht nach Cannes kommen.

Am Freitag derselben Woche hörten sie, auf Gretchens Bett liegend, Platten. Es war etwa zehn Uhr abends. Gretchens Zimmergenossin war übers Wochenende weg, und eben lief die Filmmusik von *Ein Platz an der Sonne*. In einer der spannenderen Szenen dieses Films sagt Elizabeth Taylor zu dem betörten Montgomery Clift: »Komm zu Mama«, und der Kuß, der darauf folgt, gleicht einem Erdbeben. Und auf einmal tat jetzt Gretchen genau das gleiche wie Elizabeth Taylor. Sie beugte sich, auf den einen Ellbogen gestützt, zu Emily hin und flüsterte kehlig: »Komm zu Mama«, und ließ ihre Worte in einen innigen, feuchten Kuß münden – einen Kuß wie Treibsand, der Emily aufsog und verschlang, von den Zehenspitzen über die Knöchel über die Knie bis zur Taille, während sie dagegen ankämpfte, und als der Kuß sie schon bis zur Nase verschluckt hatte, da packte sie plötzlich (als hätte sie kapiert, daß sie im Begriff war zu versinken) das Seil, das ihr die Angst doch noch zuwarf, und ein Ruck, und sie hatte sich befreit. Sie stand jetzt zitternd neben dem Bett. Worte formten sich, zerplatzten dann aber auf ihren Lippen wie Luftblasen. Sie stürzte hinaus auf den Gang und die Treppe hinunter, zwei Stufen auf einmal, bis sie in ihrem Zimmer war, wo sie die Tür verriegelte und sich dann von innen dagegen lehnte, kurz vor dem Zusammenbrechen. Dann lief sie an ihr Waschbecken, um sich den Mund auszuspülen, und sie spuckte das Wasser mit solchem Ingrimm aus, als wollte sie den Kuß für immer von sich speien: ihre Seele glich einem verkohlten Blatt. Nach ein paar Minuten hörte sie Gretchen an der Tür rütteln. Empört rannte sie hin. »Geh weg«, fauchte sie wütend. »Laß mich in Ruhe!«

»Laß mich rein, Emily!«

»Nein, verdammt! Halt den Mund, bevor dich noch jemand hört!«

»Mir egal. Laß mich rein.«

»Ich warne dich, Gretchen. Ich schreie, wenn du nicht abhaust. Ich schwöre dir, ich brülle das ganze verdammte Haus zusammen, wenn du nicht verschwindest. Das ist mein Ernst!«

Stille. Dann Gretchens verklingende Schritte. Emily lag auf ihrem Bett, von Fragen gequält: Wie hatte das passieren können? Warum hatte sie zugelassen, daß Gretchen sie küßte?

Weil *du* es wolltest, stichelte eine Stimme. Sie haßte diese Stimme. Sie hätte sie am liebsten herausgezerrt und erwürgt. Sie kämpfte und argumentierte gegen sie an und schob alles auf Gretchen. Und wenn, sagte eine andere Stimme in ihrem Inneren. Mach dir doch nichts vor. Und auf einmal lag es schmerzlich klar vor ihr: schon seit jenem Tanz im Hotelzimmer hatten sich diese Gefühle aufgestaut. Und damit hatte sie, trotz aller Arbeit, Anstrengung und Mühe und aller Distanzierungsversuche, die Vergangenheit eingeholt: da war er wieder, dieser gräßliche Fluch, der sie verfolgte. Sie lag in ihrem Zimmer und dachte an Werwölfe und abnorme Halsdrüsen und all die Worte, die Sheila ihr an den Kopf geworfen hatte. So war es also, und so würde es sein: sie würde es niemals überwinden können. Sie würde nie heiraten und Kinder haben und so sein wie alle anderen Menschen auf der Welt!

Da blinkte plötzlich etwas in ihrem Kopf auf, und sie fuhr hoch. Geschlechtsverkehr, dachte sie. Ich muß mit einem Mann schlafen. Das war es. Das war das einzige, was ihr blieb: sich einen Mann zu suchen, und es zu tun, irgendwo weit weg, wo es niemand mitkriegen würde, falls es so lief wie mit Gary. Es einfach tun. Beweisen, daß sie normal war, weil Lesbierinnen ja bekanntlich keinen normalen Geschlechtsverkehr haben konnten. Sie würde Claire anrufen und ihr sagen, sie hätte es sich anders überlegt; und vor ihrer Rückkehr würde sie sich in Paris, der Stadt der Liebe, irgendeinen fremden Mann suchen und es tun: ficken.

Am nächsten Morgen rief sie Charles an, und er willigte ein, vorausgesetzt, die Trembles schickten ihm einen kurzen Bestätigungsbrief.

Kein Problem, meinte Claire überschwenglich, als Emily sie am Abend schließlich erreichte. »Gerade habe ich deinen Brief gekriegt, daß du nicht kommen kannst, und jetzt sagst du, es geht doch. Wie toll! Was glaubst du, wann du hier sein kannst?«

»Ich muß nur am Anfang der Ferien noch kurz zu meiner Tante, um meine Sachen für Carolina fertig zu machen. Ich sag' dir Bescheid.«

»Gut. Wir holen dich dann in Paris am Flughafen ab.«

Das Semester endete in einem hektischen Furioso aus Einkaufen, Lernen, um ihren Notendurchschnitt zu halten, Paß besorgen und so weiter. Sie stieg aus dem Schwimm-Team aus und ignorierte Gretchen völlig, auch das Briefchen, das sie ihr unter der Tür durchsteckte und in dem sie sie anflehte, mit ihr zu reden. Emily war klar, daß sie Gretchen sehr weh tat, aber sie konnte es nicht ändern. Der Drang, sich selbst von aller Verantwortung reinzuwaschen, hatte mittlerweile in ihrem Kopf alles so gründlich verwischt und verzerrt, daß sie fest glaubte, wenn Gretchen sie an jenem Abend nicht zum Tanzen verführt hätte, wäre nie etwas zwischen ihnen geschehen. Irgendwo in ihrem tiefsten Inneren wußte sie, daß das ungerecht war. Aber sie konnte es sich nicht leisten, ihren Gefühlen näher nachzuspüren. Sie war viel zu sehr damit beschäftigt, alles auf Gretchen zu schieben.

Anfang Juni flog sie nach La Guardia und dann von dort nach Paris. Sie kam in der Absicht, sich zu erholen und zu entspannen, und fand zu ihrer Freude alles aufs Beste dazu angetan. Die beiden Mädchen, die Claire außer ihr noch eingeladen hatte (und die, wie sich herausstellte, ihre Ferien zwischen Frankreich und der Schweiz aufteilten), waren schon da und entpuppten sich als sehr viel netter, als Emily gedacht hatte. Claire selbst kam ihr reifer vor. General Tremble war lustig und gastfreundlich. Aber am wohlsten fühlte sich Emily mit Claires Mutter, die eigentlich ihre Stiefmutter war.

Mrs. Tremble nahm Emily sofort unter ihre Fittiche, als sie mitbekam, daß sie nicht kochen konnte. Sie schrieb ihr ihre Parade-Rezepte auf und brachte ihr bei, Zutaten abzumessen und Brot zu backen. Sie unterhielt ihren jungen Gast mit Anekdoten aus ihrer Jugend im Mittleren Westen, ehe der General, wie sie ihren Mann zu nennen pflegte, in Erscheinung trat. Sie war eine glühende Anhängerin der Christian Science und glaubte an Wunderheilung und erzählte, wie sie selbst Zeugin der Heilung eines Knochenbruchs durch Mary Baker Eddy gewesen sei und ein andermal miterlebt habe, wie ein Hornissenschwarm durch schiere Willenskraft vertrieben worden sei. Emily gefiel ihre feste Überzeugung, daß der Geist stärker sei als das Fleisch und man durch

Konzentration Schlimmes zum Guten wenden könne. Andererseits war Mrs. Tremble eine fröhliche Person, die gern Karten spielte, Sonne tankte und zu den Geselligkeiten ging, die für die Militär-Angehörigen veranstaltet wurden. Emilys Schulfranzösisch bewährte sich. Sie schrieb Postkarten an alle, die ihr irgend einfielen, wechselte Briefe mit Lillian, ihrem Vater und Tante Francie und schickte sogar, durch die vielen Meilen zwischen sich und den Staaten versöhnlich gestimmt, Gretchen eine Art holpriger Entschuldigung im Stil von: »Hoffe, es geht Dir gut. Tut mir alles sehr leid«, auf die sie jedoch keine Antwort erhielt. Die Tage vergingen, und sie freute sich immer mehr auf Carolina. Und im Hinterkopf rüstete sie sich für den Geschlechtsakt.

Aber zum Geschlechtsakt gehörten Penisse. Und wo hätte sie Penisse besser studieren können als bei den Männern in den hautengen Badehosen am Strand von Cannes? Bei manchen lagen sie senkrecht am Bauch. Bei anderen standen sie vor wie Pistolenläufe. Einige schienen prall. Andere hingen zwischen den Schenkeln wie Eier in einem Säckchen. Wie sollte das *alles* in sie hineinpassen, wo Gary doch gesagt hatte, sie sei eng? Sie hielt sich einen Spiegel vor und musterte sich und spürte, wie eng die Öffnung ihren Finger umschloß. Würde sie sich dehnen wie das Maul einer Schlange, die ein Tier verschlingt? Gräßliches Bild! Sie versuchte, sich den Geschlechtsverkehr romantisch vorzustellen. Es würde alles langsam gehen. Ihr Körper würde schwingen wie die Saiten einer Violine. Es würde in einem wunderschönen Zimmer mit Blick aufs Meer geschehen. Der Atem Gottes würde die Vorhänge bauschen. Im Hintergrund würde Musik erklingen. Und vorher würde sie ihren großen, dunklen, gutaussehenden Franzosen in einer Bar getroffen haben, wo er seinen silbernen Reißverschluß blitzen ließ und ihr vielsagend in die Augen sah: *Voulez-vous coucher avec moi, ma chérie?*

Oui, übte sie vor dem Spiegel, mit der perfekten Pose: den linken Arm stützend unter dem rechten Ellbogen und die Chesterfield zwischen zwei Fingern. Je mehr sie sich diesen Mann ausmalte, desto mehr ähnelte er Gary, also dachte sie ihn sich ein Stück kleiner, und außerdem hielt sie sich vor, daß es ja in Paris geschehen würde. Ihr Franzose würde sie an sich ziehen und sagen: *Je vous ai attendue toute ma vie*. Sie würde ihn in den Armen halten, wie die Frauen bei Hemingway ihre Liebhaber hielten. Sein Penis würde in ihr explodieren und Matties Spuren und Gretchens Kuß für immer auslöschen. Dort, im festen Halt seiner Arme, würde sie Frau werden, geheilt durch die erlösende Kraft seines Körpers, so wie das Gute über das Böse siegte und der Geist über den Körper. Und falls sie je wieder Zweifel beschlichen, würde sie sich an das halten, was sie in St. Joseph gehört hatte: Wenn man nicht normal war, konnte der Penis nur ein Stückchen in einen eindringen, dann stieß er gegen eine Wand. Das war doch absolut einleuchtend.

Wunderbar. Aber die Vorstellung, es wirklich und tatsächlich zu tun, schreckte sie. Also versuchte sie, das Unterfangen romantisch zu verklären, indem sie sich vorhielt, daß sie ihre Jungfräulichkeit in *Paris* verlieren würde, der Stadt der Liebenden, wo alle Französisch sprachen, die Sprache der Liebe. Die Visionen vom Exilantenleben hatte sie mittlerweile ad acta gelegt. Sie hatte keine Zeit, an der *Rive Gauche* herumzusitzen und über Gott und die Welt zu diskutieren. Sie würde Cannes Ende August verlassen und mußte schon kurz darauf in Chapel Hill sein. Sie gab sich zwei Nächte, um einen Mann zu finden. Und als es dann soweit war und sie sich von allen verabschiedet hatte, fuhr sie mit dem Zug nach Paris.

Sie nahm sich ein Zimmer in einem kleinen Hotel in der Nähe der Champs Elysées und zog dann los. Sie hatte sich vorgenommen, ihren Plan abends zu verfolgen, weil ihr das für Sex die geeignetste Zeit schien. Sie linste im Vorbeigehen in die Fenster etlicher Bars, bis sie eine fand, die nett aussah. Und als sie dann hineinging, tat sie so, als würde sie in der Zeitung lesen, die sie bei sich hatte, damit niemand sie für eine Nutte hielt. Am ersten Abend bekam sie gleich mehrere Offerten, zwei von Männern, die ihr

Vater hätten sein können, und eine von einem Hünen, der ihr Angst machte. Sie verdrückte sich rasch, um noch in ein anderes Lokal zu gehen, bekam dann aber kalte Füße und kehrte eilends in ihr Hotel zurück, wo sie mit sich ins Gericht ging: Warum stellte sie sich so an? Es war doch gang und gäbe, daß Frauen sich einen Mann auflasen.

Vom Ticken der Uhr getrieben, beschloß sie am nächsten Abend, es in einer kleinen Bar in der Nähe des Hotels zu versuchen. Und schon ehe sie eintrat, hatte sie sich vorgenommen, mit dem ersten ins Bett zu gehen, der sie ansprach, sofern er nicht gerade zwei Köpfe hatte. Es dauerte nicht lange, bis sich eine Gelegenheit anbahnte, und zwar in Gestalt eines jungen Mannes von Ende zwanzig, der ihr einen Drink spendierte. Er war ganz ansehnlich – schmächtig, ein Allerweltsgesicht, aber harmlos, mit langen schwarzen Haaren und netten Augen. Er war nicht aus Frankreich. Er kam aus Arizona. Wie langweilig. Aber die Uhr tickte weiter, und er machte ihr keine Angst. Er hieße Jean Battle, sagte er. Er sei in Paris, um Kunst zu studieren. Und sie?

Sie sei hier auf der Suche nach der *Wahrheit.* Das sagte sie, weil sie dachte, daß man so etwas einem Künstler sagte. Es war offensichtlich ein Volltreffer, denn er suchte dasselbe. Und so begann es: eine neue Intensität, sein Blick aus zusammengekniffenen Augen, als wollte er sie fotografieren, eine Spannung, die immer dichter wurde, je weiter der Abend fortschritt. »Manchmal«, sagte er ernst, »will man die Wahrheit nicht sehen, wenn sie einem ins Gesicht springt. Aber wenn es die Wahrheit ist, dann hilft alles nichts, dann weiß man, daß es so ist, und man kann sich nicht davor drücken. Man ist dran, weil die Wahrheit einen *da* drinnen erwischt.« Bei dem Wort *da* schlug er sich auf die Brust, und seine Augen hatten einen erregten Glanz. »So wie jetzt, hier, mit dir und mir«, fuhr er fort. »Das ist Wahrheit, daß wir uns hier getroffen haben. Das ist doch ein Ding, zwei Zugvögel wie wir, dreitausend Meilen weit weg von den gottverdammten Staaten. Verflixt noch mal, und ich wollte heute abend gar nicht weggehen!«

Hatte Gary das nicht auch gesagt? dachte sie. Sie beäugte ihn skeptisch. Ach, vielleicht sagten ja alle Männer dasselbe. Vielleicht war es einfach der beste Spruch, der ihnen einfiel. Und wenn? Sie wollte ihn schließlich nicht heiraten. Sie wollte ja nur mit ihm ins Bett gehen. Würde sie es fertigbringen? O Gott! Sie leerten einen Drink nach dem anderen, und sie redeten noch ein bißchen weiter über die Wahrheit und so weiter. Wenn man getrunken hat, beschäftigt einen die Wahrheit natürlich noch mehr. Das Gespräch kam auf Bücher. Er liebte Hemingway. »Wie heißt noch mal diese eine Geschichte, von dem Mann, der eine Brücke in die Luft jagt?«

»*Wem die Stunde schlägt*«, antwortete sie. Inzwischen hob sich ihr der Fußboden entgegen.

»Genau, das war's. *Dir* schlägt die Stunde. Erinnerst du dich? Das ist doch einmalig schön.« Sie stimmte ihm zu, und er sagte: »Erinnerst du dich an diesen Burschen, der in dem Schlafsack mit dem Mädchen schläft? Maria, stimmt's? Weißt du noch, wie er ihr sagt, daß die Erde gebebt hat?« Als sie bejahte, landete er seine Pointe. »Und jetzt bebt sie für uns.« Er machte auf dieser Schiene weiter und erklärte ihr, daß die Erde mal mehr und mal weniger bebe, je nachdem, wieviel Wahrheit im Spiel sei, und daß es in diesem Fall einem Vulkanausbruch ähnele. Er meinte, er käme gar nicht darüber hinweg, daß sie sich hier einfach so getroffen hätten, zwei Amerikaner in Paris, was er für einen Akt göttlicher Vorsehung zu halten schien. Sie hörte zu, aber in ihrem Kopf schwirrte es wie in einem Bienenstock. Zunächst mal: wohin sollten sie gehen? Sie wollte ihn nicht in ihrem Hotelzimmer haben, wenn sie morgen früh zum Flughafen mußte. Der Boden schwankte wieder, und sie entschuldigte sich und ging zum Klo, wo sie sich Wasser ins Gesicht spritzte, um wieder munter zu werden. Als sie wieder zurückkam, schlug er direktere Töne an. Ob sie nicht auch lieber irgendwo hingehen würde, wo sie ungestört seien?

»Ja, gern«, antwortete sie, als sei das ein völlig neuer Gedanke.

»Bei mir sind leider gerade Leute zu Besuch. Wie wär's bei dir?«
»Nein. Bei mir sind auch Leute.«
»Na gut. Ich weiß etwas Nettes gleich um die Ecke«, schlug er vor. Es entpuppte sich als eine Absteige nicht weit von ihrem Hotel.
Und so war denn ein gemietetes Bett in der Stadt der Liebe der Ort, wo Emily sich der Normalitätsprüfung stellte. Sie tat es zwischen Katzengeschrei, das von der Straße heraufdrang, und dem Klagelied einer einsamen Flöte aus einem benachbarten Fenster. Sie tat es unter einer nackten Glühbirne, die wie eine Träne an ihrer Schnur hing, nicht weit über dem Bett, auf dem sie jetzt ausgezogen lag und der Wahrheit und der Erlösung harrte. Und dann kam er aus der Toilette, ganz Penis, jedenfalls war das der Ausschnitt, den sie sah. Er hielt ihn und rieb ihn, während er zum Bett kam. Sie sah ihn deutlich. Das erste Mal, und er schien so groß. Nervös sagte sie sich, daß es ja hieß, man würde weiter, wenn er in einen eindrang. Aber sie wollte in einem solchen Augenblick nicht denken. Er hatte keinen Gummi an, und sie sagte es. Kooperativ drehte er sich zu dem Stuhl um, von dem seine Hose inzwischen heruntergerutscht war. Er bückte sich, und aus seiner Pospalte ragten Haare hervor, wie dunkle Grasbüschel zwischen Pflastersteinen. Sie schloß die Augen, weil sie es nicht sehen wollte, und dann war er wieder da, und er wollte, daß sie seinen Schwanz anfassen sollte. Sie streckte tastend eine Hand aus und fühlte ihn, faßte ihn an und bewegte die Finger auf und ab, wie er es ihr sagte. Er wollte, daß sie hinsah, sie tat es, sein Penis wurde steifer, er stöhnte vor Lust und meinte dann lachend, er sollte ihm jetzt wohl besser etwas anziehen, und streifte sich den Gummi über und kam ins Bett und trompetete *Jetzt zeig mal, was du zu bieten hast,* und klang viel verwegener als in der Bar. Er zog die Decke herunter, und da lag sie, nackt. Er befühlte und streichelte sie überall und widmete sich dann ziemlich lange ihren Brüsten. Sie wollte einen Orgasmus, egal, ob dann wieder die Kälte kam, sie wollte die Ekstase fühlen, ehe sie miteinander ficken, aber es passierte nichts, auch nicht, als seine Finger in sie

eindrangen. Er zog sie wieder aus ihr heraus und bestieg sie nach Hundeart, aber mit dem Hintern in der Luft dazukauern, war erniedrigend, und so drehte sie sich wieder auf den Rücken, während er seinen Penis an ihr rieb, und sie versuchte, daran zu denken, daß Mrs. Tremble gesagt hatte, das Gute sei stärker als das Böse, und sie dachte, vielleicht kam sie ja deshalb nicht, weil sie blau war, verdammt! Seine Zunge war in ihrem Ohr, glitt wieder über ihre Brüste. In seiner Erregung biß er ihr in die Brustwarze, und sie gab einen erschrockenen Laut von sich. »Entschuldigung«, murmelte er. »Ich liebe Titten. Du hast tolle Titten.« Er drehte sie auf den Bauch. Unter der Flamme seiner Zunge wurden ihre Pobacken warm. Seine Zunge versank in dem fleischigen Spalt. Sie drehte sich weg, wollte ihn da nicht haben. Er drehte sie wieder zu sich und ließ seine Zunge ihren Rücken hinunter wandern, bis in das kleine Tal ihrer Kreuzwirbelsäule. Dann drehte er sie wieder um, und seine Zunge glitt weiter südwärts, über ihren Äquator hinweg und in ihre Sex-Zentrale, wo die rote Vorzimmerdame mit dem sensiblen Faltengesicht vor dem kleinen ovalen Eingang saß, aber sie wollte seine Zunge nicht in ihrer Vagina haben. Sie bedeckte sie mit der Hand. Sein Gesicht schob die Hand weg. Sie schob sie wieder zurück. Dann versuchte seine Zunge, zwischen den Fingern durchzudringen, aber sie leistete Widerstand, und er ließ es und spreizte ihre Beine und sagte: »Hübsch. Du bist wirklich hübsch. Sag, daß du meinen Schwanz in deiner Möse fühlen willst.« Aber sie wollte nicht sagen ›Ich will deinen Schwanz in meiner Möse fühlen‹, deshalb murmelte sie irgend etwas und überließ sich Unterwerfungsphantasien, während sein Penis zwischen ihren Schamlippen hindurchschlüpfte, ja, sie ließ ihn, er war drin: Sie lag mit geschlossenen Augen da und wartete auf die Ekstase und dachte daran, wie sie und Lillian Gummis mit Wasser gefüllt und aus dem Fenster gehalten und losgelassen hatten, glatt und prall wie weiße Luftballons. »Was ist los?« brach er schroff ihre Trance. »Beweg dich. Du bist wie ein Eisblock!«

Sie begann gehorsam, Liebeslaute zu produzieren und sich zu winden und zu bäumen, während er pumpend in sie stieß. Sie fühlte etwas, aber sie flog nicht. Sie wollte fliegen. Plötzlich fiel ihr Gretchens Bemerkung ein, Männer hielten sich sowieso alle für tolle Kerle und man könne ihnen getrost etwas vorspielen, sie würden es doch nicht merken, aber sie wollte nicht so tun als ob. Sie war hier, um Frau zu werden, und sie würde es werden und wenn es sie die letzte Kraft kostete: sie wollte, daß er in sie eindrang, so tief wie möglich, und er war in ihr drinnen, tief, längst tiefer als jede Barriere, die ihn aufgehalten hätte, wenn mit ihr etwas nicht stimmen würde – tiefer, tiefer, sein stoßender Penis tilgte ihre Befleckung, trieb ihr das unbotmäßige Sehnen aus, mit dem Matties Berührung sie infiziert hatte, reinigte die Höhle, die Matties Finger verunreinigt hatten, löschte Gretchens Kuß aus, nahm ihre Sünden von ihr und erlöste sie und verkündete die frohe Botschaft ihrer Rehabilitierung.

»Komm«, stöhnte er ihr ins Ohr. »Laß dich gehen.« Sie preßte, als säße sie auf dem Klo, und trieb sich an: Fühlen, du mußt fühlen. Sie weinte. Herrgott, sowas Blödes! Aber wo blieb der mächtige Blitz, der Sternenregen? *Fühlen*! Sie preßte wieder, als seine Hände plötzlich ihren Hintern packten, und jetzt stieß er in sie mit der rhythmischen Präzision einer Nähmaschinennadel, schnell, schneller, schnellerschnellerschneller, o Gott!

Er rutschte aus ihr heraus, zuckend wie ein Fisch am Haken, und lag schwer atmend neben ihr, und sein Penis sackte mit gebrochenem Genick auf seinem Oberschenkel zusammen, und als er den Gummi abzog, rann Flüssigkeit aus der Öffnung. Sie lag neben ihm, klein und unsicher. War es das? Wo war die Ekstase? »Bist du gekommen?« fragte er.

»Ja.« Sie wurde rot.

»War es schön?«

Sie wollte nicht reden. »Ja, es war toll.«

»War das für dich das erste Mal?«

Das ärgerte sie. »Natürlich nicht.«

Er zog sie an sich, versuchte, ihren Kopf zwischen seine Beine zu bugsieren.
»Nein, nicht, bitte.« Sie versteifte sich. »Ich bin müde.«
»Komm schon, lutsch ihn, nur eine Minute. Lutsch meinen Schwanz.«
Ihr widerstrebender Körper war wie eine Stahlrute. Sie hatte von ihm nichts zu befürchten. Er war ein schmächtiger Mann. Nein, sagte sie, das täte sie nicht.
»Aber ich ... ach Scheiße«, zischte er. Er stand auf und sah sie schweigend an. Das Licht war aus, aber es war hell genug, daß sie ihn deutlich sehen konnte. Er schien etwas sagen zu wollen, drehte sich dann aber um und verschwand im Klo. Sie fühlte sich mies. Das schien ihr irgendwie nicht richtig.
Jean Battle war wieder aus dem Klo herausgekommen und zog sich jetzt an, während sie stumm dalag. Er war im Nu fertig und kam ans Bett. Ob er sie irgendwohin bringen solle, fragte er, nicht unfreundlich. Da sie beide Amerikaner seien, fühle er sich verpflichtet, sie nicht einfach hier sitzen zu lassen. Wenn sie wollte, würde er warten.
Danke, sagte sie, aber ihr Hotel sei nicht weit.
Es folgte ein kurzes verlegenes Schweigen, dann verschwand er mit einem Mach's gut zur Tür hinaus. Die Tür klappte zu, und sie dachte an Gary. Was war mit ihr und diesen Hotelzimmern? Sie stand auf, das Laken unters Kinn gerafft, und ging ans Fenster, wo sich gerade das erste schwache Morgenlicht über den Himmel breitete. Sie sah hinaus auf die Straße, ging dann wieder zum Bett zurück und setzte sich. Müßte sie sich jetzt nicht irgendwie anders fühlen? Sie hatte soeben ihre Jungfräulichkeit verloren. Hätte sich dadurch nicht irgend etwas verändern müssen?
Ach, sei vernünftig. Sie war nicht nach Paris gekommen, um sich zu verlieben. Sie war hergekommen, um Frau zu werden, und das war sie nun, in jeder Hinsicht. Und außerdem hatte sie gestern abend zu viel getrunken, um jene Wonnegefühle zu erleben, von denen die Dichter schrieben. Das würde schon alles kommen,

wenn sie den Richtigen fand. Wichtig war, daß sein Penis in ihr drinnen gewesen war. Das war das Entscheidende. Du bist geheilt, Emily!

...War ich das?
Ich war's. Ich glaubte es. Durch den Geschlechtsakt war ich rein geworden. Welche Ironie.
Es kommt mir jetzt alles wieder: wie ich auf diesem Bett in Paris saß und über das Rätsel meines Lebens nachgrübelte. Mit fünfzehn hatte ich mit Mattie im Gras gelegen. Ich hatte einen Hund gehabt, einen Namen, ich hatte Walt Whitman geliebt. Aber als Mattie meinen Körper berührt hatte, war mir das alles verlorengegangen: ich war eine Lesbe geworden. Wenn man lesbisch ist, ist man nur noch das. Und jetzt hatte ein Penis mir das alles zurückgegeben, hatten ein paar Zoll erigierter Vollkommenheit meine Schuld aufgebrochen. Ich war normal, ich entsprach der Norm. Ich erinnere mich, wie ich zu lachen begann und mein Spiegelbild anstarrte. Fühlte ich mich nicht viel besser? War ich nicht ein ganz neuer Mensch? War mir nicht eine schwere Bürde von der Seele genommen? Ich zog mich an und ging nach draußen, durch die makellosen Straßen von Paris, eine Jungfrau, die ihre Jungfräulichkeit verloren hatte, ein Kind Gottes. In ein paar Stunden würde mich der große Vogel nach Amerika zurücktragen. Aufgepaßt, Chapel Hill...

Sie landete nach Mitternacht auf dem La Guardia-Flughafen und übernachtete in einem nahegelegenen Hotel. Am nächsten Morgen rief sie Tante Francie an, um sich zu vergewissern, daß ihre Sachen abgeschickt waren, und ein paar Stunden später setzte ihr Flugzeug auf dem Raleigh-Durham-Flughafen auf, von wo sie einen Zubringerbus nach Chapel Hill nahm. Vor Semesterende hatte sie die Weisung bekommen, sich im Ritter-Wohnheim zu melden. Nachdem sie dort ihre Sachen in Empfang genommen hatte, lernte sie Joan Smith kennen, ihre neue Wohngenossin, eine große, schlaksige Blonde mit texanischem Akzent, die Theaterwissenschaften studierte. Die Theaterwissenschaftler lebten, wie Emily bald lernen sollte, in ihrer eigenen kleinen Welt. In den zwei Jahren, die sie und Joan zusammenwohnten, sollten sich ihre Wege nur selten kreuzen.

Die ersten Tage waren ausgefüllt mit Orientierung und Bürokratie. Sie belegte sämtliche Englisch-Veranstaltungen, die für sie in Frage kamen, und trug sich für die üblichen außerunterrichtlichen Aktivitäten ein – Schwimmen und Schreibgruppen. Die ihr zugewiesene »große Schwester« machte mit ihr die übliche Einführungstour: über die große Hauptstraße, die Franklin Street, vorbei am Kay Kysers Home, dem ehemaligen Wohnheim Thomas Wolfes, zu dem Baum, über den Betty Smith geschrieben hatte und der nicht in Brooklyn stand, sondern im Garten eines Hauses nicht weit vom Campus. Von allen Orten, wo sie nach White River gewohnt hatte, war dies der hübscheste. Chapel Hill war eine Postkartenidylle aus riesigen Magnolien und Hartriegelsträuchern und einem zur Schnellstraße nach Durham hin gelegenen verwilderten kleinen Wald, durch den sich romantische kleine Wege schlängelten. Alles war voller junger Männer, die ihnen hinterherpfiffen und sich aufführten, als hätten sie noch nie ein weibliches Wesen gesehen. Die Konkurrenz um die Gunst der Mädchen war groß, da das Zahlenverhältnis zwei zu eins betrug. (Studentinnen wurden an der UNC erst ab dem Junior-Jahr zugelassen.) Ihre erste Verabredung hatte Emily mit einem Cheerleader namens Bo Thorn, der ihr nach dem Kino auf den Leib zu rücken versuchte. Aber seit Paris hatte sie das Gefühl, niemandem mehr etwas beweisen zu müssen, und so ließ sie ihn gar nichts machen.

Am Ende der ersten Woche rief Tante Francie an, um ihr eine schreckliche Nachricht beizubringen. Charles war tot. Ein Autounfall im Nebel südlich von Monterey in Kalifornien. »Dein Vater war ja ein solcher Dickkopf, Emily«, schluchzte sie ins Telefon. »Bestimmt hat ihm noch jemand gesagt, er soll nicht fahren, aber wenn er sich etwas in den Kopf gesetzt hatte, war er einfach taub für alles andere. Man konnte ihm erzählen, die Sonne scheint, und er fing an, mit einem herumzustreiten, bis ihm die Puste ausging. Aber da ist ja nun nichts mehr zu wollen.«

... Ich flog, sobald es ging, nach Newport News, wohin der Leichnam aus Kalifornien überführt wurde. Ich mußte an Nana denken. Sie war an Weihnachten gestorben, als ich gerade frisch am Belle Adams gewesen war. Und jetzt war Dad im Spätsommer ums Leben gekommen, während ich noch frisch an der UNC war. Was hatte das zu bedeuten?

Tante Francie und die im sechsten Monat schwangere Sheila waren schon da, als ich im Bestattungsinstitut ankam, und ich ging sofort an seinen Sarg. Er hatte einen blauen Anzug an und viel Rouge auf dem Gesicht und die Hände auf der Brust gefaltet, genau wie meine Großmutter damals. Nur sein Haar bewegte sich im Luftstrom eines aufgestellten Ventilators. Das Bild hat sich in meinem Kopf festgesetzt: wehende Haare an einem Leichnam. Wo war er? Das fragte ich mich, als Sheila neben mich trat. Sie weinte. Ihr Weinen brachte mich auch zum Weinen. Und dann regte sich irgendein Rest von Mut in meiner Brust, und ich griff nach ihrer Hand. Hielt sie. Meine Hand wurde ein fleischerner Brief, der ihr die stumme Botschaft vom einen Blut übermittelte, und für diese wenigen Augenblicke waren wir wieder Schwestern.

Nicht lange danach bekam ich diesen Brief, den ich bis heute aufgehoben habe:

3206 Q Street, N. W.
Washington D. C.
15. September 1952

Liebe Emily,

diesen Brief zu schreiben ist, ehrlich gesagt, eine der härtesten Prüfungen, die Gott mir je auferlegt hat, aber irgendwo ist das unwichtig, weil wir jetzt verwaist sind. Natürlich habe ich meine

eigene Familie, aber Eltern sind nun mal unsere Ur-Bilder, und unsere haben uns jetzt für immer verlassen. Ich vermisse Dads lebendige Gegenwart, und ich möchte, daß sein Tod einen Sinn hat. Deshalb will ich hiermit eine Geste machen, die er sich immer gewünscht hat. Seit er heimberufen wurde, drängt es mich, aufrichtigen Herzens einen Schritt auf Dich zu zu tun. Deshalb lade ich Dich für die Osterferien hierher ein. Bestimmt hast Du ja von Tante Francie gehört, daß Sam immer noch bei dem Anwaltsbüro ist und daß wir jetzt hier in Georgetown wohnen. Ich hätte Dich gern für einen früheren Zeitpunkt eingeladen, aber Weihnachten fahren wir zu Sams Eltern, und ich denke, Du solltest wohl noch einmal Tante Francie besuchen, ehe sie sich in der Welt herumtummelt. (Sie droht an, nach Hawaii zu ziehen!!) Bis Ostern werde ich die Schwangerschaft hinter mir haben, und dann blühen auch die Azaleen, was immer alles in ein freundliches Licht taucht. Ich hoffe zuversichtlich, daß bei Dir alles gut läuft. Die Anwälte werden sich wegen Dads Testament mit Dir in Verbindung setzen. Er hat uns beide bedacht, aber den größten Teil seines Geldes bekommt die Universität von Virginia, weil er meinte, daß der Erbschaftsfonds von Großvater Stolle für uns beide mehr als ausreichend ist. Dein Teil fällt Dir zu, wenn Du einundzwanzig wirst, also solltest Du Dich darauf einrichten, für die Schlechtwettertage des Lebens etwas zurückzulegen.
Viel Glück bei der Suche nach einer Studentinnen-Verbindung. Das ist ja heutzutage für ein Mädchen so wichtig.

Sheila

Auf einer vordergründigen Ebene machte Sheilas Brief mich froh. Er zog einen Schlußstrich unter die Vergangenheit, dachte ich. Er besagte, daß das Kriegsbeil tief genug begraben war, um nicht mehr herausgerissen zu werden, und daß wir jetzt theoretisch wieder weitermachen konnten. Und doch erinnere ich mich, daß mich der Gedanke, bei ihr zu Gast zu sein, verunsicherte und auch ängstigte. Aber ich war fest entschlossen hinzufahren. Ich war fest entschlossen, meiner Schwester zu zeigen, daß ich absolut normal war...

Das Chapel Hill der 50er Jahre war Balsam fürs Gemüt, eine Stadt, auf die man zurückgreifen konnte, um zu sehen, wie die Welt hätte sein *sollen*. Es war ein Leuchtfeuer in der Sahara des Südens, ein Ort, wo reife Männer noch einmal junge Burschen sein konnten. Und sie kamen, diese Ex-Studenten, ein bißchen kurzatmig jetzt beim Treppensteigen. An den Football-Wochenenden versammelten sie sich, bewehrt mit Decken und Gin-Flaschen, im Stadion, um sich die tollen Geschichten ihrer sexuellen Eroberungen zu erzählen und in Erinnerungen an jenen Tag zu schwelgen, als Choo-Choo Justice den Jungs von Duke einen Denkzettel verpaßt hatte. Sie rangelten höchstselbst auf den Rasenflächen vor den Verbindungsheimen um den einen oder anderen Ball, beschworen wehmütig die hübschen Mädchen und die Tarheel-Songs und trugen demonstrativ ihre alten Verbindungsabzeichen zur Schau. Nirgends war das gute alte Amerika so lebendig wie in Chapel Hill. Hier war die Ehe der Stern von Bethlehem, und der Mitspielerausweis für das Leben war die Zugehörigkeit zur weißen, protestantischen Südstaaten-Mittelschicht. Und die Zugehörigkeit zur *richtigen* Studentinnenverbindung, sofern man weiblichen Geschlechts war.
Für die Studentinnen waren diese Verbindungen der Mittelpunkt aller Phantasien, das Mark aller Ambitionen. Sie standen für Schönheit, Geld und Beziehungen (wovon Schönheit das Wichtigste war) und damit für den sichersten Weg zu den begehrenswertesten Männern auf dem ganzen Campus. Und Emily, die wohl wußte, daß der Weg zur Anerkennung nur über die Zugehörigkeit zu den richtigen Kreisen führte, sollte sich in diesen Wochen mit an Besessenheit grenzendem Eifer bemühen, den Kriterien zu entsprechen.
Die Konkurrenz begann mit der Vorstellungswoche, den rituellen fünf Tagen Anfang September, in denen die jungen Frauen auf der Jagd nach Popularitätspunkten von einer Verbindung zur anderen flitzten und alles mobilisierten, was ihnen je über Charme beigebracht worden war, um die Jurorinnen für sich einzunehmen.

Diese Jurorinnen waren aktive Verbindungs-Schwestern. Ihre Aufgabe bestand darin, die Spreu vom Weizen zu trennen. Sie hatten rasiermesserscharfe Augen, die ein Muttermal oder einen zipfeligen Rocksaum quer durch den Raum erspähten, und sie registrierten die kleinste Nachlässigkeit in Haltung oder Kleidung. Keine Miss-Wahl hätte erbittertere Rivalität erzeugen können, denn abgelehnt werden hieß sterben, hieß eine leere Tanzkarte für das Ego, hieß, daß man häßlich war oder jüdisch oder einfach eine graue Maus. Grips zählte nicht; gefragt war körperliche Perfektion. Viele kamen, aber auserwählt wurden nur wenige.
Emily war darunter. Sie bekam vier Angebote und entschied sich für Alpha Mega, weil diese Verbindung den besten Ruf hatte. Der nächste Schritt war die Initiation. Dazu mußte sich die Anwärterin in einen offenen Sarg legen, bis zum Hals mit einem Laken bedeckt. Rings um sie herum skandierten die regulären Mitglieder, in lange weiße Gewänder gehüllt, die geheimen Wahlsprüche der Verbindung, die keinem Außenstehenden verraten werden durften. Dabei wurden die Gelübde abgelegt. Die Verbindungsschwestern stellten Fragen wie: »Wirst du deine Verbindung alle Zeit lieben?« Automatisch kam aus dem Sarg die Antwort »Ja«. Auf ein Stichwort mußte sich die Novizin mit ausgestreckten Armen aufsetzen und erklären, sie sei nunmehr als Mitglied der Heiligen Schwesternschaft wiedergeboren. Emily kam sich dumm vor, sagen zu müssen, sie sei wiedergeboren und werde ihre Verbindung alle Zeit lieben. Sie fand es pietätlos, sich in einen Sarg zu legen, nachdem Nana und ihr Vater kaum begraben waren. Aber sie tat es trotzdem, um ihr Abzeichen zu bekommen. Um es behalten zu dürfen, mußte sie versprechen, alle Verbindungspflichten zu erfüllen, wöchentlich eine gewisse Zahl von Mahlzeiten mit ihren Verbindungsschwestern einzunehmen, alle Beiträge pünktlich zu zahlen und wenigstens ein Semester im Verbindungshaus zu wohnen. Letzteres verschob Emily bewußt auf das zweite Semester ihres Senior-Jahrs, weil ihr das lockerere

Leben im Wohnheim besser gefiel und sie dort, dank der häufigen Abwesenheit ihrer Zimmergenossin, weitgehend ihre Ruhe hatte. Die nutzte sie zum Lernen, was sie noch nie als Bürde empfunden hatte. Sie liebte die Lehrveranstaltungen. Sie liebte es, zu Fuß durch die raschelnden Blätter zu den Fakultätsgebäuden zu gehen und sich dabei wie eine Gelehrte zu fühlen. Sie mochte die Dozenten, ein paar Frauen, ansonsten überwiegend pfeifenrauchende Männer in Wildlederjacken, die ihre Studenten beim Nachahmen nannten und die Teilnehmer ihrer Englisch-Seminare öfter zu sich nach Hause zum Essen einluden. So begann das Leben an der Universität von North Carolina – unter der Woche harte Arbeit, am Wochenende die allgemeinen Vergnügungen.

Im Frühherbst hieß Wochenende Football. Football hieß, sich am Samstag mehr oder minder betrunken in ein Stadion zu quetschen und sich die Seele aus dem Leib zu schreien, inmitten tausender glasig dreinschauender Fans, die lieber von der Brooklyn Bridge gesprungen wären, als ein Spiel zu versäumen, angeführt von den phantastisch gutaussehenden Cheerleaders, die ganz vorn springend und radschlagend die Begeisterung anheizten. Die jungen Männer kamen mit Unsterblichkeitsphantasien, die sie auf dem Spielfeld ausagierten. Die Mädchen kamen mit der Phantasie, den Jungen zu gefallen. Sie schrien und johlten und hüpften wie die Besessenen auf und ab, schwenkten Fähnchen, heulten, wenn ihr Team verlor, und waren selig, wenn nicht. Hinterher wurde gefeiert: kaum anders als an der Universität von Virginia, mit einer wichtigen Ausnahme – man *mußte* ein Abzeichen einer männlichen Studentenverbindung ergattern. Dieses Abzeichen war das symbolische Äquivalent zum Sweat-Shirt mit den Team-Insignien, sogar noch zehn Prozent mehr wert. Es signalisierte einen quasi-verlobten Status, und eine Studentin ohne Abzeichen war wie ein Schiff ohne Segel. Emily bekam ihr Segel schon gleich zu Anfang von einem Sigma Nu-Mitglied namens Pete, gab es aber zurück, nachdem sie Carl Bentley kennengelernt hatte.

Carl Bentley war ein Medizinstudent von der Universität von Pennsylvania und ein Freund des derzeitigen Freunds von Sally Onx aus Emilys Wohnheim. An einem Wochenende, an dem Pete nach Hause fahren mußte, willigte Emily ein, sich für das Spiel der Tarheels gegen die Georgia Bulldogs mit ihm zu verabreden. Carl markierte das Ende der Pete-Ära, und das aus guten Gründen: er war groß, mit dunklem, lockigem Haar, Grübchen wie Cary Grant, sanften, braunen Augen und geradezu aristokratischen Manieren. Er begrüßte Frauen zwar nicht mit einem angedeuteten Handkuß wie ihr Vater, aber er war sehr höflich: er stand auf, wenn eine Frau das Zimmer betrat, war eilfertig im Feuergeben und Türenaufhalten und überließ Emily im großen und ganzen die Bühne. Das gefiel ihr, ebenso wie seine Zurückhaltung und sein Humor. Und es gefiel ihr auch, daß er auf dem Weg war, Arzt zu werden, und daß andere zu ihm aufsahen. Es klappte gleich auf Anhieb so gut, daß Carl noch blieb, obwohl Sally und ihr Freund an jenem Wochenende Schluß machten. Und nachdem Carl wieder nach Philadelphia zurückgefahren war, kamen Anrufe und Briefe. Und als er zwei Wochen später wiederkam, fragte er sie, ob sie seinen Verbindungsring tragen wolle. Sie nahm ihn erfreut an. Er war zwar kein richtiges Verbindungsabzeichen, aber er machte etwas her und verlieh ihr einen Gebundenheitsstatus, der ihr wichtig war. Und außerdem fühlte sie sich geschmeichelt. Mit seiner bedachtsamen, ernsthaften Art war Carl genau die richtige Medizin für sie. Er war achtundzwanzig und als Ex-Marineoffizier in der Welt herumgekommen, und er fühlte sich nicht bedroht durch ihre Energie oder das, was er ihre erfrischende Natürlichkeit nannte. Und außerdem drängte er sie nicht, was Sex anging. Er sagte sogar, Mädchen sollten sich für die Ehe aufheben. Aber der Zuckerguß auf dem Kuchen war für Emily die Entfernung. Sie machte Carl zur idealen Kombination – ein Mann, mit dem sie sich sehen lassen konnte und der doch nicht oft da war. Carls Studium beanspruchte ihn so sehr, daß er sich nicht öfter als zweimal im Monat freimachen konnte. Und wenn er Zeit hatte, kam er lieber zu ihr, entweder in seinem 48er Caddy-Kabrio oder rasch mit dem Flugzeug. Das bedeutete, daß sie die Sorge los war, vorzeigbare Begleiter aufzutreiben, und daß sie andererseits nicht auszugehen brauchte, wenn sie keine Lust hatte. Perfekt.

Über Thanksgiving fuhren sie zu einer Freundin von Emily. Und dort eröffnete ihr Charles an einem fahlen Novembertag, es habe ihn (Originalton:) »total gepackt«. Ja, es sei noch sehr früh, und nein, er wolle nichts überstürzen, aber er habe noch nie so viel für ein Mädchen empfunden. Emily hatte ihm inzwischen erzählt, daß sie nach New York gehen wolle, um ihren Magister zu machen. Carl versuchte, sie davon abzubringen. Wieso nicht lieber in Chicago? Sein Vater war dort ein bekannter Chirurg mit guten Beziehungen. Er würde dafür sorgen, daß Carl sein Praktikum und seine Assistenzzeit dort ableisten könne. Um jeden Konflikt zu vermeiden, bog Emily das Thema ab, indem sie sagte, es sei noch zu früh, darüber zu reden, aber sie werde es sich überlegen. Ihr Herz hing jedoch nach wie vor an dem Plan, mit Lillian zusammenzuziehen.

Tante Francie lernte Carl an Weihnachten kennen und befand ihn für »prächtig«. Ein paar Tage später flog er dann nach Chicago, um den neuen Ford abzuholen, den seine Eltern ihm geschenkt hatten. Dafür überließ er Emily seinen alten Wagen für den Rest ihres Studiums. Seine kleine Versicherungspolice, witzelte er. Es gefiele ihm zu wissen, daß sie etwas von ihm habe. Ihr gefiel es auch. Sie war ganz aus dem Häuschen. Sie fuhr zurück nach Chapel Hill, lud den Wagen mit Freunden voll und rollte wild hupend die Franklin Street auf und ab, das Radio, mit dem man sogar Atlanta empfangen konnte, voll aufgedreht.

In dieser Zeit schrieben sie und Sheila sich ein paarmal. Sheila bekam Anfang Dezember ein Mädchen, für das sie und Sam den Namen Kathy aussuchten. Emily schickte Geschenke mit einem Kärtchen, auf dem sie schrieb, sie freue sich darauf, ihre kleine Nichte kennenzulernen. Kurz darauf wiederholte Sheila noch

einmal ihre Oster-Einladung. Und als Emily einige Zeit später anfragte, ob sie Carl mitbringen könne, war Sheila einverstanden.
Je näher Ostern rückte, desto unbehaglicher wurde Emily beim Gedanken an diesen Besuch. Aber Carl würde ja als Puffer fungieren. Leider konnte er nicht die ganze Woche bleiben, aber wenigstens würde seine Anwesenheit gleich am Anfang die Weichen richtig stellen: Sheila würde sie zusammen sehen und begreifen, daß sie geheilt war. So hatte sie es sich ausgedacht.
Als es dann soweit war, trafen Emily und Carl sich in Washington, jeder mit seinem Auto, und von dem Moment an, als Sheila ihnen die Tür zu ihrem Haus in Georgetown öffnete, schien alles prächtig zu laufen. Sheila und Sam fanden Carl sympathisch. Emily zeigte sich von ihrer besten Seite und achtete peinlich darauf, ihr Bett zu machen, die Badewanne zu schrubben und ihre Kleider ordentlich wegzuräumen. Aber täuschte sie sich, oder war da manchmal etwas Eigenartiges in der Körpersprache ihrer Schwester? Wenn ja, hatte es mit dem Baby zu tun.
Die kleine Kathy, knapp vier Monate alt, hatte ihre Tante spontan ins Herz geschlossen. Sobald Emily hereinkam, streckte sie ihr quietschend die Ärmchen entgegen. Aber wenn Emily sie hochnahm, schien Sheila immer irgendeinen Vorwand zu finden, sie ihr wieder abzunehmen. Und als Sam einmal bemerkte, Kathy sähe genauso aus wie Emily auf einem Baby-Foto, erklärte Sheila sichtlich erregt, wenn ihre Tochter jemandem aus *ihrer* Familie ähnlich sehe, dann Charles.
An Carls Abreisetag ging Emily noch mit ihm essen. Bei ihrer Rückkehr war Sam gerade heimgekommen. Ein Klient hatte ihm zwei Freikarten für *Der König und ich* geschenkt. Ob es Emily etwas ausmachen würde, Kathy zu hüten? Ganz und gar nicht, antwortete sie. Aber Sheila wurde ganz hektisch und fuhr ihn an, wie er Emily zumuten könne, ihre Ferien zu opfern. Über Emilys

Einwände hinweg rief sie ein junges Mädchen aus der Nachbarschaft als Babysitter, und am Ende verbrachte Emily den Abend mit einem Teenager, während Kathy nebenan friedlich schlief. Natürlich kam ihr der Verdacht, daß Sheila versuchte, sie von dem Kind fernzuhalten.
Die Antwort erhielt sie am nächsten Morgen. Als Emily ins Bad kam, war Sheila gerade dabei, Kathy zu baden. Genau in dem Moment klingelte das Telefon. Emily ging dran und meldete Sheila, Sam wolle sie sprechen, worauf Sheila, statt ihr das Kind zu überlassen, mit dem triefenden Bündel zum Telefon eilte. Als sie zurückkam, sagte Emily, die Worte vorsichtig wählend, wenn man nicht wüßte, daß es nicht so sei, könne man fast denken, Sheila wolle sie nicht mit Kathy allein lassen. Keine Antwort. Emily sagte es noch einmal. Wieder keine Antwort. Sie sagte es noch ein drittes Mal, jetzt mit dem Gefühl, daß etwas Drohendes in der Luft lag. Und die Spannung in ihr wuchs, bis sie schließlich herausplatzte, sie liebe sie doch und das Baby auch, und Sheila solle bitte etwas sagen.
Das wirkte. Das Wort Liebe. Das Wort Liebe wirkt immer – entweder es reißt eine Mauer ein, oder es baut eine auf. Sheila richtete sich auf und sagte mit sarkasmusgetränkter Stimme: »Liebe. Was weißt *du* von Liebe, Emily? Und was bitte hat das damit zu tun?«
Sie kannte diesen Blick. Er zog sich durch die Vergangenheit: Sheila im Garten, an jenem Oktobertag, Sheila in ihrem Zimmer an jenem Osternachmittag, als sie zaghaft mit den Pralinen hereingekommen war, Sheila bei Tante Francie, in jenen wenigen Augenblicken, wenn niemand dabeigewesen war. Und jetzt, hier, hatte sich trotz aller guten Absichten nichts geändert, nur daß da jetzt das Baby fröhlich in der Wanne planschte und zu ihnen aufsah, als warte es auf ein Küßchen. Herrgott! schrie Emily innerlich. Aus ihrem Mund strömte eine Flut von Entschuldigungen, für alles, was sie sich je hatte zuschulden kommen lassen, einschließlich der Tatsache, daß sie geboren worden war. Sie sei

hergekommen, damit sie wieder zusammenfänden. Sie verlange noch eine Chance.

»O bitte«, zischte Sheila, während sie sich wieder daranmachte, das Kind zu baden. Aber Emily ließ nicht locker, bis Sheila sich wieder erhob und sie fragte, ob sie sich eigentlich vorstellen könne, was es bedeutet habe, diese Pein all die Jahre allein tragen zu müssen. »Aber wenigstens hatte ich nicht viel mit dir zu tun«, sagte sie. »Wenigstens ist es nur selten passiert, daß ich dich bei Tante Francie getroffen habe und mir alles wieder hochgekommen ist. Aber nach Dads Tod habe ich es versucht, ich dachte...« Ihre Brust wogte heftig. Das Baby spielte mit einer Badeente. »Du hast recht«, sagte Sheila ihr jetzt direkt ins Gesicht. »Ich will dir mein Baby nicht anvertrauen. Ich habe Angst, dich mit meinem Kind allein zu lassen. Was glaubst du, wie ich mich dabei fühle? Aber ich weiß doch nicht, wozu solche wie du fähig sind.«

»Was heißt das, *solche wie du*? Wer ist das? Wer sind *solche wie ich*?«

»Herrgott noch mal, Emily!«

»Ich liebe Carl.«

»Carl! Warum sagst du's ihm nicht? Wie kannst du ihn so täuschen?«

»Ich täusche ihn nicht.«

»Doch, das tust du. Er ist so ein netter Mann, und es ist unrecht von dir, es ihm nicht zu sagen. Ich meine nicht die ganze schreckliche Geschichte«, setzte sie rasch hinzu. »Das habe ich Sam auch nie erzählt. Aber du mußt ihm doch wenigstens sagen, daß du keine Kinder kriegen solltest, mit irgendeiner Begründung...« Das brachte das Faß endgültig zum Überlaufen. Sheilas ganzes Gesicht schien größer zu werden, ihre Augen wurden weit, und ihre Nasenlöcher blähten sich. »Glaubst du vielleicht, ich habe mir keine Sorgen gemacht, was *ich* meinem Kind vererbt haben könnte? Ich habe dir das schon vor Jahren gesagt, und diese Angst lauert immer im Hintergrund. Mein Gott, ich habe soviel gebetet, aber ich kann nichts machen, verstehst du, ich kann nichts ändern, es liegt im Blut. Du bist ein Schandfleck in unserer Familie, und was weiß ich, was du mit Kathy anstellen würdest.«

Großer Gott, dachte Emily, sie glaubt wirklich... »Sheila, sie ist vier Monate alt. Denkst du, ich vergreife mich an einem Baby?«

»Das ist egal. Sie ist ein *Mädchen*! Eher falle ich tot um, als daß ich vergesse, was du getan hast. Und wenn du deinen Carl heiratest und einen Stall voller Kinder bekommst, für mich bist du ...«

Sie erzitterte wie unter einem plötzlichen Anfall von Schüttelfrost, drehte sich um und sagte leise: »Wenn du je auf die Idee kommst, mein Kind auf irgendeine schmutzige, krankhafte Weise anzurühren, dann...«

Sie brauchte ihren Satz nicht zu vollenden. Emily drehte sich brüsk um und ging hinaus. Sie packte. Das letzte, was sie beim Verlassen des Hauses hörte, war die Kuckucksuhr...

Ich? Mich an ihrem Baby vergreifen? Meiner Nichte? *Mein Gott!*

Welch ein Horrortrip, diese Rückfahrt nach Chapel Hill. Ich war so aufgewühlt, daß ich Zuflucht bei meinem besten Freund suchte, dem Alkohol, meinem Gefährten in Kummer und Leid. Mit einem Sechserpack neben mir und dem Radio auf voller Lautstärke, betäubte ich mein Gehirn mit dröhnendem Rock 'n' Roll. Und als der Alkoholnebel schließlich durch meinen Kopf waberte, versuchte ich, Carl zu erreichen. Ich glaube, ich wollte einfach nur hören, daß er mich liebte. Aber er war nicht da. Nach meiner Rückkehr stürzte ich mich in das Vertraute, während der barmherzige Engel Zeit meine Wunden salbte. Irgendwann gelang es mir schließlich, meinen Schmerz zu verdrängen. Darin war ich gut. Ein paar Wochen später bekam ich von Sheila diesen Brief, der für sich selbst spricht, was unser weiteres Verhältnis anbelangt:

3206 Q Street, NW
Washington, D. C.
27. April 1953

Darum hat sie Gott auch dahingegeben in schändliche Lüste; denn ihre Weiber haben verwandelt den natürlichen Umgang in den unnatürlichen; desgleichen auch die Männer haben verlassen den natürlichen Umgang mit dem Weibe und sind aneinander entbrannt in ihren Lüsten.

Liebe Emily,
ich zitiere die Verse Römer I, 26 und 27, weil ich Christus als meinen Erlöser angenommen habe. Er ist mein Heil und meine Stärke, sein heiliger Name sei gelobt. Ich wandle im Herrn, was mir die Kraft zum Weitermachen gibt. Bezogen auf uns heißt das: Ich kann mir selbst verzeihen, daß ich mich der Sünde der Ungastlichkeit schuldig gemacht habe, als Du hier warst, und ich kann auch Dir verzeihen, Emily, was den Grund dafür anbelangt, der auf jenen schwarzen Tag zurückgeht, von dem zu sprechen sich meine Lippen bis heute weigern. Ich vergebe Dir, wie Christus der Welt vergeben hat, obwohl die Bibel sagt, daß Homosexualität eine schändliche Verirrung ist.
Alle diese Gefühle sind seit Deinem Besuch wieder voll aufgebrochen. Du weißt nicht und wirst wohl nie wissen, welche Last es bedeutet hat, diese Gefühle so lange mit mir herumzutragen, eine Last, die meine Kräfte bei weitem überstiegen hätte, wäre der Höchste nicht. Und wenn ich auch meinen Ausbruch zuletzt bedaure, ist dieser Zorn doch sicherlich ein Beweis für die Pein, die ich immer noch leide. Denn so wie die Nägel ins Fleisch des Lebendigen Christus drangen, so haben die Nägel Deiner Versündigung mich ans Kreuz geschlagen. Mein Schmerz war ein bodenloses Loch. Er hat sich selbst genährt und mich immer wieder an den Frevel meines eigenen Blutes erinnert. Und das hat mich mit noch mehr Inbrunst Trost in Gottes Wort suchen lassen.
Das alles hat mich zu der Überzeugung gebracht, daß Du nicht mehr hierherkommen solltest, bis mein Kind erwachsen ist. Es ist

nicht so, daß ich mich weigern würde, zu akzeptieren, daß Du geheilt bist, auch wenn es so geklungen haben mag, als Du da warst. Dad hat mir selbst gesagt, daß der Psychiater Dich für gesund erklärt hat, und ich habe Dich mit eigenen Augen an der Seite eines Mannes gesehen, der Dir offensichtlich viel bedeutet. Ich möchte auch glauben, daß Du Dante darin zustimmst, daß Homosexuelle im ewigen Feuer schmoren müssen. Und doch bebt noch alles in mir von dem, was war. Und außerdem ist Krankheit nun einmal Krankheit. Mit anderen Worten: Krebs kann wiederkehren. Aber wenn alles andere versagt – der helfende Gott bleibt. Sei versichert, Gott hört die Gebete auch des winzigsten Spatzen. Und obwohl Du mit Deinem Studium gut vorankommst und in eine renommierte Verbindung aufgenommen worden bist und, wie schon gesagt, offenbar das Herz eines netten und anständigen Mannes gewonnen hast, solltest Du Dir, falls Dich je noch einmal widernatürliche Anfechtungen überkommen, fest vor Augen halten, daß allein das Kreuz wirklich neu macht.
Zum Schluß möchte ich Dir noch sagen, daß ich im Moment mit anderen Dingen ringe, die unsere gemeinsame Vergangenheit betreffen. Dad hat immer gesagt, Du seiest so ungeheuer sensibel, als gäbe Dir diese Sensibilität das Recht, Dich wegen Deiner angeblichen »feineren Instinkte« über Mutter und mich zu erheben. Aber, ob Du es glaubst oder nicht, ich bin auch ein menschliches Wesen. Und ich habe unter Deiner sogenannten »Sensibilität« gewaltig gelitten. Es hat Zeiten gegeben, da ich gehofft habe, unsere Kinder würden einmal in engem Kontakt miteinander aufwachsen und wir könnten bis an unseren Lebensabend als Schwestern zusammenhalten. Aber diese Hoffnung ist schon vor langem zerplatzt. Darunter leiden meine Freundschaften mit Frauen bis heute, und ich werde die engeren Freundschaftsbindungen meiner Tochter immer mit Mißtrauen beobachten. Was glaubst Du, wie das für mich ist, Emily? Oder die Tatsache, daß Du meinen Kindern ihre Tante genommen hast und mir die einzige Blutsverwandte? Ich hätte so gern gewollt, daß alles hätte anders werden können, für Dad und um meiner eigenen inneren Genesung willen. Aber Dein Besuch hat mich zu der Erkenntnis gebracht, daß ich einfach keine Homosexuelle in meinem Haus haben kann,

und auch keine *ehemalige* Homosexuelle. Sam wird es nie erfahren. Und auch Tante Francie nicht. Die einzige, die es weiß, bin ich, und ich will im Herrn wandeln und trotz dieses Briefes niemals aufhören, für Deine Seele zu beten und darum zu bitten, daß Du zum Lebendigen Christus heimfinden mögest.
Das soll nicht heißen, daß ich nie wieder etwas von Dir hören will, Emily. Es heißt nur, daß ich es nicht mehr ertragen kann, daran zu denken. In keiner Weise. Nicht jetzt. Nicht zu diesem Zeitpunkt. Und wann sich das ändern wird, weiß ich nicht.

Der Herr sei mit Dir,
Sheila

Meine Reaktion auf diesen Brief: wie gesagt, ich schob das Ganze beiseite.
Im Juni schaffte ich es, unter die Kandidaten für ein Examen mit besonderer Auszeichnung aufgenommen zu werden. Im Sommer nahm ich noch zwei weitere Englisch-Seminare hinzu. Ich fuhr zweimal zu Carl, und er kam öfter zu mir. Das heißt, ich war die ganze Zeit beschäftigt. Im Rückblick finde ich das erstaunlich. Es war, als sei die Zeit eine Tretmühle, der ich ständig davonlaufen mußte, damit mich die Vergangenheit nicht einholte: ich wollte nicht daran denken.

Im August lud mich Lillian, nachdem sie gerade frisch aus der Wildnis zurück war, nach New York ein. Also flog ich hin, das erste Mal in meinem Leben, um die Stadt selbst zu besuchen. Schon bald hatte mich die erregende Atmosphäre von Manhattan gepackt. Lillian führte mir alles vor: die U-Bahn, mit der wir von einem Ende zum anderen fuhren, zwei Stücke am Broadway, das Empire State Building, die Fifth Avenue, Macy's und noch viel mehr. Wir besuchten auch Greenwich Village, was ein ziemlicher Reinfall war. Ich fuhr mit gemischten Gefühlen hin: Ich wußte, daß es als *das* Homosexuellenviertel galt, und insgeheim war ich zutiefst neugierig. Doch als wir aus der U-Bahn kamen, fing es gerade an zu schütten, so daß wir nur zu Mittag aßen und dann

sofort wieder zu ihrem Wohnheim zurückfuhren. Soviel zu der berüchtigten Schwulenszene von New York City!
Bevor ich wieder abfuhr, besichtigten wir die Columbia-Universität. Überall Mengen von Studenten, und die meisten ganz anders als an der UNC, vor allem die Frauen, die mir viel ausgeprägtere Persönlichkeiten zu sein schienen. Sie trugen Jeans und flache Schuhe und rauchten in der Öffentlichkeit. Viele Männer hatten lange Haare. Sie sahen alle faszinierend aus. Und ich hatte sofort das Gefühl, daß ich hierher gehörte. Ich sagte es Lillian, während wir am Nachmittag auf einer Bank an der Ecke 114. Straße/Riverside Drive saßen und Hotdogs aßen und den kleinen Booten zusahen, die über den Hudson tuckerten. Wir sprachen davon, daß wir uns eine Wohnung in dieser Gegend suchen würden, weil die Columbia-Universität nicht weit vom GAI war, wo sie im nächsten Herbst anfangen würde. Da saßen wir, auf eine Weise verbunden, die sich erst noch zeigen sollte: zwei junge Frauen, die auszogen, die Welt kennenzulernen, und die ihre kühnsten Herzensträume miteinander teilten. Wer hätte gedacht...

Emilys Vorstellung vom idealen Leben war jetzt untrennbar mit New York verknüpft, und diese Vision begleitete sie, während sie ihr Senior-Jahr in Angriff nahm. Sie sah sich schon als richtiges Großstadt-Mädchen. Sobald sie in Manhattan wohnte, würde sie die Nächte durchmachen, in jedes Lokal gehen, das ihr gefiel, cool und gelassen auf dem Barhocker sitzen, auf der Straße rauchen, berühmte Leute treffen. New York war die perlende Kohlensäure im Champagner des Lebens, ein Ausläufer des pulsierenden Marks der Schöpfung. Sie hatte eine Berufung.
Wunderbar. Aber was war mit Carl? Er bearbeitete sie immer heftiger, daß sie im Juni nach Chicago kommen sollte. Sie könne ja zunächst in ein Wohnheim ziehen, oder aber er würde ihr eine Wohnung suchen. Und wenn alles gut lief, könnten sie heiraten. Und wenn nicht, könnte sie immer noch wieder an die Ostküste

zurückgehen. Das alles setzte sie unter Druck. Sie wollte Carl nicht verlieren. Was machte es schon aus, daß seine Küsse ihr Blut nicht in Wallung versetzten und daß sie sich, wenn er ihre Brüste berührte und sie einen Orgasmus hatte, in der gleichen Weise in sich zurückzog wie bisher immer beim Sex mit Männern. Die Liebe war ein mächtiger Strom, und mit der Zeit würde die Kälte schon echten Gefühlen weichen, wenn sie nur Geduld hatte. Und außerdem: wenn sie Carl nicht heiratete, endete sie womöglich noch als alte Jungfer. Unverheirateten Frauen über zweiundzwanzig drohte diese Gefahr – daß sie versauerten, weil sie nicht genug Sex bekamen, und sich in ihrem verdunkelten Zimmer selbst befriedigen mußten und zuviel tranken. Junggesellen waren frei und ungebunden und aufregend; alte Jungfern waren verschrumpelte Dörrpflaumen. Aber Lillian würde keine verschrumpelte Dörrpflaume werden, selbst wenn sie nicht heiratete, denn Lillian, die immer sagte, sie hätte gar keine Zeit zum Heiraten, war eine völlig andere Kategorie. Anders gesagt: es gab Frauen, und es gab Lillian, deren beruflicher Ehrgeiz eine andere Art Leben rechtfertigte. Aber Emily war nicht so. Sie war nicht so selbständig und mutig wie Lillian, so sehr sie diese Eigenschaften auch bewunderte. Sie war nicht dazu gemacht, in der Welt herumzureisen und zu forschen. Ihr fehlte eine solche edle Berufung. Und so wiederholte sich in Emilys Kopf dieser Dialog:

– Wenn ich nur eine Weile in New York bleiben würde, um dieses Fieber auszuschwitzen, würde Carl vielleicht warten.

– Aber Carl will nicht warten, kam die Erwiderung. Du wirst ihn verlieren.

– Dann sollte ich es wohl lieber doch nicht wagen. Vielleicht sollte ich New York einfach vergessen und nach Chicago gehen.

– Wenn du Carl verlierst, argumentierte die innere Stimme weiter, wirst du nie wieder jemanden finden, der so liebevoll und tolerant und verständnisvoll ist.

Schließlich bewarb sich Emily sowohl an der Universität von Chicago als auch an der Columbia-Universität. Doch ohne Carl davon zu erzählen, drängte sie Lillian, eine Wohnung für sie beide zu suchen.

Den Beginn des Jahres 1954 feierten Emily und Carl auf einer Party in Chapel Hill. Und noch vor Ende Januar war Emily in das Verbindungshaus gezogen, wo sie erstmals nähere Bekanntschaft mit Lu Hestor schloß.

Lu Hestor, wohl die einzige *echte* Persönlichkeit im Alpha Mega-Haus, studierte Kunst und kam aus Birmingham. Sie war eine eigenwillige Erscheinung – markante Züge, riesige braune Augen, breite Stirn, schmale Figur, kleiner Busen und ein hoheitsvolles, irgendwie unnahbares Fluidum. Da sie fast schon eine Einzelgängerin war, fiel sie heraus aus dieser Umgebung, in der alles Nonkonforme als obszön galt. Aber von ihrem Äußeren her war sie eindeutig Alpha Mega-Material. Und daß ihre Mutter im Bundesvorstand der Verbindung saß, war natürlich ein Extra-Bonus. Und außerdem war sie talentiert: zwei Bilder von ihr hingen im Kunst-Gebäude, und ein weiteres zierte den Aufenthaltsraum. Sie hatte zahlreiche Förderpreise gewonnen, und ihr Name war in diversen Zeitschriften genannt worden. Das alles trug ihr eine Art Sonderstatus ein – so zum Beispiel die Freiheit, Verbindungsveranstaltungen fernzubleiben, wenn sie malen wollte. Außerdem war der gesamte Dachboden für sie in ein Wohn-Atelier umfunktioniert worden, und hier verbrachte Lu einen großen Teil ihrer Zeit. Emily kannte sie nicht näher, aber das lag daran, daß Lu in einem anderen Wohnheim gewohnt hatte, ehe sie im letzten September in das Verbindungshaus gezogen war. Emily fand sie aber interessant, und wenn sie sich begegnet waren, hatten sie immer ein paar freundliche Worte gewechselt. Lu ging mit Ralph Litz, einem Sigma Chi-Mitglied und hochschulpolitisch engagierten jungen Mann, der ständig von einer Diskussionsveranstaltung zur anderen reiste. Sie praktizierten das, was als »moderne« Beziehung galt: sie trafen sich in der Regel nur am Wochenende, damit jeder die Freiheit hatte, während der Woche eigene Interessen zu verfolgen.

Eines Nachts, etwa zwei Wochen nach ihrem Einzug, wachte Emily von Hunger geplagt auf. Ihre Gedanken kamen nicht von dem Schokoladenkuchen los, der unten im Kühlschrank stand. Sue Ann Looney, die Köchin des Hauses, war so gut, daß sie einen dazu gekriegt hätte, auf die Knie zu fallen und ihr aus der Hand zu fressen.

Emilys Zimmergenossin, Toby Scar, wälzte sich unruhig im anderen Bett. Emily stand vorsichtig auf, schnappte sich ihre Zigaretten und ging nach unten. In der Küche aß sie zuerst ein bißchen Kuchen, dann beschloß sie, sich ein Sandwich zu machen. Eine riesige Fleischtomate lachte sie an. Sie nahm sie heraus, zusammen mit Brot und Mayonnaise, und wollte gerade das Messer ansetzen, als ein leises Klimpern an ihr Ohr drang. Das Klavier? Einbildung, dachte sie. Sie stapelte drei Tomatenscheiben auf ihr Brot, gab reichlich Salz und Mayonnaise darauf und aß zwei Bissen. Dann hörte sie es wieder. Diesmal war jeder Irrtum ausgeschlossen. Es war das Klavier.

Das Brot in der Hand, ging sie durch den dunklen Gang bis zu dem Arbeitsraum vorn an der Diele. Die Tür war angelehnt, und drinnen brannte Licht. Sie linste hinein. Da saß Lu Hestor, über die Tasten gebeugt, und ihre Finger reihten Töne zu einer sanften Melodie. Emily schlüpfte leise hinein und blieb gleich vorn an der Teppichkante stehen. Als sie nach ein paar Minuten gerade wieder gehen wollte, schien Lu plötzlich etwas in ihrem Rücken gespürt zu haben, denn sie fuhr mit weit aufgerissenen Augen herum. »Großer Gott«, sagte sie erschrocken, »du ängstigst einen ja zu Tode!«

»Oh, äh, tut mir leid«, murmelte Emily verlegen, weil sie beim heimlichen Hinstarren ertappt worden war und weil ihr plötzlich einfiel, daß ihre Haare völlig zerdrückt sein mußten, weil sie beim Einschlafen noch naß gewesen waren. »Ich wollte dich nicht erschrecken.« Sie fuhr sich rasch durch die Haare.

»Wie spät ist es?«

»Kurz nach eins.«

»Hört man mich oben?«
»Nein. Ich habe nichts gehört, bevor ich in die Küche kam.«
»Ist die Tür zum Flur zu?«
»Ich... nein, ich glaube nicht.« Verdammt. Aber Lu war schon aufgesprungen und draußen, und ehe Emily ihr folgen konnte, war sie schon wieder da. Ja, sie sei aufgewesen, und wenn oben jemand etwas gehört hätte, würden sie ihr die Hölle heiß machen, weil man nach Mitternacht hier nicht mehr Klavier spielen dürfe. »Aber ich hatte schon alle verfügbaren Schäfchen gezählt, und das hier entspannt mich.«
»Schläfst du schwer ein?«
»Manchmal.«
»Hast du's schon mal mit einem Ventilator probiert?«
»Mit was?«
»Einem Ventilator. Du stellst ihn ins Fenster, und er fängt die Luft von draußen ein und bläst sie dir ins Gesicht. Das ist mein Trick. Das reinste Zaubermittel.«
»Ach, ich wußte nicht... He, paß auf!« Emilys Augen folgten Lus Blick hinunter zu ihren Füßen. Und dort, auf dem leuchtend grünen Teppich, prangte, frisch gelandet, ein Stück Tomate mit Mayonnaise, das aus ihrem Brot gequollen war. Als Emily sich bückte, um es aufzuheben, fielen ein weiteres Tomatenstück und zwei lose Zigaretten aus der Tasche ihrer Schlafanzugjacke hinterher. Heiliger Stohsack! So eine Schweinerei! Lu schien das Ganze komisch zu finden. »Moment mal«, sagte sie lachend. »In einer dieser Schubladen müssen irgendwo Kleenex-Tücher sein.« Emily hörte, wie sie sich am Schreibtisch zu schaffen machte, dann stand sie wieder neben ihr. Sie streckte ihr ein Papiertaschentuch hin. »Meine gute Tat für heute.«
Emily murmelte ein Danke, klaubte den Matsch auf, rieb die Mayonnaise in den Teppich, ging zum Papierkorb und warf das Tuch samt Inhalt hinein. Lu protestierte, hier könne sie es nicht lassen. Das Zimmermädchen würde es finden und einen Herzanfall bekommen. Lu fischte das Tomatenzeug wieder heraus und

befahl Emily in gespielt strengem Ton, sich nicht von der Stelle zu rühren, damit sie nicht noch mehr anrichtete. Sie lief hinaus und ließ Emily mit der Absurdität des Ganzen allein. Dann kam sie zurück. Sie setzte sich wieder auf den Klavierhocker. »Also, weißt du«, sagte sie belustigt, »diese Nummer hättest du bringen sollen, als du dich hier beworben hast. Sie hätten dich sofort zur Präsidentin gemacht.«

»Allerdings.« Emily grinste verlegen. »Das kann ich mir gut vorstellen. Du nicht?«

»Nicht so recht.«

Sie lachten. »Vielen Dank für deine Hilfe.«

»Gern geschehen. Wie wär's mit einer Zigarette?«

»Gute Idee.«

»Hast du noch welche, oder sind sie alle in der Mayonnaise gelandet?«

»Nein. Alles klar.« Sie nahm eine Zigarette aus ihrem fast leeren Päckchen und ging zu Lu hinüber, um sich Feuer geben zu lassen. Lu nahm einen tiefen Zug, deponierte dann ihre Zigarette in einem Aschenbecher und schlug ein paar Akkorde an. »Wie heißt dieses Stück, das du eben gespielt hast?« fragte Emily.

»Ach, das hat keinen Namen. Ich habe es erfunden.«

»Tatsächlich?«

Lu nickte.

»Ich wußte gar nicht, daß du auch komponierst.«

»Ich komponiere nicht. Ich dilettiere. Darin bin ich gut. Ich bin eine Universal-Dilettantin.«

»Das stimmt nicht. Du malst doch. Ich finde, du malst ganz toll.«

Lu lächelte.

»Im Ernst. Ich mag das Boot drüben im Eßzimmer. Es ist wie ein Foto.« Sie korrigierte sich hastig, weil ihr einfiel, daß es womöglich beleidigend sein könnte, ein Bild mit einem Foto zu vergleichen. »Ich meine, es wirkt so echt, die Formen und alles, fast so, als könnte man gleich einsteigen. Das gefällt mir. Das entspricht meinem Kunstgeschmack. Ich kann nichts damit anfangen, wenn Leute Farben auf eine Leinwand schmieren und sagen, es soll etwas bedeuten. Aber ich verstehe auch nichts davon. Ich verstehe nur was von Gedichten.« Warum hatte sie das gesagt?

»Du magst Gedichte?«

»Sehr.«

»Schreibst du selbst welche?«

»Manchmal.«

»Das paßt.« Lu musterte sie mit zusammengekniffenen Augen. »Du siehst wie eine Dichterin aus.«

Na, bitte. Emily ließ sich in einen Stuhl fallen und beugte sich begierig vor. Sie lechzte danach, zu hören, wie eine Dichterin aussah. Sie vergaß ihr plattgedrücktes Haar und versuchte, Intensität auszustrahlen. »Ich nehme an, das ist ein Kompliment.«

»Klar ist es eins. Dichter sind toll. Laß doch mal was hören, was du geschrieben hast.«

»Ach, nein.« Emily wurde rot. »Ich habe gerade nichts auswendig im Kopf.«

»Klar hast du was.«

»Nein. Ich schreibe nicht mehr viel.«

»Warum nicht?«

Emily zuckte die Achseln. Sie war es nicht gewöhnt, darüber zu reden, aber da Lu wirklich interessiert schien, sagte sie: »Keine Zeit.«

»Dann nimm dir welche.«

»Aber ...« Sie unterbrach sich, plötzlich verwirrt. Das war kein Satz, wie man ihn zu einer echten Künstlerin sagte.

Lu insistierte: »Warum nimmst du dir nicht die Zeit?«

»Weil ich denke, wen interessiert das schon? Gedichte!«

»Papperlapapp. Viele Leute interessieren Gedichte. Wen interessieren schon Bilder?«

»Das ist was anderes. Ein Bild kannst du ausstellen, und alle sehen es und reden darüber. Mit Gedichten kannst du das nicht.« Sie grinste wieder, diesmal, wie sie hoffte, klug. »Das ist eine

Kunst, die im verborgenen blüht. Der arme zerquälte Geister in schummrigen kleinen Zellen nachgehen.« Sie inhalierte mit geblähten Nasenflügeln, blies den Rauch aus und musterte Lu vorsichtig.
»Was du nicht sagst«, zog Lu sie auf. »Muß man zum Gedichteschreiben zerquälter sein als zum Malen?«
»Ach«, wechselte Emily das Thema, »das war nur ein Witz. Ich habe gehört, du kriegst ein Stipendium für Rom?«
»Wer hat dir das erzählt?«
»Joan Franke.«
»Ach, diese Joan! Ich habe es einmal zufällig in ihrem Beisein erwähnt. Sie will unbedingt, daß ich es kriege, damit sie jemanden hat, wo sie absteigen kann, wenn sie je nach Europa kommt. Aber die ganze Sache steht noch in den Sternen. Die Konkurrenz ist groß. Und Ralph ist auch nicht gerade entzückt von der Idee.«
»Wieso nicht?«
»Ach, du weißt ja, Männer. Ich wäre ein Jahr weg.«
»Könnte er denn nicht mitgehen?«
»Das ist nicht die Frage. Er will eine eigene Firma gründen, in Charlotte, und ich soll mit ihm kommen.«
»Was für eine Firma?«
»Public Relations.«
»Und wirst du mitgehen?«
»Ach, das wird sich klären, wenn es soweit ist.«
»Das ist genauso wie bei Carl und mir. Er will, daß ich mit ihm nach Chicago gehe, und ich will vielleicht an die Columbia-Universität.«
»Englisch weitermachen?«
»Ja. Und vielleicht irgendwann ein bißchen Literatur unterrichten. Ich sehe nicht ein, warum immer wir diejenigen sein sollen, die zurückstecken. Carl läßt mir zwar viel Freiraum, aber ich weiß nicht, wie es wäre, wenn wir zusammenleben würden.«
»Du sagst es.«
Sie rauchten weiter und redeten noch ein Weilchen über die

Schwierigkeit, Männer und Kunst unter einen Hut zu bringen, und über die unterschiedlichen Erwartungen an die beiden Geschlechter. Emily fühlte sich für die späte Stunde erstaunlich aufgekratzt. Lu trug ein ausgeblichenes Jeanshemd mit aufgekrempelten Ärmeln und kein Make-up und sah einfach phantastisch aus. Emily mußte aus irgendeinem Grund an Mattie denken. Mattie hatte ihre Hände geliebt. Sie hatte immer zu Emily gesagt, es seien die ehrlichsten Hände, die sie je gesehen habe. Und wenn Emily verwundert gefragt hatte, warum, hatte Mattie gesagt: »Man braucht sie nur anzugucken, Emily, und man *weiß*, daß sie alles können, was sie sollen.« Matties Worte. Komisch, dachte Emily jetzt. Sie rieb ihre Hände aneinander, in der Hoffnung, daß Lu auch diese Stärke wahrnehmen würde, die Mattie so bewundert hatte. Einen Moment lang hörte sie förmlich Matties Stimme. »Ich liebe deine Hände, Emily«, hatte sie oft gesagt. »Sie haben so viel Charakter.«
Lu griff jetzt wieder in die Tasten und sang ein kleines Lied dazu. Als sie fertig war, fragte Emily, ob sie das auch selbst geschrieben habe.
»Nein. Leider. Das ist ein altes Ferienlager-Lied.«
»Wo warst du im Ferienlager?«
»Gleich außerhalb von Birmingham.« Lu rümpfte die Nase bei der Erinnerung. »Acht Sommer hintereinander haben wir die arme Helen White – das war die Leiterin, die wir nicht ausstehen konnten – an den Rand eines Nervenzusammenbruchs getrieben, indem wir hinter ihrem Rücken Knallfrösche ins Feuer geworfen haben.«
Au weia, dachte Emily, entspannt bis in die charaktervollen Fingerspitzen, und sie begann, auch ein paar Camp-Erlebnisse zum besten zu geben. Einmal habe sie zehn Minuten Auge in Auge mit einer Klapperschlange dagehockt, erzählte sie, weil sie das Biest für einen Gartenschlauch gehalten habe. »Eine falsche Bewegung und ...« Sie fuhr sich mit dem Finger über die Kehle, während Lu anerkennend lachte. »Und ein andermal ist bei einer Wanderung

ein Mädchen von einer Klapperschlange gebissen worden, und ich habe die Stelle aufgeschnitten und die Wunde ausgesaugt.« Sie hielt inne, plötzlich verlegen. Verbindungsschwestern redeten doch nicht über ausgesaugte Wunden. Oder? Aber Lus unverhohlenes Interesse schmeichelte ihr. Und bald sprang das Gespräch von Schlangen zu Büchern und so weiter. Und da saß eine hellwache Emily, die sich produzierte und den Rauch auf mondäne Art inhalierte und gelegentlich den munteren Redestrom einen Moment unterbrach, um Pepsi aus dem Kühlschrank zu holen. Und es dauerte nicht lange, bis sich das Morgenlicht durch die Ritzen der Jalousien zwängte.
Es war zehn Tage her, daß sie in das Verbindungshaus gezogen war.

Von dieser Nacht an waren sie praktisch unzertrennlich. Sie aßen zusammen, warteten nach den Lehrveranstaltungen aufeinander, lungerten in Lus Atelier herum und redeten über alles, was ihnen in den Sinn kam. Lu zeichnete für Emily eine einzelne Rose, und Emily schrieb für Lu ein Gedicht über Sonnenuntergänge. Sie unternahmen oft lange Spazierfahrten in Carls Auto, und ein paarmal gingen Emily und Carl und Lu und Ralph zusammen aus. Aber am schönsten war es, wenn sie allein waren. Emily fühlte sich lebendig bis in die Haarspitzen. Sie wünschte sich, das Semester würde nie zu Ende gehen.
Aber im Hintergrund tickte die Zeit weiter. Und allmählich begannen sich die Konturen ihres weiteren Lebens abzuzeichnen. Ein richtungsweisender Faktor flatterte ihr Mitte März ins Haus, in Gestalt eines Briefes der Universität von Chicago. Nachdem sie von der Columbia-Universität bereits angenommen worden war, ging Emily davon aus, daß er die Zulassung zum Graduiertenstudium im Fach Englisch enthielt. Um so größer ihr Erstaunen, als sie las, daß sie in die Warteliste aufgenommen sei und mit einem definitiven Bescheid erst im Sommer rechnen könne. Ihre spontane Reaktion war Erleichterung. Sie hatte sich ja nur beworben, um Carl zu beschwichtigen. Und jetzt hatte sie die perfekte

Ausrede. Noch am selben Tag rief sie ihn an. »Chicago ist geplatzt, Carl«, sagte sie, mit sehr viel mehr Bedauern in der Stimme, als sie empfand. »Sie haben mich auf die Warteliste gesetzt, und es kann August werden, bis ich weiß, was ist. Also werde ich jetzt die Sache mit Columbia weiterverfolgen.«

Er argumentierte: »Wenn du auf der Warteliste stehst, ist die Wahrscheinlichkeit groß, daß du reinkommst.«

»Aber ich will nicht so lange in der Luft hängen. Hör zu«, sagte sie begütigend. »Wann mußt du dort sein?«

»Du meinst, für mein Praktikum?«

»Ja.«

»So um die letzte Maiwoche. Ich kriege nächsten Monat Bescheid.«

»Gut. Du gehst nach Chicago, und wenn ich hier fertig bin, komme ich mit deinem Auto hin, bleibe ein paar Wochen und fliege dann nach New York. Ich komme dich über Thanksgiving und Weihnachten besuchen, und wenn ich meinen Magister habe, kann ich ja nach Chicago ziehen und dort unterrichten.« Den letzten Halbsatz sagte sie, um ihr Eisen im Feuer zu halten, und schließlich war Carl besänftigt.

Als sie kurz darauf mit Lillian sprach, wußte sie, daß die Entscheidung richtig gewesen war. Lillian hatte eine Wohnung gefunden, über eine Frau namens Greta Steiner, die auch dort einziehen würde. »Erinnerst du dich? Ich habe dir doch erzählt, daß ich vor ein paar Wochen bei einer Party eine Frau getroffen habe, die Auslandskorrespondentin ist.«

»Ja, ich glaube schon.«

»Das ist Greta Steiner. Sie hat mich gestern angerufen, weil sie wußte, daß ich eine Wohnung brauche, und weil sie selbst auch eine sucht. Sie ist viel auf Reisen, aber sie will was haben, wo sie hin kann, wenn sie in New York ist. Na, jedenfalls hat sie einen Freund, der Ende Mai wegzieht und seine Wohnung loswerden will. Sie kostet hundertfünfzig Dollar im Monat.«

Die Summe schockierte Emily. »Hundertfünfzig Dollar im Monat!« rief sie aus.

»Das ist preiswert. Es ist eine Vierzimmerwohnung, ganz in der Nähe von dort, wo wir waren, als wir die Columbia-Universität angeguckt haben. Du weißt, dieser kleine Park am Wasser beim Riverside Drive? Dort ist es. An der Hundertdreizehnten. Eine Minute von der Universität, und für mich ist es auch praktisch, wenn ich am GAI anfange.«
»Hast du die Wohnung schon gesehen?«
»Nein, aber ich werde sie mir anschauen. Und Greta sagt, es ist wirklich günstig.«
»Na gut. Wenn sie dir gefällt, nimm sie.«
»Du mußt mir dann fünfzig Dollar für Juni überweisen und nochmal fünfzig für die Kaution.«
»Das mache ich gleich morgen. Hör mal, Lil, ich werde wohl nicht vor Ende Juni da sein. Ich bringe Carls Wagen nach Chicago und bleibe noch ein paar Wochen dort.«
»Ist in Ordnung«, sagte Lillian.
Sie redeten noch ein bißchen weiter über die frohe Neuigkeit. Und Emily mußte an den alten Spruch ihrer Schwester denken: »Emily Stolle, du willst immer deinen Kuchen essen und ihn behalten. Das geht nicht. Niemand kann alles haben.«
Aber war es nicht genau das, was ihr jetzt geglückt war, dachte sie, als sie auflegte – nach New York gehen zu können und trotzdem Carl als Sicherheit zu behalten.

Es wurde Mai, und Emily erschien es immer unvorstellbarer, so bald schon von Chapel Hill weggehen zu müssen. Natürlich freute sie sich auf New York. Aber manchmal flackerte in ihrem Herzen das Gefühl auf, daß sie am liebsten für immer mit Lu hier im Verbindungshaus bleiben würde.
Aber Lu würde nach Rom gehen. Zu Beginn des Monats hatte sie erfahren, daß sie zu den Auserwählten gehörte und sich darauf einstellen sollte, im Juni nach Italien abzureisen. Es blieb nicht mehr viel Zeit. Und Lu und Emily begannen davon zu sprechen, sich in Europa oder in New York zu sehen oder sich irgendwo zu

viert – mit Carl und Ralph – zu treffen. Doch dann, kurz vor den Abschlußklausuren, nahmen die Dinge eine unvorhergesehene Wendung.
An einem Freitag kam Lu vorzeitig ins Verbindungshaus zurück, weil sie sich furchtbar über Ralph geärgert hatte. Sie hatten seine Mutter im Krankenhaus in Raleigh besucht. Und auf der Rückfahrt hatte Ralph, dem ihre Auslandspläne noch nie recht gefallen hatten, plötzlich verkündet, wenn sie das Stipendium nicht sausen lassen und ihn heiraten würde, wolle er Schluß machen. Schlimm genug. Aber was Lu am meisten erboste, war die Tatsache, daß er umgekehrt niemals etwas Derartiges für sie getan hätte. »Immer sollen wir zurückstecken«, schimpfte sie. »Aber so ist das nun mal mit den Männern. Wir sollen am besten sofort das Atmen einstellen, wenn sie nur auftauchen.«
Emily schlug vor, ein bißchen spazierenzufahren, und so kutschierten sie unter einem funkelnden Sternenhimmel durch den lauen Frühlingsabend. Sie schaukelten auf einem kleinen Feldweg zum Stadion, wo sie parkten und Radiomusik hörten und sich unterhielten. Nach einer Weile sagte Lu: »Ich werde dich sehr vermissen, *Kiddo*.«
Emily saß plötzlich ein Kloß in der Kehle. »Ich dich auch«, sagte sie. »Aber wir werden uns sehen, in Rom oder in New York.«
»Ich weiß. Aber das ist nicht dasselbe. Es wird nie wieder so sein.« Und dann nahm Lu auf einmal Emilys Gesicht zwischen ihre Hände. Im Licht des Nachthimmels sah Emily Lus Gesicht, so fein und ernst. Ihr Herz zog sich zusammen. Dies war der Abschied von ihrer Jugend, der Zeit, da so viel in ihnen passiert war. Und plötzlich, ehe sie merkten, wie ihnen geschah, küßten sie sich. Kein vorsätzlicher Kuß, ein Kuß, der sich einfach ergab, sich entfaltete wie der Duft einer Rose, immer intensiver, und der Emily davontrug, in den unendlichen blauen Himmel, der Sonne entgegen, wie ein Ballon, der immer höher und höher stieg und schließlich in freudigem Triumph über der Stadt schwebte.
Bis die Scheinwerfer eines herannahenden Wagens sie von Lus

Lippen rissen. Sie fuhren auseinander. Lu strich sich hastig die Bluse glatt. Emily saß einen Moment lang wie betäubt da, ehe sie den Wagen anließ und wortlos zur stadtwärts führenden Schnellstraße fuhr. Binnen Sekunden, so schien es, waren sie bei der Bibliothek. Dort stand Alpha Mega-Musterexemplar Joan Franke. Sie erkannte das Auto und winkte wie wild. Verdammt, ich will sie nicht mitnehmen, dachte Emily, während sie anhielt und Joan auf den Rücksitz schlüpfte und losschnatterte: Hey! Wo seid ihr gewesen? Wo wollt ihr hin? Wo ist Ralphie-Baby? Kommt Carl morgen?
Was dachte Lu?
Sie bogen in die Pine Lane und waren da. Ralph stand auf dem Gehweg und unterhielt sich mit zwei Studentinnen aus dem Verbindungshaus. Er entdeckte sie, als sie einparkten, und kam sofort heran. Er tat, als hätte es zwischen ihm und Lu nie irgendein Problem gegeben.
»Hi, Babe«, sagte er fröhlich, während er die Beifahrertür öffnete und Lu an sich zog. »Bleibt es bei morgen abend?« fragte er Emily, die jetzt ebenfalls ausgestiegen war. Er meinte Carls bevorstehenden Besuch. Sie hatten ausgemacht, zu viert ins Kino zu gehen.
»Ja«, antwortete Emily. Sie begegnete für einen Moment Lus Blick und ihr Gesicht brannte.
»Wann kommt sein Flugzeug an?«
»Um vier.«
»Sagen wir, um sechs in Chucks Steakhouse?«
»Gut.«
Ralph drückte Lu wieder an sich und sagte: »Hilfst du mir morgen in Wake Forest?«
»Klar.« Lus Stimme war kaum hörbar.
Er erklärte Emily: »Wir müssen gegen neun da sein, um uns für die Diskussion vorzubereiten. Wir treffen euch dann später.«
»Ist gut.« Ihr Herz vollführte wilde Sätze wie ein panisches Kaninchen. »Bis dann«, rief sie, alle Kräfte aufbietend. Sie wandte

sich ab und folgte Joan ins Haus und sah vom Treppenabsatz aus, wie Ralph den Arm um Lu gelegt hielt und mit ihr die Straße entlangging. Sie fühlte sich so traurig. Sie ging hinein, trank ein paar Bier, sprang als Ersatzfrau für ein paar Runden Bridge ein und hoffte halb, daß Lu zurückkommen würde. Noch vor elf war sie oben in ihrem Zimmer, froh, daß ihre Wohngenossin übers Wochenende weg war. Sie stellte ihren Ventilator an, legte sich ins Bett und dachte an den Abend zurück. Die Warnsignale in ihrem Kopf blendete sie aus. Sie wollte diesen Kuß nicht interpretieren. Ihr war nicht nach Grübeln, nach analytischem Fragen, Vergleichen, Ergründen. Sie wollte einfach nur fühlen, was sie fühlte, in dem Wissen, daß Carl ihr Schutzschirm war, genau wie Ralph für Lu.

Als sie aufwachte, war da in ihrem Kopf ein Verkehrspolizist, der ein Gewirr von inneren Stimmen regelte. Die einen warnten vor den Gefahrenzeichen, die anderen bestritten, daß sie etwas zu bedeuten hatten. Alle diese Stimmen begleiteten sie hinunter in den Speisesaal, wo sie nervös nach Lu Ausschau hielt. Wo steckte sie? »Hat jemand Lu gesehen?« fragte sie gerade, als Millie Cox hereinkam. Millie sagte: »Sie ist vor einer halben Stunde mit Ralph weggegangen. Sie hat gesagt, ich soll dich dran erinnern, daß ihr euch alle um sechs bei Chuck trefft.«

Oh, stimmt ja, dachte sie. Sie hilft ihm bei der Vorbereitung für die Diskussionsveranstaltung. Sie frühstückte und machte sich dann penibel zurecht, um etwas zu tun zu haben. Aber in sämtlichen Nerven ihres Körpers schienen Nadelspitzen zu wühlen, und ihr war, als stünde sie an einem Abgrund, und der Wind blies. Ein Wind, in dem etwas Ungutes lag. Was war los?

Du hast sie geküßt, sagte eine Stimme.

Na und? Das hatte nichts zu bedeuten.

Aber sieh dir doch an, was du gefühlt hast.

Ich habe nichts gefühlt. Ich hatte getrunken: die gute Stimme beharrte darauf, daß dieser Kuß nicht mehr zu besagen hatte als ein Händedruck. Aber sie war immer noch angespannt.

Um vier wartete sie am Flughafen auf Carl. Sie sah ihn, ehe er sie sah, beobachtete ihn, wie er den Gang entlang kam – ein gutaussehender Mann, der die Blicke der Frauen auf sich zog. Wäre es nicht schön, sich von ihm beschützt zu wissen, Emily?
Aber das Feuerwerk? Die böse Stimme sagte: Das Feuerwerk fehlt.
Wer braucht schon Feuerwerk?
Du. Du hast es gehabt.
Wann?
Du weißt schon, wann.
Nein, sie wußte es nicht. Wollte nicht daran denken. Wollte gar nicht denken. Und so lenkte der Verkehrspolizist die ganze Frage um einen Kreisverkehr der Selbstrechtfertigung, während Carl ihr jetzt zuwinkte, und sie rannte in seine Arme und lehnte sich an ihn wie alle Matties dieser Welt an alle Roys, wie alle Frauen an ihre Männer, das stärkere, entschiedenere, beschützende Geschlecht. Laß ihn für dich sorgen, laß es sein, wie es immer war, Emily, sagte die gute Stimme. Laß dich darauf ein; er liebt dich. Und irgend etwas in ihr brach fast in Tränen aus, als Carl sie in die Arme schloß und sie daran dachte, daß sie gestern abend Lu beinahe ebenso fest an sich gedrückt hatte. Guter, anständiger, treuer Carl. Er hatte den ganzen weiten Weg auf sich genommen, um sie ein letztes Mal in Chapel Hill zu besuchen. Morgen würde er wieder nach Philadelphia fliegen, um dann am Montag nach Chicago zu fahren. Und er liebte sie. Sagte er. Sagte er jetzt gerade: »Ich liebe dich.«
Und sie liebte ihn wieder. Sagte es; sagte die drei magischen Worte: Ich. Liebe. Dich. Und sie wollte es, sehnte mitten auf dem Flughafen Raleigh-Durham den Zauber herbei, den sie mit Lu gefühlt hatte, das bengalische Feuer in ihrem Herzen.
Das wirst du mit ihm nie fühlen, sagte eine Stimme, während eine andere zur Geduld mahnte: Gib mir nur ein Jahr in New York, hatte sie Carl versichert, dann wirst du sehen, wie sehr ich dich brauche.

Sie gingen etwas trinken. Dann quartierte er sich in einem Hotel ein. Das Verbindungshaus sei ihm heute nacht zu laut.
Sie entdeckte Lu sofort, als sie das Steakhouse betraten: ja, dort saß sie, ganz am Rand, mit Ralph. Emily ging an ihren Tisch, die Lässigkeit in Person. Hi. Wie geht's? Hey, Carl, alter Junge, was macht die Quacksalberei? Na, die Zunge gewetzt für die große Diskussion, Ralphie – Lu versteckte sich hinter einem Mona Lisa-Lächeln.
Oder nicht? Vielleicht spinne ich ja, dachte Emily. Vielleicht war der Abend gestern ja nur ein Traum. Aber warum sah Lu dann aus wie eine Katze, die den Kanarienvogel gefressen hat? Warum wurde sie rot, wenn ihre Blicke sich trafen? Und was war mit ihr und Ralph? Was immer wegen Rom an Problemen zwischen ihnen sein mochte – er witzelte nur: er würde Lu wohl durch ein neues Modell ersetzen müssen, wenn sie ihn im Stich ließ, ha ha ha; wie Carl das nur mache, mit einem so eigensinnigen Geschöpf wie Emily, ha ha ha ha. Und so weiter und so fort, während Lu die Augenbrauen hochzog und Emilys Stimmen durch rote Ampeln in Schach gehalten wurden: Sie konnte nicht denken, wollte nicht denken, fühlte sich extrem unbehaglich. Aber sie brachte das Essen hinter sich. Phantastisch, die Steaks!
Später im Kino setzten sich Ralph und Carl auf die äußeren Plätze, was ihr und Lu eine gemeinsame Armlehne bescherte. Sie trugen beide kurzärmelige Blusen, und das hieß Haut an Haut: Lus Haut an ihrer, was einen Schwarm Luftballons in ihr aufsteigen ließ. Wie sich konzentrieren? Nur allein diesen Arm zu spüren war so erregend. Lu preßte sich gegen ihren Arm. Tat sie das wirklich? Sie tat es. Emily preßte dagegen. Wenn sie den Blick senkte, sah sie Ralph Lus linke Hand halten. Carl hielt ihre rechte, und sie und Lu preßten die Arme aneinander. Verrückte Welt. Aber als sie dann Ralphs Hand gefährlich dicht an Lus rechter Brust entdeckte, war es aus: sie mußte hier raus, sie hielt es nicht aus, was sollte sie tun, sitzenbleiben und sich *das* angucken, Lus Haut an ihrer atmen fühlen, während Ralph mit ihren Haaren spielte? Der Kuß war wieder da,

die Laute, der Duft, Lus Mund, der sich unter ihrem öffnete, ihre sanfte, suchende Zunge, Lu, die ihr Gesicht hielt, so zärtlich, auf eine Weise, wie sie es noch nie erlebt hatte, mit Carl nie erlebte. »Ich muß gehen«, flüsterte sie Carl eindringlich zu. »Ich habe solche Bauchkrämpfe. Sie bringen mich um.« Sie flüsterte Lu eine ähnliche Erklärung zu und zog Carl mit sich. Noch ein paar kurze Worte hin und her, und sie waren draußen. Er fuhr sie nach Hause, während sie, wie sie hoffte, überzeugend Bauchschmerzen mimte. Aber sie konnte ihn doch nicht einfach um seinen Abend bringen, und so blieben sie noch im Auto sitzen und machten ein bißchen herum, bis sie, um dem zu entkommen, erklärte, die Bauchkrämpfe setzten ihr wirklich zu. Ob er ihr schrecklich böse sei? Natürlich nicht. »Ich werde dich dafür entschädigen, wenn ich in Chicago bin, Carl. Das ist ja nicht mehr lange.« Sie küßte ihn verheißungsvoll aufs Ohr. Sie verabredeten sich zum Frühstück, und sie ging hinein und nahm eine Schlaftablette und war im Handumdrehen weg.

Am nächsten Morgen steckte unter ihrer Tür ein Zettel von Lu. Sie müsse wieder zu Ralphs Mutter ins Krankenhaus. Sie würde um fünf zurücksein, und Emily solle zu ihr hinaufkommen.

Emily brachte den Tag hinter sich, indem sie alle Stimmen ausblendete. Am frühen Nachmittag brachte sie Carl zum Flughafen. Er gab ihr die Adressen von Freunden, bei denen er auf dem Weg nach Chicago Station machen wollte, und sie besprachen, wie sie sich dort treffen könnten. Ehe er sie verließ, küßte sie ihn lange und heftig. Um fünf war sie oben im Atelier. Ein paar Minuten später kam Lu hereingestürzt. Wie es Emily gehe? Sie kam rasch auf sie zu und faßte sie am Arm. Sie habe sie anrufen wollen, aber auf die schnelle kein Telefon gefunden.

»Macht nichts. Ich war sowieso nicht hier.«

»Dachte ich mir schon.«

»Oh, Lu, ich ...« Sie hielt inne. Lu stand direkt vor ihr, wie die leibhaftige Sonne. Und: Emily wollte nicht reden. Kein Interesse. Sie wollte nicht, daß da noch irgend etwas anderes im Raum war.

Kein Carl. Keine Stimmen. Nur sie beide. Sie legte die Arme um Lu und hielt sie umfaßt, und Lu sagte. »Ich weiß nicht, was los ist.«

»Ist schon gut«, murmelte Emily, und es war nur selbstverständlich, daß sie Lu in dieser Bewährungsstunde ihrer Freundschaft enger an sich zog. »Ist schon alles in Ordnung. Wir sind nur durcheinander – das Semesterende und alles. Glaubst du nicht auch?«

»Ja. Ja. Das ist es.«

»Und die ganze Belastung.«

»Genau. Das ist einfach zu viel. Es wächst mir alles über den Kopf – Ralph und Rom.«

»Habt ihr das denn geklärt?«

»Ja, aber ...« Sie unterbrach sich und zündete sich eine Zigarette an. Ihre Hand zitterte.

»Was?« hakte Emily behutsam nach.

»Ich weiß nicht. Ich kann nicht denken.« Sie saßen ein Weilchen da und redeten, und daraus erwuchs die Idee, Chapel Hill für zwei, drei Tage den Rücken zu kehren. Warum nicht? Sie hatten hart gearbeitet. Bald würde das Semester vorbei sein, und dann würden Tausende von Meilen sie trennen. Was war schon dabei, wenn sie ein bißchen ausspannten? Vielleicht in Pine Bluffs, hundert Meilen weiter südlich. Ralph würde noch in Charlotte sein, Carl unterwegs nach Chicago. Emily sagte: »Laß uns doch einfach morgen ins Auto hüpfen und nach Pine Bluff fahren. Wir können ja unsere Bücher mitnehmen und dort lernen. Hauptsache, wir kommen mal raus aus dieser Mühle. Wann hast du deine erste Klausur?«

»Mittwoch.«

»Ich auch. Das heißt, wir können zwei Nächte wegbleiben.«

»Ich muß morgen um zwölf zu meinem Beratungsdozenten.«

»Macht nichts«, sagte Emily. »Da bleibt uns noch massig Zeit.« Da war nur eine Stimme, auf die sie hörte, als Lu einwilligte. Eine Stimme, die ihr vom anderen Ende des Pfads aus zurief: Los!

Als sie aus Chapel Hill herausfuhren, hatte Emily das Gefühl, daß sie eine Grenze überschritten hatten und es kein Zurück mehr gab. Lu mußte es ähnlich ergehen, denn es schien eine ganz neue Spannung zwischen ihnen in der Luft zu liegen. Wo vorher Gelöstheit und ein erstaunliches Gefühl der Vertrautheit gewesen waren, herrschte jetzt eine lastende, fast schon peinliche Befangenheit. Sie redeten; sie sagten nichts. Lu schien keine bequeme Sitzposition finden zu können. Sie starrte aus dem Fenster, schloß die Augen, blätterte in einem Geschichtsbuch, während Emily ständig am Radio drehte. Und noch etwas war eigenartig: sie sprachen mehr von Ralph und Carl als je zuvor. Gott sei Dank, sagte Lu mit einem Stoßseufzer, habe Ralph jetzt endlich begriffen, wie wichtig ihr das Stipendium sei. Sie kauften sich Bier und drehten die Musik auf, während sie an den Wahrzeichen des ländlichen Carolina vorbeirollten: an Tabakfeldern, ärmlichen Farmen, kleinen Esso-Tankstellen.
Am Spätnachmittag hielten sie vor einem Motel am Rand von Pine Bluffs. Emily ließ Lu im Wagen sitzen und ging hinein. Eine feuchtlippige, großbusige Frau kam aus einer Nebentür und sagte mit breitem Lächeln: »Na, Schätzchen, was kann ich für Sie tun?«
Sie hätte gern ein Zimmer, antwortete sie höflich.
»Für Sie allein? Oh«, sagte die Frau, aus dem Fenster nach ihrem Wagen ausspähend, »Ihre Freundin ist mit dabei?«
Emily wurde rot. Sie seien Studentinnen, kurz vor dem Abschlußexamen, sprudelte sie heraus. Sie müßten nächste Woche Prüfungsarbeiten schreiben und seien hierhergekommen, um zu lernen, weil es bei ihnen im Verbindungshaus zu unruhig sei.
»Verstehe«, sagte die Frau, noch immer lächelnd. »Wie viele Nächte, Schätzchen?«
»Zwei«, antwortete sie. Dann setzte sie hinzu: »Wir können die Jungs nicht länger alleinlassen, Sie verstehen.«
Die Frau verstand. Sie zwinkerte ihr zu. Sie sah in ihrem Buch nach und sagte: »Oh, tut mir leid, ist nur noch ein Doppelbett da.

Heute kommt grade eine Ladung Golfer an. Die haben jedes freie Eckchen belegt.«
Sie fragte sich, ob sie wieder gehen sollte. Nein, antwortete sie sich. Wenn du jetzt rausgehst und Lu sagst, daß es nur noch ein Doppelbett gibt, dann kommt dabei raus, daß du woanders hinfahren mußt, und das sähe doch ziemlich merkwürdig aus. Und was war schon dabei, wenn sie das Doppelbett nahm? Sie waren doch Freundinnen, weiter nichts. »Ich nehme es«, sagte sie. »Ich habe Probleme mit dem Rücken.« Sie schwieg. Die Frau wartete. Emily merkte, daß das, was sie da eben gesagt hatte, nicht sonderlich logisch gewesen war. »Ich meine«, stotterte sie, »ich kann in Einzelbetten nicht liegen. Da kriege ich Kreuzschmerzen.«
»Einzelbetten haben wir sowieso nicht. Nur Doppelbetten. Eins oder zwei pro Zimmer, je nachdem, aber heute ist wie gesagt nur noch eins mit einem frei.«
»Macht nichts. Das geht schon.« Sie trug ihren Namen in das Anmeldungsbuch ein. »Ich würde auch schlafen, wenn nebenan die Scheune brennt. Was kostet das?«
»Zehn Dollar pro Nacht. Sie wollen zwei Nächte bleiben?«
»Ja.« Sie legte eine Zehn-Dollar-Note auf den Tresen. »Soll ich gleich für beide Nächte bezahlen?«
»Ist egal. Das können Sie auch morgen früh noch regeln, wenn Sie möchten. Läuft ja nicht weg.« Sie bedachte Emily mit einem noch breiteren Lächeln und händigte ihr den Schlüssel aus. »Zimmer hundertachtundfünfzig, gleich um die Ecke.« Sie deutete nach rechts.
Emily ging wieder hinaus zum Wagen, nervös, aber entschlossen, sich nichts anmerken zu lassen. Ihr Schritt war federnd und ihr Mund ein fröhliches Lächeln. Als sie das Zimmer betraten, ignorierte sie das Corpus delicti. Sie schnatterte los, daß sie doch wirklich Glück gehabt hätten, ohne Reservierung etwas zu finden. Mordsglück, oder etwa nicht? Lu murmelte ein Hmmdochwohlschon und öffnete ihren Koffer, während Emily ans Fenster ging und ein Gefühl hatte, als würden ihr kleine hieße Drähte

durch den Körper getrieben. Einen Moment lang wünschte sie, sie wären nie hierhergekommen. Es war so unbehaglich, dieses Etwas, das da jetzt zwischen ihnen war, das sie nicht benennen konnte, nicht benennen wollte, und wenn diese Befangenheit von dem Kuß herrührte, dann zum Teufel damit: Sie würde nicht daran denken. Und so schob sie ihre Gefühle beiseite, wie sie es immer tat. Sie starrte aus dem Fenster und wünschte, sie könnten sich einfach schlafen legen und wenn sie aufwachten, würde ein neuer Tag sein. Sie hörte im Hintergrund Wasser laufen. Dann hörte das Rauschen auf, und Lu verkündete, sie ginge zum Pool, und verschwand. Kaum hatte sich die Tür hinter ihr geschlossen, begann Emily, mit sich zu schimpfen. Verdammt, vergiß den Kuß. Das waren nur diese wehmütigen Gefühle, die euch ein bißchen aus dem Lot gebracht haben. Lu wäre nie mit hierhergekommen, wenn da irgendein Problem wäre. Stell dich nicht so an.

Sie wusch sich das Gesicht und legte frischen Lippenstift auf. Sie sah ganz passabel aus. Zehn Minuten später saß sie in einem Liegestuhl neben Lu, schon zuversichtlicher. Sie sahen ein paar Jugendlichen zu, die von einem hohem Brett Kopfsprünge machten. Es war ein herrlicher Nachmittag, und nach und nach schien die Spannung zu weichen. Später, als sie zu Abend aßen und dazu ein paar Drinks nahmen, wurde es noch besser. Aber als sie dann ins Motel zurückkamen, war die aufgeladene Atmosphäre wieder da. Sie betonten beide mehrfach, wie todmüde sie seien. Dann zogen sie sich nacheinander hinter abgeschlossener Badezimmertür aus. Emily stellte den Fernseher an. Das Gerät war in die Spiegelkommode eingebaut, und richtig sehen konnte man nur vom Bett aus. Also setzten sie sich aufs Bett – so weit auseinander wie irgend möglich. Während einer Werbeeinblendung sagte Lu mit angestrengter Stimme: »Wäre doch lustig, wenn Ralph und Carl jetzt hier wären.«

»Ja«, antwortete Emily. »Was die wohl gerade machen?«

Sie spannen das Thema noch ein bißchen weiter, was sie sonst kaum je taten, wenn sie zusammen waren. Aber Tatsache war, daß Ralph und Carl auf dieser Reise mit dabei waren. Und als Emily und Lu schließlich unter die Decken krochen, schlüpften die beiden mit ins Bett, und diesmal postierten sie sich nicht außen, wie im Kino, sondern zwischen ihnen. Ein Reporter zeigte Dias aus China. Er sah ihnen genau ins Gesicht, die Brauen hochgezogen, als wollte er sagen: zwei Frauen in einem Bett. Wer weiß, was denen als nächstes einfällt! Nach einer Weile drehte sich Emily zu Lu, die mit geschlossenen Augen dalag. Sie sagte: »Na, das war es dann wohl für heute.« Lu grunzte zustimmend. Emily beugte sich zum Schalter und knipste das Licht aus. Sie lagen jetzt im Dunkeln. Dann sagte sie: »Gute Nacht.«

»Gute Nacht.«

Ein paar Minuten unerträglichen Schweigens. Emily seufzte: »Mann, bin ich erschossen.«

»Hmmm«, kam es von ihrer Bettgenossin.

Emily rollte sich auf die Seite und versuchte zu schlafen. Sie zählte Herden von Schäfchen und die Hunde, die die Schäfchen hüteten, und die Frauen, die die Männer zu Tisch riefen, und die Farmarbeiter und ihre Kinder und Tiere und so weiter, aber es dauerte lange, bis sie schließlich wegdriftete. Aber ihr Bewußtsein wehrte sich wie ein zuckender Nerv gegen das Verlöschen und riß sie wieder zurück. Und jetzt nahm das Verlangen von ihren Gedanken Besitz. Und der Wind schlang die Vorhänge zu Marionettenbeinen, und Emily, getrieben von Gefühlen, die zu benennen sie sich weigerte, getrieben wie ein Nagel von einem Hammer, drehte sich zu Lu und sah gerade, wie sie sich am Kopf kratzte. Was hieß *das*?

Sie starrte an die Decke, umhüllt von Lus Atem. Ihr war, als stünde sie in Flammen. Die Dunkelheit lockte sie, Lu in die Arme zu nehmen, hielt ihr noch einmal die Gründe vor, weshalb sie hierhergekommen waren. Hatten sie sich nicht vorgestern abend geküßt? Hatten sie einander nicht gestern oben in Lus Atelier in den Armen gehalten? Und was war mit dem Druck ihrer Arme dort im Kino? Hieß das nicht alles, daß sie zusammen sein wollten, und hatten sie nicht ganz richtig interpretiert, was »zusammen« bedeutete – daß sie sich liebten, daß ihre Liebe die Proklamation ihrer Unabhängigkeit von den Zwängen dieser Welt war? Was machte es also schon aus, wenn sie die flackernde Flamme des Verlangens lodern ließen, bis die letzte Glut erlosch? Wenn sie sich küßten, würde die Welt stehenbleiben? Tu nicht so, Lu! Was jetzt? Sie lag da. Unentschlossen. Lus lockender Körper. Das Sündige dieser Verlockung. Der Versuch, das Sündige zu verscheuchen, indem sie Bilder der Reinheit beschwor – noch einmal Kind sein, unverdorben, und so weiter. Und in der höchsten Unschuld, die im Kern des Begehrens liegt, im Gewolltwerdenwollen, sah sie sich von Lu geliebt werden. Denn das war doch das wahre Gefühl zwischen ihnen, nicht wahr? Das Unbehagen, das da heute gewesen war, hatte nichts zu sagen. War da nicht unter alledem Liebe? War es nicht Schicksal, daß sie jetzt hier waren? In diesem glasklaren Moment der Wahrheit wußte Emily, daß sie Lu wollte, daß nichts so wichtig war wie dieses Gefühl. Und gleich darauf verschwanden Carl und Ralph aus dem Bett. Eine unsägliche Zärtlichkeit stieg in ihr auf. Und plötzlich fand sie sich dabei, wie sie sich auf dem verschlungenen Weg der Annäherung vorantastete, den endlosen Meilen, gespickt mit den Tretminen und Stolperdrähten der Vorsicht, bis sie in ihrem Garten war, neben Mattie, die Lu war und zuerst erschrocken. Aber Lu lief nicht weg, als Emily sie zu küssen begann, sachte, dann weniger sachte, und ihre Brüste berührte, die Brustwarzen, so weich wie Artischockenherzen, die unter ihren Fingern hart wurden. Eine Gedichtzeile: »Mein Herz regt sich für einen Vogel«; ihr Herz regte sich für Lu, ihre Körper waren wie Fäden, die sich von den Spulen ihrer Kleider lösten. »Willst du mich?« flüsterte sie. »Ich will dich, Lu. Ich will dich, wie ich noch nie irgend jemanden gewollt habe.« O Himmel, Lus Arme um ihren Körper, Himmel, Lus Hände in ihrem Fleisch, Himmel, süße Lust des Riechens, Schmeckens, Liebens. O Gott, geh aus mein Herz, über Lus Lippen, Schultern, Brüste, nackten Bauch in die Höhle zwischen ihren Schenkeln, flieg, Emily, gelöst, erlöst: sie war Lu, und Lu war sie, als seien sie ein Körper, gäben ihn sich hin und her – Hunger.

Sie wachte auf, weil sie Stimmen hörte. »Machst du die drei oben, Sue Lynn?« »Mach ich, un' die zwei drüben im Ostflügel ham 'n kaputten Riegel.« Und der Karren des Zimmermädchens klakkerte an ihrer Tür vorüber. Emily starrte auf eine Wandlampe und drehte sich dann um zu Lu, die mit dem Rücken zu ihr ganz an der Kante lag. Emilys Füße fanden ihr Schlafanzugunterteil und bugsierten es herauf. Ihre Hand entdeckte das Oberteil auf dem Boden. Sie stieg, beides an sich raffend, aus dem Bett und ging in die Toilette, wo sie sich, wie in Paris, im Spiegel musterte. Die Haut neben der Wirbelsäule tat weh. Lus Fingernägel. Der Gedanke erregte sie und machte sie verlegen, und sie zog sich leise an und beschloß, Lu mit einem Frühstück zu überraschen.

Ein Stück die Straße entlang fand sie einen überfüllten Imbiß, und nach einigem Warten erstand sie Saft, Kaffee und Brötchen. Sie hatte es so eilig, wieder zurückzukommen, daß sie fast ihre Brieftasche auf dem Tresen liegen ließ. Im Auto postierte sie den Kaffee sorgsam so, daß er nicht umfallen konnte, und auf der Rückfahrt dachte sie an all die tollen Sachen, die sie heute machen würden. Vielleicht könnten sie ja ihre Prüfungen verschieben und noch ein bißchen bleiben. Sie wäre fast an der Einfahrt vorbeigefahren, aber da war das Motel, und sie bog ein.

Das erste, was ihr auffiel, als sie das Zimmer betrat, war Lus gepackter Koffer, der offen auf dem Bett lag. Lu selbst war in der Toilette. Emily stellte das Frühstück ab und wartete unruhig. Was sollte der gepackte Koffer?

Sie brauchte nicht lange zu spekulieren, denn die Tür ging auf und Lu kam heraus. Ohne sie zu begrüßen, ging sie zu ihrem Koffer, um noch ein paar Sachen hineinzuwerfen. »Was machst du da?« fand Emily ihre Stimme wieder. »Lu«, sagte sie alarmiert. »Was ist denn?« Sie ging auf sie zu.

»Laß mich!« Lus Worte waren wie glühender Stahl, und sie spuckte sie ihr ins Gesicht. »Laß mich in Ruhe!« Sie knallte den Koffer zu und zerrte ihn vom Bett.
Sollte das ein Witz sein? Lu!
Es war kein Witz. »Herrgott!« Sie schleppte den Koffer zur Tür. Ihre Haare waren zu einem Pferdeschwanz gebunden, was ihr Gesicht schmaler und strenger machte. Die Augen in diesem Strang von Weiß waren riesig und entsetzt.
»Ich verstehe nicht...«
»Es ist mir scheißegal, was du verstehst. Ich will zurück nach Chapel Hill. Wenn du mich nicht hinbringst, rufe ich die Polizei!« Vor Aufregung zitterten ihr die Hände. »Ich kriege hier in diesem Nest keinen Bus! Ich weiß noch nicht mal, wo zum Teufel wir sind! Bring mich schleunigst zurück. Ich warte im Auto! Beeil dich, verdammt noch mal!«
Die Tür fiel krachend zu. Emily sank auf die Bettkante. Sie zündete sich eine Zigarette an, tat drei tiefe Züge und schleppte sich ins Bad, wo sie sich, von plötzlicher Übelkeit gepackt, ins Klo übergab. Sie raffte mühsam ihre Sachen zusammen und verließ das Zimmer.
Die Rückfahrt – unbeschreiblich. Drei Stunden Radio, das jedesmal voll aufgedreht wurde, wenn sie den Mund aufmachen wollte. Einmal schaffte sie es zu sagen, daß sie Lu liebe. Daraufhin drohte Lu, aus dem Auto zu springen. »Halt den Mund!« schrie sie, als stünde sie auf dem Footballplatz. »Halt deinen gottverdammten dreckigen Mund. Ich will nichts hören!« Eine Schmerznadel wurde zentimeterweise durch Emilys Körper geschoben, wie ein Haken durch einen Wurm. Wieder ertränkte das Radio alles, und so ging es bis Carrboro, einem Vorort von Chapel Hill. »Halt an!« befahl Lu barsch.
Emily hatte allen Willen, allen Stolz, alle Selbstachtung eingebüßt. Während der Fahrt war ihr ins Bewußtsein gedrungen, was sie da Elendes getan hatten. Sie war ein Schwamm, der die Sünden der Welt aufsaugte, ihr Körper ein schmutziger Fußabtreter. So

fühlte sie sich, als sie jetzt an den Rand fuhr und hielt und zum ersten Mal Lus Blick suchte. »Wir sind gleich da«, sagte Lu tonlos. »Und sie werden uns Fragen stellen. Sag einfach, ich hätte etwas Schlechtes gegessen und wir hätten zurückkommen müssen. Ich bleibe nicht im Haus. Ralph kommt heute wieder. Ich gehe kurz ins Verbindungshaus und erledige ein paar Sachen und verschwinde dann rüber ins Sigma Chi. Wehe, du belästigst mich vorher in irgendeiner Weise. Ich warne dich. Ich erzähle sonst allen, was passiert ist!« Und als Emily mit zittriger Stimme fragte, was das denn sei, schrie Lu schrill, sie sei heimtückisch über sie hergefallen. Und das wisse sie ganz genau! Sie wolle sich doch wohl nicht herausreden? Sie habe sie in dieses Loch verschleppt und gezwungen, ihr zu Willen zu sein! Sie vergewaltigt! Und während sie nach Chapel Hill hineinfuhren, hallte es Emily in den Ohren wie eine Marschtrommel: Vergewaltigt! Vergewaltigt! Vergewaltigt! Sie parkte ein Stückchen vom Haus entfernt, und Lu stieg hastig aus. Emily wartete kurz und ging dann, ihre Tasche im Auto zurücklassend, ebenfalls hinein. Zum Glück war das Haus ziemlich leer, und Lu war nirgends zu sehen. Emily ging nach oben und betete, daß ihre Zimmergenossin weg sein möge. Ihr Gebet wurde jedoch nicht erhört. »Oh, hi!« sagte Toby überrascht, als Emily hereinkam. »Du bist schon zurück?«

»Ja. Lu ist krank geworden.«

»Ach, wie schade. Ist sie wieder okay?«

»Ich glaube, es geht ihr schon besser.«

»Wo wart ihr denn?«

»Richtung Ashville.«

»So weit?«

»Wir sind nicht bis hin gekommen. Lu war schlecht.«

»Du siehst auch nicht gerade toll aus.«

»Ach, ich weiß nicht.« Sie legte sich aufs Bett und bedeckte ihr Gesicht mit dem Arm, damit Toby nicht sah, daß sie weinte. »Ich brauche nur ein bißchen Ruhe.«

»Bist du sicher?« Toby war nicht recht überzeugt.

»Ja. Vielleicht brüte ich irgendwas aus.«
»Na gut. Ich wollte gerade gehen. Also hast du erst mal deine Ruhe. Dein Pullover liegt im Schrank. Tausend Dank.«
Die Tür klappte zu, und Emily setzte sich auf und stützte den Kopf in die Hände. Es war klar, was sie zu tun hatte. Sie ging hinaus auf den Flur und zur Treppe hinauf zum Dachboden. Sie stieg mit klopfendem Herzen hinauf und kam sich vor wie Gretchen Stryker. Vor der Tür zählte sie bis zehn, ehe sie anklopfte.
»Ja? Wer ist da?«
»Ich bin's.«
Die Tür flog auf. Da stand Lu, weiß und grimmig. »Ich habe dich *gewarnt*!«
»Es tut mir leid.« Tränen strömten ihr übers Gesicht. »Das wollte ich nur sagen.«
Lu schnalzte verächtlich und knallte die Tür so heftig zu, daß sie nachzitterte. Emily lief zurück in ihr Zimmer. Dort raffte sie die Zeichnung, die Lu ihr geschenkt hatte, sowie ein paar Unterlagen und Lehrbücher an sich. Sie ging nach unten. Millie Cox erspähte sie auf halber Treppe und kam fröhlich auf sie zu. Aber Emily sagte, sie müsse nach Greensboro, um eine Freundin ihrer Schwester zu treffen, und huschte rasch aus der Tür. Sie konnte sich nicht darum kümmern, wie das aussah. Sie mußte hier weg.
Auf der Fahrt wurde eigenartigerweise alles viel klarer. Jetzt, da sie allein war, mußte Emily sich selbst ins Gesicht sehen. Und was sie sah, ekelte sie an. Sie war Abschaum, das Letzte vom Letzten. Lu hatte recht. Sie hatte sie hereingelegt. Sie hatte sie in dieses Motel geschleppt, ohne ihr von ihrer Vergangenheit zu erzählen. Sie hätte auf der Hut sein müssen, um sich und Lu zu schützen. Sie hätte die Gefahrenzeichen erkennen müssen, den Kuß und die Umarmung und ihr heftiger Wunsch, mit Lu zusammenzusein. Aber sie hatte sich zu sicher gefühlt, nach Jean Battle und im Schutz von Carls Zuneigung. Aber jetzt mußte sie akzeptieren, daß sie krank war. Die meisten Leute hatten Krankheiten, die man sehen konnte. Lepra oder Kinderlähmung oder Tb. Sie

hatten Symptome, die die Krankheit anzeigten und die Welt vor der Ansteckungsgefahr warnten. Ihre Krankheit dagegen war unsichtbar, wegen ihrer Lügen und ihres Aussehens. Aber sie war so schlimm wie Krebs. Sie zerstörte sie selbst und alle, die sie infizierte. Vielleicht war Lu eine Mahnung gewesen, daß sie mit Frauen auf ewig aufpassen mußte. Vielleicht war der Schmerz, den sie jetzt litt, nur die Buße für all das, was sie anderen angetan hatte. Ihre Gedanken kreisten um Sheila, um Charles, um die Verderbtheit und Schwachheit ihres Fleisches. Scham stieg in ihr auf, erfaßte ihren ganzen Körper, bis in jeden Nerv und jede Sehne, und erfüllte sie mit Abscheu vor sich selbst, aber auch mit einer neuen Entschlossenheit.

Sie sah vor sich eine katholische Kirche und fuhr, einem spontanen Impuls gehorchend, auf den Parkplatz. Sie starrte auf das Gebäude und erinnerte sich, was sie von den katholischen Mädchen in der Schule gehört hatte: daß Katholiken immer in den Beichtstuhl gingen und dem Priester erzählten, was sie Schlimmes getan hatten, und ihnen wurde vergeben. Man brauchte nur zu bereuen. Und das tat sie. Also beschloß sie, auch zu beichten. Allein schon mit jemandem zu reden, würde ihr guttun. Sie stellte den Motor ab und ging hinein. Sie blieb am Eingang stehen und schaute sich nach einem Kämmerchen um, das den Schilderungen entsprach, sah aber keins. Im Mittelgang stand eine Frau, und sie wäre am liebsten zu ihr gegangen, um zu fragen, wo man beichten konnte, aber sie traute sich nicht und setzte sich statt dessen in eine der hinteren Bänke. Sie fühlte sich schmutzig. Sie sah nach vorn zu dem Kreuz und fühlte sich immer schmutziger. Einen Moment lang sah sie ihren Vater am Sonntag an der Spitze der Familie zur Ersten Methodistenkirche schreiten. Sie war immer die letzte gewesen, damit beschäftigt, ihren Freundinnen Grimassen zu schneiden, etwa dann, wenn ihr Vater so laut sang, daß es ihr peinlich war. Neben ihr hatte Sheila gesessen und gebetet, als gehöre ihr der liebe Gott persönlich, und hatte das Ganze offenbar sehr ernst genommen. Emily hatte das nie getan, aber jetzt wünschte sie, sie könnte sich diesen ganzen Horror von der Seele beten. Sie wollte sich sauber fühlen. Sie wollte, daß Gott sie anrührte, wie er Moses angerührt hatte, daß er ihr einen brennenden Dornbusch zum Zeichen gab, ihr Erlösung verhieß, sie badete, sie annahm.

In dem Moment wurde plötzlich Lu in ihrem Kopf lebendig. Sie fühlte Lus brennende Lippen, roch ihren Körper, schmeckte ihr Haar, spürte, wie Lu sie berührte, sah wieder das blendende Weiß der Ekstase. Und dort, mitten zwischen den Heiligenfiguren und Kerzen, an diesem Ort der seelischen Zuflucht, tauchte aus dem Schlamm ihrer Schuldgefühle eine unumstößliche Wahrheit auf: die Tatsache, daß sie sich nach Lu sehnte, sich mehr nach ihr sehnte, als sie sich schämte, sie mehr vermißte, als sie bereute, ihr Versprechen gebrochen zu haben, nie mehr etwas mit einem Mädchen zu haben, daß sie sie mehr vermißte als jedes Triumphgefühl, das ihr Jean Battles Penis beschert haben mochte. Das waren die Fakten, die auf dem Stecknadelkopf tanzten.

Aber diese Erleuchtung war nur ein kurzes Aufflackern. Und als das Flackern erlosch, die Kerze ausgeblasen war, verfluchte sie sich dafür, daß sie wieder der Versuchung anheimgefallen war. Die Sehnsucht nach Lu war nur das letzte Aufbäumen, die Todeszuckungen des Bösen.

Ab jetzt, schwor sie leise, würde sie nie wieder etwas mit einer Frau haben.

Sie verließ die Kirche gestärkt, aber auf der Schnellstraße nach Raleigh packten sie die Gefühle wieder. Sie fuhr auf einen Rastplatz, holte die Zeichnung aus ihrem Koffer und warf sie in die Mülltonne. Es war jetzt sechs, und Emily dachte, daß sie sich besser darum kümmern sollte, ein Zimmer zu finden, wo sie bleiben konnte, um für ihre Klausuren zu lernen. Sie fuhr wieder los, und als sie an eine Tankstelle kam, hielt sie aus irgendeinem Grund an. Sie versuchte, Lillian zu erreichen. Aber nach achtmaligem vergeblichem Klingeln fuhr sie weiter, erstaunt über ihr eigenes Tun. Wieso hatte sie anrufen wollen? Was hätte sie denn in

ihrer momentanen Verfassung gesagt, wenn Lillian dagewesen wäre? Sie fühlte sich irgendwie verrückt.
In einem Supermarkt erstand sie ein paar Dosen Bier, von denen sie zwei hinunterkippte, was ihre Nervosität aber nur steigerte. Sie war jetzt kurz vor Raleigh. Also hielt sie Ausschau nach einem Motel. Sie fand eins am Stadtrand, zahlte, ging auf ihr Zimmer und setzte sich aufs Bett, von Einsamkeit und Verzweiflung überrollt. Gestern nacht war sie mit Lu in einem Motel gewesen, und jetzt, vierundzwanzig Stunden später, saß sie an einem ganz ähnlichen Ort, aber unter völlig anderen Umständen. Im Zimmer war ein kleiner Kühlschrank. Sie stellte ihr Bier hinein und setzte sich dann über ihre Bücher, konnte sich aber nicht konzentrieren. Sie ging kurz unter die Dusche und schwor sich, nur an das Nächstliegende zu denken und gegen ihre Müdigkeit und immer tiefer werdende Deprimiertheit anzukämpfen. So konnte es nicht weitergehen. Der Schmerz glich zu sehr dem, den sie damals wegen Mattie empfunden hatte, war lähmend und absorbierend, und so konnte sie nicht schaffen, was vor ihr lag. Sie mußte zurück nach Chapel Hill und morgen ihre Shakespeare-Klausur schreiben und bis zum Wochenende die restlichen Arbeiten und dann die formelle Diplomverleihung sausenlassen und machen, daß sie wegkam. Aber wohin?
So vergingen die Stunden, und am Ende war ihre Entscheidung gefallen. Lillian würde einfach verstehen müssen, daß sie nicht gleich nach New York kommen konnte. Ihr fiel ein, daß in den Unterlagen der Columbia-Universität gestanden hatte, die Zulassung gelte ein Jahr. Also würde sie zuerst mit Carl zusammenleben, bis sie geheilt war, und dann nach New York gehen. Offensichtlich war Jean Battle nicht genug gewesen. Sie mußte mehr Sex mit Männern haben, und da Carl sie liebte, war es besser, sie schlief mit ihm als mit jemandem, den sie nicht kannte. Das war die Lösung. Sie würde mit ihm schlafen, bis sie ganz und gar normal war. Wieder einmal sagte sie sich, daß sie ja damit New York nicht ganz aufgab. Sie verschob es nur. Es würde bestimmt

nicht allzu lange dauern. Sie fühlte sich besser. Sie schlief ein, ihr Shakespeare-Buch offen auf dem Schoß und eine Bierdose in der Hand.
Sie erwachte zerschlagen und zerquält und dachte nervös an die Anrufe, die sie machen mußte. Sie erledigte den leichtesten zuerst. Sie erreichte ihre Tante, die vor ihrem Abflug nach Hawaii noch zu ihrer Diplomverleihung hatte kommen wollen, und sagte ihr, daß es nicht nötig sei, weil sie gleich nach Beendigung der Prüfungen nach Chicago fahren würde. »Nein, das heißt nicht *zwangsläufig* Hochzeitsglocken«, hörte sie sich in jenem munteren Ton sagen, den sie ihrer Tante gegenüber anzuschlagen pflegte. »Ich weiß selbst nicht genau, was das heißt. Wir werden sehen. Aber ich halte dich auf dem laufenden.«
Sie legte auf, setzte sich aufs Bett und versuchte, die Energie aufzubringen, ihre Zukunft zu planen. Jetzt wurde es kompliziert. Zwei Tage Fahrt nach Chicago, das hieß, sie würde in der ersten Juni-Woche dort sein, und um wirklich geheilt zu werden, müßte sie wohl ein Jahr veranschlagen, oder? Sie runzelte die Stirn, halbierte die Zeit und gelobte, bis nach Weihnachten bei ihm zu bleiben. Sieben Monate. Danach würde sie nach New York gehen. Aber wann? Ihr Hauptmotiv, nach New York zu gehen (vom aufregenden Großstadtleben einmal abgesehen), war immer gewesen, mit Lillian zusammenzuwohnen. Aber mit zunehmender Reife war die Columbia-Universität dazugekommen, und damit das Ziel, ihren Magister zu machen und später dann an einer guten Schule zu unterrichten. Und wenn sie im Januar an der Universität anfing, würde sie frühestens im nächsten Januar fertig sein – ein mieser Zeitpunkt, um sich einen Job zu suchen. Und außerdem wollte sie sich nicht mitten im Jahr immatrikulieren. Also blieb Juni. Im Juni würde sie anfangen. Und was Carl anbelangte, so ging sie in lauterster Absicht zu ihm. Und falls sie sich unterwegs in ihn verliebte, würde sie nach dem Graduiertenstudium wieder zu ihm zurückkehren. Also rief sie um acht Uhr morgens das Immatrikulationsbüro der Columbia-Universität an. Eine sehr hilfsbereite Frau

fand ihren Antrag, änderte das Datum des Studienbeginns von September in Juni und bat sie, noch eine schriftliche Bestätigung zu schicken, was Emily versprach.
Und jetzt das Schwerste. Lillian. Sie erwischte sie im Wohnheim, noch vor neun, die beste Zeit. Aufgeregt, aber von dem alles beherrschenden Drang getrieben, ihr Leben zu regeln, sprudelte Emily heraus: Carl-wolle-unbedingt-daß-sie-zuerst-zu-ihm-käme-ehe-sie-nach-New-York-ginge-und-sie-habe-sich-breitschlagen-lassen-weil-er-sie-brauche. Sie würde die fünfzig Dollar für ihr Zimmer monatlich schicken und *ganz bestimmt* gleich nach Weihnachten kommen. Sie wisse, daß es reichlich spät sei, und Lillian solle ihr bitte, bitte nicht böse sein und so weiter. »Du bist mir böse, was, Lil?« fragte sie zerknirscht, ehe sie innehielt, um Atem zu holen. »Du bist sauer, stimmt's? Stimmt's, Lil?« wiederholte sie, als Lillian nicht sofort antwortete.
»Nein. Ich weiß nicht, Emily. Ich bin enttäuscht. Ich kapiere nicht, wieso du mir das nicht früher sagen konntest.«
»Oh, Lil«, antwortete sie, den Tränen nahe. »Ich wußte doch nicht, daß es so kommen würde. Ich wußte nicht, daß Carl das alles so schwernehmen würde. Er muß doch sein Praktikum machen, und er hat mir doch sein Auto überlassen und alles ... Ich versuche doch nur, das Richtige zu tun.« Sie spürte, daß sie gleich losheulen würde. »Bitte, halt mein Zimmer für mich frei. Versprich's mir. Ich schwöre, daß ich komme. Ich schwör's auf der Bibel.« Sie schwieg, weil ihr nichts mehr einfiel.
Lillian sagte: »Ist gut. Beruhig' dich. Du behältst dein Zimmer. Ich werde deinen Namen an die Tür schreiben.«
»Wird diese Greta das auch mitmachen?«
»Ja. Bestimmt. Ihr ist das völlig egal, solange du dein Drittel zahlst. Sie ist sowieso die meiste Zeit weg. Aber hör zu, Emily, wenn du mit mir zusammensein willst, dann mußt du deinen Hintern bald hochkriegen, weil ich nämlich nächsten Sommer weggehe.«
»Wohin?«

»Nach Peru.«
»Peru?«
»Tu nicht so schockiert. Ich habe dir gesagt, sobald ich meine Kernfächer am GAI hinter mich gebracht habe, würde ich wieder weggehen, und gerade diese Woche hat sich geklärt, daß es diesmal Peru sein wird.«
»Für wie lange?«
»Vielleicht ein gutes Jahr.«
Eine große Versuchung packte sie. Zum Teufel damit, wollte sie sagen. Ich komme nach New York. Aber der Drang, normal zu sein, fegte alles andere beiseite. Und so legte sie, nach einer Salve weiterer Entschuldigungen und Beteuerungen, wieviel ihr Lillian bedeute, den Hörer auf, um gleich im Anschluß bei Carls Eltern anzurufen. Seine Mutter sagte, sie erwarteten ihn erst am späten Nachmittag. Emily ließ ihm ausrichten, sie würde es um sieben noch mal versuchen.
Sie legte sich hin und zählte die Flecken in der Tapete. Sie war völlig erledigt. Nach einer Weile stand sie auf, um sich anzuziehen und noch einmal ihren Examensstoff zu überfliegen. Gegen Mittag fuhr sie nach Chapel Hill, wo sie ihre Klausur im Blindflug hinter sich brachte. Später am Nachmittag kehrte sie dann, nachdem sie sich innerlich gewappnet hatte, ins Verbindungshaus zurück. Sie hatte sich damit beruhigt, daß Lu ihr auch aus dem Weg gehen würde und es von daher nicht sehr wahrscheinlich sein würde, daß sie aufeinandertrafen. Aber als sie das Haus betrat, erwartete sie der nächste Schock. Lu war gestern abend mit Ralph auf und davon gegangen. »Sie will heiraten«, berichtete Joan Franke aufgeregt. »Sie läßt ihr Stipendium und alles sausen, aus lauter Liebe. Ist das nicht himmlisch?«
»Wußtest du denn nichts davon?« fragte Peggy Hill. »Hat sie dir nichts davon gesagt, als ihr weg wart?«
»Nein, nichts«, antwortete Emily dumpf. »Ich weiß von nichts. Und ihre Prüfungen?«
»Macht sie im Sommer, wenn sie auch ihr restliches Zeug abholt«,

antwortete jemand anders. Und so ging es immer weiter. Und irgendwie fand Emily die Kraft, sich zu beherrschen. Und sobald sie konnte, rief sie Carl an, um ihm ihre Pläne mitzuteilen. Und als er ihr versicherte, wie sehr er sie liebe, sagte sie weinend, sie liebe ihn auch. Und in dem Moment hatte sie das Gefühl, daß sie es vielleicht wirklich könnte. Sie ließ seine Liebe über sich herabströmen und liebte ihn wieder, so gut sie konnte. Carls Liebe war klar, rein, gesund. Seine heilenden Kräfte würden sie durch die schwierige Zeit bringen, die vor ihr lag. Emily war sich in tiefstem Herzen sicher, daß er die Antwort auf alles war...

Falsch. Die »Antwort« warf noch mehr Fragen auf, was Lu und mich anging. Ich sehnte mich nach ihr. Verdammt. Ich wollte mich nicht nach ihr sehnen: je mehr ich es tat, desto heftiger warf ich mich Carl an den Hals, desto mehr sehnte ich mich nach ihr. Ein Teufelskreis. Ich fand mich in Carls Armen dabei wieder, wie ich an sie dachte. Dann packte mich die Panik, und ich benutzte seinen Penis, um Lu auszuradieren. Trotzdem war da dieses gähnende Loch in meinem Inneren, das ich mit ihm nicht füllen konnte. Aber ich bemühte mich: ich verschönerte die Wohnung, ich kochte, ich wartete auf ihn, wenn er abends spät aus dem Krankenhaus kam, wir schliefen ständig miteinander, und ich heuchelte Lust. Es war verrückt: er liebte mich, und ich liebte jemand anderen, versuchte ihn zu ihr zu machen, mit den Illusionstricks der Phantasie. Carl wollte so gern, daß ich für immer dableiben sollte. Ein Teil von mir wollte das auch. Es war, als rackerten wir beide auf dasselbe Ziel hin: Los, Carl, weiter! Laß nicht locker! Du kannst es schaffen, Baby! Du kannst mich soweit bringen, daß ich dich liebe! Aber darunter war ich gottsjämmerlich einsam.

Und dann, als ich drei Monate in Chicago war, kam dieser Brief von Joan Franke. Joan Franke war schon immer so etwas wie das leibhaftige Gewissen unserer Verbindung gewesen, diejenige, die uns alle ständig ermahnte, »den Geist von Alpha Mega hochzuhalten«. Jetzt schrieb sie, daß Lu und Ralph in Charlotte wohnten. Sie habe mit Lu geredet und den Eindruck gehabt, es gehe ihr phantastisch. Das reichte. Allein schon den Namen zu lesen genügte. Noch in derselben Woche ging es mit mir durch, und ich erfragte, als Carl in der Klinik war, die Nummer bei der Auskunft und rief an. Sie war dran. Ich sagte ihren Namen, was in mir die kleinen Filmspulen der Erinnerung anwarf. Eine bedeutungsschwangere Pause. Dann ein *Peng* direkt an meinem Trommelfell.

Ja, es war dumm von mir anzurufen. Aber ich war nicht ganz bei Sinnen, weil ich immerzu denken mußte, ob die Wunden nicht vielleicht inzwischen verheilt wären und wir wieder Freundinnen sein könnten. Oder vielleicht wollte ich mich einfach nur vergewissern, daß sie noch lebte. Aber es machte alles nur noch schlimmer. Und als Carl heimkam, war ich wie ein Zombie. Er fing an zu fragen und zu bohren. Ich fing an zu heulen, und es brach aus mir heraus. »Carl«, schluchzte ich. »Erinnerst du dich noch an Lu Hestor?«

»Natürlich erinnere ich mich an Lu. Was ist mit ihr?«

»Carl, wir waren mehr als nur Freundinnen.«

»Was?«

»Ich sage doch, wir waren mehr als nur Freundinnen. Weißt du noch, wie wir damals weggefahren sind, als du gerade unterwegs nach Chicago warst? Wir sind in ein Motel gegangen und haben miteinander geschlafen. Das war es, Carl. Deshalb ist sie damals vor dem Examen weggegangen. Deshalb hat sie ihr Stipendium sausen lassen und geheiratet, und ich bin hierher zu dir gekommen, um sie zu vergessen. Ich dachte, es würde klappen, aber es hat nicht geklappt, und ich bin nicht drüber weg, und ich werde mit meinen Gefühlen nicht mehr fertig, Carl; ich liebe sie immer noch.«

Er sah mich an, als wäre ich übergeschnappt. »Du spinnst.«

»Nein, ich spinne nicht. Ich versuche, ehrlich zu sein.«

»Du willst mir erzählen, du liebst eine Frau!«

»Nicht ›eine Frau‹, nicht irgendeine. Ich liebe Lu Hestor.«
»Das ist unmöglich.«
»Das ist nicht unmöglich. Es ist wahr.«
»Aber sie ist eine Frau. Wenn du eine Frau liebst, bist du schwul. Und wenn du schwul bist, ist es der Papst auch!« Das belustigte ihn, und er fing an zu lachen. Dann wollte er mit mir schlafen. Ich wurde ärgerlich: er versuchte, mich auszuziehen. Ich riß ihn an den Haaren und schrie: »Herrgott noch mal, Carl! Ich will nicht mit dir schlafen! Ich will, daß du hörst, was ich sage! Ich habe dir gerade das größte Geheimnis meines Lebens gebeichtet, und du nimmst mich gar nicht ernst!« Ich wurde regelrecht hysterisch und schrie immer wieder, daß ich Hilfe brauchte.
Also brachte er mich zu einem Priester, den er aus der Klinik kannte. Der Priester befestigte eine Kugel an einer Schnur und ließ sie vor meinem Gesicht baumeln. Er wies mich an, mich auf die pendelnde Kugel zu konzentrieren, und zählte mit singender Stimme bis zehn. Dann sagte er im großen und ganzen dasselbe, was Mrs. Tremble gesagt hatte, über den Geist, der stärker sei als das Fleisch – und ich solle mich per Willenskraft von diesem Teufelsweib freimachen, indem ich meine Gedanken ganz auf das Gute richtete. »Sprechen Sie mir nach«, befahl er streng. »Ich liebe Lu Hestor nicht.«
»Aber ich liebe sie.«
»Sprechen Sie es einfach nach.«
»Ich liebe Lu Hestor nicht.«
»Sagen Sie, es ist krankhaft und verderbt, das eigene Geschlecht zu begehren, und es erregt Gottes Zorn.«
»Es ist krankhaft und verderbt, das eigene Geschlecht zu begehren, und es erregt Gottes Zorn.«
»Sie werden in der Hölle schmoren, wenn Sie sich nicht ändern.«
»Ich werde in der Hölle schmoren, wenn ich mich nicht ändere.«
»Sie lieben Carl Bentley.«

»Ich liebe Carl Bentley.«

Ich war gerade am Wegdösen, als der Priester mit einem lauten Fingerschnippen meine Gedanken aus ihrem Tunnel zurückholte. Aber ich fühlte mich kein bißchen anders als vorher. Dann ließ er uns hinknien und beten, und er sagte dasselbe, was meine Schwester gesagt hatte: daß Gott die Gebete auch des kleinsten Spatzen unter dem Himmel hört. Und schließlich meinte er noch, ich solle wiederkommen.

Ich ging nie wieder hin. Ich fand das Ganze nur dumm. Aber ich bemühte mich weiter, was Carl anging. Und wenn nach dem Höhepunkt die Kälte kam, kämpfte ich sie nieder. Und wenn es mich anödete, kämpfte ich auch das nieder. Ich versuchte, mich zu formen wie ein Sonett: soundsoviele Wörter pro Zeile. Aber ich war kein Sonett. Das Begehren war keine Gedichtzeile. Und nach einer Weile gab ich es auf.

Nicht aber die Männer. Ganz im Gegenteil. Carl hatte mir gezeigt, wie leicht es mit ihnen war. Wenn sein Penis so oft in mich eindringen konnte und ich losging wie eine Rakete, wenn er meine Brüste berührte, dann war ich über die Frauen weg.

Während dieser ganzen Zeit schickte ich Lillian brav meine Miete und rief sie auch öfters an, wenn Carl weg war. Im Herbst sagte sie mir das genaue Datum ihrer Abreise im Juni. Ich wußte, daß sie die Wohnung behalten wollte, und wir hatten schon besprochen, daß wir zusammen dort wohnen würden, wenn sie wiederkam. Aber da sie über ein Jahr wegbleiben würde, beschloß ich, zuerst ins Wohnheim zu ziehen. Meine Zukunft war geregelt. Im Dezember rief ich Lillian an, um ihr mitzuteilen, daß ich am zweiten Januar nach New York fliegen würde.

Sie mußte an diesem Tag ein Seminar leiten und konnte mich nicht abholen, aber sie meinte, ich solle ein Taxi nehmen und mir den Schlüssel beim Hauswirt holen. Greta hatte für die nächsten Monate in Europa zu tun, und so würden wir die Wohnung erst mal für uns haben.

In meiner letzten Nacht mit Carl hatten wir den besten Sex unserer ganzen Zeit. Ich habe oft daran zurückgedacht. Es dauerte Ewigkeiten und war schön. Am Ende weinte er, und ich weinte auch, aber ich glaube, im Innersten wußte er, daß ich gehen mußte. Und ich glaubte, daß irgendwo da draußen der richtige Mann auf mich wartete. Ich war fest davon überzeugt. Das Vergangene war vergangen, und ich mußte weiter. Das kommt mir jetzt alles wieder. Das war die innere Einstellung, mit der ich nach New York ging …

Columbia

... Vom ersten Moment an in New York beherrschte Greenwich Village meine Phantasie. Es war mein wichtigster erster Eindruck von Manhattan, pulsierend wie ein Herz, das Blut und Lebenskraft durch die Hauptadern von New York pumpte, es zog mich an, wie einen der Sims eines hohen Gebäudes anzieht, beängstigend und zwingend, abschreckend und faszinierend zugleich. So ging es mir. Ich las die *Village Voice*. Ich studierte die Gegend auf dem kleinen Stadtplan, den ich immer dabeihatte. Ich sagte mir, ich sei neugierig, weil mein Vater kurz dort gelebt hatte und weil es immer noch ein Künstlerviertel war. Aber was mich eigentlich anzog, waren die Homosexuellen. Ich brannte darauf, ein echtes Exemplar zu sehen: wie es aussah, was es anhatte, wie es aß. Ich wollte es dabei beobachten, wie es in einen Laden ging und etwas kaufte, wollte es unter ein Mikroskop schieben und seine Zellen zählen. Ich wollte eine Fliege sein und dort sitzen, an den Hauswänden von Greenwich Village, dem Reich der Homos, und mich dann wieder in meinen sicheren Uptown-Hafen zurückziehen und denken: »So hätte ich enden können, wenn ich nicht gerettet worden wäre.« Und wenn Lillian vorschlug, doch mal in ein Restaurant im Village zu gehen, hatte ich immer eine Ausrede. Zum Glück brachte sie das Thema nicht oft aufs Tapet. Ich sollte noch lernen, daß sie, wie die meisten New Yorker und auch meine späteren Freunde an der Columbia-Universität, am liebsten in ihrem eigenen Revier blieben. Aber selbst wenn es anders gewesen wäre: Lillian war die letzte, mit der ich Homos sehen wollte. Schon bei dem Gedanken geriet ich in Panik ...

Emily kam mit zwei Koffern in New York an (da ihre Kisten schon vorausgeschickt worden waren). Und von dem Augenblick an, als sie zum ersten Mal die Wohnung betrat, die für die nächsten fünf Monate ihr Zuhause sein sollte, fühlte sie sich frei wie der Wind und so unabhängig wie noch nie in ihrem Leben. Es war eine dieser *Railroad-Flats,* wie sie damals bei den Studenten sehr beliebt waren: geräumig, mit einem langen Flur, von dem die Zimmer abgingen, und einem spucknapfgroßen Bad am Ende. Ein großes Schild an einer der Türen kennzeichnete ihr Zimmer, und auf dem Bett hatte Lillian einen Sechserpack mit einer gelben Schleife deponiert. Vom Fenster aus konnte sie den Hudson sehen.

Als erstes galt es, sich wieder wie eine Studentin zu fühlen. Also zog sie Jeans an. Sie stellte das Radio dröhnend laut, rüstete sich mit ihren Zigaretten und einem Bier und tanzte gerade durch die Wohnung, als Lillian heimkam. Es war das gleiche freudige Wiedersehen wie immer.

Schon bald merkte sie, daß sie in eine Mini-UNO gezogen war. Die Israelis von oben kamen sie besuchen. Da waren Scharen von Studenten, die eben mal vorbeischauten, um zu trinken und zu tanzen und über Politik zu debattieren. Da waren Musiker, Revolutionäre mit glänzenden Augen, Vagabunden, Intellektuelle, Freunde von Freunden, dem Alkohol oder dem ausschweifenden Leben verfallen, die zu jeder Tages- und Nachtzeit hereinspaziert kamen, da die Tür nur selten verschlossen war. Der Mittelpunkt des ganzen Geschehens war Lillian. Sie war ein Energiebündel, und Emily konnte nur darüber staunen, wie sie es schaffte, ein so buntes Völkchen um sich zu scharen, von ihrem Stehvermögen ganz zu schweigen: Lillian unterrichtete und arbeitete gleichzeitig an ihrer kombinierten Magister- und Doktorarbeit. Sie spielte Trommel in einer Uptown-Jazzkneipe, verdiente sich Stipendien, lernte Navigation und Fremdsprachen und fand dabei noch die Kraft für flüchtige Affären mit mageren, bärtigen, gitarrespielenden Burschen, die ihr Liebe gaben (oder »dieses andere unanständige Zeug«, wie sie augenzwinkernd zu Emily sagte). Aber sie dachte gar nicht daran, fest vor Anker zu gehen. Dazu hatte sie viel zu viel vor.

Tagsüber, wenn Lillian weg war, hatte Emily Gelegenheit genug, die Upper West Side zu erkunden. Da gab es Läden zum Stöbern, den Campus der Columbia-Universität, wo sie herumschlendern und die Atmosphäre ihres künftigen Lebens schnuppern konnte. In diesem Viertel wohnten Einwanderer und Politiker, Arme und Reiche. Es war von der Columbia-Universität dominiert und stieß zehn Blocks weiter nördlich direkt an Harlem. In Lokalen wie dem Golden Rail an der 110. Straße konnte man stundenlang sitzen und gucken. Das galt auch für das West End am Broadway, das Studenten und anderen eigentümlichen Spezies als zweites Zuhause diente. Um intellektuell zu wirken, hatte sie immer Tolstois *Krieg und Frieden* dabei. Sie saß an der Bar, tat, als lese sie darin, achtete sorgsam darauf, daß der Titel gut zu sehen war, und war in Gedanken überall, nur nicht in Rußland. Manchmal setzte sie sich auf eine der Bänke am Broadway, um sich mit den Alten zu unterhalten, die praktisch hier wohnten. Sie liebte ihre akzentgefärbte Sprache, den Hauch einer anderen Welt, der sie umgab. Das hier war das New York Walt Whitmans, pflegte sie sich zu sagen. Er hatte genau dasselbe gemacht, was sie jetzt tat. Dieser Gedanke elektrisierte sie. Für Emily konnte es gar nicht laut genug sein, gab es gar nicht genug Autos oder Leute in der U-Bahn oder hupende Taxis oder wimmelnde Menschen. New York war der Mittelpunkt der Schöpfung. So empfand sie es. Sie liebte die Anonymität der Großstadt, die Tatsache, daß sie rauchen und trinken konnte, wo sie wollte. Und es dauerte nicht lange, bis sie darauf brannte, wieder zu studieren und in einem Einzelzimmer im Wohnheim zu wohnen und ganze Tage mit Englisch-Seminaren zuzubringen. Doch erst einmal nahm sie einen Aushilfs-Halbtags-Job in einer Werbeagentur in Midtown an. Für fünfzig Dollar die Woche empfing sie Kunden an einem großen Tresen gleich bei den Aufzügen. Sie lächelte, brachte ihnen Kaffee, tippte und nahm Anrufe entgegen. Nachmittags ging sie zur UNO, oder sie machte einen Schaufensterbummel auf der Fifth Avenue. Vielleicht zum ersten Mal in ihrem Leben fühlte sie sich mit sich selbst wohl. Und doch packte sie manchmal die Angst, allein zu enden. Dann vermißte sie Carl schrecklich. Eines Nachts, als bei Lillian wieder mal eine Party lief, rief sie ihn an. Es war ihr erster Kontakt, seit sie aus Chicago weggegangen war. Er erklärte ihr, er habe ein Mädchen kennengelernt und trage sich mit dem Gedanken, im Sommer zu heiraten. Sie legte auf und fragte sich in einem Anfall von Verunsicherung, ob sie vielleicht einen großen Fehler gemacht hatte, als sie ihn verlassen hatte.

...Ich denke an diese Zeit mit besonderer Wehmut zurück. Ich erinnere mich an den Spaß, den ich mit Lillian hatte, und ich erinnere mich auch, daß ich immer noch an Lu dachte, vor allem, wenn mich jemand nach meiner Zeit in Carolina fragte oder wenn ein bestimmtes Lied im Radio kam. Einmal ertappte mich Lillian in dieser traurigen Stimmung, und sie fragte mich, was ich hätte. Es entschlüpfte mir einfach, daß ich Lu vermißte. Aber sofort packte mich die Panik, und ich versuchte, meinen Lapsus zu überspielen, indem ich den Namen in ein männliches Lynn umänderte. Lynn Hestor sei meine erste Liebe gewesen, erklärte ich ihr, aber es täte mir zu weh, darüber zu reden. Lillian drang nicht weiter in mich. Ein paar Wochen später kam sie eines Abends ganz aufgeregt nach Hause, weil jetzt mit ihrer Reise nach Peru endgültig alles klar war. Aus irgendeinem Grund war ich ausnahmsweise allein in der Wohnung. Wir beschlossen, nach oben aufs Dach zu gehen und die freudige Nachricht zu begießen. Es war eine herrliche Nacht. Ein roter Mond hing über der Stadt, als hätte der Himmel ein Ei gelegt. Und wir lagen auf einer Decke und genossen die intensive Stimmung, bis Lillian plötzlich aus dem Nichts heraus meinte, daß es doch komisch gewesen sei, wie Mattie damals einfach vom Erdboden verschwunden sei.
Mein Herz verwandelte sich in eine Springbohne. Ich weiß nicht mehr, was ich geantwortet habe, aber sie mußte wohl irgend etwas in meiner Stimme bemerkt haben, denn sie sagte plötzlich im zärtlichsten Ton der Welt: »Stollie, wenn du mich je brauchst«,

hier verhauchten ihre Worte zu einer zweitklassigen Lauren Bacall-Imitation, »dann brauchst du nur zu pfeifen. Du kannst doch pfeifen, oder?« Lange Pause. »Du mußt einfach nur die Lippen spitzen und«, wieder eine Pause, »blasen.«
Das war das erlösende Wort. Wir lachten beide los, was mich prompt aufheiterte, und ich wechselte rasch das Thema...

Ende Mai zog Emily ins Miller-Wohnheim. Sie hatte ein großes Einzelzimmer mit Blick auf Morningside Heights, und auf dem Stockwerk war es abends mucksmäuschenstill, weil alle an ihren Schreibtischen saßen und arbeiteten. Auf ihrem Flur wohnte Carol Coin, die ihre engste Freundin an der Universität werden sollte. Carol kam aus Baltimore, studierte Politik und hatte schon ein Barnard-Diplom in der Tasche und wußte, wo es langging. Sie sah nicht schlecht aus – sie hatte stark germanische Züge, haselnußfarbene Augen, hübsches, braunes Haar, das sie manchmal zu Zöpfen flocht, und sie verströmte Schwung und Optimismus. Sie war die Sorte Studentin, die immer und überall Vorsitzende wird, aktiv, tüchtig, oft zu Streichen aufgelegt, aber auch stur, und bei alledem doch beliebt. Und genau wie einst Hilda, mochte sie Emily gleich, als sie sich unten in der Cafeteria kennenlernten.
Nachdem Lillian nach Peru abgereist war, gewöhnte Emily sich an, mit Carol und ihrer Clique in der West End Bar herumzuhängen. Ihre Freunde waren allesamt intelligent und idealistisch und hatten zu allen Übeln dieser Welt eine dezidierte Meinung. Noch vor Labor Day bot Carol Emily an, mit in eine Wohnung einzuziehen, die sie und eine andere Kommilitonin namens Mary Bake mieten wollten, wenn sie im Juni fertig wären. Emily fühlte sich geschmeichelt, und da Lillian noch über ein Jahr weg sein würde, sagte sie zu. In der Zwischenzeit fing sie an, Ausschau nach einem Job ab September zu halten. Sie stellte ihre Bewerbungsunterlagen zusammen und schickte sie an etliche Schulen, vor allem an private. Die zahlten zwar weniger, aber das konnte sie mit dem Geld aus ihrer Erbschaft ausgleichen, und die Schüler waren bes-

ser und die Klassen kleiner. Und dann, als das Herbstsemester langsam richtig anlief, lernte sie Nelson Curry kennen.

Wenn es einen richtigen Dichter auf dieser Welt gab, dann war es Nelson. Er sah schon so aus – mit wilden Augen und zerzausten Haaren. Er hielt gerade einen Vortrag über Dylan Thomas, als sie ihn das erste Mal bemerkte, gleich neben ihrer Sitznische im West End, das rote Haar eine Feuersbrunst auf seinen Schultern. Kopfschüttelnd und heftig gestikulierend deklamierte er *Eines Kindes Weihnacht in Wales* – dieser riesige Bär von einem Mann mit der ungekämmten Lockenmähne, Hosenträgern, ausgebeulten Hosen und einem Hemd, an dem die obersten Knöpfe fehlten. Er hatte verschmitzte grüne Augen und ein schelmisches Grinsen, und Irland leuchtete aus seinem Gesicht. Und es dauerte nicht lange, bis sie etwas dazu sagte, und nach Mitternacht begleitete er sie zum Wohnheim zurück.

Von da an waren sie fast täglich zusammen. Carol fand ihn ungehobelt und versuchte, Emily von ihm abzubringen. Aber Emily war fasziniert von Nelsons Wortgewalt, seiner direkten Art, seinem Bekenntnis, daß ihm starke Frauen gefielen, seiner Unrast und seinem Drang, durch die Bars zu ziehen. Er war gelegentlich jähzornig, aber er hatte ein gutes Herz. Und auf einer tieferen Ebene hatte er etwas Weltentrücktes und Verletzliches, das sie rührte. Nelson war der erste Mann, dem sie ihre Gedichte zeigte, der erste Mann, der sie zum Schreiben ermutigte. Weihnachten verbrachten sie bei seiner Cousine in Connecticut. Und bei einer Silvesterparty küßte er sie. Er hatte das noch nie vorher getan, und es schien ihn genauso zu überraschen wie sie, was sie noch mehr rührte. Und von da an kam noch etwas dazu: Nelson war, was Sex anging, noch zurückhaltender als Carl. Gut. Sie wollte es auch langsam angehen. Und sie dachte manchmal, wenn sie ein Mann wäre, würde sie so sein wollen wie Nelson.

Im Januar trugen ihre Bewerbungen die ersten Früchte, und sie wurde zu Vorstellungsgesprächen eingeladen. Sie suchte drei Schulen auf und entschied sich schließlich für die Sloe Academy in White Plains. Das bedeutete eine Stunde Fahrt mit öffentlichen Verkehrsmitteln, aber sie hatte schon beschlossen, daß sie sich ein Auto zulegen wollte, wenn sie mit dem Studium fertig wäre. Nach einem zweiten Gespräch im Februar wurde sie ab Herbst als Lehrerin für Oberstufen-Englisch angenommen, unter dem Vorbehalt, daß sie bis dahin ihren Magister hatte. Und auf der Zugfahrt zurück in die Stadt sagte sie sich, daß das ein Grund zum Feiern sei.

Tatsache war, daß die Faszination, die Greenwich Village auf Emily ausübte, nicht nachließ. Einmal war sie sogar allein mit der U-Bahn hingefahren und ein bißchen herumgelaufen, neugierig wie eine Katze im neuen Haus. Aber wenn sie erwartet hatte, daß die Schwulen vor ihr von den Bäumen fallen würden, sah sie sich enttäuscht. Sie befand, daß sie wohl in den Bars sitzen mußten, aber da wollte sie allein nicht reingehen. Sie hatte Nelson zweimal angetragen, mit ihr hinzugehen. Von Schwulen-Bars hatte sie nichts gesagt. Sie hatte einfach nur fallen lassen, daß es doch lustig wäre, einen Abend ins Village zu fahren. Aber Nelson hatte gesagt, er möge das Village nicht, und sie hatte gedacht, es würde einen komischen Eindruck machen, wenn sie ihn weiter drängte. Aber heute war eine Ausnahme. Sie hatte in der *Village Voice* eine Anzeige von einem Nachtklub in der Nähe des Sheridan Square gesehen, wo es eine Travestie-Show gab, und sie beschloß jetzt, Nelson zur Feier des Tages dorthin auszuführen.

Als sie ins Wohnheim kam, sagte ihr Dot Cash von ihrem Stockwerk, eine Joan habe für sie angerufen und würde es morgen noch einmal versuchen. Emily dachte nicht weiter darüber nach und ging, um sich mit Nelson zum Essen zu treffen.

Sie erklärte ihm, sie wolle ihn ausführen, aber es sei eine Überraschung, wohin, und sie ließ sich nicht breitschlagen, damit herauszurücken. Gegen elf nahmen sie die South Ferry-U-Bahn Richtung Downtown, und es ließ sich alles bestens an. Aber als die Bahn die Station an der vierunddreißigsten Straße verließ, fragte er skeptisch: »Du willst ins Village, stimmt's?« Man brauchte nicht Einstein zu sein, um darauf zu kommen, denn von da, wo sie jetzt waren, kamen als Fahrtziele eigentlich nur das Village, China Town oder Wall Street in Frage. Sie nickte und lächelte geheimnisvoll, hochzufrieden mit sich. Aber er zog ein Gesicht. »Wenn es im Village ist, will ich da nicht hin. Ich hab' dir doch gesagt, daß es mir dort nicht gefällt. Ich gehe nie da hin.«

»Das trifft sich ja gut«, scherzte sie. »Ich auch nicht. Wir sind richtige Touristen. Das ist mein Abend, also vertrau dich mir an.«

»Ich bin kein Tourist«, schnaubte er. »Ich bin schon im Village gewesen.«

»Ich war noch nie richtig dort.«

»Wo schleppst du mich dann hin?«

»Nelson, warum willst du mir die erste Überraschung verderben, die ich mir je für dich ausgedacht habe?«

»Ich will es wissen.«

»Dann bezwing deine Neugier noch ein bißchen. Du wirst es gleich sehen. Und vielleicht – Gott behüte! – macht es dir ja sogar Spaß.«

»Wie heißt es?«

»Circle 3.«

Er ließ diese Auskunft auf sich wirken. »Wo ist das?«

»Siebte Avenue.«

»Wo an der Siebten?«

Sie kramte verdrossen ein Stückchen Papier aus ihrer Handtasche. Warum stellte er sich so an?

»Zweihunderteinundzwanzig, südliche Siebte Avenue, gleich bei der U-Bahn«, antwortete sie.

»Woher hast du das?«

»Aus der *Voice*.«

Er vergrub seine Hände in den Taschen seiner Armee-Jacke und starrte stumm aus dem Fenster. Sie spürte, wie seine Stimmung umschlug. »Wenn ich dich nicht kennen würde, Nelson, würde ich denken, du willst da nicht hin.« Sie setzte einen Fuß auf seinen Stiefel und stupste spielerisch gegen seinen Knöchel. Er reagierte nicht. Also versuchte sie es mit einer anderen Strategie. »Ach, komm, sei kein Spielverderber. Heute ist mein großer Abend. Wir gehen sonst immer dahin, wo du hinwillst.«

Das schien ihn etwas aufzutauen, und er brachte ein halbes Lächeln zustande. Sie fuhren gerade in die Station Sheridan Square ein. Als sie ausgestiegen waren, nahm Emily seine Hand, und sie liefen die Treppen hinauf, überquerten die Siebte Avenue und gingen, den Nummern folgend, in nördlicher Richtung. Nach etwa fünf Minuten erspähten sie einen überdachten Eingang mit der Leuchtschrift Circle 3. Emily steuerte rasch darauf zu und zog Nelson mit sich. »Ist es das?« fragte er. Er klang nicht übermäßig begeistert.

»Ja. Schau!« Sie zeigte auf ein Foto von einer Frau mit kurzen Haaren, schwarzem Trikot, Smoking und einer Peitsche in der Hand. Tootles Boot, besagte die Unterschrift. Daneben hing ein Bild von einem gertenschlanken jungen Mann mit Valentino-Frisur und Schmollmund. Darunter stand The Rare Montclair. Darüber war ein Hochglanzfoto festgepinnt. Es zeigte acht Männer in Frauenkleidern, die ihre Perücken abgenommen hatten. »Los, komm«, lockte sie ihn. Sie konnte es nicht erwarten. Nelson, jetzt sichtlich widerstrebend, rührte sich nicht. Von hinten nahten zwei Männer und zwei Frauen, und gleichzeitig wurde die Tür des Lokals von innen geöffnet, weil Leute herauswollten. Und in dem allgemeinen Geschiebe fanden sich Emily und Nelson plötzlich drinnen wieder. Emilys Herz vollführte einen Steptanz, so aufgeregt war sie. Die Leute, die mit ihnen hereingekommen waren, fanden einen Tisch auf der anderen Seite des Raums und ließen ihnen ein paar freie Barhocker zur Auswahl. Emilys Augen sogen rasch alles auf. An der Wand hinter der Theke hingen amerikanische Fähnchen rings um einen mit Dollarnoten bepflasterten Spiegel, ein Bild von Bette Davis und einer vollbusigen Nack-

ten mit verzücktem Blick. Aber dann wurde Emilys Aufmerksamkeit von zwei Männern an einem Tisch gleich vor ihnen absorbiert. Der eine sah aus wie ein ganz normaler Bankangestellter – dezenter Anzug, Schlips, alles, was dazugehörte. Sein Begleiter hingegen war eine bemerkenswerte Erscheinung: dick gepudertes Gesicht, kräftiges Rouge, baumelnde Straß-Ohrringe, lila Nägel, blutrote Lippen, sichtbarer Brustansatz im Dekolleté eines hautengen, schockrosa Abendkleids. Ein Schlitz an der Seite enthüllte ein kräftiges, behaartes, eindeutig männliches Bein. Jetzt steckte er die Finger seines Freunds in den Mund, um mit durchtriebenem Grinsen daran zu lecken und zu saugen. Hinter ihr knurrte Nelson finster: »Laß uns *verdammt* noch mal von hier verschwinden!«
Aber sie war schon an der Bar und bestellte zwei Bier. »Was macht das?« fragte sie atemlos, als sie prompt bedient wurde.
»Einen Dollar fünfzig.«
Sie legte lässig zwei Dollarnoten auf die Theke, bedeutete dem Barkeeper, er solle den Rest behalten, und zupfte Nelson am Ärmel. Herrgott, dachte sie, was hat er bloß? Und als könne er ihre Gedanken lesen, pflanzte er sich auf einen Hocker, die Hände rechts und links von seinem Bier auf dem Tresen, wie ein Hund, der einen Knochen bewacht. Nach ein paar unerträglich gespannten Minuten sagte sie flehend: »Nelson, würdest du mir bitte sagen, was los ist, damit mir mein Bier nicht in der Kehle steckenbleibt.«
»Ich hab's dir doch gesagt. Ich kann das Village nicht leiden. Und mir gefällt dieser Schuppen nicht.«
»Na und? Es ist doch nur ein Lokal. Wir wollen uns ja hier nicht häuslich niederlassen.«
»Es ist ein Tuntenlokal. Ich kann Tunten nicht ausstehen.«
»Ach, komm, sei nicht kindisch.« Da sie sich normalerweise prächtig verstanden, war sein Verhalten höchst ungewöhnlich, und Emily konnte sich keinen Reim darauf machen. Sie drehte sich weg und versuchte, ihn auszublenden. Der Mann im Abend-

kleid saß jetzt auf dem Schoß seines Begleiters und küßte seinen Hals. »Herrgott!« fauchte Nelson.
Emily reagierte nicht.
Er ließ nicht locker. »Herrgott noch mal! Schau dir das an. Das macht mich krank.«
Sie sah ihn gereizt an. »Du meine Güte, Nelson. Was hast du denn?«
»Tunten«, murmelte er. »Wenn einer von diesen Kerlen mir zu nahe kommt, dann...« Er knallte seine Bierflasche auf den Tisch.
»Bist du verrückt? Die tun dir doch nichts.«
Er spreizte abwehrend die Hände. »Sie tun mir was. Sie tun mir was, kapiert? Sie tun mir was, indem sie nur dieselbe Luft atmen wie ich. Los, trink aus.«
Sie wies mit einer Handbewegung auf die beiden Paare, die mit ihnen gekommen waren. »Wieso können wir es nicht so machen wie die da und uns einfach amüsieren? Was ist denn schon dabei? Ich dachte, du wärst ein...«
»Ein *was*?« fiel er ihr grimmig ins Wort. »Ein Schwuler?«
»Psst, kannst du bitte etwas leiser sein?«
»Raus mit der Sprache, was hast du gemeint?«
»Nelson, was soll das? Natürlich habe ich das nicht gedacht.«
»Wie bist du dann darauf gekommen, mich ausgerechnet hierher zu schleppen?«
Die Juke-Box dröhnte los, und sie versuchte, auf die Musik einzusteigen, Nelsons Ruppigkeit beiseite zu schieben. Sie würde sich von ihm nicht den Abend verderben lassen. Sie fühlte sich jung und voller Lebensenergie, und sie wollte sehen, was es auf der Welt gab. Das war wahres Leben, sagte ihre innere Stimme. Wahres, aufregendes Leben! Um sich herum sah sie hauptsächlich Männer Arm in Arm dasitzen, und ganz am Ende der Bar stand ein Grüppchen Frauen. Aber weil es so verraucht war, konnte sie ihre Gesichter nicht richtig erkennen. Auf der anderen Seite des Raums ging jetzt ein Vorhang auf, und ein Tusch ertönte, wäh-

rend die Plattenmusik verklang. Die Show! Das mußte sie sehen. Sie stieß Nelson in die Rippen und versuchte, ihn zum Lachen zu bringen. »Wie heißt ein Mann ohne Arme und Beine in einem Kettenhemd?« Nelson sah sie nicht einmal an. »Russell«, sagte sie prustend. Sie versuchte, mit den Fingern seine Mundwinkel hochzuziehen, und als er zurückwich, sagte sie: »Ach, komm, lach doch mal.« Er schob ihre Hände weg, aber sie insistierte: »Wie heißt ein Mann ohne Arme und Beine auf einer Leiter? Hugh«, lieferte sie gerade die Antwort mit, als ihr jemand von hinten auf die Schulter tippte. Sie sah auf und genau in ein Gesicht, das nicht zu seinem Körper zu gehören schien. Einem Frauenkörper, denn die Formen zeichneten sich unter der Jacke ab. Aber der Kopf sah aus, als hätte ihn ein zerstreuter Konstrukteur auf den Hals gesetzt: das Gesicht farblos wie Hafergrütze, die Stirn gefurcht, der Haarschnitt wie bei einem der Marx-Brothers. Klobige Hände voller Ringe, die eine lange elfenbeinerne Zigarettenspitze hielten. Und als die Gestalt fragte, ob Emily und ihr Freund die Show sehen wollten, klang ihre Stimme fast zärtlich, und ihr Lächeln entblößte die weißesten Zähne, die Emily je gesehen hatte. »Ja«, antwortete sie, ehe Nelson ablehnen konnte. Sie stand auf.

Das Lächeln wickelte sich förmlich um die Ohren der Frau. »Ich bin Micky Ross«, sagte sie.

»Ich heiße Emily Stolle. Das ist Nelson Curry.«

»Emily«, stöhnte Nelson. »Sag keine Namen.«

Sie hörte es, aber es war ihr egal. Sie wollte nur die Show sehen. Micky setzte sich in Bewegung, winkte den beiden Paaren, ihr zu folgen, und sagte »Kommen Sie!« zu Emily, die Nelson zuflüsterte: »Bitte! Das ist mein Abend. Ich verspreche dir, wir bleiben nicht lange.« Nelson erhob sich steif. Und sie zogen alle sechs im Gänsemarsch zwischen den Vorhängen hindurch in einen kleinen Raum mit einem Bühnenpodest. Micky rückte am vordersten Tisch Stühle für Nelson und Emily zurecht und ging dann mit den anderen weiter. Sobald sie sich gesetzt hatten, kam Tootles

Boot in einem schwarzen Bikini mit schwarzen kniehohen Stiefeln zu ihnen. Diesmal stellte Emily sich nicht vor. Sie bestellte nur zwei Bier und versuchte, sich durch Nelson nicht die Stimmung verderben zu lassen.
Gleich darauf kamen ihre Getränke. Gleichzeitig wurde das Licht heruntergedreht, und ein großer, dünner Mann schlängelte sich auf die Bühne. »Meine Damen und Herren«, dröhnte es von hinten, »für Sie direkt aus Fire Island, Hollywood, Provincetown zu uns geholt, die Sensation von New Orleans und Paris – *gay Parii*, Sie wissen es! – der einmalige und unvergleichliche, der sündsationelle, sexsationelle – Rare Montclair!«
Elastisch wie ein Gummiband, beckenschwingend wie eine Hula-Tänzerin, umwand sich der extrem effeminierte, lippenstiftgeschminkte Mann mit der Schnur seines Mikrophons, das er mit seinen langen, geschmeidigen Fingern liebkoste, während er es so dicht an den Mund führte, als wollte er es aufessen. Seinen Lippen entfloh das Wort »Honeysuckle«, und er begann, die ersten Kleidungsstücke abzulegen. »Honey-*suck*le«, hauchte er (während er pump, pump, pump mit dem Becken stieß und sich die Genitalgegend rieb). Das Honey blieb auf der Strecke. »*Suck*«, stöhnte er hüftkreisend, nun auch das »le« eliminierend. Er hielt inne und ließ die gestreckte Zunge wackeln wie einen Finger, der nichts Ehrbares im Schild führte. Jetzt jubilierte er laut »*suck-suck-suck*«, wobei er das Mikro noch dichter an den Mund hielt und verführerisch streichelte. »You stir my sug-uh.« Seine Hüften rotierten geschmeidig im Uhrzeigersinn, und er schien im Begriff, das Mikro zu besteigen.

You're going to *suck*le
I'll *suck*le
You'll *suck*le
Let's *suck*le
Bay-bee *our* sweet sug-uh makes my tongue go howdy
Over *suck*le your ro-o-o-se.

»Das reicht. Mach, was du willst, aber ohne mich!« Nelson sprang auf, sah Emily kurz und wütend an und war verschwunden. Emily wäre am liebsten im Boden versunken. Sie legte ein paar Geldscheine auf den Tisch, wartete einen Moment und ging ihm dann nach. Er stand an der Straße und fuchtelte mit dem Arm. »Was machst du?« brüllte sie ihn von hinten an.
»Was glaubst du, was ich mache? Ich versuche, ein gottverdammtes Taxi zu kriegen.«
»Ach, du wolltest mich wohl einfach hier sitzenlassen, was?«
»Ich wußte, daß du kommen würdest. Reg dich nicht auf.«
»Warum nehmen wir nicht die U-Bahn?«
»Weil die um diese verdammte Zeit zu selten fährt.«
Als sie sich eine Zigarette herausnehmen wollte, merkte sie, daß sie ihre Handtasche nicht dabeihatte. Sie klopfte sich hektisch ab, als könnte sie doch irgendwo unsichtbar an ihr hängen. Aber die schreckliche Wahrheit war, daß sie sie drinnen vergessen hatte. O Gott, sie konnte doch nach diesem Abgang nicht noch einmal da reingehen. Sie flehte und bettelte Nelson an, sie zu holen. Es war alles darin, ihre sämtlichen Ausweise. Er weigerte sich. Sie wurde ärgerlich. Er weigerte sich weiter. Sie schrie, es sei alles nur seine Schuld. Hätte er nicht diese Nummer abziehen müssen, wäre es nie passiert. Vergebens.
»Ach, geh zum Teufel!« schrie sie ihn an. Sie stapfte zurück und wieder in den dunklen Raum, wo die Show noch im Gang war. Aber der Tisch war bereits abgeräumt. Sie suchte auf dem Boden. Nichts. Sie wartete in dem Schummerlicht auf die Bedienung, und als Tootles Boot sie entdeckte, verschwand sie mit einer Momentchen-Geste, um gleich darauf mit der Tasche wieder aufzutauchen. Emily entschuldigte sich wieder und wieder, gab ihr fünf Dollar Trinkgeld und ging wieder nach draußen, aber Nelson war nirgends zu entdecken. Zwei besetzte Taxen rollten vorüber, und ihre Scheinwerfer malten kleine Dunstschwaden in den leichten Nieselregen. Wie fies von ihm, sich einfach so davonzumachen! Sie ging in Richtung U-Bahn, aber dann fiel ihr ein, daß es zu spät

war, um noch allein zu fahren, und da alle Taxis besetzt oder nicht dienstbereit zu sein schienen, beschloß sie, einen privaten Fahr-Service anzurufen.

An der Ecke war eine Telefonzelle, und sie strebte darauf zu, aber nach etwa fünfzig Metern ließ ein lauter Schrei sie zusammenfahren. Sie drehte sich um und sah, wie Nelson aus einer Passage stürzte. Er zerrte einen Mann am Kragen mit sich und schüttelte ihn heftig. Sie rannte zu ihm hin. »Hör auf, Nelson! Laß das ! Du tust ihm weh!« Der Mann wehrte sich und schrie, er habe doch nur Feuer gewollt. Peng! traf ihn ein Hieb mitten ins Gesicht. Dann lag der Mann am Boden. Er versuchte, sein Gesicht mit den Händen zu schützen. »Steck dir dein Feuer in den Arsch, du Stück Dreck!« Nelson trat auf ihn ein. Der Mann rollte sich auf den Bauch.

Emily packte Nelson am Ärmel, aber er wischte sie weg wie ein lästiges Insekt. Sie stolperte, fing sich und versuchte immer wieder, ihn am Zutreten zu hindern. Autoscheinwerfer näherten sich. Sie rannte ihnen entgegen und schrie: »Hilfe! Bitte! Er bringt ihn um!« Der Fahrer bemerkte das Getümmel, schüttelte den Kopf, kurbelte die Scheibe hoch und sauste davon. Sie lief auf die Bar zu, machte aber wieder kehrt, weil sie plötzlich dachte, sie würden nur die Polizei rufen, und sie wollte keine Scherereien. Als Emily wieder ankam, hatte Nelson den Mann auf die Füße gezerrt. Er war dabei, ihn zu ohrfeigen. Sie schlug mit ihrer Handtasche auf Nelson ein und schaffte es, ihn soweit zu irritieren, daß er seinen Griff lockerte und der Mann flüchten konnte. Emily lief ihm nach und schrie: »Halt, warten Sie. Ich will Ihnen doch nur helfen!« Aber ein paar Ecken weiter hatte ihn die Dunkelheit verschluckt. Sie war völlig außer Atem und wankte zur nächsten Hauswand, lehnte sich dagegen und blieb ein Weilchen keuchend stehen. Dann ging sie langsam zurück. Während dieser Minuten war Nelsons Stimmung umgeschlagen. Er saß jetzt auf dem Bordstein, den Kopf in den Händen vergraben und schluchzte laut. Zwischen Zorn und Besorgnis hin und her gerissen, ging Emily zu ihm hin. Sie legte ihm die Hand auf die Schulter. »Nelson«, sagte sie beschwörend. »Was ist los?«

»Wo ist er?«

»Ich weiß nicht. Er ist verschwunden.«

»Ist er okay?«

Ist er okay? Sollte das ein Witz sein? Für einen Moment gewann der Sarkasmus die Oberhand. Sie wisse nicht so genau, wie es ihm gehe, schnappte sie. Sie habe keine Gelegenheit gehabt, sich ausführlicher mit ihm zu unterhalten.

Er ignorierte ihren Ton und rappelte sich auf die Füße. »Na, gut«, sagte er. »Dann siehst du jetzt besser zu, daß du nach Hause kommst.«

»*Was* soll ich?«

»Heimgehen.«

»Zurück ins Wohnheim, meinst du? Du willst sagen, ich soll einfach so gehen, nach dem, was gerade passiert ist? Braves Hündchen, troll dich ins Körbchen? Ist das dein Ernst, Nelson? Bist du betrunken? Nelson, sag doch was. Wer war dieser Kerl? Was war denn los?«

»Komm«, sagte er matt. »Ich werde dir helfen, ein Taxi aufzutreiben.«

»Wo willst du hin?«

»Ich schlafe bei einem Freund in der Canal Street.«

Hatte er den Verstand verloren? Das war die einzige Erklärung. Sicher würde sie aufwachen und in ihrem warmen Bett liegen, und das Ganze würde nur ein böser Traum gewesen sein. Aber es war kein Traum. Er stand wirklich da vor ihr und spielte den fürsorglichen Kavalier, der sie ins Taxi setzte. »Vergiß es!« blaffte sie. »Ich finde schon allein eins.« Sie setzte sich in Marsch, aber er war schon wieder neben ihr und sagte, sie könne doch so spät nicht mehr allein draußen herumlaufen. Ohne ihren Schritt zu verlangsamen, antwortete sie, er solle sich das Getue sparen und sich nicht aufführen wie Dr. Jekyll und Mr. Hyde.

»Moment«, sagte er. Sie maß ihn mit einem tödlichen Blick und legte noch einen Zahn zu. Noch nie in ihrem ganzen Leben war sie so wütend gewesen, so enttäuscht. Er packte sie am Arm, und sie versuchte, ihn abzuschütteln. »Laß mich los, Nelson. Du tust mir weh.« Aber jetzt hielt er auch ihren anderen Arm umklammert, ein Bär von einem Mann, dem sie nicht gewachsen war. Empört stachelte sie ihn an: »Na los, nur zu. Schlag mich doch auch, du Irrer.«

»Schau mich an!«

Sie reagierte nicht.

»Ich hab gesagt, du sollst mich anschauen.«

»Ich schau dich ja an. Bitte. Was willst du?«

»Ich will, daß du mich siehst. Du guckst, aber weißt du denn wirklich, wer ich bin? Vielleicht bin ich ja nicht der, für den du mich hältst.«

Sie verdrehte gequält die Augen. »Herrgott noch mal, Nelson. Spar dir das für deinen nächsten Roman, ja?« Sie wollte weiter, aber er stellte sich ihr in den Weg. Sie versuchte es in die andere Richtung, aber er hinderte sie auch daran. Sie machte einen Schritt nach rechts, dann nach links, er zog nach, wie zwei Vögel beim Balztanz, und er packte sie wieder an den Schultern. »Hör mir zu, Himmelherrgott. Ich bin kein gottverdammter Irrer. Das hatte alles seine Gründe. Kapierst du denn nicht?«

»Was denn? Was soll ich kapieren?«

»Dieser Kerl«, Nelson blieb die Stimme weg. Er fand sie in der Tiefe seiner Kehle wieder und zwang sie nach oben, wo sie sich an seinen Lippen festkrallte, bleich und zitternd wie jemand, der an einem hohen Sims hängt. »Er ist ich. Ich bin nicht besser als er. Ich war es, den ich verprügelt habe.«

»Ich verstehe nicht...«

»Natürlich verstehst du. Was glaubst du, warum ich nicht hierher wollte?«

»Keine Ahnung. Woher soll ich das wissen?« sagte sie ärgerlich.

»Streng deinen Grips an, verdammt noch mal. Du bist doch nicht dumm. Zwing mich nicht, es auszusprechen.« Aber als sie immer noch perplex guckte, sagte er seufzend: »Er hat mich angemacht, Emily. Kapiert? Du willst es hören. Also gut. Er kam mit dieser blöden Haben-Sie-mal-Feuer-Masche, aber er wollte gar kein Feuer, und ich bin ausgerastet, total durchgeknallt.« Sie hielt den Kopf geneigt wie ein Hund, der einem hohen Ton nachhorcht. »Du willst es genau wissen, Emily? Hör zu. Ich kenne den Kerl. Ich meine, nicht ihn persönlich. Aber ich kenne diese Sorte. Ich war auch mal auf dem Dampfer.«

Irgend etwas klickte in ihrem Kopf. Mit wachsender Verblüffung sagte sie: »Was ... was sagst du?«

»Ich sage, er hat sich an mich rangemacht.«

»Und?«

»Und ich weiß, wie das ist, weil ich das auch schon gemacht habe.«

»Du?« hauchte sie mühsam. »Du bist...?«

»Ja«, stieß er hervor.

»*Du*!«

Ihr Ton nagelte seine Zunge fest, und jetzt war die Sprachlosigkeit auf seiner Seite.

»Nelson«, sagte sie seinen Namen, als sei er eine fremde Substanz. »Du bist...« Sie brachte das Wort nicht heraus.

Also sagte er es für sie. »Schwul? Ja, das bin ich. Stockschwul.«

Nein. Das konnte nicht wahr sein. Sie mußte hier weg. Sie kannte diesen Mann nicht. Er war ein Schwindler, ein Hochstapler. Es war einfach absurd. Sie wollte es nicht hören. Sagte es. »Ich will nichts hören. Halt den Mund!« Sie wollte schreien, aber er legte ihr die Hand auf den Mund. Sie versuchte, sich die Ohren zuzuhalten, aber er hielt ihre Hände fest, und sie brach in Tränen aus.

Und dort, auf diesem verlassenen Stück der Siebten Avenue, erzählte er ihr, wie ihn auf seiner katholischen Schule ein Priester mit einem anderen Jungen erwischt hatte und wie er sich zur Strafe über Monate die Zunge hatte einseifen müssen, weil der Priester gemeint hatte, das würde ihn von seinen sündhaften, widernatürlichen Begierden kurieren. Er sei dann nach dem Schulabschluß nach New York gekommen und habe eine Zeitlang nicht weit von hier mit einem Freund zusammengewohnt, aber es habe ihn völlig fertiggemacht: das, was er gefühlt habe, das, was er hätte fühlen sollen, wie zwei feindliche Lager in seiner Brust, die sich mit Pfeilen beschossen. Also habe er sich eines Tages davongemacht und sich geschworen, nie wieder zurückzukommen und künftig enthaltsam zu leben. Deshalb sei er nie mehr ins Village gegangen. Es sei einfach zuviel, zu viele Versuchungen, zu viele Erinnerungen.

Und dann habe er sie kennengelernt und Gefühle für sie entwikkelt wie noch nie für ein Mädchen, so, als hätten sie einen spontanen Draht zueinander. Und er habe gedacht, sie könne ihn heilen, ihn dazu bringen, daß er fühlte, was er fühlen sollte. Und dann habe sich dieses elende Schwein an ihn herangemacht und ihn anzufassen versucht, und er habe sich selbst in seinem Gesicht gesehen. Er habe es mit der Angst gekriegt. Angst vor dem, was immer noch in ihm war. Ob sie sich noch nie darüber gewundert hätte, daß er ihr nicht weiter auf den Leib gerückt sei? Er habe Angst gehabt, wenn er es täte, würde er nicht wollen, und dann wäre alles sonnenklar.

»Du hast Glück, Emily. Du weißt, wer du bist. Du hast nie mit so einem dreckigen Schwindel leben müssen!« Damit ließ er ihre Hände los, um sich selbst zu ohrfeigen.

Sie sah entsetzt zu, und ihr erster Impuls war wegzulaufen. Aber wie konnte sie ihn so stehenlassen? Sie verstand ihn. Sie kannte diesen Gesichtsausdruck – halb wahnsinnig, und sie kannte ihren eigenen: Sie war Sheila, die ihr selbst gegenüberstand. »Hör auf!« schrie sie. Sie versuchte, ihm in den Arm zu fallen. Aber wieder war er zu stark. Sie trat zurück und stürmte dann unter Aufbietung aller Kräfte mit gesenktem Kopf auf ihn los wie ein Stier auf das rote Tuch, und schrie: »Hör auf! Hör auf! Verdammt noch mal, Nelson, ich kann nicht mehr!«

Das wirkte. Seine Hände sanken herab. Es war jetzt nach drei, und inzwischen patrouillierten etliche Taxen auf der Suche nach den letzten Nachtschwärmern durch die Gegend. Eben kam eine von der Vierzehnten Straße herangesaust. Dann noch eine. Alle frei. Aber sie konnte sich nicht rühren. Es tat zu weh. Nelson brach ihr schier das Herz, wie er so hilflos vor ihr stand, mit seinem verfilzten Haar, seinem schwergehenden Atem, seinem feuchten, ramponierten Hemd, seinem schmerzerfüllten Gesicht. Und in diesem Moment überkam Emily – wie würde sie das je vergessen können! – der heftige Wunsch, ihn in die Arme zu schließen, sein Leid an sich zu ziehen, enger, als sie je irgend etwas an sich gezogen hatte, zu spüren, wie sein Leid an sie drängte, wie ihre eigenen finsteren Ängste mit seinen verschmolzen, und ihn zu lieben, um seines Schmerzes und um ihres eigenen Schmerzes willen, und um ihm und sich zu vergeben. Sie setzte an, aber dann stieg Angst in ihr auf und ihr Herz verhärtete sich, statt sich zu öffnen. Und ein roherer Reflex überlagerte alles andere. Niemals würde sie annehmen können, was Nelsons Leben über *sie* aussagte. Ich bin nicht wie du, erklärte eine feste Stimme in ihr. Ich war nie so. Wie kannst du es wagen, meine Träume zu zerschlagen!

Die Macht dieser Gefühle beutelte sie, zerrte sie hin und her. Sie hörte ihn leise und scheu sagen: »Wende dich nicht gegen mich, Emily. Ich brauche eine Freundin.« Eine Welle plötzlicher Zärtlichkeit erfaßte sie, aber sie schottete sich sofort wieder ab.

Zwei Straßen weiter fuhr gerade ein Taxi an, und sie ergriff die Gelegenheit, sich zu retten. Er solle einen Arzt aufsuchen, sagte sie, und sie in Ruhe lassen. Es sei nicht ihr Problem. Sie wolle ihn nie wieder sehen. Er sei krank, und sie wolle damit nichts zu tun haben. Und sie rannte die Straße hinauf, dem Taxi entgegen. Nur weg. Das Taxi hielt, und sie stieg ein. Das letzte, was sie sah, während der Wagen südwärts davonzog, ehe er nach rechts zum Highway abbog, war Nelson, der ihm nachstarrte wie ein kleiner Junge einem davonfahrenden Güterzug.

Ein Traum weckte sie. Sie lief durch einen langen Korridor, der sich immer weiter fortsetzte, wie ein Teppich, den jemand vom anderen Ende her unter ihr wegzog. Sie fuhr hoch. Durch die Jalousien strömte der Tag. Verstört sank sie wieder auf ihr Kissen. Dann tauchte, wie ein Bild, das allmählich schärfer wird, Nelsons Gesicht vor ihr auf. Sie schloß die Augen. Ihr Kopf schmerzte. Gleich darauf war sie wieder weg.

Eine Stunde später riß sie das Peng! eines Tennisballs aus dem Schlaf. »Auf, auf, du Schlafmütze!« Es war Carol, die die Jalousien hochleierte. Dann krachte das Tageslicht ins Zimmer wie ein Panzerwagen. Nadeln zogen Schmerzfäden durch Emilys Hinterkopf. Ihr Magen war eine Kampfzone. »Telefon für dich, Süße.« Carol beugte sich über sie und strubbelte ihr freundschaftlich durch die Haare. »Es sei wichtig.«

Nelson. Sie hätte es wissen müssen. »Sag ihm, ich schlafe noch«, knurrte sie. Sie zog sich die Decke über den Kopf.

»Es ist kein Er. Es ist eine Sie.«

Lillian? »Wer?« Emily linste über den Rand ihrer rot-weißen Steppdecke.

»Woher soll ich das wissen?« Carols weiße Söckchen und ihr adretter Tennisrock hüpften, Energie und Gesundheit ausstrahlend, zur Tür. »Ich muß los«, rief sie über die Schulter. »Ich habe um acht ein Match. Ich kann ja einfach sagen, du mußt erst deinen Kater ausschlafen, und sie soll es später noch mal versuchen.«

»Nein, warte!« Emily setzte sich auf und schirmte ihre Augen gegen das Licht ab. Vielleicht war es ja wirklich Lillian. »Danke, Carol. Ich komme sofort.« Sie angelte sich ihren Morgenrock vom Stuhl und war Sekunden später in der Telefonkabine. »Ja, hallo? Hier ist Emily.«

»Emily!« antwortete eine Stimme, die eindeutig nicht Lillians war. »*Ich* bin's. Joan!«

»Joan? Wer zum ...?«

»Joan. Joan Franke. Joanie-Frankfurter, Trottelchen«, schnitt die Stimme munter durch ihre Verwirrung.

Jetzt tauchte aus dem Nebel in ihrem Kopf das Bild ihrer ehemaligen Verbindungsschwester auf. Mist, dachte sie. Das bringe ich jetzt nicht. Mußte sie aber. »Joan«, sagte sie so herzlich wie irgend möglich. »Wo steckst du?«
»In New York City! Fünf Minuten von dir, und gleich komme ich rüber und hol' dich.«
»Was?«
Gelächter. »Nein, nein. Du kannst dich beruhigen. Ich bin bei meiner Tante an der Lexington Avenue und muß gleich zum Flughafen.«
»Flughafen?«
»Ich muß nach Dallas. Erzähl' ich dir alles gleich. Tut mir leid, daß ich dich so früh störe, aber ich wollte dich nicht verpassen.« Sie schnatterte weiter, daß sie Carls Nummer bei der Auskunft erfragt habe, um Emily zu finden, und daß er gesagt habe, er glaube, sie wohne im Wohnheim, aber er wisse den Namen nicht, und daß sie schließlich beim Englischen Seminar angerufen habe, und *voilà.* »Wenn das keine Ausdauer ist!« lobte sie sich.
»Warst du das, die gestern angerufen hat?«
»Das war ich. Ich hab' dir nichts weiter ausrichten lassen, weil ich dich überraschen wollte.«
Es folgten ein paar rasche Sätze des Inhalts, daß sie jetzt als Mannequin für JC Penney arbeite und in Dallas lebe und daß es gar nicht schön von Emily gewesen sei, daß sie ihr nie geschrieben habe. Aber was sie eigentlich sagen wolle, sei, daß sie am achtundzwanzigsten Mai wieder nach New York kommen würde, um ihren Onkel und ihre Tante ins Flugzeug nach Europa zu setzen, und daß sie dann eine Party geben wolle und alle aus der alten Clique versammeln, die sie auftreiben könne. »Coco kommt aus New Jersey«, ratterte sie atemlos. »Und Millie Cox ist zufällig gerade in Boston bei einem Einkäufer-Kongreß und fliegt schnell runter. Ach, ja, und Lu. Du weißt ja sicher, daß Ralph einen Riesenauftrag in Deutschland ergattert hat, und sie wollen am Memorial Day mit der *Queen Mary* in See stechen. Sie haben

auch schon Karten für ein Broadway-Stück in der Zeit, und sie hat versprochen, daß sie's schafft. Und Sally Lace kommt auch. Und Midge Somer. Und Sue Beth hat gesagt, sie will alles dransetzen, und was *das* heißt, weißt du ja! Hey, wußtest du schon, daß Sue Beth Zwillinge hat? Emily. Emily, bist du noch *da*?«

»Ja«, antwortete sie, während dieser Brocken sie voll in den Bauch traf. Lu auf Joans Party! Panik ließ vorübergehend ihre Kopfschmerzen verfliegen, und dann verdrängte Nelson alles andere. Sie mußte von diesem Telefon weg. Sie konnte nicht noch mehr verkraften. Und nachdem Joan sie noch ermahnt hatte, das Datum in ihrem Kalender zu notieren, und Emily ihr versichert hatte, sie werde es bestimmt nicht vergessen, weil sie kurz vorher mündliche Prüfungen habe und sich dann doch wenigstens auf etwas freuen könne, verabschiedeten sie sich.

Emily legte auf und ging zurück in ihr Zimmer. Der Lu-Schock hatte schon wieder nachgelassen, weil es ja noch so lange hin war, aber Nelson war hier und jetzt. Seit sie richtig wach war, verfolgte sie sein Gesicht von letzter Nacht. Wie hatte sie ihn einfach so stehenlassen können? Eine Woge von Mitleid erfaßte sie. Aber gleich darauf kam der Ärger. Er hatte sie hinters Licht geführt. Das war nicht fair. Und was war mit ihr, daß sie überhaupt jemanden wie ihn angezogen hatte? Wenn er nun diesen armen Menschen umgebracht hätte und die Polizei gekommen wäre und es überall in den Zeitungen stünde? Sie zog sich bedrückt an und ging nach draußen. Sie wollte niemanden sehen. Es war, als säße ihr ein Monster im Nacken, das sie einfach nicht abschütteln konnte. Da hatte sie sich doch wahrhaftig eingebildet, Nelson könnte vielleicht ein wichtiger Mensch in ihrem Leben sein, und dann stellte sich heraus, daß er schwul war! Wem sollte sie da noch trauen? Sie fühlte sich verraten.

Das Ende ihrer Freundschaft mit Nelson war auch das Ende ihres fröhlichen Studentenlebens. Sie ging nicht mehr ins West End, sondern stürzte sich ganz in ihre Arbeit. Wenn sie jemand fragte, warum sie nie mehr mit ihm zusammensei, sagte sie einfach nur, er sei ihr »zuviel« geworden. Und mit der Zeit wich ihr Zorn einer stillen Abscheu gegen sich selbst, weil sie so kaltherzig gewesen war. Manchmal war sie sogar versucht, sich bei ihm zu melden. Aber die ganze Sache hatte so vieles in ihr angesprochen, daß sie fürchtete, es könnte ihre Gefühle zu sehr aufwühlen, wenn sie ihn sah. Die mündlichen Prüfungen waren bald, und sie mußte ihre Magisterarbeit abgeben. Sie konnte es sich nicht leisten, im Gefühlssumpf zu versinken. Einmal glaubte sie, Nelson auf der Straße zu sehen, aber er verschwand gleich wieder in der Menge. Ein paar Tage später hörte sie, er sei weggezogen.

Der einzige Stern am Horizont war Carol, die für Emily immer mehr zu einer Art Rollenvorbild wurde: lebhaft, frech, ansteckend witzig und gutmütig, schien Carol Coin ein natürliches Magnetfeld zu besitzen. Immer wieder merkte Emily, wie sie Carols Verhaltensweisen übernahm. Sie gewöhnte sich das Wort »fabelhaft« an, das Carol bei jeder Gelegenheit benutzte. Sie trug die gleichen Jacken und Röcke. Greenwich Village schien weit weg.

Im April fanden Carol, Emily und Mary Bake eine Wohnung am Central Park West, nur zehn Minuten von Lillians alter Wohnung entfernt. Sie schrieb an Lillian: »Ich werde mit einziehen, Lil, weil Du ja doch erst nach Weihnachten wiederkommst und es einfach leichter ist, zu mehreren zu wohnen. Und außerdem ist es ja nur um die Ecke, und Carol wird Dir bestimmt gefallen. Sie will zur UNO gehen.« Letzteres beeindruckte Emily sehr. Sie sah sich selbst schon als Mitgastgeberin der kleinen Cocktailparties, von denen Carol dauernd redete, mit Diplomaten aus aller Welt. Welch ein Leben erwartete sie, wenn sie mit dem Studium fertig war. Sie hätte beinahe Sheila geschrieben, um ihr zu zeigen, wie erfolgreich sie war und was für ein aufregendes Leben sie in New York führte. Und sie schrieb tatsächlich an Tante Francie, die das Haus in Newport News inzwischen kaum noch bewohnte und die meiste Zeit auf Hawaii lebte.

Bei alledem rückte Joan Frankes Party immer näher. Emily hatte, offen gestanden, nicht mehr groß daran gedacht, bis Joan im Mai wieder anrief. Zwei Wochen später kam eine gedruckte Einladungskarte mit der Post. Da stand es schwarz auf weiß:

Schwestern vereint Euch
bei Joan Franke
Freitag, den 28. Mai, 19 Uhr
386 Lexington Avenue
New York City
555-5698

»Nix *u.A.w.g.*, Emily. Komm gefälligst!« hatte Joan in großen Lettern daruntergeschrieben. Emilys Kehle schnürte sich zusammen, als Lus Gesicht vor ihr auftauchte. Vielleicht sollte sie doch nicht hingehen.

Aber alle derartigen Gedanken wurden durch ihren Stolz auf die tollen Entwicklungen in ihrem Leben beiseite gefegt. Warum sollte sie nicht hingehen? Warum sollte sie Lu so viel Macht einräumen? Wäre es nicht eine wundervolle Gelegenheit, allen zu zeigen, wie großartig sie ihre Sache machte? Sie war im Begriff, mit einem der beliebtesten Mädchen aus dem ganzen Wohnheim zusammenzuziehen. Sie hatte ihre mündlichen Prüfungen mit Bravour bestanden und für ihre Magisterarbeit ein »Sehr gut« bekommen. Was hatte sie zu befürchten? War das nicht genau die richtige Belastungsprobe, um sich zu beweisen, daß sie endgültig geheilt war? An dem Nachmittag, als Emily sich für Joans Party zurechtmachte, strotzte sie geradezu vor Selbstsicherheit und Optimismus.

Von dem Moment an, als sie ins Taxi stieg, schwadronierte der Fahrer darauflos. »Dieser Castro markiert den starken Mann«, sinnierte er an der ersten Ampel. »Man sollte doch meinen, er könnt' uns ein bißchen dankbar sein, nach allem, was wir für ihn getan haben. Aber es ist immer dasselbe mit diesen Typen. Da hat so ein Kerl ein paar Zuckerrohrplantagen, und wir klopfen ihm nett auf den Rücken, und was macht er? Geht hin und beißt die Hand, die ihn füttert. Wir hätten den Bastard gar nicht erst nach New York lassen sollen.« Er grunzte, zufrieden mit seiner Weltsicht.

Emily zündete sich eine Zigarette an, zur Beruhigung ihrer Nerven, da sich ihre ganze Zuversicht nach und nach in Nichts auflöste, während sich das Taxi über die Amsterdam Avenue südwärts vorarbeitete. Sie hoffte, daß sie einigermaßen passabel aussah. Sie nahm ihren Lippenstift heraus und legte noch eine Schicht auf. Dann sah sie aus dem Fenster. Plötzlich beschäftigte sie die Frage, wie es wohl für Lu war, daß *sie* kommen würde. Hey, daran hatte sie ja noch gar nicht gedacht! Natürlich wußte Lu davon. Joan hatte ihr bestimmt gesagt, daß sie auch da sein würde. Also würde Lu vielleicht gar nicht kommen. Sehr gut. Großartig. Sie fühlte den Blick des Fahrers wieder auf ihr Spiegelbild gerichtet und sah weg, fest entschlossen, den Dingen optimistisch ins Auge zu sehen. Wenn er doch nur die Klappe halten würde.

Aber er erklärte, solche Typen wie Castro kenne er. Sein Schwager, der sei auch so einer. Ein Maul, so groß wie der Grand Canyon. Man müsse höllisch aufpassen, daß man nicht auf Nimmerwiedersehen drin verschwinden würde, ha, ha. Wollte einem dauernd vorschreiben, was man zu tun und zu lassen hätte. Was seine Schwester an dem Kerl fände, sei ihm unklar, aber, naja, Weiber! Seine Frau zum Beispiel würde ständig auf ihm rumhakken, er müsse abnehmen, und was machte sie? Seine Augen wanderten wieder über ihr Gesicht. Ihm Pizza in den Rachen schieben! Was sollte er da machen, hä? Er fuchtelte mit den Händen und drehte sich halb zu ihr um. Nee, nee, die Weiber würde er nie verstehen. Wieder lächelten ihr seine Augen im Rückspiegel zu, und ein breites Grinsen grub zwei Grübchen in jede seiner Wangen.

»Aber Sie haben bestimmt jede Menge Verehrer, was? So'n hübsches Mädel wie Sie? Oh, verstehe«, fuhr er fort, während er einen Wagen anhupte, der ihn geschnitten hatte. »Sie wollen nicht reden, stimmt's? Kann ich Ihnen nicht verdenken. Meine Frau sagt immer, ich bin eine Quasselstrippe, und sie könnt' wetten, die Leute bezahlen mich, nur damit ich den Mund halte. Ich weiß nicht. Versteh einer die Weiber!« Emily lächelte schwach und kurbelte das Fenster herunter. An der Sechsundneunzigsten Straße mußte er wegen zwei Joggern abbremsen, was sie daran erinnerte, daß sie mehr Sport treiben sollte. »Wie finden Sie New York?« unterbrach er ihre Gedanken. »Also, von mir aus können Sie's geschenkt haben. Was ich will, ist ein kleines Häuschen draußen auf Long Island. New York ist nichts für Kinder. Haben Sie Kinder?«

Sie schüttelte den Kopf und probte im Geist, was sie zu Lu sagen würde, falls sie dort war. Hi, Lu. Wie geht's? Was macht Ralph? Geht's euch gut? Freust du dich auf Europa? Kann ich mir vorstellen. Mir geht's gut. Könnt' gar nicht besser sein. Ich habe gerade meinen Magister gemacht, über Hopkins, du weißt ja. Und nach dem Sommer habe ich eine sehr gute Stelle. Klappt alles bestens. Ich ziehe demnächst mit einer Freundin zusammen, die bei der UNO ist. Ach ja, ich lerne lauter interessante Leute kennen, berühmte Schauspieler und Dichter. New York ist einfach phantastisch. Also, dann, mach's gut. Und grüß Ralph.

Plötzlich hatte sie einen Krampf im Fuß. Sie zog den Schuh aus und massierte die Stelle kräftig. In dem Moment verkündete der Fahrer: »Ich hab's. Hab' gerade überlegt, wo ich Sie hinstecken soll. Sie sind studiert, stimmt's? Sie haben Grips statt Kinder. Hab' ich recht? Ich hab' nie das Sitzfleisch gehabt. Ich hab' geheiratet. Mein erster großer Fehler, ha! Meine Frau sagt, ich hab' die Grüngraskrankheit. Wissen Sie, was das ist? Das ist, wenn man immer denkt, anderswo wäre das Gras grüner. Aber die redet viel, wenn der Tag lang ist, meine Frau. Die ist nie zufrieden. Wissen Sie, was ich meine? Will unbedingt das haben und jenes haben, und wenn sie's dann hat, ist's auch nicht recht. He, weg da, ihr Penner!« schnauzte er, als zwei Männer vor ihnen einen Einkaufswagen über die Siebenundneunzigste Straße schoben. »Wo wollen die hin?« Er machte eine auffordernde Kopfbewegung in ihre Richtung, als wüßte sie die Antwort. »Was glauben die, was ihnen das bringt, wenn sie da sind? Rennen alle rum wie die Ameisen. Das ist New York, ein Haufen durchgedrehter Ameisen. Macht mich noch wahnsinnig. So nett wie Sie möcht' ich's auch mal haben, Fräulein Doktor.« Als sie nicht reagierte, quasselte er weiter. »Ich heiße Al. Al Giero. Und Sie? Emily. Und wie weiter? Stolle. Hmmm, hübscher Name. Englisch, was? Klar. Hab' was übrig für die jungen Dinger von heute. Sind echt clever, wenn man mich fragt. Aber mich fragt ja keiner, stimmt's?« Er lachte tief aus dem Bauch und wedelte mit der Hand in der Luft herum, als dirigierte er ein Orchester.

Jetzt sausten sie durch den Central Park. Sie waren fast da. Er unterbreitete ihr seine Ansichten über General McArthur. Das sei ein Mann, vor dem er den Hut ziehe. »Sie verstehen das, stimmt's, Fräulein Doktor?« Sie spürte wieder seinen Blick und rückte ein wenig zur Seite, um ihm auszuweichen. »Vielleicht sollt' ich ja auch mal auf Ihre schnieke Schule gehen und meinen Grips ein bißchen aufpolieren. Bißchen Shakespeare oder sowas, ha: Rosen sind rot, Veilchen sind blau, das ist für *mich* ein Gedicht. He, was denken Sie, Fräulein Doktor? Was würden Sie sagen, wenn eines schönen Tages der olle Al angeschlurft käme und mitmachen wollte. Hey!« Er drehte sich um und zwinkerte ihr verwegen zu. »Was bringen sie euch jungem Gemüse da überhaupt bei?« Er fuhr jetzt über die Madison in die Lexington Avenue und hielt vor einem grünen Baldachin mit einem uniformierten Mann davor, der den Schlag öffnete. Sie zahlte, wünschte noch einen guten Tag und starrte dann wie ein verirrtes Kind an dem Hochhaus hinauf. Ich weiß nicht, ob ich das durchstehe, dachte sie, als sie eintrat.

In der Sekunde, als sie Lu sah, schwand der letzte Rest ihrer Selbstsicherheit dahin. Sie saß im Wohnzimmer, mit Glas und Zigarette, in Marineblau mit passendem Halstuch, und unterhielt sich mit Millie Cox. Ihr Haar war länger, und sie wirkte ein bißchen voller. Emilys Ohren begannen zu klingen, aber dann stürzte Joan auf sie zu, um sie zu umarmen, und Coco schrie: »Emily! Na, sowas!« und bombardierte sie mit Fragen. Und als die Sicht wieder frei war, saß Lu immer noch da, die Hände fest im Schoß gefaltet. Sie lächelte starr wie eine Schauspielerin, als Emily auf sie zuging und zu der obligatorischen Begrüßungsumarmung ansetzte. Emily spürte, wie Lu zurückzuckte, als sie leicht ihre Wange streifte, und sie flehte innerlich, o Gott, laß uns nicht auffliegen. »Wie geht's dir?« brachte sie heraus, als sie wieder aufrecht stand.

»Sehr gut«, antwortete Lu flüssig.

»Und Ralph?«

»Auch gut.«

»Gefällt dir New York?«

»Ja. Es ist schon ein Erlebnis.«

Noch ein paar korrekte Sätze, so, wie mit Sheila bei deren Hochzeit. Aber wer hörte sie denn? Lu sah wundervoll aus: dieselbe glänzende Stelle auf der Nase, rosige Haut, weiche Lippen ... ah – sie hatte diesen Mund geküßt. Später sollte sie Lus Augen vor sich sehen, die zu sagen schienen: Ich kenne dich nicht, Emily Stolle. Ich weiß nichts von diesem Semester damals, nichts von irgendwelchen verrückten Ideen. Aber jetzt war plötzlich Joan wieder da, um sie scherzhaft zu ermahnen, sich nicht gegenseitig mit Beschlag zu belegen wie früher. Herrgott! Warum mußte sie das sagen? Emily wurde aschfahl. Ich muß hier raus, dachte sie. Ich hätte nie herkommen dürfen. Sie drehte sich hastig um, stolperte über einen Hocker und landete auf dem Fußboden, mit hochgerutschtem Rock, gedemütigt und lächerlich, ähnlich wie damals bei ihrer ersten Begegnung im Verbindungshaus. Prompt kam Joan angelaufen.

»Also, weißt du, Emily«, zog sie sie auf. »Du tust wirklich *alles*, um Aufmerksamkeit zu erregen. Komm!« Sie zog Emily auf die Füße und Lu aus ihrem Sessel. Dann legte sie Lus Hand in Emilys Hand. Sie selbst nahm Emilys andere Hand. »Los, Leute! Auf die alten Zeiten!« Joan kickte den Hocker aus dem Weg. »Faßt euch an den Händen, Mädels, und macht einen großen Kreis! Und eins, zwei, drei!« Auf einen Schlag schrien alle los:

Als Tarheel bin ich geboren,
Aus Tarheel will ich sein.
Und wenn es einmal sein muß,
dann geh ich als Tarheel heim.
Und darum rah, rah, Carolina, Lina,
Rah, rah, Carolina, Lina,
Rah, rah, Caro-li-i-na!

Der einzige Teil von Emily, der etwas fühlte, war ihre Hand, die Lus Hand hielt, die kalt und leblos war wie ein toter Vogel. Lus Hand lag zwischen Emilys Fingern, ein stumpfer Erinnerungspfeil, ein Geschoß, das ihr ins Herz fuhr. Erst später sollte sie das ganze Ausmaß ihres Schmerzes fühlen, an sich heranlassen, was es bedeutet hatte, sich als Fremde gegenüberzustehen, nachdem ihr Mund doch schon einmal die intime Geographie dieses Körpers erkundet hatte. Geistesabwesend drückte sie Lus Hand. Verdammt! Das hatte sie nicht gewollt! In Panik wand sie sich los, um die Beine höher zu werfen und lauter zu brüllen als alle anderen. Sie mußte Lu zeigen, daß sie nichts von ihr wollte, daß sie ihre Hand nur aus Versehen gedrückt hatte. Kurze Zeit später erklärte sie Joan, sie müsse leider gehen, um noch für eine Prüfung zu lernen. Als sie verschwand, verabschiedete sie sich kaum von Lu.

Sie nahm ein Taxi zurück zum Wohnheim. Auf ihrem Zimmer nahm sie sich ein Bier. Sie setzte sich hin und sah nach draußen auf die Lichter, die in den Straßenbäumen nisteten. Dann ging sie

an ihr Bett und zog einen Karton darunter hervor und suchte ihr Carolina-Jahrbuch. Sie blätterte es durch, bis sie auf ein Foto von ihrer Verbindung stieß: da war Lu, schön und strahlend. Bis zu diesem Abend hatte sie sich das Bild noch nie angesehen.
Sie klappte das Jahrbuch zu und legte es in den Karton zurück. Dann ging sie ans Fenster, wo sie stehenblieb und nachdachte. Erinnerungsstiche durchzuckten sie, und sie fühlte noch einmal ihre ganze Verlassenheit. Sie dachte an die Party und daran, wie Lus Anblick ihr den Atem geraubt hatte. Es war sinnlos, sich etwas vorzumachen. Die Erregung, die sie vorhin verspürt hatte, war heftiger gewesen als alles, was sie je für Carl oder Nelson empfunden hatte. Und diese Gefühle waren krankhaft, krankhaft, krankhaft. Sie haßte sie. Sie fing an zu weinen, und so fand sie Carol später: am Fenster sitzend, den Kopf auf den Armen, schluchzend.
»Du lieber Gott!« rief Carol erschrocken. Sie lief zu ihr. »Was hast du, Emily? Was ist los?«
O Himmel, hatte sie denn nicht abgeschlossen? Sie vergrub den Kopf noch tiefer in den Armen. »Nichts«, sagte sie schließlich. »Laß mich.«
»Nein. Ich kann dich doch nicht einfach so lassen. Erzähl's mir. Was ist passiert?«
»Carol, bitte. Ich kann nicht drüber reden.«
»Du mußt, Emily. Das hilft.«
Emily schluchzte noch heftiger, und Carol drückte ihre Schulter und flehte sie an zu reden.
Emily sagte wieder: »Nein. Bitte, geh.«
»Ist jemand gestorben?«
»Nein.« Emilys Stimme versagte. »Doch«, sagte sie langsam. »Gewissermaßen.«
»Nelson?«
»Nein. Nicht Nelson.«
»Hat dir jemand wehgetan?«
»Nein. Ich weiß nicht. Ich kann's nicht sagen.«

»Versuch's Emily. Du mußt es versuchen.«
»Ich kann nicht, Carol.« Sie weinte noch bitterlicher. »Du kannst es nicht verstehen. Niemand kann das.«
»Versuch's«, sagte Carol sanft. Sie legte die Arme um Emily. »Dazu sind Freundinnen doch da. Du kannst mir vertrauen. Was immer es ist. Mein Gott, wir wollen doch schließlich zusammenwohnen, Emily. Ich will dir helfen. Bitte, laß mich.«
Ihre Stimme war so liebevoll und eindringlich und rührte an Emilys nie wirklich verheilte Wunden, traf sie in einer Situation, in der sie extrem verletzlich war, und der Damm brach, und sie tat etwas, was sie selbst erstaunte, wenn sie später daran zurückdachte: sie erzählte von Paris und wie sie sich hatte entjungfern lassen, um von Frauen wegzukommen. Von Mattie sagte sie nichts, aber sie sprach von Verliebtheitsgefühlen, die sie Mädchen gegenüber entwickelt habe, und von einer, die ihre große Liebe gewesen sei, Lu, und sie erklärte, daß sie zu Carl gegangen sei, um sie zu vergessen, und daß sie gedacht habe, sie sei drüber hinweg, bis heute abend wieder alles aufgebrochen sei. Als sie fertig war, patschte ihr Carol, die während dieses ganzen Ergusses kein Wort gesagt hatte, verlegen auf die Schulter. Sie meinte, morgen früh werde alles schon ganz anders aussehen, und sie müsse jetzt gehen.
Emily war viel zu sehr mit sich beschäftigt, um Carols Verhalten wirkliche Aufmerksamkeit zu zollen. Schließlich schlief sie in ihrem Sessel ein. Sie erwachte völlig steif, und als sie ans Waschbecken ging, fand sie unter ihrer Tür diesen Brief:

28. Mai 1956

Emily,
ich habe mich lange damit herumgequält, im Kopf diesen Brief zu formulieren, in der Hoffnung, daß es mir gelingt, das Unumgängliche zu sagen.
Natürlich bleibt alles, was Du mir erzählt hast, strikt unter uns. Aber Du verstehst sicher, daß ich jetzt unsere Pläne revidieren

muß. Ganz offen: ich sehe mich nicht in der Lage, mit einer Lesbierin zusammenzuleben, und ich bin nach langem und gründlichem Nachdenken zu dem Schluß gekommen, daß wir nicht länger Freundinnen sein können. Mary Bake werde ich irgend etwas erzählen, deswegen brauchst Du Dir keine Sorgen zu machen. Mir ist klar, daß es für Dich so aussehen muß, als ließe ich Dich in der Stunde der Not einfach im Stich, aber versetze Dich bitte in meine Lage. Ich muß an mein Leben denken und daran, wie es aussehen würde, wenn irgend jemand dahinterkäme, daß meine Mitbewohnerin homosexuell ist. Und woher soll ich wissen, was Du mit mir machst, wenn es Dich überkommt? Bitte, glaub mir, dies ist nicht die Stimme eines rohen und kalten Herzens, sondern der Versuch der logischen Vernunft, in Worte zu fassen, was gesagt werden muß. Damit will ich schließen, in der Hoffnung, daß Du die Hilfe finden wirst, nach der Deine Seele schreit. Ich weiß, das ist ein lahmer Brief, aber was soll ich machen?

Viele Grüße,
Carol Coin

Sie las den Brief immer wieder. Er war wie ein Totalschaden, gräßlich und faszinierend zugleich. Sie las ihn immer wieder von vorn, als würde sich bei nochmaligem Lesen herausstellen, daß alles nicht so gemeint war. Aber es *war* so gemeint. Und als sie diese Wahrheit mit voller Wucht traf, kapitulierte sie.

Sie kapitulierte, weil sie kampfesmüde war und nicht mehr konnte. Es half nichts, daß sie hübsch war, daß es mit dem Eindringen des Penis klappte, daß die meisten Mädchen sie kaltließen, daß sie gut mit Männern auskam und daß sie große Brüste hatte (was ihr irgendwie als Normalitätsbeweis erschien). Was zählte, war nur, daß sie immer noch dieses dunkle, namenlose Etwas in sich trug, ein Virus vielleicht, das sie sich damals bei Mattie geholt hatte. Und die einzige Möglichkeit, es auszurotten, war, es sich austoben zu lassen, eine Frau wie Lu kennenzulernen und so lange mit ihr zusammenzubleiben, bis es von selbst abstarb, wie ein Krankheitserreger an der Luft. Wenn sie und Mattie damals noch weiter Kontakt gehabt hätten, wäre das bestimmt geschehen, und es hätte gar nicht erst eine Lu gegeben. Aber beide Male war alles abgeschnitten worden, ehe sie geheilt daraus hätte hervorgehen können, und sie war auf einem emotionalen Karussell sitzengeblieben. Und die einzige Möglichkeit, von diesem Karussell herunterzukommen, war, das Ganze einmal bis zum Ende durchzuspielen.

Während Emily so in ihrem Zimmer saß, zwischen all den Beweisen ihres Erfolgs – der schriftlichen Zusage der Sloe Academy, ihrer Magisterarbeit, den Büchern, die sie so gründlich studiert hatte –, war eines in ihrem Kopf glasklar: die Wahrheit ihrer Gefühle für Lu. Aber diesmal würde sie sich, anders als in Chapel Hill, der Wahrheit stellen. Und wo könnte sie das besser tun als in Greenwich Village? Sie würde dorthin ziehen und so lange bleiben, wie sie mußte, um ein für allemal davon loszukommen. Carol und die anderen hier würde sie nie wiedersehen. Und Lillian würde erst nach Weihnachten wiederkommen, und sie würde ihr schreiben, daß sie ihre Pläne geändert habe, weil sie unter Künstlern leben wolle.

Das klang einleuchtend. Sie zog sich an und öffnete vorsichtig die Zimmertür. Als sie draußen auf dem Flur niemanden sah, lief sie rasch zur Treppe. Draußen angelangt, ging sie zur U-Bahn. Sie fuhr zum Sheridan Square und fand einen Wohnungsmakler. Um Eindruck zu schinden, erklärte sie, sie sei Lehrerin. Sie habe an der Columbia-Universität ihren Magister gemacht und werde ab dem Spätsommer an der Sloe Academy unterrichten. Sie sagte, sie suche etwas mit Atmosphäre und wolle möglichst sofort einziehen, da sie an wichtigen Unterrichtsprojekten zu arbeiten habe und aus dem Wohnheim wegmüsse.

Der Makler zeigte ihr eine kleine Wohnung in der Spring Street, ganz am Rande von Greenwich Village. Fünfter Stock ohne Aufzug, mit einer Badewanne in der Eßecke, einem Schlafzimmer von der Größe einer liegenden Telefonzelle, einer Feuertreppe, von der die Katzen durchs Fenster hereinstarrten, und einem launischen Kamin. Es war nicht das Taj Mahal, aber genau das Richtige für eine Bohémienne, und das Viertel war gemütlich, voller Pizzerien und kleiner Bäckereien und Mütter, die auf den Eingangstreppen saßen und ihre Kinder hüteten. An der Ecke stand eine riesige katholische Kirche. Hier sei sie in Little Italy, der sichersten Gegend der ganzen Stadt, sagte der Makler, und für fünfundfünfzig Dollar im Monat sei die Wohnung geschenkt. Und so zog Emily im Juni 1956 dort ein.

II

Greenwich Village –
Verrückt geworden

Sie mußte auf Trab bleiben. Sie durfte nicht über die Vergangenheit nachgrübeln oder sich in Selbstmitleid suhlen. Sie mußte sich vor Augen halten, daß sie einen Magistergrad der Columbia-Universität hatte und einen guten Job ab September und daß sie noch immer derselbe Mensch war wie früher. Auch wenn sie früher nach einem Mann gesucht hatte, damit er sie normal machte, während sie jetzt, letztlich zum selben Zweck, eine Frau suchte, war sie doch noch immer Emily Stolle aus White River, die einer renommierten Verbindung angehört hatte und immer beliebt gewesen war, eine nette und intelligente Person. Sie mußte ihr Leben weiterleben, hier, in dieser fremden Welt von Greenwich Village. Sie mußte eine Frau finden, mit der sie ins Bett gehen wollte. Je schneller das klappte, desto schneller würde sie ihre Krankheit überwinden. Und da ihr noch drei ganze Sommermonate blieben, hatte sie genug Zeit, die ganze Sache in den Griff zu kriegen, ehe sie im September in Sloe anfangen mußte. Das alles sagte sich Emily immer wieder, um sich für ihr neues Leben zu rüsten. In ihrem Selbstbewußtsein schwer angeschlagen, einsamer denn je und Carols Zurückweisung noch in den Ohren, konnte sie sich nur mit gutem Zureden über Wasser halten.

Als erstes galt es, ihre Wohnung soweit herzurichten, daß sie jemanden mitbringen konnte. Es gab zwar ein Bett, ein paar Tischchen und andere Möbelstücke, aber es fehlte der Pfiff. Von ihrer Erbschaft erstand sie Teppiche, ein Bild von einem laufenden Elefanten mit erhobenem Vorderfuß, eine Lampe in der Form eines Hahns, ein Wagenrad, einen alten Schrankkoffer, eine mundförmige Neonleuchte, die knallrot aufglühte, wenn man sie anknipste, und ein Karussellpferd, das ihr der Taxifahrer gegen Geld schleppen helfen mußte. Sie taufte das Pferd ohne besonderen Grund Horace und stellte es am Fußende ihres Betts auf in der Hoffnung, daß es zusammen mit allem übrigen das richtige Bohème-Flair verbreiten würde. (Sie hatte beschlossen, sich als Bohémienne zu bezeichnen, da ihr das eine umfassendere Kategorie schien als »Künstlerin«.) Zu guter Letzt erwarb sie für fünfzehnhundert Dollar einen schwarzen VW-Käfer von einem Gebrauchtwagenhändler an der Houston Street. Das alles trug sehr zur Hebung ihrer Stimmung bei.

Noch in der ersten Woche nahm sie sich Zeit, Lillian zu schreiben. »Carol hat auf den letzten Drücker beschlossen zu heiraten«, hieß es unter anderem in ihrem Brief. »Damit sind unsere Central Park-Pläne natürlich gestorben. Deshalb bin ich jetzt hier in Greenwich Village. Ich habe zufällig von einer Wohnung für fünfundfünfzig Dollar hier in der Spring Street gehört, und ich dachte mir, warum nicht. Du weißt ja, ich wollte immer schon gern unter Künstlern leben. Und hier gibt es Künstler in Mengen, Lil, zwei sogar bei mir im Haus. Den einen habe ich schon kennengelernt. Wir gehen zusammen zu Dichterlesungen und dergleichen, und vielleicht mache ich mich ja auch mal wieder ernsthaft an meine eigene Schreiberei. Es könnte mir gar nicht besser gehen!« Noch am selben Tag meldete sie sich an der New School für einen demnächst beginnenden Schauspielkurs an. Der halbstündige Fußmarsch dorthin würde ihr Gelegenheit geben, die Gegend richtig kennenzulernen, und außerdem war es eine konstruktive Beschäftigung.

Als soweit alles geregelt war, ging sie es an, die Nachbarschaft kennenzulernen. Sie machte sich mit Leuten aus ihrem Haus bekannt. Sie ging in die Läden in ihrem Block und ließ die Verkäuferin wissen, daß sie Lehrerin sei. Sie fand bald heraus, daß die Macht in Little Italy in Händen dreier Gruppen lag. Da waren zum einen die Priester, alle sehr katholisch und fromm und mit Gott auf du und du. Sie teilten ihre Autorität mit den Männern in dunklen Büroanzügen, die hervorstachen wie goldene Daumen, weil sie reich und tadellos gekleidet waren, ihre langen, schwarzglänzenden Cadillacs abstellten, wo es ihnen paßte, und winkend, lächelnd und in sanftem Ton redend herumstanden und sich die Schuhe wienern ließen. Niemand wagte es, sich mit ihnen anzulegen. Und dann gab es noch die Mütter. Ihre Macht, die nicht so offen war wie die der anderen beiden Gruppen, gründete sich auf die Tatsache, daß sie italienische Söhne geboren hatten. Die Mütter waren die Augen und Ohren von Little Italy, ein antiker Chor, der meistens schon alles wußte, ehe es passierte, und was sie nicht wußten, das reimten sie sich bis ins Kleinste zusammen. An den warmen Sommertagen, in den weißen Lichtzungen des frühen Morgens und in der Abenddämmerung saßen sie auf den Vordertreppen, die ihre Machtbasis waren, stets bei ihren Lieblingsthemen Männer, Kinder und Sünde. Sie organisierten die sommerlichen Feste, bei denen die Statue der Heiligen Jungfrau feierlich die Sullivan Street heruntergetragen wurde und alles herbeieilte, um ihr Geldscheine ans Gewand zu stecken. Das Wohlgefallen der Mütter war für eine Fremde wie Emily die sicherste Garantie, daß man sie in Ruhe lassen würde. Also tat sie alles, um höflich zu ihnen zu sein und sie wissen zu lassen, daß sie Lehrerin war. Italiener hatten Respekt vor Bildung.

Was Frauen betraf – als Emily über dieses wichtigste aller Vorhaben nachdachte, kam sie zu dem Schluß, daß sie zunächst eine Eingewöhnungsphase brauchte. Anders gesagt: Sie konnte nicht einfach losziehen und erwarten, daß ihr sofort jemand wie Lu begegnete. Sie brauchte zuerst mal ein bißchen Übung. Und der beste Ort, um mit dem Üben anzufangen, schien ihr das einzige Schwulenlokal, das sie kannte, das Circle 3. Nach all den Monaten würde sie dort bestimmt niemand wiedererkennen.

Es war ein Dienstagabend, und um den Sheridan Square brauste der Verkehr. Emily parkte ihr Auto an der Charles Street und ging zu Fuß die Siebte Avenue hinauf. Bald schon war sie in der Nähe der Stelle, wo Nelson an jenem traurigen, traumatischen Abend die Schlägerei gehabt hatte. Emily trug neue Jeans, ein geknotetes Halstuch unter einem blauen Hemd und weiße Lederstiefel, wie sie sie bei ihren Spaziergängen durchs Village bei einer Reihe von Frauen gesehen hatte. Fast hätte sie sich für diesen Anlaß Sandalen zugelegt, das klassische Schuhwerk der Bohémiens, aber sie fand ihre Zehen scheußlich. Sie zog ihren Handspiegel hervor, musterte sich ein letztes Mal prüfend und legte noch eine Schicht Lippenstift auf. Gestärkt durch die vier Bier, die sie zu Hause getrunken hatte, und mit einem zerfledderten Exemplar von *Krieg und Frieden* bewehrt, ging sie zum Eingang des Circle 3. Sie öffnete die Tür, trat ein und steuerte direkt in die hinteren Gefilde. Dort fragte sie ein großer Mann mit Stirnglatze, ob sie allein sei. Sie nickte, und er geleitete sie an einen Tisch. Sie setzte sich und legte ihr Buch auf das weiße Tischtuch, gleich neben die Kerze, damit der Titel auch lesbar war. Sie sah dieselbe Bedienung auf sich zukommen, die auch damals dagewesen war: Tootles Boot. Heute abend trug sie eine lavendelfarbene Bluse, orangefarbene Torero-Hosen und eine lange goldene Kette. Froh, daß Tootles sie nicht wiedererkannte, bestellte Emily ein Bier. Dann lehnte sie sich zurück, aber von der Klaviermusik bekam sie kaum etwas mit. Sie versuchte, allen Mut zusammenzukratzen, sich für Geld eine Frau kommen zu lassen. Das hatte sie sich vorgenommen, weil es ihr die Sache leichter zu machen schien, so als bräuchte sie keine Zurückweisung zu befürchten, wenn sie zahlte. Und wenn sie es heute nacht durchzog, brauchte sie es nie wieder zu tun, weil sie dann ja schon Erfahrung hatte. Sie probte im stillen: Hören Sie, können Sie mir eine Frau für heute nacht besorgen? Und dann rasch die Kohle rüberschieben. Aber was, wenn Tootles lachte oder sie rauswarf oder – Gott behüte! – wenn die Frau so aussah wie Tootles? Daran hatte sie gar nicht gedacht. Aber sie tat es jetzt, während sie Tootles näherkommen sah: das breite, kantige Gesicht, das kurze Haar, die resolute Miene, die humorlosen Augen – nichts, was sie auch nur im entferntesten hätte reizen können. Ach was, sie mußte das Beste hoffen! Als Tootles das Bier abstellte, zog Emily rasch einen Zehner aus der

Tasche, so wie es Gangster im Film taten, wenn sie einen speziellen Tisch haben wollten. Sie stopfte ihr den Schein in die Hand, schluckte und sagte hastig: »Ich ... äh ... hören Sie, könnten-Sie-mir-eine-Frau-für-heute-nacht-besorgen?«
Tootles' Hand lag in der Luft, als ruhe sie auf einem unsichtbaren Bord. Dann, als sie langsam die Faust um den Geldschein schloß und der Sinn dessen, was Emily gesagt hatte, zu ihr durchdrang, halbierte ein breites Lächeln ihr Gesicht. Wenn an diesem Ansinnen etwas Ungewöhnliches war, ließ sie es sich nicht anmerken.
»Sie wollen ein Mädchen?« rekapitulierte sie.
»Ja.«
»Für die *ganze* Nacht?«
Sicher doch. »Ja, wenn das geht.«
Tootles' Augen maßen sie von Kopf bis Fuß. »Warten Sie.« Emily hielt den Atem an, bis Tootles wiederkam und sagte, sie habe jemanden, aber es würde eine Kleinigkeit kosten. »Für das Mädchen, meine ich«, erklärte sie, als Emily verdutzt guckte.
Sei nicht knickrig. »Wieviel?«
»Dreißig müßten reichen.«
Sie berappte, und Tootles verschwand wieder und ließ sie voller Zweifel zurück. Wieso *für das Mädchen?* Aber es war schon zu spät. Sie griff gerade nach ihrem *Krieg und Frieden*, als Tootles mit einer jungen Frau von Anfang zwanzig zurückkam. Die Frau dürr wie ein Spatz, mit braunem, auf dem Oberkopf aufgetürmtem Haar, das ihrem Gesicht etwas Hartes gab. Sie wirkte steif und ein bißchen mürrisch, sah aber ganz passabel aus. Emily drehte das Buch mit dem Deckel zu ihr hin und legte es dann wieder auf den Tisch. Sie dachte, von Panik gepackt: Ob ich ihr gefalle? Was, wenn nicht? Sie dehnte ihr Lächeln so weit zu den Ohren aus, wie es nur ging, aber die junge Frau sah sie kaum an. Sie hatte eine Handtasche, eine brennende Zigarette und ihr Glas dabei. »Das ist Melanie. Melanie, das ist ... Wie heißen Sie, Schätzchen?« fragte Tootles.
»Emily. Emily Stolle.« Sie machte Anstalten, sich zu erheben.

Tootles bedeutete ihr mit einem Sch-sch, ruhig sitzenzubleiben. »Also, Emily Stolle«, zirpte sie fröhlich, »das hier ist Melanie. Melanie, das ist Emily Stolle. Amüsiert euch schön, Kinder!« Noch ein verschwörerisches Zwinkern, und sie verschwand, während Melanie sich neben Emily setzte.
Emily spürte einen Schenkel an ihrem. Was jetzt? Sollte sie wegrücken? Nein. Das war so gedacht. Man begann mit einem Schenkeldruck und arbeitete sich dann langsam vor. Aber sie konnte doch nicht einfach nur dasitzen und Melanies Schenkel fühlen. Sie mußte eine Unterhaltung in Gang bringen. Aber wie? In ihrem Hirn fand sich kein einziges Wort. »Möchten Sie etwas trinken?« brachte sie schließlich heraus.
Melanie hob ihr volles Glas und ließ die Eiswürfel klimpern.
»Oh, ich sehe, Sie haben vorgesorgt.« Verdammt, dachte sie sofort. Wieso mußte ich *das* sagen?
Aber Melanie schien nichts gemerkt zu haben. Sie war nicht eigentlich unhöflich. Sie benahm sich einfach nur, als wäre sie allein und Punkt. Sie nahm einen Spiegel heraus und begann, an ihren Haaren herumzuzupfen, und sich mit dem Finger über die Lippen zu fahren, wie es Frauen tun, um ihren Lippenstift zu verteilen. Emily konnte das Schweigen nicht aushalten. »Ich heiße Emily«, machte sie einen Vorstoß.
»Weiß ich.« Melanie steckte den Spiegel wieder weg und knipste ihre Handtasche zu. »Das haben Sie schon gesagt.«
»Ach ja, richtig. Und Sie sind Melanie.«
»Stimmt.«
»Melanie und wie weiter?«
»Einfach nur Melanie.« Ihre Augen verengten sich.
»Oh. Na gut. Waren Sie eben auch schon da?«
»Wo?«
»Hier im Circle 3?«
»Ja, vorn in der Bar.«
»Ach. Ich habe Sie gar nicht gesehen, als ich gekommen bin.«
»Ich war aber da.«

»Kommen Sie oft hierher?«
»Manchmal.«
»Sind Sie eine Freundin von ihr? Von Tootles?« setzte sie hinzu, als Melanie verständnislos guckte.
»Hmm, so ähnlich.« Melanie drückte ihre Zigarette aus, nahm einen großen Schluck von ihrem Drink und bekundete kein weiteres Interesse an dieser Art der Konversation.
Dann folgte ein kurzer Wortwechsel über Drink-Präferenzen. Melanie erklärte, sie möge Bier nicht sehr. Daraufhin fragte Emily, ob sie etwas anderes wolle.
»Vielleicht, wenn ich mit dem da fertig bin. Haben Sie's eilig oder was?«
Emily merkte, daß sie etwas falsch machte. Sie lehnte sich zurück und sagte, nein, natürlich nicht, sie habe die ganze Nacht Zeit. Der Klavierspieler machte gerade Pause. Emily bemerkte, er spiele wirklich sehr gut. Melanie pflichtete ihr bei. Dann schwiegen sie wieder. Emily ertappte sich dabei, wie ihre Gedanken um den Schenkel an ihrem Bein kreisten und sie in der Phantasie ihre Lippen auf Melanies preßte. Sie faßte Melanies Mund ins Visier. Die Lippen waren zu schmal, mit Lippenstift größer gemalt und gefielen ihr nicht. Sie konnte sich nicht vorstellen, sie zu küssen. Aber sie mußte, ermahnte sie sich, sie mußte es wollen. Sie beschloß, sie erst ein bißchen besser kennenzulernen. »Was machen Sie?« spann sie ihren Gedanken laut fort.
»Machen?« Melanie hörte auf, in ihrem Drink zu rühren und guckte, als hätte sie das Wort noch nie gehört.
»Ja«, bekräftigte Emily. »Wo arbeiten Sie?«
»An der Wall Street.«
»Wow! An der Wall Street! Das ist ja toll. Und wo an der Wall Street?«
Mit einem winzigen Hauch von Mißtrauen in der Stimme antwortete Melanie: »In so einem Laden da unten.«
Wie ein Maulwurf buddelte Emily weiter. »Verstehe. Und gefällt's Ihnen?«

»Was heißt gefallen? Ist halt ein Job.« Melanie steckte sich eine Zigarette in den Mund. »Haben Sie mal Feuer?«
Emily zog eilfertig ein Feuerzeug aus der Tasche, und Melanie beugte sich darüber und verbreitete eine Parfümwolke. Dabei rückte ihr Schenkel noch dichter an Emilys heran. Sie muß mich mögen, sagte sich Emily, sonst würde sie ihn doch nicht da lassen. Fast schon aufgekratzt, fragte sie: »Macht es Ihnen Spaß, dort zu arbeiten?«
Melanies Augenbrauen wölbten sich. »Spaß?«
»Ich meine, finden Sie es befriedigend?«
»Weiß nicht. Hab' noch nie drüber nachgedacht.«
»Machen Sie das schon lange?«
»Was?«
»Ihren Job an der Wall Street.«
»Noch nicht so lange.«
»Was haben Sie denn vorher gemacht?«
Jetzt sah Melanie sie eigenartig an. »Alles mögliche«, antwortete sie schließlich.
Emily sann über diese Auskunft nach. Die Neugier hatte sie gepackt, aber Melanie schien verschlossen. Wieso? Was war verkehrt daran, sie ein bißchen besser kennenlernen zu wollen? Emily nahm ihr Buch vom Tisch und sagte: »Na gut, ich will Sie nicht löchern. Ich bin Lehrerin. Nach den Sommerferien fange ich an, an der Sloe Academy zu unterrichten. Das ist die Privatschule in White Plains«, erklärte sie stolz.
Melanies Augen wurden groß. »Sie sind *Lehrerin*?«
»Demnächst. Ich habe gerade meinen Englisch-Magister an der Columbia-Universität gemacht.«
»Englisch. Puh!« Melanie zog eine Grimasse und sank auf ihren Stuhl zurück. »Da war ich nie besonders gut.«
»Ach, machen Sie sich nichts draus. Sie hätten mich mal in Mathematik sehen sollen. Ich wette, das liegt Ihnen besser. Stimmt's?«
Melanie zuckte nur mit den Schultern. Dann fragte sie Emily, wieso sie das Buch da so halte.

Emily hielt *Krieg und Frieden* in Augenhöhe vor sich, den Ellbogen auf den Tisch gestützt. »Ach, das!« Sie tat, als hätte sie gar nicht darauf geachtet. »Ich wollte, daß Sie sehen können, womit ich mich so beschäftige. Haben Sie das mal gelesen?«

»Nein«, brummte Melanie. »Worum geht's da?«

»Rußland.«

»Ach, Rußland interessiert mich nicht. Mir reicht schon New York, wenn Sie verstehen, was ich meine.«

Emily sagte, sie verstehe vollkommen. Dann redeten sie ein bißchen über das Leben in New York. Emily fragte Melanie, wo sie herkomme.

Melanie sagte, Jersey.

Sie fragte sie, ob sie mit dem Auto da sei.

Melanie sagte nein, sie nähme immer die U-Bahn. Kein Problem.

Sie fragte Melanie, ob sie wisse, wo Little Italy sei.

Melanie sagte, klar, drüben bei der Houston Street.

Sie sagte, dort wohne sie. Sie versuchte, den Mut zusammenzunehmen und sie zu fragen, ob sie mit ihr nach Hause käme. Sie bemühte sich, ihr Gesicht interessant zu finden. Aber im Licht sah sie müde aus, und sie hatte dunkle Ringe unter den Augen.

»Waren Sie schon mal in Little Italy?«

»Schon lang nicht mehr. Ich hab' nicht viel Zeit.«

Emily wollte vorschlagen, ob sie nicht gehen sollten, fragte sie aber statt dessen nach ihrer Familie. Ob sie Geschwister habe?

»Eine Schwester.«

»Verstehen Sie sich gut mit ihr?«

»Mann!« rief Melanie aus. »Sie fragen einem ja ein Loch in den Bauch!« Aber sie setzte sich auf, und ihr Oberschenkel rückte wieder dichter heran. Noch ehe Emily sich verteidigen konnte, erschien vor ihnen auf der Bühne ein Witzereißer, der die Geschichte von der Nutte im Wäschegeschäft erzählte, die immer nur schwarze Höschen trug, weil da schon so viele Männer in die Grube gefahren waren, ha ha ha. Er malte ein paar imaginäre

Linien in die Luft und erklärte, er sei ein Taubstummer beim Orgasmus. Mehr Ha-ha-ha, während er sich dankend verbeugte. Aber Emily war jetzt richtig in Fahrt und nahm nichts mehr wahr als Melanies Schenkel. Dank des vielen Biers, das sie an diesem Abend schon getrunken hatte, war Melanie gar nicht so ohne.
Melanie wandte sich jetzt zu ihr und sagte: »Ich hab' Hunger. Haben Sie genug Geld dabei?«
»Klar. Wie wär's mit einem Steak drüben an der Ecke?«
Das letzte, was sie im Hinausgehen sah, war Tootles' Grinsen. Es hing in der Luft wie ein Goodyear-Zeppelin und überlagerte die Bühne, die Tische und alles andere.
Bei einem Grillteller wurde Melanie richtig redselig. Sie erzählte Emily, sie wolle Sängerin werden. Deswegen hänge sie auch im Circle 3 herum: sie hoffe, dort ihre Startchance zu kriegen. Danach wolle sie dann nach Hollywood gehen. Sie wisse genau, daß sie beim Film groß rauskommen könne. Das sagten alle. Man brauche nur die richtigen Leute zu kennen. Oder?
Emily bemühte sich, dem Gespräch zu folgen, aber jedes Ticken der Uhr brachte sie einer inneren Vision näher. Diese Vision war ein Bett, das auf sie wartete. Das Bett war ein Bärenrachen, und sie waren an ein Fließband gekettet, das sie mitten hinein trug. Aber so durfte sie nicht denken. Sie mußte ihr Geschäft im Auge behalten. Sie hatte bezahlt, diese ganze verzweifelte Aktion gestartet, damit es heute nacht etwas wurde. Ihre Gefühle spielten keine Rolle. Sie würde das nicht noch einmal durchstehen. Also wagte sie schließlich den Sprung: ob Melanie mit zu ihr kommen wolle.
Okay. Aber dann brauche sie morgen früh das Geld für ein Taxi.
»Wieviel?«
»Zwanzig Dollar.«
»Zwanzig Dollar für ein Taxi!«
Melanies Augen verengten sich. »Ich hab' noch ein paar Besorgungen zu machen, und Trinkgeld muß man ja auch geben.«
Ach, Teufel noch mal, was machte das schon? Sie hatte Geld, über

hundert Dollar. Sie fühlte sich plötzlich ganz lässig, fast schon verwegen. Sie fischte einen Zwanziger aus der Tasche, und ehe sie sich's versah, fuhren sie schon Richtung Houston Street. Sie fand einen Parkplatz nicht weit von ihrem Haus, und gleich darauf erklommen sie schon die Treppen. Froh, daß sie niemand sehen würde, beschloß Emily, ihr Horace vorzuführen und diesem Mädchen zu zeigen, was für eine ungewöhnliche Person sie war. Sie würden sich ein bißchen unterhalten, Musik anstellen, und dann …

Aber in dem Moment, als sie die Tür aufschloß, flitzte Melanie in die Toilette, und als sie wieder herauskam, fünf Pfund leichter ohne den ganzen Kleister im Gesicht, begann sie sich mitten im Wohnzimmer auszuziehen. Sie brauche keinen Schlafanzug, sagte sie. Sie hasse die Dinger. Damit entblößte sie ohne weitere Umschweife ihren Körper – eine Hautlandschaft aus Rippen und Hüften, flachem Bauch, brustwarzenlos wirkendem Busen. Als Emily sie nackt sah, überkam sie ein massives Gefühl der Vergeblichkeit. Wie sollte sie dieses merkwürdige Geschöpf anfassen? Was sollte sie im Bett machen? Konnte es etwas Beängstigenderes geben als auch nur den Versuch zu machen, die Sache in Angriff zu nehmen?

»Was gucken Sie so?« fragte Melanie scharf.

Emily murmelte etwas, das nicht nach ihr klang.

»Ist da das Schlafzimmer?«

Emily nickte.

»Kommen Sie mit?«

»Gleich. Ich muß noch aufs Klo.« Sie wartete darauf, daß Melanie irgendeinen Kommentar zu Horace abgab, als sie ins Zimmer trat, aber es war nichts zu hören außer dem Quietschen des Betts. Sie drehte sich um und ging ins Klo, und als sie fertig war, kam sie ins Schlafzimmer. Melanie lag unter der Decke, die Augen geschlossen. Emily blieb neben ihrem Pferd stehen, als warte sie auf ein Kommando. Dann schwang sie sich aus einem plötzlichen Impuls heraus in den Sattel. Sie konnte jetzt nicht in dieses Bett steigen. Sie brauchte noch Zeit. Aber sie konnte Melanie auch nicht einfach einschlafen lassen. Sie wollte etwas tun, was sie beeindrucken würde. Mit fester, klarer Stimme begann sie:

> *Komm, gib mir meinen Romeo...*
> *zerteil in kleine Sterne ihn,*
> *er... wird des Himmels Antlitz so verschönern...*

Melanie fuhr hoch und saß mit wippenden Brüsten im Bett. »Was soll das?« stieß sie hervor, und ihre Augen waren groß vor Verblüffung.
»Das ist aus *Romeo und Julia.* Ist es nicht wunderschön?«
»Sind Sie verrückt? Sie haben sie wohl nicht alle! Es ist drei Uhr morgens, und Sie... Also, *so was* ist mir noch nicht begegnet. Würden Sie vielleicht so gut sein und von diesem Ding da runterkommen und das Licht ausmachen? Ich hab' morgen zu arbeiten!«
Emily rutschte gehorsam herunter und setzte sich auf die Bettkante. Durchs offene Fenster fiel das Mondlicht auf sie. Es beleuchtete die Adern auf ihren Händen, und sie mußte plötzlich an ihren Vater denken. Eine große Traurigkeit kam über sie. Dann wackelte das Bett, weil Melanie sich bewegte. Vergiß nicht: Du hast eine Frau da in deinem Bett! Da liegt die Chance, der entscheidenden Wende deines Sexuallebens näher zu kommen! Los! spornte sie sich an. Küß sie.
Aber Emily blieb reglos sitzen und dachte an Lu und daran, wie in jener Nacht in dem Motelzimmer nichts anderes dagewesen war als Lu und wie an jenem Nachmittag hinten in ihrem Garten nichts anderes existiert hatte als Mattie. Aber jetzt, mit Melanie, waren da die Lampe, der grüne Aschenbecher auf der Kommode, die stumpfe Kante des Stuhls, Horaces mondlichtweiße Zähne, ihre Stiefel, die sie drückten. Sie zog sie aus und schlüpfte mit allen Kleidern unter die Decke. Lag da, eine Ewigkeit. Sollte sie über ihre Gefühle sprechen? Sich bemühen, dieses Mädchen besser kennenzulernen?

»Was machen Sie denn?« Die Frage zerschlug die Glasglocke, die sie umgab. Melanie wartete darauf, daß sie aktiv wurde. Emily war nicht danach, sie wollte diese Fremde nicht küssen. Sie sagte zu Melanie, daß sie sie gern besser kennenlernen wolle und daß es das erste Mal seit ihrer Collegezeit sei, daß sie mit einer Frau im Bett liege. Sie erzählte ein bißchen von Lu und von Carols Brief. Sie erklärte, wie schwer es gewesen sei, hierher zu ziehen, daß sie aber nicht gewußt habe, wo sie sonst hinsollte. Je mehr solcher ungewohnter Worte aus ihr herauskamen, desto stärker wurde das Gefühl, daß sie all die Jahre im Gefängnis vegetiert hatte, ohne Fenster und ohne Licht, ohne Freunde und menschliche Wärme. Aber jetzt, da sie über ihre wahren Gefühle sprach, war es, als ob ein schweres Gewicht von ihr abfiele, ein Felsblock von ihrer Brust gewälzt wurde und sie plötzlich aufstehen und in ihrer Zelle herumlaufen konnte. Die Worte flossen immer leichter, und sie empfand selbst für Melanie eine zärtliche Wärme. Sie fragte sie, ob sie Lust hätte, irgendwann mal mit ihr ins Theater zu gehen. Als von Melanie keine Reaktion kam, merkte Emily plötzlich, daß sie das Gespräch die ganze Zeit allein bestritten hatte. Sie stützte sich auf den Ellbogen und musterte ihre stumme Bettgenossin. Der Mond scheitelte Melanies Haar und machte ihre Züge weicher. Sie hatte die Augen geschlossen und ihr Mund stand ein klein wenig offen, und ihre Brust atmete im sanften Rhythmus des Schlafs: sie hatte kein Wort mitbekommen.

Emily sank niedergeschmettert zurück und war gleich darauf ebenfalls eingeschlafen.

Neun Uhr. »Verdammte Scheiße! Ich bin zu spät dran!« Melanie sprang aus dem Bett und sauste in die Toilette. Emily, jäh aus dem Schlaf gerissen, lag da und hörte das hastige Hin und Her ihres Gastes, den Plumps eines Schuhs, der zu Boden fiel, Wasserrauschen. Sie fuhr sich mit der Zunge über die Lippen und blies den schlechten Geschmack aus. Sauer. Sie merkte, daß sie immer noch ihr Halstuch umhatte. Sie band es ab, schleuderte es auf die Bettdecke und überlegte, was sie tun sollte. Sie beschloß aufzustehen.

Als Emily ins Wohnzimmer kam, war Melanie gerade dabei, letzte Hand an ihr Äußeres zu legen. Sie sah älter und härter aus. Ihre Lippen waren viel zu übertrieben geschminkt, und die Farben ihrer Bluse und ihres Rocks bissen sich.

»Guten Morgen«, sagte Emily höflich. »Möchten Sie einen Kaffee?«

Ohne sie anzusehen, brummte Melanie: »Keine Zeit. Muß mich beeilen.«

Emily sah zu, wie sie ihren Rock glattstrich und dann Kamm und Bürste herausnahm und sich an ihrem Haar zu schaffen machte.

»Gleich an die Wall Street?« fragte sie knapp.

Jetzt funkelte Melanie sie böse an. »Herrgott noch mal! Ist das alles, was Sie können? Fragen stellen? An was anderes kann ich mich nicht erinnern! Mir brummt jetzt noch der Kopf! Vielleicht können Sie mal in Ihren Schädel reinkriegen, daß man nicht rumrennt und Sachen fragt, die einen einen verdammten Dreck angehen!«

Emily war perplex. Warum war sie denn so biestig? Wie konnte sie sich so unhöflich benehmen, nach all dem Geld, das Emily letzte Nacht investiert hatte? Sie wollte sie fragen, aber Melanie war schon mit einem Tschüsdann und der Andeutung eines Winkens durch die Tür verschwunden, und ihre Absätze klackerten das Treppenhaus hinunter. Emily schloß die Tür und setzte sich matt und zerknirscht auf einen Stuhl. Sie ließ das Geschehen der letzten Nacht noch einmal Revue passieren und schalt sich, daß sie ganz schön hinüber gewesen sein mußte, so ein Geschöpf mit nach Hause zu nehmen, jemanden, der nicht mal wußte, was *Krieg und Frieden* war. Sie hörte Melanie in der Bar posaunen: »He, Tootles, erinnerst du dich an die komische Tante, mit der ich gestern mitgegangen bin? Weißt du, was sie gemacht hat?« Und dann würde sie die ganze verdammte Geschichte erzählen, von Emilys Fragerei und der Nummer, wie sie im Schlafzimmer auf einem Pferd gesessen und Shakespeare deklamiert hatte.

O Gott, sie wollte hier weg. Sie hatte keine Ahnung vom Lesbischsein. Sie wußte nicht, was sie mit einem Mädchen anfangen sollte. Sie wußte nicht, wie man Konversation machte, wenn man eine Frau aufgerissen hatte, und was von einem erwartet wurde, wenn man mit ihr zu Hause gelandet war. Es war nicht so wie mit einem Mann, der selbst das Heft in die Hand nahm. Es war, wie wenn sie mit einem Mann zusammen war, nur daß sie der Mann zu sein schien, aber doch keiner war, und wenn das nicht verdreht war, was dann? Sie versuchte, sich in Melanies Situation zu versetzen. Davon wurde ihr übel.

Sie sah Horace an und haßte ihn plötzlich. Sie schleppte ihn aus dem Schlafzimmer und verbannte ihn in eine dunkle Ecke im Flur. Dann hielt sie eine ihrer berühmten Ermunterungsreden an sich selbst: Sie war hier, und sie mußte hier bleiben, bis das Virus sich ausgetobt hatte. Und keine Ausflüchte! Der Definition nach war sie homosexuell, daran war nicht zu rütteln. Mattie und Lu hatten geheiratet und ihr Leben in Ordnung gebracht, aber sie stand nicht so sehr auf Sex mit Männern. Ihr hatte Sex mit Mattie und Lu besser gefallen, und schon das allein besagte, daß sie homosexuell war. Aber sie brauchte es nicht zu bleiben. Sie mußte es nur schaffen, daß dieser krankhafte Drang von selbst erstarb. Und an diesem Morgen-nach-Melanie sagte sie sich noch einmal, was sie sich schon so oft gesagt hatte: Wenn sie nur länger mit Lu und Mattie hätte zusammenbleiben können, wären ihre Gefühle längst an ihrer eigenen Krankhaftigkeit erstickt. Und deshalb würde sie jetzt von Melanie lernen, was sie *nicht* tun durfte: So viele Fragen stellen. Zu nachtschlafender Zeit auf Horaces Rücken klettern und Eindruck schinden. Und wenn sie eine Frau mit nach Hause gelotst hatte, hieß die Parole: Anfassen.

Sie fühlte sich besser. Sie duschte, und um die Mittagszeit ging sie nach draußen. Es war ein sonniger Tag, und Mrs. Cordello aus dem ersten Stock saß draußen auf der Treppe. Emily hatte sich bereits mit ihr darüber unterhalten, was für eine Last so ein Umzug war. Mrs. Cordello lächelte, sagte hallo, Kindchen, und streckte ihr die Hand hin, was Emily fast zu Tränen rührte.

»Guten Tag, Mrs. Cordello. Wie geht's?« antwortete Emily, während sie sich neben ihr niederließ.
»Oh, gut, gut. Wohnung ganz fertig?«
»Ja. Es sieht schon ganz gut aus.«
»Sie suchen netten jungen Mann. Er wird sein begeistert, wenn so hübsche junge Frau ihm kochen sein Essen.«
»Ich werde es versuchen, Mrs. Cordello.« Die Freundlichkeit der alten Frau hob ihre Stimmung. Sie blieb noch ein Weilchen sitzen und schwatzte weiter, und am Nachmittag spazierte sie zur New School, um sich ein Buch für ihren morgen beginnenden Theaterkurs zu kaufen.

Pandys Bar lauerte an der Greenwich Avenue wie ein feister Frosch auf einer Seerose, und ein paar Tage später ließ Emily sich verschlingen.
Emily wußte, daß dort Frauen hingingen. Sie hatte sie gesehen. Sie hatte auf dem Weg zu ihrem Kurs die Musik gehört und schließlich aus lauter Neugier einmal kurz die Nase an die Scheibe gedrückt und hineingeguckt. Und eines Abends, als ihr Melanie noch immer in den Knochen steckte, ging sie hinein. Sie blieb ein paar Stunden: eine menschliche Antenne, ausgerichtet auf die Schwingungen der Lesbierinnen. Sie beobachtete die Frauen, die hier saßen, nahm Ton und Klangfarbe ihrer Stimmen auf, studierte ihre Kleidung, ihr Auftreten, ihre Reaktionsweisen. Pandys Bar war eine richtig gemütliche Eckkneipe, mit einer Geräuschkulisse aus stetem Gemurmel, Lachen und Begrüßungsrufen, wenn jemand kam, und mit einer Barfrau, die alle mit Namen ansprach. Hier gab es ein Pool-Billard im Hinterzimmer, eine Juke-Box neben der Tür, eine Kette aus winzigen Glühbirnchen um den großen Spiegel, der wie im Circle 3 hinter der Bar hing, und einen Schäferhund namens Max, der frei herumstrolchte. Ein paar Frauen lächelten ihr zu. Die Barfrau war freundlich. Emily verlor rasch die Scheu und wurde in etliche Gespräche einbezogen, ehe sie wieder ging. Und so wurde Pandys Bar ein Bestand-

teil ihres täglichen Lebens in Greenwich Village, der Ort, wo sie für eine Weile die meisten Frauen kennenlernte, mit denen sie zu tun hatte, und wo sich auch ihre ersten sexuellen Kontakte anbahnten.

Die erste war eine kleine, stupsnasige, intensive Frau in den Vierzigern mit sandfarbenem Haar, die eines Abends hereinkam, sich auf den Barhocker neben Emily setzte und sie um Feuer bat. Ungewöhnlich mitteilsam, enthüllte sie Emily in kurzer Zeit ihren Namen, Lorraine; ihren Beruf, Maklerin; ihren Familienstand, verheiratet (aber ihr Mann sei viel auf Reisen, wie heute zum Beispiel) und ihr Hobby, Reiten. Sie komme schon seit '52 drei- bis viermal im Jahr hierher in Pandys Bar. Es gefalle ihr hier, weil man sich selbst denken hören könne; aber Emily habe sie noch nie gesehen. Ihre Augen verengten sich. Oh, sie sei neu hier. Aha, sagte Lorraine. Sie sei Lehrerin. Wie nett. Lorraine mochte Lehrerinnen. Und Emilys Augen mochte sie auch. So tief. Ob sie wisse, daß die Griechen die Augen die Fenster zur Seele genannt hätten? Oder Tore? Lorraine wußte es nicht mehr genau. Ach, doch Fenster, richtig. Vielleicht kein sehr originelles Zitat, dachte Emily, aber es enthielt eine Menge Wahrheit. Ganz schön schlau, die alten Griechen, was? Dann sei Emily ja sicher auf dem College gewesen. Wo denn? Ach, Chapel Hill. Bestimmt schön da unten. Ihre Schwester habe früher in Raleigh gewohnt. Ach, an der Columbia-Universität habe sie auch studiert? Tatsächlich! Welches Fach? Englisch! Nein, sowas, Englisch sei immer ihr Lieblingsfach gewesen! Als kleines Mädchen habe sie stapelweise Gedichte geschrieben. Dann habe sie Gehirnchirurgin werden wollen, aber das sei ihr zu langwierig gewesen, also sei sie in die Immobilienbranche gegangen – und so weiter und so fort.

Sie schien ganz nett, und Emily überlegte gerade, ob sie vielleicht eine neue Freundin gefunden hatte, als Lorraine sie fragte, ob sie nicht Lust habe, noch auf einen Drink in eine nette kleine deutsche Bar in der Nähe ihrer Wohnung in der Achtundsechzigsten

Straße mitzukommen. Sie könnten ja zusammen ein Taxi nehmen, falls Emily kein Auto dabeihabe.
Das taten sie auch. Sie redeten weiter, und dann lud Lorraine sie ein, doch noch auf einen kleinen Schlummertrunk mit zu ihr zu kommen. Sie wohne gleich um die Ecke, in dem großen Haus mit dem Portier davor. Bislang hatte nichts zwischen ihnen auf ein weiteres Interesse als das an einem netten Gespräch hingedeutet, aber sobald Emily Lorraines Wohnzimmer betrat, änderte sich das schlagartig. Lorraine erklärte, sie sei so scharf und ihr Mann kriege keinen mehr hoch, und fing an sich auszuziehen, während Emily, ob dieser unerwarteten Wendung der Dinge leicht betäubt, schweigend zusah. In Sekundenschnelle hatte Lorraine die nackten Tatsachen enthüllt – Schamhaar, Hüften, hungrige Brüste. Sie führte leise gurrend Emilys Hände an ihre Brüste und streichelte sich damit über die Brustwarzen, während sie sie in Richtung Schlafzimmer zog. Dort ließ sie sich, ohne Emily loszulassen, aufs Bett sinken. Sie drückte Emilys Kopf zwischen ihre gespreizten Beine, wo ein betörender Duft ihre Sinne umfing. Vagina.
Eine lüsterne Macht ergriff von ihr Besitz, und ehe sie wußte, was ihr geschah, öffnete ihre Zunge Lorraine wie eine exotische Blüte.
Danach, als Lorraine zerschmolzen und erloschen (und anscheinend schon im Tiefschlaf) neben ihr lag, fühlte Emily alles mögliche auf einmal. Erstaunen, daß es einfach so passiert war, Leere, weil sie absolut nichts für diese Fremde fühlte, unsägliche Einsamkeit, als sei sie in irgendeinem entlegenen Winkel der Welt gestrandet, ohne die dortige Sprache oder die Sitten und Gebräuche zu kennen, ohne Führer oder Karte, um wieder heimzufinden. Und aus alledem resultierte eine Verwirrung, die Emily über Jahre in ihren Beziehungen zu Frauen verfolgen sollte – die Unsicherheit, was ihre Rolle anging. Sie wußte nicht, was sie jetzt tun sollte. Mit Mattie und Lu hatte sie dieses Problem nicht gehabt, und mit Männern war die sexuelle Strategie klar – Schlüssel ins Schlüsselloch: Wumm. Aber das hier war anders. War es jetzt an ihr, sich berühren zu lassen? Aber selbst wenn Lorraine es

versucht hätte, hätte Emily nicht gewußt, wie sie so schnell die Rolle wechseln sollte und offen, empfänglich und verletzlich sein. Und was war mit ihren Brüsten? Wenn Lorraine sie gestreichelt hätte – wäre das nicht peinlich gewesen? Ihre Brüste waren größer als die von Lorraine. Hieß das nicht, daß sie weiblicher war? Aber trotzdem war sie der aktive Teil gewesen. Es war alles sehr kompliziert! Also gab sie sich schließlich dem einzigen Liebhaber hin, dem sie vertrauen konnte – dem Schlaf.

Am nächsten Morgen erwachte sie in einem leeren Bett. Als sie die Orientierung wiedergefunden hatte, wusch sie sich das Gesicht. Dann ging sie in die Küche. Lorraine saß an einem Tisch, trank Kaffee und las Zeitung. Sie war schlecht gelaunt und erwiderte Emilys schüchternen Gruß kaum. Emily blieb in der Tür stehen und kam sich vor wie ein Eindringling. Dann begriff sie und ging ohne ein Abschiedswort. Den ganzen Tag fühlte sie sich benutzt und entwürdigt. Aber in den folgenden Monaten sollte sie lernen, daß es viele Lorraines gab, die auf der Suche nach einem kurzen Trip in Pandys Bar kamen. Die Frauen in Greenwich Village waren Flatterwesen – heute hier, morgen da. Und was Lorraine anbelangte: als Emily sie ein paar Monate später zufällig wiedertraf, tat sie, als sei sie ihr noch nie begegnet. Das war deprimierend.

Nicht lange nach Lorraine kam Wendy, an einem Abend, als Emily schon einiges getrunken hatte. Wendy war groß und schlank, mit langem Hals und hübschem Gesicht, sahnefarbener Haut und naturrotem Haar und auf liebenswerte Weise ein wenig verrückt. Sie saß in Pandys Bar einen Hocker weiter, und als das Mädchen zwischen ihnen ging, begannen sie sich zu unterhalten. Als eins der ersten Dinge wollte Wendy Emilys Tierkreiszeichen wissen. Als Emily sagte, Löwe, sprang Wendy vor Freude fast von ihrem Hocker. Ihrs sei Fische, rief sie aufgeregt, und die beiden Zeichen vertrügen sich prima.

Wendy war astrologiebegeistert und wollte in zwei Tagen nach Kalifornien gehen, weil Kalifornien ein Wassermann-Staat war

und ihr Mond demnächst ins elfte Haus trat und Pluto über dem Jupiter stand, während der im Aszendenten war, was bedeutete, daß es eine günstige Zeit zum Reisen war.
Nun gut. Emily hatte zwar keinen blassen Schimmer von Astrologie, aber Wendy gefiel ihr. Und wenn sie auch in zwei Tagen weggehen würde, war ihr Interesse doch schmeichelhaft. Und was sie ihr aus der Hand las, ebenfalls. Wendy nahm Emilys rechte Hand, drehte sie mit der Handfläche nach oben und fuhr ihre Lebenslinie sorgfältig nach. Dann verkündete sie, Emily habe ein Yod. Ein *was*? Ein Yod, das sei eine besondere Gabe der Götter, die nur wenigen Auserwählten zuteil würde, erklärte Wendy feierlich. Dann setzte sie noch hinzu, Emily habe magische Kräfte.
Betrunken wie sie war, fand Emily auch alles sehr magisch: das mit dem Yod und überhaupt! Als die letzten Bestellungen aufgenommen wurden, hatte sich Pandys Bar in einen Fahrstuhl verwandelt, und Wendy sah aus wie Rita Hayworth!
Wendy, von Haus aus nicht schüchtern, schlug vor, zu ihr zu gehen, das hieß, in die Wohnung einer Freundin, die für ein paar Tage weg war.
An was Emily sich später erinnerte, war ihr Bemühen, Wendys Brüste zu erwischen, die sich wie alles im Zimmer um sie drehten. Sie lag im Bett und spielte Haschmich mit einer nackten Wendy. Sie fand Nase und Mund, und ihre Hand sank an Wendys Kinn vorbei auf ihre fleischigen Zwillingshügel, und an diesem Punkt schlug die Übelkeit zu. Pfeif auf die Brüste! Sie schaffte es gerade noch ins Klo, ehe sie plötzlich nur noch kotzte und eine Weile trocken würgte, bevor sie im totalen Dunkel versank.
Als sie wieder zu sich kam, lag sie auf dem Boden, Auge in Auge mit einem riesigen Kakerlak, der ihr mit den Fühlern ins Gesicht tippte. Überall klebten die säuerlichen Überreste irgendwelcher Mahlzeiten: auf dem Boden, an der Wand, sogar in ihren Haaren. Beschämt rappelte sie sich hoch, um die Bescherung aufzuwi-

schen, so gut sie konnte. Sie ging ohne ein weiteres Wort, froh, daß Wendy weggetreten auf der Matratze lag und noch froher, daß sie nach Kalifornien ging!

In dieser Zeit traf sie auch Nina Sams, eine gutaussehende Amazone mit rosigen Wangen und blondgelocktem Haar, das das engelhafteste Gesicht umrahmte, das Emily je gesehen hatte. Nina war eine große Ausnahme: eine Frau, die seit Jahren treu mit einer anderen zusammenlebte – mit Faye Black. Niemand in Pandys Bar hatte Faye je zu Gesicht bekommen, weil sie nicht in Bars ging.

Faye und Nina lebten als Antiquitätenhändlerinnen in New York. Sie waren reich und erfolgreich und einander in Liebe ergeben, während sie sich gleichzeitig viel Freiheit ließen. Sie besaßen einen Laden an der Lexington Avenue, einen zweiten in London, wo Faye herkam, ein luxuriöses Stadthaus in der Nähe der Fifth Avenue und ein Landhaus in Connecticut, wo Faye sich häufig aufhielt, um zu reiten. Sie waren viel auf Reisen, um Antiquitäten einzukaufen, manchmal auch in Europa. Nina sprach oft davon, daß sie eines Tages nach England gehen wollten.

Nina kam regelmäßig in Pandys Bar, wenn Faye nicht da war. Und an einem Abend im Juli, als Emily schon ziemlich gebechert hatte, ging die Tür auf, und herein trat eine große, umwerfend gutaussehende, fröhlich strahlende Frau, die Kußhände und Hallos verteilte und die ganze Bar bei Laune hielt. In dem angenehmen Nebel aus Musik und immer neuen Drink-Runden kamen Emily und sie ins Gespräch. Und das war der Beginn einer neuen Freundschaft. Emily gefielen Ninas Warmherzigkeit und Großzügigkeit, und die fünfzehn Jahre ältere Nina fand Emily sympathisch naiv. Während der folgenden Monate entwickelte sich zwischen ihnen ein herzlich-kameradschaftliches Verhältnis, das auf der gemeinsamen Liebe zum Barleben, Biertrinken und Reden gründete. Nina nahm interessiert Anteil an Emilys diversen Affären. Emily klagte ihr ihr Leid, daß nichts je von Dauer sei, und gestand ihr, daß sie nicht wisse, was sie tun könne, um eine Frau länger für sich zu interessieren, und daß ihr das Angst mache. Wie Nina und Faye es geschafft hätten, daß ihre Beziehung schon so lange hielt? Das wolle sie auch. Aber sie wisse nicht, wie. Das rührte Nina und sprach ihre mütterlichen Instinkte an. Nina wurde für Emily in Greenwich Village das, was einer besten Freundin am nächsten kam, obgleich ihr Kontakt auf die Bars beschränkt blieb.

Nach dem Labor Day fing Emily an der Sloe Academy an, und damit begann ihr Doppelleben. Tagsüber war sie eine tüchtige Lehrerin in Rock und Pumps, energisch, anspruchsvoll, fähig, engagiert, eine Pädagogin, die ihren Beruf offensichtlich liebte und auch nach Unterrichtsschluß noch für ihre Schüler ansprechbar war. Nachts dagegen war sie eine Bar-Lesbe in Hosen und Stiefeln, die auf der Jagd nach der Traumfrau durch die Clubs zog. In der Schule erfand sie – da nichts die Leute mehr fasziniert als eine alleinstehende junge Frau und die Fragen reichlich kamen – so viele Geschichten über ihr Privatleben, daß sie bald Mühe hatte, den Überblick zu behalten. Sie erzählte, sie sei zweimal verheiratet gewesen, zuerst mit ihrem High School-Freund, von dem sie sich nach elf Monaten wieder habe scheiden lassen, zum Glück noch ohne Kinder! Der zweite Ehemann sei ihre große Liebe gewesen, ein Kommilitone vom College, der bei einem Verkehrsunfall ums Leben gekommen sei. Durch einen unglaublichen Zufall habe er den gleichen Nachnamen gehabt wie sie, Stolle. Das hatte sie sich ausgedacht, weil es am einfachsten war, wenn sie nur ein »Mrs.« davorzusetzen brauchte. (Vor Schuljahrsbeginn hatte sie einen breiten goldenen Ehering erstanden, den sie »aus Sentimentalität« gelegentlich trug.) Außerdem erzählte sie im Kollegium, daß sie ihre Abende mit aufregenden Männern aus New York City verbringe. Anfangs passierte es, daß sie sich in ihrem Lügenlabyrinth selbst nicht mehr zurechtfand, aber mit der Zeit wurde es ihr so vertraut, daß sie sich immer sicherer darin bewegte. Und nach einer Weile glaubte sie schon beinahe selbst, daß sie zweimal verheiratet gewesen war. Ihr kamen fast die Tränen, wenn sie von ihrem verstorbenen Liebsten sprach, und wenn sie von ihrem Wochenende mit diesem oder jenem Mann in New York erzählte, schwang echte Begeisterung in ihrer Stimme. Sie fand ihr Doppelleben höchst aufregend. Ihre Geheimnisse gaben ihr das Gefühl, eine faszinierende Person zu sein. Und ihre Arbeit litt unter alledem nie. Mit bemerkenswerter Energie schaffte sie es, die ganze Nacht auf Achse zu sein und am nächsten Tag frisch und munter in der Schule anzutreten. Ihre Schüler mochten sie, und die Eltern fanden, daß ihre Kinder sich glücklich schätzen konnten, eine solche Lehrerin zu haben. Aber dennoch: je weiter Emily sich auf die Frauenszene einließ (und je weniger es sie beschäftigte, ob sie von einem Virus befallen war oder nicht), desto klarer wurde es – das Beste waren die Bars!

Die Bars

... Die Bars! Ich muß sagen, sie waren – und ich finde, daß sich daran nicht viel geändert hat – ein reichhaltiges Fischwasser. In den 50er Jahren strömten die Frauen hierher, aus den Kleinstädten des amerikanischen Kernlands, aus den ländlichen Gegenden Neu-Englands und aus Alabama – jede Menge katholischer Frauen, jüdischer Frauen, Südstaatlerinnen. Nicht wenige waren romantische Literaten-Seelen, die das Leiden verklärten. Sie hatten vielleicht irgendwann den *Quell der Einsamkeit* gelesen und waren nie drüber hinweggekommen, oder sie hatten sich in eine Professorin verliebt und das nie vergessen können. Viele gehörten zu jenen jungen Frauen, die erst nach Kalifornien zogen, um »sich selbst zu finden«, und dann nach einer längeren Odyssee wieder in Vermont landeten und Steingärten anlegten oder Buntglasfenster fabrizierten. Schließlich zog es sie dann irgendwann nach New York, weil sie *leben* wollten. Daneben gab es die Gladiatorentypen mit den Lautsprechermündern und die zarten Pflänzchen mit der wohlkultivierten Schüchternheit. Wieder andere waren – wie soll ich sagen? – Altlesben, die, wie es schien, schon immer hier gewesen waren und wie alle Leute in den mittleren Jahren ihre Kompromisse gemacht und deshalb eine gewisse Resignation im Blick hatten. Oder anders gesagt: so etwas wie *die* Lesben gab es nicht, ebensowenig wie *die* Schwulen.
Homosexuelle gab es in allen Größen, Formen und Farben, und sie waren, wenn man mich fragt, weder sensibler als andere Leute noch intelligenter oder weniger intelligent. In Greenwich Village, dieser Un-Sicherheitszelle der emotionalen Befreiung, kam niemand auf die Idee, zu hupen oder die Polizei zu rufen oder schreiend wegzulaufen, wenn er Homosexuelle auf der Straße sah. Deshalb lebten so viele hier.

Es gab reiche und arme, kluge und dumme, häßliche und gutaussehende Homosexuelle. Manche schwulen Männer banden sich die Schwänze weg und stopften sich die Brust aus (während andere extrem machomäßig waren). Manche Lesben stopften sich die Hose aus und banden sich die Brüste weg (während andere extrem feminin waren). Es gab Homosexuelle, die es haßten, homosexuell zu sein, und andere, die mit ihrem Los absolut zufrieden waren. Es gab homosexuelle Alkoholiker und homosexuelle Anti-Alkoholiker, Homosexuelle, die sich prostituierten, und solche, die keusch lebten. Manche Homosexuelle waren monogam, andere Sex-Maschinen, manche suchten anonymen Sex, manche hingen in Fire Island herum und lutschten Schwänze. Unter den Homosexuellen gab es Akademiker und Klempner, Penner und Banker, Friseure und Republikaner, Prediger, Lehrer, Ausbeuter und Ausgebeutete. Sie waren gewöhnliche Sterbliche wie andere auch. Die Wahrheit ist, daß es *die* Wahrheit nicht gibt: *Die* Homosexuellen sind eine mythische Größe.
Die Lesbierinnen, die ich kannte, waren wie alle Trinkerinnen dieser Welt unsicher, aber von dem unerschöpflichen Drang beseelt, dies nicht zu zeigen. Die hartgesotteneren hatten hinten in den Hosentaschen kleine schwarze Kämme stecken. Sie lungerten im Katakombendunkel ihrer bevorzugten Schlupflöcher herum und versuchten, Drinks und ein bißchen Unterhaltung abzustauben. Sie trugen Halbstarkenfrisuren und robuste Schuhe, faßten sich an die Genitalien, zogen die Schultern hoch wie Marines, spielten mit grimmigem Ehrgeiz Billard und benutzten die Juke-Box als drittes Bein. Sie sahen kaum jemandem in die Augen. Beim Gehen bewegten sich ihre verschiedenen Körperteile weniger separat als vielmehr wie eine einzige zähe Masse. Manche von ihnen benutzten (wie Nina mir erzählte) bei der Liebe Gurken und Karotten oder penisförmige Geräte mit Federn dran. Ich kannte mal eine außergewöhnlich attraktive Frau, eine College-Professorin, die künstliche Penisse verkaufte – zwanzig Zentimeter lange, stramme, fleischfarbene Gummidinger mit baumelnden

Eiern dran. Sie benutzte sie als Buchstützen, wenn sie gerade nicht benötigt wurden. Sie wollte unbedingt, daß ich eins dieser Dinger ausprobieren sollte. »Komm schon«, sagte sie, während sie es in der Edelstahlhalterung eines Ledergeschirrs befestigte. »Das da«, sagte sie, auf einen Lederriemen zeigend, der zwischen den Pobacken durchgezogen wurde, »hält ihn an Ort und Stelle. Und das hier«, sie ließ das ganze Ding ins Leere bumsen, »besorgt den Rest.«

Nein, nein, dachte ich flattrig. Wie sollte ich das Ding fest kriegen? An die richtige Stelle bringen? Reinstecken? Und wenn es abging? Wenn ich mich im Spiegel sah? Der Gedanke, diese Apparatur zu tragen, wischte plötzlich meine Kindheit weg.

Aber manche Frauen waren ohne so ein Ding nicht vollständig. Das waren die Al Capone-Typen, die in den Bars erst richtig in ihrem Element waren. Draußen fuhren sie vielleicht Taxi, oder sie reinigten Käfige in der Tierklinik oder arbeiteten Nachtschicht irgendwo im unendlichen Vakuum der New Yorker Fabriken. Aber in den Bars hatten sie ihr Ego fest am Kragen. Sie trieben es in den Toiletten, wo sie ihre kleinen Balladen von Liebe und Lust hinterließen:

Ich leck dich, Baby!

oder

Selma macht's dir!

Meine Lieblingsbotschaft hieß: »Carole, ich bin nur eine Tramperin auf dem Trip der Liebe«, zusammen mit jenem Emblem ewiger Liebe, das sich auf allen Klos dieser Welt findet:

Die Initialen variierten.

Die kultivierteren unter den Frauen, die ich kannte – College-Absolventinnen, College-Absolventinnen in spe und Bewunderinnen von College-Absolventinnen –, führten tiefsinnige Gespräche: Frauenrechte, Freud, Ezra Pound versus Juden, Vivisektion. Manche konnten Dylan Thomas vorwärts und rückwärts zitieren. Manche sprachen mit künstlichem Akzent, vorwiegend britischem. Manche waren Säuferinnen. Und manche auf dem Macht-Trip. Sie kamen auf der Suche nach Sex in Pandys Bar geschneit, so wie Lorraine. Aber darin erschöpfte sich der Vergleich auch schon. Diese Frauen waren dominanzbesessen. Aus so widersprüchlichen Launen wie dem Begehren heraus holten sie sich seit Jahren immer wieder andere Frauen ins Bett. Aber wer hätte ihnen das zugetraut, so wie sie sich der Welt draußen präsentierten? Bei der Arbeit imitierten sie die Männer. Sie nannten ihre Sekretärinnen »Schätzchen«, erzählten tumbe Blondinenwitze, kippten nach Feierabend noch ein paar Drinks mit den großmäuligen Kollegen, die nicht wußten, wie sie mit ihnen umgehen sollten. Aber sie waren gut in ihrem Job, und deshalb versuchten die Männer, einfach zu vergessen, daß sie Frauen waren, was in gewisser Weise hieß, daß sie niemand waren. Sie umgaben sich am liebsten mit Schwulen. Spielten Bridge mit ihnen, lachten über ihre Witze. Und sie haßten Frauen, haßten das, was ihr Verlangen nach Frauen über sie selbst sagte. Woher ich das weiß? Oh, von Nina, oder ich habe es über das Buschtelefon gehört, diese legendäre Nabelschnur, die sich durch die Bars zieht und uns alle symbiotisch verbindet.

In den Bars meiner Erinnerung liegt stets ein spürbares Mißtrauen in der Luft. Wie Melanie schon sagte, man gab nicht so schnell seinen Nachnamen oder seine Telefonnummer preis. Ein Grund war, daß dies die Nachwehen der McCarthy-Ära waren und jeder Politiker auf der Jagd nach Wählerstimmen zur Schwulenhatz blies. Es war die Zeit, da das FBI Schwule anwarb, damit sie andere Schwule wegen irgend etwas verpfiffen. Es war die Zeit, da die New Yorker Polizei Razzien in Bars veranstaltete, die keine Schmiergelder zahlten. Die ertappten Lesben wurden in das Frauen-Gefängnis gebracht, einen wuchtigen, düsteren Bau nicht weit von Pandys Bar, wo eingelieferte Frauen routinemäßig Leibesvisitationen durch männliche Vollzugsbeamte über sich erge-

hen lassen mußten. Ich habe das selbst nie miterlebt. Ich bin nie in eine Razzia geraten. Aber ich habe davon gehört.
Die Männer, die in die Bars kamen, unterteilten sich im wesentlichen in zwei Kategorien: die Stammgäste und die, die etwas suchten. Die ersteren fanden Lokale wie Pandys Bar aus irgendeinem Grund unbedrohlich und betrachteten die Frauen als Kumpel. Die Männer, die etwas suchten, waren ein anderer Schlag. Das waren die selbsternannten Retter, die glaubten, ihr Penis sei groß genug, um Lesben zu bekehren. Manchmal suchten sie eine Frau für einen flotten Dreier. Und wenn sie an irgendein armes Mädchen kamen, das im Moment grade kein Glück hatte, konnte es sein, daß sie fündig wurden. So reproduzierte sich der Bekehrerwahn wie regenerationsfähiges Zellgewebe.
Pandys Bar, wo ich mich hauptsächlich aufhielt, war ein Lokal zum Reden. Aber es gab auch schicke Schuppen, wo man tanzen konnte. Ein sehr beliebter war in der Nähe der Vierzehnten Straße. Geführt wurde er von einer Volksausgabe von Zsa Zsa Gabor: blond, vollbusig und borniert. Ihr Job war es, darauf zu achten, daß die Gläser immer voll waren, zu verhindern, daß die Frauen sich in aller Öffentlichkeit begrabschten oder zu Sexzwecken in die Toiletten verdrückten (womit sie manchmal böse Streitereien vom Zaun brach) und insgesamt für Ordnung zu sorgen. Eine ähnliche Bar in der Nähe der NYU zeichnete sich dadurch aus, daß auf einem Hocker vor den Toiletten eine Frau saß, die den Gästen Klopapier nach der Größe ihres Hinterns zuteilte. Besonders heiß war ein Lokal an der Neunzehnten Straße. Es lag inmitten heruntergekommener Lagerhäuser, in einer Gegend, wo die Ratten herumhuschten und der Mond als Straßenbeleuchtung diente, und man wurde nur nach genauer Gesichtskontrolle eingelassen. Wenn einem dieses Privileg zuteil wurde, landete man in einer Welt, in der alles auf dem Kopf stand: Männer in Frauenkleidern, die mit Frauen in Männerkleidung tanzten, ein Sortiment Tunten, kesse Väter jeden Grades von Mackertum mit bienenkorbgekrönten, torpedobusigen Femmes, gelangweilte Haus-

frauen, Model-Typen aus Uptown – ein Gewimmel von kreisenden Becken, Zungen, abenteuerlustigen Fingern, Frauen, die andere Frauen küßten, als müßten sie sich im Morgengrauen nach Korea einschiffen. Und wenn hier um vier Uhr Schluß war, konnte man in einen der vielen länger geöffneten Clubs umziehen. All die vielen Schwulenlokale blühten auf und vergingen wie Wüstenblumen, füllten dazwischen manche Beamtentasche und foppten manchen sexuellen Dilettanten. Aber Pandys Bar überdauerte sie alle!

Natürlich gab es auch viele Lesben, die nicht tranken und nie einen Fuß in Pandys Bar setzen. Ich kannte sie nur nicht. Ich kannte die Bars. Für mich waren sie so lebenswichtig wie die Handelsmarine: die Vergangenheit war tot, die Zukunft war der nächste Drink, und das *Jetzt* war ein Minutenzeiger auf dem Zifferblatt der nächsten Affäre. Ich habe damals meinen Teil abbekommen, und mit der Zeit hörte ich auf zu denken, Schwulsein sei ein Virus. Irgendwo unter dem schwarzen Felsklotz meiner Schuldgefühle, an den subliminalen Rändern meines Bewußtseins glaubte ich, daß es schlecht war, haßte ich mich. Aber ich dachte nicht darüber nach, und sofern ich nicht gerade an irgendeinem Liebesleid laborierte, ließ ich es mir gutgehen. Mein Doppelleben faszinierte mich, und die Szene, in der ich mich bewegte, ebenfalls. Lillian hatte immer gesagt, sie wolle die Welt kennenlernen. Nun, meine Welt waren die Bars. Hier fühlte ich mich direkt an den Lebensnerv des Universums angeschlossen. Hier konnten wir alle auf unseren Hockern hocken und unsere kleinen Weisen von Liebe und Bedürftigkeit trällern. Und hier in den Bars sang ich damals die großen Rhapsodien meines Lebens. Ich gefiel mir darin, mich für enorm »in« zu halten, weil der Barkeeper mir mein Budweiser hinstellte, sobald ich hereinkam, und die Türsteher mich ohne Eintritt hereinließen. Ich gab Trinkgeld, als wollte ich ein Schiff kaufen, war immer höflich, grübelte über meinem Bier, als sei ich Plato oder sowas. Dabei hielt ich ständig Ausschau nach dem Schiff der Liebe – auf das wir alle warteten –, in der festen Überzeugung, wenn ich nur lange genug dasaß, nur genügend Runden spendierte, genügend Gedichte auf meine Serviette kritzelte, dann würde ein warmer weiblicher Strahlenglanz mein Herz zum Schmelzen bringen. Ich nannte meinen Nachnamen, meine Telefonnummer, aus Naivität, wenn man so will. Aber selbst wenn ich es nicht getan hätte, wäre ich leicht zu finden gewesen – auf meinem Thron in Pandys Bar, unablässig Reden schwingend. Aber es war gar nicht so sehr der Alkohol, der mich trieb, sondern vielmehr das Gefühl, solange ich hier auf meinem Barhocker saß, würde ich niemals sterben. Jeder Moment war Hoffnung, jede Frau, die durch die Tür da hereinkam, vielleicht *die* Frau.

In dem kleinen Örtchen White River, wo ich aufgewachsen bin, schrillten die Züge durch die stille Landschaft wie tausend Wekker. Wie hat mich das in Erregung versetzt! Wie oft habe ich mir ausgemalt, wer darin saß und welchen geheimnisvollen Zielen diese Reisenden entgegenstrebten! Wie habe ich mir gewünscht, auf diesen Zügen dahinzusausen wie eine Zirkusreiterin auf ihrem Gespann, einen Fuß auf jedem Zugrücken, in rasendem Tempo mitten hinein in die Nervenzentren der Schöpfung.

Da mir das verwehrt blieb, kam ich mit dem Flugzeug nach New York, erst an die Columbia-Universität, dann nach Greenwich Village, wo ich mich in meinen Träumen wälzte wie eine rollige Katze. Aber geträumt habe ich! Ich sehe mich noch durch die Bars an der Achten Avenue ziehen, während sich die Markisen der Geschäfte zu kleinen Zelten bauschen und alte Zeitungen über die Straße streunten wie herrenlose Hunde. Ich sehe den Herbst in den Bäumen am Washington Square, während ich von einer glitzernden Bar in die nächste steuerte. Ich war damals eine ziemliche Einzelgängerin. Es war mir recht so. Ich gefiel mir in der Rolle der Sekretärin, die das Diktat dieses einsamen Lebens aufnimmt. Ich liebte es, mit Leuten in den Bars zu reden, mit einem Glas in der Hand dazusitzen und der Musik zuzuhören, bis sie Teile meines Gehirns lahmlegte. Und ich liebte Pandys Bar.

Ich sollte wohl dazusagen, daß etliche Frauen, die ich dort kannte, trotz ihrer harten und starren Züge etwas Majestätisches hatten, etwas Erhabenes, Starkes, ja, sogar Edles in der Kinnhaltung und angenehm feste Hände. Viele waren wirklich hübsch. Sie hießen Lonnie, Rene und Babbit und saßen im senfgelben Nachmittagslicht dort im Raum verstreut, mit der Großspurigkeit der Trinker und (wenn sie die Fassade für einen Moment fallen ließen) einer ganz erstaunlichen Verletzlichkeit.
Damals erhob ich täglich mein Glas auf sie, in jenem Winter 1957, fast zehn Monate nach meinem Umzug ins Village. Das war die Zeit, als Lillian aus Peru zurückkam, just als ich mitten in der ersten von zwei längeren Liebesgeschichten steckte. Sie hieß Reena Dee ...

Noch mehr Frauen

Eine reife Frucht. So konnte man Reena Dee am besten beschreiben. Ein Gang wie aus einem erotischen Traum. Beine, die immer weiter schritten, wenn man die Augen zumachte. Ein voller Busen mit Brustwarzen, die sich unter ihren hautengen Blusen abzeichneten. Hohe Stirn, schwarze Haare, Hedy Lamarrs Zwillingsschwester unter der Schminke, ein gereiftes Gretchen Stryker darüber. Sie tauchte an einem Herbstnachmittag in Pandys Bar auf, umweht von Gerüchten, daß Pandy sie schon länger kannte, daß sie mit einer Frau aus Jersey zusammengewesen sei, die sie verlassen habe, um nach Florida zu gehen. Aber Reena rückte weiter nichts heraus, als daß sie eine unglückliche Ehe hinter sich habe und in einer Pension downtown wohne. Und daß sie gerne zeichne.

Reena erwies sich bald als hervorragender Ersatz für die bisherige Barfrau. Sie war schnell, witzig und schlagfertig, und sie verstand es, teuflische Cocktails zu mixen. Und, wie gesagt, sie war eine reife Frucht. Nina hielt sie allerdings für einen falschen Fünfziger. Sie gründete ihr Urteil auf Reenas Make-up – pfundweise Puder und Rouge –, ihr Haar, das vor lauter Spray und Dauerwelle so steif war, daß es sich auch direkt unter einem Ventilator nicht bewegt hätte, und die künstlichen Wimpern, die sie dauernd mit einem kleinen Bürstchen bearbeitete. Wenn Emily ihr Süßholzgeraspel fraß, meinte Nina verächtlich, würde sie daran ersticken.

Ach, was wußte Nina schon? Sie ahnte ja nicht, wie sehr Emily sich wünschte, jemanden zu finden, und wie es sich anfühlte, wenn Reena schon ein extra-kaltes Bier für sie bereithielt, wenn sie kam, und sie Baby nannte, wenn sie ging: »Bis dann, Baby«, pflegte sie ihr hinterherzurufen. Das ging ihr total unter die Haut.

Und als Reena spitzkriegte, daß sie Lehrerin war, fing sie an, sie in allen möglichen Dingen um Rat zu fragen. Im Oktober, gut fünf Monate, nachdem Emily ins Village gekommen war, lud sie Reena zum Essen ein.

Es war von Anfang an klar, daß Reena das Ganze so sah wie ein Rendezvous mit einem Mann: sie wartete darauf, daß Emily ihr Feuer gab, sie bat Emily, für sie beide zu bestellen, und sie machte keinen Versuch, ihren Anteil zu bezahlen. Sie ging auf der Häuserseite des Gehwegs, trat vor Emily durch die Tür und flirtete ganz unverhohlen mit ihr. Dieses verführerische Verhalten, diese offene Koketterie schüchterten Emily ein. Sie fühlte sich befangen wegen ihrer eigenen Weiblichkeit. Das war neu. Sie hatte sich noch nie geniert, sich in Gegenwart einer Frau die Lippen nachzuziehen oder die Haare zu kämmen, aber jetzt tat sie es. Das hatte mit Reenas Aussehen zu tun und mit ihrem Verhalten und mit Sex, dem alten Bären: er regte sich an diesem Abend so heftig zwischen ihnen, daß Emily Reena küßte, als sie wieder im Auto saßen. Was sollte sie sonst tun? Reena war ihr fast auf den Schoß geklettert, und ihr Mund war ein Magnet. O Gott, Emily hatte den Hunger nach Sex mit einer Frau schon fast vergessen. In dem sanften Sog glitt Reenas Zunge in die weiche, wartende Höhle ihres Munds. Emilys Hände sanken auf Reenas Brüste herab, und die Brustwarzen wurden hart. Ein »Ah« entrang sich Reenas Lippen, und ihre Arme schlossen sich fester um Emilys Nacken. Wäre das Auto ein Bett gewesen, hätte sie auf der Stelle ihre Liebespflichten erfüllt, und sie hätte ihre Sache gut gemacht. Denn der Auftrag war klar, und die Musik in ihrem Kopf entsprang einer alten Erinnerung an Lu und Mattie. Aber das Bett war ein paar Straßen weiter im fünften Stock. Und wer vermag schon die Glut der Leidenschaft über mehrere Verkehrsampeln zu retten? Also passierte an diesem Abend nichts Entscheidendes mehr. Aber es folgten weitere Essen dieser Art. Und schließlich nahm Emily Reena mit zu sich, wobei sie sorgsam auf Diskretion achtete. (Später, als sich diese Situationen häuften, bestand sie darauf, daß sie getrennt kamen und gingen, wenn es warm war und ihre Nachbarinnen draußen lauerten. Denn wenn man sich hier im Village zu oft mit ein und derselben Frau sehen ließ und weder Mann noch Kind vorweisen konnte, galt man schnell als lesbisch.)

Schon bei diesem ersten Mal und auch in der ganzen folgenden Zeit behielt Emily im Bett T-Shirt und Slip an, und genau wie mit Lorraine ließ sie sich nicht anfassen (was Reena im übrigen auch nie versuchte). Und wie mit Lorraine konnte sie es nicht ertragen, daß Reena sie nackt sah. Irgendwie vertrug sich die Tatsache, daß sie einen Busen hatte – vor allem, wenn ihre Brüste größer waren als die der Frau, mit der sie im Bett war – nicht mit der aktiven Rolle. Sie konnte sich das selbst nicht recht erklären und bemühte sich auch nicht intensiver darum als damals mit Lorraine. Es war einfach nur ein Gefühl. Aber dieses Gefühl war nicht weiter wichtig, weil ihr Ziel darin lag, Reena so zu befriedigen, wie sie noch nie befriedigt worden war. Sex war das Band, das Menschen zusammenhielt, so glaubte Emily. Und Reena war empfänglich und völlig umgehemmt. Sie vermittelte Emily, daß noch nie jemand sie so toll geliebt hatte. Die Orgasmen schienen nur so aus ihrem Körper zu strömen, einer nach dem anderen. Weitere wilde Nächte schlossen sich an. Emily gewöhnte sich an, gleich nach der Arbeit in Pandys Bar zu gehen. Sie wartete, bis Reenas Schicht endete. Sie gingen essen und dann sofort ins Bett. Das Bett war ein glühendes Lager aus Schenkeln, und Reenas Haare ein dunkles Meer. Und Emily stieg richtig ein auf Sex. Auf das kleine Muttermal an Reena Dees Hals. Das Grübchen in Reena Dees Wange. Auf Reena Dees Brustwarzen, die sich nicht regten, so ausgiebig sie sie auch streicheln mochte, hungrige Nippel, die nach Zunge gierten, die wollten, daß sie an ihnen saugte, während Reenas Körper das Tor zur verbotenen Stadt der Lüste öffnete. Mach's mir!

Und Emily machte. Ihre eigenen Orgasmen kamen aus Machtphantasien. Sie hatten nicht die orgiastische Wucht wie mit Lu

oder Mattie. Sie waren eher ein kurzes Ticken, ein Sekundenflämmchen. Aber das machte ihr nichts aus. Sie war viel zu sehr von dem Gefühl erfüllt, was für eine tolle Person sie war, daß sie es geschafft hatte, bei der Barfrau von Pandys Bar zu landen. Mit Reena konnte sie sich sehen lassen. Sie las zwar nicht, so wie Lu es getan hatte. Sie hatte nicht mal einen High School-Abschluß, und alles, was sie beschäftigte, waren Kleider, Make-up und Klatsch. Aber sie verkörperte Sex, eine Droge, und Emily wurde süchtig nach ihr. Die dritte Woche war ein einziges Mach's-mir-Baby, rauf und runter, Zungen hier, Zungen da, Reenas Bewegungen unter ihrer Zunge, feuchte Wärme, eindringende Finger, Lecken, Saugen, Ficken bis zur Erschöpfung. »Ach, Emily, sowas wie mit dir hab' ich noch *nie* erlebt.« In diesem ersten Monat überschüttete Emily Reena mit Geschenken und Geld. Und Stück für Stück zog Reena bei ihr ein. In der Wohnung wurde es so eng, daß sie die Bettwäsche auf Horaces Sattel stapeln mußte.
An Thanksgiving wohnte Reena bereits ganz und mietfrei bei ihr. Zur Erklärung erzählte Emily Mrs. Cordello (die ein gut geöltes Mundwerk hatte), Reena sei gerade mitten in einer quälenden Scheidung, und sie wolle ihr helfen, wieder auf die Füße zu kommen. Das gleiche bekam auch Lillian zu hören, als sie eines Abends plötzlich aus Peru anrief und Reena am Telefon gewesen war. »Wohnst du jetzt mit jemandem zusammen, Stollie?« fragte Lillian unschuldig, und Emily stockte das Herz. Nein, nein, und sie sagte ihr Sprüchlein auf. Lillian eröffnete ihr, daß sie irgendwann nach Weihnachten wiederkommen würde. Sie werde ihr noch mitteilen, wann genau, damit Emily sie am Flughafen abholen könne. Als Emily auflegte, durchzuckte sie der bange Gedanke, was sie Lillian sagen sollte, wenn Reena dann noch immer bei ihr wohnte. Aber das würde sich finden, wenn es soweit war. Und die Geschichte für Mrs. Cordello ebenfalls.

Bald tauchten die ersten Probleme auf. Eins davon war Reenas Hang zum Flirten. Anfangs hatte sie nur Augen für Emily gehabt.

Aber seit sie bei Emily wohnte, war sie immer netter zu den Macker-Frauen, die sie in Pandys Bar umschwärmten wie Motten das Licht. Noch beunruhigender war ihre Wirkung auf Männer. Einmal, als sie gerade in einem Restaurant beim Essen saßen, kam ein Mann an ihren Tisch. Er stand da und beäugte Reena wie ein witternder Rüde und zog schließlich einen Stuhl heran. Er setzte sich mit dem Rücken zu Emily und redete auf Reena ein, daß sie unbedingt zum Film gehen müsse, was ihr natürlich runterging wie Honig, während Emily stumm dabeisaß und sich wie eine Ameise fühlte. Reena brauchte viel zu lange, um ihn abzuwimmeln, und als er weg war und Emily ihrem Ärger Luft machte, warf Reena ihr vor, sie sei besitzergreifend. Ähnliche Szenen spielten sich öfter ab, und Emily versuchte dann immer so zu tun, als tangiere es sie überhaupt nicht: Sie saß am Tisch und zwang sich, an Gedichte zu denken oder an irgendein tiefschürfendes philosophisches Problem, damit sie sich Reena und dem jeweiligen Eindringling geistig überlegen fühlen konnte. Sie rief sich in Erinnerung, wie sich Carl um sie bemüht hatte und die Jungen auf dem College. Aber es tat trotzdem schrecklich weh. Sie wußte nicht, wie sie mit einem Mann konkurrieren sollte. Sie konnte keine Rechte auf Reena verteidigen, weil sie keine hatte. Und sie wußte nicht, wie sie ihre Aggressivität im Bett draußen im Leben umsetzen sollte. Ihr blieb nichts, als zu lächeln, wenn der Mann sie anzuschauen geruhte, damit sie nicht auch noch als Zicke oder Schlimmeres dastand.

Ein weiteres Problem war Reenas Job. Kurz nachdem sie bei Emily eingezogen war, erklärte Reena, sie müsse ab jetzt Spätschicht arbeiten. Sie habe in Zukunft erst um vier Uhr morgens Schluß und müsse dann zum Abschalten noch ein Weilchen ins The Urge, einen Club, der erst aufmachte, wenn die normalen Bars schlossen.

Zuerst versuchte Emily aufzubleiben. Sie legte sich nach der Schule hin und holte dann Reena um vier ab, um mit ihr ins The Urge zu gehen. Dort fuhr sie dann um halb sieben los, um gegen acht an der Sloe Academy zu sein, nachdem sie sich im Auto umgezogen hatte. Aber nachdem sie diesen Rhythmus ein paar Tage durchgehalten hatte, wäre sie fast am Steuer eingeschlafen. Also mußte sie es aufgeben. Das bedeutete, daß sie sich unter der Woche kaum noch sahen.

An den Wochenenden war es anders, aber auch das entwickelte sich bald zum Problem. Freitags und samstags begleitete Emily Reena gegen Morgen ins The Urge. Dann saß sie mit ihrem Drink an der Bar, während Reena neben ihr thronte und sich vorkam wie Ava Gardner. Andere Frauen versuchten sich zwischen sie zu drängen oder stolzierten wie die Hähne um sie herum, und Reena klimperte mit den Wimpern und verteilte Kußhände. Ooooh Babiiie aus der Juke-Box. Alkohol- und Schweißgeruch in der Luft. Und der Tratsch, der von einem rosigen Mund zum andern hüpfte: Peg-hat-mit-Kathy-Schluß-gemacht-die-mal-mit-Sue-gegangen-ist-die-sich-an-Liddy-rangemacht-hat-die-sich-gerade-von-Judy-getrennt-hat-die-immer-noch-total-scharf-auf-Sally-ist. Und-wißt-ihr-schon-daß-es-zwischen-Heidi-und-Lorna-schon-wieder-kriselt …

Auf der Tanzfläche waren alle auf der Jagd nach Liebe: Hüften, die gegen Hüften mahlten, Hände, die Pobacken betatschten und rasch mal na-wohin-schon griffen, Münder, die an Hälsen lutschten. Wie wär's mit Liebe-Liebe-Liebe? plärrte die Juke-Box ihre innersten Hoffnungen heraus.

Emily hatte es satt. Sie hatte Reena satt, die sich für Ava Gardner hielt. Sie hatte die Lesben satt, die Reena anguckten wie ein Lendensteak und sie (Emily) haßten, weil Emily Reena hatte und sie nicht. Und sie hatte ihren ständigen Kater satt und ihren Magen, der sich anfühlte wie ein Aquarium. Sie hatte das Wie wär's mit Liebe-Liebe-Liebe satt. *Ich. Will. Nicht. Mehr,* erklärte sie Reena mehr als einmal. Es sei sinnlos zusammenzuleben, wenn man sich nie sehe.

Wenn es soweit kam, merkte Reena, daß sie den Bogen überspannt hatte, und da sie wohl wußte, was sie an Emily hatte, ging

sie dazu über, gleich um vier heimzukommen und zu Emily ins Bett zu schlüpfen und ihr, wenn sie nackt neben ihr lag, ins Ohr zu flüstern, sie müsse nur ein wenig Geduld haben, dann würde sie bald wieder die Frühschicht übernehmen.
Sex ölt manch rostiges Herz, und so ging es mit ihnen immer weiter bis nach Weihnachten.
Im Januar bekam Emily einen Brief von Lillian:

Grand Turk, Bahamas
27. Dezember 1956

Liebste Em,
Herzliche Weihnachtsgrüße aus dem Land der Sonne und des Meers. Ich habe versucht, Dich anzurufen, aber ich kam nie durch, und als ich es einmal endlich geschafft hatte, war keiner da. Wo in aller Welt hast Du Samstag nacht um vier Uhr *Eurer Zeit* gesteckt? Aber es ist sowieso besser, ich schreibe, weil ich dann sehen kann, wie sich das alles auf dem Papier ausnimmt. Zuerst mal vielen Dank für die Kamera. Ich hoffe, Du hast mein Päckchen gekriegt. Und jetzt die neueste Neuigkeit – Ich bin verliebt!!! Ich sitze hier im Paradies und sehe den Delphinen und den Booten zu und frage mich, ob ich das wirklich eben gesagt habe. Habe ich aber. Erinnerst Du Dich, wie ich Dir vor ein paar Monaten mal am Telefon von Bob Baxley erzählt habe? Um Dein Gedächtnis aufzufrischen: Er ist der tolle Mann, der in Peru in meinem Grabungsteam war und Dozent für Archäologie am Miami-Institut ist. Ich habe Dir erzählt, daß er hier ein Ferienhaus hat und ich ihn vielleicht mit ein paar anderen Leuten da besuchen wollte. Aber ich habe damals absichtlich untertrieben, wahrscheinlich, weil ich selbst nicht glauben wollte, daß ich mich in ihn verlieben könnte. Aber es ist passiert. Inzwischen ist es ganz offiziell – wir sind, wie es so schön heißt, »zusammen«. Das muß ein ordentlicher Schock für Dich sein, weil ich ja immer verkündet habe, ich würde die letzte eherne Festung bleiben, aber mir ist, als würde ich Bob schon mein Leben lang kennen. Du *mußt* ihn kennenlernen! Er ist der einzige Mensch außer Dir, der mich je unterstützt hat, meine Träume zu verfolgen. Und das Tollste ist,

daß er die gleichen hat. Und wir haben viel Zeit, uns alles gut zu überlegen. Wenn ich in die Staaten zurückkomme, wird er in Nordafrika sein und danach für ein halbes Jahr in Ägypten. Das ist etwa die Zeit, die ich brauche, um meine letzten Seminare zu machen und die drei Lehrveranstaltungen durchzuziehen, die ich dem GAI noch schulde. Ich habe also alle Hände voll zu tun. Aber wie es jetzt aussieht, gehe ich, wenn ich meinen Doktor habe, ans Miami-Institut, wo er mir einen Job verschaffen kann. Und dann wollen wir zusammen arbeiten und reisen. Das ist so ein Glückstreffer, daß ich mich gelegentlich kneifen muß, um mich zu überzeugen, daß es Wirklichkeit ist. Womit ich nun zum zweiten Teil meiner Epistel komme:

Du hast gesagt, Du holst mich jederzeit ab, wenn ich komme, und ich mache es Dir wirklich leicht. Ich komme nicht im Morgengrauen und noch nicht mal um Mitternacht. Nein, ich bin um acht Uhr abends in La Guardia. Pan Am, Flug 287, einundzwanzigster Januar. Das ist ein Freitag, also kannst Du ausschlafen, wenn wir uns die ganze Nacht um die Ohren geschlagen haben!!!

Greta ist nicht da, und die Studentin, der ich Dein ehemaliges Zimmer vermietet habe, wird dann auch weg sein, so daß wir die Wohnung ganz für uns haben.

Das wär's von meiner Seite. Was macht die Schule? Siehst Du diesen Dick noch, von dem Du mir erzählt hast? Ich kann es gar nicht erwarten, auf den neuesten Stand gebracht zu werden.

Bis bald, liebste Stollie,

Lil

Ob es ihr paßte oder nicht, Lillians Rückkehr bedeutete die Gefahr der Entdeckung. Das nagte an Emily, während sie am Abend des einundzwanzigsten Januar zum La Guardia-Flughafen hinausfuhr. Zum ersten Mal schien die Anonymität der Großstadt nicht mehr gesichert. Deshalb war ihr so beklommen zumute. Was, wenn Lillian sie eines Abends zufällig mit Reena Dee im Arm aus Pandys Bar kommen sah? Was, wenn Lillian irgendwie erfuhr, daß Reena Dee, dieses Sexbündel, die Frau war, die damals das Telefon abgenommen hatte? Was, wenn Lillian Emily in

Begleitung von ein paar Schwulen oder einer Horde lesbisch aussehender Frauen auf der Achten Avenue traf? Das war zwar nicht wahrscheinlich, aber möglich war alles. Jedenfalls war Lillians Wohnung in der 113. Straße, dreißig U-Bahn-Minuten von Little Italy entfernt, beträchtlich näher als Peru. Je länger sie darüber nachgrübelte, desto mehr verwandelten ihre Bestrafungsphantasien Lillian in ein gigantisches Auge, das hoch oben über den Wolkenkratzern darauf lauerte, ihre finsteren Missetaten aufzudecken!

Ein paar Meilen hinter der Triborough-Brücke ermahnte sie sich, in Sachen Dick Fields auf der Hut zu sein. Dick Fields war ihr angeblicher Freund. Sie hatte Lillian über Monate von ihm erzählt und ihn vorsichtshalber zum Anwalt statt zum Künstler gemacht, weil Anwälte öfters auf Reisen waren und sie damit begründen wollte, daß Lillian ihn leider nicht kennenlernen konnte. Sie hatte Lillian schon gesagt, daß Dick Fields sich scheiden lassen wollte. Seine Frau sei total paranoid und lasse ihn von einem Privatdetektiv beschatten. Falls der Detektiv Dick mit Emily erwischte, könne seine Frau ihn bluten lassen. Aus diesem Grund wolle Dick sich nicht mit ihr in der Öffentlichkeit sehen lassen und auch niemanden von ihren Freunden kennenlernen. Irgendwann würde sich das vielleicht ändern. Aber im Moment war es so. Sie hatte sich bemüht, eine Geschichte zurechtzuzimmern, die einigermaßen plausibel klang, aber trotzdem so extrem, daß Lillian nicht einfach bei ihr hereinschneien würde, ohne vorher anzurufen. Selbst wenn Reena Dee auszog, was immer wahrscheinlicher wurde – wer wußte schon, welche andere Frau womöglich gerade bei ihr übernachten würde? Sie war nicht bereit, die Frauen *jetzt schon* aufzugeben, nur weil Lillian wieder zurück war!

Achtung! Fast wäre sie auf einen Wagen aufgefahren, der vor ihr die Spur wechselte. Und dann sah sie ein Schild: *La Guardia – 3 Meilen.* Kurz darauf begann sie, den Hinweispfeilen zum Pan AmTerminal zu folgen. Es war schon kurz vor acht. Noch eine

halbe Meile, und sie bog in einen Parkplatz ein und stellte den Wagen ab. Sie deponierte die Begrüßungsflasche Champagner zusammen mit ihrer Übernachtungstasche im Kofferraum und flitzte dann in das Terminal und die Treppe hinauf in die Wartehalle, wo eben die ersten Passagiere des Flugs 287 den Gang entlangkamen. Ein paar Sekunden später erspähte sie Lillians vertraute Jeans-und-Anorak-Montur. Sie schob das ganze Dick Fields-Problem beiseite und schrie: »Lillian! Lillian!«
Lillian sah sie. Ging schneller. Und gleich darauf lagen sie sich unter Freudenschreien und Rückenklopfen in den Armen. Lillian sah prima aus: brauner, ein bißchen runder, das Haar länger und heller. Sie beschlossen, noch etwas zu trinken, ehe sie das Gepäck holen gingen, und setzten sich in die Bar, wo Emily sich ganz locker über Dick reden hörte, wenn es sein mußte. Aber die meiste Zeit versuchte sie, das Gespräch von sich abzulenken. Lillian sagte, sie hoffe, im Sommer mit Bob in England zu sein, wo ihre Mutter jetzt lebte. Keine zehn Pferde brächten Bob nach New York, nachdem er hier vor vier Jahren innerhalb einer Woche zweimal überfallen worden sei. Deshalb solle Emily doch einmal kommen, wenn sie woanders wären, und so weiter und so weiter.
Es war nach zehn, als sie schließlich den Flughafen verließen. In Lillians Wohnung köpften sie den Champagner, und Lillian schenkte ihr eine Kartenskizze, auf der sie eingezeichnet hatte, wo sie überall gewesen war. In dieser Nacht ging Emily voller wehmütiger Gefühle zu Bett. Es war das erste Mal seit ihrem Studium an der Columbia Universität, daß sie wieder in dieser Gegend war, und natürlich kamen die Erinnerungen hoch. Beim Einschlafen dachte sie an Carol und Nelson.
Um es so rasch wie möglich hinter sich zu bringen, lud sie Lillian zu sich ein, sobald es ging. Sie organisierte es so, daß Reena bei der Arbeit war, und streute mehrfach ein, daß sie im Bett im Schlafzimmer schliefe, während ihre Mitbewohnerin auf dem Sofa im Wohnzimmer nächtige. Danach war ihr schon wohler

zumute, und bald hatte sich ihr Kontakt in ein bestimmtes Routinemuster gefügt, das sie beibehalten sollten, solange Lillian am GAI war. Wie zu erwarten, war Lillian bald mit ihren eigenen Verpflichtungen völlig ausgelastet, aber sie schafften es doch, sich ein paarmal im Monat zu treffen, meistens in einem Steak-House namens Kellys Grill an der Westlichen Sechsundachtzigsten Straße. Und sie telefonierten fast täglich.

Im Februar, nicht lange nach Lillians Rückkehr, schob sich plötzlich ein gewisser Jim Spane in ihr Leben mit Reena. Jim war der Besitzer einer Bar an der Macdougal Street namens Naughty Angel. Das Naughty Angel war vom gleichen Schlag wie das Circle 3 (das vor ein paar Monaten dichtgemacht worden war, weil es sich nicht genügend Protektion erkauft hatte). Jim dagegen blätterte das Geld mit vollen Händen hin, und deshalb ließ ihn die Polizei in Ruhe. Jim war ein langer Gary Cooper-Typ mit sandfarbenem Haar und aus hartem Holz geschnitzt. Er war von irgendwo im Westen hierhergespült worden und hatte das Angel zu dem gemacht, was es war – ein magischer Anziehungspunkt für Trinker, Leute von der Straße und Homosexuelle. Letztere und vor allem die Frauen waren Jims Lieblingskunden. Er nannte sich ihren besten Kumpel. Er lieh ihnen Geld, wenn sie es nötig brauchten, und spielte im Bedarfsfall auch den Kuppler. Gerüchte wollten wissen, Jim sei ein Kokser. Aber das bereitete niemandem Magenschmerzen.

Jim und Reena waren befreundet und trafen sich oft im The Urge. Dann unterhielten sie sich manchmal so intensiv miteinander, daß es schien, als hätten sie sich hinter Wall und Graben und hochgeklappter Zugbrücke verschanzt. Wenn Emily da war und Jim zufällig ihrem Blick begegnete, pflegte er ihr verschwörerisch zuzuzwinkern. Das brachte sie auf die Palme, und sie wurde, wie es im Dschungel der Liebe so oft passiert, rasend eifersüchtig. Diese Eifersucht entfachte ihr Interesse an Reena neu, nachdem sie schon kurz davor gewesen war, ihr den Auszug nahezulegen. Und als Jim Reena einen Job in seiner Bar anbot, fühlte Emily sich schon fast wieder frischverliebt. Sie beschloß, die Winterferien zu nutzen, um ihrer Beziehung noch einmal eine Vitaminspritze zu geben. Sie wollte, daß Reena ein paar Tage mit ihr wegfuhr, um sich alles noch einmal gründlich zu überlegen, ehe sie sich wegen des Jobs entschied. Sie wußte, daß Reena hin und her gerissen war. In Pandys Bar war sie inzwischen Nacht-Geschäftsführerin, in der Barszene ein absoluter Prestigejob. Aber das Naughty Angel zahlte besser. Emily erbot sich, die Differenz auszugleichen. Sie packte Reena bei ihrer Liebe zum Meer. Sie sagte, sie kenne da ein tolles Plätzchen in Tidewater, Virginia, das Chambers Hotel, und dort würde sie gern mit ihr hinfahren. Und um ihr die Sache schmackhafter zu machen, ließ sie eine Perlenkette springen.

Reena war nicht sonderlich begeistert, aber die Perlen entzückten sie sehr, und Zeit hatte sie auch. Diese beiden Umstände und Emilys Zureden gaben schließlich den Ausschlag. Vor ihrer Abreise rief Emily Lillian an, um ihr zu sagen, sie würde in den Ferien mit Dick verreisen und sie dann am Montag darauf zum Abendessen in Kellys Grill treffen. So gegen sieben.

Und so fuhr sie nach Virginia, in dasselbe Hotel, wo sie mit Gary gewesen war, über dieselbe Schnellstraße, auf der sie damals ihrer mißlungenen Liebesnacht entgegengefahren waren, zurück zu der alten See-Promenade, den Möwen, dem Tanggeruch, zurück in den Schoß der Erinnerung. Und während sie das tat, erwachten ihre Gefühle für Reena zu neuem Leben, denn sobald sie New York hinter sich gelassen hatten, schien Reena plötzlich das einfachere Mädchen zu werden, das Emily immer unter ihrem Make-up gesehen hatte. Sie ließ ihr Haar einfach wehen, trug schlichtere Sachen und kleisterte sich das Gesicht nicht mit Schminke zu, und sie kamen tatsächlich gut miteinander aus. Das Wetter trug auch seinen Teil dazu bei – blauer Himmel und nachts das mondschimmernde Meer unter dem hohen Himmel: Gottes Buchstützen.

Sie fuhren nach Williamsburg und Norfolk. Emily zeigte Reena

Newport News und Tante Francies Haus. Tante Francie war immer noch auf Hawaii, aber sie schickte ihr eine Karte und erfand eine Geschichte, wieso sie hergekommen war.

Aber dann, am letzten Abend, passierte es. Sie hatten gerade ihr Essen in einem kleinen Restaurant in der Nähe des Hotels beendet, als zwei Seeleute hereinkamen, die sichtlich der Hafer stach. Die beiden erspähten sie und kamen angeschlendert, um sie zu fragen, was zwei so hübsche Mädchen an einem Samstagabend so ganz allein machten. Sie zogen sich Stühle heran und ließen sich häuslich nieder. Das Restaurant hatte eine Bar, wo eine Kapelle spielte, und drüben auf der anderen Seite tanzten einige Paare. Einer der Matrosen hielt sich plötzlich für Fred Astaire. Er sprang auf und schlenkerte die Beine. Sein Kumpel tat es ihm nach, und sie forderten Emily und Reena auf, mit ihnen zu tanzen. Sie lehnten ab, aber die Matrosen nahmen ihr Nein für ein Ja. Dazu kam, daß in Emily die Wut hochstieg und keinerlei Hilfe in Sicht war. Reena sagte, sie solle sich beruhigen. Aber Emily ignorierte diesen Rat und forderte die beiden Männer auf, sich zum Teufel zu scheren. Das kam nicht besonders gut an.

Der eine Matrose packte Reenas Arm. Die übrigen Gäste begannen zu gaffen, aber niemand machte Anstalten, sich einzumischen, und die Kellnerin, die ohnehin aussah, als könne sie nicht bis drei zählen, war nirgends zu sehen. Das brachte Emily auf die Füße, und sie fuhr die beiden an, sie sollten sie in Ruhe lassen. Der eine Kerl rief hämisch grinsend, sie seien wohl lesbisch, wenn sie nichts von Männern wissen wollten.

Verdammt noch mal! Zu ihrer eigenen Verblüffung schüttete Emily ihm ihren Drink ins Gesicht. Er guckte verdattert. Der andere Matrose stürzte sich auf sie und drängte sie rückwärts gegen einen Tisch. Geschirr und Gläser gingen klirrend zu Boden. Prompt erschien die Kellnerin, zusammen mit dem Geschäftsführer, den irgend jemand mobilisiert hatte, und es gab einen allgemeinen Tumult, in dem irgendwelche Hände die bei-

den Männer zurückzuhalten versuchten, während Emily einen Stuhl als Schild vor sich hielt.
Reena rannte schreiend hinaus. Die Saalschlacht endete damit, daß der Geschäftsführer zu Emily sagte, das Essen gehe auf Kosten des Hauses und ob sie nicht besser aufbrechen wolle, damit sich die Lage beruhige. Offensichtlich brachte ihm die Marine eine Menge Geld, und er wollte sich nicht das Geschäft verderben. Was sollte sie machen? Sie ging zu ihrem Auto, wo Reena kochend vor Wut auf sie wartete. Es kam zum großen Krach. Sie schrien sich gegenseitig an. Reena schob ihr die Schuld an allem zu. So ging es, bis sie wieder im Hotel waren. Dann legte sich Reena ins Bett, und Emily hockte sich in die Bar und ließ sich vollaufen. Die Rückfahrt am nächsten Vormittag war ein Alptraum, und Emily verfluchte innerlich ihr Leben: nichts glückte ihr.
Als sie wieder in der Stadt waren, setzte Reena sich ab, und Emily fuhr zutiefst demoralisiert nach Hause. Nie wieder würde sie sich auf eine Beziehung einlassen. Als sie am nächsten Tag zur Schule fuhr, war Reena immer noch nicht zurück. Scheiß drauf. Mittags war sie so zittrig und elend, daß die Schulleiterin sie heimschickte, und als sie ankam, waren Reenas Kleider und ihr ganzer übriger Kram verschwunden. Kein Brief, nichts. Emily rief das Universal-Informationszentrum an: Pandys Bar. Sie erfuhr, daß Reena gekündigt habe und jetzt im Naughty Angel arbeite und mit Jim in dessen Wohnung über der Bar wohne.
Das gab ihr den Rest. Das ganze Geld, die Sachen, die sie ihr gekauft hatte, alles den Bach runter. Und ihr Stolz auch. Es war nicht so, als wäre Reena Dee ihre große Liebe gewesen. Nicht, als hätte sie Mattie oder Lu das Wasser reichen können, oder auch nur Carl in seiner Art. Nicht, als hätte Emily bei ihr nicht auch eine gewisse Goldgräbernatur gespürt. Wie Nina sagte: Reena Dee war ein falscher Fünfziger. Aber sie zu verlieren, war trotzdem wieder ein Verlust, hieß, daß ihr wieder etwas aus der Hand gerissen wurde, während sie noch danach hungerte, es war eine

Wiederholung. Und diese Wiederholung – ein neues Debakel nach einer doch eigentlich ganz schönen Zeit in Virginia – machte das Ganze doppelt schmerzlich, ließ sie sich Reenas Beschuldigungen zu Herzen nehmen. Und auf diese Weise wurden alle ihre Selbstvorwürfe enorm bestärkt. Und zudem reckte der alte Teufel Eifersucht sein Haupt: Emily sah dauernd Reena und Jim vor sich, wie sie sich liebten.
Trotzdem mußte sie irgend etwas unternehmen. Zum Glück erreichte sie Nina, die dank des wohlfunktionierenden Village-Buschtelefons schon Bescheid wußte, und sie verabredeten sich in Pandys Bar. Dann rief sie im Naughty Angel an, nicht um Reena zurückzuholen – sie wollte sie nie wieder sehen. Aber sie wollte die Sache zu Ende bringen, das Drama bis zum Schluß durchspielen. Jim nahm ab. Ein heftiger Wortwechsel. Reena schaltete sich ein. Emily wollte wissen, weshalb sie sich nicht *wenigstens* soweit an die Spielregeln der Höflichkeit habe halten können, ihr persönlich Adieu zu sagen. Reena zischte ach, bleib mir vom Hals, und knallte den Hörer auf. Rasend vor Wut rief Emily noch einmal an. Erneutes Höreraufknallen. Sie rief wieder an. Und diesmal entbrannte eine eskalierende Wortschlacht, bei der die Vorwürfe hin und her flogen, bis Reena schließlich blaffte, sie solle aufhören, sie zu belästigen, oder sie werde ihr die Polizei auf den Hals hetzen. Sie sagte, sie habe schon längst etwas mit Jim gehabt, ehe sie in dieses gottverdammte Virginia gefahren seien, und sie hätte ständig mit ihm telefoniert, wenn Emily nicht dagewesen sei. Und außerdem sei sie sowieso nur mitgekommen, um ihre gottverdammte Schuld zu bezahlen, und so weiter und so fort.
Als Emily später in Pandys Bar ihr Klagelied sang, war Ninas pragmatische Reaktion: Sei froh, daß du sie los bist. »Ich hab's dir gesagt, aber du wolltest ja nicht hören. Das ist wie mit Kindern. Das Kind muß erst die Finger in die Steckdose stecken, damit es kapiert, daß es das besser sein läßt. Du mußt erst auf die Nase fallen, damit du was lernst, Emily.«
Wieder in ihrer Wohnung und unangenehm betrunken, rief sie

noch einmal im Naughty Angel an, weil sie dachte, das letzte Wort zu haben, würde ihr vielleicht den Trost geben, den sie brauchte, um diesen idiotischsten aller Fehler ihres Lebens zu verwinden. Reena nahm ab. Emily schrie: »Geh zum Teufel!« und legte auf. Dann legte sie befriedigt den Hörer neben den Apparat, und gleich darauf war sie weg.

Sie erwachte kurz nach neun von einem lauten Bummern. »Laß mich rein, Emily!« Sie erkannte Lillians Stimme. »Ich weiß, daß du da bist! Ich höre dein Radio!«

Sie setzte sich benommen und schutzlos auf und versuchte, das Hämmern zwischen ihren Ohren abzustellen. Wie kam Lillian hierher? »Moment«, rief sie. »Ich komme. Muß nur eben kurz aufs Klo.«

Als sie die Tür öffnete, stapfte Lillian herein. Sie sah nicht sonderlich heiter aus. »Bist du tot?« fragte sie.

»Was?«

»In der Schule haben sie gesagt, du seist krank.«

»Wann hast du dort angerufen?«

»Heute morgen. Sie haben gesagt, du seist gestern gegangen, weil dir nicht gut war, und du würdest ein paar Tage zu Hause bleiben. Wo bist du gestern abend abgeblieben? Warum hast du nicht angerufen?«

»Wann? Warum?«

»Wir waren verabredet, Himmelherrgott.«

»Wir waren ... Oh!« Es dämmerte. »In Kellys Grill?« fragte sie matt.

»Du hast's erfaßt.«

»Ich dachte, das sei erst nächste Woche.«

»Wir haben gesagt, am Montag nach deinem Urlaub, also gestern. Ich habe gewartet und dann versucht, dich anzurufen. Ich war sauer und hab' es versucht und versucht, und es kam immer abwechselnd kein Anschluß und besetzt. Also habe ich bei der Störstelle angerufen und gesagt, sie sollen mal prüfen, was da los ist, und sie haben gesagt, der Hörer sei abgenommen.« Lillian sah

sich im Zimmer um. Da lag er, auf dem Fußboden. Sie ging hin, legte den Hörer auf, kam wieder und sah Emily ins Gesicht. »Bist du krank? Du siehst schrecklich aus. Mein Gott, diese Wohnung!« Sie fuchtelte mit den Armen. »Wie ein Schlachtfeld. Wo ist Dick?«
»Dick?« murmelte Emily benommen. Sie war dem jetzt nicht gewachsen.
Lillian schnippte ihr ins Gesicht. »Wach auf, Emily. Dick. Dein Freund. Kannst du dich vielleicht noch erinnern? Wart ihr denn nicht in Virginia?«
»Doch, klar.« Sie setzte sich hin und suchte mit fahrigen Fingern nach einer Zigarette. »Ich habe mir eine Lebensmittelvergiftung geholt.«
»Wann?«
»Dort. Mir war die ganze Rückfahrt über schlecht.«
»Und wo steckt er jetzt? Er kann dich doch so nicht einfach allein lassen.«
»Er mußte zur Arbeit. Er kann nicht die ganze Zeit hierbleiben.«
»Und wo ist deine Mitbewohnerin?«
»Äh ... zu ihrem Mann zurückgegangen.«
»Wann?«
»Wann? Keine Ahnung, wann.« Sie wiederholte das Wort in gereiztem Ton. »Willst du die genaue Uhrzeit wissen?«
»Ach, verdammt, Emily. Ich habe mir Sorgen gemacht. Ich wußte nicht, ob du tot bist oder was zum Teufel passiert ist.« Sie ging zum Kühlschrank. Drinnen standen ein Glas Mixed Pickles, Bier und eine Tüte Milch, die sich bei näherem Beschnuppern als sauer erwies. Sie sagte: »Ich gehe eben rüber in den Lebensmittelladen auf der anderen Straßenseite und besorge dir was zu essen.«
»Nein, halt!« rief Emily, ehe sie bei der Tür war. »Ich will nichts.«
»Warst du beim Arzt?« Lillian musterte prüfend ihr Gesicht.
»Klar, natürlich, war ich. Ich sage dir ja, ich habe nur was

Schlechtes gegessen. Das wird schon wieder. Augenblick.« Jetzt war ihr wirklich schlecht, und sie rannte zum Klo. Als sie wieder herauskam, hielt Lillian ein Bild von ihr in der Hand, das sie Reena Dee vor ein paar Wochen geschenkt hatte. Sie hatte es ganz vergessen, und es lag immer noch im Wohnzimmer herum. Auf dem Foto stand in ihrer Handschrift: »Für Reena in Liebe, Emily.« Einen Moment lähmte sie Panik. Dann ging sie zu Lillian. Sie nahm ihr das Bild ruhig und ohne ein Wort der Erklärung aus der Hand, und stürzte sich dann in eine furiose Schilderung der letzten Nacht, so wie sie sie in diesem Moment in ihrem Kopf ablaufen sah. Sie sagte, sie und Dick seien hier gewesen, und plötzlich sei aus heiterem Himmel seine Frau vor der Tür gestanden, zusammen mit einem Detektiv, und es habe eine fürchterliche Szene gegeben. Deswegen sei Dick nicht mehr da, und das mit ihrer Verabredung tue ihr leid. Es sei alles so schwierig und so absurd. Als sie mit ihrer Geschichte in Fahrt kam, fing sie an zu weinen. Sie weinte über all die Lügengeschichten, die sie schon erzählt hatte, über ihr Leben in dieser verkommenen Wohnung, wo überall halb aufgerauchte Zigaretten und leere Bierdosen herumgammelten. Sie weinte über das alberne Foto, das sie Reena geschenkt hatte, und über all die Dinge, die sie sich nicht von der Seele reden konnte, über den ganzen Schmerz, für den sie keine Worte hatte, über die unübersetzbare Sprache dieses fremden Landes, das ihr Leben war. Und während sie weinte, war Lillian bei ihr. Sie hielt sie in den Armen und sagte: »Ist ja gut, Stollie. Was immer es ist, es wird schon wieder gut.«

... Ich weiß nicht, ob Lillian Bescheid wußte oder nicht. Wir haben nie wieder über diese Sache gesprochen. Mein Ego war bald wieder aufgerichtet, und ich schwor mir, meine Gefühle künftig an der kurzen Leine zu halten. Kurz darauf ersetzte ich Dick Fields durch Clark Preston. Ich weiß nicht, wie ich auf Clark kam. Ich glaube, mir gefiel einfach der Klang. Jedenfalls hatte Clark Nelsons Persönlichkeit und Garys Aussehen. Lillian gegenüber machte ich ihn zum Piloten, was erklärte, daß auch er häufig nicht da war.

Knapp sechzehn Monate nach ihrer Rückkehr hatte Lillian ihren Doktor in der Tasche. Sie verließ die Staaten, um mit Bob zusammenzuleben. Unsere Freundschaft hielt sich durch die Briefe, die sie mir aus allen Gegenden der Welt schickte. Wir planten immer wieder irgendwelche Treffen, aber es kam jedesmal etwas dazwischen, meistens von meiner Seite, ein paarmal auch von ihrer.

Und jetzt ein Zeitsprung. Im Juni 1956 war ich naiv und unbedarft nach Greenwich Village gekommen. Von da an bis zum Jahr 1962, als ich es noch einmal mit Männern versuchte, lebte ich in einem Wirbel der Gefühle, schleuste ich eine Vielzahl unterschiedlichster Frauen durch mein Bett – eine Psychologin, eine Bauchtänzerin, zwei Krankenschwestern, eine Schauspielerin, eine Offizierin der israelischen Armee, eine Versicherungsvertreterin, diverse Lehrerinnen, ein Sammelsurium von Frauen ohne festen Wohnsitz und Beruf. Mein Job an der Sloe Academy ging weiter. Die Herumhockerei in Pandys Bar ging weiter. Das Leben ging weiter. Einmal traf ich mich Weihnachten mit Tante Francie in Newport News. Sie war zurückgekommen, um den Verkauf ihres Hauses in die Wege zu leiten. Sheila und ich schickten einander zu den Festtagen nichtsagende Kartengrüße, vielleicht als Hommage an etwas, was zwar nicht existierte, wovon wir aber glaubten, daß es existieren müßte. Und an einem schönen Maitag hielt ich das Sloe-Jahrbuch in der Hand, das mir gewidmet war, wegen meiner hervorragenden pädagogischen Arbeit.

Am Abend vor den Osterferien 1962 traf ich die zweite Frau, die richtig bei mir einziehen sollte. Zufällig schneite sie gerade in mein Leben, als ich in wenigen Stunden auf die Bahamas fliegen wollte, als Hochzeitsgeschenk für Lillian und Bob. (Sie hatten kürzlich den Bund fürs Leben geschlossen und sich gewünscht, daß ich kommen sollte.) Es war ziemlich erbärmlich von mir, einfach den Flug zu verpassen …

... Eines Abends beschlossen Nina und Emily, eine neue Bar auszuprobieren, die Nookies hieß. Emily sollte am nächsten Morgen als Hochzeitsgeschenk für Lillian und Bob auf die Bahamas fliegen, und Nina wollte in ein paar Tagen nach England, wo Faye bei ihrer kranken Mutter war. Danach wollten Nina und Faye nach Cape Cod ziehen und dort einen Antiquitätenladen eröffnen. Emily fragte sich schon, wie das Leben im Village ohne ihre beste Trinkkumpanin sein würde.

Sie aßen im Ninth Circle zu Abend und gingen dann zu Fuß zum Nookies. Und dort begegnete Emily Landy Camp.

Landy Camp tanzte gerade solo, als Emily und Nina sich an einen Tisch setzten, und aller Augen hingen an ihrem Körper. Sie sah aus wie Rita Hayworth und bewegte sich auch so, barfuß, die Tanzfläche um ihren Körper wirbelnd wie eine Decke, die Stirn von den langen dunklen Haaren verhängt, die Haut olivfarben und feucht. Ihre Bluse war ein Stück aufgeknöpft, und sie hielt die Augen halb geschlossen. Sie war so sehr eins mit der Musik, daß man ganz vergaß, daß sie ein von ihr getrenntes Wesen war. Erhitzt, unglaublich sexy. »Tanz mit ihr, Emily«, spornte Nina sie an.

»Sonst noch was?«

»Ach, komm. Du traust dich ja nur nicht.«

Das Bier nahm die Herausforderung an. Das Bier stand auf, ging zu der Frau hin, zog sie in ihre Arme, wirbelte sie herum, als Emily, der Tanzbodenteufel, jetzt ihre Nummer abzog und diesem exquisiten Geschöpf ins Ohr flüsterte: »Was tut ein Mädchen wie *Sie* in *so einem* Schuppen?«

Als die Bar schloß, ging Landy Camp mit ihr nach Hause. Und um eine kurze Geschichte noch kürzer zu fassen: sie schliefen miteinander. Und der Sex war so aufregend und Landy Camp so wunderbar und Emily so stolz, daß sie eine solche Trophäe errungen hatte, daß sie ihren Flug verpaßte. Und als sie ihn umbuchen wollte, waren für die ganze Woche alle Flüge ausgebucht. Sie mußte Lillian anrufen und ihr erzählen, sie sei die Treppe hinuntergefallen und habe sich das Bein gebrochen. Ja, sie fühlte sich mies dabei. Aber sie konnte nicht anders. Landy Camp war süße einundzwanzig und Stewardeß und zur Zeit in New York und in sexueller Hinsicht neugierig wie ein Kätzchen. Alles an ihr war einfach berauschend!

Fast zwei Monate lang war das Leben ein Fest. Landy, die mit zwei anderen Stewardessen in einem Hotel in Midtown gewohnt hatte, zog zu Emily. Sie war noch nie mit einer Frau zusammengewesen und offenbar völlig überwältigt von diesem Abenteuer. Das Ende kam, als Emily sie mit ihrem Cousin im Bett erwischte, der aus Carolina zu Besuch da war. Sie (Emily) war eines Nachmittags unerwartet heimgekommen. Das Radio lief so laut, daß niemand hörte, wie sie ins Schlafzimmer trat. Und da saß Vetter Tom nackt auf Landy, die an seinem Penis lutschte.

Das Ergebnis war, daß Emily sie beide hinauswarf. Und an diesem Tag befand sie, als sie deprimiert auf ihrem Bett saß und die letzten sechs Jahre ihres Lebens an sich vorüberziehen ließ, daß Frauen nichts für sie waren. Sie hatte es versucht, und was hatte es ihr eingebracht? Jemanden wie Reena Dee. Jemanden wie Landy Camp. All die anderen Frauen, mit denen sie ins Bett gegangen war, obwohl sie es jedesmal in der Hoffnung getan hatte, daß mehr daraus werden könnte. Es gab gar nicht so viele Frauen, die sie wirklich anzogen, aber sie hatte geglaubt, Erfahrungen sammeln zu müssen. Und vielleicht hatte sie das Virus ja gar nicht mehr in sich. Darüber dachte sie nach. Und sie dachte an Pandys Bar und daß sie sich dort allmählich langweilte. Sie sagte sich, daß sie genug von den Spielchen der Frauen wußte und daß sie nicht jünger wurde. Es war eindeutig Zeit, zu den Männern zurückzukehren.

III

Provincetown

Anna

Der Mann, den sie sich ausuchte, war Philip Randall.
Philip war geschieden, Anfang vierzig und Geschichtslehrer an der Sloe Academy. Bevor die Sache mit Landy Camp gestorben war, hatte er sie bereits gefragt, ob sie nicht mal mit ihm ausgehen wolle. An einem Nachmittag im Mai nahm sie ihn beim Wort, und sie gingen ins Kino.
Äußerlich war Philip allenfalls schwaches Mittelmaß. Er war klein und eiförmig und kaschierte seine sich ausbreitende Glatze mit strategisch plazierten braunen Haarsträhnen. Seine Augen waren blau und banal, sein Gesicht nett, aber reizlos. Doch sein roter Jaguar verlieh ihm etwas Sportliches, und er war klug und bescheiden. Außerdem war er spontan und immer für einen Kneipenbummel zu haben. Er begeisterte sich für Jazz und Politik und konnte über eine Vielzahl von Themen unerschöpflich reden. Aber das Wichtigste war, er war ein Mann und absolut unbedrohlich. Wenn jemand sich wunderte, wieso Emily auf einmal mit einem Kollegen ausging, sagte sie einfach, sie fühle sich mit ihm wohl. Was sie nicht sagte, war, daß Philip Randall für sie noch etwas anderes war: ihre Brücke zurück in die wirkliche Welt, ihr Sprungbrett weg von Pandys Bar, der Beweis, daß sie endlich eine destruktive Phase ihres Lebens abgeschlossen hatte: Sie war nicht mehr lesbisch!
Nach ihrem dritten Abend ging sie mit ihm in seinem Apartment in Scarsdale ins Bett. Er lag keuchend und stöhnend auf ihr und sagte, sie sei das reinste Dynamit. Sie ließ den Rock an, aber er durfte ihren Büstenhalter öffnen und mit ihren Brüsten spielen. Es war das erste Mal seit Carl, daß jemand ihre Brüste berührte (unglaublich, aber wahr!), und sie kam wie ein Komet, mit glühender, greller Intensität, aber genauso schnell wieder erloschen.

Hinterher mußte sie gegen die innere Leere kämpfen, die immer nach Sex mit Männern über sie gekommen war. Sie konnte keine weitere Nähe ertragen, mußte allein sein. Sie bewältigte das Problem, indem sie Philip erzählte, sie müsse um Mitternacht zu Hause sein, weil sie einen wichtigen Anruf erwarte.
Während der folgenden Wochen gingen sie mehrmals miteinander ins Bett: ein paar schnelle Galoppstöße im Sattel, nach mehr war ihr nicht zumute. Dabei überließ sie sich innerlich einem kleinen Porno-Film nach dem anderen, um es sich leichter zu machen, und sie achtete immer gewissenhaft darauf, daß Philip befriedigt war, ehe sie die Sache abbrach. Sie wußte nicht, wohin diese Beziehung steuerte. Das war auch gar nicht wichtig. Sie war einfach nur froh, daß es diesmal keine Frau war.
Als Philip in ihr Leben trat, kehrte Emily Pandys Bar den Rükken, und sie erwog sogar, aus dem Village wegzuziehen, sobald ihr Mietvertrag auslief. Sie begann, sich auch außerhalb der Schule mit Sloe-Kolleginnen zu treffen und erbot sich, Sommerkurse zu übernehmen. Irgendwann in dieser Zeit bekam sie einen Brief von Nina, die ihr mitteilte, Fayes Mutter sei immer noch krank und sie müßten daher noch länger in England bleiben. Im Juni lud Philip sie ein, ihn zu einer Cocktail-Party zu begleiten. Kurz nachdem sie angekommen waren, verwickelte ihn sein Anlageberater in ein Gespräch über Aktien. Emily wurde das bald langweilig, und sie spazierte hinüber zum kalten Büfett. Dort stand eine junge Frau von Anfang dreißig, die ihr vorher schon aufgefallen war, weil sie so gut aussah. Sie lächelten sich an und wechselten ein paar Höflichkeiten, während Emily sich Kostproben auf den Teller häufte. Die junge Frau hielt eine grüne Bohne in einem Mäntelchen aus Knoblauchteig hoch und sagte: »Haben Sie das hier schon probiert? Schmeckt hervorragend.«
Emily probierte und stimmte ihr zu. »Was ist das?«
»Nennt sich Dillbohnen. Gab es im Angebot bei Altman's.«
»Hmm, was ist denn da dran?«
»Dill. Und jede Menge Paprika.«

Sie redeten ein bißchen übers Essen. Dann sagte die Frau, sie heiße Anna Rubin. Sie streckte Emily die Hand hin.
Emily ergriff sie und sagte lächelnd: »Ich bin Emily Stolle.« In dem Moment sah sie, daß Philip zu ihr herüberschaute, und sie winkten sich zu.
Anna sagte: »Sie sind mit ihm gekommen, oder? Mir ist, als hätte ich Sie vorhin gesehen.«
»Ja. Er ist an meiner Schule.«
»Oh, was unterrichten Sie denn?«
»Englisch. An der Sloe Academy«, setzte sie stolz hinzu.
»Sloe. Das ist eine gute Schule. Wir haben viele Studenten, die von dort kommen.«
»Sie unterrichten auch?«
»Ja. Ich arbeite für unseren Gastgeber. Ich habe es sonst nicht so mit Cocktail-Partys.« Das letzte sagte sie lachend.
»Sie meinen Professor Hopkins vom Hunter?« fragte Emily.
»Genau. Ich bin Assistenzprofessorin für Französisch.«
Emily musterte sie einen Augenblick. »Na sowas«, sagte sie. »Dafür sind Sie noch ziemlich jung. Sie sehen aus wie eine Studentin.«
Das stimmte. Anna Rubin trug einen langen Rock und eine hochgeschlossene Bluse unter einer hellblauen Strickjacke. Sie war groß und ein eher eleganter Typ: ein Epos aus dunkler Haut und dunklem Haar, mit Augen, die ihre eigene kleine Zusatzgeschichte erzählten. Irgend etwas an ihr erinnerte Emily an Mattie, vielleicht die Art, wie sie an ihren Haaren herumspielte, beim Reden die Spitzen zwirbelte, die Flut über die Schultern zurückwarf. Bald waren sie mitten in einem eingehenden Gespräch über das Lehrerdasein und über Bücher und entdeckten eine Menge Gemeinsamkeiten. Und als sie weiterredeten, schien es, als hätten sie sich eine eigene kleine Insel im Raum geschaffen, während um sie herum rege Geselligkeit herrschte. Hallo. Oh, hallo. Auch da? Nett, Sie zu sehen. Undsoweiter. Klimpernde Eiswürfel. Rauchwolken unter dem hölzernen Zimmerhimmel, eine stete Brandung von an- und abschwellendem Gemurmel.

Philip kam herüber, um ein paar scherzhafte Worte zu sagen, und Emily stellte ihn Anna vor. Er ging wieder, wollte, daß sie mit ihm kam, aber sie hatte keine Lust, über Aktien zu reden. Sie fing gerade an, sich zu amüsieren. Sie mochte diese Anna, ihre forschenden Augen, die Art, wie sie mit ihrer ganzen Person zuhörte. Bald wandte sich das Gespräch persönlichen Dingen zu.
Anna fragte sie, ob sie je verheiratet gewesen sei. Sie sagte, nein, sie habe ein paar Monate mit einem Arzt in Chicago zusammengelebt, aber es sei nichts draus geworden, was auch gut sei so, denn sie schätze ihre Unabhängigkeit sehr. Anna stimmte ihr zu. Sie war seit ein paar Monaten geschieden und begann allmählich, sich davon zu erholen. Ein netter Kerl, sagte sie, der jetzt in Europa lebe. Aber es sei von Anfang an ein Fehler gewesen.
»Komisch«, sagte sie. »Da meint man, man kenne jemanden bis ins letzte, und wenn man dann zusammenlebt, merkt man, daß das gar nicht stimmt. Bei uns hat einfach die Leidenschaft gefehlt. Ich meine nicht das Physische. Ich meine etwas Umfassenderes. Du lieber Himmel«, sagte sie erschrocken. »Wie komme ich dazu, Ihnen das alles zu erzählen?«
»Ist schon gut. Ich verstehe das.«
»Aber ich kenne Sie doch kaum«, wandte Anna ein. In dem Moment kam Philip wieder. Er legte Emily den Arm leicht auf die Schulter. Aus irgendeinem Grund gab ihr das ein Gefühl der Sicherheit. Sie nahm seine Hand, froh, daß er da war, aber nicht recht sicher, weshalb. Sie plauderten alle drei freundlich miteinander, bis Anna sich entschuldigte. Aber da hatten sie und Emily sich bereits verabredet.
Ein paar Tage später traf Emily freudig die Vorbereitungen für das geplante Abendessen. In ihrer ganzen Zeit im Village hatte sie in puncto Freundschaft weiter nichts vorzuweisen gehabt als Nina, und die war eher eine Trinkkumpanin gewesen. Aber jetzt hatte sie eine ernsthafte Person kennengelernt, die nicht in Bars verkehrte. Und es wurde ein schöner Abend. Danach sahen sich Anna und Emily regelmäßig. Sie trafen sich mit Kollegen von

Anna und gingen zusammen Mittagessen. Anna gab Emily einen Schlüssel zu ihrer Wohnung, und Emily gewöhnte sich an, auf dem Heimweg von der Schule vom West Side Highway abzufahren und Anna zu Hause zu erwarten. Es wurde immer offensichtlicher, daß Anna Emily bei der Überwindung der Vergangenheit mindestens ebenso viel half wie jeder Mann, und im Spätsommer hatte Emily das Unternehmen Philip Randall aufgegeben. Und dann passierte etwas, das ihre Freundschaft noch vertiefte. Es hatte mit Tante Francies Tod zu tun.

Emily hatte schon seit Monaten gewußt, daß ihre Tante an Lungenkrebs litt und daß sie Hawaii verlassen hatte und zu Sheila gezogen war, um in der Nähe eines berühmten Washingtoner Spezialisten zu sein. Das hatte zwangsläufig die Kommunikation mit Sheila wiederbelebt, da Emily ja nicht gut mit ihrer kranken Tante telefonieren konnte, ohne mit Sheila zu sprechen. Im September schickte Emily Tante Francie Rosen zu ihrem achtundsechzigsten Geburtstag. Das war an einem Montag. Am Dienstag rief das Blumengeschäft an, um ihr mitzuteilen, man habe die Blumen leider nicht zustellen können, da Francine Stolle vor einer Woche verstorben sei. Emily war tief getroffen, weil ihr niemand etwas gesagt hatte, und rief sofort bei Sheila an und verlangte eine Erklärung. Es stellte sich heraus, daß es ein dummes Mißverständnis gewesen war. Sheila hatte gedacht, Sam hätte es Emily mitgeteilt, und Sam hatte gedacht, Sheila hätte es getan. Sheilas Entschuldigungen besänftigten Emily zwar, aber trotzdem waren alte Wunden wieder aufgebrochen. Und noch am selben Abend trug Emily diese Wunden zu Anna, und beim Essen sprach sie zum ersten Mal über ihre Einsamkeit, was familiäre Beziehungen betraf. Sie ging natürlich nicht auf die Gründe ein. Sie sagte nur, alle, die sie geliebt habe, seien tot, und sie und ihre Schwester wohl für immer entfremdet. Sie übernachtete in Annas Gästezimmer, und sie redeten bis spät in die Nacht, über Annas gescheiterte Ehe, ihre Eltern, die auch beide tot waren, und ihre zerplatzten Kinderträume. Am nächsten Morgen auf der Fahrt zur Schule trug Emily einen Rock von Anna. Sie war so glücklich wie schon lange nicht mehr. Sie hätte es zwar nicht zugegeben, aber das Wichtigste in ihrem Leben, das einzige, worauf sie sich wirklich freute, war die Intensivierung ihrer Freundschaft mit Anna Rubin.

Als der Herbst in voller Pracht stand, lud Anna Emily ein, mit ihr zusammen alte Freunde in deren Ferienhaus in Wellfleet, Massachusetts, zu besuchen. Aber als sie dort ankamen, war das Haus leer und verrammelt. Und als Anna die Sterns in Boston anrief, mußte sie sich sagen lassen, daß sie erst für das nächste Wochenende verabredet waren. Da sie nicht wußten, wo sie übernachten sollten, gingen Anna und Emily in ein Holiday Inn.

Déjà vu. Ein Motel. Eine Frau, der sie sich schon nahe fühlte. Ein Doppelbett, das sich wie eine Sphinx aus der Asche Carolinas erhob.

Und in diesem Motel, in dieser Oktobernacht, war es wieder da, dieses Etwas, das Emily zu einem Fremdling auf dieser Welt machte: das Verlangen nach einer Frau, die neben ihr lag, das Wollen, das stärker war als das Nicht-Wollen, die Begierde, die größer war als die Angst vor ihr. Natürlich war es schon die ganze Zeit dagewesen, hatte es im hohen Gras ihrer Freundschaft gelauert, um dann im günstigen Moment aufzuspringen und wild herumzutoben. So viele Ähnlichkeiten zu Lu.

Und es war nicht wie mit den zahllosen Mädchen und Frauen zuvor, als sie und Anna sich in dieser Nacht zum ersten Mal küßten. Es war nicht die Lust an der Macht, nicht der Drang, Macht zu haben, um sich sicher zu fühlen. Es war nicht die Sorge, was mit ihren eigenen Brüsten tun, unter dem runden Auge des Mondes. Es war nicht wie mit den Männern, denen sie ihre Brüste anbot und von denen sie sich ficken ließ, um im Einklang mit der Natur zu stehen. Es war nichts Geplantes oder Vorbedachtes, nichts Überlegtes, nichts Definiertes. Nichts von alledem. Es war einfach nur der mühelose Ritt auf einer Welle empor bis auf den Kamm. Die Leidenschaft war das Boot.

Sex trägt den Keim seiner eigenen Zerstörung in sich. Er ist der wildgewordene Stein, trunken von sich selbst und seiner taumelnden Bahn, Steine des Fleisches, die sich in die dunkleren der Liebe verwandeln – Steine der Eifersucht, des Besitzenwollens, der heftigen Emotionen. Sex ist letzte Roheit und äußerste Bejahung. Das alles nahmen Emily und Anna nach dieser Nacht der Offenbarung mit zurück nach New York.
Die Woche war wunderbar, und Emily konnte nur darüber staunen, wie leicht und selbstverständlich Anna diese neue Beziehung akzeptierte. Genau wie Lu war sie eine Frau, die nie zuvor mit einer Frau zusammengewesen war. Und dennoch schien sie kein Problem damit zu haben. Sie machte kein Hehl aus ihrer Lust am Zusammensein mit Emily. Emily wartete auf die Angst, die Schuldgefühle, den Zorn, mit denen sie fest rechnete, aber Anna sagte nur, sie sei glücklich. Schließlich seien sie sich auch vor dieser Nacht schon nahe gewesen, und für sie habe das, was geschehen sei, diese Nähe nur gefestigt. Die Folge war, daß Emily sich so sehr gewollt fühlte wie noch nie in ihrem Leben. Was sie mit Philip Randall veranstaltet hatte, schien ihr unwirklich. Doch als sie am folgenden Wochenende wieder nach Cape Cod fuhren, um sich diesmal tatsächlich mit Annas Freunden Martha und Ray Stern zu treffen, ereilte sie der erste kalte Luftzug.
Martha Stern war eine große, stattliche, adlernasige Intellektuelle, die vor Jahren Tänzerin gewesen und in der ganzen Welt aufgetreten war. Inzwischen hatte sie ihre Karriere beendet, aber sie kultivierte immer noch ein künstlerisches Flair. Sie trug grellfarbene Halstücher und hatte eine straffe, resolute Haltung und einen hüpfenden grauen Pferdeschwanz, der ihr Gesicht länger und strenger machte. Ihr Mann Ray war kleiner und eher passiv und fungierte als eine Art Resonanzboden für seine Frau. Beide bezeichneten sich als liberal, aber diese Liberalität hatte offenbar Grenzen, die nach etwa einer Stunde peinlich klar zutage treten sollten.
Emily war vorgewarnt, daß die Sterns sehr an Anna hingen und viele persönliche Fragen stellten. Diese Fragen solle sie bitte nicht

für zudringlich halten, es sei einfach nur ihre Art, Zuneigung zu zeigen. Aber diese Zuneigung lud die Atmosphäre auf. Sie saßen bei einem Gläschen beisammen, als Martha plötzlich wissen wollte, ob es irgendwelche Männer in Annas Leben gebe. Anna hatte den Namen eines Kollegen an ihrer Fakultät parat und nannte ihn, aber Martha wollte mehr wissen. Sie kam immer wieder auf das Thema Ehe und redete auf Anna ein, daß sie wieder darüber nachdenken müsse, da die biologische Uhr unaufhaltsam ticke. Sie habe keine Kinder, und es sei doch eine Sünde und eine Schande, so prachtvolle Gene verkommen zu lassen.

Mittendrin stand Anna plötzlich auf. Sie ging ans Fenster, blieb kurz mit dem Rücken zum Raum stehen und wandte sich dann mit einem tapferen Lächeln und einem Unterstützung heischenden Blick zu Emily wieder um und erklärte den Sterns, sie möge sie beide zu gern, um ihnen etwas vorzumachen, und die Wahrheit sei, daß sie und Emily sich liebten.

Die Stille, die darauf folgte, war so total, daß man eine Stecknadel fallen gehört hätte. Und dann vibrierte das Wort lieben im Raum wie ein Ballon, aus dem die Luft entweicht, Man konnte förmlich sehen, wie es in Marthas und Rays Gehirn drang und ihre Denkmaschinerie aufleuchten ließ wie einen Flipper. Lieben: zwei Frauen, die nackt im Bett liegen und Sachen miteinander machen. Mit einem Wort? Lesbisch. Und wieder verlor Emily ihren Namen. Hier, mitten in diesem Raum, fiel alles, was sie war, von ihr ab wie Herbstlaub. Sie war nicht mehr Emily Stolle, Lehrerin, Dichterin, was immer. Sie war lesbisch: ein Fliegenfänger, an dem alles Eklige pappte. Aus weiter Ferne hörte sie Martha nach kurzem Räuspern sagen, oh, wie interessant, mit einer Stimme, die nichts verriet. Emily zwang sich aufzuschauen und wurde von einem feinen, spitzen Strahl aus Marthas Augen durchbohrt. Ray Stern saß rechts von Martha und studierte eingehend seine Schnürsenkel. Und plötzlich hatte Emily das Gefühl, daß sie ihr vorwarfen, sie habe Anna verdorben. Anna redete darüber, wie sie sich kennengelernt hatten, aber Emily konnte nichts anderes

denken, als daß sie schuld war, daß Annas Gene verkamen. Zwischendurch waren beide Sterns einmal kurz draußen, und Anna, die Emilys Unbehagen bemerkt hatte, entschuldigte sich und sagte, sie habe sie nicht überfahren wollen, aber sie habe es einfach sagen müssen.
Sie aßen und spielten Karten, aber Emily zog sich früh zurück. Sie und Anna waren im Gästezimmer untergebracht, das zwei Betten hatte, aber sie fühlte sich so befangen, als ob ihre Gastgeber an den Wänden lauschten. Und als Anna kurz darauf nachkam, sprachen sie über das, was geschehen war. Anna sagte: »Ich habe mich selbst reden hören, und es hat mich angewidert. Da ist es einfach passiert.«
»Aber du mußt dich daran gewöhnen zu lügen. Du kannst nicht rumlaufen und es allen Leuten sagen. Das muß dir doch klar sein.«
»Ist es ja. Aber ich muß es nicht auch noch gern tun.«
»Das sagt ja keiner. Aber du mußt es tun. Du mußt dich dran gewöhnen. Traurig, aber wahr.«
»Aber sie sind meine Freunde. Sie mögen mich. Es ist unrecht, ihnen etwas so Wichtiges nicht zu sagen.«
»Nein, ist es nicht. Es ist egoistisch, es ihnen zu sagen.«
»Warum? Sie wollen doch nur, daß ich glücklich bin.«
»Ach, Anna, du bist so naiv. Kapierst du denn nicht, daß niemand will, daß du so bist? Ich habe diese Regeln nicht gemacht. Ich weiß nur, daß du diese Leute heute abend für immer programmiert hast.«
»Worauf?«
»Darauf, von jetzt an nur noch das in dir zu sehen, wenn sie dich angucken. Es ist völlig egal, wie lange sie dich kennen und was du ihnen bedeutet hast. Von jetzt an bist du für sie das.«
»Das glaube ich nicht. Ich bin doch noch derselbe Mensch.«
»Das bist du jetzt eben nicht mehr.«
»Aber ich kann so nicht mit Leuten umgehen, die ich als meine Freunde betrachte.«
Emily sagte, sie könne nicht verstehen, wie Anna so selbstsicher

sein könne. Wo sie das gelernt habe? Ob es sie gar nicht kümmere, was die Leute dächten? Wie sie so tun könne, als ließe sie das völlig kalt? Und Anna meinte, sie sage ja nicht, daß es einfach sei, aber es sei eben einfach ein Prinzip von ihr.

»Nimm doch mal Lillian«, erwiderte Emily. »Ich hab' dir ja von ihr erzählt. Sie ist für mich fast sowas wie eine Schwester, und es hat eine Menge Situationen gegeben, in denen ich es ihr am liebsten erzählt hätte, aber sie würde es nicht verkraften. Sie wüßte nicht, wie sie damit umgehen sollte.«

»Woher weißt du das?«

»Ich weiß es.«

»Vielleicht unterschätzt du sie ja.«

»Nein, das tue ich nicht. So ist es nun mal. Für viele Leute gibt es nichts Schlimmeres. Du weißt ja, wie es mit Carol war.«

»Sie war eben borniert.«

»So sind die Leute aber.«

»Dann ist das ihr Problem.«

»Nein. Es ist dein Problem, mein Problem, wenn wir bestimmte Leute behalten wollen.«

»Aber du hast doch gesagt, du willst, daß ich Lillian kennenlerne.«

»Ja. Aber als meine Freundin. Weiter nichts.«

»Schämst du dich meiner, Emily?«

»Nein.«

»Bist du sicher?«

»Anna, ich hab's dir doch gesagt: Ich mache die Regeln nicht.« Und sie sah weg, hatte das Gefühl, etwas zu entweihen, war für einen Moment selbst betroffen von den Grenzen, die sie Anna steckte. »Hör zu, ich muß dir was sagen, worüber ich noch nie mit irgendeinem Menschen geredet habe.« Und so kam es, daß Emily von Mattie erzählte. »Lillian würde das nie verkraften«, schloß sie. »Siehst du jetzt? Verstehst du jetzt, was ich meine?«

Anna sagte nur: »Das muß sehr schlimm gewesen sein. Wo ist sie jetzt? Mattie, meine ich?«

»Ich weiß nicht.«
»Ach, Emily, wie schrecklich für euch alle. Aber vielleicht würde es eure Freundschaft ja vertiefen, wenn du es Lillian erzählen würdest.«
»Nein, das würde es nicht.«
»Aber was meinst du, wie es für sie wäre, wenn sie wüßte, daß du gar nicht die bist, für die sie dich hält?«
»Ich bin immer noch der Mensch, den sie gekannt hat.«
»Das habe ich vorhin auch gesagt, über mich und die Sterns, und da hast du gesagt, ich würde sie gegen mich programmieren.«
»Das stimmt auch. Und genau das würde ich mit Lillian auch machen. Ich bin immer noch derselbe Mensch, aber sie würde mich nicht mehr so sehen.«
»Aber so verbirgst du doch etwas sehr Wichtiges vor ihr. Wie kann das richtig sein?«
»Sie weiß es ja nicht. Was sie nicht weiß, kann sie auch nicht verletzen.«
»Aber du weißt es.«
»Na und? Mir macht das nichts aus.«
»Muß es aber doch. Irgendwo. Das ist doch Lüge. Es ist wie Rost, der sich immer weiter frißt und schließlich den innersten Kern zerstört. So empfinde ich es. Wenn ich diesen Ehering sehe, den du in der Schule trägst, dann denke ich, wie traurig, daß du meinst, daß du das tun mußt. Aber wenn du glaubst, so leben zu müssen, dann ist das deine Sache. Ich kann das akzeptieren, und ich tue es selbst auch, wenn es sein muß. Aber hier geht es um Leute, die sich als meine Freunde betrachten, und Freunde geht es sehr wohl etwas an, wer ich bin. Das ist der Unterschied. Du machst die Welt enger, als sie ist, Emily.«
»Das stimmt nicht. Ich kann gut in zwei Welten leben. Ich habe kein Problem damit, dich zu lieben und nach außen hin zu lügen.«
»Aber warum willst du lügen, wo es gar nicht sein muß?«
»Ach, Anna, sei doch mal realistisch.«

»Das bin ich, Emily. Ich bin der realistischste Mensch, der dir je über den Weg gelaufen ist. Aber Anpassung hat nun mal ihre Grenzen.«

Emily ging zu Bett, nicht überzeugt und voller wirrer Gedanken und Gefühle. Sie sah das Menetekel an der Wand. Sie würde Anna verlieren, wie sie alles im Leben verloren hatte. Leute wie die Sterns würden sie beeinflussen. Die Welt würde sie ihr wegnehmen. Es war unausweichlich. Und so nistete sich nach diesem Besuch in Wellfleet die Unsicherheit in Emilys Herzen ein. Und sie hielt auch in Annas Wohnung Einzug, wo Emily den größten Teil ihrer Freizeit verbrachte. Emily begann, ziemlich viel zu trinken. Sie wollte ständige beruhigende Versicherungen. Sie rief Anna bei der Arbeit an, um zu hören, daß sie sie liebte und sie nie verlassen würde. Auf verdrehte Weise legte sie es dann darauf an, genau das herbeizuführen, was sie befürchtete, und irgendwann gelang es ihr schließlich.

Eines Abends während der Weihnachtsferien zerriß sie in einem alkoholisierten Tobsuchtsanfall Annas Bluse. Anna ging. Die Sterns, die sich jetzt bemühten, Emily einzubeziehen, hatten sie beide für Silvester eingeladen. Die Party sollte in Cape Cod stattfinden, wo die beiden den Winter verbrachten. Anna hatte zunächst auf Emilys Drängen abgesagt, aber jetzt beschloß sie, allein hinzufahren. Sie hatte einen Monat Semesterferien, und sie meinte, sie brauche Zeit zum Nachdenken. Sie sagte nichts davon, daß sie Schluß machen wolle, aber sie erklärte, sie müsse eine Weile allein sein. Das sei ihre einzige Chance. Sie wollte nicht einmal, daß Emily sie nach Cape Cod fuhr.

Emily stand draußen vor dem Haus in Wellfleet und hoffte darauf, durch die Vorhänge Annas Silhouette zu erspähen. Das Haus war für sie der Ort ihrer Niederlage, eine Festung, die Anna gefangenhielt, mit Geschützen gespickt, die auf ihren Kopf zielten. Aber da war sie, geradewegs aus New York hergeeilt, nachdem Anna ihr am Telefon gesagt hatte, sie solle nicht kommen. Sie

hatte es tun müssen. Sie litt zu sehr. Sie wollte ja gar nicht mehr als fünf Minuten.
Sie holte tief Luft und ging auf das Haus zu. Und als sie anklopfte, öffnete ihr Martha Stern persönlich. Ihr Gesicht sprach Bände. Sie war sichtlich wenig erfreut.
Emily trat ein, ehe Martha irgend etwas tun konnte. Sie stand wie betäubt in der Diele. Es war ihr völlig gleichgültig, was Martha dachte. Das kümmerte sie nicht mehr. Sie sagte, sie wolle keine Szene machen, aber sie sei den ganzen Weg von New York hergefahren und wolle Anna für fünf Minuten sehen. Sie wiederholte es so lange, bis Martha schließlich verärgert sagte, sie solle warten. Dann ging sie. Gleich darauf kam Anna in einem roten Rollkragenpullover und mit stählerner Miene die Treppe herunter. Sie sah Emily kaum an. »Komm«, sagte sie schroff. »Hier können wir nicht bleiben.«
Sie folgte ihr über die Straße, bis das Dunkel sie beide schluckte. Es schneite nur ganz leicht, und Emily konnte sehen, daß Anna wütend war. Anna fuhr sie an: »Was hast du hier zu suchen? Ich hab' dir gesagt, du sollst nicht kommen. Du machst alles kaputt. Das hier ist nicht mein Haus.«
»Ich liebe dich.«
»Quatsch. Du liebst mich nicht. Du willst mich besitzen.«
»Nein. Bitte! Es tut mir alles so leid. Schau, was ich dir mitgebracht habe.« Sie fischte eine Bulova-Uhr aus ihrer Tasche, golden mit schwarzem Zifferblatt.
»Emily.« Anna wich ungläubig zurück.
»Das ist Gold, achtzehn Karat.«
»Das ist mir egal. Ich will sie nicht.«
»Aber du hast doch gesagt, du bräuchtest eine Uhr. Das ist ein Weihnachtsgeschenk.«
»Ich brauche keine Uhr. Ich brauche meine Ruhe.«
»Liebst du mich nicht mehr, Anna?«
»Liebe. Ständig führst du dieses Wort im Mund. Weißt du nicht, daß Liebe nicht alles ist?«

Emily fiel auf die Knie, dort unter dem Komma-Mond, und wiederholte: Ich liebe dich, ich liebe dich. Anna sagte verärgert, Emily solle aufstehen, sie könne das nicht ertragen. Emily erhob sich gehorsam, beteuerte aber immer weiter, daß sie sie liebe. Anna sagte, es tue ihr leid, aber sie werde jetzt wieder zurück ins Haus gehen. »Paß auf dich auf, Emily.«

»Was soll das heißen?«

»Es geht nicht«, sagte Anna einfach nur. »Siehst du das denn nicht? Es geht nicht.«

»Ich werde mich ändern.« Emily fing an zu weinen.

»Nein. Das glaube ich nicht mehr. Du kannst mich ja noch nicht mal in Ruhe hier sein lassen. Du willst zu viel. Es tut mir leid. Es tut mir leid, daß du leidest. Aber ich kann nicht alles wiedergutmachen, was dir jemals angetan worden ist.«

Emily packte sie und versuchte, sie zu küssen, aber Anna stieß sie weg und sagte, sie solle aufhören, sich zur Närrin zu machen. Dann ließ sie Emily stehen. Sie ging zum Haus, während leichter Schnee durch die Äste fiel. In der Ferne tutete ein Nebelhorn. Und immer wieder wehte Emilys Stimme durch die Luft: »Ich liebe dich, Anna! Ich liebe dich!«

Als Anna schon fast am Fuß der Treppe war, wandte sie sich noch einmal um. Dann ging sie, nach leisem Zögern, die Stufen hinauf. Emily blieb draußen im Schnee stehen und sah auf das Haus mit all den Leuten darin und auf die Nachbarhäuser mit all den warm aufgehobenen Familien. Dann ging sie zu ihrem Auto. Es hatte aufgehört zu schneien, schien aber kälter. Als sie im Gehen die Hände in den Taschen vergrub, merkte sie, daß sie die Uhr immer noch hatte. Sie hielt sie einen Augenblick vor sich. Und dann rutschte die Zeit Millionen Lichtjahre zurück, und die Uhr wurde Matties Stein, und sie warf sie mit aller Kraft von sich, daß die Nacht sie verschluckte. Das war's, dachte sie, ihren Gang beschleunigend. Es war vorbei.

... Ich fuhr noch in der Nacht zurück nach New York. Ich raste wie eine Berserkerin, obgleich die Straßen vereist waren. Ich fuhr, als sei ich hinter etwas her oder etwas hinter mir. Ich sehnte mich schmerzlich nach Anna. Es war mir egal, ob der Wagen von der Straße abkam oder nicht. Es kümmerte mich nicht.
Irgendwo auf dem Interstate 95 blitzte in mir ein Fünkchen Hoffnung auf. Annas Gesicht von vorhin stand wieder vor mir – mehr Enttäuschung als Zorn. Ich sah sie zögern, ehe sie wieder zu den Sterns hineinging. Ich dachte an all die Male, die wir uns in den Armen gehalten hatten, die sie gesagt hatte, sie habe noch nie im Leben so geliebt. Anna war kein falscher Fünfziger. Vielleicht konnten wir es ja noch einmal versuchen, wenn sie wiederkam.
Von da an war ich eine Heilige. Ich holte alle meine Kleider wieder in meine Wohnung und ließ ihren Schlüssel auf dem Tisch zurück. Ich stürzte mich in meine Arbeit an der Schule. Ich betrank mich nicht. Und dann, Ende des Monats, rief ich an. Niemand da. So ging es ein paar Tage, bis ich schließlich am Hunter anrief. Die Sekretärin, die meine Stimme erkannte und annahm, ich sei eine Freundin von Anna, erklärte mir, Frau Dr. Rubin habe am Tag nach Neujahr darum gebeten, daß ihr Freisemester auf diesen Winter vorverlegt würde, damit sie an einer Veröffentlichung arbeiten könne. Sie wolle bis September in Cape Cod bleiben. Ich legte auf, unter Schock. All meine Träume waren zerplatzt.
Und so wurde im Februar 1963 der Alkohol mein Gefährte. Ein geduldiger Liebhaber, der mich nach der Arbeit erwartete, mich auf die Lippen küßte, wenn ich müde war, mir Gesellschaft leistete, wenn ich mich in Joan Baez-Songs suhlte, wenn ich einen schmerzlichen Abend nach dem anderen damit zubrachte, mich vollaufen zu lassen und traurige Musik zu hören und mich noch weiter vollaufen zu lassen und über Annas Foto mit dem fackelhellen Lächeln zu brüten und mich zu verzehren. Der Alkohol ging mit mir auf die winterliche Jagd nach Frauen, zurück in die Bars, wo die Einsamkeit lockende Schenkel hatte. Der Alkohol

schlüpfte in die Gestalt all der Frauen, die nicht Anna waren. Anna machte mein Verlangen nach anderen Frauen zunichte. Ich begann ein Dutzend Briefe an sie, die ich jedoch nie abschickte. Einmal glaubte ich, sie auf der Straße zu sehen. Ich rannte hin. Aber es war nicht Anna. Sie sah ihr nicht mal ähnlich. Herzschmerz.
Ich hatte einen Traum. Er kam das erste Mal am Neujahrsabend und danach immer wieder. Es war immer dasselbe: ich auf der Straße, mir gegenüber eine Menschenmenge. In der dünnen Luft erschien ein Gesicht. Es war düster, finster, es tat mir weh, schien mir das Gesicht all dessen zu sein, was ich je verloren hatte, stocherte in der Glut der Erinnerung, erfüllte mich mit Wärme und Zärtlichkeit. Und ich lief darauf zu, streckte die Hände aus, um es zu berühren, und es verflog wie Rauch, nur um wieder aufzutauchen und über der Menge zu schweben wie ein Ballon an einer Schnur. Ich schaffte es wieder beinahe, es zu berühren, aber es verschwand erneut. Und diesmal erfüllte mich sein Verschwinden mit einer unerklärlichen Trauer, von der ich erwachte. Ich lag im Bett und dachte an Anna. Sie war wie meine Mattie-Träume damals. Aber bei Mattie hatte ich wenigstens meinen kleinen Stein gehabt. Und jetzt hatte ich gar nichts. Und außerdem war ich älter. Es ist immer schwerer, wenn man älter ist ...

Nachdem es mit Anna aus war, ging Emily wieder in Pandys Bar. Dort hörte sie von Nina, die jetzt mit Faye in Provincetown einen Laden namens *Memories* führte. Nina hatte ihr irgendwann eine Karte geschrieben, aber sie war nie dazu gekommen, sie zu beantworten. Und als sie und Anna auseinander waren, hatte sie nicht mehr den Mut gehabt, ihr zu schreiben. Sie dachte, Nina sei auch verschwunden.
Aber dann kam jener Aprilnachmittag, als sie rastlos und perspektivlos in der Bar auftauchte. Es war schon fast Sommer, und sie wußte nicht, was sie machen sollte. Sie wußte nur, daß sie

weder unterrichten noch in New York bleiben wollte. Es war zu heiß hier.
Als sich die Tür hinter ihr schloß, fiel ihr plötzlich Nina um den Hals. Sie sei auf der Suche nach Antiquitäten in Atlantic City gewesen und habe spontan in der Bar vorbeigeschaut, in der Hoffnung, Emily hier zu finden. »Ich habe kürzlich mit jemandem über dich geredet«, sagte sie, während sie Emily an die Bar begleitete. »Rate mal, mit wem?«
»Keine Ahnung«, antwortete Emily, während sie sich auf einen Hocker setzte und jemandem durch den Raum zuwinkte. »Ich kenne niemanden in Provincetown.«
»Mit Anna Rubin.«
»Anna!« Sie steckte sich zittrig eine Zigarette in den Mund. »Wo hast du Anna gesehen?«
»Im Laden. Sie wohnt jetzt in Provincetown.«
Emily nahm die noch immer unangezündete Zigarette wieder aus dem Mund und sah Nina entgeistert an. »Was heißt, sie wohnt in Provincetown?«
»Was ich dir sage. Sie hat sich bis zum Labor Day dort eingemietet, ganz in der Nähe von unserem Laden.«
»Was war mit Wellfleet?«
»Ich weiß nicht genau. Ich glaube, die Leute dort sind wieder nach Boston zurückgegangen. Soll ich dir was sagen? Faye hatte bei ihr Französisch, vor zwei Jahren am Hunter. Sie fand sie toll.« Dann erging sich Nina darüber, wie gut Anna ihr Laden gefallen habe.
»War sie mit jemandem zusammen?« unterbrach sie Emily.
»Nein. Sie war allein.« Nina grinste breit, was Emily ignorierte.
»Wie seid ihr auf mich gekommen?« fragte sie nach ein paar Zügen.
»Sie hat mich gefragt, ob ich dich kenne.«
Nicht zu fassen. »Sie hat *was?*«
»Wir haben über New York geredet. Hey, Audrey«, rief sie der Barfrau zu. »Bring uns noch zwei, ja? Meine Freundin hier ist

kurz vorm Herzinfarkt.« Nina fand das witzig und fing an zu lachen.
»Sag schon, Nina«, bohrte Emily ungeduldig. »Was war los?«
»Nichts war los. Wir haben angefangen, über New York zu reden, und sie hat mich gefragt, ob ich je in Pandys Bar war. Ich habe ja gesagt, und sie wollte wissen, ob ich dich kenne. Das war alles.«
»Und was hast du gesagt?«
»Ich habe gesagt, seit Ewigkeiten.«
»Und ...?«
»Ich hab ihr gesagt, du bist die, die den Mond aufgehängt hat.«
Emily lachte gutmütig. »Ach, Nina.«
»Doch, das hab' ich. Den guten alten Mond. Ich hab' gesagt, du hast ihn da oben hingehängt, zwischen die Sterne, weil du die einzige warst, die das konnte.«
Emily hatte plötzlich das Gefühl, daß ihr die Luft wegblieb. Annas Name traf sie wie ein Schlag, und sie war nicht darauf gefaßt gewesen, ihn hier zu hören. Und doch kam es kaum vor, daß sie nicht in irgendeiner Weise an Anna dachte und Pläne schmiedete, wie sie ein Wiedersehen arrangieren könnte, wenn Anna nach dem Sommer wiederkam. Man sah ihr wohl an, wie sie sich fühlte, denn Nina wechselte rasch den Ton und sagte fast vertraulich: »Ich will dir was sagen, falls es dich auch nur im entferntesten interessiert, und ich sehe, daß es das tut: wenn du mich fragst, ist sie immer noch in dich verliebt.«
Das war absurd. »Wieso?« Das Wort zwängte sich durch Emilys Lippen wie ein Kind aus dem Mutterleib.
»Ist einfach nur so ein Gefühl. Diese vielen Fragen, nachdem ich sagte, daß ich dich kenne, wie lange wir befreundet sind und wie du vorher warst und wann ich dich das letzte Mal gesehen habe. All sowas. Ich hab zuerst gar nichts kapiert. Ich dachte, ihr hättet euch vielleicht über die Schule kennengelernt. Sie hält dich für eine tolle Schriftstellerin, weißt du das?«
»Ach, erzähl mir nichts.«
»Im Ernst. Herrgott.« Sie klopfte Emily leicht auf die Schulter.

»Es ändert sich aber auch wirklich nichts. Jetzt sitze ich schon wieder hier und gucke zu, wie du dich wegen irgendeiner Frau in deine Bestandteile auflöst.«
»Sie ist nicht *irgendeine* Frau«, erwiderte Emily hitzig.
Nina grinste. »Und wenn ich dir nun sage, daß sie mich gebeten hat, den Mund zu halten, falls ich dir auf dieser Reise über den Weg laufen sollte?«
»Was dann?«
»Begreifst du denn nicht? Es ist ein Spiel. Sie will alles über dich wissen, aber sie will nicht, daß du es weißt.«
»Warum?«
»Ach, Emily – wie kann man nur so gescheit und gleichzeitig so dumm sein?« Nina tat einen tiefen Zug und blies Emily den Rauch ins Gesicht. »Weil dann das Mysterium beim Teufel ist. Darum geht es doch, zwischen Mann und Frau und zwischen Frau und Frau. Es ist immer dasselbe.«
Emily starrte düster in ihr Bier.
»Und du schmeißt dich viel zu heftig ran. Das hab' ich dir damals schon gesagt, als du hinter dieser albernen Reena Dee her warst. Du läßt überhaupt nichts offen.«
Emily wandte sich Nina zu und packte sie beschwörend am Arm. »Nina, wir waren Freundinnen. *Freundinnen*«, wiederholte sie, als sei das eine große Enthüllung. »Wir haben keine Spielchen gespielt. So war das mit uns nicht. Ich will keine Spielchen.«
»Und was ist passiert?«
Emily wandte sich wieder ihrem Bier zu. »Weißt du doch«, murmelte sie.
»Klar. Du hast es vermasselt.«
»Hmm, ich fürchte ja.«
»Mit deinen hunderttausend Fragen.«
»Und dem Suff und allem«, knurrte sie verächtlich. »Es ist einfach mit mir durchgegangen. Und außerdem war sie noch nie mit einer Frau zusammen.«
Nina nahm das schweigend auf. Dann sagte sie: »Na, jedenfalls ist

sie nicht so wie die anderen, die du dir ausgesucht hast. Sie kam mir wie ein richtiger erwachsener Mensch vor. Sie hat ihren eigenen Kopf, was?«

»Kann man sagen.«

»Und du hast sie terrorisiert, was? Das darfst du mit so jemandem nicht machen, sonst kannst du's vergessen.«

»Ich weiß.«

»Aber es war für sie das erste Mal. Das kommt dir zugute. Das erste Mal ist was Besonderes. Ich sage dir, sie ist noch an dir interessiert. Du willst sie doch wiederhaben, oder?«

Natürlich. Und das sagte Emily auch, worauf Nina vorschlug: »Dann komm doch einfach und hol sie.«

Das warf Emily um. »*Was* soll ich?«

»Raufkommen, nach Provincetown, und es cool angehen.«

»Ich verstehe gar nichts.«

»Komm rauf und bleib den Sommer über da. Zeig ihr, daß du gelernt hast.«

»Wie?«

»*Wie*?« Nina verdrehte die Augen und sprach zur Wand: »Nicht zu fassen, diese Frau.«

»Aber ich kann nicht einfach so kommen, Nina. Ich war noch nie in Provincetown.«

»Ein Grund mehr, zu kommen. Es ist toll dort.« Nina sprang jetzt richtig an. »Es sei denn, du hast für die Ferien irgendwas Wichtiges vor, wie zum Beispiel jeden gottverdammten Tag hier rumzuhängen.«

»Aber würde sie denn nicht sofort wissen, warum ich da bin?«

»Nicht unbedingt. Das liegt bei dir. Alle Welt kommt im Sommer nach Provincetown. Du brauchst nur aufzukreuzen und dich rauszuhalten, und es wird schon klappen. Ich bin ja auch noch da, um auf dich aufzupassen.«

Und als Emily sich laut über Ninas Interesse wunderte, antwortete Nina, sie möge nun mal streunende Katzen. Dann umarmte sie Emily. »Da.« Sie kritzelte ein paar Telefonnummern auf ein

Stück Papier. »Das ist die Nummer vom Laden. Und das ist die in Truro. Überleg's dir. Wenn du kommen willst, laß es mich wissen. Ich habe eine Freundin, die Maklerin ist und dir eine Wohnung direkt am Meer besorgen kann. Was hast du schon zu verlieren? Selbst wenn du sie nicht wiederkriegst, bist du wenigstens im Paradies. Das ist auf jeden Fall besser, als hier in diesem verdammten Loch herumzuhängen. Glaub mir.«

Wer hätte sich dem widersetzen können?

Und danach

Es sollte erst später kommen – das Zeitalter des Schwerts. In den 80er Jahren trieb die Geißel die jungen Männer nach Provincetown zurück, zum Sterben.

An den Stränden, wo die Wellen hereinstürmten wie Pferde, um die Hälse über den Sand zu beugen, sollte das zurückweichende Wasser die Trauernden hinaustragen. Den ganzen Weg von Florida würden sie kommen – Eltern, Freunde, Liebespartner. Aus Georgia und North Carolina – Schwestern, Brüder, Cousins und Cousinen. Aus Minnesota und Los Angeles würden sie die hölzernen Barken begleiten, die Boote des Todes, um dann an den wirbelnden Fluten des Atlantiks den letzten Abschied zu nehmen, die sterblichen Überreste zu verstreuen. Adieu, strahlender Sohn, stolzer Freund, mein Augapfel – adieu. Nur noch Asche, Todesfutter. In den 80ern sollten sich Skelette durch die Straßen von Provincetown schleppen, steif und bleich, die Augen wie verdorrte Blätter, mit fingerdünnen Gliedmaßen, Armen wie Stöcke, an Krücken, halb blind, mühsam nach Atem ringend für einen weiteren Schritt. Ihre Zeit war gekommen, und sie wußten es. Bald würden auch sie hinaustreiben, dem blutroten Horizont entgegen, den letzten Strahlen der unsichtbaren Sonne, dem Vergessen, junge Männer, die plötzlich alt geworden waren, Männer, die in den Sommern ihrer Jugend, in der strahlenden Morgenfrische ihrer Leidenschaft, in der Blüte ihrer Sexualität nach Provincetown gekommen waren, um herauszufinden, wer sie waren, junge Männer, die jetzt dort die ewige Ruhe fanden, wo sie einst ein paar schöne Wochen gesucht hatten. So würde es in den 80ern sein.

Aber als Emily zwei Jahrzehnte früher hierher kam, war die Stadt voller Leben. Und schön. Lange vorher hatten die Pilgerväter dieses Plätzchen vom Meer her erschlossen. Sie überzogen die natürlichen Erhebungen mit Pfaden. Sie errichteten entlang dieser Pfade Häuser, so pittoresk und kurios wie geschnitzte Flaschenschiffe. Ihre Segler füllten sich an den Hafenkais die Bäuche und brachten Tang und Meer und Fischgeruch mit. Sie bewegten sich in einem Licht, das die Maler später als das reinste im ganzen Land preisen sollten. Sie wurden Fischer, die sich die See zur Geliebten nahmen, sie in der Phantasie liebkosten, sich schänderisch über sie hermachten, nachts bei ihr lagen, unter den funkelnden Sternen. Die Fischer sind allgegenwärtig. Und der Nebel auch. In Provincetown wabert der Nebel über die Bürgersteige, verdrückt sich in die Gäßchen, hockt auf den Dächern, um einen anzuspringen wie ein geisterhaftes Katzentier, er ballt sich in den zusammengedrängten Wohnvierteln, die sich von Hyannis über Orleans, Eastham, Wellfleet, Truro buchtwärts ziehen, er fließt mit den Sandtränen der Dünen über den Highway Nr. 6. Im Winter schläft Provincetown. Im Sommer klingt und schwirrt es. Da kommen die Künstler. Und die Familien. Und die Schwulen. Provincetown ist nur eine weitere Perle in der Kette der Schwulenhochburgen – Ogunquit, Fire Island, Greenwich Village, Key West. In den 60er Jahren war schwule Lust im Rauschen der Brandung, im weichen Sand, im feuchten, einsamen Lied des Windes, hier, wo sich die Graureiher tummelten und die Männer hungrig und die Frauen unabhängig waren. In den knallheißen Sommern der 60er war Provincetown eine einzige lange Party. Jeder war eingeladen, auch Emily – zumindest wollte sie das glauben.

Sie kamen überein, daß Nina die Vermittlerin spielen sollte. Wenn die Schule zu Ende war, würde Emily nach Provincetown kommen und sich streng an das Katz-und-Maus-Spiel halten. Sie würde genau das Gegenteil von dem tun, was Anna erwartete. Sie würde weder anrufen noch schriftlich Verbindung aufnehmen. Wenn sie Anna sah, würde sie weitergehen. Nina würde es übernehmen, so viel wie möglich über Annas Tun und Treiben in Erfahrung zu bringen, um es Emily mitzuteilen. Das Terrain hatte Nina schon bereitet, denn Anna vertraute ihr. Kurz nach ihrer Rückkehr aus New York erzählte sie Anna, sie habe Emily zufällig getroffen. Sie habe großartig ausgesehen, sei völlig nüchtern gewesen und habe nicht weiter auffallend reagiert, als das Gespräch auf Anna gekommen sei. Lustigerweise wolle Emily auch nach Provincetown kommen. Ein irrer Zufall, was?

Anna war erschrocken. Sie sei hierhergekommen, um Ruhe und Frieden zu haben und arbeiten zu können. Sie wolle keine Komplikationen. Nina hatte ihr versichert, es werde auch keine geben. Sie hatte ihr eingeredet, Emilys Entscheidung habe überhaupt nichts mit ihr zu tun. Emily wolle einfach nur raus aus New York, und schließlich kämen im Sommer jede Menge Frauen hierher. Daraufhin hatte Anna ihr erzählt, wie ihre Beziehung zu Emily zu Ende gegangen war. »Sie will ihre Unabhängigkeit, Emily«, sagte Nina eines Abends am Telefon. »Wenn du ihr die nicht lassen kannst, während du hier bist, kannst du's vergessen. Du mußt ihr das Gefühl geben, daß sie dich gar nicht kümmert. Aber wenn du's schaffst, deine Karten geschickt auszuspielen, wird es klappen.«

Nachdem Emily ihren Alkoholkonsum beträchtlich reduziert hatte, kam sie im Juni wohlvorbereitet in Provincetown an. Sie quartierte sich in dem Strandhäuschen ein, das ihr Ninas Maklerfreundin besorgt hatte. Es war rustikal und durch Bäume gegen die Straße hin abgeschirmt. Nachts hörte sie die Musik aus einer nahen Männer-Bar. Tagsüber sah sie die Möwen in der Sonne segeln und die Boote den Wind einfangen. Ihre Vermieter waren zwei Lehrer aus Boston, Ben und Jack, die schon seit Jahren hierherkamen und jeden kannten, auch Nina, der sie versprochen hatten, sich um Emily zu kümmern. Folglich war für Emilys Sozialleben bereits gesorgt. Sie lernte auch Faye kennen und mochte sie. Und Nina machte mit ihr eine große Besichtigungstour, zu der auch ein kurzer Blick auf Annas Haus gehörte. Es

war grau und ein Stück von der Straße zurückgesetzt. Die Tür stand offen, und es traf Emily wie ein Schlag, ihr so nah und doch so fern zu sein. Aber sie befolgte Ninas Rat. Sie hielt sich vormittags vom Laden fern, weil das die Zeit war, in der Anna vorbeizukommen pflegte, und sie mied Annas Gegend. Bald war sie in das muntere Leben der Clique um Ben und Jack eingetaucht: nachmittags Cocktails und Poker, abends die Bars und Clubs der Umgebung. Aber sie hoffte ständig, Anna zu sehen. Im Touristengewimmel auf der Commercial Street, der Haupt-Flaniermeile, spähte sie aus, ob sich nicht irgendwo Annas Gesicht aus der Menge heraushob. Und als in der ersten Woche nichts passierte, verließ sie der Mut. Aber Nina hielt sie bei der Stange, indem sie ihr immer wieder kleine Weisheitshäppchen verabreichte. Sie müsse sich gedulden. Sie erzählte ihr, wie sehr es Anna beeindruckte, daß Emily sie so völlig in Ruhe gelassen habe. Sie sagte, Anna habe von ihr wissen wollen, wo Emily wohne, und sich mehrfach erkundigt, wie es ihr gehe. Und dann, gegen Ende des ersten Monats, kam es zur ersten von drei Begegnungen innerhalb weniger Tage. Schicksal?
Die erste ereignete sich an einem frühen Samstagmorgen im A&P, wo Emily plötzlich Anna in der Obst- und Gemüseabteilung stehen und mit einem jungen Paar reden sah. Sie hatte sie seit Silvester nicht mehr gesehen und war völlig überwältigt. Anna wirkte schmaler, dunkler, hübscher. Sie trug das lange Haar zurückgekämmt und einen schlichten weißen Rock zu einer losen grünen Bluse. Wer hätte sich nicht sofort in sie verliebt? Warum fing das Gemüse nicht an zu tanzen? Plötzlich flog ihr Name über die Kartoffeln: »Emily!« Annas Kopf fuhr herum. Ihre Blicke trafen sich. Janet Brown, die Emily über Ben und Jack kannte, kam fröhlich auf sie zu. Aber Janet kannte auch Annas Freunde, und so begann gleich darauf ein allgemeines gegenseitiges Vorstellen. Da mußten Anna und Emily wohl oder übel sagen, daß sie sich kannten. Peinlich. Emily machte sich sobald wie möglich davon. Im Gehen rammte sie versehentlich mit ihrem Einkaufs-

wagen einen Obststand, was eine Lawine von Äpfeln und Orangen zu Boden gehen ließ. Verdammt! Auf allen vieren sammelte sie sie wieder ein. Annas vertrautes Lachen. Anna neben ihr auf dem Boden. Ein gemurmeltes Danke, und nichts wie weg. Wie eine Idiotin war sie dagestanden! Und sie trug nicht mal Lippenstift! Wenn sie geahnt hätte, daß sie Anna treffen würde, hätte sie natürlich welchen aufgelegt und auch das blaue Hemd mit dem offenen Kragen angezogen, das Anna so sexy fand! Wie dumm, daß Nina bis morgen in Boston war. So hatte sie niemanden, mit dem sie reden konnte. Sie ging unglücklich zurück und vergrub sich den ganzen Tag in ihrem Häuschen.

Am nächsten Tag kam Emily im leichten Nieselregen beim Antiquitätenladen an, um mit Nina zu sprechen. Jemand in einem überdimensionalen Regenmantel stand vornübergebeugt auf der Eingangstreppe und kämpfte mit einem schwarzen Regenschirm. Es war ungewöhnlich windig, und eine jähe scharfe Bö packte den Schirm und entführte ihn über das Geländer und die Straße entlang. Aus einem Reflex heraus rannte Emily hinterher. Sie fing den Schirm ein und hatte sich gerade wieder umgedreht, als sie plötzlich merkte, daß die Person auf der Treppe Anna war. Sie stand jetzt auf der zweitobersten Stufe, und in ihrem Gesicht spiegelten sich widersprüchliche Empfindungen. Emily wurden die Knie weich, und sie fühlte sich ganz schwach. Das kann nicht sein! Ich habe sie doch gestern erst gesehen! Aber da stand Anna, größer als ganz Provincetown, größer als die Autos und die Sonne, die jetzt kurz zwischen den Wolken hervorlugte, größer als der Mann, der einen armen Autofahrer anbrüllte, der gerade im Begriff war, falsch zu parken, und größer als die Frau, die ihren Müll heraustrug. Ihr Haar war verfilzt vom Regen, und an ihren Wangen hingen Tropfen. Emily war jetzt am Fuß der Treppe und bekam keine Luft mehr. Sie sah empor zu Anna, die auf sie herunterschaute. Emily hatte das gleiche Gefühl wie damals bei ihrer ersten Begegnung: daß sie beide zu einer in der Luft schwebenden Melodie tanzten. Annas Mund schien auf sie zuzu-

kommen, Annas Gesicht war das Gesicht aus ihrem Traum, wie ein Ballon an einer langen Schnur, und Emily fühlte den inneren Drang, nach diesem Gesicht zu greifen und ihre Lippen darauf zu pressen, es zu küssen. Sie merkte, wie sie, unaufhaltsam angezogen, die Treppe hinaufstieg, als plötzlich die Ladentür aufging und ein älteres Paar heraustrat. Gleichzeitig kam eine andere Kundin von hinten. Da der Aufgang schmal war, mußten Emily und Anna den Weg freimachen. Als sie sich auf der Mitte der Treppe trafen, gab Emily Anna den Schirm. Danke, sagte Anna, ohne ihre Augen von Emilys Gesicht zu lösen. Schon gut, murmelte Emily leise. Sie erreichte den oberen Treppenabsatz und drehte sich um. Als hätte sie darauf gewartet, stand Anna noch immer unten. Sie lächelte Emily zu, ehe sie sich zum Gehen wandte. Nach einem kurzen Stück drehte sie sich noch einmal um. Emily stand immer noch wie angewurzelt vor der Ladentür und kämpfte gegen den heftigen Drang an, ihr nachzulaufen. Da hörte sie ein Pochen. Es war Nina, die durch das Schaufenster den größten Teil dieser Szene mitangesehen hatte. Sie bedeutete Emily wild fuchtelnd, in den Laden zu kommen. Emily tat es widerstrebend und wurde gelobt. »Du willst sie doch wieder zurückkriegen, oder nicht?« redete Nina ihr zu. »Siehst du. Dann mach dich nicht zum Narren. Laß sie gehen. Es ist noch nicht soweit.« In Emilys Kopf drehte sich alles. Und das war immer noch so, als sie am übernächsten Abend nach einem Theaterstück wieder auf Anna traf. Und wieder schrumpfte die Welt zu einer Zwei-Personen-Bühne.
Sie standen beide noch unter der Arkade vor dem Theater, als es passierte. Emily redete mit den Frauen, mit denen sie hergekommen war. Sie wollten sich gleich noch in einer Bar mit ein paar anderen treffen. Anna stand ein Stück weiter zur Straße hin und unterhielt sich angeregt mit zwei Männern, die Emily nicht kannte. Der Gehweg wimmelte von Menschen. Emily beschloß, alle Weisheit in den Wind zu schießen. »Moment«, sagte sie zu ihren Freundinnen. »Bin gleich wieder da.« Dann ging sie so auf

Anna zu, daß die sie nicht sehen konnte. Sie wollte das Überraschungsmoment nutzen und Anna überrumpeln. Sie verließ sich darauf, wie Anna sie vorgestern vor dem Laden angesehen hatte, warm und erfreut. Sie baute auf die wie auch immer geartete Regung, die Anna veranlaßt hatte, im A&P auf die Knie zu gehen und mit ihr Obst einzusammeln, und sie handelte aus einer simplen Wer-nichts-wagt-gewinnt-nichts-Logik heraus. Sie wußte nicht, was Nina dazu gesagt hätte, aber sie wollte Anna fragen, ob sie noch auf ein Gläschen mitkäme.

Sie entdeckte einen Mann namens Ted, einen Freund von Ben und Jack, signalisierte ihm aber, daß sie in Eile sei, und ging weiter. Sie sah eine kräftige blonde Frau zu Anna hinübergehen, ihr den Arm um die Schultern legen und etwas sagen, was alle laut loslachen ließ. Sie blieb wie erstarrt stehen, von der schrecklichen Angst gepackt, daß die Blonde und Anna etwas miteinander haben könnten. Aber das hätte Nina ihr doch bestimmt gesagt. Im selben Moment hupte es, und die vier gingen in Richtung Straße.

»*Anna*!« brach es aus ihr heraus.

Und die geliebte Gestalt drehte sich um, und wieder stand dieser Blick in ihrem Gesicht. Geh nicht, flehte Emily stumm. Dann kam die dicke Frau, die schon weitergegangen war, wieder zurück, und zupfte Anna am Ärmel. Emily hörte sie sagen: »Komm. Wir sind schon spät dran.«

Anna zuckte die Achseln, sah einen Moment verwirrt drein, winkte dann Emily zu, als wollte sie sagen: Was soll ich machen?, und ging auf das Auto zu. Emily sah den Buick davonfahren und fühlte sich betrogen und verraten. Das war nicht fair. Was sollte sie hier in Provincetown, wenn ihr nur wehgetan wurde? Warum nicht lieber wieder nach New York gehen, wo sie wenigstens Anna nicht zu sehen brauchte? Ninas Prophezeiungen waren einen Dreck wert!

In dieser Stimmung kehrte sie zu ihrer Clique zurück. Gegen Mitternacht verließ sie die Spades Bar, um an der Bucht entlang nach Hause zu marschieren. Es war eine herrliche Nacht, das

Meer im Freiheitsrausch, das Mondlicht auf dem Wasser wie ein langer gelber Korridor – alles so still, daß es schien, als hätte die Welt den Kopf in den Sand gesteckt.

Als der Weg an einem Lokal vorbeiführte, steuerte sie auf den Eingang zu. Sie wollte gerade die Tür öffnen, als sie plötzlich ihren Namen hörte. Er kam von den Büschen herübergeweht, leicht und schwebend wie eine Feder, fast geisterhaft. Sie drehte sich um, und da war Anna, die auf sie gewartet hatte und jetzt auf sie zugelaufen kam. Emily stolperte in ihrer Hast, aber dann lag Anna in ihren Armen. In der Mitte des Hofs stand eine riesige Eiche, und sie zogen sich in ihren Schutz zurück, glitten den Stamm hinunter in das wache Gras, und die Nacht schmiegte sich mit ihrer ganzen Pracht um Annas Körper.

Und dann, im blassen Licht zwischen den schemenhaften Bäumen und den Ästen, die ihre Knie dem Wind preisgaben, verwandelte Anna sie in ein Flammenmeer. Und sie schwebten, schwebten immer höher, leckten die Feuerzungen mit ihren Zungen: Sex, du köstliche Wonne, machst mich zur Flamme, zum Leuchtfeuer!

... Was dann kam, will ich schildern, so gut ich kann:

Nach dieser Nacht gingen wir daran, die Trümmer aufzusammeln und weiterzumachen, Anna und ich. Ich erinnere mich, es waren ein paar riesige Brocken darunter, vor allem meine Unsicherheit – dieser heiße Stein, der die Seele rasend macht. Sie wog dort in Provincetown besonders schwer. Aber auch nachdem wir im September wieder nach New York zurückgekehrt waren, stiftete sie noch Probleme. Anna, die Kluge, zwang mich, sie unter Kontrolle zu bekommen. Bei unserem zweiten Anlauf beschränkte sie unser Zusammensein auf die Wochenenden. Und als ich tobte und wütete, weigerte sie sich, mich überhaupt zu sehen.

Es funktionierte. Warum? Nun ja, wie Plato schon sagte: Liebe ist die Suche eines halben Wesens nach seiner anderen Hälfte. Es klingt vielleicht ein bißchen kitschig, aber vielleicht war das unser guter Geist, auf einer fundamentalen Ebene paßten wir einfach zusammen. Wer kann diese Dinge schon erklären? Wir kommen nackt auf diese Welt und verlassen sie nackt, und wir liegen nackt bei den Menschen, die wir lieben, in dem Bemühen, unsere Wunden zu heilen. Unsere Seelen in ihren Körpergefängnissen recken sich durch die Gitterstäbe unserer Angst und Verletzlichkeit nach der Wahrheit des anderen, und nur flüchtig berühren wir einander. Männer und Frauen, Frauen und Frauen, Männer und Männer – es ist immer dasselbe. Als Fremdlinge geboren, leben wir als Fremdlinge, bis auf kurze Momente. Aber dann – welche Wonne!

Ihr fragt, ob es einfach war, all diese Jahre mit Anna? Nein. Ja. Ich glaube, wir haben dort weitergemacht, wo Mattie und ich aufgehört hatten. Und wir haben einander geliebt.

Und so suchten wir uns in jenem Frühjahr 1964 eine Wohnung in New York, wo wir zusammen einzogen. Sie blieb am Hunter, ich an der Sloe Academy. Und die Katze Zeit wurde immer fetter. Was die Außenwelt anging, so tanzten wir natürlich nach ihrer Pfeife. Ehrlich waren wir nur, wenn wir allein waren.

Jeden Sommer kehrten wir in das Strandhäuschen in Provincetown zurück, bis wir uns dort schließlich selbst ein Häuschen kauften, wo ich jetzt sitze und mich bemühe, diese dunkle Odyssee von Lillian und mir zu Ende zu bringen.

Heute, am 15. Juli, ist ihr Geburtstag. Ich habe ihr immer Karten geschickt. Weil ich oft nicht genau wußte, wo sie steckte, adressierte ich sie einfach mit dem Vermerk »Bitte nachsenden« an die Universität Florida. Sie hat sie immer bekommen.

Jetzt sitze ich in meinem Häuschen in Provincetown. Nebenan schläft Anna. Draußen hüllt sich der Mond in ein Wolkenkissen. Es ist Mitternacht. Unter den aufleuchtenden Augen des Himmels tummeln sich die Liebenden. Nichts ändert sich. Alles ändert sich. Heute nacht ist die Erinnerung meine Geliebte. Lillian verfolgt mich, und die bizarre Wanderung unserer Seelen seit der Sache mit Mattie Hurst.

Um Mißverständnissen vorzubeugen: Ich gebe ihr keine Schuld, im Gegenteil. Es war Lillian, die unsere Freundschaft am Leben erhielt – durch ihre Briefe aus Charata in Argentinien, aus Manta in Ecuador oder Moyobamba in Peru, ihre Karten aus Fernost, dem Nahen Osten, der Sowjetunion. »Hi, Stollie«, klang ihr fröhlicher Yankee-Akzent an mein Ohr, und dann hingen wir an unserer »Nabelschnur«, wie wir das Telefon nannten. Als ich mit Anna zusammen war, wurde sie »Andy« Rubin, damit ich von uns erzählen konnte, während Anna dabeisaß und Grimassen schnitt. Bei einem unserer Telefongespräche sagte Lillian, sie und Bob hätten sich getrennt und wiedergefunden, und es sei noch nie so schön gewesen. Ironischerweise war das etwa um dieselbe Zeit wie meine Feuerproben mit Anna. Aber ich erzählte nie ein Wort davon.

Im Jahr 1971 flog ich nach Miami, um sie zu treffen, weil irgendwelche akademischen Verpflichtungen sie ausnahmsweise in die Staaten zurückgeführt hatten. Was für ein Wiedersehen! Die nächsten Jahre standen wir nur in telefonischer und brieflicher Verbindung. Sie bearbeitete mich ständig, sie doch mit »Andy« besuchen zu kommen. Aber Anna weigerte sich, meiner besten Freundin etwas vorzulügen. Das war ein heikles Thema zwischen uns, aber ich gab nicht nach. Anna argumentierte, daß es nicht recht sei, jemandem wie Lillian Theater vorzuspielen. Aber für mich war die Sache erledigt. Das Ergebnis war, daß ich Lillian nie besucht und Bob immer noch nicht kennengelernt hatte. Ich hatte zu große Skrupel, ihr etwas vorzumachen, nachdem Anna immer wieder auf diesem Thema herumhackte. Also sagte ich mir, Anna würde schon irgendwann nachgeben, und wenn es soweit war, würden wir Lillian zu *meinen* Bedingungen sehen.

Und dann bekam ich im April 1977 einen Brief von Lillian. Oberflächlich klang er ganz munter. Aber ich sollte bald merken, daß da etwas Düsteres und Unheilvolles zwischen den Zeilen schwang ...

IV

New York

Lillian

3. April 1977

Liebe Emily,
entschuldige bitte, daß ich Dir so lange nicht geschrieben habe, aber es war so viel los. Doch jetzt die freudige Nachricht: Ich komme nach New York – eine Kombination aus Geschäfts- und Vergnügungsreise. Der geschäftliche Teil besteht darin, daß ich einen Anwalt aufsuchen muß, an den mich Moms Notar in England in einer Familiensache verwiesen hat, und dann noch beim GAI vorbeischauen will. (Dort läuft ein Forschungsprojekt, das sich auf meine Arbeit in Peru stützt, und ich habe mich bereit erklärt, ihnen in einigen Punkten zu helfen.) Der andere Teil ist, nach Vermont zu fahren und natürlich Dich zu sehen. Ich muß Dir etwas Wichtiges erzählen, will es aber lieber persönlich tun. Ich dachte, wir könnten uns vielleicht in Kellys Grill treffen (vorausgesetzt, es gibt ihn noch), und zwar am Donnerstag, dem 27. April, um neunzehn Uhr. Bob wird Dich anrufen, dann kannst Du ihm Bescheid sagen. Wenn es den Laden nicht mehr gibt, schlag einfach was anderes vor. Und jetzt eine kurze Übersicht über meine Pläne: Wir kommen am Montag, dem 24., in La Guardia an, entweder aus Paris oder aus Deutschland. Ich werde keine Zeit zum Telefonieren haben, und denk erst gar nicht dran, mich abzuholen. Ich weiß die Flugnummer nicht, weil noch nicht sicher ist, von wo wir abfliegen. Sobald wir durch den Zoll sind, nimmt Bob die nächste Maschine nach Miami, und ich fliege nach Boston, um mich ein bißchen auszuruhen und dann noch einen Termin in Cambridge hinter mich zu bringen. Danach geht es nach Vermont, oder genauer gesagt, nach White River. Nicht, um jemanden zu sehen, sondern einfach nur als Rückbesinnung auf meine Wurzeln. Ich erkläre Dir das alles genauer, wenn wir uns sehen. Ich bin am 27. in New York, und zwar nur für eine Nacht. Eine Ankunftszeit weiß ich noch nicht, aber ich will an diesem Tag den Anwalt aufsuchen. Ich übernachte in der Wohnung einer Freundin, die ge-

rade in Spanien ist. Es ist nicht weit von meiner alten Wohnung entfernt und deswegen interessant, und es ist auch praktisch, weil ich gleich beim GAI bin. Ich bin dann den ganzen nächsten Tag im Institut und fliege noch am Abend des 28. wieder ab, um Bob in Miami zu treffen. Ich werde Dich nicht anrufen, weil der Zeitplan, wie Du sicher siehst, sehr eng ist, aber es geht nicht anders. Und es ist ja auch nett für uns, wenn wir uns in Kellys Grill wiedertreffen.

Bob wird am Sonntag, dem 17., anrufen, um alles klarzumachen. Er wird es zwischen 8 Uhr morgens und 12 Uhr *Eurer Zeit* probieren. Ich kann dann nicht dabeisein, deshalb wird er die Honneurs allein machen.

Hast Du die peruanischen Puppen bekommen?

Wie geht's Andy?

Kann es gar nicht erwarten, Dich zu sehen.

Alles Liebe,

Lil

P.S. Versuch doch, uns in Kellys Grill unseren alten Tisch zu reservieren.

Am 27. April um 6 Uhr 40 saß Emily in Kellys Grill in derselben Nische, die Lillian gemeint hatte, mit Blick auf den vorderen Teil des Restaurants. Sie war mit der U-Bahn gekommen, ihrem üblichen Fortbewegungsmittel in der Stadt, weil es billiger war und man keine Parkprobleme hatte. Aber die Expreß-Bahn war schneller gewesen, als sie gedacht hatte, und jetzt wollten die Minuten nicht vergehen. Sie trank von ihrem Bier und versuchte sich zu entspannen. Sie prüfte den Dom Perignon in dem Sektkübel neben sich und sah sich um. In den Jahren, seit sie das letzte Mal hier gewesen waren, hatte sich nicht viel verändert. Die Bar war länger. Und samstags wurde jetzt im hinteren Teil des Lokals getanzt. Aber die Einrichtung war noch dieselbe, und die Kellner waren immer noch freundlich, obgleich sie keinen von ihnen wiedererkannte. Hier hatten sie und Lillian sich regelmäßig getroffen, nachdem Emily ins Village gezogen war. Sie hatten stundenlang dagesessen und getrunken, und Emily hatte das Blaue vom Himmel heruntergelogen, über die Männer, mit denen sie liiert war. Damals hatte ein Porterhouse-Steak fünf Dollar gekostet. Inzwischen hatte sich der Preis verdoppelt. Sie zündete sich eine Zigarette an und behielt die Tür im Blick. So sehr sie sich darauf freute, Lillian zu sehen, hatte sie doch auch ein komisches Gefühl. Wieso hatte Bob so seltsam geklungen, als sie ihn am Telefon nach Lillian gefragt hatte? Sie hatte ihn noch nie gesehen, aber doch oft genug mit ihm telefoniert, um seine Stimme zu kennen. Und was war das für eine geheimnisvolle Geschichte, die Lillian ihr erzählen wollte? Ach, sie würde es schon noch früh genug erfahren. Anna sagte immer, sie mache sich zu viele Gedanken.

Kurz nach sieben öffnete sich die Tür, und da war sie! Emily rannte ihr entgegen, und in der ersten Aufregung sah sie Lillian gar nicht richtig an. Aber als sie dann beide saßen, im Schein der kleinen Kerze, die ihnen der Ober gebracht hatte, war sie schokkiert. Es war, als hätte sich das Alter in Lillians Gesicht eingenistet, seine Wege um Mund und Wangen zurückgelegt, seinen Müll um die Augen herum abgeladen. Lillian war magerer, als Emily sie je gesehen hatte, ihr Gesicht blaß und spitz. Irgend etwas hielt Emily davon ab, Fragen zu stellen, und anfangs ging ihre Neugier in der Flut dessen unter, was Lillian über White River, ihre Reise und die Rückkehr nach New York zu erzählen hatte. Außerdem galt es, kurz den neuesten Stand bezüglich Bob und Andy auszutauschen. Als sie den Champagner getrunken hatten, bestellten sie Shrimp-Cocktail, Steaks, Salat und Bier. Lillian trug eine kurzärmlige Bluse, und als sie die Jacke auszog, wirkte sie noch knochiger. Zitterte ihre Hand? Emily beugte sich vor und legte ihre Hand auf Lillians. »Ist etwas?« fragte sie sanft. Sie spürte, wie Lillian zurückzuckte, und fragte, jetzt wirklich beunruhigt: »Was ist, Lillian? Was hast du?«

Der Ober wählte ausgerechnet diesen Moment, um die Shrimps zu bringen. Lillian nahm einen und tunkte ihn in die Sauce, und sagte dann so ruhig, als bitte sie um das Salz, die Worte, die Emily mit Schrecken erfüllten: »Ich habe Krebs, Stollie. Unheilbar. Das war es, was ich dir sagen wollte. Ich wollte es dir persönlich beibringen und nicht am Telefon.« Sie steckte den Shrimp in den Mund und zeigte dann auf ihren Oberkörper. »Sie haben sie beide abgenommen.« Sie machte eine kleine Bewegung über der linken Brustseite und lachte leise und trocken auf, als verblüffe sie die Ironie selbst. »Wo ich mir jahrelang den BH ausgestopft habe, um auszusehen wie Marilyn Monroe! Na ja, man kann wohl nicht vermissen, was man nie gehabt hat!«

O Gott, sie ist doch noch so jung, war Emilys erste Reaktion, während sie im Geist ihre eigenen Brüste nach Knoten abtastete. Sie schob ihren Teller weg und starrte Lillian ungläubig an, während um sie herum alles weiterging, als wäre nichts: das Gewiesel der Ober mit ihren Tabletts, das Lachen vom Nachbartisch, das Klappern von Geschirr. »Ich begreif's nicht«, brachte sie schließlich heraus. »Seit wann? Wie lange weißt du's schon?«

»Ein Jahr etwa.«

»Ein Jahr!«

»Ja, aber ich war mir nicht sicher. Ich meine, ich wußte es, aber ich wollte es nicht an mich heranlassen.«

»Wo warst du?«

»In Afrika. Unter der Dusche. Ich habe diesen harten Knoten gefühlt. Ich konnte ihn fast mit den Fingern umfassen, und mich packte die totale Panik. Dann habe ich ihn einfach ignoriert, was ziemlich idiotisch war, wenn man bedenkt, daß Mom und ihre beiden Schwestern an dieser Sache gestorben sind. Aber ich dachte, wenn ich ihn einfach in Ruhe lasse, wird er schon von allein wieder weggehen. Dann hat Bob ihn bemerkt, und ich habe ihm gesagt, es sei nichts.«

»O mein Gott!«

»Dann wurde der Knoten größer. Als ich mich schließlich untersuchen ließ, hatte er schon gestreut. Also sind wir für die Operation nach Miami gegangen.«

»Du bist in Miami operiert worden?« hauchte Emily.
»Ja.«
»Wann war das?«
»Vor sieben Monaten.«
»Deshalb hast du nicht geschrieben?«
»Ja, ich ...«
Emily unterbrach sie, aufrichtig getroffen: »Du warst die ganze Zeit in Miami und hast mir nichts gesagt!«
»Ich konnte nicht. Wenn Mom noch am Leben wäre, hätte ich es wahrscheinlich nicht einmal ihr gleich sagen können. Ich habe mich so geschämt.«
»Geschämt? Weswegen?«
»Weil ich Krebs habe. Es kam mir vor wie ein persönliches Versagen oder sowas. Das klingt vielleicht verrückt, aber so habe ich es empfunden. Die Leute können mit sowas nicht umgehen. Sie wissen nicht, was sie tun sollen. Sie gucken dich an, als würdest du gleich tot umfallen, und am Ende mußt du dich um sie kümmern. Das wollte ich mir nicht zumuten. Ich wollte nicht auf die Schuldgefühle irgendwelcher Leute eingehen müssen, weil ich Krebs habe und sie nicht. Also habe ich es für mich behalten, als Bobs und mein schmutziges kleines Geheimnis.«
»Aber ich bin doch nicht die Leute. Ich bin doch deine beste Freundin.«
»Stimmt. Deshalb sage ich es dir ja.«
»Aber die ganze Zeit, die uns verloren gegangen ist, Lillian! Ich hätte bei dir sein können.«
»Emily, ich versuche seit Jahren, dich dazu zu kriegen, daß du mich mal besuchst. Du hast Bob immer noch nicht gesehen.«
Emily stöhnte. »Ich weiß, ich weiß. Aber das ist doch was anderes. Ich wäre doch sofort gekommen, egal, was sonst gewesen wäre.«
»Nein. Du hättest nichts tun können. Mir war hundeelend. Ich habe Chemotherapie und Bestrahlungen bekommen. Mir sind die Haare ausgefallen.«

Emilys Blick schnellte zu Lillians Kopf. Ja, ihr Haar war kürzer, aber sie hatte es einfach für einen neuen Schnitt gehalten. Lillian fing ihren Blick auf. »Es ist nur zum Teil echt«, sagte sie ganz ruhig.

»O Lil.«

»Alles in Ordnung?« Der Kellner war da und schenkte Lillian Wasser nach. Emily nickte, die Absurdität dieser Frage registrierend. Er ging wieder, und sie fragte langsam: »Was heißt unheilbar?«

»Es heißt, was es heißt. Es ist zu spät.«

»Aber wieso denn? Die Medizin hat doch solche Fortschritte gemacht. Meine Mutter ist an Brustkrebs gestorben. Wenn sie ihn heute gekriegt hätte, hätte sie überlebt. Das weiß ich.«

»Hör zu, Emily. Ich will dir was sagen. Ich habe mich geweigert, mich weiter behandeln zu lassen.«

»Du hast *was*?«

»Mich geweigert.«

»Was heißt, dich geweigert?«

»Was ich sage. Ich habe beschlossen, daß ich es nicht mehr will. Ich will nicht so sterben wie Mom. Ich habe dir nie ausführlich davon erzählt, aber es war schrecklich. Am Ende war es grauenhaft! Als sie von ihr abgelassen haben, wog sie noch siebzig Pfund. Siebzig Pfund!« Lillian erschauerte. »Stell dir das vor! Weißt du, was das heißt, siebzig Pfund für eine erwachsene Frau? Nur noch Haut und Knochen, das heißt es. Ein Skelett. Das ist ein grausames und unmenschliches Ende, aber erst recht für einen Menschen, den du liebst. Sie war durch die ganze Therapie so mit Chemie vollgepumpt, daß sie nicht mehr wußte, wer sie war und was um sie herum vor sich ging. Sie hat mich für ihre Mutter gehalten. Ich habe sie in dieser Klinik in England besucht und mich zu ihr aufs Bett gesetzt und sie in die Arme genommen, und dadurch haben sich die Rollen verkehrt. Sie war das Kind und ich die Mutter.« Lillians Gesicht hatte zum ersten Mal Farbe, und ihre Augen schwammen. »In gewisser Weise hat mir diese Reise durch die Zeit einen tiefen inneren Frieden beschert. Es ist schwer, so darüber zu reden, aber ich habe mir geschworen, mich nie so zum wehrlosen Opfer machen zu lassen.«

»Aber willst du denn nicht leben?«

»Doch, natürlich. So voll und ganz, wie ich es noch kann. Aber ich will, daß dieses Leben Qualität hat. Das ist wichtig: die Qualität des Lebens und die Qualität des Sterbens.«

»Und was sagt Bob?«

»Das ist meine Entscheidung. So ist das zwischen uns. Genau wie mit dieser Reise auch. Er wäre gern mitgekommen, aber ich habe ihm gesagt, das sei etwas, was ich allein machen müßte: noch mal nach Hause zurückkehren, wo alles angefangen hat, hierher fahren, ins Institut gehen und dann dich treffen. Dabei konnte ich jetzt niemanden dabeihaben.«

Emily nahm einen Bissen von ihrem Shrimp, schmeckte ihn aber kaum. Dann, nach ein paar schleichenden Minuten, stellte sie die Frage, die sie nicht länger zurückhalten konnte: »Wie lange noch?«

Lillian sagte, ohne mit der Wimper zu zucken: »Ein Jahr, vielleicht auch weniger.«

Emily beugte sich vor und piekte mit ihrer Gabel in die Luft: »Wer sagt das?«

»Alle. Ich. Sowas weiß man.«

»Woher?«

»Einfach so.«

»Willst du wirklich sagen, daß es heutzutage nichts gibt, was man dagegen tun kann? Du darfst nicht aufgeben, Lillian. Du mußt kämpfen.«

Jetzt blitzten aus Lillians Augen Entschlossenheit und sogar eine Spur Ärger: »Was glaubst du, was ich getan habe? Wir haben gelebt wie die Wanderratten, Bob und ich, wir haben wie Krebsheilungs-Junkies eine sogenannte Heilmethode nach der anderen ausprobiert. Deswegen war ich in Cambridge. Ich habe meine Arbeit aufgegeben, und Bob hat sich beurlauben lassen. Gott sei

Dank hatten wir einiges gespart. Und wir haben alles versucht. Nenn mir irgendwas – ich habe es gemacht: Meditation, Diät, Injektionen, sogenannte Visualisierungsübungen, bei denen ich mir den Tumor als ein Stück Käse vorstellen mußte, an dem die Mäuse knabbern. Ich habe alles hinter mir, außer Lourdes, und ich bin es leid. Und Bob auch.«

»Aber ich habe gerade in der *Times* gelesen, daß ein Arzt in Mexiko ...«

»Ja, ich weiß«, fiel ihr Lillian ins Wort. »Kenne ich. Begreifst du nicht – ich bin über dieses Stadium hinaus. Es ist nichts mehr zu machen, und ich muß mich damit abfinden. Es hat auf das umliegende Gewebe übergegriffen. Ich spüre, wie es auf die Nervenenden drückt. In meinem Brustkorb wächst ein Tumor. Der Krebs ist schon über die Lymphbahnen verstreut. Die Knoten sind wiedergekommen, trotz Brustamputation und aller Therapie. Deshalb habe ich mir gesagt, zur Hölle damit, solange ich noch ein Fünkchen Kraft in mir habe.« Sie hielt inne, weil jetzt der Ober das Hauptgericht servierte. Als er wieder weg war, sagte Emily sichtlich bewegt: »Es trifft mich so, daß du mir nichts gesagt hast und ich nicht bei dir sein konnte.«

»Du *bist* doch bei mir. Das bist du immer. Und jetzt ist der Moment gekommen, wo ich mich von dir verabschieden möchte.«

»Welcher Moment?«

»Dieser.«

»Jetzt?«

»Ja.«

»Was ist mit morgen? Ich kann mich doch krank melden und den Tag mit dir verbringen.«

»Nein, ich hab's dir doch geschrieben: ich muß ins Institut.«

»Dann kann ich dich doch dort abholen.«

»Das will ich nicht. Ich will mich nicht unter Druck fühlen. Ich weiß nicht, wann ich fertig bin, deshalb will ich mir einfach ein Taxi nehmen.«

»Aber ich kann dich doch zum Flughafen bringen?«
Lillian schüttelte den Kopf. Sie wolle nicht zum Flughafen gebracht werden. Sie wolle keine emotionsgeladene Abschiedsszene mit wartendem Flugzeug im Hintergrund, wie in *Casablanca*. Sie wolle New York verlassen, wie sie gekommen sei, anonym per Taxi, ohne Getue und Gemache, damit sie ihren eigenen Gedanken nachhängen könne. Und außerdem: war es nicht am besten, sich so aneinander zu erinnern, wie sie hier saßen, in Kellys Grill, und aßen und tranken? Sie haßte Abschiede. Warum dann diesen noch in die Länge ziehen? Und als Emily sie drängte, länger zu bleiben, wies sie auch das von sich. Bob und sie waren auf der Reise, und sie mußte den Zeitplan einhalten.
Aber Emily konnte sie nicht gehen lassen. Sie konnte den Gedanken nicht ertragen, daß dies das letzte Mal sein sollte, daß sie sich sahen. »Dann laß mich mitkommen«, flehte sie, verzweifelt und den Tränen nahe. »Bitte, Lil. Dann können wir noch ein bißchen zusammenbleiben. Und ich lerne Bob kennen. Ich kann mir freinehmen.«
»Nein. Das geht nicht. Wir ...«
Emily fiel ihr ins Wort: »Dann laß mich wenigstens morgen noch mal zu dir in diese Wohnung kommen. Ich komme nicht mit dem Auto. Ich nehme die U-Bahn. Dann gibt es ganz bestimmt keine Diskussion wegen der Fahrt zum Flughafen.«
Lillian antwortete nicht.
»Das mußt du mir zugestehen. Du kannst nicht einfach hierherkommen und mein Leben aus den Fugen bringen und dann einfach so verschwinden.«
»Aber wird es denn morgen abend anders sein? Dann ist es doch genauso schwer.«
»Das weiß ich nicht. Aber ich werde es so machen. Ich komme bei dir vorbei, ehe du los mußt.«
Lillian sah sie einen Augenblick an. Dann sagte sie leise, als konstatiere sie ein Faktum: »Ich liebe dich, Stollie. Ich will dir das sagen, ehe wir uns trennen. Du hast mir näher gestanden als eine

Schwester, und du hast mir geholfen, mit dieser Sache fertigzuwerden. Ich habe oft darüber nachgedacht, wie du wohl mit dieser Situation umgehen würdest. Das hat mir Kraft gegeben.«
Emily, die sich noch nie als mögliches Vorbild gesehen hatte, konnte nur erstaunt fragen: »Wieso? Was hab' ich denn getan?«
»Du hast dich nicht brechen lassen.«
»Von wem?«
»Vom Leben. Du hast deine innere Integrität bewahrt. Das ist etwas, was du mir gegeben hast.«
»Das verstehe ich nicht.«
»Es geht um deine Haltung dem Leben gegenüber. Ich habe immer gespürt, daß du einen immensen Schmerz mit dir herumträgst.«
»Was für einen Schmerz?« Warum fühlte sie sich plötzlich so in der Defensive? »Ich habe keinen Schmerz.«
»Ich greife dich nicht an, Emily.«
»Ich fühle mich nicht angegriffen. Ich weiß nur nicht, worauf du hinauswillst.«
»Ich versuche, die Dinge beim Namen zu nennen, ehrlich zu sein wie all die Jahre. Ich sage dir, daß ich deine Stärke gespürt habe, auch wenn du nichts davon wußtest, und daß ich dir dafür dankbar bin. Und wenn ich Schmerz sage, meine ich etwas, das ich immer gespürt habe, seit du damals auf diese Schule in Connecticut gegangen bist, als wir noch Kinder waren. Ich wußte, daß du die Hölle durchmachst, aber du hast nie darüber geredet.«
Emily rutschte unbehaglich auf ihrem Stuhl hin und her. »Du weißt doch, daß meine Eltern sich damals haben scheiden lassen. Warum fängst du davon an? Wieso beschäftigen wir uns auf einmal mit der Vergangenheit?«
»Wir beschäftigen uns nicht mit der Vergangenheit. Man muß sich manche Dinge sagen, ehe es zu spät ist.« Sie fing an, ihr Steak zu essen, und bedeutete Emily mit einer Handbewegung, dasselbe zu tun. »Was ich sagen will«, fuhr Lillian mit einem Anflug von Müdigkeit in der Stimme fort, »ist, daß du eine Kämpferna-

tur bist. Ich habe das während unserer ganzen Schulzeit so empfunden, sooft wir zusammen waren. Und als du dann in New York warst, war da irgend etwas, ich weiß nicht genau was, aber irgend etwas in dir –« Sie hielt inne, als suche sie nach dem passenden Wort. »Du hast so unsicher gewirkt, aber du bist dagegen angegangen und hast darum gekämpft, dein Leben so zu gestalten, wie du es wolltest. Und du hast nicht aufgegeben. Das habe ich auch Bob erzählt. Ich habe gesagt, du gehst deine Probleme an wie ein Weltmeister, und wenn du an meiner Stelle wärst, würdest du wie der Teufel gegen diese Sache ankämpfen, so wie du deine eigenen Kämpfe ausgetragen hast, von denen ich nichts Näheres weiß. Ich habe dich immer so tapfer gefunden.«

Ach, verdammt, sie fühlte sich nicht tapfer. Ganz im Gegenteil. Und sie wollte nicht über die Vergangenheit reden. »Großer Gott, Lil«, sagte sie. »Du warst die Tapfere von uns beiden.«

»Nicht tapferer als du. Du bist Risiken eingegangen. Du hast große Träume gehabt.«

»Ich hab *was?* Was zum Teufel hab' ich denn gemacht?«

»Du hast deine Träume niedergeschrieben. Jedes Gedicht, das du gemacht hast, war ein Traum. Selbst diese Endlos-Dinger, die überall in der Wohnung herumlagen, als du bei mir gewohnt hast, die über Freiheit und Unabhängigkeit und all die Sachen, von denen du gesagt hast, daß du mit deinen Studentenfreunden drüber redest, und über den Mut, die Person zu sein, die man ist – weißt du, es hat mir viel bedeutet, einfach nur zu wissen, daß du auch so empfindest. Außer Bob warst du der einzige Mensch, der mich je in dem unterstützt hat, was ich wollte, egal, was es war. Weißt du noch, wie ich mal gesagt habe, ich möchte die erste Frau auf dem Mond sein?« Sie lachte, aber Emily lachte nicht. Sie war viel zu tief in ihrer Traurigkeit und ihren Zweifeln befangen. »Weißt du, ich habe es wirklich ernst gemeint. Alle anderen Musketiere sagten immer nur, sie wollten heiraten oder sowas, aber, Teufel noch mal, ich wollte wirklich auf den Mond.«

»Ich weiß«, sagte Emily ruhig.

»Verstehst du, es hat mir so viel bedeutet, wie du gedacht hast. Du hast mir das Vertrauen vermittelt, daß ich alles schaffen kann, was ich will. Und ich denke, ich bin jetzt auf dem richtigen Weg. In gewisser Weise hat mich dieser Krebs befreit, so seltsam das klingen mag.« Und als Emily fragte, inwiefern, sagte Lillian, sie und Bob hätten sich ein Boot gekauft, das *The Raven* heiße, und sobald sie morgen abend in Florida sei, würden sie in See stechen.

»Wohin?« Emily schluckte schwer.

»Irgendwohin.«

»Wieso?« Sie war perplex.

»Weißt du noch, wie wir damals mit dem Boot meiner Tante draußen waren, in Maine, und plötzlich diese Flaute einsetzte?«

»Ja, klar.«

»Das war wie eine Erweckung. Ich will es nicht dramatisieren, aber immer, wenn ich daran gedacht habe, und das habe ich oft getan, kam es mir wie ein echtes spirituelles Erlebnis vor. Ich meine, draußen auf dem Meer zu sein. Ich will sagen, daß das, was ich damals empfunden habe, das gleiche sein muß, was wirklich religiöse Menschen empfinden – daß es für sie keinen anderen Weg gibt, daß irgend etwas zu ihnen spricht, das sie nicht benennen können. Und für mich hat sich seither nichts geändert. Außer damals, als ich meine Mutter in den Armen gehalten habe, ehe sie starb, habe ich nie so einen inneren Frieden gespürt wie an diesem Tag. Es war wie eine Heimkehr, als hätte das Wasser Gestalt angenommen und mir zugewinkt. In dem Moment wußte ich, daß es das war, was ich wollte, auch wenn Mädchen so etwas nicht wollen. Aber es war mir bestimmt, einen anderen Weg zu gehen. Ich erinnere mich, daß Dad mir mal erzählt hat, er habe in seiner Jugend Seemann werden wollen. Vielleicht hat das ja abgefärbt. Aber ich mußte erwachsen werden, und meine Mutter hat mich bearbeitet, etwas Bedeutendes und Ernsthaftes zu machen, und da habe ich mir die Archäologie als Kompromiß ausgesucht. Das weißt du ja alles. Versteh mich nicht falsch. Es war ein spannendes Leben, und ich habe Bob kennengelernt. Aber irgendwo hatte ich immer das nagende Gefühl, daß ich etwas in mir verraten habe, indem ich mich in ein System einfügte, mit all seinen Ego-Trips und Rangeleien und Winkelzügen. Obgleich ich einen Haufen Dinge gemacht habe, von denen andere nur träumen können, habe ich doch ein Spiel mitgespielt und etwas von mir geopfert, einen Teil meiner *Seele,* ein besseres Wort fällt mir nicht ein. Vielleicht ist das ja puristisch. Aber so ist es. Klingt das sehr kitschig?«

»Nein. Gar nicht. Ich denke nur, wenn ich doch –« Emily unterbrach sich.

»Wenn du was?«

»Ich meine«, antwortete sie ehrlich, »ich denke, wenn *ich* doch nur so fühlen könnte. Wenn ich mir doch nur irgendeiner Sache so sicher wäre.«

»Das kommt noch.«

»Vielleicht. Ich weiß nicht. Manchmal denke ich, ich habe gar keine echten Überzeugungen.«

Sie aßen eine Weile schweigend, obgleich Emily aller Appetit vergangen war. Dann sagte Lillian: »Weißt du, was ich glaube, worum es geht, Stollie? Es geht darum, die wirklichen Zusammenhänge zu erkennen. Darum, zum Wesentlichen durchzudringen, nackt und bloß zu sein, den Fluß der Schöpfung zu fühlen, wie Thoreau gesagt hat. Wenn ich daran je irgendwelche Zweifel hatte, bin ich sie jetzt los. Das meine ich mit Befreiung. Der Krebs ist ungehobelt, er hat keine Manieren, er platzt einfach herein und reißt alles an sich. Aber er hat mich gezwungen, mir wirklich ins Gesicht zu sehen. Also, um es kurz zu machen: Wir segeln dem Sonnenuntergang entgegen, zu irgendwelchen südamerikanischen Inseln, und wenn es soweit ist, weiß Bob, was er zu tun hat.«

»Wie meinst du das?«

»Du weißt genau, wie ich das meine. Ich habe mich immer darauf verlassen können, daß du weißt, was ich meine.«

»Aber … wie?«

»Das ist nicht so wichtig. Wir haben viel darüber geredet.«
»Hast du Angst?« wagte Emily zu fragen.
»Wovor?«
»Weiß nicht.« Emily sah hilflos drein.
»Vor dem Tod?«
»Hmm.« Sie vermochte diese schrecklichen Worte nicht auszusprechen.
»Nein, nicht mehr. Ich bin darüber weg.«
»Wieso?«
»Es ist eben so. Das ergibt sich.«
»Wirst du von dir hören lassen?«
»Nein. Das ist auch ein Teil dessen, worum es geht. Sich frei machen.«
Gerüche. Stimmen. Hilfskellner mit weißen Servietten im Schürzenband. Das freudige Quietschen eines kleinen Kindes. Gelächter von der Bar. Emilys Kehle zog sich zusammen, und sie nahm noch einen Bissen Steak. Sie spülte ihn mit Bier hinunter und trank noch einen Schluck hinterher. Dieser Schluck erstarrte in ihrem Hals zu einer Murmel, und sie hatte das Gefühl, daß er nicht rutschen wollte. Als er es dann doch tat, schmerzte er in ihrer Brust, und sie fühlte, wie ihr die Tränen kamen. Sie biß sich auf die Lippen und rang um ein Minimum an Selbstbeherrschung. Aus dem Augenwinkel sah sie den Ober kommen, ein netter junger Mann, der seine Arbeit tat, aber sie wollte nicht, daß er fragte, ob alles in Ordnung sei, weil alles beschissen war und sie nicht lügen wollte. Also bedeutete sie ihm mit einem Wink, sie in Ruhe zu lassen, und er steuerte davon. Nach einer unendlich langen Zeit hörte sie Lillian fragen: »Liebst du Andy?«
»Ja«, sagte sie hastig, von dieser Frage überrollt.
»Wirst du ihn heiraten?«
»Keine Ahnung. Ich kann jetzt nicht darüber nachdenken.«
»Ich wünschte, du hättest Bob kennengelernt.«
Schweigen.
»Wirklich.«

»Ich auch, Lil.« Sie sah Lillian direkt in die Augen.
»Emily, ich muß dich das fragen. Wieso habt ihr uns nie besucht? Schämst du dich wegen Andy?«
»O Gott, Lillian! Wie kannst du sowas sagen!«
»Warum dann? Du hast ihn mir nicht mal am Telefon gegeben, wenn ich angerufen habe.«
»Er war nie da«, sagte sie abwehrend.
»Aber du hast mich nie mit irgendeinem deiner Männer bekannt gemacht.«
Was jetzt? dachte sie panisch. Soll ich jetzt neben diesem gottverdammten Tisch auf die Knie fallen und beten, daß ich hier irgendwie wieder rauskomme? Warum soll ich's ihr nicht lieber sagen? Mein Gott, sie ist so weiß und schmal und tapfer, und es wäre eine solche Erleichterung, die Wahrheit herauszulassen! Und plötzlich schwebte Annas Gesicht über dem Tisch, klar und kräftig und voller Lebensenergie. Und es brach aus Emily heraus: »Lillian, ich war damals in einem solchen Chaos versunken. Ich wußte nicht, was ich tat. Das hatte nichts mit uns zu tun. Ich kann dir gar nicht sagen, was mir unsere Freundschaft bedeutet hat, was sie mir jetzt bedeutet. Ich kann dir nur sagen, daß es mich oft aufrechtgehalten hat, einfach nur zu wissen, daß du irgendwo auf der Welt warst, wenn ich mich so mies oder mutterseelenallein gefühlt habe. Du warst für mich wie eine Schwester, weißt du das? Du bist der einzige Mensch, mit dem ich all die Jahre in Kontakt geblieben bin.« Sie holte tief Luft. »Ich liebe dich so sehr, daß ich gar nicht mehr weiterreden kann.« Sie brachte nichts mehr heraus, und jetzt war es an Lillian, ihre Hand zu halten. Und so saßen sie wortlos da. Nach einer Weile nahm Lillian einen Zettel heraus. Sie kritzelte etwas darauf. »Hier«, sagte sie. »Das ist die Adresse der Freundin, in deren Wohnung ich übernachte. Pat Prouchie, Westliche 116. Straße, Nr. 620, gleich an der Ecke Riverside Drive. Ich weiß die Apartment-Nummer nicht, aber unten hängt ein Plan. Komm morgen abend um sechs, dann haben wir noch eine Stunde. Mein Flugzeug geht um neun, und ich

will spätestens um sieben im Taxi sitzen. Du weißt ja, ich muß immer rechtzeitig dran sein.«

Ja. Das wußte Emily.

»Bring Andy mit, wenn du möchtest.«

Emily verzog das Gesicht. »Geht nicht. Er ist in Philadelphia.«

Nun, denn. Es war Zeit für einen Stimmungswechsel. Mit einem Anflug ihrer alten Verve erzählte Lillian den Witz von dem Mann, der mit einem riesigen Schwert in der Brust in der Wüste liegt. Die Haut hängt ihm in Fetzen herunter, und er ist über und über mit Blasen bedeckt. Die Augen treten ihm aus dem Kopf. Seine Zunge ist schwarz und geschwollen. Nach ein paar Tagen kommt ein Soldat auf einem glänzenden weißen Pferd vorbeigeritten. Er sieht den Mann im Sand liegen und fragt, tut es sehr weh? Der Mann im Sand hustet Blut und stammelt, nur wenn ich lache.

Gute alte Lillian. Sie beendeten ihre Mahlzeit unter bewußter Vermeidung weiterer düsterer Gesprächsthemen. Dann war es Zeit zum Aufbruch. Aber alles, woran Emily denken konnte, war der Tod. Der Tod saß zwischen ihnen in Kellys Grill, bewegungslos und ohne eine Miene zu verziehen. Er wartete. Er stand neben ihnen auf dem Gehweg, als sie sich umarmten, ehe Lillian in ihr Taxi stieg. Er sah zu, wie das Taxi davonfuhr und Lillian durch die Scheibe winkte. Er hockte auf der Heimfahrt neben Emily in der U-Bahn. Und als sie ihren Spiegel nicht finden konnte, lieh er ihr seinen.

Es war schon nach Mitternacht, als Emily nach Hause kam. Sie zog sich aus und schlüpfte ins Bett, neben Anna, die schon schlief. »Anna«, flüsterte sie und rüttelte sie an der Schulter. »Wach auf, Anna! Lillian ist krank!«

»Wa ...« kam es halberstickt aus den Kissen.

»Lillian hat Krebs! Sie muß sterben!« Emily begann, leise zu weinen. Das brachte Anna zu sich, und nachdem Emily ihr alles erzählt hatte, schlief sie in ihren Armen ein.

Ein Traum trug sie durch die Zeit zurück. Sie war in ihrem alten Zimmer in White River und überlegte, ob sie sich hinausschleichen und Lillian treffen sollte oder nicht. Ein strahlendheller Mond goß sein Licht über den Himmel, und ringsherum hatten Millionen Sterne ihr Feuer angezündet, und sie sah den Garten, ihr Fahrrad, den vertrauten Baum vor ihrem Fenster. Dann wechselte die Szenerie schlagartig. Sie war in Lillians Straße und rannte panisch auf und ab und versuchte, Lillians Haus zu finden, aber dort, wo bisher das Jacksonsche Haus gestanden hatte, war nur noch nackte Erde.

Sie erwachte voller Gedanken an den Tod und fragte sich, ob es ein großer Fehler gewesen war, darauf zu bestehen, Lillian noch einmal zu sehen. Ihr war, als sollte sie zu einem Begräbnis gehen. Eine Woge der Verzweiflung erfaßte sie. Sie war traurig und gleichzeitig angewidert von sich selbst. In der Nacht hatte Anna angeboten, zu ihrer moralischen Unterstützung mit ihr zu kommen. Sie könne mit ihr die Bahn um halb sechs nehmen und dann irgendwo warten, während Emily sich endgültig von Lillian verabschiedete. Oder sie könne, wenn Emily wolle, mit ihr in die Wohnung gehen und als Andys Schwester auftreten, in Anbetracht ihrer Einstellung eine mehr als generöse Geste. Aber Emily hatte abgelehnt, obwohl sie den Beistand hätte brauchen können. Es erschien ihr nicht richtig, Anna in einem solchen Moment unter irgendeinem Vorwand einzuschmuggeln. Sie wußte, wie betroffen Anna von ihrem Schmerz war, und sie schämte sich für ihre Gefühle, schämte sich, daß sie es in ihrem tiefsten Inneren als Demütigung empfand, wenn Lillian merkte, daß sie lesbisch war. Gerade Lillian. Es war ein übler Konflikt. Auf der einen Seite war sie so stolz auf Anna. Vor Lillians Krankheit wäre es ihr ein Fest gewesen, eine so gescheite, attraktive und interessante Person wie Anna mitzubringen. Aber wenn Anna bereit gewesen wäre, Lillian zu besuchen, hätte Emily es wirklich gewollt? Im Moment war sie sich nicht so sicher. Ein Teil von ihr hatte das Gefühl, daß es eine Herabsetzung bedeutet hätte und daß Anna niemals in Lillians Nähe kommen durfte, damit sie nicht in Versuchung käme, Lillian die

Wahrheit zu sagen – auch wenn sie gestern abend zwischendurch der heftige Drang überkommen hatte, Lillian alles zu erzählen. Aber wie hätte sie die Scham ertragen können, zu wissen, daß Lillian wußte – die ganze Geschichte mit Mattie, alles? Es Lillian zu sagen – hieße das nicht in gewisser Weise, es allen zu sagen? Ja, das war es: Sie konnte es nicht. Es war zu peinlich, egal, wie sehr sie Anna liebte.

Sechs Uhr, sagte der Wecker. Sie machte besser, daß sie in die Gänge kam. Mary Silk fuhr diese Woche mit ihr. Mary unterrichtete Geschichte an der Sloe Academy, und ihr Wagen war in der Werkstatt. Gut. Mary redete pausenlos, und das würde sie davon abhalten, über Lillian nachzudenken. Sie stand auf und ging aufs Klo. Ihre Augen waren rot und verquollen vom Weinen, also wischte sie sich mit einem feuchten Lappen übers Gesicht. Als sie geduscht hatte und angezogen war, ging sie ans Fenster. Es regnete. Verdammt. Aus einem spontanen Impuls heraus zog sie ein Foto von Lillian aus ihrer Schreibtischschublade. Da stand sie, strahlend wie die Morgensonne, auf einem Boot in Costa Rica, in Shorts, und zeigte stolz auf einen dreihundertfünfzig Pfund schweren und zwei Meter langen Hai, den sie gerade gefangen hatte. Die Erinnerung an letzte Nacht brach wieder über Emily herein. Sie hörte Anna rufen. Sie steckte das Foto weg, ging zum Schlafzimmer und blieb in der Tür stehen.

»Komm her«, sagte Anna. Als Emily zögernd ans Bett trat, fragte Anna: »Wie geht's dir?«

»Gut.«

Anna zog sie auf die Bettkante. »Ich bin immer noch bereit mitzukommen, wenn du möchtest. Ich kann dich hier abholen und dann mit dir zusammen hinfahren.«

»Nein. Ist schon gut. Es geht mir wieder besser.«

Anna strich sanft mit der Hand über Emilys Gesicht. »Es macht mir wirklich nichts aus, dich zu begleiten, Emily. Ich weiß, was du durchmachst. Hab keine Sorge. Ich würde nichts tun, was uns verraten könnte.«

»Nein, wirklich, es geht schon,« sagte sie schuldbewußt. »Ist schon gut.«
»Armer Schatz«, murmelte Anna.
»Wieso?«
»Einfach so. Armer Schatz.«
Emily spürte einen Kloß in der Kehle und stand auf. »Ich muß los.«
»Wann gehst du heute abend weg?«
»Ich will die Expreß-Bahn um halb sechs kriegen.«
»Dann ruf mich doch vorher noch mal an.«
»Mach' ich.« Emily fuhr Anna durchs Haar. »Ich liebe dich.«
Sie ging und las Mary Silk auf, die bis White Plains stetig darauflosschwatzte. Im Unterricht redete sie die ganze Zeit selbst, damit sie nicht so viel an Lillian denken mußte, und sie vermied es den ganzen Tag geflissentlich, allein zu sein. Nach der Schule fuhr sie Mary heim, und um vier war sie wieder zu Hause.
Sie rief Anna an und versicherte ihr, daß es ihr gutgehe. Was überhaupt nicht stimmte. Jetzt, da sie allein war, überkam sie eine schwarze Depression. Erschöpft von Schlafmangel und ihrer inneren Unruhe legte sie sich auf die Couch vor den Fernseher, wo sie gegen ihre Absicht eindöste.
Als sie erwachte, war es schon später, als es sein sollte, und sie lief hektisch durch die Wohnung, um sich fertig zu machen. Gleich darauf rannte sie (durch ein Geniesel, das ein ordentlicher Regen zu werden versprach) das Stück bis zur U-Bahn. Dort stieg sie um kurz vor halb sechs in die unterirdischen Verbindungsadern Manhattans hinunter. Jetzt, zur Feierabendzeit, fuhr die Expreß-Bahn in kurzen Abständen, und sie würde in etwa einer Viertelstunde an der 116. Straße sein – Times Square, Zweiundsiebzigste, Sechsundneunzigste, finito. Sie kaufte eine Marke und mischte sich ins Gedränge. Als keine Bahn kam, trat sie vor an die Bahnsteigkante, um in das unergründliche Schwarz des Tunnels zu spähen. Als sie immer besorgter wurde, hörte sie es rattern. Es war eine Lokal-Bahn. Verdammt. Diese Bahnen waren viel langsamer und

hielten überall. Es war jetzt 17 Uhr 40. Sie blieb stehen, unsicher, was sie tun sollte, bis eine Lautsprecheransage verkündete, daß wegen technischer Probleme heute abend auf der Linie Siebte Avenue in nördlicher Richtung leider keine Expreß-Züge verkehrten.

Sie quetschte sich in ein Knäuel aus Menschen, Hitze und Körpergeruch und zwängte sich ins Innere eines Wagens, wo sie dastand wie eine Bohne in einer Dose. Da spürte sie, daß jemand sie ansah. Sie wandte den Kopf ein wenig und sah in die Augen eines pockennarbigen, dunklen Mannes mit einem großen Kruzifix um den Hals. Sie wandte den Blick sofort wieder ab. Die Türen schlossen und öffneten und schlossen und öffneten sich wie ein nervös zuckendes Auge. Schließlich schnappten sie krachend zu, und der Zug fuhr an. Er rollte ein paar Meter weit, dann blieb er erst einmal wieder stehen. Sie sah, daß der Mann sie immer noch anstarrte. Ihr erster Impuls war zurückzustarren, aber Anna sagte immer, man dürfe solchen Typen nicht auch noch die Genugtuung geben, daß man auf sie reagierte; also sah sie bewußt in eine andere Richtung. Ganz hinten am Ende des Wagens sichtete sie einen kleinen freien Raum, zwei Sitze auf jeder Seite und dazwischen ein enger Durchgang. Rechts davon war die Verbindungstür zum nächsten Wagen. Links von dem Abteil war die Wagentür, und direkt daneben saß eine Frau, die aussah, als wollte sie gleich aussteigen. An der nächsten Station tat sie es auch, und Emily zwängte sich auf ihren Platz. Neben ihr saß eine andere Frau, gegenüber eine Nonne und ein gutgekleideter Herr, der mit seiner Aktenmappe und seinem gepflegten Nadelstreifenanzug die hochmütige Autorität eines leitenden Bankangestellten ausstrahlte. Es war stickig, und Emily zog ihre Jacke aus.

Der lästige Kerl stand jetzt da, wo sie gestanden hatte, schräg gegenüber, und Emily fühlte seinen Blick über ihren Körper krabbeln wie ein Ameisenheer. Ihren Ehering hatte sie für den Besuch bei Lillian abgelegt und in ihr Portemonnaie gelegt, aber jetzt steckte sie ihn für die Dauer der Fahrt wieder an. Sie ließ ihre

Hand in ihrem Schoß ruhen, damit er sah, daß sie schon vergeben war und sie in Ruhe ließ. Aber es funktionierte nicht. Entschlossen sah sie ihm direkt ins Gesicht. Es war widerwärtig. Er grinste anzüglich und leckte sich die Lippen und starrte sie ganz unverhohlen an. Sie wandte sich wieder ab und betete, daß er nicht an ihrer Station aussteigen würde. Sie wollte nur unbehelligt dasitzen und über Lillian nachdenken können. Beim nächsten Halt stieg die Frau neben ihr aus, und ihr Platz wurde sofort von einem jungen Mädchen mit einem Notizheft mit dem Aufdruck Vanderbilt University eingenommen. Neue Fahrgäste drängten herein und schoben sich zwischen sie und den starrenden Mann.

Es war kurz vor sechs, und sie dachte zum ersten Mal, daß ihr vielleicht keine ganze Stunde mit Lillian mehr bleiben würde. Plötzlich wollte sie diese Stunde unbedingt haben. Die Intensität dieses Wunsches ließ alles andere in den Hintergrund treten. Sie fragte sich flüchtig, ob sie an der Siebenundfünfzigsten Straße aussteigen sollte. Aber dann fiel ihr ein, daß es regnete und sie bestimmt kein Taxi finden würde, und sie versuchte, sich zu beruhigen, indem sie an etwas Neutrales dachte. Sie sah sich die Reklametafeln an, Miss Subway, die auf die Menschheit herablächelte, Prudential Life und die Verheißung sorgenfreier Zeiten, Sparkonten bei der Chemical Bank, Arthur Godfreys lächelnde Kaffee-Empfehlungen. Der Zug ruckte und beschleunigte, als ihr Blick an einem jungen Paar hängen blieb, das in der Mitte des Wagens saß. Die Frau hatte den Arm um die Schultern ihres Begleiters gelegt, lehnte sich an ihn und knöpfte ihm mit der freien Hand das Hemd auf, während er zufrieden vor sich hinschaute. Sie ging zu Werk, als hätte sie das schon tausendmal getan, als würde sie seinen Körper auswendig kennen, die genaue Distanz zwischen seinen Brustwarzen, als fände sie sich auch im Dunkeln zurecht. Diese Vertrautheit, die vertrauensvolle Ruhe des Mannes, schienen Emily der Inbegriff von Intimität. Es war die Sprache der Liebenden, Ausdruck des Zusammenhaltens vor den Augen der Welt. Es sagte ohne Worte, was sie und Anna nie

öffentlich sagen konnten. Und es erinnerte sie an ihren Spaziergang im Central Park vor zwei Wochen.
An einem herrlichen Sonntagnachmittag waren sie in den Park gegangen, um zu feiern, daß sie jetzt auf den Tag genau dreizehn Jahre zusammenlebten. Und als sie in einen abgeschiedeneren Teil des Parks gekommen waren, hatte Anna, die sonst für Vertraulichkeiten in der Öffentlichkeit nichts übrig hatte, plötzlich Emilys Hand genommen. Heute sei ein besonderer Tag, hatte sie gemeint, warum sollten sie da nicht Händchen halten? Emily hatte ihre Hand gehalten wie eine heiße Kartoffel. Es hatte sie ganz nervös gemacht, aber sie hatte sie gehalten und sich damit beruhigt, daß Frauen in Frankreich das ganz selbstverständlich taten. Kurz darauf war ein Paar auf sie zugekommen, noch ein ganzes Stück weit entfernt. In dem Moment war ihre Intimität zum Wagnis geworden. Die beiden hatten sich angeregt unterhalten und sie gar nicht beachtet. Aber als sie näher herangekommen waren, hatte Emily gespürt, wie Annas Arm sich versteifte, und von diesem Punkt an war es gewesen, als seien sie zwei Autofahrer, die auf eine Klippe zurasten und warteten, daß der andere bremste. Immer näher war das Paar gekommen. Und dann, als sie noch etwa fünfzig Meter von den beiden trennten, hatten sie und Anna gleichzeitig losgelassen. Bis jetzt hatte Emily nicht weiter über diese Sache nachgedacht.
Siebenundfünfzigste Straße. Wieder wollten sich die Türen nicht richtig öffnen. Als sie es schließlich taten, leerte sich der Wagen, und der Mann war jetzt wieder sichtbar. Sie ignorierte ihn, weil Lillians Gesicht plötzlich vor ihr stand. Sie wollte nicht an ihn denken, ärgerte sich über die Belästigung. Der Zug fuhr jetzt im Schneckentempo in die Station Zweiundsiebzigste Straße ein. Der Mann trat an die Tür, wollte offenbar aussteigen. Er stand da, und Emily, die seine Nähe spürte, sah starr auf ihre Handtasche. Aber sein Blick zog ihren empor, und sie sah, wie sich seine Zunge in seinem grinsend geöffneten Mund bewegte. Dann ruckelten die Türen auseinander, und er verschwand. Angewidert sah sie zu

dem Mädchen hinüber. Es schrieb etwas in sein Notizheft. Die Nonne hatte die Augen geschlossen. Der Banker las Zeitung. Er ist weg, sagte sie sich. Denk an Lillian.
In dem Moment öffnete sich die Verbindungstür zwischen den Wagen, und ein junger Bursche kam mit einem plärrenden Radio hereingestapft. »Ich bin *ich*, ihr Ärsche!« sagte seine ganze Haltung. »Aus dem Weg!« Der Banker guckte verärgert und zog die Beine an. Die Augenlider der Nonne flatterten. Das Mädchen neben Emily hörte auf zu schreiben. Der Junge, dessen Gesäßbacken unter den engen Jeans wie harte, runde Basketbälle aussahen, schlurfte durch den Wagen und verschwand, während ein Kind auf dem Schoß seiner Mutter im Rhythmus der Musik klatschte.
Schon nach sechs. Sie dachte an Lillian und probte, was sie sagen wollte: »Ich liebe dich, Lil. Ich werde dich immer lieben. Du warst die beste Freundin, die ...« Ihr kamen die Tränen, und sie biß sich auf die Lippen. Wie sollte sie das überstehen? Der Zug hatte jetzt die Station Zweiundsiebzigste Straße verlassen und rollte weiter nordwärts. Im Schneckentempo. Halt an der Neunundsiebzigsten, dann weiter zur Sechsundachtzigsten. Hier fuhr die Tür auseinander wie ein klaffender Riesenmund. Es war jetzt zwanzig nach sechs. Ihre Zeit mit Lillian schrumpfte. Herrgott! Die Tür ging wieder zu, und die Bahn arbeitete sich weiter Richtung Sechsundneunzigste. Verdammte Schleicherei. Weiter zur Hundertdritten. Nur noch zwei Stationen! Aber irgendwo kurz vor der Hundertzehnten Straße ging der Bahn endgültig der Saft aus. Fünf Minuten vergingen, sieben. Der Banker hatte aufgehört zu lesen. Die Nonne döste nicht mehr. Das Mädchen neben ihr schrieb nicht mehr. Am anderen Wagenende redeten Leute eifrig miteinander. Sie ertappte das Mädchen dabei, wie es sie fragend ansah, als könne sie, Emily Stolle, ihm die Mysterien des New Yorker Nahverkehrs-Systems enthüllen. Schließlich fragte es: »Ist das immer so?«
»Nein. Eigentlich nicht«, murmelte Emily.

Der Banker, der mitgehört hatte, steuerte bei, daß seine Frau letzte Woche mit der East-Side-Linie über eine Stunde steckengeblieben sei. Die Nonne lächelte. Das Mädchen sagte in einem Südstaatentonfall, der so zähflüssig war, daß er durch keinen Strohhalm geflutscht wäre: »O Mann, das ist aber blöd. Ich versteh' nicht, wie Sie das alle so cool nehmen können!« Sie wandte sich wieder ihrem Heft zu. Emily hatte inzwischen die Panik gepackt. Zumal sie sowieso leicht klaustrophobisch war. Sie haßte Aufzüge, große Höhen, Flugzeuge, alles, wo sie nicht schnell wegkommen konnte. Es war das Gefühl der Ohnmacht, das ihr zusetzte – das Gefühl, in der Falle zu sitzen, von den Wänden erdrückt zu werden, zu ersticken. Jetzt öffnete sich die Verbindungstür zwischen den Wagen, und ein Schaffner kam durch und verkündete, es gebe ein Problem mit einem Schaltsignal, und zudem müsse das Gleis freigeräumt werden. Sie müßten ein Weilchen warten. Wie lange? Das könne er nicht sagen. Sie täten ihr Bestes. Er ging in den nächsten Wagen, während Emily deprimiert den Kopf schüttelte.
Und plötzlich sehnte sie sich aus tiefstem Herzen nach Anna, nach der Leichtigkeit und Sicherheit, die sie ihrem Leben gab. Warum, haderte sie stumm mit sich, hatte sie sie nicht mitgenommen? Sie hätte ihren Beistand brauchen können. Aber das nützte jetzt auch nichts mehr. Sie sah auf ihre Uhr. Schon fast halb sieben. Sie konnte dieses Gefühl nicht mehr aushalten. Sie stand auf, als könnte das die Bahn wieder in Gang bringen. Aber weil sie keine Aufmerksamkeit erregen wollte, setzte sie sich wieder hin. Sie starrte finster durch die Scheibe. Weiter vorn sah sie Taschenlampen und schemenhafte Gestalten. Sie hörte das Mädchen neben sich murmeln, es sei eine verdammte Schande, daß sie diese Bahnen nicht endlich mal in Schuß brächten. Dann erklärte sie, zu Emily gewandt, sie sei aus Nashville, und da unten hätten sie Busse und sie wolle diese blöden Dinger hier nicht geschenkt haben; ihr Freund würde sich wahnsinnige Sorgen machen, wenn sie nicht rechtzeitig käme, sie sei an der Vanderbilt-Universität

und nach New York gekommen, um sich für einen Lehrerjob zu bewerben, aber jetzt würde sie ihnen am liebsten sagen, sie könnten ihr gestohlen bleiben. Emily sagte irgend etwas Angemessenes. Aber in ihrem Kopf dröhnte ein steter Trommelrhythmus: Lillian. Würde Lillian denken, daß sie wegen ihrer Krankheit nicht kam? O Gott, Lillian mußte es doch besser wissen!

Der Schaffner erschien wieder. Jemand rief: »Hey, Mann, schmeißt mal die Kiste wieder an!« Der Schaffner sagte, es könne nicht mehr lange dauern, machte auf dem Absatz kehrt und verschwand. Die Bahn ruckte einmal heftig. Nachdem sie ein Weilchen einfach nur dagesessen hatten, begann eine tastende Konversation, um sich die Zeit zu vertreiben. Die Nonne sagte, sie sei auf dem Weg zur presbyterianischen Gemeinde, um eine Freundin zu besuchen. Der Mann war, wie sich herausstellte, tatsächlich an der Wall Street. Das Mädchen wiederholte noch einmal, daß es wegen eines Vorstellungsgesprächs in New York sei. Und als Emily sagte, sie sei Lehrerin, begann das Mädchen, ihr ein Loch in den Bauch zu fragen. Wie denn die Schulen hier seien? Oh, rief es aus, als Emily erklärte, sie unterrichte an der Sloe Academy, wie das denn sei? Und wo? Warum eine Privatschule und keine öffentliche? Und so weiter, aber der Draht, der alle Gefühle in Emily verband, war Lillian. Du schaffst es schon, redete sie sich zu. Halt aus. Mittendrin stellte das Mädchen, das offenbar Emilys Ehering erspäht hatte, die Frage, die Frauen einander seit Anbeginn der Zeiten gestellt haben: »Was macht Ihr Mann?«

Die Frage kam, als Emily sich vor innerer Anspannung fühlte wie die Kohlensäure in einer Flasche warmer Limonade. Sie hörte sie, registrierte sie aber nicht wirklich, bis das Mädchen, nach einer unschlüssigen Pause, noch einmal nachfragte. Der Banker und die Nonne hatten zu reden aufgehört und schienen jetzt ebenfalls auf eine Antwort zu warten. Selbst wenn Emilys Verwirrung ihre Wahrnehmung in diesem Punkt verzerren mochte, war ihre Panik doch real. Sie begann: »Er ... äh ... er ist ...«, und es fiel ihr nichts ein, um nichts in der Welt wollte es ihr gelingen, irgendeine männliche Figur heraufzubeschwören oder sich auch nur vage vorzustellen, sie hätte einen Mann. Ihr ganzer Fundus an Lügen über Gary und Carl, nach denen sie ihren Mann gewöhnlich zeichnete, war so tot wie die U-Bahn. Etwas in ihr lag nackt und bloß zutage. Und plötzlich traf es sie wie ein Schlag, daß das die Art war, wie sie lebte, getrieben von einem Hunger, den sie nie stillen konnte. Unsicher, wer sie war, in ihrem tiefsten Kern gespalten, bemühte sie sich, nach außen zu sein, was die Leute von ihr erwarteten, ein Drang, der mit zunehmendem Alter immer heftiger wurde. Ein Ehemann oder irgendein maskulines Pronomen, er, ihn, sein, war ihr Schutz. Sie setzte erneut an: »Er ist ...« und brach ab.

»Ja?« fragte das Mädchen sichtlich erstaunt.

»Er ... er *reist*!« Und Emily spürte, daß sie kurz vor dem Zusammenbruch war. Tränen stiegen ihr in die Augen. Sie hörte Stimmen draußen im Tunnel. Sie bekam mit, wie sich ein heller Lichtstrahl auf die Bahn richtete, und sie hörte metallisches Hämmern. Bitte, Lillian. Bitte warte! Durch die dämmrigen Korridore der Erinnerung kam Lu auf sie zugelaufen, ein Spuk, der Geist dessen, was sie mit Carls Körper zu betäuben versucht hatte.

Und so geschah es an einem so prosaischen Ort wie der New Yorker U-Bahn, daß Emilys Selbstverleugnung aufzubrechen begann. All die Scham, die Schuldgefühle, die Reue, die sie in ein Hinterstübchen ihres Kopfs gepfercht hatte, einen unbenutzten, luftlosen, verdreckten Raum mit abblätternden Wänden und kaputten Möbeln, den Raum ihrer Selbstunterdrückung. Und jetzt öffnete sich dieser Raum durch die unschuldige Frage eines Mädchens, das vulgäre Benehmen des Mannes vorhin in ihrem Wagen, die Gedanken an Lillian. Für einen Augenblick schien ihr ganzes Leben vor ihr abzurollen – der Priester, zu dem Carl sie vor so vielen Jahren geschleppt hatte, und Jean Battle. Die Einsamkeit, die sie mit Männern gespürt hatte. Eine Sekunde lang regte sich in Emily eine Zärtlichkeit, die ihr selbst galt. Sie fühlte die Tränen über ihre Wangen rinnen und sah auf die drei Menschen in ihrem

Abteil, die sie verwundert betrachteten. Sie dachte: Mein ganzes Leben lang habe ich gewollt, daß mich die Leute respektieren. Ich wollte, daß sie mir zuhören, mich achten, mich freundlich behandeln. Die Central Park-Geschichte fiel ihr ein und das Streben nach Klarheit, wie Lillian es gestern abend geschildert hatte. Ich bin ein Mensch, dachte sie. Ich blute. Ich kenne die Mechanismen der Träume. Lillian hat gesagt, ich sei mutig!

Der Zug ruckte, und plötzlich war sie aufgestanden und auf die Haltestange vor ihrem Abteil zugestürzt. Sie packte sie, als sich die Bahn in Bewegung setzte, und klammerte sich daran fest, während der ganze Wagen in wildes Geklatsche und lautes »Auf geht's!« ausbrach.

Und dann weinte Emily so heftig, daß die Nonne aufstand und sie sanft berührte. »Mein Kind«, sagte sie besorgt, »was ist denn? Was haben Sie?«

Nichts, Schwester. Alles, Schwester. Lillian stirbt. Das war alles, was Emily wußte. Lillian, geliebte, verlorene Lillian, ihr Anker. Sie mußte zu ihr, sie mußte ihr die Wahrheit sagen, die sie vielleicht schon wußte, aber darüber konnte sie jetzt nicht nachdenken. In diesem Moment war es für sie das Wichtigste in ihrem ganzen Leben, Lillian ihre Ehrlichkeit zu geben. Vielleicht war es ja das, was Lillian ihr die ganze Zeit zu sagen versucht hatte. Es war schon nach sieben. Aber vielleicht verzögerte sich ja der Abflug, oder Lillian wartete noch auf sie, und wenn nicht, würde sie ein Taxi zum Flughafen nehmen. Bei diesem Gedanken wich die Angst aus Emilys Augen, und etwas anderes trat an ihre Stelle. Sie stieß sich von der Haltestange ab und trat an das Mädchen heran und sagte mit klarer, fester Stimme: »Ich habe keinen Mann. Ich habe Sie angelogen.« Dann setzte sie, den Banker und die Nonne einbeziehend, hinzu: »Ich bin nicht verheiratet. Ich lebe mit einer Frau. Ich liebe sie. Wir sind schon über dreizehn Jahre zusammen.«

Nie würde sie ihre Gesichter vergessen.

Die Bahn hielt kurz an der Hundertzehnten und ratterte weiter zur Hundersechzehnten. Und Emily stand mitten in ihrem Sitzabteil, wie Lillian auf ihrem Boot stehen mochte, hielt sich an der Stange fest, während der Zug durch den Tunnel sauste, und fühlte sich so frei, als flatterten ihre Haare im Wind. Auf ihrem Gesicht lag ein Lächeln. Sie spürte es. Es hatte sich aus irgendeinem dunklen Verlies in ihrem Inneren befreit und sich emporgeschwungen und auf ihren Lippen niedergelassen. Ein Schmetterling, der sich aus dem Schmutz herausgearbeitet hatte.

Hundertsechzehnte. Die Türen öffneten sich. Sie war draußen. Sieben Uhr zwanzig. Bitte, bitte laß sie da sein! Sie rannte im strömenden Regen über den Broadway und weiter über die Convent Avenue zur Ecke Riverside Drive. Westliche Hundertsechzehnte Straße, Nr. 620. Sie fragte den Portier: »Können Sie mir sagen, wo Pat Prouchie wohnt?«

»Pat Prouchie. Oh«, sagte er. »Suchen Sie eine Lillian Jackson?«

»Ja. Ja, die suche ich.«

»Sie ist gegangen.«

»Wann?«

»Kurz vor sieben. Sie hat gesagt, falls Sie noch kommen, soll ich Ihnen ausrichten, sie hätte nicht mehr länger warten können, wegen des Wetters. Und das hier soll ich Ihnen geben.« Er ging zum Tisch und nahm einen Umschlag. »Sie hat gemeint, ich soll Ihnen sagen, Sie sollen es bei einem Drink lesen.« Damit gab er ihr den Umschlag.

»Danke.« Sie eilte zum Broadway zurück. Alle Taxis, die sie sah, waren besetzt. Sie sprang hin und her und rannte auf die Straße und winkte. Endlich hielt eins. »La Guardia«, keuchte sie. »Ich muß ein Flugzeug erwischen, das um neun Uhr fünfzehn geht.«

Der Fahrer schüttelte bedauernd den Kopf. »Keine Chance. Alles verstopft an der Triborough-Brücke. Eine Suppe da draußen.«

»Bitte, hören Sie. Ich gebe Ihnen zwanzig Dollar extra. Was Sie wollen.«

Er wandte sich zu ihr um und sagte fast schon streng: »Miss, es geht nicht. Ich sag's Ihnen doch. Der Stau rückt und rührt sich

nicht. Kam eben im Radio. Da brauchen wir zwei Stunden nur für die Fahrt, und dann noch der Weg ins Terminal. Hat keinen Sinn, Ihr Geld rauszuschmeißen. Glauben Sie mir.«
Der Wind schüttelte das Taxi, und Emily sah einen Moment aus dem Fenster. Sie hatte noch nie so viel Regen gesehen.

... Ich stieg wieder aus und ging drei Straßen weiter zu meinem alten Tummelplatz, der West End Bar. Ich war seit meiner Uni-Zeit nicht mehr hier gewesen, und ich mußte an Connie und Nelson und ein paar andere Kneipenkumpane von damals denken, während ich mir ein Bier bestellte und die Beatles hörte und Lillians Brief öffnete. Darin stand unter anderem:

Ich will Dir sagen, Stollie, daß diese Krankheit nur eine kurze Episode in meinem ereignisreichen Leben ist. Wie alle wirklichen Wendepunkte. Sie stechen vielleicht aus der Lebenskurve als extreme Zacken heraus, grotesk oder schön – das ist egal, solange sie nur zu weiterem Wachstum führen. Denn das ist der Sinn des Lebens. Das soll keine Belehrung sein, denn das weißt Du ja sowieso. Aber ich will Dir klarmachen, daß es mir unter der Oberfläche gut geht, so wie immer. Die Schmerzschichten werden härter werden, und ich werde mich daran gewöhnen. Im Moment muß ich mir manches zugestehen, ob ich will oder nicht, denn das gehört auch zum Fluß des Lebens und macht es leichter, sich auf radikale Veränderungen einzustellen. Ich lege Dir eine Kopie von etwas bei, was Bob mal geschenkt bekommen hat, für den Fall, daß Du etwas damit anfangen kannst.

»Sie nähern sich in kleinen Familiengruppen, praktisch nackt, und bleiben scheu in einiger Entfernung stehen. Sie sind schön. Wir geben ihnen Kleider aus dem Spendenfundus der Mission, und danach sehen sie fürchterlich aus. Sie kommen und lassen sich taufen, und gehen dann zu den Katholiken, wo sie noch einmal getauft werden, und danach zu den Baptisten, und jedesmal kriegen sie Kleider und Töpfe und Pfannen, damit sie in der Gemeinde

bleiben. Ich wette, wenn man die Tauf- und Bekehrungsziffern der verschiedenen Missionen zusammenzählte, würden sich für British Guinea fünf Millionen bekehrte Eingeborene pro Jahr ergeben, und dabei leben hier nur hunderttausend. Aber ich habe sie gern. Am Anfang, als ich neu hierhergekommen war, erzählte ich ihnen die ganze Geschichte vom Glauben und der Liebe und Gott. Als ich eine Woche später durchs Dorf ging, sah ich ein Feuer, über dem ein Wildschwein am Spieß briet. Ich weiß ja, daß wir da schon mal ein Auge zudrücken müssen, denn Wildschweinfleisch ist ein Hauptbestandteil ihrer Ernährung. Aber ich sagte: ›Jonathan, du brätst ein Schwein, und ich habe dir doch gesagt, daß die Kirche es verbietet, Fleisch von Paarzehern zu essen, und wenn du ein guter Christ sein und in den Himmel kommen willst, darfst du kein Wildschweinfleisch essen.‹
Er sagte: ›Aber das ist kein Schwein, Sir. Das ist Fisch.‹
›Aber Jonathan‹, sagte ich. ›Ich sehe doch, daß es ein Schwein ist.‹
›Nein, Sir. Als Ihr hierher ins Dorf gekommen seid, habt Ihr mich zum Fluß gebracht und mir Wasser über den Kopf gegossen und gesagt: ›Bicharu, du heißt jetzt Jonathan.‹ Ich habe dieses Schwein zum Fluß gebracht und mit Wasser begossen und gesagt: ›Schwein, du bist jetzt Fisch.‹ Also brate ich Fisch, kein Schwein.
Dies wurde Bob Baxley so berichtet am Kamarang-Fluß in Britisch Guinea, 1956, von einem Sieben-Tage-Adventisten-Missionar.«

Das war alles. Ich habe Lillian nie wieder gesehen und nichts mehr von ihr gehört. Zehn Monate später kam ein Päckchen von Bob: ein paar kunstgewerbliche Gegenstände aus Haiti, Kinderfotos von uns beiden, eine Aufnahme von ihr als Tambourmajorette an der High School. Bob schrieb, er habe ihre Asche bei den Turk- und Caicos-Inseln aufs Wasser gestreut, über dem nördlichen Riff und einem gesunkenen Frachter, auf dem sie einmal als Kapitän fungiert habe. Sie war tot.

Das ist Jahre her, und ich stehe hier in meinem Häuschen in Provincetown und schaue auf die Bucht, von meinen Gespenstern umgetrieben. Draußen liegt der Mond in der schwarzen

Masse des Meeres. Der Mond, das Gefäß der gebrochenen Schwüre. In meinem Leben gibt es einen Schwur zu halten – Lillian an ihrem Geburtstag nahe zu sein. Heute abend habe ich, wie immer an diesem Datum, ihren Brief wieder gelesen. Ich habe mir jahrelang den Kopf zerbrochen, warum sie ihn für mich hinterlegt hat und was er besagen sollte. Und ich lande immer wieder dabei, daß sie vielleicht doch alles wußte. Vielleicht war das ja die Botschaft, die in Jonathans Worten steckte: egal, wie ich mich nannte – sie liebte mich, wie ich war. Welch ein Geschenk, was für ein letztes Andenken. Wenn ich bedenke, wie sehr ich mich immer noch vor der Welt verstecke, erstaunt mich, was ich damals getan habe. Denn dort, in dieser U-Bahn, hatte ich meinen Platz an der Sonne, meinen Augenblick köstlicher Gewißheit. Lillians Tapferkeit hatte mich angespornt, auch mutig zu sein. Und wenn ich merke, daß mir das abhanden zu kommen droht, was mich an jenem Abend mit solcher Kühnheit erfüllte – Mut, oder vielleicht auch für einen glorreichen Moment eine grandiose Gleichgültigkeit gegenüber allen Dingen auf der Welt außer der Wahrheit –, dann denke ich an diese Fahrt zurück. In jenem Moment war ich so, wie Lillian mich gern gesehen hätte: ich stand auf *meinem* Boot, wie sie auf ihrem, an meinen Mast geklammert, während ich neue Wege eröffnete, durchdrungen vom Rhythmus der Schöpfung, von dem sie beim Essen gesprochen hatte – und für den Moment jedenfalls im Frieden mit mir.

Dank

an: Ana Nawy und Jamie Geller – meine ersten Leserinnen, die mich von Anfang an ermutigt haben,
Roslyn Garfield, Phyllis Temple, Nancy Hand, Candy McCann – gute Freundinnen, die mir in mageren Zeiten Geld geliehen und sich immer für meine Arbeit interessiert haben,
Steve Delco für sein nie erlahmendes Interesse am Prozeß des Schreibens und für seine Herzlichkeit,
Nini Lyons, meine älteste Kumpel-Freundin, für ihre magische Ader, ihre liebenswerten Grillen und ihren Glauben, daß ich es schaffen würde,
Robert D. Loomis, den hochgeschätzten Random House-Lektor, der Geduld und Zuversicht bewahrt hat,
William Styron, den wunderbaren Schriftsteller, der Bob mein Manuskript geschickt hat,
die Dorland Mountain Colony in Temecula, Kalifornien, wo ich Zeit, Ruhe und eine schöne Umgebung gefunden habe,
die Englisch-Fakultät der Western Connecticut State University, die mich mit Lehrveranstaltungen ausgelastet hat,
meine alten Trinkkumpaninnen für ihre wilden Geschichten und unsere langen Lieder von Exzeß und Illusion,
meine Mutter, Alice Chandler, so wie sie in meiner Erinnerung lebt, und meinen Vater James Holt Park,
den lebendigen Geist meiner Freundin Linda Johnson Maltsberger, Träumerin, Pilgerin, treue Gefährtin meiner Kindheit, der mutigste Mensch, den ich je gekannt habe,
ihren großherzigen Lebensgefährten, meinen Freund Tay Maltsberger, und Jane Freeman, für alles.

Ich danke euch allen.

Anne Tyler

Atemübungen
Roman
Aus dem Amerikanischen von Reinhard Kaiser
Band 10924

Caleb oder Das Glück aus den Karten
Roman
Aus dem Amerikanischen von Günther Danehl
Band 10829

Nur nicht stehenbleiben
Roman
Aus dem Amerikanischen von Günther Danehl
Band 11409

Die Reisen des Mr. Leary
Roman
Aus dem Amerikanischen von Andrea Baumrucker
Band 8294

Fast ein Heiliger
Roman
Aus dem Amerikanischen von Anne Ruth Frank-Strauss
352 Seiten. Geb. S. Fischer Verlag

Segeln mit den Sternen
Roman
Aus dem Amerikanischen von Reinhard Kaiser
286 Seiten. Geb. S. Fischer Verlag

Fischer Taschenbuch Verlag

fi 1605 / 3

Jeanette Winterson

Orangen sind nicht die einzige Frucht
Roman
Übersetzt von Brigitte Walitzek
256 Seiten. Geb. S. Fischer

Das Geschlecht der Kirsche
Roman
Übersetzt von Brigitte Walitzek
Band 11634

Verlangen
Roman
Übersetzt von Bettina Runge
Band 11716

Fischer Taschenbuch Verlag

fi 1560 / 2